KB117036

성

성
Das Schloss

프란츠 카프카 장편소설   이재황 옮김

DAS SCHLOSS
by FRANZ KAFKA (1926)

이 책은 실로 꿰매어 제본하는 정통적인 사철 방식으로 만들어졌습니다.
사철 방식으로 제본된 책은 오랫동안 보관해도 손상되지 않습니다.

성

7

1
도착

K가 도착한 것은 늦은 저녁때였다. 마을은 깊은 눈 속에 묻혀 있었다. 성이 서 있는 산은 안개와 어둠에 휘감겨 전혀 보이지 않았고, 거기에 커다란 성이 있다는 것을 암시하는 희미한 불빛 한 점 없었다. K는 국도에서 마을로 통하는 나무다리 위에 서서 허공처럼 보이는 데를 한참이나 올려다보았다.

그러고서 그는 잠잘 곳을 찾아 나섰다. 여관 사람들은 아직 깨어 있었다. 빈방은 없었지만, 주인은 밤늦게 들이닥친 손님에 몹시도 놀라고 당황스러워하며 K에게 식당에 짚 매트를 펴고라도 자겠느냐고 물었다. K는 그러겠다고 했다. 농부 몇 명이 아직 맥주를 마시며 앉아 있었지만, 그는 누구와도 이야기를 나누고 싶지 않아 직접 다락방에서 짚 매트를 가져다가 난로 가까이에 펴고 누웠다. 따뜻했다. 농부들은 조용했고, 그는 졸린 눈으로 그들을 좀 더 살펴보다가 잠이 들었다.

그러나 얼마 지나지 않아 그는 잠에서 깨어났다. 도회풍

7

옷차림에, 가느다란 눈과 짙은 눈썹의 연극배우 같은 얼굴을 한 한 청년이 주인과 함께 K 옆에 서 있었던 것이다. 농부들도 아직 그 자리에 있었는데, 몇 사람은 더 잘 보고 더 잘 들으려고 의자를 돌려놓은 채였다. 청년은 K를 깨운 것에 대해 매우 정중히 사과하며 자신을 성채 집사의 아들이라고 소개한 다음 이렇게 말했다. 「이 마을은 성에 속한 곳입니다. 이곳에 거주하거나 숙박하는 자는 성에 거주하거나 숙박하는 셈입니다. 누구도 백작님의 허가 없이는 그렇게 할 수 없습니다. 그런데 당신은 그런 허가서를 가지고 있지 않거나, 적어도 그것을 제시하지 않았습니다.」

K는 몸을 반쯤 일으켜 세우고 머리카락을 매만져 가지런히 한 다음, 밑에서 사람들을 올려다보며 말했다. 「길을 헤매다 여기까지 오게 되었는데 대체 나는 어느 마을에 당도한 것입니까? 여기가 성인가요?」

「물론입니다.」 여기저기서 K를 보고 고개를 설레설레 흔드는 사람들 가운데 청년이 천천히 말했다. 「베스트베스트 백작님의 성입니다.」

「그러니까 숙박하는 데 허가서가 있어야 한다고요?」 K는 조금 전의 말이 혹시 꿈속에서 들은 것은 아닌지 확인이라도 하려는 듯 그렇게 물었다.

「허가서가 있어야 합니다.」 이것이 대답이었다. 그러고서 청년은 한쪽 팔을 내뻗으며 주인과 손님들에게 물었다. 「아니면 혹시 허가서가 없어도 되나요?」 거기엔 K에 대한 노골적인 조롱의 뜻이 담겨 있었다.

「그렇다면 허가서를 받으러 가야겠군요.」 K가 하품을 하면서 말했다. 그러고는 일어나려는 듯 이불을 밀어냈다.

「그래 대체 누구한테서 받으시려고요?」 청년이 물었다.

「백작님한테서요.」 K가 말했다. 「달리 방도가 없지 않소.」

「이 한밤중에 백작님한테 허가서를 받는다고요?」 청년이 소리치며 한 걸음 뒤로 물러섰다.

「그럴 수 없나요?」 K가 태연히 물었다. 「그럼 왜 나를 깨운 거요?」

이 말에 청년은 부아가 치밀었다. 「이 무슨 떠돌이 작태란 말이오!」 그가 외쳤다. 「백작님 관청에 대해 경의를 표해 줄 것을 요구합니다. 내가 당신을 깨운 것은 당신이 즉시 백작님 영지를 떠나야 한다는 것을 알리기 위해서였소.」

「생뚱맞은 연극은 그쯤 해두시오.」 K가 목소리를 현저히 낮추어 말했다. 그러고는 다시 드러누워 이불을 끌어 덮었다. 「젊은 양반이 좀 지나친 것 같군. 당신 행실에 대해선 내일 다시 이야기합시다. 증인이 꼭 필요하다면 주인과 저기 저 양반들이 바로 증인이오. 게다가 나는 백작님이 불러서 온 토지 측량사라는 것을 말해 두겠소. 내 조수들이 도구를 가지고 내일 차로 뒤따라올 것이오. 나는 눈 속을 마다 않고 행군을 강행했지만 유감스럽게도 몇 차례 길을 잃었고, 그 때문에 이렇게 늦게야 도착한 거란 말이오. 내가 왔다고 성에 알리기엔 너무 늦은 시간이라는 건 당신이 가르쳐 주기 전에 나도 이미 알고 있었소. 그래서 여기 이런 잠자리로도 만족했던 건데, 당신은 이마저도 방해하는 ─ 점잖게 말하자면 ─ 무례를 범했단 말이오. 이것으로 내 설명은 다 끝났소. 잘들 주무시오, 여러분.」 그러고서 K는 난로 쪽으로 돌아누웠다.

「토지 측량사라고?」 그의 등 뒤에서 아직 머뭇거리며 묻는 소리가 들리다가 이어 사방이 조용해졌다. 그러나 청년은 곧 마음을 가다듬고는 K의 잠을 배려하려는 양 충분히 소리를 낮추어, 그러나 K도 알아들을 수 있을 만큼 충분히 큰 소리로 주인에게 말했다. 「전화로 문의해 보겠습니다.」 뭐라고, 이런 시골 여관 구석에 전화가 있단 말이야? 설비를 제법 갖추어 놓았군. 부분적으로는 기대 이상이라 놀라웠지만 전반적으로는 그가 예상한 대로였다. 알고 보니 전화는 그의 머리맡에 설치되어 있었는데, 졸린 나머지 못 보고 지나쳤던 것이다. 청년이 전화를 하게 되면 아무래도 K의 잠을 방해하지 않을 수 없으므로, 이제 문제는 K가 그에게 전화를 하도록 놔두느냐 하는 것이었다. K는 그냥 놔두기로 마음을 정했다. 하지만 그렇게 되면 잠자는 시늉을 하는 것도 아무런 의미가 없었기에 그는 다시 몸을 돌려 바른 자세로 누웠다. 보아하니 농부들이 겁을 먹고 붙어 앉아 숙덕거리는 모습이, 토지 측량사가 온 것이 결코 대수롭지 않은 일은 아닌 모양이었다. 어느 사이엔가 부엌문이 열리고 거기에 문을 다 가릴 정도로 우람한 체구의 안주인이 나타나자 여관 주인은 그녀에게 보고하기 위해 발끝으로 살금살금 다가 갔다. 이제 전화 대화가 시작되었다. 집사는 자는 중이었고 보조 집사 중 하나인 프리츠라는 자가 받았다. 자신을 슈바르처라고 밝힌 그 청년은 K의 행색에 대해 자신이 본 대로 이야기했다. 30대의 웬 남자인데 옷차림은 몹시 남루하고, 여러 군데 옹이가 있는 지팡이를 손 닿는 곳에 놓아둔 채 조그만 배낭을 베개 삼아 짚 매트 위에서 편히 자고 있다고 했다. 물론 그가 의심스러웠으며 여관 주인이 의무를 소홀히 했다는 것이 명백하기 때문에 일의 진상을 밝혀내는 것이 자신, 즉 슈바르처의 의무라고 했다. 잠을 깨운 일, 심문하여 따져 물은 일, 직무에 따라 백작의 영지에서 추방하겠다고 위협한 일을 K는 매우 못마땅하게 받아들였으며, 마지막에 드러난 바에 의하면 그런 그의 반응은 어쩌면 정당한 것인지도 모르는데, 왜냐하면 그 자신은 백작님이 임명한 토지 측량사라고 주장하고 있기 때문이라는 것이다. 물론 그 주장을 조사하여 확인하는 일은 적어도 형식상의 의무이므로 슈바르처는 프리츠 씨에게 그런 토지 측량사가 실제로 오기로 되어 있는지 중앙 사무처에 조회해서 즉시 전화로 답을 해주십사 부탁한다고 했다.

그러고는 조용해졌다. 저쪽에서 프리츠가 조회를 하는 동안 여기서는 답을 기다리고 있었다. K는 여태까지와 다름없이 돌아눕지도 않았고 전혀 궁금하지도 않다는 듯 멍하니 앞만 보고 있었다. 악의와 신중함이 뒤섞인 슈바르처의 이야기는, 성에서는 흔히 슈바르처 같은 하찮은 사람들조차 말하자면 외교적인 교양을 갖추고 있다는 생각을 그에게 갖게 하였다. 그리고 근면함에서도 그곳 사람들은 빠지지 않았다. 중앙 사무처가 야근을 다 하고 있지 않은가. 그래서 회답도 매우 빨리 해준 것임이 분명했다. 벌써 프리츠가 전화를 걸어 왔던 것이다. 그런데 슈바르처가 즉시 격분하며 수화기를 내던지는 것으로 보아 그 보고는 매우 짧은 듯했다. 「내가 뭐랬어!」 그가 소리쳤다. 「토지 측량사라니, 그런 건 아예 없었어. 뻔뻔스러운 거짓말쟁이 떠돌이 같으니라고. 필시 더 못돼 먹은 자일 거야.」 순간 K는 슈바르처, 농부들, 주인과 안주인 모두가 자기한테 덤벼들 거라고 생각했다. 적어도 첫 번째 습격만이라도 피해 볼 요량으로 그는 이불 밑으로 완전히 숨어들었다. 그때 — 그는 다시 머리를 천천히 내밀었는데 — 전화가 다시 걸려 왔다. K가 듣기에는 벨 소리가 유난히 강하게 울리는 것 같았다. 이번에도 K에 관한 전화이리라는 보장은 없었지만 다들 멈칫했고, 슈바르처가 전화를 받으러 왔다. 그는 꽤 오랜 설명을 다 듣고 나더니 나지막하게 말했다. 「그러니까 착오란 말인가요? 이건 정말이지 기분이 나쁘군요. 처장님이 직접 전화를 하셨다고요? 하지만 제가 지금 그걸 측량사분한테 어떻게 설명하라는 건가요?」

K는 귀를 쫑긋 세웠다. 그러니까 성이 그를 결국 토지 측량사로 임명한 것이었다. 그것은 한편으로 그에게 불리한 일이었는데, 왜냐하면 성의 사람들이 그에 대해 알아야 할 모든 것을 알고 있으며 세력 관계를 저울질해 보고는 회심의 미소를 지으며 도전을 받아들였다는 뜻이기도 했기 때문이다. 하지만 다른 한편으로는 유리한 일이기도 했다. 그가 보기에 이 일은 사람들이 그를 얕잡아 보고 있으며, 따라서 그

가 초장부터 기대했던 것보다 더 많은 자유를 갖게 되리라는 것을 입증하는 일이었으니 말이다. 만일 그들이 이렇게 정신적으로 확실히 우월한 위치에 서서 그의 토지 측량사 신분을 인정해 줌으로써 그를 지속적으로 공포 속에 붙잡아 둘 수 있을 것이라 믿는다면 이는 오산이었다. 그가 약간 오싹함을 느낀 것은 사실이지만, 그뿐이었다.

K는 쭈뼛거리며 다가오는 슈바르처를 손짓으로 물리쳤다. 주인 방으로 자리를 옮기라는 사람들의 재촉도 모두 거부하고서 그는 주인이 수면 촉진용으로 권하는 술 한 잔만을 받아 마셨고, 안주인에게서는 비누, 수건과 함께 세숫대야를 받아 들었다. 그가 먼저 요구할 필요도 없이 홀은 텅 비었다. 혹시라도 그가 내일 아침 알아보지나 않을까 싶어 다들 고개를 돌린 채 몰려 나갔기 때문이다. 등불이 꺼지고 그는 마침내 안정을 얻었다. 한두 차례 휙 스쳐 지나가는 쥐들 때문에 얼핏 방해를 받았을 뿐 그는 아침까지 깊은 잠을 잤다.

아침 식사를 하고서 — 주인 말로는 K의 모든 식비는 성에서 지불하도록 되어 있다고 했다 — 그는 곧장 마을로 가려고 했다. K는 주인이 어제 보였던 태도를 떠올리며 꼭 필요한 용건만을 말했지만 그가 계속 주위를 맴돌면서 말없이 애원하는 모습을 보이자 측은한 마음이 들어 그를 잠시 자기 옆에 앉게 했다.

「나는 아직 백작을 알지 못하오.」 K가 말했다. 「일을 잘하면 보수를 후하게 준다던데, 그게 정말이오? 나처럼 이렇게 처자식을 두고 멀리 떠나온 사람이라면 역시 뭔가를 집에 가 저가고 싶은 법이지요.」

「그 점에 관해서라면 나리께선 걱정하실 필요 없습니다. 보수가 나쁘다는 불평은 들어 본 적이 없으니까요.」

「그렇다면……」 K가 말했다. 「내가 숫기가 없는 사람도 아니니 직접 백작 앞에서 내 의견을 말할 수도 있겠지만, 그래도 그곳 양반들과 원만하게 일을 잘 해결하는 편이 물론 훨씬 더 좋겠지요.」

주인은 K의 맞은편 창가에 놓인 긴 의자 끝에 앉아 있었는데, 더 편하게 고쳐 앉을 엄두도 못 내고서 내내 겁을 먹어 휘둥그레진 갈색 눈동자로 K를 쳐다보았다. 처음에는 K에게 다가들었지만 이제는 달아나고 싶은 눈치였다. K가 백작에 대해 캐묻는 것이 두려운 것일까? K를 〈나리〉로 생각하지만 아무래도 믿음이 가지 않아 저어하는 것일까? K는 다른 얘기를 꺼내 그의 마음을 돌려야겠다고 생각하고 시계를 보며 물었다. 「이제 곧 내 조수들이 올 텐데, 그들을 이곳에 묵게 해줄 수 있겠소?」

「그럼요, 나리.」 주인이 말했다. 「한데 그들도 나리와 함께 성에서 지내는 게 아닌가요?」

그는 이렇게 쉽사리 그리고 선뜻 손님을, 특히 K를 포기하고 그를 기필코 성으로 보내 버리려는 것일까?

「그건 아직 확실치 않소.」 K가 말했다. 「먼저 내게 어떤 일을 맡기려는 건지 알아야겠소. 가령 여기 아래에서 일을 해야 한다면 여기서 지내는 편이 더 합당하겠지요. 게다가 저 위의 성에서 지내는 것이 내 성미에 잘 맞을는지 염려스럽기도 하고 말이오. 나는 언제나 자유롭고 싶은 사람이니까.」

「성을 잘 모르시는군요.」 주인이 작은 소리로 말했다.

「물론이오.」 K가 말했다. 「섣불리 판단하지는 말아야지요. 지금으로서 내가 성에 대해 아는 거라곤 그곳 사람들이 제대로 된 토지 측량사를 찾아낼 줄 안다는 것뿐이오. 아마 다른 장점도 더 있겠지.」 그러면서 그는 불안하게 입술을 깨물고 있는 주인을 놓아주기 위해 일어섰다. 이자의 신뢰를 얻기란 쉬운 일이 아니었다.

떠나가면서 보니 벽에 걸려 있는 짙은 색 액자 속의 어둑어둑한 초상화가 K의 눈에 띄었다. 이미 잠자리에서부터 그것을 알아보았지만 멀리서는 자세히 구분할 수가 없어 본래의 그림은 액자에서 빼내고 검은색 뒤판만 남아 있는 거라고 생각했었다. 그러나 지금 보이는 대로 그것은 대략 쉰 살쯤 되어 보이는 한 남자의 흉상이었다. 남자가 머리를 가슴 쪽으로 깊이 숙이고 있어서 눈은 거의 보이지 않았는데, 그렇게 머리를 숙이게 된 데에는 부담스러울 정도로 튀어나온 이마와 심하게 아래로 휜 코가 결정적인 역할을 하고 있는 것 같았다. 하관을 뒤덮은 더부룩한 수염은 머리의 자세 때문에 턱에 눌린 채 아래로 늘어져 있었다. 왼손은 쫙 펴진 채 더벅머리 속에 묻혀 있었는데, 더 이상 머리를 들어 올릴 수는 없는 모양이었다. 「이게 누구요?」 K가 물었다. 「백작님이신가?」 K는 그림 앞에 선 채 주인 쪽은 아예 돌아보지 않았다. 「아니요.」 주인이 말했다. 「집사랍니다.」 「성에 멋진 집사가 있군, 정말이오.」 K가 말했다. 「그런데 그렇게 못돼 먹은 아들을 두다니 유감이군.」「아닙니다.」 주인이 말했다. 그러면서 K를 약간 자기 쪽으로 끌어당겨 귀에 대고 속삭였다. 「슈바르처가 어제 과장한 겁니다. 그의 아버지는 보조 집사일 뿐이에요. 그것도 가장 말단의 보조 집사 중 하나에 불과하지요.」 그 순간 K에게는 주인이 아이처럼 보였다. 「망할 자식!」 K가 웃으면서 말했다. 하지만 주인은 따라 웃지 않고 이렇게 말했다. 「그래 봬도 그의 아버지 역시 힘이 있습니다.」「관두시오!」 K가 말했다. 「당신은 누구든지 힘이 있다고 생각하는 모양인데, 나도 그렇게 보이나?」「나리에게는…….」 그가 쭈뼛거리며, 하지만 진지하게 말했다. 「힘이 있는 것 같지 않아요.」「그래도 사람은 제대로 볼 줄 아는군.」 K가 말했다. 「우리끼리니까 얘긴데, 나는 정말이지 힘 있는 사람이 아니오. 그래서 그런지 힘 있는 자들에 대해 어쩌면 당신 못지않게 존경심을 갖고 있는지도 모르지. 다만 당신처럼 솔직하지 못해서 그걸 항상 인정하지는 않으려 할 뿐이오.」 그러고서 K는 주인을 위로하고 자기에게 보다 호감을 갖도록 하기 위해 그의 뺨을 톡톡 두드렸다. 그러자 그는 아주 살짝 미소를 지었다. 사실 그는 수염이 거의 없는 부드러운 얼굴의 젊은이였다. 그런 그가 어쩌다가 저 펑퍼짐하고 나이 든 여자를 만나게 되었을까? 바로 옆의 문에 달린 작은 창 너머로 팔꿈치를 든 채 부엌에서 부산하게 움직이는 그녀의 모습이 보였다. 그러나 K는 이제 그를 더 다그쳐 괴롭힐 마음이 없었고 겨우 얻어 낸 미소를 사라지게 하고 싶지도 않았다. 그래서 그는 주인에게 손짓하여 문을 열게 하고는 화창한 겨울 아침 속으로 걸어 나갔다.

이제 그는 저 위에 맑은 대기 속에서 뚜렷한 윤곽으로 드러난 성의 모습을 볼 수 있었다. 어디에나 얇은 층으로 덮여 똑같이 따라 그린 듯 어떤 형체라도 고스란히 드러내 보이는 눈으로 인해 모습이 더욱 선명했다. 그러고 보니 산 위에는 여기 마을보다 눈이 훨씬 적어 보였다. 마을에는 눈이 많아 K는 어제 국도에서만큼이나 앞으로 나아가는 데 애를 먹었다. 여기서는 쌓인 눈이 오두막집들 창문까지 이르고 또 야트막한 지붕을 무겁게 눌렀지만, 저기 산 위에는 모든 것이 자유롭고 경쾌하게 솟아 있었다. 여기서는 적어도 그렇게 보였다.

여기 멀리서 바라본 모습대로라면, 성은 K의 예상과 대체로 일치했다. 오래된 기사의 성도 아니었고, 새로 지은 호화 건축물도 아니었다. 그것은 2층짜리 건물이 드문드문 솟아 있고 수많은 단층 건물들이 서로 다닥다닥 붙어 있는 광대한 구조물이었다. 만일 그것이 성이라는 사실을 몰랐다면 하나의 조그만 도시쯤으로 여길 수도 있었을 것이다. K의 눈에 탑은 하나만 보였는데, 주거용 건물의 일부인지 교회에 속한 것인지는 알 수 없었다. 까마귀 떼가 탑 주위를 맴돌고 있었다.

두 눈으로 오직 성만을 바라보며 K는 계속 걸었다. 다른 어떤 것도 그의 마음을 끌지 못했다. 그러나 점점 다가갈수록 성은 그를 실망시켰다. 그것은 시골집들을 끌어모아 놓은 정말이지 초라하기 그지없는 소도시에 지나지 않았던 것이다. 모든 게 돌로 지어져 있다는 점만이 두드러진 특징이었는데, 그나마 칠은 벗겨진 지 오래고 돌도 곧 부스러질 것 같았다. K는 문득 자신의 조그만 고향 마을을 떠올렸다. 소위 성이라고 하는 저것에 별로 뒤질 것도 없었다. K가 여기에 온 목적이 단지 관광에만 있었다면 장시간의 도보 여행이 아까웠을 것이고, 차라리 그토록 오랫동안 가보지 못한 옛 고향을 다시 한 번 방문하는 편이 더 현명한 처사였을 것이다. 그는 머릿속으로 고향의 교회 탑과 저 위의 탑을 비교해 보았다. 고향의 교회 탑은 확실하고 거침없이 곧장 위로 뻗어 올라가면서 점점 뾰족해졌고, 넓은 지붕은 붉은 기와로 마무리되어 있었다. 지상의 건축물이지만 — 우리가 달리 무엇을 지을 수 있겠는가? — 서로 뒤엉켜 한 덩어리를 이룬 낮은 가옥의 무리보다는 더 높은 목표를 지녔고 평일의 흐릿한 표정보다는 더 분명한 표정을 드러내었다. 반면 저 위의 탑은 — 눈에 보이는 유일한 탑이었다 — 지금 보이는 대로 주거 건물의 탑으로 아마도 성 본채에 딸린 모양인데, 단조로운 원통형 건축물이었다. 일부가 담쟁이덩굴로 보기 좋게 덮여 있었고, 햇빛을 받아 번쩍거리는 작은 창들에는 무언가 광기 같은 것이 어려 있었다. 꼭대기 부분은 발코니처럼 돌출되어 있었고, 파란 하늘을 배경으로 톱니 모양을 이룬 성가퀴는 겁을 먹었거나 무성의한 어린아이의 손으로 그려진 듯 불안하고 불규칙했으며 모서리가 깨져 울퉁불퉁했다. 마치 건물의 가장 멀리 떨어진 방에 감금되어 있어야 마땅할 어떤 음산한 거주자가 지붕을 뚫고 올라와 세상에 자신을 드러낸 모습 같았다.

K는 가만히 서 있으면 판단력이 더 좋아지기라도 한다는 듯 다시 멈추어 섰다. 하지만 그는 방해를 받았다. 그가 멈추어 선 곳은 마을 교회 옆이었는데, 교회 뒤에는 — 사실 그곳은 예배소에 불과했지만 교구의 신도를 모두 수용할 수 있도록 창고 모양으로 넓혀 놓았다 — 학교가 있었다. 묘하게도 임시로 지은 가건물의 특성과 매우 오래된 고건물의 특성을 하나로 합쳐 놓은 듯한 인상을 주는 이 낮고 기다란 건물은 격자 울타리로 둘러싸인 교정 뒤편에 놓여 있었는데, 교정은 지금 눈밭으로 변한 채였다. 마침 교사와 함께 아이들이 나오고 있었다. 아이들은 빽빽한 무리를 이루어 교사를 에워쌌고, 모두 교사를 바라보며 사방에서 끊임없이 떠들어 댔다. K는 그들이 빠르게 하는 말을 전혀 알아들을 수 없었다. 교사는 키가 작고 어깨가 조붓한 젊은 사람이었지만 조금도 우스꽝스러운 구석이 없고 자세가 매우 꼿꼿했다. 그는 이미 멀리서부터 K를 지켜보고 있었다. 물론 사방 어디를 둘러봐도 그들 무리 외에는 K가 유일한 사람이긴 했다. 외지 사람으로서 K가 먼저 도도해 보이는 키 작은 이 남자에게 인사했다. 「안녕하세요, 선생님.」 별안간 아이들 말소리가 뚝 그쳤다. 이 갑작스러운 침묵이 자신의 말을 위한 바탕이 되어 주어서 교사는 만족스러워하는 것 같았다. 「성을 보고 계신가요?」 그가 물었다. 예상했던 것보다는 부드러웠지만 K가 무슨 행동을 하면 용납하지 않겠다는 듯한 어조였다. 「네.」 K가 말했다. 「저는 이곳이 처음입니다. 어제저녁에

야 도착했거든요.」「성이 마음에 안 드시지요?」교사가 빠르게 물었다. 「뭐라고요?」K는 약간 어이가 없어서 그렇게 되묻고는 보다 온건한 투로 질문을 되풀이했다. 「성이 마음에 안 드느냐고요? 왜 성이 제 마음에 들지 않을 거라고 가정하시나요?」「외지인들은 좋아하지 않아요.」교사가 말했다. 그에 대해 뭔가 껄끄러운 말을 하지 않으려고 K는 화제를 바꾸며 물었다. 「백작을 잘 아시겠네요?」「아니요.」교사는 그렇게 말하고서 몸을 돌리려 했지만, K는 물러서지 않고 재차 물었다. 「네? 백작을 모른다고요?」「어떻게 제가 그를 알겠어요?」교사가 목소리를 낮추어 말했다. 그러고는 크게 프랑스어로 덧붙였다. 「순진한 아이들이 있다는 걸 염두에 두십시오.」이 말을 기회 삼아 K가 물었다. 「선생님을 한번 찾아뵈어도 괜찮을까요? 저는 여기에 꽤 오래 머물게 될 텐데 벌써부터 약간 외톨이가 된 느낌입니다. 농부들 축에도 들지 못하고 성 사람도 아닌 것 같고 말입니다.」「농부들과 성 사람 간에는 아무 차이도 없어요.」교사가 말했다. 「그럴지도 모르죠.」K가 말했다. 「그렇다고 제 처지가 바뀌는 건 아닙니다. 제가 한번 찾아뵐 수 있을까요?」「저는 슈바넨 가의 푸줏간 집에 살고 있습니다.」그것은 초대라기보다는 주소를 일러 주는 말에 불과했지만 그럼에도 K는 말했다. 「좋습니다. 찾아가겠습니다.」교사는 고개를 끄덕이더니 금세 다시 떠들어 대기 시작하는 아이들 무리를 데리고 떠나갔다. 그들은 곧 가파른 내리막 골목길로 사라졌다.

그러나 K는 대화로 인해 기분이 나빠져 얼떨떨한 채 가만히 서 있었다. 여기 와서 처음으로 진한 피로를 느꼈다. 처음에는 여기까지의 먼 길에도 전혀 지친 기색이 없었는데 — 어떻게 그 여러 날을 걸어왔던가, 차분하게 한 걸음 한 걸음씩! — 그동안 쌓인 엄청난 과로의 결과가 이제 와서 때아니게 나타난 것이다. 새로 사람을 사귀고 싶은 마음은 견딜 수 없이 컸지만 새로운 만남은 그때마다 피로감을 가중시켰다. 오늘 같은 몸 상태로는 최소한 성 어귀까지 산책하는 것도 지나친 무리였다.

그렇게 그는 다시 걸어 나아갔지만 길이 아주 멀었다. 이 마을의 중심 도로인 그 길은 성이 있는 산으로 뻗어 있지 않았다. 산에 가까이 다가가긴 했지만 길은 마치 일부러 그러는 것처럼 옆으로 휘었으며, 성에서 멀어지지는 않았지만 그렇다고 더 가까워지지도 않았다. K는 걷는 내내 이 길이 결국엔 성으로 접어들고야 말 거라는 기대를 접지 않았으며, 그 기대 때문에 계속 걸었다. 한편 그가 그 길을 단념하지 못하고 망설였던 것은 피로 때문임이 분명했다. 또한 그는 한없이 길게 뻗어 있는 마을의 길이에 놀라움을 금치 못했다. 가도 가도 조그만 집들과 얼어붙은 유리창과 눈뿐이었고 사람이라곤 그림자도 보이지 않았다. 마침내 그를 단단히 붙잡고 놓아주지 않던 그 거리에서 몸을 뿌리쳐 벗어나자 좁은 골목이 그를 맞이했는데 눈이 더 높이 쌓인 곳이었다. 푹푹 빠지는 발을 빼내기란 여간 고된 일이 아니어서 몸에서 땀이 솟았고 그는 갑자기 멈추어 섰다. 더 이상 나아갈 수가 없었다.

이제, 그는 외톨이가 아니었다. 좌우로 농가 오두막이 있었다. 그는 눈 뭉치를 만들어 한 창문에다 던졌다. 그러자 곧바로 문이 열렸는데 — 그가 마을 길을 걷는 동안 처음으로 열린 문이었다 — 갈색 모피 상의를 입은 늙은 농부가 고개를 옆으로 기울인 채 공손하면서도 힘없는 모습으로 서 있었다. 「잠시 댁에 들어가도 될까요?」 K가 말했다. 「저는 몹시 지쳤습니다.」 그는 노인이 뭐라고 말하는지 전혀 들을 수 없었지만 자신에게 밀어 주는 널빤지 하나를 고맙게 받아들였다. 덕분에 곧바로 눈에서 구출되어 몇 걸음 만에 방에 들어설 수 있었다.

커다란 방에는 빛이 어스름했다. 밖에서 들어온 그는 처음엔 아무것도 볼 수 없었다. K가 빨래 통에 부딪혀 비틀거리자 웬 여자의 손이 그를 붙잡아 주었다. 한쪽 구석에서 빽빽거리는 아이들 소리가 귀 따갑게 들려왔다. 다른 쪽 구석에서는 증기가 자욱하게 올라와 가뜩이나 어둑어둑한 방을 암흑으로 만들고 있었다. K는 마치 구름 속에 서 있는 것 같았다. 「저 사람 취했군.」 누군가 말했다. 「당신 누구요?」 위압적인 목소리가 외쳐 댔다. 그러고는 아마 노인에게 하는 말인 듯 이렇게 말했다. 「왜 저자를 들어오게 했어? 골목에서 어슬렁거리는 자들을 죄다 들일 거야?」 「저는 백작님의 토지 측량사입니다.」 K는 그렇게 말하고서 여전히 보이지 않는 사람들 앞에서 자신을 해명하려 했다. 「아, 그 측량사로군요.」 여자 목소리가 말했다. 그러고는 완전한 침묵이 흘렀다. 「저를 아시나요?」 K가 물었다. 「그럼요.」 같은 목소리가 다시 짤막하게 말했다. 사람들이 K를 안다는 것이 그에게 그리 좋은 일 같지 않았다.

드디어 증기가 조금씩 걷히면서 K는 서서히 상황을 파악할 수 있었다. 다 함께 빨래하는 날인 것 같았다. 문 근처에서 빨래를 하고 있었다. 하지만 증기는 왼쪽 구석에서 올라왔는데, 거기 커다란 나무통 안에 — 침대 두 개쯤 되는 크기로 그렇게 큰 나무통을 K는 아직 본 적이 없었다 — 김이 무럭무럭 나는 물속에서 남자 둘이 목욕을 하고 있었다. 그러나 더욱 놀라운 것은 오른쪽 구석이었는데, 무엇이 놀라운 점인지는 정확히 알 수 없었다. 방 뒷벽에 있는 유일한 창인 커다란 채광창을 통해 아마도 안뜰로부터 들어온 듯한 창백한 눈빛[雪光]이 비쳐, 거기 구석 깊숙이 놓인 높은 팔걸이의자에 지쳐 눕다시피 한 어느 여인의 옷에 마치 비단 같은 광택을 띠게 하였다. 그녀는 가슴에 젖먹이를 안고 있었다. 주위에는 농부의 자식들로 보이는 아이들 몇이 놀고 있었는데, 그녀는 그 아이들과 잘 어울리지 않는 것 같았다. 물론 병들고 지치면 농부들도 섬세해 보일 때가 있지만 말이다.

「앉으시오.」 두 남자 중 하나가 말했다. 얼굴 아래쪽이 온통 수염으로 뒤덮인 털보였는데, 콧수염 아래로 거친 숨소리를 내며 내내 입을 벌리고 있었다. 그가 나무통 언저리 너머로 손을 쭉 뻗어 궤짝 하나를 가리키는 바람에 — 그 모습이 익살스러워 보였다 — K의 얼굴에 온통 더운물을 튀겼다. 궤짝 위에는 K를 들어오게 했던 노인이 어느새 까막까막 졸며 앉아 있었다. K는 마침내 앉을 수 있게 된 것에 감사했다.

이제 아무도 그에게 관심을 갖지 않았다. 빨래 통 옆의 세탁부는 젊음이 충만한 금발의 여자로 일을 하면서 나지막하게 노래를 흥얼거렸고, 목욕 중인 두 남자는 발을 구르기도 하고 몸을 휘휘 돌리기도 했다. 아이들은 그들에게 가까이 가려다가 번번이 세찬 물세례를 맞고 쫓겨났으며 그 물세례에 K까지도 피해를 보았다. 팔걸이의자의 여자는 죽은 듯이 누워 가슴에 안긴 아이에게조차 눈길 한 번 주지 않고 하염없이 허공만 쳐다보았다.

미동도 없는 그녀의 이 아름답고도 슬픈 모습을 오래도록 바라보다가 K는 그만 잠이 든 모양이었다. 큰 목소리가 부르는 바람에 화들짝 놀라 깨어났을 때 그의 머리는 옆에 나란히 앉은 노인의 어깨에 기대어져 있었다. 두 남자는 목욕을 마치고 나와 옷을 입은 채 K 앞에 서 있었고, 목욕통 안에서는 이제 금발의 여자가 지켜보는 가운데 아이들이 물을 휘저으며 놀고 있었다. 두 남자 중 소리 잘 지르는 털보가 더별 볼 일 없는 사람 같았다. 털보보다 키도 작고 수염도 훨씬적게 난 다른 남자는 과묵하고 천천히 생각하는 사람이었는데, 떡 벌어진 체격에 넓적한 얼굴을 하고서 고개를 숙이고 있었다. 「토지 측량사님.」 그가 말했다. 「당신은 여기에 머무실 수 없습니다. 무례를 용서하세요.」 「저도 머물 생각은 없었습니다.」 K가 말했다. 「그저 좀 쉬고 싶었을 뿐입니다. 다쉬었으니 이제 가야지요.」 「손님 접대가 너무 소홀하다고 의아하시겠지요.」 남자가 말했다. 「하지만 손님을 환대하는 것은 우리네 풍습이 아닙니다. 우리는 손님을 필요로 하지 않습니다.」 잠을 잔 덕분에 기력을 찾고 귀도 전보다 좀 더 밝아진 K는 솔직한 말을 듣고 기뻤다. 몸놀림도 한결 자유로워져 지팡이를 한 번은 여기에 한 번은 저기에 짚어 가며 팔걸이의자에 누운 여자에게 다가갔다. 그러고 보니 그는 그 방에서 체격이 제일 큰 사람이었다.

「그럼요.」 K가 말했다. 「손님이 왜 필요하시겠어요. 하지만 가끔은 필요할 때가 있지요. 가령 저 같은 토지 측량사라면 말입니다.」 「그런 것 난 모릅니다.」 남자가 느리게 말했다. 「당신을 불렀다면 당신이 필요해서겠지만, 그건 예외적인 경우일 겁니다. 그러나 우리, 우리같이 대수롭지 않은 사람들은 규칙을 따라야 하지요. 그렇다고 우리를 나쁘게 생각하진 마세요.」 「그럼요, 그럼요.」 K가 말했다. 「저는 그저 감사할 뿐입니다. 당신과 여기 있는 모든 분들께요.」 그러고서 누구도 예기치 않게 K는 말 그대로 한 번 껑충 뛰면서 몸을 홱 돌리더니 그 여자 앞에 섰다. 그녀는 지친 푸른 눈동자로 K를 바라보았는데, 속이 비치는 비단 머리쓰개가 이마 한가운데까지 드리워져 있었고, 젖먹이는 그녀의 가슴에서 자고 있었다. 「당신은 누굽니까?」 K가 물었다. 그녀는 말을 내던지듯 경멸적으로 대답했는데, 경멸의 대상이 K인지 자신의 대답인지 분명치 않았다. 「성에서 온 여자.」

이 모든 일이 한순간에 일어났다. 어느새 K의 좌우로 두 남자가 다가와 이것 말고는 달리 타협할 수단이 없다는 듯 입을 다문 채 온 힘을 다해 그를 문 쪽으로 끌고 갔다. 그러자 노인은 뭐가 기쁜지 손뼉을 치며 좋아했다. 빨래하던 여자도 갑자기 미친 듯이 떠들어 대는 아이들 옆에서 웃었다.

곧 K는 골목길에 서 있었고, 두 남자는 문턱에 선 채 그를 지켜보았다. 다시 눈이 내리고 있었지만 날은 좀 더 밝아진 것 같았다. 털보가 조급하게 외쳤다. 「당신 어디로 갈 거요? 이쪽은 성으로 가는 길이고, 저쪽은 마을로 가는 길이오.」 K는 그에게 대꾸하지 않았다. 대신 지위가 더 높지만 말 붙이기 쉬워 보이는 다른 남자를 향해 말했다. 「당신은 누구십니까? 머물게 해주신 데 대해 누구한테 감사드려야 하나요?」 「나는 무두장이 라제만입니다.」 그의 대답이었다. 「하지만 당신은 아무한테도 감사할 것 없어요.」 「좋습니다.」 K가 말했다. 「또 만나게 되겠지요.」 「아닐 겁니다.」 그 남자가 말했다. 그 순간 털보가 손을 쳐들며 외쳤다. 「안녕, 아르투어! 안녕, 예레미아스!」 K가 돌아보았다. 이 마을 이 골목에 사람이 나타나다니! 보통 키의 두 젊은 남자가 성 쪽으로부터 다가왔다. 둘 다 홀쭉하고 꼭 끼는 옷차림에 얼굴도 서로 매우 비슷했다. 얼굴색은 짙은 갈색이었는데도 뾰족한 턱수염이 유난히 검어 얼굴색과 대조를 이루며 두드러져 보였다. 이런 도로 사정에도 그들은 놀랄 정도로 걸음이 빨랐고 늘씬한 다리를 절도 있게 내뻗었다. 「무슨 일 있어?」 털보가 외쳤다. 소리를 질러야만 대화를 할 수 있었다. 그만큼 그들은 빠르게 걸었고 걸음을 멈추지 않았다. 「볼일이 좀 있어요.」 그들은 웃으면서 소리쳐 대답했다. 「어디에?」 「여관에요.」 「나도 거기 갑니다.」 K가 갑자기 다른 누구보다 큰 소리로 외쳤다. 그는 두 젊은이가 자기를 데려가 주었으면 하는 마음이 간절했다. 그들을 알게 되는 것이 그에게 별로 득이 될 성싶지는 않았지만 분명 기분을 바꾸어 놓을 좋은 길잡이가 되어 줄 것 같았다. 하지만 그들은 K의 말을 듣고도 고개만 끄덕이고는 후딱 지나가 버렸다.

K는 여전히 눈 속에 서 있었는데, 발을 들어 올려 눈 속에서 빼내 조금 앞의 눈 속에 다시 옮겨 넣고 싶은 마음이 별로 없었다. K를 완전히 내몰아 버린 것에 만족한 무두장이와 그의 동료는 K를 계속 돌아보면서 살짝 열려 있는 문 사이로 천천히 몸을 밀어 넣어 집으로 들어갔다. K는 이제 자신을 감싸며 내리는 눈 속에 홀로 서 있었다. 〈이건 약간 절망적인 상황이로군.〉 그런 생각이 들었다. 〈내가 그냥 우연히, 전혀 뜻하지 않게 여기에 서 있는 거라면 말이지.〉

그때 왼쪽 오두막집의 조그만 창문이 열렸다. 닫혀 있을 때는 눈의 반사광 때문인지 짙은 푸른색으로 보였다. 얼마나 조그마한지 열려 있는 창으로 지금 밖을 내다보는 사람의 얼굴도 다 보이지 않고 겨우 눈만, 늙은 갈색 눈만 보였다. 「저기 그가 서 있구나.」 가늘게 떨리는 여자 목소리가 들렸다. 「토지 측량사예요.」 남자 목소리가 말했다. 그러고는 남자가 창가로 다가와 물었다. 불친절하지는 않았지만 자기 집 앞 길에서는 모든 일이 이상 없이 돌아가야 한다는 듯한 말투였다. 「누굴 기다리는 겁니까?」 「날 데려다 줄 썰매를 기다리고 있어요.」 K가 말했다. 「여긴 썰매가 안 와요.」 남자가 말했다. 「여긴 그런 거 안 다녀요.」 「그래도 이건 성으로 가는 길인데요.」 K가 따지고 들었다. 「그래도, 그럼에도……」

남자가 다소 단호한 어조로 말했다. 「여긴 그런 거 안 다닌다니까요.」 그러고는 둘 다 말이 없었다. 그러나 남자는 뭔가를 골똘히 생각하고 있는 게 분명했다. 김이 무럭무럭 나오는 창문을 그대로 열어 두고 있었으니 말이다. 「길이 형편없어요.」 K가 그의 생각을 거들기 위해 말했다. 그러나 그는 이렇게 대답할 뿐이었다. 「그건 그렇죠.」 그러더니 잠시 후 이렇게 말하는 것이었다. 「원하신다면 내 썰매로 데려다 드리지요.」 「제발 그렇게 해주세요.」 K가 기뻐하며 말했다. 「얼마를 드리면 될까요?」 「한 푼도 안 받아요.」 남자가 말했다. K는 몹시 의아해했다. 「당신은 토지 측량사니까 말이오.」 남자가 해명하듯 덧붙였다. 「그러니 성에 속한 사람이지요. 그런데 어디로 가실 거죠?」 「성으로요.」 K가 재빨리 말했다. 「그러면 가지 않겠어요.」 남자가 즉시 말했다. 「하지만 난 성에 속한 사람인데요.」 K는 남자가 한 말을 되풀이했다. 「그럴지도 모르지요.」 남자가 물리치듯이 말했다. 「그렇다면 여관으로 데려다 주세요.」 K가 말했다. 「좋아요.」 남자가 말했다. 「내 당장 썰매를 가져오지요.」 이 모든 것이 각별히 친절하다기보다는, 어떻게든 K를 집 앞에서 몰아내고자 매우 이기적이고 소심하게, 거의 옹졸할 정도로 안간힘을 쓰는 듯한 인상을 주었다.

안뜰 문이 열리더니 좌석이라곤 없이 가벼운 짐이나 싣는 아주 납작하고 작은 썰매가 허약한 조랑말 한 마리에 이끌려 나왔다. 그 뒤로 늙지는 않았지만 힘없고 구부정한 남자가 다리를 절뚝거리며 나왔는데, 감기에 걸렸는지 수척한 얼굴은 붉은빛을 띠었다. 목을 단단히 동여매다시피 한 털목도리 때문에 얼굴이 유난히 작아 보였다. 병색이 완연한데도 남자는 오직 K를 실어다 내쫓기 위해 나온 것이다. K가 그에 관해 무언가를 언급했지만 남자는 손사래를 치며 부인했다. K가 알아낸 것이라곤 그가 마부 게어슈테커라는 것과, 그가 이 불편한 썰매를 가지고 나온 이유는 마침 그것이 준비되어 있었고 다른 것을 꺼내려면 시간이 너무 오래 걸릴 듯해서라는 것이었다. 「앉아요.」 그는 말하면서 채찍으로 썰매 뒤쪽을 가리켰다. 「당신 옆에 앉겠습니다.」 K가 말했다. 「나는 걸어갈 겁니다.」 게어슈테커가 말했다. 「대체 왜 그래요?」 K가 물었다. 「나는 걸어갈 거예요.」 게어슈테커가 되풀이했다. 그러고서 발작적인 기침이 나와 몸이 심하게 흔들리는 통에 그는 두 다리를 눈 속으로 뻗어 버티면서 두 손으로는 썰매 가장자리를 붙잡고 있어야 했다. K는 더 이상 아무 말도 하지 않고 썰매 뒤쪽에 앉았다. 기침이 서서히 가라앉았고 그들은 출발했다.

저 위의 성은 이상하게도 벌써 어둑어둑했다. K는 오늘 중으로 도달하고 싶었지만 성은 다시 멀어져 갔다. 당분간의 작별을 위해 무슨 신호라도 해야 한다는 듯 그곳에서 밝고 경쾌한 종소리가 울려왔다. 적어도 한순간이나마 마음을 흔들어 놓은 그 종소리는 마치 아련히 갈망하던 것을 실현하겠다고 위협하는 듯도 했다. 그 울림이 그만큼 고통스러웠던 것이다. 그러나 이 커다란 종소리는 곧 울림을 멈추고서 약하고 단조로운 작은 종소리에 자리를 내주었다. 작은 종소리는 위에서 나는 것 같기도 하고, 마을에서 나는 것 같기도 했다. 물론 이 소리가 느릿느릿한 썰매 속도와 안쓰럽게 생겼지만 행동은 가차 없는 마부에게는 더 잘 어울렸다.

「이봐요.」 K가 갑자기 소리쳤다. 이미 교회 가까이에 왔고 여관도 그리 멀지 않아 K는 왠지 대담해질 수 있었다. 「당신이 스스로 책임지고 나서서 나를 이렇게 태우고 돌아다닌다니 참 이상한 일이군요. 이래도 되는 건가요?」 게어슈테커는 그 말에 개의치 않고 조랑말 옆에 나란히 선 채 태연히 걸어나갔다. 「어이.」 K가 그렇게 외치며 썰매에 있는 눈을 조금 뭉쳐서 게어슈테커의 귀를 정통으로 맞혔다. 그제야 그는 멈춰 서서 뒤를 돌아보았다. 그러나 막상 그를 옆에서 가까이 바라보니 — 썰매는 조금 더 밀려 나갔다 — 구부정하고 이를테면 학대받은 듯한 형상에 지치고 야윈 붉은 얼굴, 뺨은 양쪽이 뭔가 서로 달라 한쪽은 판판한데 다른 쪽은 푹 꺼졌으며 입은 벌어져 소리를 경청하는 듯했고 그 안에는 몇 개 남지 않은 이가 드문드문 나 있었는데, 그 모습을 보고 있자니 K는 조금 전에 짓궂게 했던 말을 이제는 동정심이 들어 되풀이하지 않을 수 없었다. 자신을 태워다 준 일로 그가 처벌을 받는 게 아니냐는 말이었다. 「원하는 게 뭐요?」 게어슈테커는 영문을 모르겠다는 듯 되물었으나 더 이상 어떤 설명도 들으려 하지 않고 조랑말을 향해 소리쳤고 그들은 다시 떠났다.

여관에 거의 이르렀을 때 — K는 휘어진 길을 보고 알아챘다 — 놀랍게도 날은 이미 저물어 칠흑같이 깜깜했다. 그렇게나 오랫동안 돌아다녔나? 그의 계산으로는 불과 한두 시간쯤이었는데. 게다가 그는 아침에 떠나지 않았던가. 시장기도 전혀 없었다. 그리고 조금 전까지만 해도 변함없이 대낮처럼 환했는데 지금은 어느새 깜깜했다. 「해가 짧구나, 해가 짧아.」 K는 혼자 중얼거리며 썰매에서 미끄러져 내려와 여관을 향해 걸어갔다.

건물 앞 작은 계단 위에 주인이 서서 그를 매우 반기며 등불을 들어 올려 비춰 주었다. K는 문득 마부가 생각나 걸음을 멈추었다. 어둠 속 어디에선가 기침 소리가 났는데 바로 그가 내는 소리였다. 그래, 곧 다시 보게 되겠지. 위로 올라가자 주인이 공손한 인사를 건넸고 그제야 K는 문 양쪽에 남자가 한 명씩 서 있는 것을 알아차렸다. 그는 주인 손에서 등불을 빼앗아 그 둘을 비추어 보았다. 그가 이미 만났던, 아르투어와 예레미아스라고 불린 자들이었다. 그들이 경례를 올려붙였다. K는 자신의 군대 시절을 떠올리며 미소 지었다. 행복했던 시절이었지. 「당신들은 누구죠?」 그는 물으면서 한 사람씩 번갈아 바라보았다. 「선생님의 조수들입니다.」 그들이 대답했다. 「조수들 맞아요.」 주인이 조그만 소리로 확인해 주었다. 「뭐라고?」 K가 물었다. 「너희가 나의 옛 조수들이라고? 내가 뒤이어 오라고 한, 내가 기다리고 있던 그 조수들이라고?」 그들이 그렇다고 대답했다. 「그렇다면 좋아.」 잠시 뜸을 들인 후 K가 말했다. 「너희들이 왔으니 잘됐군. 그런데…….」 K는 잠시 멈추었다가 덧붙였다. 「너희들 너무 늦게 왔어. 굼벵이들 같으니라고.」 「너무 먼 길이었습니다.」

한 친구가 말했다. 「먼 길이라.」K가 되풀이했다. 「하지만 너희들이 성에서 오는 걸 봤는데.」「네.」그들은 대답하고 더 이상의 설명을 붙이지 않았다. 「도구들은 어디에 있지?」K가 물었다. 「저희한테 없는데요.」그들이 대답했다. 「내가 너희들한테 맡겨 둔 도구들 말이야.」K가 말했다. 「저희한테 없습니다.」그들이 되풀이했다. 「나 이런, 뭐 이런 것들이 다 있어!」K가 말했다. 「토지 측량에 대해서는 좀 아는가?」「아니요.」그들이 말했다. 「하지만 너희가 나의 옛 조수들이라면 그건 알고 있어야지.」K가 말했다. 그들은 침묵했다. 「그럼 들어와.」K는 말하면서 그들을 안으로 밀어 넣었다.

2
바르나바스

이제 그들 세 사람은 여관 식당의 조그만 식탁에 맥주를 놓고 별말 없이 앉아 있었다. 가운데 K가 앉고 좌우로 조수들이 앉았다. 그 외에는 전날 저녁과 비슷하게 농부들이 식탁 하나를 차지하고 있을 뿐이었다. 「참 힘들구나.」 K는 말하면서 이미 여러 번 그랬듯이 그들의 얼굴을 비교해 보았다. 「대체 너희들을 어떻게 구별해야 하지? 너희는 이름만 다를 뿐 그 밖엔 서로 빼닮아서 말이야. 마치……」 그는 말이 막혔지만 자기도 모르게 이렇게 계속했다. 「마치 너희는 뱀들처럼 닮았어.」 그들은 빙긋이 웃었다. 「딴 사람들은 우리를 잘 구별하던데요.」 그들이 변명 삼아 말했다. 「글쎄, 그런 것 같긴 해.」 K가 말했다. 「내가 직접 목격했으니까. 하지만 나는 내 눈으로만 볼 뿐인데, 내 눈으로는 너희를 구별할 수가 없단 말이야. 그러니 나는 너희를 한 사람처럼 취급할 것이고 둘 다 아르투어라고 부르겠다. 너희 중 하나가 그런 이름이지, 자네던가?」 K가 한 사람에게 물었다. 「아니요.」 그자가 말했다. 「저는 예레미아스인데요.」 「좋아, 상관없어.」

K가 말했다. 「난 너희를 둘 다 아르투어라고 부를 거야. 내가 아르투어를 어딘가로 보내면 너희 둘 다 가면 되고, 내가 아르투어에게 어떤 일을 시키면 너희 둘이 그걸 하란 말이야. 너희에게 따로따로 일을 시킬 수 없다는 것은 나한테 큰 손해이긴 하지만, 대신 너희에게 맡기는 모든 일에 대해 너희가 구분 없이 공동으로 책임을 진다는 장점이 있지. 너희끼리 일을 어떻게 분담하는가는 내가 상관할 바 아니고, 다만 서로에게 핑계를 대며 떠넘겨서는 안 될 것이야. 너희 둘은 나한테 한 사람이나 마찬가지니까.」 그들은 곰곰이 생각해 보다가 이렇게 말했다. 「저희로서는 기분 나쁜 일이로군요.」 「왜 그렇지 않겠어.」 K가 말했다. 「당연히 기분 나쁘겠지. 하지만 어쩔 수 없어.」 K는 이미 아까부터 농부들 중 한 명이 식탁 주위를 맴돌며 살금살금 다가오는 것을 보았는데, 그자가 마침내 결심하고는 조수 한 사람에게 다가가 무언가를 속삭이려고 했다. 「잠깐 실례하겠소.」 K는 손으로 식탁을 내려치며 일어섰다. 「이들은 내 조수이고 우린 지금 회의 중이오. 아무도 우릴 방해할 권리가 없소.」 「아, 예예, 알겠습니다.」 농부는 겁먹은 소리로 그렇게 말하고는 뒷걸음질로 일행에게 되돌아갔다. 「너희는 특히 이 점을 주의해야 한다.」 K가 다시 앉으면서 말했다. 「내 허락 없이는 누구와도 얘기를 해서는 안 돼. 나는 여기서 외지인이고, 너희가 나의 옛 조수라면 너희 역시 외지인이지. 그러니 외지인인 우리 세 사람은 뭉쳐야 한단 말이야. 그럼 맹세하는 뜻으로 손들 내밀어 봐.」 그들은 너무도 선선히 K 쪽으로 손을 뻗었다.

「이제 그 흉한 손들 치워.」 그가 말했다. 「하지만 내 명령은 유효하다. 나는 이제 자러 가려는데 너희도 그러는 게 좋을 거야. 오늘 하루는 아무 일도 못 하고 공쳤으니, 내일은 이른 아침부터 일을 시작해야 해. 성으로 타고 갈 썰매를 한 대 구해 가지고 6시까지 여기 집 앞에 대기시켜 놓고 있어.」 「알겠습니다.」 한 사람이 말했다. 그런데 다른 사람이 끼어들었다. 「너는 알겠다고 하지만 그게 가능하지 않다는 걸 알고 있잖아.」 「조용히 해.」 K가 말했다. 「너흰 벌써부터 따로 놀려는 모양이군.」 그러자 이번에는 먼저 말한 자도 말했다. 「이 친구 말이 맞아요. 그건 불가능합니다. 허가 없이는 어떤 외지인도 성에 들어갈 수 없어요.」 「어디서 허가를 신청해야 하지?」 「모릅니다, 아마 집사한테서.」 「그럼 그리로 전화해서 신청하기로 하지. 즉시 집사한테 전화 걸어 봐, 둘이 같이.」 그들은 전화기 쪽으로 달려갔고, 여러 차례 애쓴 끝에 — 겉보기에는 우스울 정도로 고분고분한 그들이 거기서 서로 밀치며 승강이를 벌이는 모습이란 정말 가관이었다 — 어렵사리 연결이 되자 K가 내일 그들과 함께 성에 가도 되는지 물어보았다. 〈안 돼요〉 하는 대답 소리가 K가 앉아 있는 식탁에까지 들려왔다. 그런데 더 자세한 대답이 이어졌다. 「내일도, 그다음에도 안 돼요.」 「내가 직접 전화하겠어.」 K가 말하면서 일어섰다. K와 그의 조수들은 조금 전 한 농부로 인해 생긴 돌발적인 일 말고는 지금까지 별로 주목을 받지 못했는데, 그의 마지막 말이 모두의 관심을 불러일으켰다. 모두가 K와 동시에 자리에서 일어나더니 주인이 뒤로 밀어내며 가까이 오지 못하게 하려는데도 전화기 근처로 몰려들어 좁은 반원형으로 K를 둘러쌌다. 그들 사이에서는 K가 아무 대답도 얻지 못할 것이라는 의견이 우세했다. K는 그들의 의견을 듣고자 하는 게 아니니 제발 조용히 해달라고 부탁해야 했다.

수화기에서는 K가 평소 전화할 때 한 번도 들어 본 적이 없는 윙윙 소리가 났다. 마치 수없이 많은 아이들이 한데 모여 재잘대는 윙윙 소리였는데 — 아니, 그런 윙윙 소리도 아니고 멀리, 아주 멀리서 들려오는 노랫소리였다 — 그렇게 아득히 들리는 윙윙 소리에서 도저히 불가능할 것 같은 방식으로 높으면서도 강한 단 하나의 소리가 만들어지는 것 같았다. 그 소리는 부실한 청각을 자극하는 데 그치지 않고 더 깊이 파고들겠다는 듯 귓전을 때렸다. K는 통화는 하지 않고 듣고만 있었다. 왼팔로 전화 받침대를 누르고서 몸을 지탱한 채 그렇게 귀를 기울이고 있었다.

얼마나 그랬는지는 알 수 없으나 심부름꾼 하나가 그를 찾아왔다고 주인이 그의 상의를 살짝 잡아당길 때까지였으니 꽤 오랫동안이었다. 「꺼져!」 K가 자제심을 잃고 소리를 질렀다. 어쩌면 전화기에 대고 한 것인지도 몰랐다. 지금 누군가 전화를 받았기 때문이다. 대화는 다음과 같이 전개되었다. 「나 오스발트인데, 거기는 누구요?」 엄격하고 오만한 목소리가 외쳤다. 가벼운 발음 장애가 있는 것처럼 들렸는데, 목소리에 한층 위엄을 더함으로써 발음 장애를 상쇄시키려는 것 같았다. K는 자신의 이름을 대지 못하고 머뭇거렸다. 전화기 앞에서 그는 무력했다. 상대방이 버럭 소리를 질러 그를 납작하게 만들고는 끊어 버릴 수도 있고, 그러면 K로서는 어쩌면 중요할지도 모르는 길이 막혀 버리는 셈이었으니 말이다. K의 머뭇거림이 남자를 조급하게 만들었다. 「거기 누구요?」 그는 다시 묻고는 덧붙여 말했다. 「그쪽에서 전화 좀 그렇게 많이 하지 않았으면 좋겠어. 방금 전에도 전화하지 않았소?」 K는 이에 개의치 않고 갑작스러운 결의를 보이며 말했다. 「저는 토지 측량사님의 조수입니다.」 「어떤 조수? 어떤 분이라고? 어떤 토지 측량사 말이오?」 K는 어제의 전화 대화가 생각났다. 「프리츠에게 물어보세요.」 그가 짧게 말했다. 놀랍게도 그 말은 효과가 있었다. 그러나 그 말의 효과보다는 그곳의 일 처리에 일관성이 있다는 것에 그는 더욱 놀랐다. 대답은 이러했다. 「잘 알고 있소. 또 그 측량사 타령이군. 그래그래, 또 뭐지? 어떤 조수라고?」 「요제프입니다.」 K가 대답했다. 등 뒤에서 농부들이 웅성거리는 소리가 약간 신경에 거슬렸다. 그들은 그가 자신을 올바로 밝히지 않은 것에 수긍하지 못하는 것이 분명했다. 그러나 K는 그들에게 신경 쓸 여유가 없었다. 전화 대화에 온통 정신을 쏟고 있었기 때문이다. 「요제프라고?」 남자가 되물었다. 「조수들 이름은······.」 잠시 말을 멈추고서 다른 누군가에게 이름을 말해 달라고 요구한 것이 틀림없었다. 「아르투어와 예레미아스인데.」 「그들은 새로 온 조수들입니다.」 K가 말했다. 「아니, 옛날 조수들이오.」 「그들은 새 조수들이고, 내가 오늘 측량사님을 뒤쫓아 온 옛 조수라고요.」 「아니라니까.」 남자가 이제는 소리를 질렀다. 「그럼 나는 누구죠?」 K가 지금까지처럼 차분하게 물었다. 잠시 후 똑같은 목소리가 똑같은 발음 장애를 보이며 말했다. 하지만 그것은 더 깊고 더 무게감 있는 다른 사람의 목소리 같았다. 「너는 옛날 조수야.」

K는 그 목소리의 울림에만 귀를 기울이고 있다가 자칫 묻는 말을 못 들을 뻔했다. 「원하는 게 뭐야?」 그는 수화기를 차라리 놔버리고 싶었다. 이 대화에서 그가 기대할 만한 것은 더 이상 아무것도 없었다. 그저 마지못해 그는 추가로 빠르게 물었다. 「우리 주인님이 언제 성에 가면 되나요?」 「절대 안 돼.」 그의 대답이었다. 「좋습니다.」 K는 그렇게 말하고는 수화기를 내려놓았다.

뒤에 있던 농부들이 어느새 그에게로 바싹 다가와 있었다. 조수들은 곁눈질로 그를 힐끔힐끔 쳐다보면서 농부들이 그에게 가까이 오지 못하게 하느라 열심이었다. 하지만 모두 우스운 연극에 지나지 않는 것 같았고, 농부들도 이제 전화 대화의 결과에 만족하여 천천히 물러나고 있었다. 그때 뒤에서 한 남자가 그들 무리를 양쪽으로 가르며 잰걸음으로 다가와 K에게 허리 굽혀 인사하더니 편지를 한 통 건넸다. K가 편지를 손에 들고 그 남자를 바라보니, 순간 그는 더 중요한 사람처럼 보였다. 남자와 조수들 사이에는 닮은 점이 많았다. 그도 그들처럼 호리호리하고 꼭 끼는 옷을 입었으며, 역시 그들처럼 유연하고 민첩했다. 하지만 전혀 다른 면이 있었다. 그들보다 차라리 그가 K의 조수였다면 어땠을까! 그에게는 K가 무두장이 집에서 보았던, 젖먹이를 안고 있던 여자를 생각나게 하는 구석이 약간 있었다. 그는 거의 흰색에 가까운 옷을 입고 있었는데, 비단옷은 아니고 평범한 겨울 옷이었음에도 비단옷에서 풍기는 부드러움과 우아함이 있었다. 그의 얼굴은 밝고 서글서글했으며, 두 눈은 매우 컸다. 미소는 대단히 상쾌한 느낌을 주었다. 그 미소를 씻어 내기 라도 하려는 듯 그가 손으로 얼굴을 문질렀지만 미소는 지 워지지 않았다. 「자네는 누군가?」 K가 물었다. 「저는 바르나 바스라고 합니다.」 그가 말했다. 「심부름꾼입니다.」 말을 할 때 남자다우면서도 부드럽게 입술이 열리고 닫혔다. 「여기 가 마음에 드나?」 K는 물으면서 농부들을 가리켰다. 그는 여전히 그들에게 관심을 두고 있었는데, 그들은 그야말로 고 통스러운 얼굴에 ― 두개골은 마치 위쪽이 납작해지도록 얻 어맞은 듯했고 얼굴 모양은 얻어맞을 때의 고통 속에서 생겨 난 것 같았다 ― 불룩한 입술을 하고 입을 헤벌린 채 지켜보 았지만, 또 지켜보는 것 같지도 않았다. 그들의 시선은 때때 로 초점을 잃고 헤매다가 별 상관도 없는 물체에 한참 머물 러 있더니 제자리로 돌아오곤 했던 것이다. 그런 다음 K는 조수들을 가리켰다. 그들은 서로 부둥켜안고 뺨을 맞댄 채 미소를 짓고 있었는데, 그것이 겸손한 미소인지 조롱 섞인 미소인지 분간할 수 없었다. 그는 이들 모두를 마치 특수한 사정 때문에 어쩔 수 없이 떠맡게 된 수행원을 소개하듯 가 리켜 보이고는 바르나바스가 자기와 그들 간의 차이를 현명 하게 구별해 주길 기대했다 ― 그런 기대에는 친밀함이 깃 들어 있었고 K에게는 그것이 중요했다. 그러나 바르나바스는 — 다만 너무나 순진하기 때문이라는 것은 알 수 있었지만 — 그 질문에 전혀 반응을 보이지 않고, 교육을 잘 받은 하인이 주인의 말을 묵묵히 받아들이듯이 그 질문을 받아들여 그 뜻에 따라 방 안을 이리저리 둘러보며 농부들 가운데 아는 자들에게는 손짓으로 인사를 건네고 조수들과는 몇 마디 주고받았는데, 그 모든 언행이 자유롭고 당당했으며 그들과 뒤섞이지 않았다. K는 — 퇴짜를 맞은 셈이나 무안해하지 않고 — 손에 든 편지에 생각이 미쳐 그것을 뜯어보았다. 그 내용인즉 이러했다. 〈존경해 마지않는 귀하에게! 당신이 알고 있듯이 당신은 영주님을 위해 봉사하는 일에 고용되었습니다. 당신의 직속 상관은 마을 면장입니다. 그가 당신에게 당신의 업무와 임금 조건에 대해 상세한 모든 내용을 전달할 것이며, 당신은 그에게 보고의 의무를 지니게 될 것입니다. 그렇지만 본인도 당신을 시야에서 놓치지 않고 지켜볼 것입니다. 이 편지의 전달자인 바르나바스는 당신이 원하는 바를 듣고 본인에게 전하기 위해 때때로 당신을 찾아가 물어볼 것입니다. 본인이 할 수 있는 한 언제나 당신에게 친절을 베풀 용의가 있음을 당신은 알게 될 것입니다. 노무자를 만족스럽게 하는 것은 본인에게 중요한 일입니다.〉 서명은 읽을 수 없었지만 그 옆에 〈제X사무처 처장〉이라고 인쇄되어 있었다. 「기다리게!」 K가 고개 숙여 인사하는 바르나바스에게 말했다. 그러고는 주인을 불러 자기 방을 보여 달라고 했다. 편지를 가지고 잠시 혼자 있고 싶었던 것이다. 그러면서 K는 바르나바스가 아무리 마음에 든다 해도 그는 한

낱 심부름꾼에 지나지 않는다는 생각이 들어 그에게 맥주 한 잔을 시켜 주었다. 그가 이를 어떻게 받아들일까 싶어 지켜 보니, 그는 흡족한 기색이 완연하여 얼른 그것을 받아 마셨 다. 그러고 나서 K는 주인과 함께 갔다. 그 조그만 건물에서 K에게 내줄 수 있는 방이라곤 작은 다락방뿐이었는데, 그나 마도 어려움이 있었다. 여태껏 거기서 잠을 자던 하녀 둘을 다른 데서 묵게 해야 했기 때문이다. 두 하녀를 내보낸 것 말 고는 사실 다른 아무 준비도 하지 않아 방은 달라진 게 하나 도 없어 보였다. 하나밖에 없는 침대에는 시트도 없었고, 쿠 션 몇 개와 질 나쁜 담요 한 장이 지난밤 상태 그대로 남겨져 있다. 벽에는 몇 점의 성자 그림과 군인들 사진이 걸려 있었 다. 한 번도 환기를 한 적이 없는 것 같았다. 새 손님이 오래 머물지 않기를 바라는 게 분명했고, 따라서 손님을 붙들어 두기 위해 하는 일은 아무것도 없는 듯했다. 그러나 K는 모 든 것을 그대로 수용하고는 담요로 몸을 감싼 다음 탁자에 앉아 촛불 옆에서 편지를 다시 한 번 읽기 시작했다.

편지는 일관성이 없었다. 그를 나름의 의지가 있는 자유인 으로 보고 얘기하는 대목이 있었는데, 수신인의 성명 표기 부분이 그러했고, 그가 원하는 바를 언급하는 대목이 그러했 다. 그런가 하면 노골적으로 또는 은밀하게, 그를 처장 자리 에서 볼 때 거의 안중에도 없는 하찮은 노무자로 취급하는 대목도 있었다. 처장이 그를 〈시야에서 놓치지 않고 지켜보 기〉위해 애를 쓰겠다거나, 그의 상관이 겨우 마을 면장이고 K가 그에게 보고까지 해야 하는 의무를 지고 있다는 대목이 그러했다. 그의 유일한 동료는 어쩌면 마을 경찰 정도인지도 모른다. 이건 의심할 바 없는, 의도된 것이라고밖에 할 수 없는 너무나 뻔한 모순이었다. 우유부단한 마음이 작용해서 그랬을 거라는 생각은 K에게 거의 떠오르지도 않았다. 관청에 대해 그런 생각을 한다는 것은 말도 안 되는 일이었다. 오히려 그는 거기에서 자신에게 노골적으로 제시된 어떤 선택의 문제를 보았다. 편지가 지시하는 사항에 대해 그가 어떻게 행동할 것인지, 그러니까 성과의 관계가 어쨌든 두드러져 보이기는 하지만 표면적으로만 그럴 뿐인 마을 노무자가 될 것인지, 아니면 사실상 그의 고용 관계 전체가 바르나바스의 보고에 따라 결정되는 허울뿐인 마을 노무자가 될 것인지 하는 문제가 그에게 맡겨진 것이었다. K는 선택을 주저하지 않았다. 여태까지의 경험이 없었더라도 주저하지 않았을 것이다. 성의 높은 분들에게서 되도록 멀리 벗어난 마을 노무자로 머물 때에만 그는 성에서 무언가를 얻을 수 있고, 그를 불신의 눈으로 바라보던 마을 사람들도 그가 친구까지는 아니더라도 이웃 주민이 된다면, 그래서 언젠가는 게어슈테커나 라제만 같은 사람과도 구별할 수 없는 사람이 된다면 그에게 말을 붙이기 시작할 것이다 — 어서 빨리 그렇게 되어야 한다, 모든 일이 거기에 달려 있다. 그러면 틀림없이 닫혀 있던 모든 길이 한꺼번에 열리게 될 것이다. 저 위의 어르신들과 그들의 은총에만 목을 맨다면 그에게 영원히 닫혀 있을 뿐만 아니라 아예 보이지도 않을 모든 길이 열리는 것이다. 물론 위험이 도사리고 있었는데 그것은 편지에서 충분히 강조되어, 마치 피할 수 없는 위험인 양 모종의 기쁜 내색을 비치며 묘사되어 있었다. 바로 노무자 신분에 관한 것이었다. 업무, 상관, 작업, 임금 조건, 보고, 노무자 등등 편지는 그런 말들로 가득했고, 보다 사적인 다른 내용들도 모두 그런 관점에서 하는 말이었다. K가 노무자가 되기를 원한다면 될 수 있지만, 만일 그렇게 된다면 정말 냉정하고 진지하게 말해 다른 어떤 전망도 사라지게 될 것이다. K는 자신이 실제적인 압박을 받으며 위협당하는 상황이 아니라는 것을 알고 있었다. 그런 압박을 그는 두려워하지 않았으며 더구나 이곳에서는 전혀 두렵지 않았다. 하지만 의기소침하게 만드는 주위 환경, 절망에 익숙해져 가는 타성, 감지할 수 없는 매 순간의 영향, 이런 것들이 지닌 엄청난 위력이 그는 두려웠다. 그러나 그런 위험을 안고 그는 싸움을 감행해야 했다. 편지는 또 만일 싸움이 벌어진다면 그것은 무모하게도 K가 시작하는 것임을 숨김없이 밝히고 있었다. 다만 세련된 말로 교묘하게 표현되어 있어서 불안한 양심만이 — 가책받는 양심이 아니라 불안한 양심을 말하는 것이다 — 그것을 알아챌 수 있었다. 그것은 바로 그의 고용과 관련해 언급한 〈당신이 알고 있듯이〉라는 세 마디의 말이었다. K는 자신의 도착을 알렸고, 편지의 표현대로 그때부터 자신이 고용되었음을 알고 있었다.

K는 벽에서 그림 하나를 떼어 내고 그 못에 편지를 걸었다. 이 방에서 그는 살게 될 것이므로, 여기에 편지를 붙여 놓기로 한 것이다.

그러고서 식당으로 내려가 보니, 바르나바스는 조수들과 함께 작은 식탁에 앉아 있었다. 「아, 자네 여기 있군.」 K는 별다른 이유 없이 단지 바르나바스를 본 것이 반가워서 그렇게 말했다. 그가 벌떡 일어났다. K가 들어서자마자 농부들은 일어서서 그에게 다가오려고 했다. 그의 뒤를 계속 따라다니는 것이 어느새 습관이 되어 버린 것이다. 「대체 나한테서 무얼 그렇게 끊임없이 바라는 거요?」 K가 소리쳤다. 그들은 그 말을 고깝게 여기지 않고 천천히 제자리로 되돌아갔다. 한 남자가 물러나면서 알 수 없는 미소를 지으며 해명조로 가볍게 말하자 다른 몇몇 사람도 덩달아 미소를 지었다. 「늘 새로운 걸 듣게 되는군요.」 그러면서 그 남자는 새로운 것이 무슨 음식이라도 되는 양 자신의 입술을 핥았다. K는 유화적인 말을 하지 않았다. 그들이 자기에 대해 약간이나마 존경심을 보이며 어려워하는 것이 마음에 들었던 것이다. 그러나 그가 바르나바스 곁에 앉자마자 목덜미 근처에서 한 농부의 숨결이 느껴졌다. 농부는 소금 통을 가지러 왔다고 말했지만, K가 부아가 치민 나머지 발을 구르자 소금 통도 집어 들지 않고 달아나 버렸다. K를 자극하기란 사실 쉬운 일이었다. 가령 농부들을 부추겨 그에게 덤벼들게만 만들면 되었다. 그들의 집요한 관심이 그에게는 다른 사람들의 폐쇄적인 태도보다 더 나쁘게 여겨졌다. 더욱이 그것은 그들의 폐쇄성이기도 했다. 만일 K가 그들의 식탁에 가서 앉는다면 틀림없이 그들은 거기에 계속 앉아 있지 않을 것이기 때문이다. K는 한바탕 소란을 피워 뒤집어 놓고 싶었지만 오직 바르나바스가 앞에 있다는 것만으로 그를 봐서 꾹 참았다. 그가 위협하듯 그들 쪽으로 몸을 돌리자 그들도 그쪽을 바라보고 있었다. 그렇지만 서로 아무 말도 나누지 않고, 단지 모두가 그를 응시하고 있다는 것 외에는 서로 간에 어떤 뚜렷한 관계도 없이 거기에 그렇게 앉아 있는 것으로 보아, 그들이 그의 뒤를 쫓는 것이 결코 무슨 악의가 있어서 그런 것 같지는 않았다. 어쩌면 그들은 실제로 그에게서 무언가를 원하고 있는데 다만 이를 말할 수 없는 것뿐일 수도 있고, 아니면 단지 그들의 어린아이 같은 천진난만함 때문일지도 모른다. 이곳이야말로 천진난만한 자들의 본거지인 것 같았다. 어느 손님에겐가 가져다줘야 할 맥주잔 하나를 두 손에 든 채 멈춰 서서는 K 쪽을 바라보느라 안주인이 조그만 부엌 창으로 몸을 내밀며 부르는 소리도 듣지 못하는 주인 역시 천진난만해 보이지 않는가.

K는 웬만큼 진정이 되어 바르나바스 쪽으로 몸을 돌렸다. 조수들은 떼어 놓고 싶었지만 마땅한 구실을 찾지 못했다. 게다가 그들은 조용히 맥주잔만 바라보고 있었다. 「편지를……」 K가 말문을 열었다. 「읽었네. 그 내용을 알고 있나?」 「아니요.」 바르나바스가 말했다. 그의 눈빛이 그의 말보다 더 많은 것을 말하고 있는 것 같았다. 어쩌면 K가 그 나쁜 인상 때문에 농부들을 오해하고 있을지도 모르는 것처럼 이 경우에는 좋은 인상 때문에 그를 잘못 보고 있는지도 모르지만, 그와 함께 있다는 것은 여전히 기분 좋은 일이었다. 「편지에는 자네 얘기도 있네. 뭐냐 하면 자네는 가끔씩 나와 처장 사이를

왔다 갔다 하며 소식을 전달해야 하는 것으로 되어 있어. 그래서 나는 생각했지. 자네가 그 내용을 알고 있을 거라고 말이야.」「저는 그저…….」 바르나바스가 말했다. 「편지를 전해 드리고 다 읽으실 때까지 기다렸다가 만일 나리께서 필요하다고 생각해서 구두로든 서면으로든 답을 주시면 가지고 돌아오라는 지시를 받았을 뿐입니다.」「좋아.」 K가 말했다. 「답장은 쓸 필요 없고, 처장님께 — 그런데 그분 성함이 어떻게 되시지? 서명을 알아볼 수가 없었네.」「클람입니다.」 바르나바스가 말했다. 「그럼 클람 씨한테 나를 채용해 주신 것에 대해, 아울러 각별한 친절을 베풀어 주신 것에 대해서도 감사드린다는 말을 전해 주게. 여기서 아직 가치를 전혀 입증해 보인 적이 없는 사람인 내게 그런 친절이 얼마나 소중한 것인지 안다고 말이야. 나는 전적으로 그분의 뜻에 따라 행동할 것이네. 오늘 특별히 부탁드릴 건 없다고 전하게나.」 한 마디도 놓치지 않으려고 정신을 바짝 차리고 있던 바르나바스는 전달할 내용을 K 앞에서 다시 되풀이해 봐도 되겠느냐고 물었다. K가 그러라고 하자 바르나바스는 하나도 틀리지 않고 그대로 되풀이했다. 그러고서 그는 작별을 고하려고 일어섰다.

K는 내내 바르나바스의 얼굴을 찬찬히 살펴보았고, 이제 마지막으로 한 번 더 살펴보았다. 바르나바스의 키는 K와 엇비슷했지만 시선은 K를 내려다보는 것 같았다. 하지만 겸손에 가까운 태도로 행동했기에 이자가 누군가를 무안하게 하는 일은 있을 수 없었다. 그는 심부름꾼에 지나지 않았으

니 자신이 전달하는 편지의 내용을 당연히 모를 것이다. 하지만 그의 눈빛, 그의 미소, 그의 걸음걸이까지도 — 정작 그 자신은 그 내용에 대해 아무것도 모르고 있다 하더라도 — 무언가를 전달하고 있는 듯한 느낌을 주었다. 그리고 K가 악수를 하려고 그에게 손을 내밀자 흠칫 놀라는 기색이 역력했다. 그는 단지 고개 숙여 인사만 하려고 했기 때문이다.

그가 떠나자마자 — 문을 열기 전에 그는 잠시 어깨를 문에 기대고 서서 어느 한 사람을 향한 것이 아닌 시선으로 식당 안을 두루 둘러보았다 — K는 조수들에게 말했다. 「방에 가서 도면을 가져올 테니 그걸 놓고 우리 다음 일을 상의하기로 하자.」 그들은 따라가려고 했다. 「거기 그냥들 있어!」 K가 말했다. 그래도 그들은 여전히 따라가려고 했다. K는 더 엄하게 명령을 반복해야 했다. 바르나바스는 이제 현관에 없었다. 지금 막 떠난 상황이었지만 건물 앞까지 나가 봐도 — 눈이 다시 내리고 있었다 — 그는 보이지 않았다. K가 외쳤다. 「바르나바스!」 대답이 없었다. 아직 여관 안에 있는 걸까? 다른 가능성은 없는 것 같았다. 그럼에도 K는 있는 힘을 다해 그 이름을 소리쳐 불렀고, 이름은 천둥같이 큰 소리로 밤하늘에 울려 퍼졌다. 그러자 이번에는 멀리서 희미한 대답 소리가 건너왔다. 바르나바스는 벌써 그렇게 멀리까지 가 있었던 것이다. K는 다시 돌아오라고 부르면서 동시에 그를 향해 나아갔다. 그들이 서로 만난 지점은 여관에서는 보이지 않는 곳이었다.

「바르나바스.」 K는 목소리의 떨림을 억제할 수 없었다. 「자네한테 말할 게 더 있었네. 이제 보니 내가 성에서 뭐가 필요할 때 자네가 우연히 오기만을 믿고 기다려야 한다는 건 정말이지 잘못된 연락 체계인 것 같아서 말이야. 지금도 이렇게 어쩌다 자네를 따라잡지 못했더라면 ─ 어찌나 빠른지, 자네가 아직 여관 안에 있을 거라고 생각했지 뭔가 ─ 자네가 다음번에 나타날 때까지 얼마나 오래 기다려야 하는지 누가 알겠나.」「처장님께……」 바르나바스가 말했다. 「제가 항상 나리께서 지정해 주신 시간에 오도록 부탁드리면 되잖아요.」「그렇게 해도 충분치 않아.」 K가 말했다. 「어쩌면 1년 동안 전혀 아무것도 전하고 싶지 않을 수도 있고, 그런가 하면 하필 자네가 떠나고 15분 뒤에 미룰 수 없는 어떤 일이 생겨 급히 전하고 싶을 때도 있을지 모르지.」「그럼 처장님께……」 바르나바스가 말했다. 「그분과 나리 사이에 저를 통한 것 외에 다른 연락 방법도 마련해 달라고 말씀드릴까요?」「아니야, 아니야.」 K가 말했다. 「절대 그러지 말게. 그 문제는 내가 그저 지나가는 말로 언급해 본 것일 뿐이야. 아무튼 이번에는 운 좋게 자네를 놓치지 않았군.」「나리께서 저한테 새로운 지시를 내릴 수 있도록……」 바르나바스가 말했다. 「우리 다시 여관으로 돌아갈까요?」 벌써 그는 여관 쪽으로 한 걸음 발을 떼어 놓았다. 「바르나바스.」 K가 말했다. 「그럴 필요는 없고, 자네와 함께 조금만 걷기로 하지.」「왜 여관으로 안 가려고 하시나요?」 바르나바스가 물었다. 「거기서는 사람들이 방해를 하니까 말이야.」 K가 말했다. 「농부들이 성가시게 달라붙는 걸 자네도 직접 봤겠지.」「나리 방으로 가도 되는데요.」 바르나바스가 말했다. 「거긴 하녀들 방이야.」 K가 말했다. 「더럽고 눅눅해. 거기에 있지 않으려고 자네와 잠시 걷고 싶다는 걸세. 자네는 그저……」 K는 자신의 머뭇거림을 이겨 내기 위해 덧붙여 말했다. 「팔짱을 끼게 해주기만 하면 되네. 자네 걸음이 더 믿을 만하니까 말이야.」 그러고서 K는 그의 팔에 매달렸다. 주위가 칠흑같이 어두워서 그의 얼굴은 전혀 보이지 않았고, 전체적인 윤곽도 잘 분간이 안 되어 이미 조금 전에 K는 그의 팔을 찾느라 더듬거렸던 것이다.

바르나바스가 K의 뜻을 받아들여 그들은 여관에서 멀어져 갔다. K는 자신이 아무리 안간힘을 써도 바르나바스와 보조를 맞출 수 없고 오히려 그의 자유로운 움직임에 방해만 될 뿐이라는 느낌이 들었다. 그리고 보통 때 같으면 이런 사소한 일 때문에, 더구나 K가 오전에 눈 속에 빠졌던 그 골목길과 같은 곳에서라면 더욱더 벌써 틀림없이 모든 것이 어그러져 버렸을 것이고, 바르나바스의 부축을 받지 않고서는 거기서 헤어날 수 없을 것 같았다. 어쨌거나 지금 그런 걱정은 마음에서 멀어져 있었고, 바르나바스가 아무 말 하지 않는 것도 그에게 위안이 되었다. 그들이 말없이 걷고 바르나바스에게도 그것이 가능하다면, 그 자체로 그들이 함께하는 목적이 될 수 있었다.

그들은 그렇게 걸었다. 하지만 K는 어디로 가는지 알지 못했으며, 아무것도 인식할 수가 없었다. 이미 교회를 지나쳐 왔는지 아닌지조차 몰랐다. 그냥 걷기만 하는 것인데도 너무 힘이 든 나머지 그는 자신의 생각을 통제할 수 없었다.

생각은 목표를 향해 쭉 나아가는 대신 갈피를 못 잡고 계속 빗나갔다. 자꾸만 고향이 떠오르더니 그 기억들로 마음이 가득 찼다. 그곳에도 중심 광장에는 교회가 서 있었는데, 한쪽이 오래된 묘지로 이어져 있었고 묘지는 높은 담으로 둘러싸여 있었다. 아주 소수의 사내아이들만 이 담을 기어오르는 데 성공했을 뿐, K 역시 아무리 애를 써도 올라가 보지 못했다. 아이들이 호기심에 이끌려 그런 것은 아니었다. 작은 격자문을 통해 종종 들어가 본 적이 있었기 때문에 그들에게 묘지는 더 이상 신비를 간직한 곳이 아니었다. 그저 미끄럽고 높은 그 담을 정복해 보고 싶은 것 뿐이었다. 그러던 어느 날 오전 — 조용하고 텅 빈 광장은 온통 빛으로 충만했는데, K가 언제, 그 이전이든 그 이후로든, 그 광장의 그런 모습을 본 적이 있었던가? — 그는 놀랍게도 쉽사리 그 담에 오르는 데 성공했다. 이미 여러 번 시도했으나 번번이 실패했던 어느 지점을 이용해 이 사이에 작은 깃대를 문 채 그 담을 단숨에 올라갔던 것이다. 발밑으로 아직 돌 부스러기가 떨어지는 가운데 그는 어느새 위에 올라가 있었다. 깃대를 박아넣자 바람에 깃발이 팽팽해졌다. 그는 아래를 내려다보고 주변을 빙 둘러보았다. 어깨 너머 땅속으로 꺼져 드는 십자가들도 보였다. 지금 여기에 그보다 큰 사람은 아무도 없었다. 그때 우연히 선생님이 지나가면서 화난 눈빛으로 K를 내려오게 하는 바람에 뛰어내리다가 K는 무릎을 다쳐 겨우겨우 집으로 돌아왔다. 그러나 담 위에 올라갔다는 승리감은 당시 그에게 평생 의지할 만한 버팀목이 되어 줄 것 같았는데,

그렇게 어처구니없는 생각만은 아니었다. 많은 세월이 지난 지금에 와서도, 눈 내리는 이 밤에 바르나바스의 팔에 매달린 그에게 그것이 도움이 되었으니 말이다.

그가 팔짱을 더 단단히 끼며 매달리자 바르나바스는 그를 거의 끌고 가다시피 하며 걸었다. 침묵은 깨지지 않고 계속되었다. 그 길에 대해 K가 알고 있는 것이라고는, 도로의 상태로 미루어 보건대 그들이 아직 옆길로 접어들지는 않았다는 것뿐이었다. 마음속으로 그는 길이 아무리 험해도, 혹은 돌아갈 길이 걱정된다고 해도 이렇게 계속 걸어가는 것을 결코 그만두지 않으리라 굳게 다짐했다. 아닌 게 아니라 계속 질질 끌려갈 만큼의 힘은 아직 남아 있을 테니까. 게다가 설마 길이 무한정 계속될 리는 없지 않은가. 낮에 보았을 때 성은 쉽게 도달할 수 있는 목표처럼 K의 앞에 놓여 있었고, 성의 심부름꾼인 이자는 틀림없이 가장 빠른 지름길을 알고 있을 터였다.

그때 바르나바스가 멈춰 섰다. 그들은 어디에 있는 걸까? 이제 더 이상 가지 않는 걸까? 바르나바스가 K와 작별을 하려는 걸까? 그렇게는 잘 안 될 것이다. K는 그 자신도 거의 아플 정도로 바르나바스의 팔을 꽉 붙잡았다. 혹시 불가사의한 일이 벌어져 그들이 이미 성 안이나 그 문 앞에 와 있는 건 아닐까? 그러나 K가 아는 한 그들은 결코 오르막길을 걸은 적이 없었다. 아니면 바르나바스가 전혀 느낄 수 없도록 서서히 그를 오르막 진 길로 이끈 것일까? 「우리가 어디에 온 거지?」 K가 나지막하게 물었다. 그에게 물었다기보다는 자신에게 물은 것이었다. 「집에요.」 바르나바스도 마찬가지로 그런 식으로 말했다. 「집이라고?」 「그런데 미끄러지지 않게 조심하세요, 나리. 길이 내리막입니다.」 내리막이라고? 「몇 걸음밖에 안 돼요.」 그는 그렇게 덧붙이더니 어느새 문을 두드리고 있었다.

한 처녀가 문을 열었다. 그들은 널찍한 방의 문턱 위에 섰는데 방 안은 거의 어둠 속이나 마찬가지였다. 왼쪽 저 뒤편의 식탁 위쪽에만 아주 조그만 석유등이 달랑 하나 걸려 있었다. 「누가 같이 온 거야, 바르나바스?」 처녀가 물었다. 「토지 측량사님이셔.」 그가 말했다. 「토지 측량사래요.」 처녀는 소리를 높여 식탁을 향해 되풀이했다. 그러자 거기서 남녀 두 노인네와 또 한 처녀가 일어섰다. 그들은 K에게 인사했다. 바르나바스가 K에게 모두를 소개했는데, 그의 부모, 그리고 그의 누이인 올가와 아말리아였다. K는 그들을 보는 둥 마는 둥 했고, 누군가 난로에 말리려고 그의 축축한 상의를 벗기자 그러도록 놔두었다.

그러니까 집에 온 것은 그들이 아니라 바르나바스 혼자였다. 그런데 왜 그들은 여기에 온 것인가? K가 바르나바스를 곁으로 데려와 물었다. 「왜 집으로 왔지? 아니면 자네들은 이미 성의 영내에서 살고 있는 건가?」 「성의 영내라니요?」 바르나바스는 K의 말뜻을 모르겠다는 듯 되물었다. 「바르나바스.」 K가 말했다. 「자네는 여관에서 나와 성으로 가려고 하지 않았나?」 「아닙니다, 나리.」 바르나바스가 말했다. 「저는 집으로 가려고 했습니다. 성에는 아침에나 가고요, 거기서 자는 일은 결코 없습니다.」「그랬군.」K가 말했다. 「성으로 가려고 했던 게 아니라 그냥 이리로 오려고 했단 말이지.」K에게 바르나바스의 미소는 더욱 흐릿하게 보였고, 그는 자신이 더욱 초라하게 느껴졌다. 「왜 그렇게 말하지 않았지?」「묻지 않으셨습니다, 나리.」바르나바스가 말했다. 「저한테 지시만 하나 더 하고 싶다 하셨는데, 식당도 방도 싫다고 하셔서, 저는 여기 제 부모님 집에서라면 방해받지 않고 그 지시를 내리실 수 있을 거라고 생각했지요 — 명령하시면 식구들은 모두 즉시 자리를 비울 겁니다 — 그리고 저희 집이 더 마음에 드신다면 여기서 주무셔도 됩니다. 제가 잘못했나요?」K는 대답할 수가 없었다. 그러니까 오해가 있었던 것이다. 아주 형편없고 저급한 오해였는데, K는 그만 거기에 완전히 빠져 버린 것이었다. 몸에 꼭 끼고 비단처럼 번들번들한 바르나바스의 웃옷에 홀려 버린 것인가. 이제 그가 단추를 풀자 그 안으로 때에 절어 잿빛으로 변색되고 여기저기 기운 데가 많은 거친 셔츠가 단단하고 각이 진 머슴의 가슴 위에 드러났다. 주변의 모든 것들은 그에게 잘 어울릴 뿐 아니라 그를 능가하기까지 했다. 통풍으로 뻣뻣해진 다리를 천천히 밀어 내딛기보다는 오히려 손으로 더듬거려 앞으로 나아가는 늙은 아버지, 두 손을 가슴 위에 포갠 채 너무 풍만한 몸집 때문에 자잘한 걸음으로만 역시 간신히 걷는 어머니, 두 사람은 K가 방에 들어선 순간부터 자기들의 구석 자리에서부터 그를 향해 걸어왔는데 아직도 그에게 도달하지 못했다. 금발인 자매들은 서로 닮았고, 바르나바스와도 닮았지만 그보다는 선이 더 거친 편이었다. 이 크고 억센 처녀들은 집에 도착한 두 사람 주위에 둘러선 채 K에게서 뭔가 인사의 말을 기대했지만 그는 아무 말도 할 수 없었다. 그는 여기 마을 사람들 누구나 중요하다고 생각했고 실제로 그러했을 것인데, 하필 여기 이 사람들에게만은 아무런 관심도 느낄 수 없었다. 여관까지 혼자서 갈 수 있었다면 그는 당장 떠났을 것이다. 아침이면 바르나바스와 함께 성으로 갈 수 있다는 가능성도 그를 전혀 유혹하지 못했다. 그는 지금 이 밤중에 아무도 모르게 바르나바스의 안내로 성에 들어가고 싶었다. 지금까지 그가 보아 온 그대로의 바르나바스, 다시 말해 그가 지금까지 여기서 본 누구보다도 자신과 친밀하면서 동시에 표면상의 지위를 훨씬 뛰어넘어 성과 내밀한 관계를 맺고 있다고 믿었던 그 남자의 인도를 받아 그곳에 가고 싶었던 것이다. 하지만 지금은 전적으로 가족의 한 사람이 되어 어느새 그들과 함께 식탁에 앉아 있는 이 집안의 아들이자, 이상하게도 성에서 자는 것이 한 번도 허락되지 않은 저 남자와 팔짱을 끼고 밝은 날 성으로 간다는 것은 있을 수 없는 일이며, 웃음이 날 정도로 절망적인 시도였다.

K는 창가의 긴 의자에 앉았는데, 거기서 밤을 보내고 그 밖엔 이 가족에게 아무것도 요구하지 않으리라 마음먹었다. 그를 내쫓으려고도 하고 두려워하기도 했던 마을 사람들이 오히려 덜 위험한 것 같았다. 왜냐하면 그들은 근본적으로 그가 오직 그 스스로에게만 주의를 기울이고 힘을 집중시키도록 도와준 셈이었기 때문이다. 반면 겉보기엔 도움을 주

는 것 같지만 가벼운 위장술을 써서 그를 성으로 인도하는
대신에 자기 가족에게로 데려오는 자들은, 그들이 원했든 원
치 않았든 그의 정신을 산만하게 하고 그의 힘을 파괴한 셈
이었다. 가족이 모여 앉은 식탁 쪽에서 같이 식사하자고 외
쳐 부르는 소리를 그는 아예 무시하고서 고개를 숙인 채 의
자 위에 그대로 앉아 있었다.

   그때 올가가 일어섰다. 그녀는 두 자매 중 더 순해 보였으
며 소녀처럼 수줍어하는 기색도 내비쳤다. 그런 그녀가 K에
게 다가와서는 빵과 베이컨이 마련되어 있고 자기가 맥주도
가져올 테니 식탁으로 가자고 청했다. 「어디서 가져오지?」
K가 물었다. 「여관에서요.」 그녀가 대답했다. K에게는 매우
반가운 소리였다. 그는 그녀에게 거기 중요한 일거리를 두고
왔으니 맥주는 가져오지 말고 자기를 여관으로 데려다 달라
고 부탁했다. 그러나 그녀가 가려는 곳은 그가 묵고 있는 그
먼 여관이 아니라 훨씬 더 가까운 〈헤렌호프〉[1]라는 다른 여
관이라는 것이 곧 밝혀졌다. 그럼에도 K는 같이 가게 해달라
고 부탁했다. 그곳에 잠을 잘 만한 자리가 아마도 있을 거라
고 생각했던 것이다. 그것이 어떤 자리이든, 이 집의 가장 좋
은 침대보다 나을 듯했다. 올가는 곧바로 대답하지 않고 식
탁 쪽을 돌아보았다. 거기서 남동생이 일어나더니 기꺼이 그
러라는 뜻으로 고개를 끄덕이며 말했다. 「나리께서 원하신
다면……」 그가 동의하는 바람에 K는 자칫 자신의 부탁을

1 〈헤렌 *Herren*〉은 〈신사들〉, 〈나리들〉이라는 뜻이다. 소설에서도 이 여관
은 성의 관리와 비서들만 이용할 수 있는 곳으로 설정되어 있다.

철회할 뻔했다. 그저 하찮은 일이기 때문에 동의했을 거라는 생각이 들었던 것이다. 하지만 곧이어 여관에서 과연 K를 받아들여 줄 것인지에 대한 문제가 논의되었다. 모두가 회의적인 반응을 보이자 그는 꼭 함께 가야겠다며 고집을 세우면서도 자신의 간청에 대해 납득할 만한 이유를 대려는 노력은 하지 않았다. 이 집 사람들은 그를 있는 그대로 받아들일 수밖에 없었으며, 말하자면 그는 그들 앞에서 수치심을 느끼지 않았다. 그런 상황 속에서 아말리아만이 진지하고 꼿꼿하고 무덤덤하면서도 어딘지 좀 아둔한 것 같은 눈빛으로 조금은 그를 심란하게 했다.

여관으로 가는 짧은 동안에 — K는 올가의 팔짱을 끼고 조금 전 그녀의 동생에게 그랬던 것처럼 그녀에게 거의 끌려가다시피 했는데, 그로서는 달리 어쩔 수가 없었다 — 그는 이 여관이 본래 성의 나리들만이 이용하게 되어 있는 곳으로, 그들이 마을에서 일을 보아야 할 때 거기서 식사도 하고 때로는 숙박까지 한다는 것을 알게 되었다. 올가는 그와 친한 사이인 듯이 나지막하게 말했으며, K는 그녀와 함께 걷는 것이 그 동생과 걸을 때와 거의 비슷하게 기분이 좋았다. K는 이 좋은 느낌에 저항했지만 그 느낌은 변함이 없었다.

이 여관은 K가 묵고 있는 여관과 외관이 매우 비슷했다. 마을 안의 집들에 외형상 큰 차이가 있는 경우는 없었지만 작은 차이점들은 바로 알아볼 수 있었다. 입구의 계단에는 난간이 있었으며, 문 위에는 멋진 등이 달려 있었다. 또 그들이 들어갈 때 머리 위로 천이 하나 펄럭였는데, 그것은 백작령을 뜻하는 색깔의 깃발이었다. 현관에서 그들은 곧 점검을 위해 한 바퀴 둘러보고 있는 듯한 주인과 마주쳤다. 주인은 지나가면서 살펴보는 것인지, 아니면 졸린 것인지 모르게 눈을 가늘게 뜨고 바라보더니 말했다. 「토지 측량사님은 주점까지만 갈 수 있습니다.」「그럼요.」올가가 얼른 K를 감싸며 말했다. 「이분은 그냥 저를 따라왔을 뿐이에요.」 그러나 K는 매정하게도 올가를 떼어 놓고 주인을 따로 옆으로 데려가 이야기했다. 그동안 올가는 현관 한쪽 끝에서 참을성 있게 기다렸다. 「저는 여기서 숙박하고 싶습니다.」 K가 말했다. 「유감스럽지만 그럴 수 없습니다.」 주인이 말했다. 「아직 모르시는 것 같은데, 이 집은 오직 성의 나리들만 이용하게 되어 있습니다.」「규정은 그럴지 모르지만……」 K가 말했다. 「저를 어디 한 귀퉁이에서라도 재워 줄 수 있지 않을까요?」 「저도 정말이지 손님의 청을 아주 흔쾌히 들어 드리고 싶습니다만……」 주인이 말했다. 「손님께서 외지인의 방식으로 말씀하신 규정의 엄격함은 일단 접어 두고라도 제가 그럴 수 없는 또 다른 이유는, 나리들이 너무나도 예민하기 때문입니다. 저는 그분들이 마음의 준비 없이 불시에 외지인의 모습을 보게 되는 경우 도저히 못 견뎌하신다는 것을 잘 알고 있거든요. 그러니까 만일 제가 손님을 여기서 묵게 했다가 우연히도 — 그런데 우연은 늘 그분들 편이지요 — 발각된다면 저뿐만 아니라 손님도 끝장입니다. 어이없게 들리시겠지만 이건 사실입니다.」 단추를 단단히 채운 옷차림에 한 손으로는 벽을 짚고 다른 손은 허리에 댄 채 다리를 꼬고서

K 쪽으로 몸을 살짝 기울여 친근하게 말을 하는 이 지체 높은 양반은 아무래도 시골 마을 사람 같지 않았다. 다만 그의 짙은 색 옷만이 아직 시골 축제의 분위기를 풍기고 있을 뿐이었다. 「당신 말을 전적으로 믿습니다.」 K가 말했다. 「그리고 내가 어설프게 표현하긴 했지만 그 규정의 의미도 결코 낮추어 보는 것은 아닙니다. 다만 한 가지만 더 유념해 주셨으면 합니다. 그건 제가 성과 소중한 관계를 맺고 있고, 앞으로 더욱 소중한 관계를 갖게 될 것이라는 점입니다. 바로 그 관계가 내가 여기에 숙박함으로써 생길 수 있는 모든 위험에서 당신을 지켜 줄 것이며, 내가 조그만 호의에도 충분히 사례할 수 있는 신분임을 보증해 줄 것입니다.」 「저도 압니다.」 주인이 대답하더니 다시 한 번 되풀이했다. 「알고 있어요.」 K는 이제 자신의 요구를 더 강력하게 제기할 수도 있었을 텐데, 주인의 이 대답으로 그만 정신이 산만해져 그저 이렇게밖에 묻지 못했다. 「오늘 성에서 온 분들이 여기서 많이 주무십니까?」 「그 점에 대해서는 오늘 사정이 괜찮습니다.」 주인이 마치 유혹하듯 말했다. 「나리 한 분만 묵고 계시거든요.」 K는 여전히 밀어붙이지 못했지만 이젠 거의 받아들여진 것이나 마찬가지겠거니 기대하며 그 나리의 이름만 물어보았다. 「클람입니다.」 주인이 대수롭지 않다는 듯한 말투로 대답했다. 그러면서 그는 묘하게 허름하고 낡은, 레이스와 주름 장식이 지나치게 많이 달렸지만 세련된 도시풍 드레스를 입고 사그락사그락 소리를 내며 다가오는 자기 부인 쪽을 돌아보았다. 그녀는 처장님이 뭔가 원하시는 게 있다며 주인

을 데리러 온 것이었다. 자리를 뜨기 전에 주인은 마치 숙박 문제에 관해서는 더 이상 그 자신이 아니라 K가 결정해야 한다는 듯 다시 K를 바라보았다. 하지만 K는 아무 말도 할 수 없었다. 무엇보다도 하필 자신의 상관이 여기에 있다는 상황이 그를 아연실색게 한 것이다. 왜 그런지 스스로도 전혀 설명할 수 없었지만, 클람에 대해서 그는 보통 때 성에 대해 느끼는 것처럼 그렇게 자유롭지 않았다. 그가 여기서 들키는 것이 주인의 말처럼 끔찍한 일은 아닐 테지만, 가령 감사를 표해야 할 어떤 사람에게 경솔하게도 오히려 고통을 안겨 줄 때처럼 곤혹스럽기 짝이 없는 부적절한 일인지도 몰랐다. 또한 그런 우려의 마음에는 벌써 종속된 신분, 노무자로서의 신분에서 오는 두려운 결과가 나타나고 있는 것임이 분명하며, 그것이 그렇게 뚜렷하게 모습을 드러내는 지금 이곳에서조차 그가 그것을 제압할 수 없다는 사실을 깨닫자 마음이 무겁게 짓눌리는 느낌이었다. 그는 그렇게 선 채 입술을 깨물며 아무 말도 하지 않았다. 주인이 한 번 더 K 쪽을 돌아보고는 어느 문 뒤로 사라지고 K도 그의 뒤를 바라보면서 그 자리에 그대로 서 있는데, 올가가 와서 그를 다른 곳으로 끌고 갔다. 「주인한테 무슨 부탁을 하셨어요?」 올가가 물었다. 「여기서 자고 싶다고 했지.」 K가 말했다. 「우리 집에서 주무실 거잖아요.」 올가가 의아해하며 말했다. 「그래, 그렇지.」 K는 그렇게 말해 놓고는 그 말의 해석을 그녀에게 맡겼다.

3
프리다

주점은 가운데가 휑하니 비어 있는 커다란 방으로, 벽 가까이 놓인 술통들 옆과 위에 농부들이 서너 명씩 앉아 있었다. 하지만 그들은 K의 여관 사람들과는 모습이 달랐다. 더 말쑥했고 한결같이 잿빛 섞인 연노랑의 거친 천으로 된 옷을 입고 있었다. 웃옷은 헐렁하게 부풀었고 바지는 몸에 착 달라붙었다. 몸집이 작고 얼핏 보기에 매우 비슷하게 생긴 사내들로, 넓적한 얼굴에 뼈가 불거졌지만 뺨은 둥그스름했다. 다들 조용하고 움직임이 거의 없었으며, 안으로 들어오는 두 사람을 단지 무심한 시선으로만 천천히 뒤쫓았다. 그럼에도 그들은 그렇게 많이 모여 있었고 너무나 조용했기 때문에 K에게 은근히 영향력을 미쳤다. 그는 사람들에게 자신이 여기에 온 이유를 설명하기 위해 다시 올가의 팔을 잡았다. 한쪽 구석에서 올가를 아는 한 남자가 일어나 그녀를 향해 다가오려고 했지만, K는 팔짱을 낀 팔로 그녀를 다른 방향으로 돌렸다. 그녀 외에는 아무도 이를 눈치채지 못했고 그녀는 미소 띤 곁눈질을 보내며 가만히 두고 보았다.

프리다라는 이름을 가진 한 젊은 처녀가 맥주를 팔고 있었다. 초라하고 조그마한 금발의 아가씨로 슬픈 표정과 야윈 뺨을 지녔지만, 눈빛은 특유의 우월감을 띠고 있어서 사람들을 놀라게 했다. 이 눈빛으로 K를 쏘아보자 그에게는 이 눈빛이 이미 자신에 관한 일을 해결해 준 것처럼 느껴졌다. 정작 그 자신은 그런 일이 있다는 것조차 아직 몰랐지만 그 눈빛이 그에게 그런 일이 있다는 것을 분명히 알게 해주었다. 그녀가 올가와 이야기를 시작하고 난 뒤에도 K는 옆에서 프리다를 계속 바라보았다. 올가와 프리다는 친구 사이 같지 않았다. 그들은 쌀쌀맞게 몇 마디 말만 주고받았다. K는 거들고 싶은 마음에 불쑥 물었다. 「클람 씨를 아시나요?」 올가가 웃음을 터뜨렸다. 「왜 웃는 거지?」 K가 노기 띤 목소리로 물었다. 「난 웃는 게 아니에요.」 그녀는 그렇게 말하며 계속해서 웃었다. 「올가는 정말 아직 어린아이 같은 데가 있군.」 K가 말했다. 그러고는 다시 한 번 프리다의 시선을 자기 쪽으로 확실히 끌기 위해 카운터 위로 몸을 쭉 구부렸다. 그러나 그녀는 시선을 내리깔며 살며시 말했다. 「클람 씨를 보시겠어요?」 K가 그러기를 부탁했다. 그녀는 바로 옆의 왼쪽 문을 가리켰다. 「거기에 엿볼 수 있는 작은 구멍이 있으니 들여다보세요.」 「그럼 저기 있는 사람들은요?」 K가 물었다. 그녀는 아랫입술을 삐쭉 내밀더니 부드럽기 이를 데 없는 손으로 K를 문 쪽으로 끌고 갔다. 엿보기 위해 뚫어 놓은 것이 분명한 작은 구멍을 통해 그는 옆방을 거의 다 훑어보았다. 방 한가운데 놓인 책상 앞의 안락하고 둥그스름한 팔걸이의자에 클람 씨가 앉아 있었고, 그의 앞에 드리워진 백열등이 눈부시게 그를 비추고 있었다. 중간 키의 뚱뚱하고 육중한 신사였다. 얼굴은 아직 매끈했지만 뺨은 이미 나이의 무게로 약간 쳐져 있었다. 까만 콧수염이 길게 늘어져 있었다. 비스듬히 걸친 반들거리는 코안경이 두 눈을 가렸다. 클람 씨가 책상 앞에 바르게 앉아 있었다면 K는 그의 옆얼굴만을 보았을 텐데, 그가 K 쪽으로 몸을 많이 돌리고 있었기 때문에 얼굴을 정면으로 볼 수 있었다. 클람은 왼쪽 팔꿈치를 책상에 괴고, 버지니아 시가를 쥔 오른손은 무릎 위에 얹어 놓았다. 책상 위에는 맥주잔이 하나 놓여 있었다. 책상의 장식 테두리가 높아서 거기에 무슨 문서 같은 것이 놓여 있는지 제대로 볼 수 없었는데, K가 보기에는 놓여 있는 게 아무것도 없는 것 같았다. 확실하게 해두기 위해 그는 프리다에게 구멍을 대신 좀 들여다보고 책상에 무엇이 놓여 있는지 알려 달라고 부탁했다. 하지만 그녀는 조금 전에 그 방에 들어갔었기 때문에 거기에 아무런 문서도 놓여 있지 않다는 것을 K에게 곧바로 확인해 줄 수 있었다. K가 프리다에게 자기가 그만 물러나야 하느냐고 묻자, 그녀는 보고 싶은 만큼 얼마든지 들여다봐도 된다고 했다. K는 이제 프리다와 단둘이었다. 슬쩍 확인해 보니, 올가는 아는 남자를 찾아가서는 술통 위에 높이 걸터앉아 두 발을 버둥거리고 있었다. 「프리다.」 K가 속삭였다. 「클람 씨를 잘 아나요?」 「아, 네.」 그녀가 말했다. 「아주 잘 알죠.」 그녀는 K 옆에 나란히 기대어 서서는 ─ K에겐 이제야 눈에 띄었는데 ─ 가슴이 파인 자신의 가벼운 크림색 블라우스를 가지고 놀듯이 매만지고 있었다. 블라우스는 그녀의 빈약한 몸에 어색하게 걸쳐져 있었다. 그러더니 그녀가 물었다. 「올가의 웃음 생각나세요?」「그럼요, 당돌한 여자 같으니라고.」K가 말했다. 「하지만…….」그녀가 달래는 어조로 말했다. 「웃을 이유가 있었어요. 저에게 클람을 아느냐고 물으셨는데, 저는……」이때 그녀는 자기도 모르게 몸을 약간 일으켜 세우더니 이야기와는 전혀 무관한 자신감 넘치는 시선으로 그를 쓱 훑어보았다. 「저는 그의 애인이거든요.」「클람의 애인이라.」K가 말했다. 그녀는 고개를 끄덕였다. 「그럼 당신은……」K는 그들 사이의 분위기가 너무 진지해지지 않도록 미소를 지으며 말했다. 「내가 아주 존경해야 할 분이군요.」「당신만이 아니지요.」프리다는 다정하게 말했지만 그의 미소에는 반응을 보이지 않았다. K에게는 그녀의 콧대를 꺾을 수단이 있었기에 그것을 이용해 물었다. 「성에 가본 적 있나요?」하지만 먹혀들지 않았다. 그녀가 이렇게 대답했기 때문이다. 「아뇨. 하지만 제가 여기 주점에 있는 걸로 충분하지 않나요?」보아하니 그녀의 야심은 터무니없이 큰 것 같았는데, 하필 K를 상대로 그것을 채우려는 것 같았다. 「그럼요.」K가 말했다. 「여기 주점에서 지내며, 당신은 주인이 하는 일을 꿰고 있겠지요.」「그래요.」그녀가 말했다. 「저는 〈추어 브뤼케〉[2] 여관에서 마구

---

2 K가 묵고 있는 여관으로 우리말로 옮기자면 〈다리목 여관〉 정도의 뜻이다. 처음에 K가 마을 어귀의 나무다리 근처에서 잠자리를 구하러 들어간 곳이다.

간 하녀로 시작했지요.」「이 여린 손으로.」K가 반쯤은 물어보듯 말했다. 그저 그녀의 비위를 맞추려고 한 말인지 아니면 실제로 그녀의 기에 눌려 한 말인지 그 스스로도 알 수가 없었다. 그녀의 두 손은 물론 작고 여렸는데 힘없고 시원찮다고도 할 수 있었다. 「당시엔 아무도 나 같은 것에 주목하지 않았어요.」 그녀가 말했다. 「그리고 지금도 —」 K가 물어보듯 그녀를 쳐다보자 그녀는 고개를 가로저으며 더 이상 말을 하려 하지 않았다. 「당신은 물론…….」 K가 말했다. 「비밀이 있을 테지만, 알게 된 지 겨우 30분 된 자에게, 그리고 자기 사정이 어떠한지 아직 얘기할 기회도 없었던 자에게 그것을 말하진 않겠지요.」 그러나 이는 곧 부적절한 말로 드러났다. 마치 선잠 든 그녀를 깨워 일을 불리하게 만든 것이나 마찬가지였다. 그녀는 허리에 찬 가죽 주머니에서 작은 나무쪽을 하나 꺼내 그것으로 들여다보는 구멍을 막더니, 자신의 마음 자세가 바뀐 것을 눈치채지 못하도록 눈에 띄게 스스로를 억누르면서 K에게 말했다. 「하지만 저는 당신에 관해 다 알고 있어요. 당신은 토지 측량사지요.」 그러고는 이렇게 덧붙였다. 「이제 저는 일을 봐야 해요.」 그다음 그녀는 카운터 뒤의 자기 자리로 갔는데, 그사이 사람들 가운데 몇몇이 빈 잔을 채우려고 여기저기서 일어났다. K는 다시 한번 그녀와 단둘이 이야기를 나누고 싶어 선반에서 빈 잔을 하나 집어 들고 그녀에게 갔다. 「프리다 양, 한 가지만 더요.」 그가 말했다. 「마구간 하녀에서 주점 아가씨로 상승한 것은 대단한 일이고 그러려면 특출한 능력이 필요합니다. 하지만 그런 사람에게 그것으로 최종 목표가 달성된 걸까요? 어리석은 질문이지요. 당신의 두 눈은 — 날 비웃지 말아요, 프리다 양 — 지나간 싸움보다는 다가올 싸움에 대해 말하고 있어요. 하지만 세상의 저항은 크고, 목표가 커질수록 저항도 더 커질 것이니, 비록 하찮고 영향력 없는 사람이긴 하지만 당신과 마찬가지로 싸움을 벌이고 있는 사람의 도움이라도 확보해 두는 건 결코 부끄러운 일이 아닙니다. 아마도 우리는 이처럼 많은 눈이 지켜보지 않는 곳에서 서로 한번 조용히 이야기를 나눠 볼 수 있을 겁니다.」「무슨 말씀을 하시려는 건지 모르겠군요.」그녀가 말했다. 이번에는 의지와는 달리 어조에 그동안 겪어 온 삶의 승리가 아닌 끝없는 환멸의 울림이 섞인 듯했다. 「저를 혹시 클람에게서 떼어 놓으시려는 건가요? 하느님 맙소사!」그러면서 그녀는 손바닥을 마주쳤다. 「내 속을 꿰뚫어 보았군요.」K는 그녀의 깊은 불신에 피곤해졌다는 듯 말했다. 「그게 바로 나의 가장 은밀한 의도였습니다. 당신이 클람을 떠나 내 애인이 되어 주었으면 해요. 그럼 이제 난 가야겠군요. 올가!」K가 외쳤다. 「집에 가자고.」올가는 순순히 술통에서 미끄러져 내려왔지만, 그녀를 둘러싼 남자 친구들에게서 곧장 빠져나올 수가 없었다. 그때 프리다가 위협적으로 K를 바라보면서 나지막하게 말했다. 「당신과 언제 이야기할 수 있죠?」「내가 여기서 묵어도 되겠어요?」K가 물었다. 「네.」프리다가 말했다. 「지금 여기에 그냥 있어도 괜찮겠어요?」「올가와 나가세요. 그러면 내가 여기 있는 사람들을 다 몰아낼게요. 그런 다음 잠시 뒤에 오시면 돼요.」「좋아요.」 K가 말했다. 그러고는 초조하게 올가를 기다렸다. 그러나 농부들은 올가를 놓아주는 대신 그녀를 가운데 놓고 추는 춤을 생각해 내 빙빙 돌며 윤무를 추었다. 일제히 소리를 지를 때마다 한 남자가 올가에게 다가가 한 손으로 그녀의 허리를 단단히 감아 잡고는 몇 바퀴씩 빙빙 돌렸다. 윤무는 갈수록 더 빨라졌고, 함께 내지르는 소리는 탐욕스럽게 색색거리는 거친 숨소리를 동반하고서 점점 하나의 소리처럼 되어 갔다. 처음에는 빙긋이 웃으며 윤무의 원을 뚫고 나오려 했던 올가는 이제 머리가 풀린 채 이 남자에서 저 남자로 옮겨 다니며 비틀거리고 있었다. 「저런 자들을 내게 보내다니.」 프리다는 노여운 나머지 자신의 가느다란 입술을 깨물었다. 「저들은 누구죠?」 K가 물었다. 「클람의 하인 패거리예요.」 프리다가 말했다. 「번번이 데리고 오는데 저들이 여기 있으면 난 완전히 녹초가 되죠. 오늘 측량사님과 무슨 얘기를 했는지도 거의 모를 정도예요. 뭔가 기분 상하는 일이 있었다면 용서하세요. 저자들이 있어서 그런 거예요. 내가 아는 사람들 가운데 가장 경멸스럽고 역겨운 자들인데 나는 그들 잔에 맥주를 채워 줘야 한다고요. 그들을 제발 두고 오라고 클람에게 몇 번이나 간청을 했는지 몰라요. 다른 나리들의 하인 패거리도 견뎌 내야 한다고 말이에요. 내 생각도 좀 해줄 수 있으련만 아무리 간청해도 소용이 없어요. 그가 도착하기 한 시간 전에 벌써 그들은 우르르 몰려들어요. 마치 가축 떼가 우리 안으로 몰려들듯이 말이에요. 하지만 이제 그들은 정말로 자기들이 있어야 마땅할 우리 속으로 들어가야 해요. 당신이 여기에 없었다면 난 여기 이 문을 열어젖혀 클람이 직접 그들을 몰아내도록 했을 거예요.」「대체 그는 저들의 소리를 듣지 못하는 건가요?」K가 물었다. 「네.」 프리다가 말했다. 「자고 있어요.」「뭐라고!」 K가 외쳤다. 「자고 있다고? 내가 방 안을 들여다보았을 때만 해도 그는 깨어서 책상 앞에 앉아 있었는데.」「그는 늘 그렇게 앉아 있어요.」 프리다가 말했다. 「당신이 그를 봤을 때도 그는 이미 자고 있었어요 ─ 안 그랬다면 내가 과연 들여다보게 했겠어요? ─ 그게 그의 수면 자세예요. 나리들은 잠을 아주 많이 자요. 잘 이해가 되지는 않지만요. 말이 나왔으니 말인데, 만일 그가 잠을 그렇게 많이 안 잔다면 어떻게 저자들을 견딜 수 있겠어요? 이젠 정말이지 내가 직접 나서서 그들을 몰아내야겠어요.」 그녀는 구석에서 채찍을 집어 들더니 마치 새끼 양이 그러듯이 좀 서투르긴 하지만 단번에 껑충 뛰어 춤추는 자들에게 달려들었다. 처음에 그들은 새로운 무희라도 온 듯 그녀 쪽으로 몸을 돌렸고 실제로 잠깐 동안은 프리다도 채찍을 내려놓으려는 것 같았지만, 그녀가 다시 그것을 들어 올려 〈클람의 이름으로!〉, 〈마구간으로, 모두 마구간으로!〉 하고 소리치자 이제 그들은 장난이 아니란 것을 깨닫고 K로서는 이해할 수 없는 두려움에 휩싸여 뒤편으로 밀려 나가기 시작했다. 맨 앞사람들이 밀치는 바람에 그쪽 문이 열리자 밤공기가 안으로 들어왔다. 모두 프리다와 함께 사라졌다. 그녀는 틀림없이 그들을 안뜰 너머 마구간으로 몰아넣었을 것이다. 그러나 이제 갑작스럽게 찾아든 정적 속에서 K는 현관 쪽으로부터 다가오는 발걸음 소리를 들었다. 어떻게든 안전하게 몸을 숨기기 위해 그는 카운터의 경사진 탁자 뒤편으로 뛰어들었다. 그 밑이 몸을 숨길 만한 유일한 곳이었다. 주점에 남아 있는 것이 금지된 일은 아니었지만 그는 여기서 밤을 지낼 생각이었기 때문에 지금 누구에게든 발견되는 것을 피해야 했다. 그래서 정말로 문이 열렸을 때 그는 탁자 밑으로 미끄러져 들어갔다. 그런 곳에서 발각되는 것도 물론 위험한 일이었지만, 그래도 가령 난폭해진 농부들을 피해 거기에 숨어 있었다는 구실을 댄다면 그리 믿기 어려운 말은 아닐 것이다. 들어온 사람은 주인이었다. 「프리다!」 그는 외치면서 방 안을 몇 차례 왔다 갔다 했다. 다행히도 프리다는 곧 돌아와 K에 대해서는 언급하지 않은 채 농부들에 대해서만 불평을 늘어놓고는 K를 찾으려고 애쓰다가 카운터 탁자 뒤로 갔다. 그러자 그는 그녀의 발을 건드릴 수 있었고, 이제부터는 안전하다는 느낌이 들었다. 프리다 쪽에서 K에 대해 언급하지 않았기 때문에 주인이 결국 말을 꺼내야 했다. 「그런데 토지 측량사는 어디에 있지요?」 그가 물었다. 그는 자기보다 훨씬 더 높은 신분의 사람들과 지속적으로 자유롭게 교류한 덕분에 세련되게 다듬어진 예의 바른 남자인 것 같았는데, 프리다와는 특히 정중한 태도로 이야기했다. 그럼에도 대화 중에 여종업원에 대한 고용주의 자세를 잃지 않았기 때문에 그의 정중한 태도는 특히 돋보였고, 더군다나 그녀는 참으로 당돌한 여종업원이었기에 더욱 그러했다. 「측량사에 대해서는 까맣게 잊고 있었는데요.」 프리다는 K의 가슴 위에 자신의 조그만 발을 올려놓으며 말했다. 「벌써 한참 전에 가버린 것 같아요.」 「하지만 나는 못 봤는데.」 주인이 말했다. 「그동안 내내 거의 현관에만 있었거든요.」 「그렇지만 여기엔 없어요.」 프리다가 쌀쌀맞게 말했다. 「아마 어디 숨었나 보죠.」 주인이 말했다. 「내가 받은 인상으로는 무슨 짓이라도 할 수 있는 자로 보이던데.」 「그렇게 대담한 짓까지는 못 할 거예요.」 프리다는 말하면서 발로 K를 더 세게 눌렀다. 아까는 전혀 알아채지 못했지만 그녀의 본성에는 생기발랄함, 자유분방함 같은 것이 들어 있었는데, 그 순간 정말 뜻밖에도 그런 기질이 한껏 발휘되었다. 그녀는 갑자기 웃으면서 〈어쩌면 이 밑에 숨어 있는지도 모르죠〉라는 말과 함께 K 쪽으로 몸을 깊이 구부려 그에게 살짝 키스하고는 다시 벌떡 일어서더니 짐짓 상심한 듯 이렇게 말하는 것이었다. 「아니, 여기엔 없네요.」 그러나 사람 놀라게 하는 건 주인도 만만치 않았는데, 그의 말은 이러했다. 「그가 떠났는지 확실히 알지 못해서 마음이 매우 찜찜하군요. 문제는 클람 씨만이 아니라 바로 규정입니다. 그 규정은 나와 마찬가지로, 프리다 양, 당신에게도 해당됩니다. 주점은 당신이 책임져요, 나머지는 내가 더 찾아볼 테니. 잘 자요! 편히 쉬어요!」 그가 방에서 미처 다 나간 것 같지 않았는데도 프리다는 후딱 전등을 꺼버리고는 탁자 밑 K 옆으로 갔다. 「내 사랑! 귀여운 내 사랑!」 그녀가 속삭였다. 그러나 K의 몸엔 전혀 손을 대지 않고, 사랑이 지나쳐 기절한 사람처럼 벌렁 드러누워 두 팔을 쭉 뻗었

69

다. 그 행복한 사랑 앞에서 시간은 무한한 것 같았고, 그녀에게서는 무슨 가벼운 노래가 흘러나오기보다는 한숨이 새어나왔다. 그러다가 K가 계속 조용히 생각에 잠겨 있자 그녀는 놀라서 벌떡 일어나더니 어린아이처럼 떼를 쓰듯 그를 잡아당겨 끌어내기 시작했다. 「어서 나와요, 그 밑에 있다간 숨막혀 죽겠어요.」 그들은 서로 부둥켜안았다. 그 조그만 몸뚱이가 K의 품 안에서 불덩이처럼 달아올랐고, 두 사람은 무아지경 속에서 뒹굴었다. K는 끊임없이 거기서 빠져나오려 했지만 소용없었다. 그들은 몇 걸음밖에 떨어져 있지 않은 클람의 문에 가서 쿵쿵 부딪치다가 맥주가 작은 물웅덩이처럼 고인 자리에서도 굴렀고, 오물로 덮인 바닥에도 누웠다. 그렇게 시간이 흘러갔다. 한 덩어리가 되어 호흡을 함께하고 심장 고동 소리도 함께 나누며 몇 시간을 보냈다. 그동안 K는 줄곧 길을 잃어 헤매고 있거나 아주 멀리 낯선 곳에 와 있다는 느낌이 들었다. 자기가 오기 전까지는 아직 아무도 와본 적이 없는 듯한 그런 곳, 공기조차 고향의 공기와는 성분이 전혀 다르고 너무도 낯선 나머지 필경은 질식해 죽고야 말 것 같은 그런 곳, 그 낯섦이 던지는 어처구니없는 유혹 속에서 계속 가다가 계속 길을 잃고 헤매는 수밖에 없는, 그런 곳에 와 있는 것 같았다. 그래서 적어도 처음에는 그런 상황이 공포스러운 것이 아니라 마음에 위안을 주며 뿌옇게 날이 밝아 오는 것처럼 느껴졌다. 그때 무심히 명령하는 듯한 저음의 목소리로 프리다를 부르는 소리가 클람의 방에서 들려왔다. 「프리다.」 K가 프리다의 귀에 대고 그가 부르는 소리를 되풀이했다. 그야말로 타고난 복종심으로 프리다는 벌떡 일어나려다가 자신이 어디에 있는지 생각하고는 기지개를 켠 다음 빙그레 웃으며 말했다. 「가지 않을 거예요. 난 절대로 그에게 안 갈 거라고.」 K는 이에 반대하려 했고, 클람에게 가도록 그녀를 종용하려고 했다. 그러면서 그녀의 구겨진 블라우스 여기저기를 매만지기 시작했지만 아무 말도 할 수 없었다. 그는 두 손으로 프리다를 안고 있는 것이 너무나 행복했으며, 그만큼 불안하기도 했다. 만일 프리다가 그를 떠난다면 그가 가진 모든 것이 그를 떠날 것 같았던 것이다. 그리고 프리다는 K의 동의에 힘을 얻은 듯 주먹을 불끈 쥐더니 문을 두드리며 외쳤다. 「나는 토지 측량사 곁에 있어요! 토지 측량사 곁에 있다고요!」 그러자 클람은 조용해졌다. K는 몸을 일으켜 프리다 옆에 무릎을 꿇고 앉아 희미한 새벽빛 속에서 주위를 둘러보았다. 무슨 일이 있었던 걸까? 그의 희망은 어디에 있는가? 이제 모든 것이 다 드러나 버린 마당에 프리다에게서 무엇을 기대할 수 있단 말인가? 적과 목표의 크기에 맞게 신중에 신중을 더해 앞으로 나아가는 대신, 여기서 밤새도록 맥주 웅덩이에나 뒹굴었다니. 그 냄새가 진동해 지금은 정신이 다 혼미할 지경이었다. 「당신 무슨 짓을 한 거지?」 그가 혼잣말로 중얼거렸다. 「우리 둘 다 이제 끝났군.」 「아니.」 프리다가 말했다. 「나만 끝났어요. 하지만 난 당신을 얻었어요. 진정해요. 그런데 저 둘이 웃고 있는 것 좀 봐요.」 「누구죠?」 K가 물으며 돌아보았다. 그의 조수 두 명이 카운터 탁자에 앉아 있었다. 밤새 잠을 못 자 약간 피로해 보였지만 즐거운 얼굴로 생글거렸다. 그것은 의무를 충실히 수행했다는 데서 오는 즐거움이었다. 「너희들 여기서 뭐 하는 거야?」 K는 모든 것이 그들의 탓인 양 소리를 버럭 내지르고는 주변을 둘러보며 프리다가 어젯밤에 갖고 있던 채찍을 찾았다. 「그래도 저희는 선생님을 찾아야 했다고요.」 조수들이 말했다. 「선생님이 저희가 있는 식당에 내려오시지 않아서 바르나바스네 집에까지 갔다가 마침내 여기에 계신 걸 발견하고는 밤새도록 이 자리에 앉아 있는 거라고요. 이 업무도 쉬운 게 아니에요.」 「너희들이 필요한 때는 낮이지, 밤이 아니야.」 K가 말했다. 「어서 꺼져!」 「지금 낮인데요.」 그들은 이렇게 말하며 꼼짝도 하지 않았다. 정말로 날이 밝아 있었다. 안뜰로 통하는 문이 열리더니 K가 까맣게 잊고 있던 올가와 농부들이 함께 몰려 들어왔다. 옷매무새와 머리가 흐트러져 있었지만 어젯밤처럼 생기 넘치는 올가는 문에 들어서면서부터 벌써 눈으로 K를 찾고 있었다. 「왜 저와 집에 가지 않았어요?」 그녀가 울먹이며 말했다. 「그 계집애 때문이지요!」 그녀는 그 말을 몇 번이나 되뇌었다. 잠시 사라졌던 프리다가 조그만 짐 보따리를 들고 돌아오자 올가는 슬픈 얼굴을 하고 옆으로 비켜섰다. 「이제 가요.」 프리다가 말했다. 그녀가 얘기한 그들이 가야 할 곳이란 물론 추어 브뤼케 여관이었다. K가 프리다와 함께 앞에 서고 그 뒤를 조수들이 따르자, 한 무리의 행렬이 이루어졌다. 농부들은 프리다에게 심한 경멸의 빛을 드러냈는데, 충분히 이해할 만한 일이었다. 여태껏 그녀가 그들을 엄하게 다스렸으니 말이다. 심지어 한 농부는 막대기를 집어 들고서 그 위로 뛰어넘기 전에는 보내 주지 않겠다는 듯 굴었지만, 그녀가 한 번 흘깃 쏘아보는 것만으로 그를 쫓아내기에는 충분했다. 바깥의 눈 세상 속으로 나가자 K는 다소 안도의 숨을 내쉬었다. 탁 트인 곳에 나왔다는 행복감이 어찌나 큰지 이번에는 길이 아무리 힘들어도 견딜 수 있을 것 같았고, 만일 혼자였다면 더 잘 걸을 수 있을 것 같았다. 여관에 도착하자마자 그는 자기 방으로 가서 침대에 누웠고, 프리다는 그 옆 바닥에 자신의 잠자리를 마련했다. 조수들도 같이 밀고 들어왔다가 쫓겨났지만 곧이어 창문을 통해 다시 들어왔다. 그들을 다시 쫓아내기에 K는 너무도 피곤했다. 안주인이 프리다를 맞이하기 위해 일부러 올라오자, 프리다는 그녀를 〈엄마〉라고 불렀다. 둘은 서로 키스를 퍼붓기도 하고 오랫동안 부둥켜안기도 하며 인사를 나누었는데, 이해하기 어려울 정도로 정겨운 상봉 장면이었다. 이 조그만 방은 안정이나 휴식과는 거리가 멀었다. 하녀들까지 수시로 무언가를 가져오거나 가져가느라 남자 장화를 신고 쿵쿵거리며 들락거렸다. 잡동사니로 가득 차 있는 침대 밑의 무언가 필요하면 K가 누워 있는 것도 아랑곳 않고 사정없이 꺼내 갔다. 프리다는 동료에게 하듯이 그들에게 인사했다. 이렇게 어수선한데도 K는 하루 밤낮을 꼬박 침대에 누워 보냈다. 소소한 시중은 프리다가 들어 주었다. 드디어 매우 상쾌한 기분으로 일어난 다음 날 아침은 그가 마을에 머문 지 벌써 나흘째 되는 날이었다.

4
여주인과의 첫 번째 대화

그는 프리다와 은밀한 대화를 나누고 싶었지만, 조수들이 성가시게 눈앞에 있는 것만으로도 방해가 되었다. 게다가 프리다는 눈치도 없이 그들과 간간이 농담도 하고 웃기까지 했다. 물론 그들은 무언가를 많이 요구하거나 까다롭게 굴지 않고 한쪽 구석에서 낡은 치마 두 장을 바닥에 깔고 그 위에 자리를 잡고 있었다. 프리다와 여러 번 이야기했듯이, 측량 사님을 방해하지 않고 되도록 좁은 공간을 차지하는 것이 그들의 명예와도 같은 것이었다. 그와 관련해 그들은 — 다만 늘 소곤거리고 키득거리면서 — 여러 가지 노력을 해보였는데, 팔과 다리를 서로 포개기도 하고 몸을 꼭 붙여 함께 쪼그려 앉기도 해서 어둑어둑할 때에는 그쪽 구석에 커다란 실뭉치가 있는 것처럼 보였다. 그렇지만 낮에 보면 유감스럽게도 그 실뭉치가 사실은 매우 주의 깊은 관찰자로, 늘 K 쪽을 건너다보고 있는 것을 알 수 있었다. 이를테면 두 손을 망원경처럼 만들어 들여다보는 엉뚱한 짓을 하며 겉으로는 아이들처럼 천진하게 놀고 있는 와중에도, 그들은 끊임없이 K를 관찰했다. 또는 그냥 이쪽에 대고 눈만 껌뻑거리면서 그들이 매우 소중히 여기는 수염을 가지고 수도 없이 그 길이와 숱을 비교하다가 프리다에게 판정을 내려 달라며 수염 만지기에 몰두하고 있는 것처럼 보일 때도 마찬가지였다. K는 주로 침대에서 그 세 사람이 하는 짓을 아예 무관심한 눈으로 바라보았다.

그가 침대를 떠나도 될 만큼 충분히 기력이 회복됐다고 느꼈을 때 다들 시중을 들겠다고 서둘러 다가왔다. 아직 그들의 시중을 물리칠 수 있을 만큼 기력이 회복된 것은 아니었으며 그렇게 그들에게 의존하게 되면 좋지 않은 결과가 생길 수도 있다는 것을 알았지만 그들이 하는 대로 놔둘 수밖에 없었다. 식탁에서 프리다가 가져온 맛 좋은 커피를 마시고 난롯가에서 프리다가 피운 불을 쬐는 일, 서투르지만 열심인 조수들에게 세숫물, 비누, 빗, 거울 등을 가져오게 하여 계단을 열 번이나 오르내리게 하는 일, 또 조그만 소리로 넌지시 암시만 했을 뿐인데 알아듣고 대령한 럼주 한 잔까지도 결코 싫지만은 않았다.

이렇게 지시하고 시중받는 가운데 K는 어떤 결과를 기대하고서 한 것이라기보다는 왠지 기분이 느긋해져서 이렇게 말했다. 「너희 둘, 이제 그만들 나가 봐. 지금은 더 이상 필요한 게 없고, 프리다 양과 단둘이 얘기하고 싶어.」 그러고서 그들의 얼굴에 별다른 저항의 기색이 보이지 않자, 보상의 의미로 덧붙여 말했다. 「그리고 나서 우리 셋이서 면장한테 가보기로 하자. 그러니 아래 식당에서들 기다려.」 나가기 전에 한마디 대구는 했지만 희한하게도 그들은 순순히 그의 말을 따랐다. 「저흰 여기서 기다려도 괜찮은데요.」K는 대답했다. 「알고 있어. 하지만 난 그러길 원치 않아.」

조수들이 나가자마자 프리다는 K의 무릎에 앉더니 이렇게 말했다. 「자기야, 조수들한테 무슨 유감 있어요? 저들 앞에서 우리가 얘기 못 할 비밀이 뭐예요. 충직한 사람들인데.」K는 화가 났지만 어떤 의미에서는 반갑기도 했다. 「아하, 충직하다고.」K가 말했다. 「그들은 끊임없이 날 노리고 있어. 부질없는 짓이지만 정말 진저리가 나.」「무슨 말인지 알 것 같아요.」그녀는 그의 목에 매달려 또 무언가를 말하려 했지만 계속할 수 없었다. 의자가 침대 바로 옆에 있었기 때문에 그들은 흔들거리다가 그 위로 쓰러졌던 것이다. 그들은 거기에 누웠지만 그날 밤처럼 그렇게 몰입하지는 못했다. 그녀는 무언가를 찾았고 그도 얼굴을 찡그리며 무언가를 맹렬히 찾았다. 그러면서 둘은 머리로 상대의 가슴을 파고들었다. 서로 끌어안고 몸을 내던져 육체의 향연을 찾아야 한다는 의무감이 잊히기는커녕 오히려 되살아났다. 개들이 절망적으로 바닥을 긁어 대듯이 그들도 서로의 몸을 파헤치고 어찌할 바를 모르며 실망감에 빠져들었다. 그래도 마지막 행복이나마 건져 내기 위해 이따금씩 그들의 혀는 상대의 얼굴을 넓게 핥으며 지나갔다. 피로가 몰려오자 그들은 서로에게 고마움을 느끼며 비로소 잠잠해졌다. 그때 하녀들이 올라왔다. 「저기 저 사람들 누워 있는 것 좀 봐.」그들 중 하나가 말했다. 그러고는 안됐다는 생각에 천으로 그들을 덮어 주었다.

얼마 후 K가 천을 젖히고서 둘러보니 조수들이 — 이제 그는 놀라지도 않았다 — 자기네 구석 자리에 다시 와 있었다. 거기서 그들은 손가락으로 K를 가리키면서 서로에게 웃지 말라고 주의를 주며 경례를 붙였다. 여관 안주인도 침대 옆에 바싹 붙어 앉아 양말을 짜고 있었는데, 그런 조그만 일은 방 안을 어둡게 할 정도로 큰 그녀의 몸집과는 별로 어울리지 않았다. 「오래 기다렸어요.」 그녀는 말하면서 고개를 들었다. 나이가 들어 넓적한 얼굴 여기저기 주름살이 깊이 파여 있었지만 전체적으로는 그래도 아직 매끈한 편이었고 한때는 꽤 예뻤을 것 같았다. 그녀의 말은 비난하는 듯 들렸는데, 실제로 그랬다면 부당한 비난이었다. K는 그녀더러 와달라고 청한 적이 없었기 때문이다. 그래서 그는 고개만 끄덕여 그녀의 말에 답하고는 몸을 일으켜 똑바로 앉았다. 프리다도 일어났지만 K의 곁을 떠나 안주인의 의자에 기대어 섰다. 「주인아주머니……」 K가 얼빠진 사람처럼 말했다. 「제가 면장에게 다녀올 때까지 하시려는 말씀을 미루시면 안 될까요? 거기서 긴히 해야 할 얘기가 있어서요.」 「이 얘기가 더 중요해요. 제 말을 믿으세요, 측량사 양반.」 안주인이 말했다. 「거기서는 필시 일에 관한 얘기만 하게 될 테지만 여기서는 사람에 관한 문제, 내가 아끼는 이 아이 프리다에 관한 문제가 얘기될 테니까요.」 「아, 그렇군요.」 K가 말했다. 「그렇다면 물론 좋습니다. 다만 그 문제를 왜 우리 두 사람에게 그냥 맡겨 두지 않는지 모르겠군요.」 「사랑하기 때문이고, 걱정이 되어서죠.」 안주인은 말하면서 프리다의 머리를 자기 쪽으로 끌어당겼다. 서 있는데도 프리다의 키는 앉아 있는 안주인의 어깨까지밖에 닿지 않았다. 「프리다가 아주머니를 그토록 믿고 따르니……」 K가 말했다. 「저로서도 달리 어쩔 수가 없군요. 그리고 조금 전에 프리다는 처음으로 내 조수들을 충직하다고 했으니 우린 서로 다 친구들이지요. 그렇다면 아주머니, 당신께 제가 말씀드려도 되겠군요. 프리다와 제가 결혼하는 것이, 그것도 아주 빠른 시일 내에 하는 것이 가장 좋은 일이라고 생각한다는 것을 말입니다. 하지만 그런다 해도 유감스럽게도, 정말 유감스럽게도 프리다가 저로 인해 잃어버린 것을 그녀에게 보상해 줄 수는 없겠죠. 헤렌호프에서의 일자리와 클람과의 친분 말이에요.」 프리다가 얼굴을 들었다. 두 눈엔 눈물이 그렁그렁했고, 예의 그 자신만만함은 온데간데없었다. 「왜 나인가요? 왜 하필이면 내가 선택됐나요?」 「뭐라고?」 K와 안주인이 동시에 물었다. 「얘가 혼란스러운가 보네, 불쌍한 것.」 안주인이 말했다. 「엄청난 행복과 불행을 한꺼번에 겪는 바람에 정신이 나간 게야.」 그러자 이 말을 확인해 주기라도 하려는 양 프리다는 곧바로 K에게 달려들어 마치 방에 둘 말고는 아무도 없다는 듯 마구 키스를 퍼부었다. 그러더니 여전히 그를 끌어안은 채 울면서 그의 앞에 털썩 주저앉아 무릎을 꿇었다. K는 두 손으로 프리다의 머리칼을 쓰다듬으면서 안주인에게 물었다. 「제 말이 옳다고 인정하시는 것 같은데, 아닌가요?」 「당신은 명예를 아는 분이군요.」 안주인이 말했다. 그녀도 울먹이는 목소리였다. 다소 초췌해 보였고, 가쁜 숨을 몰아쉬면서도 그녀는 기운을 차려 이렇게 말했다. 「지금 심사숙고해야 할 것은 오직 당신이 프리다에게 마련해 주어야 할 어떤 보증에 관한 거예요. 내가 당신을 아무리 존중한다 해도 여기서 당신은 외지인이라 당신의 신원을 입증해 줄 사람을 세울 수가 없고, 당신의 집안 사정에 대해 아는 사람도 없으니까요. 따라서 보증이 꼭 필요하다는 것을 당신께서도 이해하시겠죠. 측량사 양반, 어쨌든 프리다가 당신과 결합함으로써 얼마나 많은 걸 잃게 되는지는 당신 스스로도 강조했으니까요.」「그럼요, 보증, 당연하죠.」K가 말했다. 「아마도 그건 공증인 앞에서 받는 게 가장 좋을 겁니다. 하지만 어쩌면 백작 관할의 다른 관청에서도 개입할지 모르겠군요. 안 그래도 저 역시 결혼 전에 꼭 처리해야 할 일이 있습니다. 클람과 면담을 해야겠어요.」「그건 불가능해요.」프리다가 몸을 약간 일으켜 K에게 바싹 붙으며 말했다. 「대체 무슨 생각이에요!」「꼭 해야만 돼요.」K가 말했다. 「만일 내가 해낼 수 없다면 당신이 해야 돼요.」「나는 못 해요, K. 할 수가 없어요.」프리다가 말했다. 「클람은 절대로 당신과 이야기하지 않을 거예요. 대체 어떻게 클람이 당신과 이야기할 거라는 생각을 할 수 있을까!」「그럼 당신과는 이야기할까요?」K가 물었다. 「아니요.」프리다가 말했다. 「당신과도 안 하고, 나하고도 안 해요. 그건 절대 불가능한 일이에요.」그녀는 양팔을 벌린 채 안주인을 바라보았다. 「엄마, 이이가 무얼 원하는지 좀 보세요.」「측량사 양반, 당신 참 이상한 분이군요.」안주인이 말했다. 더 꼿꼿이 앉아 다리를 쫙 벌린 채 얇은 치마

사이로 무릎을 내밀고 있는 그녀의 모습은 정말 봐주기 힘들었다. 「당신은 불가능한 걸 요구하고 있어요.」 「그게 왜 불가능하다는 거죠?」 K가 물었다. 「설명해 드릴게요.」 안주인은 마치 이 설명이 이를테면 마지막 호의라기보다는 자신이 내리는 첫 징벌이라는 듯한 말투로 대답했다. 「기꺼이 설명해 드리지요. 나는 성에 속해 있지 않을뿐더러 한낱 여자에 불과하고 이곳 최하 등급 — 꼭 최하 등급이라 할 수는 없지만 최하나 별반 다를 게 없는 — 여관의 안주인일 뿐이에요. 그러니 당신이 내 설명에 큰 의미를 두지 않을 수도 있겠죠. 그래도 나는 평생 두 눈을 부릅뜨고 살아왔고 많은 사람을 만났으며 여관 경영이라는 무거운 짐을 전부 혼자서 지고 살았어요. 내 남편은 착하긴 하지만 여관 주인 노릇할 사람이 못 되고 책임감이라는 걸 영원히 알지 못할 위인이니까요. 예를 들어 당신이 여기 마을에 머물러 있고, 이렇게 침대 위에 평온하고 안락하게 앉아 있는 것도 다 — 그날 밤 나는 이미 쓰러질 정도로 지쳐 있었지요 — 우리 집 양반이 칠칠치 못한 덕분이랍니다.」 「그게 무슨 말씀이시죠?」 K는 화보다는 호기심에 자극을 받아 일종의 넋 빠진 상태에서 깨어나 그렇게 물었다. 「당신 일은 오직 그이가 칠칠치 못해서 벌어진 것일 뿐이라고요!」 여주인은 집게손가락으로 K를 가리키며 거듭 소리쳤다. 프리다는 그녀를 진정시키려고 했다. 「너 왜 그러니?」 여주인이 온몸을 홱 돌리며 말했다. 「측량사 양반이 나한테 묻는데 대답하지 않을 도리가 있겠니? 그러지 않으면 우리한테는 너무도 당연한 것을 이분이 대체 어떻게 이해할 수 있겠어? 클람 씨가 절대 이분과 이야기하지 않을 거라는 사실 말이야. 〈않을 거〉라니, 내가 무슨 말을 하는 거야. 클람 씨는 절대 이분과 이야기할 수가 없는데. 측량사 양반, 내 말 좀 들어 봐요. 클람 씨는 성에서 온 어르신이에요. 클람 씨의 다른 직위는 다 차치하고라도, 이 말 자체만으로도 그분의 신분이 매우 높다는 것을 의미하죠. 그럼 당신은 어떤 사람인가요? 당신이 결혼 허가를 얻도록 우리가 여기서 이렇게 몸을 낮추어 애쓰고 있는데, 당신이란 사람은 대체 누구죠? 당신은 성에서 온 사람도 아니고 마을 사람도 아니지요. 그러니 아무것도 아닌 사람입니다. 하지만 유감스럽게도 당신은 아무것도 아닌 사람이 아니에요. 어딜 가나 쓸데없이 마주치게 되는 흔한 외지 사람인 주제에, 끊임없이 분란을 일으켜 귀찮게 하는 사람이고, 하녀들이 숙소를 옮기지 않을 수 없게 만드는 사람이며, 무슨 의도를 지녔는지 알 수 없는 사람이자, 또 우리가 더없이 아끼는 귀여운 프리다를 유혹하는 바람에 안타깝게도 이 아이를 아내로 넘겨주어야 할 사람이란 말입니다. 이 모든 일 때문에 내가 근본적으로 당신을 비난하는 것은 아니에요. 당신 자신은 있는 그대로의 당신일 뿐이니까요. 나는 지금까지 살면서 너무도 많은 것을 보아 왔으니 그런 꼴이라고 차마 보지 못할 이유는 없겠죠. 하지만 당신이 대체 지금 무엇을 요구하고 있는지 잘 생각해 보세요. 클람 같은 분더러 당신 같은 사람을 만나 이야기를 좀 나누어 달라니. 프리다가 당신에게 구멍을 통해 들여다보게 해주었다는 말을 듣고는 얼마나 마음이 아팠는지 몰라요. 이 아이가 그렇게 했다는 건 이미 당신한 테 넘어갔다는 뜻이니까요. 한번 얘기해 봐요, 클람 씨의 모습을 보면서 도대체 어떻게 견뎌 냈나요? 아니, 대답하지 않아도 돼요. 당신은 아주 잘 견뎌 냈겠죠. 하지만 당신이 클람 씨를 실제로 만나는 일은 절대 있을 수도 없어요. 주제넘게 하는 말이 아닙니다. 나 자신도 그럴 수가 없으니까요. 클람 씨더러 당신을 만나 달라는 건데, 그분은 마을 사람들과 아예 얘기를 하지 않아요. 그분 자신이 마을 사람 그 누구와도 얘기를 해본 적이 아직 한 번도 없다고요. 그런 그분이 적어도 프리다의 이름은 버릇처럼 불러 댔고, 프리다는 그분에게 마음대로 말을 할 수 있었으며 구멍을 통해 들여다볼 수 있도록 허락을 받았죠. 그건 프리다의 커다란 영예였고 나한테도 마지막 날까지 자랑으로 여길 일이지만, 그분은 역시 이 아이와도 얘기를 한 적은 없었어요. 그리고 그분이 때때로 프리다를 불렀다고 해서 거기에 사람들이 생각하고 싶어 하는 것처럼 무슨 대단한 의미가 있는 것은 분명 아니에요. 그분은 단순히 〈프리다〉라는 이름을 불렀을 뿐이며 — 그분의 뜻을 누가 알겠어요 — 그 부름에 프리다는 당연히 서둘러 갔던 것인데 그것은 이 아이가 해야 할 일이었으니까요. 이 아이가 아무런 제지도 받지 않고 그분에게 다가갈 수 있었던 것은 클람 씨의 호의 덕분이었어요. 그렇지만 그분이 이 아이를 직접 불렀을 거라고 단언할 수는 없어요. 물론 그것도 이제는 영원히 지나가 버린 한때의 일이지만요. 어쩌면 클람 씨는 아직도 프리다의 이름을 부를지 몰라요. 그럴 수 있을 거예요. 그러나 이 아이가 그분에게 가까이 다가가는 것은 이제 틀림없이 허락되지 않을 겁니다. 당신과 관계한 계집이니까요. 그런데 단 한 가지, 이 한 가지만은 내 아둔한 머리로는 잘 이해가 되지 않는데, 클람의 애인이라는 소리를 듣는 — 말이 나왔으니 말인데 매우 과장된 표현이라고 생각해요 — 그런 계집애가 어떻게 당신이 건드리는데도 가만히 놔뒀을까요.」

「확실히 그건 이상한 일이죠.」K가 대답하며 프리다를 무릎 위로 잡아당겨 안았고, 그녀는 고개를 숙이기는 했지만 잠자코 있었다. 「하지만 그것이 그 밖의 다른 경우에도 모든 일이 다 당신이 생각하는 것처럼 되지는 않는다는 것을 입증한다고 생각해요. 가령 내가 클람 앞에서는 아무것도 아닌 사람이라는 당신 얘기는 백번 옳습니다. 그리고 내가 지금 클람과의 면담을 요구하고, 당신의 설명을 듣고도 단념할 생각이 없다고 해서, 그것이 곧 문을 사이에 두지 않은 채 직접 클람의 모습을 마주하고도 의연히 견뎌 낼 수 있다는 뜻은 아니며, 그의 모습을 보자마자 방에서 달려 나오지 않을 거라는 말도 아니에요. 두려움이 있고, 당연히 두려움을 가질 만하지만 그것만으로 그 일을 감행하지 못할 이유는 없습니다. 내가 그를 감당해 낼 수만 있다면 그는 나와 이야기를 할 필요가 전혀 없을 겁니다. 내 말이 그에게 어떤 인상을 주는 걸 보는 것만으로도 내겐 충분하며, 아무런 인상도 주지 못하거나 그가 전혀 듣지 않는다 해도 막강한 사람 앞에서 자유롭게 말했다는 것 자체가 나로서는 큰 소득이 될 테니까요. 그런데 아주머니는 인생 경험이 풍부하신 데다 사람들도 많이 알고 계시고, 또 프리다는 어제까지만 해도 클람의 애인이었으니 — 굳이 이 말을 쓰지 않을 이유는 없다고 보는데요 — 두 사람은 틀림없이 내게 클람과 이야기할 기회를 어렵지 않게 마련해 줄 수 있을 겁니다. 달리 어떻게 안 된다면 바로 헤렌호프에서 만나도 좋습니다. 그는 오늘도 그곳에 있겠지요.」

「그건 불가능해요.」 여주인이 말했다. 「당신은 그걸 이해할 능력 자체가 없나 보군요. 그런데 도대체 클람 씨와 무슨 얘기를 할 작정이죠?」

「물론 프리다에 대해서지요.」 K가 말했다.

「프리다에 대해서?」 여주인은 이해할 수 없다는 듯 그렇게 묻고는 프리다 쪽을 돌아보았다. 「너 들었니, 프리다? 너에 대해 이분, 바로 이분이 글쎄 클람, 바로 클람 씨와 얘길 하겠다는구나.」

「아, 아주머니.」 K가 말했다. 「그토록 지혜롭고 존경받을 만한 분이 별 대수롭지 않은 일마다 그렇게 놀라시는군요. 자, 그러니까 나는 프리다에 대해 그와 이야기를 하겠다는 건데, 이건 그렇게 엄청난 일이 아니라 오히려 당연한 일이란 말입니다. 내가 나타난 순간부터 프리다가 클람에게 무의미한 존재가 되었다고 생각하신다면 당신 또한 잘못 생각하시는 게 틀림없어요. 그렇게 생각하신다면 그를 과소평가하시는 거죠. 그 점과 관련해 당신을 깨우치려 든다는 게 주제넘은 짓인 줄은 잘 알지만, 그러지 않을 수가 없군요. 나로 말미암아 프리다와 클람의 관계에서 달라진 건 아무것도 없을 겁니다. 실질적인 관계가 없었다면 — 이것은 본래 프리다에게서 애인이라는 명예로운 칭호를 떼어 내려는 자들이 하는 얘기입니다만 — 그럼 현재에도 없는 거고요. 혹은 그런 관계가 있었다면 어떻게 나로 말미암아, 당신이 올바로 말씀하셨듯이 클람의 눈에 아무것도 아닌 나 같은 사람 때문에 두 사람의 관계가 어그러질 수 있겠어요? 처음 놀랐을 때야 그런 생각이 들 수 있겠지만 조금만 깊이 생각해 봐도 금세 바로잡히기 마련입니다. 그건 그렇고 우리 한번 이에 대한 프리다의 의견을 들어 보기로 하지요.」

뺨을 K의 가슴에 댄 채 먼 곳을 향해 시선을 이리저리 옮기면서 프리다가 말했다. 「틀림없이 엄마가 말한 그대로예요. 클람은 이제 나에 대해 아무것도 알려고 하지 않을 거예요. 그러나 내 사랑, 당신이 왔기 때문에 그렇게 된 건 물론 아니에요. 그만한 일로 그가 충격을 받았을 리는 없으니까요. 어쩌면 우리가 거기 탁자 밑에서 만나 합치게 된 것부터 그가 꾸민 일인지도 몰라요. 부디 그 시간이 저주받은 시간이 아닌 축복받은 시간이길 빌어요.」

「만일 그렇다면…….」 K가 천천히 입을 열었다. 프리다의 말이 달콤했기 때문에 그는 몇 초 동안 눈을 감은 채 그 말이 몸속 가득 퍼지도록 했다. 「만일 그렇다면 더더욱 클람과의 면담을 두려워할 이유가 없지요.」

「정말이지…….」 여주인은 말하면서 K를 위에서 아래로 내려다보았다. 「당신은 문득문득 내 남편을 떠올리게 하는군요. 그 사람처럼 당신도 고집이 세고 어린아이 같아요. 당신은 이곳에 온 지 며칠 안 됐으면서도 모든 것을 여기 토박이보다 더 잘 안다고 믿어요. 늙은이인 나보다, 그리고 헤렌호프에서 그렇게나 많은 것을 보고 들은 프리다보다도 말이에요. 한 번쯤은 규정과 오랜 관습을 완전히 거스르고도 무언가를 이룩할 수 있다는 걸 부인하지는 않아요. 직접 경험한 적은 없지만 그런 사례가 더러 있다고들 하더군요. 그럴지도 모르죠. 하지만 설령 그런 일이 일어난다 해도 당신이 하는 것처럼 그렇게 줄곧 〈아니요, 아니요〉 하면서 자기 머리만을 맹신하고 아무리 선의를 다한 충고라도 흘려듣고 마는 방식으로는 결코 안 될 거예요. 내가 당신이 걱정돼서 이러는 거라고 생각해요? 당신이 혼자 있었을 때 내가 당신에게 신경이나 쓰던가요? 하긴, 그렇게 했으면 여러 가지 일을 피할 수도 있었을지 모르니 좋았을 테지만 말이에요. 그때 내가 남편에게 당신에 대해 유일하게 한 말은 〈그 사람을 멀리해요〉 이 한마디뿐이었어요. 프리다가 지금 당신의 운명 속에 함께 끌려 들어가 있는 상태만 아니라면 오늘도 역시 같은 말을 했을 거예요. 당신에 관해 내가 이렇게 ─ 당신 마음에 들든 말든 간에 ─ 세심하게 마음을 쓰고 심지어 배려까지 아끼지 않는 것은 모두 이 아이 덕분인 줄 아세요. 그리고 당신은 나를 무턱대고 거부해서는 안 돼요. 나는 어미같이 염려하는 마음으로 작고 귀여운 프리다를 지켜보는 유일한 사람이니 당신은 그런 나에 대해 엄중한 책임을 느껴야 해요. 프리다의 말이 맞고, 그래서 이 모든 일이 클람 씨의 뜻인지도 모르지요. 하지만 나는 지금 클람 씨에 대해 아무것도 모르고, 결코 그분과 이야기를 할 일도 없을 거예요. 그분은 내가 전혀 닿을 수 없는 곳에 있는 사람이니까요. 하지만 당신은 여기 앉아 있고 나의 프리다를 붙잡고 있지만 ― 내가 왜 이런 말을 숨겨야 하나요? ― 나한테 붙잡혀 있지요. 그래요, 나한테 붙잡혀 있는 거라고요. 그게 아니라면 젊은 양반, 당신을 이 집에서 쫓아낼 테니 마을 어디에든 거처할 곳이 있는지 한번 찾아보시지요. 하다못해 개집이라도 말이에요.」

「감사합니다.」 K가 말했다. 「솔직한 말씀이군요. 당신 말씀을 전적으로 믿습니다. 그러니까 나의 처지가 그만큼 불안하고 그와 연계되어 프리다의 처지도 그렇다는 거지요.」

「아니요!」 여주인은 화가 치밀어 말을 가로막으며 소리쳤다. 「그 점에 있어서 프리다의 처지는 당신의 처지와 아무 상관이 없어요. 프리다는 내 집 사람이고 아무도 여기서 그녀의 처지를 불안하다고 할 권리는 없다고요.」

「좋습니다, 좋아요.」 K가 말했다. 「그 점에 대해서는 나도 당신 말씀이 옳다는 걸 인정합니다. 더군다나 무슨 영문인지는 몰라도 프리다는 당신을 너무도 두려워해서 얘기에 끼어들지도 못하는 것 같으니까 말입니다. 그러니 우선 내 얘기만 하기로 하지요. 내 처지는 지극히 불안합니다. 그것은 당신도 부인하지 않고 오히려 입증하려 애쓰고 있죠. 당신의 다른 모든 말처럼 이 말도 대체로 옳지만 전적으로 옳은 것은 아니에요. 가령 나는 내 마음대로 이용할 수 있는 정말 괜찮은 숙소를 알고 있거든요.」

「어디죠? 대체 어디에요?」 프리다와 여주인이 마치 똑같은 이유로 질문하듯 동시에, 그리고 열망하는 듯한 목소리로 외쳤다.

「바르나바스네 집이죠.」 K가 말했다.

「쓰레기 같은 자들!」 여주인이 말했다. 「교활하고 더러운 놈들! 바르나바스네라고! 너희들 들었니 —」 그러면서 그녀는 조수들이 있는 구석 쪽을 돌아보았지만, 그들은 이미 한참 전에 구석에서 나와 팔짱을 낀 채 여주인 뒤에 서 있었다. 그녀는 의지할 데가 필요한 듯 둘 중 한 조수의 손을 붙잡았다. 「너희 주인이 어딜 헤매고 다니는지 들었어? 바르나바스네 집이래! 물론 거기라면 잠자리를 얻을 수 있겠지. 아, 이 양반이 헤렌호프 말고 차라리 거기서 잠자리를 얻었더라면 좋았을걸. 그런데 너희들은 대체 어디에 있었니?」

「주인아주머니.」 K는 조수들이 미처 대답하기도 전에 말했다. 「내 조수들입니다. 한데 당신은 마치 당신 조수이자 내 감시자인 것처럼 그들을 다루시는군요. 다른 일이라면 당신의 의견에 대해 최대한 정중히 토론할 준비가 되어 있습니다만, 내 조수들에 관해서는 아닙니다. 너무 명백한 일이잖아요. 그러니 내 조수들과는 이야기하지 말아 주시길 부탁드리며, 만일 부탁만으로 충분하지 않다면 내 조수들더러 당신께 대답하지 말라고 하겠습니다.」

「내가 이제 너희들과 이야기해서는 안 된단다.」 여주인이 말하자 세 사람 모두 웃음을 터뜨렸다. 여주인은 조롱하는 투였지만 K가 예상한 것보다는 훨씬 더 부드러웠고, 조수들은 늘 하던 대로 의미심장한 것 같으면서도 아무 의미도 없는 듯한, 어떤 책임도 지지 않겠다는 식이었다.

「화내지 말아요.」 프리다가 말했다. 「우리가 왜 흥분하는지 올바로 알아야 돼요. 굳이 말하자면, 우리가 지금 모두 한편이 된 건 순전히 바르나바스 덕분이에요. 당신을 주점에서 처음 보았을 때 — 당신은 올가의 팔에 매달려 들어왔지요 — 나는 이미 당신에 대해 몇 가지는 알고 있었지만 대체적으로는 당신에게 전혀 관심이 없었어요. 하지만 당신만이 아니었어요. 거의 모든 것, 거의 모든 일에 나는 관심이 없었어요. 많은 일에 불만도 컸고 여러 가지 일에 짜증이 났었죠. 그게 어떤 불만이고 또 어떤 짜증이었을까요? 이를테면 주점에서 손님들 중 한 사람이 나를 모욕한 일이 있었는데 — 거기서 늘 내 뒤를 따라다니는 사내들을 당신도 봤죠. 그런데 훨씬 더 고약한 자들이 왔어요. 클람의 하인들이 가장 고약한 패거리는 아니었다고요 — 그러니까 누군가 나를 모욕했다는 말인데, 그게 나한테 무슨 의미가 있었을까요? 마치 여러 해 전에 일어난 일 같기도 하고, 아니면 아예 일어나지 않은 일 같기도 하고, 아니면 누가 하는 얘기를 들은 것에 불과한 것 같기도 하고, 아니면 나 자신이 그 일을 이미 잊어버린 것 같기도 해요. 그걸 묘사할 수가 없어요. 이젠 상상조차 못 하겠어요. 클람이 나를 떠난 뒤로 그렇게 모든 게 변해 버렸어요 —」

프리다는 이야기를 멈추더니 슬픔에 고개를 떨구고 두 손을 무릎 위에 포갠 채 움직이지 않았다.

「그것 봐요.」여주인이 외쳤다. 그녀는 스스로 말하는 게 아니라 그저 프리다에게 자신의 목소리를 빌려 주고 있을 뿐이라는 듯 행동했다. 게다가 몸을 더 가까이 움직여 프리다 옆에 나란히 붙어 앉는 것이었다. 「측량사 양반, 이제 당신이 벌인 일의 결과를 봐요. 그리고 내가 말을 걸어서는 안 되는 당신의 조수들도 교훈 삼아 봐두는 게 좋겠군요. 당신은 프리다가 이제껏 누려 온 중 가장 행복했던 상태에서 이 아이를 잡아채듯 끌어낸 거라고요. 그럴 수 있었던 것은 무엇보다 프리다가 올가의 팔에 매달린 당신 모습을 보고는 바르나바스의 가족에게 걸려든 게 아닌가 싶어 그만 어린아이처럼 지나친 동정심에 빠져서 견디지 못했기 때문이지요. 이 아이는 당신을 구해 내려다가 자신을 희생한 거라고요. 그리고 이제 일은 벌어져 프리다가 자신이 갖고 있던 모든 것을 당신의 무릎 위에 앉는 행복과 바꾸어 버린 이 마당에, 당신은 바르나바스네 집에서 묵을 수도 있었다는 걸 무슨 비장의 카드인 양 내놓는군요. 그럼으로써 당신은 나한테 얽매인 사람이 아니라는 걸 입증해 보이려는 거겠지요. 당신이 정말로 바르나바스의 집에서 묵었더라면 틀림없이 당신은 나한테 얽매이지 않은 몸이니 내 집에서 당장 떠나야만 할 거예요, 지금 바로.」

「나는 바르나바스 집안이 어떤 죄를 지었는지 모릅니다.」 K는 죽은 듯이 꼼짝 않는 프리다를 조심스럽게 일으켜 천천히 침대 위에 앉히고는 일어서면서 말했다. 「그 점에서는 아마 당신 말씀이 옳을지 모르지만, 내가 우리의 일, 즉 프리다와 나의 일을 오직 우리 둘에게 맡겨 달라고 청했던 것은 확실히 내가 옳아요. 그때 당신은 사랑이니 걱정이니 하셨지만, 그 뒤로는 더 이상 그런 말이 거의 나오지 않았죠. 오히려 증오라든가 경멸이라든가 집에서 내쫓는다든가 하는 것에 관한 얘기가 더 많았습니다. 프리다를 나한테서 떼어 놓거나 아니면 나를 프리다한테서 떼어 놓으려는 심산으로 그러신 거라면 정말 뛰어난 솜씨였어요. 그러나 뜻을 이루시지는 못할 겁니다. 그리고 설사 뜻을 이루신다 해도 ─ 죄송합니다만, 저도 감히 협박처럼 들릴 수 있는 말을 한번 하겠는데 ─ 쓰라린 후회를 하시게 될 겁니다. 나한테 제공해 주시는 숙소에 관한 문제만 해도 ─ 더럽고 좁아터진 이 토굴 같은 방을 두고도 숙소라고 하시는데 ─ 당신 스스로 원해서 그렇게 하시는 건지 전혀 확실하지 않으며, 오히려 그와 관련한 백작님 관청의 지시가 있지 않았나 싶은데요. 이제 나는 거기로 가서 이곳에서 쫓겨났다고 알릴 겁니다. 그래서 내가 다른 숙소를 배정받는다면 당신은 안도의 한숨을 내쉬겠지만 나는 더욱더 깊은 안도를 느끼게 될 겁니다. 그럼 이제 나는 이런저런 일을 보러 면장한테 가겠습니다. 그러니 프리다만은 좀 보살펴 주세요. 당신이 이른바 엄마다운 말솜씨로 기를 꺾어 놓는 바람에 혼이 쑥 빠진 모양이니까요.」

그러고서 K는 조수들 쪽으로 몸을 돌렸다. 「이리들 와.」 그는 말하면서 못에서 클람의 편지를 빼 들고는 나가려 했다. 여주인은 말없이 지켜보다가 어느새 그가 문손잡이에 손을 대자 그제야 비로소 입을 열었다. 「측량사 양반, 가시는 길에 좀 더 드릴 얘기가 있어요. 당신이 무슨 말을 하든, 또 나를, 이 늙은 여자를 뭐라고 모욕하려 들든, 당신은 장차 프리다의 신랑이 될 사람이니까요. 오직 그 때문에 드리는 얘긴데, 당신은 이곳 사정에 대해 너무나도 무지합니다. 당신 얘기를 듣고 있다가 그 내용과 생각을 실제 형편과 비교해 보면 머리가 어지러울 지경이에요. 그런 무지함은 단번에 고쳐질 수 없어요. 어쩌면 영영 고쳐질 수 없을지도 모르죠. 하지만 내 말을 조금이라도 믿고 스스로의 무지함을 늘 염두에 두고 있으면 많이 나아질 거예요. 그러면 가령 나에 대해서도 금방 더 공정한 눈을 갖게 될 것이고, 내가 더없이 사랑하는 이 어린것이 이를테면 다리 없는 도마뱀과 짝을 이루기 위해 독수리를 버리고 떠났다는 것을 알게 되었을 때 내가 얼마나 끔찍한 마음고생을 겪었겠는지 — 그 충격의 여파는 여전히 계속되고 있지만 — 어렴풋하게나마 짐작할 수 있을 겁니다. 하지만 실제 상황은 훨씬 더 안 좋아서 나는 줄곧 잊어버리려고 애써야만 했어요. 그러지 않았다면 지금 이렇게 당신과 조용히 얘기를 나눌 수 없었을 거예요. 아, 또 화를 내는군요. 아니, 아직 가지 말고 이 부탁만은 더 들어봐요. 어딜 가든 당신은 여기서 가장 무지한 사람이라는 것을 유념하여 부디 조심하라는 겁니다. 여기 우리 집에 있을 때는 프리다가 앞에 있어서 당신이 불이익을 당하지 않고 안전하게 지낼 수 있기에 마음 편히 아무 얘기나 늘어놓을지 몰라요. 여기서는 가령 당신이 클람 씨와 어떻게 얘기할 생각인지 그 의중을 우리에게 드러내 보일 수도 있어요. 하지만 밖에 나가서는, 제발 부탁하는데, 절대, 절대 그렇게 하지 말아요.」

그녀는 일어서더니 흥분한 탓인지 약간 비틀거리며 K에게 다가가서 손을 잡고는 간청하는 눈빛으로 그를 바라보았다. 「주인아주머니.」 K가 말했다. 「왜 그만한 일로 몸을 낮추시고 저한테 부탁을 하시는지 이해할 수 없군요. 당신 말씀대로 내가 클람과 이야기하는 게 불가능하다면 누가 나한테 부탁을 하든 말든 나는 그 일을 결코 이루어 내지 못하겠지요. 그런데 만일 가능하다면, 왜 내가 그 일을 하지 말아야 하나요? 무엇보다도 당신의 주된 반대 사유가 사라지면서 그에 따른 당신의 여러 가지 염려도 매우 불확실해질 텐데 말입니다. 물론 나는 무지합니다. 어쨌든 그 사실은 변함이 없고 나로서는 매우 안타까운 일이죠. 하지만 무지한 자는 용감해서 더 과감히 행동한다는 장점도 있어요. 그래서 나는 이 무지함과 나쁠 게 틀림없는 그것의 결과를, 힘이 닿는 한 한동안은 기꺼이 감당해 보려는 겁니다. 하지만 그 결과는 근본적으로 나한테만 해당되겠죠. 그래서 나는 왜 당신이 이렇게 신신당부를 하는 건지 도무지 이해할 수가 없습니다. 그래도 당신은 분명히 늘 프리다를 보살펴 주실 테고, 내가 만일 프리다의 시야에서 완전히 사라진다 해도 그건 당신에게 오직 행복을 의미할 뿐이겠죠. 그러니 뭘 염려하시나요? 혹시 당신은, 무지한 자에게는 모든 게 가능해 보이는 법인데……」 K는 이미 문을 열었다. 「혹시 당신은 클람을

걱정하는 건가요?」 그가 서둘러 계단을 내려가고 조수들이
뒤따라가는 모습을 여주인은 말없이 바라보았다.

5
면장 집에서

　면장과의 면담은 K 자신도 다소 이상하다는 느낌이 들 정
도로 거의 걱정이 되지 않았다. 그는 이제까지의 경험으로
볼 때 백작 관청과의 공무상 교류가 매우 단순했었다는 점을
들어 스스로 그 이유를 설명해 보려고 했다. 그것은 한편으
로 그의 일에 대한 처리 방침과 관련해 겉보기에는 그에게
매우 유리한 어떤 특정한 원칙이 확실하게 세워진 게 틀림없
었고, 다른 한편으로는 관청의 업무가 감탄스러울 만큼 통
일성 있게 잘 돌아가고 있었기 때문이다. 특히나 얼핏 보기
엔 통일성이 없어 보이는 곳에서 오히려 통일성이 아주 완벽
하게 이루어지고 있는 것 같은 느낌이었다. 때때로 그런 일
들을 생각하면 K는 자기 처지가 웬만큼 만족스럽게 여겨지
지 않는 것도 아니었다. 그러나 그런 만족감이 불시에 찾아
든 뒤에는 늘 바로 거기에 위험이 도사리고 있는 것이라고
재빨리 스스로에게 말하곤 했다. 관청과 직접 접촉하는 것은
그다지 어려운 일이 아니었다. 왜냐하면 아무리 잘 조직되어
있다 해도 관청은 언제나 멀리 떨어져 보이지 않는 높은 분

들을 대신하여, 역시 멀리 떨어져 보이지 않는 일들을 지켜
내야 하는 반면에, K는 너무도 생생하게 가까이 있는 것을
위해, 그리고 자기 자신을 위해 싸웠고, 적어도 처음에는 자
신의 의지대로 싸웠기 때문이다. 이 싸움에서 그는 공격자의
입장이었다. 게다가 그 혼자만이 아니라 분명 그가 모르는
다른 힘들도 같이 싸우고 있었다. 그런 힘들이 존재한다는
것은 관청의 조치들로 미루어 짐작할 수 있었다. 그러나 관
청은 처음부터 별로 대수롭지 않은 일들에 있어서 — 이제
까지는 사실 별로 크게 문제 될 만한 일도 없었지만 — K를
멀찌감치 떨어져 응대하는 전술을 폄으로써 그에게 손쉽게
거머쥘 수 있는 작은 승리의 가능성마저 허용하지 않았고,
더불어 그에 따를 만족감과 그것으로 잘 다져진 기반에서
얻게 될 앞으로의 큰 싸움에 대한 자신감도 함께 앗아 가버
렸다. 대신에 그들은 K가 원하는 곳이면 어디든, 물론 마을
안에 한해서, 마음대로 돌아다닐 수 있게 허용하였다. 그럼
으로써 그를 제멋대로 행동하게 하고 유약하게 만들어 여기
서는 아예 싸움이 벌어질 수 없도록 그 근원을 차단해 버렸
으며 그를 사사롭고 전혀 종잡을 수 없는, 불투명하고 이질
적인 생활 속으로 밀어 넣었다. 이렇게 하여 잠시라도 주의
와 경계를 늦추면 어느 날 관청의 온갖 친절에도 불구하고,
또 그가 너무도 손쉬운 공적인 책무를 모두 완벽하게 이행
함에도 불구하고 그는 자기에게 특별히 베풀어 준 표면상의
호의에 눈이 멀어 그 밖의 생활을 소홀히 하는 일이 벌어질
수도 있게 되었다. 그러면 그는 거기서 그만 주저앉을 것이

고 관청은 여전히 부드럽고 친절한 자세를 보이면서, 마치 자신의 뜻이 아니라는 듯 그가 모르는 어떤 공적인 질서의 이름을 내세우며 다가와 그를 길에서 치워 버릴 것이 틀림없었다. 그러면 여기서 그 〈그 밖의 생활〉이란 도대체 무엇을 말하는 것인가? K는 여기서처럼 공무와 생활이 그렇게 뒤얽혀 있는 곳은 본 적이 없었다. 때로는 공무와 생활이 서로 자리를 바꾼 것처럼 보일 지경이었다. 가령 클람이 K의 업무에 대해 행사해 온 지금까지의 단지 형식뿐인 권력은 그가 K의 침실에서 그야말로 실질적으로 누리고 있는 권력에 견주어 볼 때 과연 무슨 의미를 갖는 것일까? 사정이 그러하므로 여기서는 관청을 직접 상대하는 경우라면 다소 경솔한 듯 처신하고 약간 긴장을 푼 채 느슨하게 대하는 것이 적합한 태도인 반면, 그 밖의 경우에는 항시 대단한 주의가 요구되어 한 걸음 내디딜 때마다 사방을 둘러볼 필요가 있었던 것이다.

K는 처음에 면장을 대하고 이곳 관청에 대한 자신의 생각이 매우 잘 들어맞는다는 느낌이 들었다. 면장은 친절하고 뚱뚱하며 깔끔하게 면도를 한 남자로 병을 앓고 있었다. 심한 발작성 통풍 때문에 침대에서 K를 맞았다. 「우리 토지 측량사 양반이 오셨군요.」 그는 몸을 일으켜 인사를 하려고 했으나 여의치 않자 자신의 다리를 가리키며 미안하다고 하면서 다시 베개 위로 털썩 몸을 던졌다. 창문이 작은 데다 커튼이 쳐져 더욱 어두운 방의 어스름 속에서 그림자나 다름없어 보이는 자그마한 부인이 K를 위해 의자를 가져와 침대를 향해 놓았다. 「앉으세요, 측량사 양반, 어서 앉아요.」 면장이

말했다. 「그리고 무얼 원하시는지 말씀해 보세요.」 K는 클람의 편지를 읽어 준 다음 몇 마디 의견을 덧붙였다. 그는 또다시 관청을 상대하는 일이 역시나 대단히 쉽다는 느낌이 들었다. 그들은 그야말로 모든 부담을 지고 있으며 아무나 무슨 일이든 그들에게 맡길 수 있기 때문에, 정작 일을 맡긴 사람 자신은 아무런 간섭도 받지 않은 채 내내 자유로울 수 있는 것이다. 면장도 나름대로 그것을 느꼈는지 언짢은 듯 침대에서 몸을 틀었다. 「측량사 양반, 당신도 눈치챘겠지만 나는 전부 알고 있었어요. 나 스스로 아직 아무 일도 벌이지 않은 것은 첫째는 내 병 때문이었고, 그다음은 당신이 오래도록 오지 않았기 때문이지요. 난 그래서 당신이 일에서 손을 뗀 줄 알았어요. 하지만 이제 친절하게도 이렇게 직접 나를 찾아 주었으니, 당신에겐 물론 불편하겠지만 사실을 전부 있는 그대로 말해야겠어요. 당신 말대로 당신은 토지 측량사로 채용되었죠. 그런데 유감스럽게도 우리에겐 토지 측량사가 필요하지 않아요. 측량사가 할 일이 하나도 없다고 할 수 있어요. 우리의 소규모 농토는 모든 경계가 말뚝으로 표시되어 있고 모든 것이 정식으로 등기되어 있으며 소유 변동이 일어나는 일은 거의 없고 사소한 경계 분쟁은 우리 스스로 조정합니다. 그러니 우리한테 토지 측량사가 왜 필요하겠어요?」 K는 물론 그에 대해 깊이 생각해 본 일이 없었지만 비슷한 얘기를 듣게 되리라 내심 확신하고 있었다. 그 때문에 그는 곧바로 대답할 수 있었다. 「정말 뜻밖의 말씀이라 놀랍군요. 제 모든 계획을 허사로 만드는 말씀입니다. 어떤 오해가 있는 것이기를 바랄 뿐입니다.」「안됐지만 그렇지 않아요.」 면장이 말했다. 「말한 그대로입니다.」「하지만 어떻게 그럴 수 있죠?」 K가 말했다. 「지금 다시 돌아가기 위해 그 오랜 여행을 한 게 아니라고요.」「그건 다른 문제입니다.」 면장이 말했다. 「내가 결정할 문제가 아니지요. 그러나 어떻게 그런 오해가 일어날 수 있었는지에 대해서는 물론 설명해 드릴 수 있습니다. 백작 관청처럼 큰 관청에서는 한 부서에서 이 일을 지시하고 다른 부서에서 저 일을 지시하다 보니 한쪽이 다른 쪽에 대해 모르는 일이 어쩌다 한 번씩 일어날 수 있습니다. 상부의 감독이 철저하고도 엄중하긴 하지만 그 속성상 뒤늦게 이루어지기 마련이라 아무래도 사소한 혼선이 빚어질 수 있지요. 물론 그건 언제나 가령 당신의 경우와 같이 극히 사소한 일에서나 그렇습니다. 중대한 일에서 무슨 오류가 있었다는 얘기는 아직 들어 본 적이 없으니까요. 하지만 사소한 경우라도 얼마든지 곤혹스러울 수 있다는 걸 잘 압니다. 자, 이제 당신의 경우에 관해서, 나는 직무상의 기밀을 엄수하지 않고 — 이런 점에서 나는 관리로서는 부족한 농부일 뿐이며 앞으로도 변함이 없을 겁니다 — 그간의 경위를 숨김없이 얘기해 드리겠습니다. 오래전에, 내가 면장이 된 지 채 몇 달이 안 되었을 때인데, 당국의 지시가 하나 내려왔어요. 어느 부서의 공문인지는 지금 기억이 나지 않는데, 그곳 나리들 특유의 절대적인 명령조로 토지 측량사 한 명을 초빙할 예정이며 그의 측량 업무에 필요한 계획서와 도면 일체를 준비하는 일은 면(面)에 위임한다는 통고가 들어 있었죠. 그 지시는 물론 당신과 관련한 것이라고 볼 수 없어요. 왜냐하면 너무도 여러 해 전의 일이었고, 내가 지금 병이 들어 침대에서 우스꽝스럽기 짝이 없는 일들에 대해 곰곰이 생각해 볼 시간을 충분히 갖지 못했더라면 아예 기억해 내지 못했을 일이니까요. 미치!」 그가 갑자기 이야기를 중단하면서 부인을 불렀다. 그녀는 여전히 알 수 없는 행동을 하며 방 안을 휙휙 지나다니고 있었다. 「저기 장속을 좀 찾아봐요, 아마 그 공문이 거기 있을 거야. 그건 그러니까…….」 그가 설명하듯이 K에게 말했다. 「내 공직 생활 초기의 것이지요. 당시만 해도 나는 모든 걸 보관해 두었어요.」 K와 면장이 지켜보는 가운데 부인이 곧바로 장을 열었다. 문을 열자 서류로 꽉 차 있던 장에서 커다란 서류 뭉치 두 개가 굴러떨어졌다. 땔감을 묶듯이 둥글게 묶여 있었다. 부인은 깜짝 놀라 옆으로 펄쩍 뛰어 비켜섰다. 「아래에 있을 거야, 아래에.」 면장이 침대에서 지휘하듯 일러 주었다. 그에 따라 부인은 아래쪽 서류들을 보기 위해 두 팔로 서류들을 안아 장에 있는 모든 것을 꺼내 던졌다. 어느새 방의 절반쯤이 서류로 뒤덮였다. 「한 일이 많았지요.」 면장이 고개를 끄덕이며 말했다. 「그리고 이건 아주 일부에 불과해요. 대부분은 창고에 보관해 두었는데 그 태반은 또 없어져 버렸지요. 누가 그걸 전부 다 모아 둘 수 있겠어요! 창고에는 그래도 아직 많이 있어요. 그 공문 찾을 수 있겠어요?」 그가 다시 부인에게로 몸을 돌려 말했다. 「겉표지에 〈토지 측량사〉라는 말이 파란색으로 밑줄 그어진 서류를 찾아야 하는데.」 「너무 어두워요.」 부인이 말했다. 「초를 가져올게요.」 그녀는 서류들을 넘어 방에서 나갔다. 「아내는 내게 큰 도움이 되죠.」 면장이 말했다. 「이 힘든 공직 업무는 틈틈이 가외로만 겨우 봐야 하고, 서류 일을 도와주는 보조원이 있긴 하지만 — 학교 선생 말이에요 — 그래도 다 처리할 수가 없어서 언제나 미결인 일이 많이 남아요. 그건 저기 저 장 속에 쌓여 있지요.」 그러고서 그는 다른 장을 가리켰다. 「게다가 이젠 병까지 들어서 그 양이 엄청나게 늘어나고 있어요.」 그는 피곤하지만 그래도 자랑스러운 표정으로 다시 누웠다. 「혹시 제가……」 부인이 촛불을 들고 돌아와서 장 앞에 꿇어앉아 다시 그 공문을 찾기 시작하자 K가 말했다. 「부인께서 찾는 일을 도와 드리면 안 될까요?」 면장은 빙긋이 웃으며 고개를 가로저었다. 「이미 말했듯이 당신에게 밝히지 못할 직무상의 비밀은 없어요. 하지만 당신이 직접 서류를 뒤지게 하는 것, 그렇게까지는 할 수 없지요.」 이제 방 안이 조용해졌다. 종이 바스락거리는 소리만 들렸다. 면장은 살짝 졸기까지 한 모양이었다. 가만히 문 두드리는 소리에 K는 그쪽을 돌아보았다. 말할 것도 없이 조수들이 하는 짓이었다. 그래도 그새 조금 배웠는지 그들은 곧장 방 안으로 밀고 들어오지 않고 먼저 약간 열린 문 틈으로 속삭이듯 말했다. 「밖이 너무 추워요.」 「누구죠?」 면장이 소스라치게 놀라 몸을 일으키며 물었다. 「제 조수들입니다.」 K가 말했다. 「저들을 어디서 기다리게 해야 좋을지 모르겠네요. 바깥은 너무 춥고 여기에 들이면 성가실 것 같고 말이죠.」 「난 괜찮아요.」 면장이 친절하게 말했다. 「들어오라하세요. 그런데 내가 아는 자들이군요. 오래전부터 아는 자들이에요.」「하지만 내가 귀찮습니다.」K가 솔직하게 말했다. 그러고는 시선을 조수들로부터 면장에게로 옮겼다가 다시 조수들에게 돌렸는데, 세 사람 모두 빙그레 웃는 모습이 구별할 수 없이 똑같다는 생각이 들었다. 「너희들 이왕 여기 들어온 김에……」K가 시험 삼아 말해 보았다. 「가지 말고 저기서 면장님 부인 좀 도와 드려. 겉표지에 〈토지 측량사〉라는 말이 파란색으로 밑줄 그어진 서류를 찾고 계신다.」면장은 아무런 이의를 제기하지 않았다. K가 해서는 안 되는 일을 조수들은 해도 되었던 것이다. 아니나 다를까 그들은 곧바로 서류 더미에 달려들었지만 무얼 찾는다기보다는 온통 들쑤시며 헤집어 놓기만 했다. 그러다가 한 친구가 문서를 하나 집어 들고 더듬거리며 한 자 한 자 읽어 나가면 그때마다 다른 친구가 그것을 손에서 채뜨려 빼앗아 가곤 했다. 반면에 부인은 텅 빈 장 앞에 꿇어앉아 있었는데 이젠 전혀 뭘 찾고 있는 것 같지 않았다. 어쨌든 촛불은 그녀에게서 아주 멀찌감치 떨어져 타고 있었다.

　「조수들……」면장은 마치 모든 일이 자신의 지시에서 비롯된 것인데 아무도 그것을 짐작조차 못 하고 있다는 듯 흐뭇한 미소를 지으며 말했다. 「저들이 귀찮다는 말이지요. 하지만 그래도 당신 조수들 아닌가요?」「아닙니다.」K가 차갑게 말했다. 「저들은 여기 와서야 처음 알게 된 자들인데 스스로 저를 찾아왔습니다.」「어떻게, 찾아왔다고요?」그가 말했다. 「배정되었다는 말이겠지요.」「그럼 배정되었다고 하지요.」 K가 말했다. 「하지만 하늘에서 뚝 떨어진 것이나 마찬가지입니다. 그 배정이란 게 그만큼 별생각 없이 이루어진 거겠죠.」 「여기서 별생각 없이 일어나는 일은 없어요.」 면장이 말했다. 그는 발이 아픈 것조차 잊고 꼿꼿이 앉았다. 「없다고요?」 K가 물었다. 「그럼 저를 초빙한 일은 어떻게 된 겁니까?」 「당신 초빙 문제 역시 심사숙고한 것이죠.」 면장이 대답했다. 「다만 부수적인 사정이 개입되면서 혼란스러워진 것뿐이에요. 서류를 가지고 입증해 드리죠.」 「서류는 찾지 못할 것 같은데요.」 K가 말했다. 「찾지 못한다고요?」 면장이 외쳤다. 「미치, 제발 조금 더 빨리 찾아봐요! 하지만 서류가 없더라도 당신에게 먼저 이야기부터 해드릴 순 있어요. 내가 이미 말했던 그 지시 공문에 대해 우리는 고맙지만 토지 측량사가 필요 없다는 회답을 보냈지요. 그런데 이 회답이 본래의 부서, 그 부서를 A라고 할게요, 거기로 되돌아가지 않고 착오가 생겨 다른 부서인 B로 간 모양입니다. 따라서 A 부서는 계속 회답을 받지 못한 상태였는데, 유감스럽게도 B 또한 우리의 회답 전부를 받은 게 아니었어요. 서류 내용물이 우리한테 그냥 남아 있었는지 아니면 도중에 분실되었는지 ─ 그 부서 안에서 분실된 것이 아니라는 건 내가 보증합니다 ─ 어쨌든 B 부서에도 서류 봉투만 도착했는데, 봉투 겉면에는 그 안에 들어 있는, 하지만 유감스럽게도 실제로는 들어 있지 않은 서류가 토지 측량사의 초빙 건을 다루고 있다는 내용 말고는 아무것도 적혀 있는 게 없었어요. 그러는 동안 A 부서는 우리의 회답만 기다리고 있었지요. 그 안건에 대해 메모를 해놓기는 했지만 이런 일은 물론 심심찮게 일어나기도 하고, 일 처리를 아무리 정확히 해도 일어날 수 있기에 담당관은 우리가 회답을 할 것이고 그러고 나면 측량사를 초빙하든가 아니면 필요에 따라 그 일에 대해 우리와 계속 연락을 주고받으면 될 거라 믿고 있었던 겁니다. 그에 따라 그는 그 메모에 신경을 쓰지 않게 되었고 결국 안건 전체를 잊어버리게 되었던 거지요. 그런데 B 부서에서 성실하기로 이름난 담당관에게 그 서류 봉투가 도달했어요. 그는 소르디니라는 이름의 이탈리아 사람인데, 내부 사정을 잘 알고 있는 나 자신도 그렇게 능력 있는 사람을 왜 말단이나 다름없는 지위에 머물게 했는지 알 수가 없습니다. 그런 소르디니가 빈 서류 봉투를 보완하도록 우리에게 되돌려 보낸 것은 당연한 일이었지요. 그런데 그때는 A 부서가 처음 공문을 보낸 지 여러 해까지는 아니더라도 이미 몇 달이나 지난 때였습니다. 이해할 수 있는 일이죠. 왜냐하면 보통 때처럼 서류가 제 길을 따라 전달된다면 늦어도 하루 뒤에는 제 부서에 도달하고 바로 그날 중으로 처리가 되지만 일단 길을 잘못 들어서게 되면, 조직이 워낙 잘 갖추어져 있는 탓에 그 잘못된 길을 그야말로 열심히 따라갈 수밖에 없거든요. 그러지 않고는 길이 없으니까요. 그러면 시간이 굉장히 오래 걸리게 되는 겁니다. 따라서 우리가 소르디니의 공문을 받았을 때는 그 안건을 아주 어렴풋하게밖에 기억할 수 없었어요. 당시엔 일할 사람도 우리 둘, 미치와 나밖에 없었고 학교 선생도 아직 배정되기 전이라 사본은 아주 중요한 안건만 보관했습니다 ─ 한마디로, 우리는 그런 초빙 건에 대해 아는 바가 없으며 우리에게 토지 측량사는 필요 없다고 매우 애매하게 회답할 수밖에 없었습니다. 그런데……」

여기서 면장은 열중하다 보니 이야기가 너무 지나쳤다는 듯, 혹은 너무 지나쳤을 수 있다는 듯 스스로 말을 중단했다. 「이야기가 지루하지 않나요?」

「아닙니다.」 K가 대답했다. 「재미있는데요.」

「당신 재미있으라고 하는 이야기가 아닙니다.」 면장이 말했다.

「제가 재미있다는 것은 다만……」 K가 말했다. 「사소한 착오가 경우에 따라 한 인간의 생존 여부를 결정짓기도 하는, 그 어처구니없는 혼돈 속을 통찰하게 되었다는 점 때문입니다.」

「통찰을 얻으려면 아직 멀었어요.」 면장이 진지하게 말했다. 「그러니 이야기를 계속 들려 드릴까 합니다. 우리의 회답에 당연히 소르디니 같은 이가 만족할 리 없었겠죠. 그가 내게 골칫거리이긴 해도 나는 그 사람을 경탄해 마지않습니다. 그는 어느 누구도 믿지 않기 때문입니다. 가령 누군가를 수없이 많은 계기로 만나 더없이 신뢰할 만한 사람이라는 걸 알게 되었다 해도 다음번에 보게 될 때에는 그를 믿지 않아요. 마치 그가 전혀 모르는 사람인 듯, 더 정확히 말하자면 부랑자인 듯 말입니다. 나는 그것이 옳다고 봐요. 공직자라면 그렇게 처신해야지요. 유감스럽게도 나는 성격상 그 원칙을 지킬 수가 없어요. 보다시피 외지인인 당신에게도 이렇게 모든 걸 다 털어놓고 있지 않습니까. 나는 달리 어쩔 수가 없는 사람입니다. 이와 달리 소르디니는 우리의 회답에 즉시 의심을 품었지요. 그리하여 수많은 서신이 오가게 되었습니다. 소르디니는 왜 갑자기 토지 측량사를 초빙할 필요가 없다는 생각을 하게 되었느냐고 물었고, 나는 미치의 뛰어난 기억력을 빌려, 그 안건을 처음 발의한 것은 관청이 아니었느냐고(물론 다른 부서가 관련되었다는 건 잊은 지 이미 오래였습니다) 대답했지요. 거기에 대해 소르디니가 그런 공문을 받았다는 얘기를 왜 이제야 하느냐고 하자, 나는 이제야 기억이 났다고 했고, 소르디니가 또 그것 참 이상한 일이라고 하자, 나는 또 그렇게 오래 끄는 안건의 경우 그건 전혀 이상한 일이 아니라고 했지요. 소르디니가 다시 그래도 그건 이상한 일이라며 내가 기억해 낸 그 공문은 존재하지 않는다고 하길래, 나도 다시 서류 전체가 없어져 버렸기 때문에 그것이 존재하지 않는 것은 당연하다고 했더니, 소르디니는 그 첫 공문에 관한 메모라도 있어야 하는데 그런 게 없다고 하더군요. 거기서 나는 막혀 버렸습니다. 소르디니의 부서에서 어떤 실수가 있었다는 건 감히 주장할 수도, 믿을 수도 없는 일이었으니까요. 측량사 양반, 당신은 어쩌면 속으로 소르디니를 비난하고 있을지도 모르겠군요. 그가 내 주장을 고려했다면 적어도 그 일에 대해 다른 부서에 문의해 볼 마음은 들었어야 마땅하다고 말입니다. 하지만 바로 그런 생각이 옳지 않다는 겁니다. 나는 당신의 생각 속에서조차 그 사람에 관해 어떤 오점이 남는 걸 원치 않아요. 실수의 가능성을 전혀 고려하지 않는다는 것이 관청의 사무 원칙 중 하나입니다. 이 원칙은 조직 전체의 탁월함으로 볼 때 당연한 것이며 일 처리가 최대한 신속히 이루어지기 위해 필수적인 것입니다. 따라서 소르디니는 아예 다른 부서에 문의를 해서도 안 되었던 거지요. 게다가 다른 부서도 그에게 결코 대답해 주지 않았을 겁니다. 실수의 가능성을 조사해서 찾아내기 위한 일이라는 걸 금방 알아차렸을 테니까요.」

「면장님, 말씀 중에 죄송하지만 질문을 하나 드려도 괜찮겠습니까?」 K가 말했다. 「앞에서 감독 관청에 관한 언급을 하시지 않았나요? 면장님 말씀대로라면 관청 조직에서 감독 기능이 중단된다는 건 상상만 해도 속이 울렁거릴 일인 것 같은데요.」

「매우 엄격하군요.」 면장이 말했다. 「그러나 당신의 엄격함을 천 배로 곱해도 관청이 스스로에게 적용하는 엄격함에 비하면 아무것도 아닐 겁니다. 전혀 사정을 모르는 사람만이 당신 같은 질문을 할 수 있죠. 감독 관청이 있느냐고요? 오직 감독 관청들만 있습니다. 물론 그 관청들이 거칠게 말해서 실수라는 것을 찾아내기 위해 있는 건 아닙니다. 왜냐하면 실수는 일어나지 않으니까요. 당신의 경우처럼 어쩌다 실수가 일어난다 해도, 누가 그걸 실수라고 단정할 수 있을까요?」

「그건 전혀 새로운 얘기 같은데요!」 K가 외쳤다.

「나한테는 아주 오래된 얘기입니다.」 면장이 말했다. 「나도 당신과 크게 다르지 않게 어떤 실수가 일어났다고 확신합니다. 그래서 소르디니는 절망한 나머지 심한 병에 걸렸고, 실수의 원인을 찾아내는 데 공을 세운 첫 번째 감독 관청도 거기에 실수가 있었다는 걸 인정했지요. 하지만 두 번째 감독 관청도 마찬가지의 판정을 내릴 것이고, 세 번째 관청도, 또 그 이후의 다른 관청들도 역시 그럴 거라고 누가 주장할 수 있겠습니까?」

「뭐 그럴 수도 있겠군요.」 K가 말했다. 「그런 깊숙한 일에는 아직 끼어들고 싶지 않습니다. 그런 감독 관청에 대해서는 지금 처음 들었고 당연히 아직 이해도 되지 않아요. 다만 여기서는 두 가지가 구별되어야 한다고 생각합니다. 첫째로 관청 내부에서 일어나서 다시 관청의 입장에서 이러저러하게 이해될 수 있는 일들과, 둘째로 나라는 실제의 인간, 즉 관청 외부에 있으면서 관청으로부터 위해의 위협을 느끼고 있지만 그것이 하도 어이가 없어서 여전히 그 위험의 심각성을 믿을 수 없는 나라는 인간, 이렇게 두 가지입니다. 앞의 것에 대해서는 면장님께서 입이 딱 벌어질 정도로 대단한 전문 지식을 가지고 이야기해 주신 것 같으니, 이제 저에 대한 얘기도 한 말씀 듣고 싶군요.」

「나도 그럴 참입니다.」 면장이 말했다. 「하지만 몇 가지 더 먼저 말해 두지 않으면 이해하기 힘들 겁니다. 지금 감독 관청에 대한 것도 너무 이른 얘기였어요. 그러니 내가 소르디니와 의견이 맞지 않아 옥신각신했던 이야기로 다시 돌아가지요. 말한 대로 나의 방어력은 점차 힘을 잃었습니다. 하지만 소르디니의 경우 상대에 비해 조금이라도 유리한 점을

손에 쥐기만 하면 승리는 따놓은 당상이지요. 그의 주의력
과 기력과 침착성이 더욱 상승하니까요. 그래서 그는 공격
받는 자에게는 끔찍한 공포의 대상이지만 공격받는 자의 적
들에게는 훌륭한 구경거리가 됩니다. 다른 사건들에서 후자
의 경우도 경험해 보았는데, 바로 그랬기 때문에 그에 대해
지금처럼 얘기할 수 있는 겁니다. 그렇지만 내가 그를 직접
눈으로 본 적은 한 번도 없습니다. 너무나 일에 파묻혀 있는
터라 그는 이 아래로 내려올 수가 없었거든요. 그의 사무실
은 차곡차곡 쌓아 올린 거대한 서류 기둥들로 모든 벽이 뒤
덮여 있다고 들었습니다. 그런데 그건 소르디니가 작업 중인
서류에 지나지 않았어요. 서류 기둥에서 서류를 끄집어내고
끼워 넣고 하는 일이 끊임없이 이루어졌고 매사가 급히 서둘
러 진행되는 바람에 기둥들이 계속해서 무너졌답니다. 해서
늘상 짧은 간격으로 이어지는 쿵쿵 소리가 소르디니 사무실
의 특징처럼 되었지요. 그러니까 소르디니는 그야말로 일꾼
이어서 아무리 사소한 일이라도 더없이 중대한 일을 대할 때
처럼 세심한 주의를 기울인다는 얘깁니다.」

　「면장님께서는…….」K가 말했다. 「계속 제 사안을 극히
사소한 것 중 하나라고 하시지만 그 일에 정말 많은 관리들
이 매달려 애쓰지 않았습니까. 비록 그것이 처음에는 아주
사소한 일이었다 해도 소르디니 씨와 같은 관리들의 열성 덕
에 중대한 사안이 된 거겠죠. 유감스럽게도, 그리고 제 뜻과
도 매우 다르게 말입니다. 제가 진실로 바라는 바는 저와 관
련해 거대한 서류 기둥이 생겨나고 와르르 무너지고 하는 것

이 아니라, 평범한 토지 측량사로서 조그만 제도용 책상에 앉아 조용히 일하는 것이니까요.」

「아니.」 면장이 말했다. 「그건 중대한 사안이 아니에요. 그에 관해 당신은 불평할 이유가 없습니다. 사소한 사안 중에서도 극히 사소한 사안의 하나니까요. 업무의 양이 사안의 등급을 결정하는 건 아닙니다. 만일 그렇게 생각한다면 당신은 관청을 이해하는 데 아직 한참 멀었어요. 혹여 업무의 양이 중요하다 해도, 당신의 사안은 양이 극히 적은 것 중 하나입니다. 평범한 사안, 그러니까 소위 실수라는 것이 없는 사안의 경우가 일거리도 훨씬 많고 물론 성과도 훨씬 크지요. 어쨌든 당신은 아직 당신의 사안으로 야기된 실제의 업무에 대해 전혀 모르고 있으니, 이제부터 그것에 대해 이야기해 드리겠습니다. 처음에 소르디니는 나를 끌어들이지 않았어요. 하지만 그의 관리들이 왔고, 헤렌호프에서는 매일같이 지역 유지들을 상대로 조서 작성과 더불어 심문이 벌어졌습니다. 대부분 내 편을 들었고, 몇 사람만 미심쩍어했지요. 토지 측량 문제가 농부에게는 워낙 민감한 일이라서 말입니다. 그들은 뭔가 비밀 협약과 부정이 행해지고 있는지 냄새를 맡고 다니더니 주동자를 한 명 얻게 되었습니다. 그들의 진술로부터 소르디니는 만일 내가 그 문제를 지역 평의회에 상정했더라면 토지 측량사 초빙에 모두가 다 반대하지는 않았을 거라는 확신을 갖게 되었음이 분명합니다. 그렇게 해서 자명한 사실이 — 즉, 토지 측량사가 필요 없다는 사실이 — 어쨌든 적어도 의심스럽게 되어 버린 것이지요. 특히 그와 관련해서 브룬스비크라는 자가 두각을 나타냈는데, 당신은 아마 모를 겁니다. 사람이 나쁜 것 같지는 않은데, 어리석고 공상적이죠. 라제만의 매부 되는 사람이고요.」

「그 무두장이의?」 K가 묻고는 라제만의 집에서 보았던 털보의 모습을 묘사했다.

「맞아요, 바로 그자예요.」 면장이 말했다.

「그의 부인도 압니다.」 K는 되는대로 주워섬겼다.

「그럴 수도 있겠죠.」 면장은 그렇게 대꾸하더니 입을 다물었다.

「미인이에요.」 K가 말했다. 「하지만 약간 창백하고 병색이 있어 보였습니다. 그녀는 아마 성에서 왔나 보죠?」 반쯤은 묻는 듯한 투였다.

면장은 시계를 보더니 약을 수저에 부어 급히 삼켰다.

「성에 대해 아시는 건 사무 조직뿐인가 보죠?」 K가 퉁명스럽게 물었다.

「그래요.」 면장은 빈정거리는 듯하면서도 고마워하는 미소를 지으며 말했다. 「그것이 가장 중요한 것이기도 하고요. 그리고 브룬스비크 말인데, 만일 우리가 그를 마을에서 내쫓을 수만 있다면 거의 모두가 기뻐할 겁니다. 라제만도 꽤나 좋아할 거예요. 그러나 당시에 브룬스비크는 제법 영향력이 있었던 사람으로, 웅변가는 아니지만 고함을 질러 대는 선동가였으며 그것만으로도 상당수에게는 어지간히 통했습니다. 그래서 나는 어쩔 수 없이 그 안건을 지역 평의회에 상정하게 되었는데, 그것으로 일단 브룬스비크는 보기 좋게 성공을 거둔 셈이었지요. 당연히 평의회의 대다수는 토지 측량사 같은 것에 관심조차 없었지만요. 그것도 이제는 이미 여러 해 전 일입니다만, 당시 그 일은 내내 수그러들 날이 없었습니다. 한편으로는 신중하기 이를 데 없는 조사를 벌여 다수파나 반대파 양쪽 모두의 동기를 철저히 밝혀내려는 소르디니의 치밀함 때문이었고, 다른 한편으로는 관청과 여러 방면에 개인적인 연고를 갖고 있고 늘 턱없이 새로운 공상을 지어내 관청을 움직이게 만드는 브룬스비크의 어리석음과 공명심 때문이었지요. 소르디니는 물론 브룬스비크에게 속아 넘어가지 않았지만 — 어떻게 브룬스비크가 소르디니를 속일 수 있겠어요? — 속아 넘어가지 않기 위해서는 새로운 조사가 필요했고, 조사가 채 끝나기도 전에 브룬스비크는 어느새 또 새로운 것을 생각해 냈던 겁니다. 무척 약삭빠르긴 한데 바로 그게 그자의 어리석은 점 중 하나이지요. 그럼 이제 우리 관청 조직의 특성에 대해 얘기해 보기로 하겠습니다. 우리의 관청 조직은 그 정확성에 걸맞게 또한 아주 민감합니다. 어떤 안건에 대한 심의가 오래 지속되는 경우 심의가 다 끝나지도 않았는데 예견할 수도, 나중에 다시 찾아낼 수도 없는 지점에서 전격적으로 불쑥 해결 방안이 나오는 일이 생기기도 해요. 대체로 매우 타당하기는 하지만 어쨌든 자의적으로 안건을 마무리 짓는 방안이지요. 마치 관청 조직이 아마도 그 자체로는 그리 대수롭지 않은 동일한 안건으로 수년간 시달리는 바람에 형성된 흥분과 긴장 상태를 더 이상 견디지 못하고 관리들의 협조 없이 스스로 결정을 내려 버리는 듯한 형국이라고나 할까요. 물론 무슨 기적이 일어난 것은 아니고 틀림없이 어느 관리가 그 해결 방안을 문서로 작성했거나 아니면 문서 없이 구두로 결정을 내린 것일 테지만, 어쨌든 간에 적어도 우리 쪽에서는, 그리고 관청에서조차 이 사안에 대해 어느 관리가 어떤 근거로 결정을 내렸는지 확인할 수가 없습니다. 훨씬 나중에 가서야 감독 관청이 비로소 그것을 확인하지만, 우리가 듣게 되는 일은 없으며, 더구나 그때쯤이면 그 일에 관심을 갖는 사람도 거의 없게 되지요. 그런데 이미 말했듯이 그런 결정은 대체로 훌륭하기는 한데, 다만 한 가지 짜증스러운 것은 그런 일이 으레 그러하듯이 결정에 대해서는 한참이나 뒤에야 알게 되기 때문에 그 전까지는 이미 오래전에 결정된 안건을 놓고서 여전히 열심히 토론을 하고 있다는 점입니다. 당신의 경우에도 그런 결정이 내려졌는지 모르겠는데 — 어떤 점에서는 그런 것 같기도 하고, 어떤 점에서는 아닌 것 같기도 합니다만 — 만일 그런 일이 있었다면, 당신에게 초빙 문서가 발송되었을 것이고 당신이 여기까지 여행을 하느라 많은 시간이 흘렀겠지요. 그러는 동안 소르디니는 여전히 여기서 같은 일로 녹초가 되도록 작업을 했을 것이고, 브룬스비크는 음모를 꾸몄을 것이며, 나는 그 두 사람 때문에 시달렸겠지요. 이럴 가능성이 있다는 건 단지 암시적으로만 알려 드리는 것일 뿐이고, 이제부터는 내가 확실히 알고 있는 사실입니다. 몇 해 전에 감독 관청이 A 부서에서 마을에다 토지 측량사에 관한 문의 공문을 발송했는데 그때까지 아무런 회답이 오지 않았다는 것을 발견했어요. 나한테 새로이 문의가 왔고, 그래서 물론 이제는 일의 전모가 밝혀지게 된 겁니다. A 부서는 토지 측량사가 필요 없다는 나의 답변에 만족했으며, 소르디니는 이 문제에 대한 담당이 아니면서 그야말로 애꿎게도 아무 쓸데도 없고 공연히 피만 말리는 일을 그렇게나 많이 했다는 걸 깨달아야 했던 거고요. 만일 언제나 그렇듯이 새로운 일이 사방에서 몰려들지 않았더라면, 그리고 바로 당신의 사안이 단지 매우 사소한 사안에 불과하지 않았더라면 — 사소한 것 중 가장 사소한 것이라고도 할 수 있는데 — 우리 모두는 아마 안도의 한숨을 내쉬었을 거고 심지어는 소르디니 자신도 그랬을 거라고 생각합니다. 브룬스비크만이 땅을 치며 격분했지만 우스꽝스러울 뿐이었죠. 그런데 이제, 측량사 양반, 그 모든 문제가 행복하게 결말이 난 지금 — 게다가 그 후로도 다시 많은 시간이 흘렀지요 — 갑자기 당신이 나타나 마치 그 모든 일이 다시 처음부터 시작되어야 한다는 듯이 구니, 나의 실망이 어떠할지 한번 상상해 보십시오. 그 일이 나한테 달려 있는 한 그렇게 되는 것을 내가 절대로 허용하지 않을 작정이라는 것은 당신도 잘 아시겠지요?」

「물론입니다.」 K가 말했다. 「하지만 그보다도 이곳에서 나에 대해서만이 아니라 어쩌면 심지어 법 자체에 대해서까지도 엄청난 악행이 자행되고 있다는 것을 더 잘 알겠습니다. 나는 나 자신을 위해 거기에 대항할 작정입니다.」

「어떻게 할 생각이죠?」 면장이 물었다.

「그건 말해 드릴 수 없습니다.」 K가 말했다.

「나도 억지로 듣고 싶지는 않아요.」 면장이 말했다. 「하지만 나를 — 친구라는 말은 하지 않겠소, 우리는 생판 모르는 사이니까 — 말하자면 사업상의 파트너쯤으로 여겨도 된다는 것만은 염두에 둬요. 나는 당신이 토지 측량사로 채용되는 것만을 허용할 수 없을 뿐이니, 그 밖의 일에 관해서는 언제든 나를 믿고 찾아와 자문을 구해도 좋을 겁니다. 물론 그리 크지는 않지만 내 힘의 한계 내에서 말이에요.」

「면장님은 계속…….」 K가 말했다. 「내가 토지 측량사로 채용되어야 할 것인지에 대해 말씀하시는데, 저는 이미 채용되었단 말입니다. 여기 클람의 편지가 있어요.」

「클람의 편지라.」 면장이 말했다. 「클람의 서명이 있다면 그 편지는 소중하고 경외할 만한 것인데, 서명은 진짜로 보이는군요. 하지만 그 외에는 — 거기에 대해서는 감히 나 혼자서 뭐라고 할 수가 없군요. 미치!」 그가 외쳤다. 그러더니 이렇게 물었다. 「아니, 자네들 대체 무얼 하는 건가?」

그동안 그렇게 오래 눈에 띄지 않던 조수들과 미치는 결국 찾던 서류를 발견하지 못한 것이 분명했다. 그래서 그들은 모든 것을 다시 장에 집어넣으려 했지만, 정리되지 않은 채 마구 우겨 넣는 바람에 서류가 넘쳐서 뜻대로 되지 않았다. 그러자 조수들이 묘안을 낸 모양인데 지금 그것이 실행되고 있었다. 그들은 장을 바닥에 눕힌 다음 모든 서류를 그 안에 쑤셔 넣고는 미치와 함께 장문 위에 올라앉더니 지금 보이는 대로 그것을 천천히 내리누르려는 중이었다.

「서류를 찾지 못한 게로군.」 면장이 말했다. 「유감스럽지만, 그 이야기야 들어서 이제 알고 있지 않습니까. 그러니 사실 그 서류는 더 이상 필요 없어요. 굳이 찾으려 든다면 틀림없이 찾을 수야 있을 텐데, 아마도 선생한테 있는 게 분명해요. 그에게도 서류가 아주 많거든요. 자, 그건 그렇고, 미치, 촛불을 들고 이리 와서 이 편지 좀 함께 읽어요.」

미치가 왔는데 그녀의 모습은 아까보다 더욱 늙고 초라해 보였다. 와서는 침대 가장자리에 앉아 기운 좋고 생기 넘치는 남편에게 몸을 바짝 붙이자 그는 그녀를 끌어안았다. 그녀의 조그만 얼굴만이 지금 촛불 아래 두드러져 보였는데, 뚜렷하고 엄격했던 얼굴선이 노년의 쇠퇴로 인해 다소 부드러워진 듯했다. 편지를 들여다보자마자 그녀는 가볍게 두 손을 포갰다. 「클람에게서 온 거군요.」 그녀가 말했다. 함께 편지를 다 읽은 다음 그들은 서로 몇 마디 속닥거렸다. 그때 마침 조수들이 드디어 장문을 눌러 닫고는 만세를 외치자 미치는 고마워하는 눈길로 말없이 그들을 바라보았다. 드디어 면장이 입을 열었다.

「미치도 나와 생각이 완전히 같으니 이제 감히 내 뜻을 밝혀도 될 것 같습니다. 이 편지는 결코 공적인 서신이 아니라 사적인 편지입니다. 그건 이미 〈존경해 마지않는 귀하에게!〉라는 서두에서도 분명히 알 수 있어요. 게다가 여기에 당신이 토지 측량사로 채용되었다는 말은 한 마디도 없고, 오히려 일반적으로 영주님을 위한 봉사 임무를 언급했을 뿐인데, 그나마도 구속력 있게 말한 게 아니라 당신은 그저 〈당신이 알고 있듯이〉 채용되었다는 겁니다. 따라서 당신이 채용되었다는 것에 대한 입증 책임은 당신 스스로 져야 하는 거죠. 끝으로 당신은 직무와 관련해서는 오직 면장인 나만을 당신의 직속 상관으로 알고 찾아갈 것이며, 그러면 나는 당신에게 모든 걸 상세하게 알려 주도록 되어 있어요. 그건 이미 대부분 이루어진 셈이지요. 공적인 서신을 읽을 줄 알고 그렇기 때문에 사적인 편지도 더 잘 읽을 수 있는 사람에게 이 모든 것은 너무도 명백합니다. 외지인인 당신이 그걸 깨닫지 못한다고 해서 놀라지는 않아요. 전체적으로 이 편지의 의미는 당신이 영주님을 위해 봉사하는 일에 채용될 경우 클람이 개인적으로 당신을 돌봐 줄 생각이 있다는 것 외에는 아무것도 없습니다.」

「면장님, 당신께서…….」 K가 말했다. 「편지를 그토록 근사하게 해석해 주시니 결국 빈 종이 한 장과 그 위의 서명만 남는군요. 그렇게 하시면서 당신이 존경한다고 주장하시는 클람의 이름을 얼마나 깎아내리고 있는지 깨닫지 못하시는 겁니까?」

「그건 오해예요.」 면장이 말했다. 「내가 편지의 의미를 제대로 이해하지 못한다거나, 내 해석으로 편지의 가치를 깎아내리기는커녕 오히려 그 반대입니다. 클람의 사적인 편지는 물론 공적인 서신보다 훨씬 더 의미 있지만, 당신이 부여하는 그런 의미는 들어 있지 않아요.」

「슈바르처를 아시나요?」 K가 물었다.

「아니요.」 면장이 말했다. 「혹시 미치, 당신은? 역시 모르는군. 아니, 우리는 몰라요.」

「거 이상하군요.」K가 말했다. 「그는 보조 집사의 아들이라던데요.」

「이봐요, 측량사 양반.」 면장이 말했다. 「내가 모든 보조 집사의 모든 아들을 무슨 수로 다 알겠어요?」

「좋습니다.」K가 말했다. 「그렇다면 그런 자가 있고 그가 보조 집사의 아들이라는 제 말을 믿으셔야겠군요. 이 슈바르처와 저는 제가 여기에 도착한 날 이미 얼굴을 붉히며 말다툼을 벌였습니다. 그러고서 그자는 전화로 프리츠라는 보조 집사에게 조회를 해서 내가 토지 측량사로 채용되었다는 정보를 얻었지요. 면장님, 이건 어떻게 설명하시겠습니까?」

「아주 간단합니다.」 면장이 말했다. 「당신은 우리 관청과 실제로 접촉해 본 적이 아직 한 번도 없어요. 그 모든 접촉은 단지 그렇게 보이는 것뿐인데, 당신은 사정을 잘 모르기 때문에 그걸 실제라고 여기는 겁니다. 그리고 전화에 대해서는 말이죠, 자 보세요, 관청과 연락할 일이 정말로 많은 우리 집엔 전화가 없답니다. 여관 같은 데서는 전화가 긴히 쓰일지 모르지만, 가령 자동 전축처럼 말이죠, 그 이상은 물론 아니지요. 여기서 전화를 해본 일이 있나요? 있다고요? 그럼 이제 내 말을 이해할 겁니다. 성에서는 전화가 분명히 뛰어난 기능을 하는 것 같습니다. 내가 들은 바로 거기서는 끊임없이 전화를 한다더군요. 그렇게 하면 물론 일을 매우 빠르게 진행시킬 수 있겠지요. 그렇게 끊임없이 전화하는 소리를 여기 전화기로 들으면 쏴쏴 하는 소리와 노랫소리로 들리는데 당신도 틀림없이 그 소리를 들었겠죠. 그런데 이 쏴쏴 소리와 노랫소리만이 이곳 전화가 우리에게 전달해 주는 유일하게 올바르고 믿을 만한 것이고, 다른 건 모두 믿을 게 못돼요. 성과 연결된 확실한 전화선도 없고, 우리의 전화를 받아서 이어 주는 전화 교환소도 없습니다. 그래서 여기서 성에 있는 누군가에게 전화를 걸면 그곳 말단 부서들의 모든 전화기에서 벨이 울립니다. 아니, 그게 아니라, 내가 확실히 아는 바로는 거의 모든 전화기에는 이 벨 소리 장치가 꺼져 있는데, 만일 그렇지 않다면 모든 전화기에서 벨이 울릴 겁니다. 그러다가 간혹 과로로 지친 관리가 약간 기분 전환을 하고 싶어서 — 특히 저녁이나 밤에 — 벨 소리 장치를 켤 때가 있는데, 그러면 우리는 응답을 듣게 됩니다. 물론 농담에 지나지 않는 응답인데 그건 충분히 이해할 만한 일이지요. 그런데 누가 대체 자신의 개인적이고 사소한 걱정거리 때문에 더없이 중요하고 늘 미친 듯이 돌아가는 업무 중에 전화를 걸어 일을 중단시킬 권리를 주장할 수 있단 말입니까. 게다가 어떤 외지인이 가령 소르디니에게 전화를 건다고 할 때, 전화를 받는 사람이 정말 소르디니라는 걸 어떻게 믿을 수 있는지 난 이해가 되지 않습니다. 오히려 전혀 다른 부서의 하찮은 기록 계원일 가능성이 훨씬 더 클 텐데 말입니다. 반대로 하찮은 기록 계원에게 전화를 걸었는데 — 물론 시간이 잘 맞아떨어져서 — 소르디니가 직접 전화를 받는 일도 일어날 수 있겠지요. 그럴 때는 당연히 첫 음성이 들리기 전에 전화기에서 달아나는 게 상책일 겁니다.」

「그럴 거라고는 생각지도 못했습니다.」K가 말했다. 「그렇게 자세한 건 알 수 없었지만, 그런 전화 대화에 대해서는 별로 신뢰가 크지 않았고, 직접 성에서 경험하거나 얻어 낸 것만이 실제로 중요한 의미가 있다는 건 내내 의식하고 있었습니다.」

「아니지요.」 면장은 말꼬리를 붙잡고 늘어졌다. 「실제로 중요한 의미는 그 전화 응답에 반드시 들어 있을 겁니다. 어떻게 그렇지 않겠어요? 성의 관리가 주는 정보가 어떻게 무의미할 수 있겠습니까? 이미 클람의 편지에 대해 말할 때 그런 얘기를 했었지요. 그 모든 표현은 공적으로는 의미가 없다, 당신이 거기에 공적인 의미를 둔다면 잘못 생각하는 거라고요. 반면에 우호적인 쪽으로든 적대적인 쪽으로든 사적인 의미는 매우 크며, 앞으로 생길지 모르는 어떤 공적인 의미보다도 더 클 수 있다는 겁니다.」

「좋습니다.」 K가 말했다. 「모든 일이 그렇다면 저는 성에 좋은 친구를 많이 두고 있는 셈이군요. 엄밀히 바라보면, 여러 해 전 그 당시 토지 측량사를 한 사람 불러야겠다는 그 부서의 발상은 저에 대해 우호적인 것이었는데, 그 후로도 그런 우호적인 것이 잇따라 이어지다가 결국엔 저를 나쁜 결말 쪽으로 유인하였고 이제는 추방하겠다고 위협하는 것이군요.」

「당신의 생각도 일리는 있어요.」 면장이 말했다. 「성의 발언을 문자 그대로 받아들여서는 안 된다는 건 당신 말이 맞아요. 하지만 여기뿐만 아니라 어디서든 신중할 필요가 있습니다. 문제의 발언이 중요하면 할수록 더욱더 신중할 필요가 있지요. 그런데 누가 당신을 유인했다는 말은 이해할 수 없는데요. 내가 쭉 설명해 준 내용을 더 잘 새겨들었더라면 당신을 이곳으로 초빙하는 문제는 너무도 어렵고 복잡한 것이어서 우리가 이렇게 짧은 시간 동안 담소를 나누는 가운데 답을 얻을 수 있는 게 아니라는 것을 분명히 알아야 할 겁니다.」

「그렇다면 결과적으로……」 K가 말했다. 「추방하는 일 말고는 모든 게 매우 불확실하고 해결 불능이라는 사실에는 변함이 없는 거군요.」

「측량사 양반, 누가 감히 당신을 내쫓겠습니까.」 면장이 말했다. 「선결되어야 할 문제가 불확실하다는 것, 바로 그 점 때문에 당신은 더없이 정중한 대우를 보장받는 셈인데요. 다만 보아하니 당신은 너무 예민한 것 같군요. 당신을 여기에 붙잡아 둘 사람은 아무도 없습니다. 하지만 그것이 아직 내쫓겠다는 뜻은 아니거든요.」

「오, 면장님.」 K가 말했다. 「이제야 여러 가지를 너무도 분명히 보시는군요. 저를 여기에 붙잡아 두고 있는 것 몇 가지를 꼽아 보겠습니다. 고향 집을 떠나오기 위해 치른 희생, 그 길고 힘겨웠던 여행, 여기에 채용된다고 해서 가졌던 근거 있는 희망, 의지가지없는 이 무일푼 신세, 이제 다시 고향에 돌아가도 마땅한 일자리를 찾을 수 없는 처지, 마지막으로 무엇보다도 이곳 여자인 나의 신부, 이런 것들입니다.」

「아, 프리다 말이군요!」 면장이 놀라는 기색도 없이 대꾸했다. 「알고 있습니다. 하지만 프리다는 어디든 당신을 따라

갈 텐데요. 물론 그 밖의 것들에 대해서는 이쪽에서 당연히 뭔가 검토할 필요가 있으니 성에다 보고하도록 하지요. 뭔가 결정이 내려오거나 그 전에 당신과 다시 한 번 면담할 필요가 생기면 사람을 보내 부르겠습니다. 이에 동의하시나요?」

「아니요, 전혀요.」 K가 말했다. 「저는 저의 권리를 원합니다. 성에서 내려 주는 은혜의 선물 같은 걸 원하는 게 아니라고요.」

「미치.」 면장이 부인을 불렀다. 그녀는 여전히 그에게 바싹 붙어 앉아 몽상에 잠긴 듯 클람의 편지로 조그만 배를 만들어 놓고 있었다. K는 깜짝 놀라 그것을 빼앗았다. 「미치, 다리가 다시 심하게 아프기 시작하네. 습포를 갈아 줘야겠어요.」

K는 일어섰다. 「그럼 저는 이만 물러가겠습니다.」 그가 말했다. 「그래요.」 미치가 어느새 연고를 준비하며 말했다. 「외풍이 아주 심하네요.」 K가 돌아서자 조수들은 그의 말이 떨어지기 무섭게 특유의 어울리지 않는 근무 열의를 보이며 두 문짝을 활짝 열어젖혔다. 병자의 방 안으로 세차게 밀려 들어오는 추위를 막아 볼 요량으로 K는 면장에게 살짝 고개만 숙여 대충 인사할 수밖에 없었다. 그런 다음 조수들을 잡아채서 얼른 방을 빠져나와 재빨리 문을 닫았다.

6
여주인과의 두 번째 대화

여관 앞에서 주인이 그를 기다리고 있었다. 물어보지 않으면 말할 엄두도 내지 않을 것 같아서 K는 그에게 무슨 일이냐고 물었다. 「벌써 새 거처를 얻었나요?」 주인이 땅바닥을 쳐다보며 물었다. 「부인이 시켜서 묻는 거군.」 K가 말했다. 「부인한테 매여 사는 모양이오.」 「아닙니다.」 주인이 말했다. 「아내가 시켜서 묻는 게 아니에요. 하지만 아내는 당신 때문에 몹시 흥분하고 의기소침해져서 일도 못 하고 침대에 누워서는 계속 한숨만 쉬며 한탄하고 있어요.」 「내가 가보는 게 좋겠소?」 K가 물었다. 「그렇게 좀 해주세요.」 주인이 말했다. 「당신을 데리러 면장 댁에 갔었는데 거기 문가에서 엿들어 보니 얘기를 나누는 중이라 방해하고 싶지 않았어요. 또 아내 때문에 걱정이 되기도 해서 서둘러 다시 돌아왔지만 그녀가 나를 가까이 오지 못하게 하는 바람에 당신을 기다리는 수밖에 없었어요.」 「그럼 빨리 들어갑시다.」 K가 말했다. 「내가 곧 그녀를 진정시키겠소.」 「제발 그렇게만 된다면 좋겠는데요.」 주인이 말했다.

그들이 환한 부엌을 지나가는데, 서로 멀찌감치 떨어져서 각자 자기 일을 하던 하녀들 서너 명이 K를 보더니 멈칫거렸다. 부엌에서부터 벌써 여주인의 한숨 소리가 들렸다. 그녀는 얇은 판자벽으로 부엌과 구분해 놓은 창 없는 골방에 누워 있었다. 커다란 더블베드 하나와 장롱 하나만 겨우 들어갈 정도의 공간이었다. 침대는 누운 자리에서 부엌 전체를 내다보며 일하는 것을 감독할 수 있게끔 놓여 있었다. 반대로 부엌에서는 골방 안이 거의 들여다보이지 않았다. 너무 어두컴컴해서 흰색과 붉은색이 섞인 침구류만 가물가물하게 드러나 보일 뿐이었다. 안에 들어가 눈이 익숙해진 다음에야 하나하나 분간이 되었다.

「드디어 오셨군요.」 여주인이 힘없이 말했다. 그녀는 몸을 쭉 펴고 바른 자세로 누워 있었는데, 숨 쉬기가 힘들었는지 깃털 이불은 젖혀 놓은 채였다. 침대에 누운 그녀의 모습은 옷을 차려입었을 때보다 훨씬 젊어 보였다. 하지만 부드러운 레이스 천으로 된 나이트캡이 너무 작아서 머리 위에서 이리 쏠리고 저리 쏠리고 하는데도 굳이 그것을 쓰고 있는 모습이 헐떡한 그녀의 얼굴을 안쓰러워 보이게 했다. 「내가 와도 괜찮은지 모르겠네요.」 K가 부드럽게 말했다. 「부르지도 않았는데 말입니다.」 「날 이렇게 오래 기다리지 않게 하셨어야죠.」 여주인이 병자의 고집스러움을 드러내며 말했다. 「앉으세요.」 그녀는 침대 가장자리를 가리켰다. 「다른 사람들은 다 나가 주고.」 그사이 조수들은 물론 하녀들까지도 몰려와 있었던 것이다. 「나도 나가야 돼, 가르데나?」 주인이 물었다.

K는 처음으로 여주인의 이름을 들었다. 「물론이지.」 그녀가 천천히 말했다. 그러고는 마치 다른 생각에 골몰한 듯 멍한 표정으로 덧붙였다. 「대체 왜 당신이 남아 있어야 하는데?」 다들 부엌으로 물러나고 이번에는 조수들도 순순히 말을 들어 — 다만 그들은 어느 하녀의 뒤를 졸졸 따랐다 — 곧바로 물러나자, 가르데나는 주의 깊게도 골방에 문이 없으므로 여기서 하는 얘기를 부엌에서도 다 들을 수 있다는 것을 깨닫고 다시 모두에게 부엌에서도 나가라고 명령했다. 즉시 하라는 대로 되었다.

「저기 말이죠.」 가르데나가 말했다. 「측량사님, 장을 열면 바로 앞에 숄이 하나 걸려 있는데, 그걸 좀 건네주세요. 그걸로 몸을 덮고 싶군요. 깃털 이불은 못 견디겠어요. 숨 쉬기가 힘들거든요.」 그래서 K가 숄을 건네주자 그녀가 말했다. 「보세요, 멋진 숄 아닌가요?」 K가 보기에 그것은 평범한 모직물로 보였지만 그저 호의에서 한 번 더 만져 봤을 뿐 아무 말도 하지 않았다. 「그래요, 멋진 숄이에요.」 가르데나는 말하면서 숄을 몸에 둘렀다. 이제 모든 고통이 사라진 듯 그녀는 평온하게 누워 있었다. 심지어는 누워 있느라 헝클어진 머리칼에까지 생각이 미쳤는지 잠시 일어나 앉더니, 나이트캡 주변의 머리 모양을 살짝 매만져 바로잡는 것이었다. 그녀의 머리털은 풍성했다.

K는 마음이 조급해져서 말했다. 「아주머니, 내가 이미 다른 거처를 구했는지 물어보라고 시키셨지요?」 「내가 물어보라고 시켰다고요?」 여주인이 말했다. 「아니요, 잘못 아신 거

예요.」「당신 남편이 방금 전에 나한테 그렇게 묻더군요.」
「그랬겠죠.」 여주인이 말했다. 「그 사람하고 난 너무 안 맞아
요. 내가 당신을 여기에 두고 싶지 않았을 때는 당신을 여기
에 붙잡아 두더니만, 이제 당신이 여기 살게 돼서 내가 기뻐
하니까 당신을 몰아내려고 하는군요. 그는 늘 그런 식이에
요.」「그럼 당신은……」 K가 말했다. 「나에 대한 생각을 완
전히 바꾸신 건가요? 한두 시간 만에?」「생각을 바꾼 게 아
니에요.」 여주인이 다시 기운 없이 말했다. 「손을 이리 내밀
어 보세요, 이렇게. 이제 나한테 모든 걸 솔직히 말하겠다고
약속해 주세요. 나도 당신한테 그렇게 할 테니까요.」「좋습
니다.」 K가 말했다. 「그런데 누가 먼저 시작할까요?」「내가
요.」 여주인이 말했다. K의 뜻을 받아들이겠다기보다는 먼
저 이야기를 하고 싶어 못 견뎌 하는 것 같았다.

그녀는 베개 밑에서 사진 한 장을 끄집어내더니 K에게 건
네주었다. 「그 사진을 좀 보세요.」 그녀가 부탁하듯이 말했
다. K는 잘 보려고 부엌 쪽으로 한 걸음 옮겨 보았지만, 거기
서도 사진에 무엇이 있는지 알아보기가 쉽지 않았다. 오래되
어 색이 바래고, 여러 군데가 갈라지고, 구겨지고, 얼룩져 있
었기 때문이다. 「상태가 별로 좋지 않군요.」 K가 말했다. 「안
타깝지만, 안타깝게도……」 여주인이 말했다. 「그걸 몇 년이
고 내내 몸에 지니고 다니면 그렇게 되죠. 하지만 자세히 들
여다보면 전부 다 알아보시게 될 거예요, 틀림없이. 게다가
내가 도와 드릴 수 있어요. 뭐가 보이는지 말해 보세요. 그
사진에 대한 얘기를 듣는 게 나는 정말 좋아요. 그래, 뭐가

보이죠?」「젊은 남자요.」K가 대답했다. 「맞아요.」여주인이
말했다. 「그리고 그는 뭘 하고 있죠?」「널빤지에 누워 기지개
를 켜면서 하품을 하고 있는 것 같은데요.」여주인이 웃었다.
「전혀 아니에요.」 그녀가 말했다. 「하지만 이건 널빤지고 여
기에 그가 누워 있는데요.」K는 견해를 굽히지 않았다. 「더
자세히 들여다봐요.」여주인이 짜증스럽게 말했다. 「과연 그
사람이 정말 누워 있나요?」「아니군요.」K가 말했다. 「누워
있는 게 아니라 떠 있는 거군요. 이제 보여요. 이건 널빤지가
아니라 줄인 것 같고. 그럼 이 젊은 남자는 높이뛰기를 하고
있는 거군요.」「그래, 맞아요.」여주인이 기뻐하며 말했다.
「그는 뛰고 있어요. 관청 심부름꾼들은 그렇게 연습하죠. 당
신이 알아볼 줄 알았어요. 그의 얼굴도 보이나요?」「얼굴은
잘 안 보이는데요.」K가 말했다. 「아주 힘들게 애쓰고 있는
게 분명해요. 입은 벌리고, 눈은 꼭 감고, 머리카락은 흩날리
고.」「아주 좋아요.」여주인이 인정해 주듯이 말했다. 「그를
직접 보지 않은 사람은 더 이상 알아볼 수 없겠죠. 하지만 멋
있는 아이였어요. 단 한 번 슬쩍 보았을 뿐인데 절대 잊지 못
하겠어요.」「대체 누구죠?」K가 물었다. 「그는……」여주인
이 대답했다. 「클람이 처음으로 나를 부르려고 보낸 심부름
꾼이에요.」

K는 잘 알아들을 수가 없었다. 유리창이 달그락거리는 소
리에 정신이 산만해진 것이다. 방해의 원인은 금방 밝혀졌
다. 조수들이 바깥 뜰에 서서 두 발을 바꿔 가며 눈 속을 겅
중겅중 뛰고 있었다. 그들은 K를 다시 보게 되어 반갑다는

듯이 굴었고, 서로에게 K를 보라고 가리키며 계속 부엌 창문을 톡톡 두드렸다. K가 위협하는 시늉을 하자 그들은 즉시 그 짓을 그만두고는 서로를 떠밀며 뒤로 물러나게 하려 했지만 금방 서로에게서 빠져나와 어느새 다시 창가로 다가왔다. K가 얼른 골방으로 들어가자 밖에서 조수들은 그를 볼 수 없었고 그 역시 그들을 보지 않아도 되었다. 그러나 나지막이 애원하는 듯한 창유리의 달그락 소리는 그 안에서도 오랫동안 그를 놓아 주지 않았다.

「또 조수들이에요.」 그는 여주인에게 변명하면서 바깥쪽을 가리켰다. 그러나 그녀는 그에게 전혀 신경 쓰지 않았다. 벌써 그에게서 사진을 빼앗아 잠시 바라보다가 매끄럽게 잘 문지르더니 다시 베개 밑으로 밀어 넣는 것이었다. 동작은 더 느려졌는데, 피로에 지쳤다기보다는 기억의 무게에 짓눌려서였다. 그녀는 K에게 이야기를 들려주려 했지만 그 이야기에 빠져 그만 그를 잊고 있었다. 그녀는 숄의 장식 술을 만지작거리다가 얼마 후에야 시선을 들어 올려다보더니 손으로 눈 위를 쓱 한 번 훔치고는 이렇게 말했다. 「이 숄도 클람에게서 받은 거예요. 그리고 이 나이트캡도. 사진, 숄, 나이트캡, 이 세 가지가 그이에 대한 추억의 기념물이에요. 나는 프리다처럼 젊지도 않고, 야심도 없고, 감정이 섬세하지도 못해요. 그 애는 정말 섬세한 아이죠. 한마디로, 나는 삶에 순응할 줄 알아요. 그러나 고백해야 할 게 있는데, 이 세 가지 물건이 없었더라면 나는 그동안 여기서 견뎌 내지 못했을 거예요. 정말이지 단 하루도 견디지 못했을 거예요. 이 세 가지 기념물이 당신에게는 아마도 하찮게 보이겠죠. 하지만 보세요, 클람과 그렇게 오래 사귄 프리다는 기념물을 하나도 가지고 있지 않아요. 그 애한테 물어보았거든요. 그 애는 너무 열정적이고 욕심도 너무 많아요. 반면에 나는 클람에게 세 번밖에 가지 않았는데 — 이유는 나도 모르지만 그 뒤로 그는 더 이상 나를 찾지 않았어요 — 그와의 시간이 얼마남지 않았다는 걸 마치 예감한 듯이 이것들을 정표로 가져왔어요. 물론 그런 건 스스로 알아서 챙겨야죠. 클람 자신은 아무것도 주지 않으니까요. 하지만 거기에 뭔가 적당한 게 놓여 있으면 그걸 달라고 하면 돼요.」

K는 아무리 자신과 관련 있는 이야기라 해도 그녀의 말을 듣고 있자니 언짢은 기분이 들었다. 「그 모든 게 대체 얼마나 오래된 일인가요?」 그가 한숨을 쉬며 물었다.

「20년이 넘어요.」 여주인이 말했다. 「훨씬 넘죠.」

「그럼 그렇게 오래도록 클람을 향한 마음이 변치 않았다는 거로군요.」 K가 말했다. 「하지만 아주머니, 나한테 그런 고백을 하시면 장차 결혼을 생각하고 있는 내가 크게 걱정하리라는 것도 알고 계시나요?」

K가 자기 문제를 들어 이야기에 끼어들려 하자 여주인은 무례하게 여겨 화난 얼굴을 하고 그를 쩨려보았다.

「그렇게 화내지 마세요, 아주머니.」 K가 말했다. 「클람에 대해 결코 나쁜 말을 하는 게 아닙니다. 하지만 나는 여러 사건들에 휘말려 클람과 모종의 관계를 갖게 되었어요. 이것은 클람을 더없이 사모하는 사람이라도 부정할 수 없는 사실입니다. 그렇고말고요. 그렇기 때문에 나는 클람 얘기가 나올 때마다 나 자신을 생각하지 않을 수 없습니다. 그건 어쩔 수 없어요. 그리고 또, 아주머니……」 여기서 K는 머뭇거리는 그녀의 손을 잡았다. 「아까 우리의 대화가 얼마나 안 좋게 끝났는지 생각해 보세요. 그러니 이번에는 우리 사이좋게 헤어져야죠.」

「당신 말이 맞아요.」 여주인은 말하면서 고개를 숙였다. 「하지만 나를 건드리지 마세요. 내가 남들보다 더 예민하지는 않아요. 그게 아니라, 누구나 예민한 데가 있기 마련인데, 나는 그 문제에만 그런 거죠.」

「유감스럽게도 그건 동시에 나한테도 예민한 문제거든요.」 K가 말했다. 「하지만 분명 자제할 수 있을 겁니다. 그런데 아주머니, 프리다도 당신과 비슷하다면 그녀와 결혼해서 같이 살 때 클람에 대한 그 끔찍스러운 충심을 내가 어떻게 참아 내야 할지 설명 좀 해주세요.」

「끔찍스러운 충심이라니.」 여주인이 원망스러워하며 따라 말했다. 「그게 충심이라고요? 나는 내 남편한테 충실해요. 그러면 클람에게는? 클람이 나를 한번 애인으로 삼았다고 내가 그 지위를 잃어버릴 수 있을까요? 그리고 당신은 프리다와 같이 살 때 그걸 어떻게 참고 견뎌야 하느냐고 물었죠? 아 이런, 측량사 양반, 당신이 대체 뭐라고 감히 그런 질문을 하는 거죠?」

「주인아주머니!」 K가 경고하듯이 소리쳤다.

「알아요.」 여주인이 고분고분 말했다. 「하지만 내 남편은 그런 질문을 하지 않았어요. 누가 더 불행하다고 해야 할지 모르겠네요. 당시의 나인지, 지금의 프리다인지. 당돌하게 클람을 떠난 프리다인지, 아니면 더 이상 그의 부름을 받지 못하는 나인지. 그 애는 아직 일이 어떻게 돌아가는지 모르고 있는 것 같은데, 그래도 더 불행한 쪽은 아마 프리다일 거예요. 그러나 당시 내 마음을 온통 지배했던 나의 불행이 더 절대적이죠. 끊임없이 나는 나 자신에게 물어야 했고 근본적으로는 지금도 계속 이렇게 묻고 있으니까요. 왜 일이 그렇게 된 거지? 클람은 너를 부르러 세 번 사람을 보냈는데 네번째는 더 이상 보내지 않았어, 네 번째는 결코 아무도 오지 않았어! 당시에 그보다 더 나를 사로잡을 일이 뭐가 있었겠어요? 그러고서 바로 얼마 후에 결혼한 내 남편과 대체 그일 말고 달리 무엇에 대해 얘기할 수 있었겠어요? 낮에 우리는 시간이 없었어요. 우리가 인수했을 때 이 여관은 정말 형편없는 상태여서 다시 일으켜 세우느라 무진 애를 써야 했거든요. 하지만 밤에는? 수년 동안 우리가 밤에 나눈 대화는 오직 클람과 그가 변심한 이유만을 중심으로 맴돌았어요. 이야기 도중에 남편이 잠들면 나는 그를 깨웠고 우리는 이야기를 계속했지요.」

「그렇다면 이제……」 K가 말했다. 「허락하신다면 매우 실례되는 질문을 하나 하겠습니다.」

여주인은 대답이 없었다.

「질문해서는 안 되는 모양이군요.」 K가 말했다. 「그래도 상관없습니다.」

「물론……」 여주인이 말했다. 「그래도 상관없겠죠, 그렇고말고요. 당신은 모든 걸 잘못 이해해요, 침묵까지도 말이에요. 뭐 달리 어쩔 수 없겠죠. 어디 질문해 보세요.」

「내가 모든 걸 잘못 이해한다면……」 K가 말했다. 「어쩌면 내 질문조차 내가 잘못 이해하고 있는지도 모르겠군요. 그러니 어쩌면 전혀 실례가 되지 않는 질문일 수도 있겠습니다. 내가 알고 싶었던 것은, 당신이 남편을 어떻게 알게 되었고 이 여관을 어떻게 소유하게 되었는가 하는 것뿐입니다.」

여주인은 이마를 찌푸렸지만 태연하게 말했다. 「그건 아주 단순한 이야기예요. 우리 아버지는 대장장이였는데, 지금의 남편인 한스는 대지주의 마구간 머슴이었기에 가끔 아버지한테 왔어요. 그때가 클람과 마지막으로 만난 뒤라 나는 슬픔에 빠져 있었죠. 사실 그래서는 안 될 일이었어요. 모든 일이 올바르게 일어난 것이었으니까요. 내가 더 이상 클람에게 가서는 안 된다는 것이 바로 클람의 결정이었으니 올바른 것이었죠. 다만 그 이유가 불분명했으니 그것을 알아보는 건 괜찮았죠. 하지만 슬퍼해서는 안 되었어요. 그런데도 나는 슬퍼했고, 아무 일도 할 수 없어서 하루 종일 앞뜰에 앉아 있었죠. 그때 한스가 거기 있는 나를 보고 이따금씩 나한테 다가와 앉았어요. 그에게 하소연하지는 않았지만, 그는 무슨 일인지 알았고, 착한 청년이라 나와 함께 울어 준 일도 있었어요. 당시 여관 주인은 연로한 노인이기도 했고 부인이 죽는 바람에 영업을 포기해야 했는데, 어느 날 우리 집 작은 뜰 앞을 지나가다가 우리가 거기에 앉아 있는 걸 보고는 멈춰 서더니 우리에게 대뜸 여관을 임대해 주겠다고 제안하는 거예요. 우리를 믿기 때문에 돈도 미리 받지 않겠다면서 임대료도 아주 싸게 부르지 뭐예요. 아버지에게 짐이 되고 싶지 않았던 내게 다른 모든 일은 아무래도 상관없었어요. 그래서 여관을 생각하고, 아마도 조금은 잊게 해줄 새로운 일을 생각하며 한스와 결혼했죠. 이런 이야기예요.」

한동안 침묵이 흐르다가 K가 말했다. 「여관 주인의 행동 방식은 멋지긴 하지만 경솔했군요. 아니면 당신들 두 사람을 신뢰할 만한 특별한 이유라도 있었나요?」

「그는 한스를 잘 알았어요.」여주인이 말했다. 「한스의 삼촌이거든요.」

「그럼 당연히…….」K가 말했다. 「한스네 집안은 틀림없이 당신과의 결합을 중요시했나 보군요?」

「글쎄요.」여주인이 말했다. 「나는 몰라요. 그런 건 전혀 신경 쓰지 않았으니까.」

「그랬던 게 틀림없어요.」K가 말했다. 「그 집안이 그런 손해를 감수하고서까지 여관을 아무 보증도 없이 그냥 당신에게 넘겨줄 각오를 했다면 말이죠.」

「결과적으로 경솔한 행동은 아니었어요.」여주인이 말했다. 「나는 일에 몸을 던졌어요. 대장장이의 딸이라 튼튼해서 하녀도 머슴도 필요 없었어요. 식당이건 부엌이건 마구간이건 마당이건 어디서나 일했어요. 요리도 아주 잘해서 헤렌호프의 손님들까지 빼앗아 올 정도였지요. 당신은 아직 점심 때 식당에 들러 보지 않아서 우리 집 점심 손님들을 모르겠죠. 언제부턴가 많이 빠져나갔지만 그 당시엔 정말 많았어요. 그리하여 우리는 임대료를 또박또박 냈을 뿐만 아니라 몇 년 뒤에는 아예 여관 전체를 사게 되었고, 지금은 빚도 거의 없지요. 물론 그러느라 나는 몸이 망가져서 심장병을 앓게 되었고 이제는 다 늙은 여자가 되고 말았지만요. 내가 한스보다 훨씬 더 나이가 많다고 생각하시겠지만 사실 그는 두세 살밖에 젊지 않아요. 게다가 그 사람은 결코 늙지 않을 거예요. 하는 일이라야 담배나 피우고, 손님들 얘기를 듣다가 담뱃대나 두드려 털고, 가끔 맥주나 나르는 게 고작인데, 그만한 일로는 늙지 않죠.」

「정말 대단한 일을 해내셨군요.」 K가 말했다. 「그건 의심할 여지가 없어요. 하지만 우리는 당신의 결혼 전 이야기를 하고 있었습니다. 당시 한스네 집안이 금전적 손해를 보면서까지, 아니 적어도 여관 양도와 같이 그렇게 큰 위험 부담을 감수하면서까지 결혼을 서둘렀다는 건 이상한 일 아닌가요? 그 결혼으로 기대할 수 있는 거라고는 오직 두 사람의 노동력뿐이었을 텐데, 당신의 노동력에 대해서는 아직 전혀 모르는 상태였고, 한스에게 노동력이 없다는 건 이미 잘 알고 있었을 테니까 말입니다.」

「글쎄 뭐…….」 여주인은 피곤한 기색을 보였다. 「당신이 무얼 겨냥하고 있는지, 또 얼마나 빗나가고 있는지 알겠군요. 이 모든 일에 클람은 아무 관계도 없었어요. 그가 날 보살펴야 할 이유가 있었을까요? 아니, 더 정확히 말해, 도대체 그가 어떻게 날 보살펴 줄 수 있었을까요? 그는 나에 대해 아무것도 몰랐어요. 더 이상 나를 부르지 않은 것이 나를 잊었다는 증거였죠. 부르지 않는 사람을 그는 완전히 잊어버리거든요. 프리다 앞에서는 그 얘기를 하고 싶지 않았어요. 그건 망각 그 이상이에요. 잊었던 사람과도 다시 가깝게 지내는 경우가 있기도 하잖아요. 클람에게는 그런 게 있을 수 없어요. 더 이상 부르지 않는 사람의 과거는 물론 미래에 대해서도 까맣게 잊어버려요. 많이 애를 쓴다면 나도 당신 처지가 되어 당신의 생각을 함께하며 공감할 수 있을지도 몰라요. 당신이 떠나온 그 낯선 땅에서는 통할지 모르지만 여기서는 터무니없는 당신의 생각을 말이에요. 어쩌면 당신은 엉뚱하게도 클람이 언젠가 나를 부를 때 내가 어렵지 않게 그에게 갈 수 있도록 한스 같은 사람을 내게 남편으로 보낸 거라는 생각을 할 수도 있겠죠. 아무리 황당한 생각이라도 그보다 심할 수는 없을 거예요. 클람이 나한테 신호를 보내는데 내가 클람에게 달려가는 걸 막을 수 있는 남자가 어딨겠어요? 말도 안 돼요, 완전히 말도 안 돼. 그런 어이없는 생각을 가지고 공상을 펴다 보면 정신이 헝클어져 버려요.」

「안 돼요.」K가 말했다.「헝클어지지 말고 우리 정신 차려요. 맹세코 나는 당신이 짐작하는 것처럼 그렇게 터무니없는 생각까지는 아직 하지 않았어요. 사실을 말하자면 그리로 가는 중이긴 하지만요. 그러나 그 친척들이 이 결혼에 그렇게 많은 걸 기대했고 그 기대가 — 물론 당신의 마음과 건강을 다 바친 대가로 — 실제로 이루어져서 잠시 이상하다는 생각이 들긴 했습니다. 물론 그러한 사실들이 클람과 연관이 있을 거라는 생각도 자꾸 떠올랐지만, 당신이 표현한 것처럼 그가 그렇게 노골적으로, 그러니까 아직은 그렇게 노골적으로 개입했을 거라고 생각하지는 않습니다. 당신이 그런 건 그저 나를 다시 한 번 혼내 주려는 목적에서 그랬겠죠. 재미있으니까 말이에요. 실컷 재미있어하세요! 그러나 내 생각은 이랬어요. 결혼의 동기는 무엇보다 클람이라고 말이에요. 클람이 아니었다면 당신은 슬퍼하지 않았을 것이고, 아무 일 안 하고 공연히 앞뜰에 앉아 있지도 않았을 테니까요. 클람이 아니었다면 당신은 거기서 한스를 만나지도 못했을 거예요. 또 당신이 슬퍼하지 않았더라면 수줍은 한스가 행여나 당신에게 말을 걸어 볼 엄두도 절대 못 냈을 거고, 클람이 아니었다면 당신이 한스와 함께 눈물을 흘릴 일도 절대 없었을 거고, 클람이 아니었다면 나이 많고 사람 좋은 여관 주인 삼촌이 한스와 당신이 거기에 사이좋게 앉아 있는 것도 절대 보지 못했을 거고, 클람이 아니었다면 당신은 삶에 대해 무관심한 태도를 보이지도 않았을 거고, 따라서 한스와 결혼도 하지 않았을 겁니다. 자, 이 모든 일에 클람이 안 들어 있는 데가 없더란 말입니다. 하지만 그게 다가 아니에요. 잊고자 하는 마음이 없었다면 당신은 틀림없이 그렇게까지 자신을 돌보지 않고 무리하게 일을 하지 않았을 거고, 그래서 여관을 이렇게까지 번창시키지 못했을 테지요. 그러니까 여기에도 클람이 있는 셈이에요. 하지만 그건 그렇다 치더라도 무엇보다 클람은 당신 병의 원인입니다. 이미 결혼 전부터 당신의 마음은 불행한 열정으로 지칠 대로 지쳐 있었으니까요. 이제 남아 있는 단 한 가지 의문은, 무엇 때문에 한스의 친척들이 그토록 이 결혼에 관심을 갖게 되었는가 하는 것입니다. 당신 자신이 말한 적이 있었죠, 클람의 애인이 된다는 것은 결코 상실되지 않는 신분 상승을 뜻하는 것이라고요. 그럼 바로 그 점이 그들의 마음을 끌었을지 모르겠군요. 게다가 당신을 클람에게로 이끌었던 행운의 별은 — 당신이 주장했듯이 그게 정말 행운의 별이었다고 한다면 — 당신의 것이니 틀림없이 계속 당신한테 머물러 있을 것이고, 클람이 그랬던 것처럼 그렇게 빨리, 그리고 갑작스럽게 당신을 떠나지 않으리라는 기대도 있었다고 생각합니다.」

「그 모든 것이 진심으로 하는 말인가요?」 여주인이 물었다.

「진심이지요.」 K가 재빨리 말했다. 「다만 나는 한스네가 그런 기대를 가졌던 게 전적으로 옳지도 또 전적으로 그르지도 않았다고 생각해요. 그리고 당신이 저지른 실수도 알 것 같아요. 겉보기엔 모든 게 다 잘된 것 같죠. 한스는 별로 아쉬울 것 없는 살림에 훌륭한 부인을 두었고 평판도 괜찮은 데다 여관의 빚도 다 청산한 상태니까요. 그러나 사실 모두 잘 풀린 건 아닙니다. 만일 그가 자기를 첫사랑으로 열렬히 사랑한 순박한 처녀와 결혼했더라면 분명 훨씬 더 행복했을 테니까요. 그는 가끔 식당에서 버림받은 사람처럼 우두커니 서 있을 때가 있는데, 당신은 그게 못마땅해서 그를 나무라지만 그는 실제로 버림받은 듯 느끼기 때문에 그러는 거예요 — 그렇다고 의기소침한 건 아니에요, 분명히. 나도 그 정도는 그를 알아요. 하지만 그 인상 좋고 이해심 많은 청년이 다른 여자를 만났더라면 더 행복해졌을 거라는 것 또한 분명합니다. 그 말은 동시에 더 자립적이고, 더 부지런하고, 더 남자다웠을 거라는 뜻이기도 하고요. 그리고 당신 자신도 행복하지 않다는 게 분명하잖아요. 당신의 말대로 그 세 가지 기념물이 없었더라면 아예 더 이상 살고 싶지 않았을 것이고, 거기에다 심장병까지 앓고 있으니까요. 그렇다면 한스네가 기대를 품었던 게 잘못이었을까요? 나는 그렇지 않다고 생각합니다. 축복이 머리 위에 와 있었지만 아무도 그걸 아래로 끌어 내릴 줄 몰랐던 거죠.」

「그럼 무얼 제대로 안 했다는 거죠?」여주인이 물었다. 그녀는 이제 팔다리를 쭉 뻗고 바른 자세로 누워 천장을 올려다보고 있었다.

「클람에게 묻는 거요.」K가 대답했다.

「결국 다시 당신 문제로 돌아왔군요.」여주인이 말했다.

「아니, 당신 문제이기도 합니다.」K가 말했다. 「우리 일은 서로 맞물려 있거든요.」

「클람한테서 원하는 게 뭔가요?」여주인이 물었다. 그녀는 다시 몸을 일으켜 똑바로 앉더니 기댈 수 있도록 베개를 흔들어 부풀리고는 K의 눈을 정면으로 바라보았다. 「나는 당신이 뭔가 깨달을 수 있지 않을까 싶어 내 일에 대해 숨김없이 다 얘기했어요. 이제 당신도 클람에게 무얼 묻고자 하는지 마찬가지로 숨김없이 말해 줘요. 간신히 프리다를 설득해서 자기 방에 올려 보냈어요. 그 애가 앞에 있으면 당신이 충분히 다 말하지 못할 것 같았거든요.」

「숨길 건 아무것도 없어요.」K가 말했다. 「그런데 먼저 짚고 넘어가고 싶은 게 있습니다. 클람은 금방 잊는다고 하셨지요. 첫째, 내게 그건 정말 믿기 어려운 일로 여겨지며, 둘째, 그건 증명할 수도 없는 일입니다. 클람에게 은총을 입은 여자들의 머릿속에서 만들어져 나온 전설 같은 이야기에 지나지 않는 게 분명해요. 당신이 그렇게 뻔한 거짓 이야기를 믿고 있다니 놀랍군요.」

「전설 같은 이야기가 아니에요.」 여주인이 말했다. 「겪어 본 사람들 모두의 경험에서 나온 거죠.」

「그렇다면 새로운 경험에 의해 반박될 수도 있겠군요.」K가 말했다. 「그리고 당신의 경우와 프리다의 경우에는 차이가 있어요. 어떻게 보면 클람이 프리다를 더 이상 부르지 않는 건 아니거든요. 오히려 그는 불렀지만 그녀가 따르지 않은 겁니다. 심지어 그는 여전히 그녀를 기다리고 있는지도 모르죠.」

여주인은 말없이 관찰하듯 시선을 위아래로 움직이며 K를 훑어보기만 했다. 그러더니 그녀는 입을 열었다. 「당신이 하려는 얘기를 조용히 다 들어 보겠어요. 나를 생각해서 말을 아끼지 말고 차라리 툭 터놓고 솔직히 얘기해 보세요. 다만 부탁이 하나 있어요. 클람이라는 이름을 쓰지 말아 주세요. 그를 〈그〉 또는 다른 방식으로 부르되, 제발 이름 그대로는 부르지 마세요.」

「좋습니다.」K가 말했다. 「하지만 내가 그에게서 무얼 원하는지는 말하기가 쉽지 않군요. 먼저 나는 그를 가까이서 보고 싶습니다. 그다음 그의 목소리를 듣고 싶고, 그가 우리 결혼에 대해 어떤 반응을 보이는지 알고 싶습니다. 그러고 나서 그에게 혹시 무얼 부탁할지는 대화의 흐름에 달려 있겠죠. 여러 가지 얘기가 나올 수 있지만 나에게 가장 중요한 것은 그와 대면하는 것입니다. 나는 아직 실제의 관리와 직접 이야기해 본 적이 없거든요. 그 일이 이루어지기란 생각했던 것보다 더 어려운 것 같군요. 그러나 이제 나는 사적인 신분의 그를 만나 이야기를 나눌 의무가 있습니다. 이것이 내 생각엔 훨씬 더 쉬운 일일 것 같아요. 관리 신분으로서의 그를 만나게 되면 성이나 — 확실치는 않지만 — 헤렌호프에 있는 그의 사무실에서만 이야기를 나눌 수 있을 텐데, 왠지 접근하기가 어려울 것 같은 느낌이거든요. 그러나 개인으로서는 집이든 길거리든, 그와의 만남이 이루어질 수만 있다면 어디서든 대화를 할 수 있겠죠. 그럴 경우 그는 개인으로서만이 아니라 관리로서도 나를 상대하게 될 텐데 그것도 나는 기꺼이 감수할 것입니다. 하지만 그것이 나의 일차적인 목표는 아닙니다.」

「좋아요.」 여주인은 마치 무슨 음탕한 말이라도 하듯 얼굴을 베개에 묻었다. 「내가 연줄을 통해 당신의 면담 부탁이 클람에게 전달되도록 해준다면 회답이 내려올 때까지는 혼자서 아무 일도 벌이지 않겠다고 약속해 줘요.」

「그런 약속은 할 수 없습니다.」 K가 말했다. 「마음 같아서는 당신의 부탁이나 기분을 맞춰 드리고 싶긴 하지만 일이 다급해서요. 특히 면장과의 면담 결과가 좋지 않은 게 탓이에요.」

「그런 이의는 고려할 수 없어요.」여주인이 말했다. 「면장은 전혀 별 볼 일 없는 사람이에요. 도대체 그걸 깨닫지 못했나요? 그의 부인이 모든 걸 이끌어 주지 않으면 그는 하루도 그 자리를 지킬 수 없을 거예요.」

「미치 말인가요?」K가 묻자 여주인은 고개를 끄덕였다. 「그녀도 거기에 있었죠.」K가 말했다.

「그녀가 자기 의견을 말하던가요?」여주인이 물었다.

「아니요.」K가 말했다. 「하지만 그녀가 그럴 수 있을 것 같은 인상은 못 받았는데요.」

「글쎄 그렇다니까요.」여주인이 말했다. 「당신은 그런 식으로 이곳의 모든 걸 잘못 보고 있는 거예요. 아무튼 당신에 대해 면장이 결정한 것은 아무 의미가 없으니 기회가 닿는 대로 내가 그 부인과 이야기해 볼게요. 그리고 클람의 회답이 늦어도 일주일 안에는 올 거라고 약속한다면 당신이 더 이상 내 뜻에 따르지 않을 이유는 없겠지요.」

「그렇다고 다 되는 건 아닙니다.」K가 말했다. 「내 결심은 확고하며 만일 거부의 회답이 온다 해도 나는 결심대로 밀고 나가겠어요. 그런데 애초부터 그럴 생각이었으니 사전에 면담을 부탁드릴 수가 없는 겁니다. 부탁을 하지 않았다면 대담하면서도 순진한 시도로 남을 일이 거절하는 회답을 받고 난 뒤엔 노골적인 반항이 될 테니까요. 물론 그렇게 되면 훨씬 더 안 좋겠죠.」

「더 안 좋다고요?」여주인이 말했다. 「어떤 경우라도 그건 반항적인 거예요. 그럼 당신 마음대로 해요. 내게 치마나 좀 건네줘요.」

　그녀는 K가 있는데도 아무렇지 않게 치마를 입더니 서둘러 부엌으로 갔다. 이미 꽤 오래전부터 식당에서 웅성거리는 소리가 들려왔던 것이다. 누군가 들여다보는 유리창을 두드리는 소리도 났었다. 한번은 조수들이 그것을 밀쳐 열고는 안에다 대고 배고프다고 아우성을 치기도 했다. 다른 얼굴들도 거기에 얼씬거렸고, 심지어는 여러 목소리가 어우러져 나지막하게 합창하는 소리까지 들렸다.

　K가 여주인과 대화를 나누는 바람에 점심 식사 준비가 몹시 지체되어서 준비가 다 되려면 아직 멀었지만 손님들은 벌써 모여 있었다. 그럼에도 감히 여주인의 금지 명령을 어기고 부엌에 들어오는 사람은 아무도 없었다. 유리창에 붙어서 들여다보고 있던 자들이 여주인이 나왔다고 알리자 하녀들은 곧바로 부엌으로 달려 들어왔으며, K가 식당에 들어서자 유리창 근처에 무리 지어 있던 많은 사람들이 각자 식탁으로 몰려가 자리를 잡았다. 스무 명도 넘는 남녀 무리였는데 시골풍이긴 하지만 농부의 옷차림을 하고 있지는 않았다. 구석의 조그만 식탁에만 이미 한 부부가 아이 몇을 데리고 앉아 있었다. 남편 되는 사람은 친절해 보이는 푸른 눈의 신사로 허연 머리와 수염이 마구 헝클어져 있었다. 그는 서서 아이들에게 몸을 구부린 채 나이프로 아이들의 노래에 박자를 맞춰 주면서도 계속 노랫소리를 가라앉히려 애쓰고 있었다. 아이들에게 노래를 시켜 배고픔을 잊게 하려는 모양이었다. 여주인은 사람들 앞에 나서서 몇 마디 무심하게 지나가

는 말로 사과를 했는데 불평하는 사람은 아무도 없었다. 그녀는 남편을 찾아 사방을 둘러보았지만 그는 이미 한참 전에 이 곤란한 사태를 피해 달아나 버리고 없었다. 그녀는 천천히 부엌으로 들어갔다. 프리다를 보러 급히 자기 방으로 올라가는 K에게는 이제 눈길 한 번 주지 않았다.

7
학교 교사

위층에서 K는 교사를 만났다. 방은 몰라볼 만큼 쾌적한 모습으로 바뀌어 있었다. 프리다가 그만큼 부지런했던 것이다. 환기를 잘 시켜 퀴퀴한 냄새가 없어졌고, 난롯불도 훈훈하게 타고 있었으며, 바닥도 말끔하게 닦여 있었고, 침대도 반듯하게 정돈되어 있었다. 혐오스러운 쓰레기 같던 하녀들의 옷가지는 그들의 사진과 함께 싹 치워져 있었다. 전에는 더께가 진 상판 때문에 어느 쪽을 바라보아도 그야말로 뒤꼭지가 당기던 식탁은 하얀 편물 식탁보로 덮여 있었다. 프리다가 빨아 넌 것이 틀림없는 K의 밀린 빨래 몇 가지가 난롯가에 널려 있는 것도 거의 거슬리지 않았으니 이제는 손님을 들여도 될 만했다. 교사와 프리다는 식탁에 앉아 있다가 K가 들어서자 일어났다. 프리다는 키스로 K를 맞이했고 교사는 약간 몸을 굽혀 인사했다. 뜻밖의 상황에 얼떨떨하고 여주인과의 대화로 아직 마음이 불안정한 K는 그동안 교사를 방문할 수 없었던 사정에 대해 변명하기 시작했다. 마치 K가 찾아오지 않는 바람에 초조해져서 교사가 직접 방문

한 것이라고 생각하는 것 같았다. 그러나 특유의 신중하고 도 의연한 태도를 보이던 교사는 K와 방문 같은 것을 약속 했던 일을 이제야 서서히 기억하는 듯했다. 「측량사님, 당신 은······.」 그가 천천히 말했다. 「제가 며칠 전 교회 앞 광장에 서 이야기를 나누었던 그 외지인이시군요.」 「네.」 K가 짧게 대답했다. 그때는 어디에도 의지할 데 없는 외로운 신세라 참고 감수했지만 여기 그의 방에서까지 그럴 필요는 없었다. 그는 프리다 쪽을 바라보면서 곧 중요한 방문을 해야 하는 데 되도록 잘 차려입고 가야 한다며 그녀와 상의했다. 프리 다는 자세히 묻지 않고 즉시 새 식탁보를 관찰하는 일에 몰 두하고 있던 조수들을 불렀다. 그녀는 그들에게 K가 막 벗 기 시작한 옷가지와 장화를 아래 뜰에서 정성껏 잘 털고 닦 아 가지고 오라고 시켰다. 그녀도 빨랫줄에서 셔츠 하나를 집어 들고는 다림질을 하러 부엌으로 내려갔다.

이제 K는 교사와 단둘이었다. 교사는 다시 조용히 식탁에 앉아 있었다. K는 그를 조금 더 기다리게 놔두고는 셔츠를 벗은 다음 세면대에서 세수를 하기 시작했다. 그는 교사를 등 뒤에 둔 채 이제야 그가 온 까닭을 물었다. 「면장님의 지 시를 받고 왔습니다.」 그가 말했다. K는 그 지시를 들어 보 자고 했다. 그러나 물 쏟아지는 소리 때문에 K의 말을 알아 듣기가 어려워 교사는 할 수 없이 가까이 다가와 K 옆쪽 벽 에 기대어 나란히 섰다. K는 이렇게 세수를 하고 수선을 피 우는 것에 대해 사과하며 급히 방문해야 할 곳이 있어서 그 런 거라고 변명했다. 교사는 그 말을 들은 체도 안 하고 이렇

게 말했다. 「당신은 면장님께 무례하게 대했더군요. 그 연로
하시고 공적과 경험이 많으신 존경스러운 분께 말입니다.」
「내가 무례했다니 모르겠군요.」 K가 수건질을 하며 대꾸했
다. 「하지만 세련된 태도보다는 다른 걸 생각해야 했던 건 맞
습니다. 굴욕감을 주는 관청의 행정으로 말미암아 나의 생
존이 위협받고 있었거든요. 그 행정의 자세한 내용에 대해서
는 당신에게 설명할 필요가 없겠지요. 당신 자신이 바로 그
관청의 일원으로 일하고 있으니까요. 면장이 나에 대해 불만
을 토로하던가요?」 「그분이 누구에 대해 불만을 토로하셨겠
습니까?」 교사가 말했다. 「누군가 그런 자가 있다 해도 그분
이 과연 불만을 토로하시겠습니까? 나는 그분이 불러 주시
는 대로 당신의 면담에 대해 간단한 조서를 작성했을 뿐인
데, 그러면서 면장님의 관대함과 당신의 답변 태도에 대해
충분히 알게 되었습니다.」 K는 프리다가 틀림없이 어딘가에
정리해 두었을 빗을 찾으면서 말했다. 「뭐요? 조서라고요?
내가 없는 자리에서, 면담에 동석하지도 않은 사람에 의해
추후에 작성되다니. 뭐 그건 좋아요. 그런데 조서가 대체 웬
말입니까? 그 면담이 공적인 행위였나요?」 「아닙니다.」 교사
가 말했다. 「반쯤 공적이었습니다. 그 조서도 반쯤 공적인
것일 뿐이고요. 단지 우리에겐 모든 일에 엄격한 질서가 있
어야 하기 때문에 조서가 만들어진 겁니다. 어쨌든 그건 이
제 작성되어 있는데 당신에게는 명예롭지 못한 일이죠.」 K는
침대 안으로 굴러 들어간 빗을 마침내 찾아내고는 더욱 차
분하게 말했다. 「그런 게 작성되어 있든 없든 상관없어요. 그

걸 알리러 온 겁니까?」「아니요.」교사가 말했다.「하지만 나도 기계는 아니니 당신에게 내 의견을 말한 겁니다. 반면에 내가 지시받은 내용은 면장님의 관대함을 입증하는 또 다른 증거입니다. 나로서는 그런 관대함을 이해할 수 없으며 오직 내 직책 때문에 어쩔 수 없이, 그리고 면장님을 존경하기에 이 임무를 수행한다는 것을 강조하고 싶군요.」세수와 빗질을 마친 K는 이제 셔츠와 옷가지가 오길 기다리며 식탁에 앉아 있었다. 그는 교사가 할 이야기에는 별로 관심이 없었는데, 이는 면장을 업신여기는 여주인의 말에 영향을 받은 탓이기도 했다.「점심때는 이미 지났겠죠?」그는 작정한 길을 생각하며 그렇게 물었다가 태도를 바로잡으면서 다시 말했다.「내게 면장님이 지시하신 말을 전하려고 오신 거죠.」「글쎄 뭐…….」교사는 마치 자신의 모든 책임을 다 털어 버리려는 듯 어깨를 한 번 으쓱 하더니 대답했다.「면장님께서는 당신 일과 관련한 결정이 너무 오래 지체될 경우 당신 혼자서 무슨 분별없는 짓이라도 하지나 않을까 걱정하시는데, 나로서는 그분이 왜 그런 걱정을 하시는지 모르겠습니다. 난 당신이 원하는 일을 할 수 있게 놔두는 편이 가장 좋다는 생각입니다. 우리가 당신의 수호천사도 아니고, 당신이 가는 길을 모두 따라다닐 의무도 없으니까요. 그렇지만 면장님 생각은 달라요. 결정을 내리는 일 자체는 백작 관청 소관이니 그분이 물론 그 일을 서두르실 수는 없습니다. 하지만 그분은 자신의 권한이 허락하는 범위에서 잠정적으로나마 참으로 관대한 결정을 내리시려는 모양인데, 그걸 받아들이고 말고는 오직 당신에게 달려 있습니다. 당신에게 임시로 학교 관리인 자리를 제안하셨습니다.」 처음에 K는 자신에게 무엇을 제안했다는 것인지 유심히 듣지 않았지만 무언가 제안이 들어왔다는 사실이 무의미한 것 같지는 않았다. 이는 면장의 견해대로 K가 저항하기 위해 무슨 일인가를 저지를 수 있으며, 이를 막기 위해서는 마을 자체에서 얼마간의 비용을 마땅히 감수해야 함을 말해 주는 사실이었다. 그러니 그의 일을 얼마나 중요하게 여기고 있다는 것인가. 앞서 조서까지 작성하고 여기에 와서도 한참이나 K를 기다린 교사는 면장이 내몰다시피 해서 마지못해 온 것임이 틀림없었다.

자기 말에 K가 생각에 잠긴 것을 보고 교사는 계속해서 말했다. 「나는 반대했습니다. 여태 학교에 관리인이 필요한 적이 없었다, 교회 관리인의 부인이 가끔씩 청소를 하고 있으며 여교사인 기자 양이 그 일을 감독하고 있다고 지적했지요. 아이들한테 들볶이는 것만으로도 충분한데 거기다 관리인 일로까지 속을 끓이고 싶진 않았거든요. 내 말에 대해 면장님은 그래도 학교가 몹시 더럽다고 하셨습니다. 나는 그렇게 심한 것은 아니라고 사실대로 응수했지요. 그리고 덧붙여서 말했습니다. 우리가 그 사람을 관리인으로 쓴다면 과연 더 좋아지겠느냐, 절대로 그렇지 않다고 했습니다. 그가 그런 일을 전혀 할 줄 모를 수 있다는 점은 그렇다 치더라도, 학교 건물에는 부속 공간 없이 큰 교실 두 개뿐이라 관리인은 가족과 함께 그중 한 교실에서 지내고 잠자고 어쩌면 취사까지 해야 할 텐데, 그러면 당연히 청결 상태는 더 나아

질 리 없다고 말이지요. 그러나 면장님께서는 이 일자리가
곤경에 처한 당신한테는 구원의 밧줄이 될 테니 당신은 혼신
의 노력을 다해 그 일을 수행할 것이라는 점을 지적하셨고,
더 나아가 당신과 더불어 당신의 부인과 조수들의 힘까지도
얻게 되면 교사(校舍)뿐 아니라 교정도 번듯하게 정돈될 거
라고 하셨습니다. 나는 아무 어려움 없이 그 전부를 반박했
지요. 결국 말이 막힌 면장님은 웃으시면서 당신이 그래도
토지 측량사이니 교정의 화단만큼은 특별히 아름답고 반듯
하게 가꿀 수 있지 않겠느냐고만 하시더군요. 농담에는 달
리 반박할 도리가 없어 이렇게 임무를 받아 당신에게 온 겁
니다.」「쓸데없는 걱정을 하시는군요, 선생님.」K가 말했다.
「나는 그 자리를 수락할 생각이 없거든요.」「잘 생각하셨어
요.」교사가 말했다.「잘하셨어요. 한 치의 망설임도 없이 거
절하시는군요.」그러면서 그는 모자를 집어 들더니 허리 굽
혀 인사하고는 나갔다.

곧바로 프리다가 몹시 심란한 얼굴을 하고 올라왔는데,
셔츠는 다리지도 않은 채 가져왔고 뭘 물어봐도 대답을 하
지 않았다. 기분을 바꿔 주려고 K는 그녀에게 교사와 그의
제안에 대해 이야기했다. 그 얘기를 듣자마자 프리다는 셔츠
를 침대 위에 내던지고는 다시 달려 나갔다. 그녀는 곧 돌아
왔는데, 교사와 함께였다. 그는 짜증스러운 모습이었고 아
예 인사도 하지 않았다. 프리다는 그에게 조금만 참아 달라
고 부탁하더니 ─ 그를 다시 이리로 데려오는 동안 이미 몇
번이나 그렇게 했을 게 분명했다 ─ K를 끌고 그가 전혀 몰

랐던 옆문을 통해 인접한 다락방으로 데려가서는 마침내 흥분한 나머지 숨을 헐떡이며 자기에게 일어났던 일을 이야기했다. 여주인이 K 앞에서 자신을 낮추어 가며 속마음을 털어놓았고, 더 고약하게는 클람과 K의 면담과 관련해 양보를 할 만큼 했는데도, 그녀의 말대로라면 얻은 것이라고는 냉정하고도 무성의한 거절밖에 없었다는 것에 격분하여 K를 더 이상 자기 집에 두지 않겠다고 작심했다는 것이다. 그러니 만일 그가 성에 연줄이 있다면 하루속히 그것을 이용하는 게 좋겠는데, 왜냐하면 오늘 중으로, 아니 지금 당장이라도 그가 이 여관을 나가 줘야만 하기 때문이라고 했다. 그리고 관청의 직접적인 명령과 강요가 있을 때 그녀는 그를 다시 받아들일 테지만, 그런 일이 일어나기를 바라지는 않는다면서, 그녀도 성에 연줄이 있으니 그것을 동원할 수 있다고 했다는 것이다. 게다가 그가 여관에 들게 된 건 오직 주인이 칠칠치 못한 탓이고, 오늘 아침에도 K는 이용할 수 있는 다른 숙소가 있다며 자랑했으니 쫓겨난다 해도 결코 딱한 사정은 아니라는 얘기였다. 프리다는 물론 여기 남아 있어야 하며, 만일 프리다가 K와 같이 나가면 그녀, 즉 여주인은 크게 상심할 것이 분명했다. 아래 부엌에서 그저 생각만 했을 뿐인데도 울다가 그만 화덕 옆에 쓰러졌다는 것이다. 심장병을 앓고 있는 이 불쌍한 여자, 하지만 프리다는 그녀가 달리 어떻게 행동할 수 있겠느냐고 했다. 지금 그녀의 상상 속에서는 적어도 클람에 대한 기념물의 명예가 걸려 있는 마당이니 말이다. 그것이 바로 여주인이 처해 있는 상황이라는 것이다. 프리다는 물론 그가, 즉 K가 어디를 가든, 눈 속이든 얼음 속이든 그를 따라갈 것이니 거기에 대해서는 두말할 나위도 없지만, 어쨌든 지금 그들 두 사람의 처지는 매우 심각한 상황이라 면장의 제안 얘기를 듣고 너무도 기뻤다고 했다. 비록 K에게 어울리지 않는 자리이긴 하지만 그것은 어디까지나, 이 점을 분명히 강조해 두는데, 임시직일 뿐이라고, 그동안 시간을 벌면서 찾아보면 그리 어렵지 않게 다른 가능성을 발견할 수 있을 거라는 얘기였다. 설령 최종 결정이 불리하게 내려진다 하더라도 말이다. 「정 안 되면……」 끝으로 프리다는 어느새 K의 목에 매달린 채 큰 소리로 말했다. 「우리 멀리 가서 살아요. 우리가 여기 이 마을에 붙어 있을 이유가 뭐 있겠어요? 하지만 임시로 말이에요, 내 사랑, 그 제안을 받아들여요, 네? 내가 교사를 다시 데려왔으니 당신은 다른 말 말고 그저 〈수락한다〉고만 말해요. 그러고는 우리 학교로 이사 가요.」

　「그건 곤란한데.」 K가 말했다. 그러나 진심으로 그렇게 생각하는 것은 아니었다. 왜냐하면 그에게 거처는 어디든 별로 상관없었고, 게다가 속옷 바람으로 여기 이 다락방에 있다 보니 몸이 얼어 버릴 것만 같았기 때문이다. 다락방은 양쪽 면에 벽도 창도 없어서 찬바람이 쌩쌩 지나다녔다. 「당신이 방을 이렇게 훌륭하게 정돈해 놓았는데 이제 나가야 한다니. 나더러 그 내키지 않는 자리를 억지로 받아들이라니. 당장 저 하찮은 선생 앞에서 저자세를 보여야 하는 것만으로도 괴로운데, 이제 그가 내 상관이기까지 하다니. 조금만 더 여기에 머물 수 있다면 오늘 오후에라도 내 처지가 바뀔지 몰라요. 적어도 당신만이라도 여기에 남는다면 상황을 계속 지켜보며 기다릴 수 있을 거고, 선생한테는 애매하게 대답해 두면 될 텐데. 내 잠자리 하나쯤이야 언제라도 얻을 수 있어요. 정 안 되면 바르 ─」 프리다가 손으로 그의 입을 막았다. 「그건 안 돼요.」 그녀가 걱정스러운 목소리로 말했다. 「제발 다시는 그런 말 하지 말아요. 그 외에는 무엇이든 당신의 말을 따르겠어요. 당신이 원한다면 아무리 슬퍼도 나 혼자 여기에 남겠어요. 당신이 원한다면, 내가 보기엔 옳지 않지만 그 제안을 거절하기로 해요. 자 봐요, 당신이 오늘 오후에라도 다른 가능성을 발견한다면 당연히 우리는 학교의 그 자리를 즉시 포기해야죠. 누구도 우리를 막지 못해요. 그리고 선생 앞에서 저자세를 보이는 문제는 나한테 맡겨요, 그런 일이 없도록 할 테니까요. 내가 직접 그 사람과 이야기할 테니 당신은 그냥 가만히 옆에 서 있기만 해요. 나중에도 다르지 않을 거예요. 당신이 원하지 않으면 그 사람과 직접 이야기해야 할 일은 결코 없어요. 사실상 나 혼자만 그의 아랫사람이 되는 셈이지만, 나도 그렇게 되지는 않을 거예요. 그의 약점을 알고 있거든요. 그러니 우리가 그 자리를 받아들여도 잃는 건 전혀 없어요. 하지만 거절한다면 많은 걸 잃게 되겠죠. 무엇보다 오늘 중으로 성에서 무언가를 얻어 내지 못한다면 정말이지 당신은 마을 어디에서도 혼자만의 잠자리조차 구할 수 없을 거예요. 장래 당신의 아내로서 내가 부끄러워하지 않을 만한 잠자리 말이에요. 게다가 잠자리를 얻지 못해도 당신은 나더러 여기 따뜻한 방에서 자라고 하겠지요. 밤에 당신이 밖에서 추위 속을 헤매고 다닐 것을 내가 알고 있는데도 말이에요.」 K는 그동안 조금이라도 몸을 따뜻하게 하려고 두 팔을 가슴 위에서 교차시키고서 두 손으로 내내 등을 두드리다가 말했다. 「그렇다면 받아들이는 수밖에 없겠군. 자, 어서 가요!」

방에 들어서자 그는 곧장 난로를 향해 빠르게 다가갔다. 교사에게는 신경도 쓰지 않았다. 그자는 식탁에 앉아 있다가 시계를 꺼내더니 이렇게 말했다. 「늦었군요.」 「대신 이제 완전히 합의를 보았어요, 선생님.」 프리다가 말했다. 「우리는 그 자리를 받아들이겠습니다.」 「좋습니다.」 교사가 말했다. 「하지만 그 자리는 측량사님에게 제안한 것이니 본인이 직접 의사를 표시해야 합니다.」 프리다가 K를 거들었다. 「그럼요.」 그녀가 말했다. 「이이는 그 자리를 받아들인답니다, 그렇죠, K?」 그래서 K는 간단히 〈네〉라고만 의사 표시를 해도 되었다. 그 말조차 교사가 아니라 프리다를 보고 했다. 「그럼…….」 교사가 말했다. 「당신에게 직무상의 의무 사항을 일러 주는 일만 남았군요. 그 점에 관해 우리가 최종적으로 확실하게 합의하기 위해서입니다. 측량사님, 당신은 매일 두 교실을 모두 청소하고 난롯불을 지펴 줘야 하고, 건물을 비롯해 학교 장비와 체조 기구의 간단한 수리는 직접 맡아서 해야 하며, 교정 안쪽 길 위의 눈을 치워야 하고, 나와 여선생님의 심부름을 해야 하고, 춥지 않은 계절에는 정원 일을 모두 도맡아 해야 합니다. 그 대가로 당신은 두 교실 중 하나를 선택해 거기 거주할 권리를 얻게 됩니다. 두 교실에서 동시에 수업이 진행되지는 않지만 당신이 거주하는 교실에서 수업이 있을 경우엔 물론 다른 교실로 이주해야 합니다. 학교에서 취사를 해서는 안 됩니다. 대신 당신과 당신의 식솔은 마을 공동의 비용으로 이 여관에서 식사를 할 수 있습니다. 당신은 학교의 품위를 손상시키지 않도록 처신해야 하며, 특히 아이들이 수업하는 동안에는 당신 가정의 불미스러운 장면 같은 것을 결코 목격하게 해서는 안 된다는 것을 지나가는 말로만 가볍게 언급해 두는 바입니다. 교양 있는 분으로서 그런 것쯤은 틀림없이 알고 계실 테니까요. 그와 관련해 한 말씀 더 드리자면, 우리는 당신이 프리다 양과의 관계를 가능한 한 빨리 합법화하는 게 좋겠다고 주장하지 않을 수 없습니다. 이 모든 것과 또 몇 가지 사소한 내용에 대해 고용 계약서가 작성될 테니, 학교 건물로 이사 오시면 곧바로 서명을 해야 합니다.」 K에게는 이 모든 것이 대수롭지 않게 여겨졌다. 마치 자신에 관한 것이 아니거나, 적어도 그 일이 자신을 속박하지는 못할 거라는 듯한 태도였다. 다만 그는 교사의 우쭐대는 모습이 거슬려서 툭 던지듯이 아무렇게나 말했다. 「글쎄 뭐, 그렇고 그런 의무 사항들이군요.」 이 말을 슬쩍 무마할 셈으로 프리다가 봉급에 대해 물었다. 「봉급의 지불 여부는⋯⋯.」 교사가 말했다. 「한 달의 수습 기간이 지난 뒤에야 고려될 것입니다.」 「그건 우리한테 너무 가혹한 처사예요.」 프리다가 말했다. 「우린 거의 돈 한 푼 없이 결혼해서 빈손으로 살림을 꾸려 나가야 할 판이에요. 선생님, 봉급을 당장 조금이라도 달라고 면(面)에 진정을 낼 수는 없을까요? 그러면 안 될까요?」「안 됩니다.」 교사가 말했다. 그는 줄곧 K를 향해 말했다. 「그런 진정은 내가 추천해야만 받아들여질 텐데, 나는 그렇게 하지 않을 겁니다. 그 일자리를 주는 것으로 당신에게 한 번 호의를 베풀었으며, 공적 책임을 깨닫고 있는 사람이라면 호의를 남발해서는 안 됩니다.」 그러자 K가 마지못해 끼어들었다. 「선생님, 호의에 관해서라면…….」 그가 말했다. 「잘못 생각하시는 것 같은데요. 호의를 베푸는 건 오히려 내 쪽일지도 모릅니다.」 「아니요.」 교사가 빙긋이 웃으며 말했다. 그가 이제 K의 입을 열게 만든 것이다. 「그것에 대해 나는 상세히 들어서 알고 있습니다. 우리에게 학교 관리인은 토지 측량사나 마찬가지로 꼭 필요한 게 아니에요. 학교 관리인이나 토지 측량사나 귀찮은 짐일 뿐입니다. 면에다 그에 관한 지출 사유를 어떻게 대야 할지 골치깨나 썩게 생겼어요. 청구서를 그냥 책상 위에 던져 놓고는 아예 사유를 대지 않는 편이 상책일 겁니다. 그게 사실에 가장 부합하기도 하고요.」「내 말이 그 말입니다.」 K가 말했다. 「당신은 마지못해 나를 채용해야 합니다. 이 일로 골머리를 앓게 되었는데도 당신은 나를 채용해야만 하는 처지입니다. 자 그럼, 누군가 어쩔 수 없이 다른 사람을 채용해야 하는데 그 사람이 자신을 채용하도록 가만히 있다면 호의를 베푸는 쪽은 그 사람이 아닐까요?」「기가 막히는군요.」 교사가 말했다. 「무엇 때문에 우리가 당신을 어쩔 수 없이 채용해야 하겠습니까? 면장님의 선한 마음

155

씨, 너무나도 선하신 마음씨 때문이지요. 측량사님, 쓸모 있는 학교 관리인이 되시려면 먼저 온갖 쓸데없는 공상부터 버려야 할 것 같군요. 그리고 그런 엉뚱한 말이나 늘어놓으면 경우에 따라 지급될 수도 있는 봉급을 승인하는 데 유리한 여론이 조성되기 어렵습니다. 유감스럽게도 당신의 행실 때문에 내가 몹시 애를 먹게 될 것 같은 느낌이 드는군요. 그동안 나와 협상을 하면서 당신은 내내 셔츠와 팬티 바람으로 있으니 말입니다. 계속 보고 있으면서도 잘 믿기지가 않아요.」「그러네요!」 K는 웃으면서 외치고는 손뼉을 쳤다. 「이 징그러운 조수 녀석들, 대체 어디에 처박혀 있는 거야?」 프리다가 문 쪽으로 서둘러 가자, 교사는 이제 K와는 더 이상 얘기할 수 없다는 것을 알아채고 프리다에게 언제 학교로 이사할 거냐고 물었다. 「오늘요.」 프리다가 말했다. 「그럼 내일 아침에 살펴보러 가겠습니다.」 교사는 말하면서 손짓으로 인사를 하고는 프리다가 나가려고 열어 놓은 문으로 나가다가 하녀들과 부딪쳤다. 그들은 이 방에 다시 살림을 차리려고 벌써 자기들 옷가지를 가지고 온 것이다. 그들이 누구에게도 자리를 비켜 줄 것 같지 않아 교사는 그들 사이를 비집고 빠져나가야 했다. 프리다가 그를 뒤따라 나갔다. 「급하기들도 하시지.」 K가 말했다. 이번엔 그들이 썩 마음에 들었다. 「우린 아직 못 떠나고 여기에 있는데 벌써들 밀고 들어와야 하나?」 그들은 대답을 못 하고 그저 당황스러워서 애꿎은 보따리만 빙빙 돌리고 있었다. 보따리에서는 K도 익히 아는 더러운 누더기 옷가지가 삐져나와 있었다. 「옷을 아직 한 번도 빤 적이 없는 모양이네.」K가 말했다. 악의가 있어서라 기보다는 일종의 호감을 가지고 한 말이었다. 그들도 그것을 알아차리고 굳게 다문 입을 동시에 벌리더니 아름답고 강한, 짐승의 것 같은 이빨을 드러내며 소리 없이 웃었다. 「자, 들어와.」K가 말했다. 「방을 잘 꾸며 봐, 너희들 방이니까.」 그러나 그들이 여전히 머뭇거리자 ─ 방이 너무나 많이 변해 버린 것처럼 보이는 모양이었다 ─ K는 그들 중 하나의 팔을 잡고서 안으로 이끌었다. 하지만 하녀의 눈빛이 몹시 놀란 기색이라 그는 곧 그녀를 놓아주었다. 그들은 짧게 시선을 주고받더니 이제 K에게서 눈길을 돌리지 않았다. 「그만하면 나를 실컷 쳐다본 것 같은데.」K는 불쾌한 느낌이 엄습하는 것을 물리치며 말했다. 그러고는 프리다가 마침 가져온 옷과 장화를 받아서 꿰었다. 그녀의 뒤로는 조수들이 수줍은 듯 머뭇머뭇 따라 들어왔다. 프리다가 조수들을 대하며 보이는 인내심이 그로서는 내내 이해가 되지 않았는데 지금도 마찬가지였다. 그녀는 한참을 찾아다니다가 마당에서 옷을 깨끗이 솔질하고 있어야 할 그들이 먼지투성이의 옷가지를 짓눌러 품에 안은 채 아래서 한가롭게 점심을 먹고 있는 것을 발견하고는 자신이 손수 전부 솔질을 해야 했던 것이다. 그런데도 천한 무리를 잘 다룰 줄 아는 그녀는 그들을 욕하고 나무라기는커녕, 그들이 보는 앞에서 그 뻔뻔스러운 태만을 사소한 농담처럼 이야기하며 심지어는 둘 중 한 명의 뺨을 귀엽다는 듯 가볍게 톡톡 두드리기까지 했다. K는 그녀에게 조만간 그것에 대해 따끔하게 추궁해 볼 작정이었다.

하지만 지금은 떠나야 할 시간이 다 되었다. 「조수들이 여기에 남아 이사하는 것을 도와줄 거예요.」 K가 말했다. 그들은 물론 그 말에 동의하지 않았다. 배도 부르고 기분도 흡족했기에 조금 움직이고 싶었던 것이다. 「그래, 너흰 여기에 남아.」 프리다가 그렇게 말하자 그제야 그들은 말을 들었다. 「내가 지금 어디로 가는지 아는 건가요?」 K가 물었다. 「네.」 프리다가 대답했다. 「그럼 더 이상 나를 붙잡지 않는 건가?」 K가 물었다. 「당신을 가로막는 장애가 아주 많을 거예요.」 그녀가 말했다. 「그런데 내 말이 무슨 의미가 있겠어요!」 그녀는 K에게 작별의 키스를 하고는 빵과 소시지가 든 조그만 봉지를 그에게 주었다. 그가 점심을 들지 않았기 때문에 아래에서 그를 위해 싸 가지고 온 것이었다. 그리고 이따가 돌아올 때는 이리로 오지 말고 곧바로 학교로 와야 한다는 것을 일깨워 주고서 그의 어깨 위에 손을 얹고는 문 앞까지 그를 배웅하며 따라 나갔다.

8
클람을 기다리다

K는 하녀들과 조수들로 복작대는 더운 방에서 빠져나온 것이 일단 기뻤다. 영하의 날씨라 약간 춥기는 했지만 눈은 더 단단해져서 걷기가 한결 수월했다. 하지만 날이 벌써 어두워지기 시작했기에 그는 걸음을 재촉했다.

이미 윤곽이 희미해지기 시작한 성은 여느 때처럼 고요히 서 있었다. K는 그곳에 사람이 살고 있다는 아주 약간의 기미도 본 적이 없었다. 어쩌면 이렇게 멀리서는 무언가를 알아본다는 것이 아예 불가능한 일인지 모르지만, 그래도 두 눈은 그러기를 갈망했고 그 고요함을 그대로 참고 볼 수가 없었다. K가 성을 보고 있자면 마치 가만히 앉아서 하염없이 앞만 바라보고 있는 어떤 사람을 지켜보는 듯한 느낌이 들 때가 있었다. 그렇다고 그 사람이 상념에 빠져서 세상과 완전히 단절되어 있는 것은 아니고, 그저 아무도 자기를 지켜보는 이가 없고 완전히 혼자라는 듯 주변에 개의치 않고 자유롭게 바라보고 있는 것 같았다. 그래도 누가 자기를 지켜보고 있다는 것을 분명히 깨달은 것 같기는 한데 그럼에도 그 평온함은 조금도 흔들리지 않았다. 그리고 사실 — 이것이 원인인지 결과인지는 모르겠는데 — 지켜보는 자의 시선 또한 어느 한곳에 고정될 수 없었고 자꾸 다른 데로 미끄러져 버렸다. 오늘따라 일찍 어둠이 깔리기 시작하는 바람에 이런 인상은 더욱 강하게 느껴졌다. 오래 보면 볼수록 더욱더 알아볼 수가 없었고, 모든 사물이 더욱더 깊이 어스름 속으로 가라앉았다.

K가 아직 불빛이 없는 헤렌호프에 막 도착한 순간 2층의 창문 하나가 열리더니 말끔히 면도한 얼굴의 젊고 뚱뚱한 신사가 모피 외투를 걸친 채 창밖으로 몸을 쑥 내밀고는 가만히 있었다. K가 인사를 해도 고개 한 번 살짝 끄덕이는 반응조차 보이지 않는 것 같았다. 현관에서도 주점에서도 K는 아무도 만나지 못했다. 주점 안은 김빠진 맥주 냄새가 전보다 더 심했는데, 추어 브뤼케 여관에서는 그런 냄새가 나지 않았던 것 같았다. K는 전에 클람을 들여다보았던 문 쪽으로 곧장 갔다. 조심스럽게 손잡이를 내렸지만 문은 잠겨 있었다. 그래서 구멍이 있던 자리를 더듬거려 찾아보았지만 덮개가 꼭 맞게 끼워져 있는지 그런 식으로는 그 자리를 찾을 수 없어서 성냥불을 켜야 했다. 그때 비명 소리가 들려 그는 깜짝 놀랐다. 문과 난로 옆 사이드보드[3] 사이의 구석진 곳에 한 젊은 처녀가 웅크리고 앉아 졸고 있다가 성냥불이 켜지자 잠에 취한 눈을 간신히 뜨고는 그를 빤히 쳐다보았다. 프리다의 후임인 모양이었다. 그녀는 곧 정신을 차리고서 전등

3 주방에서 만들어진 음식을 얹어 두는 작은 테이블.

을 켰는데 아직 화가 난 표정이었다. 그녀가 K를 알아보았다. 「아, 토지 측량사님이시군요.」 그녀는 미소를 짓더니 그에게 손을 내밀면서 자신을 소개했다. 「전 페피라고 해요.」 키가 작고 얼굴이 불그레했으며 건강한 여자였다. 풍성하고 붉은빛이 도는 금발을 한 갈래로 단단히 땋아 내렸는데, 얼굴 주변의 머리털이 곱슬곱슬했다. 광택 나는 잿빛 옷감의 매끄럽게 흘러내리는 드레스는 그녀와 잘 어울리지 않았고, 아래쪽은 유치한 나비매듭으로 마무리된 비단 리본으로 어색하게 졸라매 답답해 보였다. 그녀는 프리다의 안부와 그녀가 곧 돌아오지 않는지 물었다. 거의 악의에 가까운 질문이었다. 「저는…….」 그러고서 그녀가 말했다. 「프리다가 떠나자마자 급히 불려 왔어요. 이곳에 아무나 쓸 수는 없으니까요. 지금까지는 객실 하녀였지만 바뀌어서 좋을 건 없네요. 여기는 저녁과 밤에 일이 너무 많아 피곤하거든요. 견딜 수 없을 것 같아요. 프리다가 여길 그만둔 게 하나도 이상하지 않아요.」 「프리다는 이 일을 매우 만족스러워했어요.」 K는 페피에게 그녀와 프리다 사이에 존재하는 차이를 일깨워 주기 위해 그렇게 말했다. 그녀는 그 차이를 무시한 것이다. 「그녀의 말을 믿지 마세요.」 페피가 말했다. 「프리다는 어느 누구도 쉽게 할 수 없는 자기 통제를 할 줄 알아요. 자기가 고백하고 싶지 않은 것은 고백하지 않으니 그녀가 고백할 게 있다는 것조차 전혀 눈치챌 수 없죠. 저는 여기서 그녀와 몇 년이나 같이 일하고 늘 한 침대에서 같이 잤는데도 그녀와 친하지 않아요. 틀림없이 그녀는 오늘쯤이면 벌써 나를 기억하지도 못할 거예요. 그녀의 유일한 친구는 아마도 브뤼켄호프[4]의 늙은 여주인일 텐데 그 점도 특이하죠.」「프리다는 내 약혼녀예요.」 K는 문에 나 있는 구멍 자리를 찾으며 말했다. 「알고 있어요.」 페피가 말했다. 「그래서 얘기해 드리는 거예요. 그게 아니라면 이런 말이 당신에게 무슨 의미가 있겠어요?」「알아들었습니다.」 K가 말했다. 「그러니까 내가 그렇게 폐쇄적인 여자의 사랑을 얻었다는 건 자랑할 만한 일이다, 그 말이겠죠.」「맞아요.」 그녀는 프리다에 관해 K를 은밀한 동조자로 확보하기라도 한 양 만족스럽게 웃었다.

그러나 K가 정신을 빼앗기고 구멍 찾는 일에 다소 집중하지 않게 된 것은 그녀의 말 때문이 아니라 그녀의 겉모습과 그녀가 이 자리에 있다는 사실 때문이었다. 그녀는 프리다보다 훨씬 젊은 것은 물론 거의 어린아이 같았고, 옷차림도 우스꽝스러웠는데 주점 아가씨의 의미에 대해 과장된 생각을 갖고 있어서 그에 걸맞게 옷을 입은 것이 분명했다. 그런 생각을 갖는 것이 그녀 나름으로는 당연했을 만도 한 것이, 그녀와 아직 어울리지 않는 그 자리가 그녀에게는 예기치 못한 것이고 분에 넘치는 것이며, 단지 임시로 주어진 것 같았기 때문이다. 그녀에게는 프리다가 늘 허리띠에 달고 다녔던 작은 가죽 주머니조차 맡기지 않았던 것이다. 따라서 그 자리에 불만스러워하는 듯한 그녀의 태도는 사실 허세일 뿐이었다. 그러나 어린아이처럼 분별이 없다고는 해도 그녀 역시

4 추어 브뤼케 여관을 가리킨다. 여기부터 카프카는 〈추어 브뤼케〉 대신 〈브뤼켄호프〉라는 명칭을 사용한다.

성과 관계가 있는 것이 분명해 보였다. 거짓말을 한 게 아니라면 그녀는 객실 하녀였고 자신이 소유하고 있는 것이 무엇인지도 모르는 채 여기서 잠이나 자며 세월을 보내고 있었다. 이 조그맣고 통통하고 약간 등이 굽은 몸뚱이를 끌어안는다고 그녀가 소유한 것을 빼앗을 수는 없겠지만 앞으로 가야 할 험한 길에 활기를 줄 수는 있었다. 그렇다면 프리다의 경우도 마찬가지가 아닐까? 오, 아니, 달랐다. 그것을 이해하기 위해서는 프리다의 눈빛을 떠올려 보기만 하면 되었다. 그렇다, K는 결코 페피를 건드리지 못할 것이다. 하지만 그는 지금 한동안 두 눈을 가려야만 했다. 그만큼 그는 그녀를 탐욕스럽게 바라보고 있었던 것이다.

「참, 불을 켜놓으면 안 돼요.」 페피가 불을 다시 끄며 말했다. 「당신 때문에 너무 놀라서 켰을 뿐이에요. 근데 여기서 무얼 하시려는 거죠? 프리다가 잊어버리고 간 거라도 있나요?」 「그래요.」 K는 말하며 문을 가리켰다. 「요 옆방에, 식탁보요, 뜨개질로 만든 하얀 건데.」 「아, 그 식탁보……」 페피가 말했다. 「기억나요. 예쁜 수공품이죠. 그거 만들 때 저도 도왔어요. 하지만 그 방에는 없는 것 같은데.」 「프리다는 그렇게 알고 있던데요. 한데 거기엔 누가 살고 있나요?」 K가 물었다. 「아무도 안 살아요.」 페피가 말했다. 「나리들 방이에요. 거기서 나리들이 술 마시고 식사도 해요. 말하자면 그런 용도의 방이죠. 하지만 나리들은 대부분 위층의 자기들 방에 머물죠.」 「지금 옆방에 아무도 없다는 게 확실하면……」 K가 말했다. 「내가 직접 들어가서 식탁보를 찾고 싶은데. 하지만 확실하지가 않군요. 가령 클람 같은 이가 곧잘 거기에 앉아 있곤 하던데.」「클람은 확실히 지금 거기 없어요.」페피가 말했다.「그분은 막 떠나실 거거든요. 썰매가 이미 뜰에서 대기 중이에요.」

한마디 설명도 없이 K는 즉시 주점을 나와 현관에서 출구쪽으로 가는 대신 건물 안쪽을 향해 불과 몇 걸음 옮기자 안뜰에 이르렀다. 이곳은 어쩌면 이렇게 조용하고 아름다울까! 네모난 뜰이었다. 삼면이 건물로 둘러싸여 있고, 길 쪽은 ── K가 모르는 옆길이었다 ── 높고 하얀 담으로 막혀 있었다. 담에 달린 크고 육중한 대문은 지금 열려 있었다. 뜰에서 보니 건물은 정면에서보다 더 높아 보였는데, 적어도 2층은 완전히 개축되어 제법 대단한 외관을 갖추고 있었다. 눈높이쯤에 뚫려 있는 작은 틈새를 제외하고는 전부 막혀 있는 목조 회랑이 그곳 2층을 빙 둘러싸고 있었기 때문이다. K로부터 비스듬히 마주 보이는 곳, 가운데 건물에 위치해 있긴 하지만 건너편 날개 건물로 이어져 꺾이는 구석진 곳에 건물로 들어가는 입구가 열려 있었는데 문은 달려 있지 않았다. 그 앞에 말 두 마리가 끄는 상자 모양의 짙은 색 썰매가 서 있었다. 마부 외에는 아무도 보이지 않았다. 지금 어둠이 깔린 가운데 멀리 떨어진 곳이었으니, K가 그를 알아보았다기보다는 그가 있으리라 짐작했다고 하는 편이 더 맞았다.

양손을 주머니에 찔러 넣은 채 조심스럽게 주위를 둘러보며 K는 담에 가까이 붙어서 뜰의 두 면을 돌아 썰매 근처까지 다가갔다. 마부는 전에 주점에 있었던 농부들 중 한 사람으로 모피 옷에 푹 파묻힌 채 그가 다가오는 모습을 마치 고양이가 가는 길을 눈으로 좇듯이 무심히 보고 있었다. K가 이미 곁에 도달해 인사를 하고, 심지어는 말들까지 어둠 속에서 불쑥 나타난 이 남자 때문에 약간 동요를 보일 때도 그는 전혀 개의치 않았다. K로서는 매우 잘된 일이었다. 담에 기댄 채 그는 싸 온 음식을 풀고 이렇게 살뜰히 마음 써준 프리다를 고맙게 생각하며 건물 안을 살펴보았다. 직각으로 꺾이는 계단이 뻗어 내려오다가 그 아래쪽에서 낮지만 보기엔 깊어 보이는 복도와 교차하고 있었다. 모든 것이 깨끗했고 하얗게 칠해져 있어서 뚜렷하고 분명하게 구분되었다.

기다림은 K가 생각했던 것보다 더 오래 지속되었다. 식사는 벌써 한참 전에 끝냈고 추위는 살을 에는 듯했으며 어스름은 칠흑 같은 어둠으로 바뀐 지 오래였는데도 클람은 여전히 나타나지 않았다. 「이거 더 오래 걸릴지도 모르겠는데.」 갑자기 걸걸한 목소리가 아주 가까이에서 들려오는 바람에 그는 화들짝 놀랐다. 다름 아닌 마부의 목소리였다. 그자는 잠에서 깬 사람처럼 기지개를 켜며 요란하게 하품을 했다. 「대체 무엇이 오래 걸릴지도 모른단 말이죠?」 K가 물었다. 줄곧 계속되던 정적과 긴장이 괴로웠기 때문에 그 방해가 여간 고마운 게 아니었다. 「당신이 가버릴 때까지요.」 마부가 말했다. K는 그의 말을 이해할 수 없었지만 더 이상 묻지 않았다. 그렇게 하는 것이 이 거만한 자의 입을 열게 하는 가장 좋은 방법이라고 생각했던 것이다. 이런 어둠 속에서 대답 없이 가만히 있는 것은 거의 도발이라 할 수 있었다. 얼마 후 정말로 마부가 물어 왔다. 「코냑 하겠어요?」「네.」 추워서 몸이 덜덜 떨리던 터라 K는 그 제안에 너무 쉽게 넘어가 아무 생각 없이 말했다. 「썰매를 열어 봐요.」 마부가 말했다. 「옆 주머니에 몇 병 있으니 하나만 꺼내서 마시고 나한테도 넘겨줘요. 나는 모피 옷 때문에 내려가기가 너무 번거로워서.」 K는 이렇게 잔심부름을 해주는 것이 불쾌했지만 이제 마부와 관계를 맺은 셈이었으므로, 썰매에 있을 때 갑자기 클람이 나타난다든가 해서 낭패를 볼 위험을 무릅쓰고 시키는 대로 했다. 그는 널찍한 문을 열고 문 안쪽에 달린 주머니에서 곧바로 술병을 꺼낼 수도 있었지만, 막상 문이 열린 것을 보자 썰매 안으로 들어가 보고 싶은 충동이 강하게 일어 그만 이겨 내지 못하고 아주 잠깐만 그 안에 앉아 있고자 했다. 그는 안으로 휙 들어갔다. 썰매 안은 어찌나 따뜻했던지, K가 감히 문을 닫지 못해 활짝 열어 두었는데도 훈훈했다. 과연 의자에 앉아 있는 것인지 전혀 모를 정도로 그는 이불과 쿠션과 모피 속에 파묻혀 버렸다. 사방으로 몸을 돌리거나 뻗을 수 있었으며, 부드러움과 따뜻함에 젖어 점점 몸이 가라앉았다. 양팔을 쫙 벌리고 곳곳에 널려 있는 쿠션을 베고서 K는 썰매에서 어두운 건물 안을 바라보았다. 클람이 내려오기까지 왜 이리도 오래 걸리는 걸까? 눈 속에 오래 서 있다가 온기에 취해 넋이 나간 듯 널브러져서 K는 이제라도 클람이 와주기만을 바라고 있었다. 지금 상태로는 차라리 클람의 눈에 띄지 않는 편이 더 낫겠다는 생각이 은근히 그를 방해하며 어렴풋이 떠올랐을 뿐이다. 이런 망각 상태에 빠지게 된 것은 그가 썰매 안에 있다는 것을 분명히 알고 있으면서도 그를 거기에 그냥 내버려 둔 채 코냑을 달라고도 하지 않는 마부 덕이었다. 배려 깊은 태도였지만 K는 진심으로 그의 요구대로 해주고 싶었다. 자세를 바꾸지 않은 채 그는 느릿느릿 옆 주머니를 향해 손을 뻗었는데, 열린 문에 달린 것은 너무 멀리 떨어져 있어서 뒤편의 닫힌 문을 향했다. 거기에도 술병이 있었으니 상관없었다. 그는 하나를 꺼내 마개를 돌려 따고는 냄새를 맡아 보았다. 자기도 모르게 미소가 지어졌다. 냄새가 그렇게 달콤하고 향긋할 수 없었다. 무척 좋아하는 사람에게서 칭찬과 좋은 말을 들으며, 무엇에 관한 것인지도 잘 모르지만 전혀 알려는 생각 없이 그렇게 말해 주고 있는 사람이 그 사람이라는 것만으로 그저 행복해질 때와 같았다. 이게 정말 코냑일까? K는 의심스러운 듯 자문해 보고는 호기심에 맛을 보았다. 그래, 코냑이었다. 이상하게도 목이 얼얼해지고 몸이 후끈해졌다. 달콤한 향뿐이었던 것이 마시다 보니 마부에게나 어울릴 술로 변해 버렸다. 어떻게 이럴 수 있지? K는 자신을 질책하듯 자문하고는 한 모금 더 마셨다.

그때 — K는 마침 쭉 들이켜는 중이었는데 — 안쪽에서는 계단과 복도와 현관에, 바깥쪽에서는 입구 위에 달린 전등이 켜지며 환해졌다. 계단을 내려오는 발걸음 소리가 들리자 K의 손에서 술병이 미끄러져 내려 코냑이 모피 위로 쏟아졌다. K는 썰매에서 뛰쳐나오며 그나마 문은 가까스로 닫을 수 있었는데, 너무 세게 닫는 바람에 쾅 하는 요란한 소리가 났다. 곧이어 한 신사가 천천히 건물에서 걸어 나왔다. 클람이 아니라는 것이 유일한 위안거리일 듯했는데 — 아니, 유감스러워해야 할 일인가? 그는 아까 K가 2층 창문에서 보았던 그 신사였다. 더없이 건강해 보이는 젊은 신사로, 살결은 희고 불그스름했지만 표정은 매우 진지했다. K는 그를 음울하게 바라보았는데 사실 그 시선으로 바라본 것은 자기 자신이었다. 차라리 조수들을 이리로 보냈더라도 자기가 한 만큼은 행동할 수 있었으리라. K를 마주하고도 신사는 아직 입을 열지 않았다. 마치 그 떡 벌어진 가슴을 하고도 할 말을 다 하기에는 숨이 차다는 듯한 모습이었다. 「이거 참 놀라 자빠질 일이로군.」 그러더니 그는 모자를 이마에서 약간 밀어 올렸다. 뭐라고? 신사는 K가 썰매에 있었다는 것을 전혀 모를 텐데 대체 무엇을 두고 놀라 자빠지겠다고 하는 것일까? 혹시 K가 이 뜰에까지 밀고 들어온 것 때문에? 「대체 여기에 어떻게 온 거죠?」 신사는 벌써 숨을 내쉬며 나지막한 소리로 물었는데, 돌이킬 수 없는 일이니 받아들이겠다는 듯한 태도였다. 무슨 질문이 이런가! 무슨 대답을 해야 하는가! 가령 그렇게도 큰 기대를 품고 출발한 자신의 길이 허사였다는 것을 이 양반 앞에서 그가 직접 명확히 밝히기라도 해야 한단 말인가? 대답 대신에 K는 썰매 쪽으로 가서 문을 열고는 그 안에 두고 온 자신의 모자를 집어 들었다. 코냑이 발판 위로 뚝뚝 떨어지고 있는 것을 알아채자 마음이 편치 않았다.

그러고서 그는 다시 신사에게 갔다. 썰매 안에 있었다는 것을 그에게 보이는 일이 이제는 더 이상 걱정되지 않았으며, 더없이 난처한 일도 아니었다. 만일 질문을 받는다면 — 물론 그럴 경우에만 — 썰매 문을 여는 일만큼은 적어도 마부가 부추겼다는 것을 숨기지 않고 말할 작정이었다. 그러나 정작 난처한 일은 이 양반이 불시에 나타나는 바람에 너무 경황이 없어 몸을 숨긴 채 계속 클람을 기다릴 수 없게 되었다는 것이었다. 아니면 썰매에 계속 머물며 문을 닫고는 모피 위에서 클람을 기다린다든가, 최소한 이 양반이 가까이 다가올 동안만이라도 거기에 그냥 잠자코 있는 침착성이 부족했다는 것이다. 혹시 지금이라도 클람 자신이 나타나는 것은 아닌지 알 수 없으나, 물론 그럴 경우 그를 썰매 밖에서 맞이하는 편이 훨씬 더 나을 것이라는 건 두말할 나위도 없었다. 사실 이 상황에서는 이리저리 깊이 생각해 볼 만한 것이 많이 있었지만, 이제는 더 이상 아무것도 없다. 다 끝난 일이었으니 말이다.

「나와 같이 갑시다.」 신사가 말했다. 명령조로 한 말은 아니었지만, 명령의 요소는 말이 아니라 말을 하면서 짧게 그리고 일부러 무심한 듯 흔든 손짓에 있었다. 「저는 여기서 누굴 기다리고 있는데요.」 K는 어떤 효과를 기대해서가 아니라 그저 사실대로 말했다. 「갑시다.」 신사는 전혀 동요 없이 다시 한 번 말했다. 마치 K가 누군가를 기다리고 있다는 것을 결코 의심한 적이 없다는 사실을 보여 주려는 듯한 태도였다. 「하지만 그러면 제가 기다리고 있는 사람을 놓치는걸요.」 K가 몸을 한 번 움찔하며 말했다. 이 모든 일에도 불구하고 그는 자신이 지금까지 이루어 놓은 것은 일종의 소유물로, 겉보기에나 단단히 쥐고 있는 듯 보일 뿐이지만 그렇다고 아무 명령에나 함부로 내주어서는 안 된다는 느낌이 들었다. 「기다리든 그냥 가든, 어쨌든 당신은 그를 놓치게 될 겁니다.」신사는 나름대로 매몰차게 말했지만 K가 생각하기엔 유난히 관대한 말이었다. 「그렇다면 그를 놓치더라도 기다리겠습니다.」K는 오기를 부렸다. 그 젊은 신사의 말만으로는 절대 자기를 여기서 몰아낼 수 없을 거라는 듯한 기세였다. 그러자 신사는 K의 어리석음에서 자신의 이성으로 돌아오려는 듯 고개를 뒤로 젖힌 채 거만한 표정을 지으며 한동안 두 눈을 감았다. 그러더니 약간 벌어진 입술을 따라 혀끝을 한 바퀴 돌리고는 마부에게 말했다. 「썰매에서 말을 풀게.」

신사에게는 고분고분한 태도를 보이며, 하지만 K를 향해서는 성난 눈빛으로 흘겨보면서 마부는 이제 하는 수 없이 모피 옷을 입은 채 내려와야 했다. 신사에게서 다른 명령이 내려지기를 기다리는 것은 아니지만 K에게서는 심경의 변화가 일어나기를 기대하는 듯 그는 머뭇머뭇 망설이면서 썰매와 함께 말들을 천천히 뒤로 돌려 날개 건물 쪽으로 이끌어 가기 시작했다. 거기 커다란 문 뒤에 마차 차고와 마구간이 있는 것이 분명했다. K는 자기 혼자 남게 되는 것을 보았다. 한쪽으로는 썰매가, 다른 쪽으로는 K가 왔던 길로 젊은 신사가 멀어져 갔다. 둘 다 매우 느리게 가는 것이, 마치 K가 마음먹기에 따라 자기들이 다시 돌아올 수 있다는 것을 보여 주려는 것 같았다.

어쩌면 그에게 그런 능력이 있었는지도 모르지만 그렇다 해도 아무 소용 없었을 것이다. 썰매를 돌아오게 한다는 것은 스스로를 내쫓는다는 것을 뜻했기 때문이다. 그래서 그는 그 자리를 지키는 유일한 사람이 되어 가만히 서 있었지만, 아무 기쁨도 없는 승리였다. 그는 신사와 마부 쪽을 번갈아 바라보았다. 신사는 K가 처음 뜰로 나올 때 열고 나온 문에 이미 도달해서 다시 한 번 돌아보았다. K의 눈에는 그가 자신의 막무가내에 머리를 설레설레 흔들고 있는 것으로 보였다. 그는 이번이 마지막이라는 듯 단호하게 몸을 홱 돌려 현관으로 들어서더니 이내 사라져 버렸다. 마부는 썰매 때문에 해야 할 일이 많았으므로 더 오래 뜰에 머물렀다. 육중한 마구간 문을 열고, 썰매를 후진시켜 제자리에 갖다 둔 다음 말들을 풀어 여물통으로 데리고 가야 했다. 이 모든 일을 그는 생각에 깊이 잠긴 채 진지하게 수행했다. 곧 타고 나가리라는 기대도 이미 접은 듯했다. 이렇게 곁눈질 한 번 주지 않고 말없이 계속 손만 놀리는 것이 K에게는 신사의 행동보다 훨씬 더 매서운 비난처럼 느껴졌다. 마부는 마구간에서 일을 마친 후 건들거리는 걸음으로 천천히 뜰을 가로질러 가서는 커다란 대문을 닫았는데 동작 하나하나가 모두 느렸다. 그런 다음에는 그야말로 눈 위에 난 자신의 발자국만을 관찰하며 다시 돌아오더니 마구간으로 들어가 문을 잠그고 모든 전등을 다 꺼버렸다 ── 누굴 위해 불을 밝혀 두겠는가? 위의 목조 회랑을 따라 길게 이어진 틈새 부분만 계속 밝게 빛나고 있어 이리저리 두리번거리던 시선을 잠시 붙들었을 뿐이다. 그러자 K는 이제 모든 관계가 끊어져 버린 것 같았고, 물론 그 어느 때보다도 더 자유로운 느낌이 들어 다른 때 같으면 그에게 출입이 금지된 이곳에서 원하는 만큼 마음대로 기다려도 될 것 같았다. 이 자유를 그는 다른 누구도 해낼 수 없을 만큼 치열하게 싸워서 얻어 냈기에, 아무도 자기를 건드린다거나 쫓아낼 수는 없는 노릇이며 자기에게 말을 붙이는 것조차 안 될 일이라고 생각했지만 — 이런 확신도 그에 못지않게, 아니 그 이상으로 강했는데 — 동시에 이 자유, 이 기다림, 이 불가침성보다 더 무의미하고 더 절망적인 것도 없을 것 같았다.

9
심문에 맞서 싸우다

그래서 그는 몸을 홱 뿌리치듯, 이번에는 담장을 따라서
가 아니라 한가운데 눈밭을 가로질러 건물로 돌아갔다. 현
관에서 주인과 마주쳤다. 주인은 그에게 말없이 인사를 하
더니 주점 문을 가리켰고, K는 손짓에 순순히 따랐다. 몸이
얼어 있는 데다 사람들이 보고 싶어졌던 것이다. 그러나 다
른 때는 술통이면 족했던 자리에 특별히 갖다 놓은 듯한 조
그만 탁자에 그 젊은 신사가 앉아 있고 그 앞에 ─ K에게는
부담스러운 장면이었는데 ─ 브뤼켄호프의 여주인이 서 있
는 것을 보자 크게 실망하지 않을 수 없었다. 페피는 자랑스
러운 듯 고개를 뒤로 젖히고 내내 똑같은 미소를 지으며 자
신의 지위를 뚜렷이 의식한 채, 몸을 돌릴 때마다 땋아 늘인
머리를 흔들거리면서 급히 왔다 갔다 하다가 맥주를 가져왔
고, 그다음엔 잉크와 펜을 가져왔다. 신사는 앞에 서류를 펼
쳐 놓고서 무언가를 기록하겠다고 한 번은 이 서류를, 또 한
번은 탁자의 다른 쪽 끝에 있는 서류를 들여다보며 양쪽 자
료를 비교했다. 여주인은 느긋이 쉬고 있는 듯한 자세로 선

채 조용히 신사와 서류를 내려다보며 입술을 약간 내밀고 있었다. 이미 필요한 말은 다 했고 전부 제대로 받아들여졌다는 듯한 태도였다. 「측량사님이 오셨군, 드디어.」 K가 들어서자 신사는 잠시 고개를 들어 그렇게 말하고는 다시 서류에 열중했다. 여주인도 전혀 놀라는 기색 없이 무심한 시선으로 K를 한번 힐끗 쳐다보고는 그만이었다. 그러나 페피는 K가 카운터로 다가와 코냑을 한 잔 주문했을 때에야 비로소 그를 알아본 모양이었다.

K는 카운터에 기대어 어떤 것에도 신경 쓰지 않고 손으로 두 눈을 눌렀다. 그러고는 코냑을 한 모금 맛보더니 맛이 없다는 듯 도로 밀어 놓았다. 「나리들은 모두 그걸 마셔요.」 페피가 짧게 말하며 남은 술을 쏟아붓고는 잔을 씻어서 선반 위에 올려놓았다. 「그 양반들은 더 좋은 것도 마셔요.」 K가 말했다. 「그럴지도 모르죠.」 페피가 말했다. 「하지만 나한테는 없어요.」 그 말로 그녀는 K를 떼어 놓고 다시 신사의 시중을 들러 갔다. 그러나 신사에게는 아무것도 필요 없었기 때문에 그녀는 그의 어깨 너머로 존경에 찬 시선을 던지며 서류를 기웃거리느라 뒤에서 반원을 그리면서 줄곧 왔다 갔다 할 뿐이었다. 그것은 공연한 호기심이자 허세였기에 여주인마저 눈살을 찌푸리며 못마땅해했다.

그런데 갑자기 여주인이 무슨 소리를 들었는지 잔뜩 긴장한 얼굴로 귀를 기울이며 허공을 뚫어지게 바라보았다. K는 몸을 돌렸지만 별다른 소리를 전혀 듣지 못했고 다른 사람들 역시 아무 소리도 듣지 못한 것 같았다. 그러나 여주인은 뜰로 통하는 뒤편 문을 향해 발끝으로 성큼성큼 다가가서는 열쇠 구멍을 통해 내다보더니 두 눈을 크게 뜬 채 벌겋게 상기된 얼굴을 하고서 다른 사람들 쪽으로 몸을 돌려 어서 와보라고 손가락으로 신호를 보냈다. 그들은 번갈아 가며 들여다보았다. 내내 가장 큰 관심을 보인 것은 여주인이었고, 페피도 시종 깊은 관심을 보였지만 신사는 가장 무관심한 쪽이었다. 페피와 신사가 곧 돌아오고 나서도 여주인만은 여전히 들여다보느라 기를 썼다. 몸을 깊숙이 구부리고 무릎을 꿇다시피 한 모습이, 마치 열쇠 구멍에다 대고 제발 자기를 통과시켜 달라고 애원하는 것 같았다. 이미 한참 전부터 더 이상 아무것도 보이는 게 없었던 것이다. 그러다가 그녀도 별수가 없었던지 마침내 몸을 일으켜 세워 두 손으로 얼굴을 한번 쓸어내리고 머리카락을 가지런히 매만지더니 숨을 깊이 들이쉬었다. 보아하니 이제 방과 여기 있는 사람들에게 익숙해지도록 두 눈을 적응시키지 않을 수 없어서 그러는 모양이었는데, 불쑥 K가 입을 열었다. 자기가 알고 있는 것을 확인받기 위해서라기보다는 공격받을까 두려워 선수를 치려는 것이었다. 그만큼 그는 지금 상처받기 쉬운 상태였다. 「클람이 그새 떠난 거군요?」 여주인은 아무 말 없이 그의 옆을 지나쳐 가버렸고, 대신 신사가 자신의 조그만 탁자에서 대답했다. 「맞아요. 당신이 지키는 걸 포기해서 클람이 떠날 수 있었던 겁니다. 그런데 그분이 그토록 예민하시다니 정말 뜻밖이군요. 아주머니, 클람이 주위를 얼마나 불안하게 살펴보았는지 보셨나요?」 여주인은 보지 못한 눈치였지만 신사는 계속해서 말했다. 「다행히도 아무것도 볼 수 없었던 모양이에요. 마부가 눈 위의 발자국까지도 말끔히 쓸어 버렸으니.」 「아주머니는 아무것도 알아차리지 못했군요.」 K가 말했다. 하지만 그건 뭘 기대해서가 아니라, 그렇게 단정적이고 반박할 수 없을 정도로 당당하게 들리는 신사의 주장에 단지 오기가 나서 한 말이었다. 「어쩌면 내가 열쇠 구멍을 들여다본 게 아닌지도 모르죠.」 여주인은 신사를 옹호하기 위해 우선 그렇게 말했지만, 이어서 클람의 행동 역시 그럴 만했음을 일러두고자 덧붙였다. 「물론 나는 클람이 그렇게 예민하다고는 생각하지 않아요. 우리는 다만 걱정이 되어 그를 보호하려고 하고, 그래서 클람은 지극히 예민할 거라는 가정에서 출발하는 거지요. 잘하는 일이고 틀림없이 클람도 원할 거예요. 하지만 실제로 어떠한지는 알 수 없죠. 분명한 것은, 클람은 얘기하고 싶지 않은 사람하고는 한 마디도 얘기하지 않을 거라는 점이에요. 그자가 아무리 애를 쓰고 도저히 견딜 수 없을 정도로 귀찮게 달려든다 해도 말이에요. 클람은 절대 그자와 이야기를 하지 않을 거고 아예 그자를 상대하지도 않을 거라는 사실만으로 더 이상 말이 필요 없죠. 그런데 그분은 누군가와 실제로 대면하는 걸 못 견뎌 하는 걸까요? 적어도 그건 증명할 수가 없어요. 시험할 일이 결코 없을 테니까요.」 신사는 열심히 고개를 끄덕였다. 「물론 근본적으로는 내 생각도 그렇습니다.」 그가 말했다. 「내가 표현을 조금 다르게 했다면 그건 측량사님이 알아듣기 쉬우라고 그런 거죠. 하지만 클람이 밖으로 나갈 때 몇 차례 좌우를 둘러봤다는 건 정말입니다.」「아마도 나를 찾았던 거겠죠.」K가 말했다. 「그럴지도 모르겠군요.」신사가 말했다. 「미처 그렇게는 생각 못 했습니다.」모두가 웃었다. 얘기가 어떻게 흘러가는 건지 잘 모르는 페피의 웃음소리가 가장 컸다.

「우리가 이렇게 즐거운 마음으로 한자리에 모였으니…….」신사가 말했다. 「측량사님께 진심으로 부탁드리는데 내가 서류를 보완할 수 있도록 몇 가지 진술을 해주시기 바랍니다.」「여기서는 많은 걸 문서로 작성하는군요.」K는 멀찍감치 떨어진 채 서류를 쳐다보며 말했다. 「그래요, 안 좋은 관습이죠.」신사가 말하면서 다시 웃었다. 「그런데 당신은 내가 누구인지 아직 모를 겁니다. 나는 클람의 마을 비서인 모무스입니다.」이 말이 떨어지자 방 전체가 엄숙해졌다. 여주인과 페피는 물론 신사를 잘 알고 있었지만 거명된 그 이름과 그 위엄에 당혹스러운 기색이었다. 신사 또한 자신의 수용 능력에 비해 너무 많은 말을 했다는 듯이, 그리고 적어도 — 말한 뒤에 생겨나는 — 자기 말에 깃들어 있는 엄숙한 기운에서 벗어나려는 듯이 서류에 몰두하며 쓰기 시작했다. 그러자 방 안에는 펜 소리밖에 들리지 않았다. 「한데 마을 비서라는 게 대체 뭡니까?」잠시 후 K가 물었다. 자기를 소개하고 난 지금 그런 설명마저 직접 한다는 게 적절치 않다고 여긴 모무스를 대신해 여주인이 나섰다. 「모무스 씨는 클람의 여느 비서들과 다름없는 비서이긴 하지만 그의 근무지와, 내가 잘못 알고 있는 게 아니라면 그의 관할권은…….」모무스가 쓰는 일을 멈추고 머리를 세차게 가로젓자 여주인은 고쳐 말했다. 「그러니까 관할권은 아니고, 그의 근무지만 마을로 제한되어 있어요. 모무스 씨는 마을에서 처리할 필요가 있는 클람의 문서 업무를 돌보며 클람에게 오는 마을의 모든 청원을 접수하여 맨 처음으로 읽어 보는 일을 하시죠.」 K가 이런 말에도 별다른 흥미를 보이지 않고 멍한 눈으로 여주인을 쳐다보자 그녀는 다소 당황해하며 덧붙였다. 「그렇게 되어 있어요. 성에서 온 나리들은 모두 마을 비서를 두고 있어요.」 K보다 훨씬 더 주의 깊게 듣고 있던 모무스는 보충을 위해 여주인에게 말했다. 「대부분의 마을 비서는 한 분만을 섬기는데, 나는 클람과 발라베네 두 분을 위해 일합니다.」 「맞아요.」 여주인도 이제 자기 나름대로 기억을 되살리며 그렇게 말하고는 K 쪽으로 몸을 돌렸다. 「모무스 씨는 클람과 발라베네 두 분을 위해 일하시죠. 그러니까 2중의 마을 비서인 셈이랍니다.」 「2중이라고요!」 K가 말했다. 그러고는 이제 몸을 앞으로 내밀며 자기를 빤히 올려다보는 모무스를 향해 막 칭찬을 들은 아이에게 하듯 고개를 끄덕여 주었다. 거기엔 어떤 경멸이 들어 있었지만 그들은 알아채지 못했거나, 아니면 그런 경멸을 받아도 마땅하다고 할 수 있었다. 우연히라도 클람의 눈에 띄어서는 안 될, 그럴 가치조차 없는 K가 아닌가. 다름 아닌 그런 K 앞에서 그의 인정과 칭송을 이끌어 내려는 노골적인 의도로 클람의 최측근으로 있는 사람의 공로가 자세히 표현되었던 것이다. 그러나 K는 그런 것을 제대로 읽어 낼 감각이 없었다. 클람을 한번 만나

보고자 온 힘을 다해 노력하고 있긴 하지만 그는 예컨대 클 람을 늘 보고 살 수 있는 모무스 같은 사람의 지위를 높이 여기지 않았으며, 행여 존경한다거나 부러워하는 일은 가당치도 않았다. 왜냐하면 그에게 가장 추구할 만한 가치가 있는 것은 클람에게 가까이 다가가는 것 그 자체가 아니라, K 자신이, 다른 사람이 아닌 오직 그가 다른 사람의 소망이 아닌 그 자신의 소망을 갖고서, 그의 곁에 머물기 위해서가 아니라 그를 지나 더 멀리 성으로 가기 위해 클람에게 다가가는 것이었기 때문이다.

그러고서 K는 자신의 시계를 보며 말했다. 「이제 집에 가야겠습니다.」 즉시 상황이 모무스에게 유리하게 변했다. 「물론 그래야지요.」 모무스가 말했다. 「학교 관리인 일이 부르고 있군요. 하지만 잠시만 더 시간을 내주셔야겠습니다. 몇 가지 간단히 물어볼 게 있거든요.」 「전혀 그럴 생각 없습니다.」 K는 말하면서 문 쪽으로 가려고 했다. 그러자 모무스가 서류 하나를 집어 들고 책상을 탕 치면서 일어섰다. 「클람의 이름으로 내 질문에 답할 것을 요구합니다.」 「클람의 이름이라고요?」 K가 되물었다. 「그가 대체 내 일에 관심이 있기는 한 겁니까?」 「그에 대해선 …….」 모무스가 말했다. 「내가 판단할 수 없고 당신은 아마 더욱더 그럴 수 없을 겁니다. 그러니 우리 둘 다 그건 염려 말고 그에게 맡겨 두기로 하지요. 어쨌든 클람이 내게 부여한 나의 지위에 따라 나는 당신에게 가지 말고 나에게 대답할 것을 요구하는 바입니다.」 「측량사 양반.」 여주인이 끼어들었다. 「나는 당신에게 더 이상 충고

179

를 하지 않으려고 조심하고 있어요. 지금까지 정말이지 더할 수 없는 선의를 가지고 온갖 충고를 해주었지만, 생전 처음 겪는 방식으로 당신한테 거절을 당하고 나서는 관청에 당신의 행실과 의도를 그대로 알려 ─ 나로서는 숨길 일이 없으니까요 ─ 당신이 다시 우리 집에 숙박한다든가 하는 일이 영원히 없도록 하기 위해 여기 비서님께 왔을 뿐이에요. 우리는 서로 그런 관계이고 거기서 더 변할 일은 아마 없을 거예요. 그러니 지금 내가 의견을 말하는 건 결코 당신을 돕기 위해서가 아니라 비서님의 힘든 임무, 즉 당신 같은 사람과 협상을 벌이는 일을 조금이나마 덜어 드리고자 하는 겁니다. 하지만 그렇다 해도 당신은 다 털어놓고 말하는 나의 솔직함 덕에 ─ 솔직하게 말고는 달리 당신과 상대할 수가 없으니 탐탁지는 않지만 그냥 그렇게 하고 있어요 ─ 원하기만 하면 내 말을 당신 자신에게도 유리하게 이용할 수 있을 거예요. 이런 경우, 이제 당신이 클람에게 도달할 수 있는 유일한 길은 여기 비서님의 조서를 통해서 가는 것이라는 점을 일러 드리죠. 그러나 과장하고 싶지는 않아요. 어쩌면 그 길은 클람에게로 통하지 않을지도 모르고, 가다가 훨씬 앞에서 중단될지도 모르거든요. 그것을 결정짓는 것이 바로 비서님의 재량이지요. 그러나 어쨌든 이것이 적어도 당신으로서는 클람을 향해 나아가는 유일한 길이에요. 그런데 당신은 이 유일한 길을 포기한다는 건가요, 다른 이유도 아닌 단지 반항심 때문에?」「아, 아주머니.」K가 말했다.「그건 클람에게로 통하는 유일한 길도 아니고 다른 길보다 더 가치 있는 길도 아닙니다. 그리고 비서님, 내가 여기서 하는 말이 클람에게까지 들어가도 되는지 아닌지를 당신이 결정한다고요?」「물론입니다.」 모무스는 대답하고 자랑스레 내리깐 두 눈을 좌우로 움직여 아무것도 보이지 않는 주위를 둘러보았다. 「아니면 내가 무엇 때문에 비서 일을 하고 있겠습니까?」「그럼 아주머니.」 K가 말했다. 「클람에게 가는 길이 아니라 먼저 비서님에게 가는 길을 알아야 했던 거네요.」「바로 그 길을 당신에게 열어 주려는 거였어요.」 여주인이 말했다. 「내가 오전에 당신의 부탁을 클람에게 전해 주겠다고 제안하지 않았던가요? 수락했다면 비서님을 통해 그 일이 이루어졌을 텐데 말이에요. 당신은 그걸 거부했지만 지금 그래도 남아 있는 건 이 길밖에 없을 거예요. 물론 당신이 오늘 벌인, 클람을 기습적으로 만나려고 시도한 일 뒤로는 성사될 전망이 더욱 희박해졌지만 말이에요. 하지만 이 마지막 남은, 더없이 작은, 꺼져 가는, 사실은 존재하지 않는 것이나 마찬가지인 이 희망이 그래도 당신의 유일한 희망이에요.」「그런데 아주머니.」 K가 말했다. 「아주머니는 본래 내가 클람에게 가려는 걸 그렇게도 말리지 않았나요? 그러더니 지금은 내 부탁을 이렇게나 진지하게 여기고 내 계획이 실패하면 내가 패배한 것으로 생각하려는 것 같은데, 이게 대체 어떻게 된 일인가요? 나한테 클람을 만나려고 애쓰지 말라고 진정한 마음으로 충고하던 사람이 어떻게 이제 와서는, 보아하니 마찬가지로 진심인 것 같기는 한데, 클람에게 가는 길로 — 비록 그 길이 인정한 바와 같이 거기까지 이르지 않는다 해도 —

나아가도록 나를 말하자면 앞으로 떠밀어 대는 일이 있을 수 있나요?」「내가 당신을 앞으로 떠밀고 있다고요?」여주인이 말했다. 「당신의 시도는 가망이 없다고 말하는 게 앞으로 떠밀어 대는 건가요? 그런 식으로 책임을 나한테 떠넘기려 한다면 그건 정말이지, 뻔뻔스러움의 극치네요. 혹시 비서님이 앞에 계셔서 그럴 마음이 생긴 건가요? 그렇지 않아요, 측량사님. 나는 어느 쪽으로 가라고 당신을 몰아대는 게 결코 아니에요. 다만 한 가지 고백하자면, 당신을 처음 보았을 때 내가 아마도 좀 과대평가했던 것 같아요. 당신이 프리다를 그렇게나 빨리 굴복시킨 것에 깜짝 놀랐고, 또 무슨 일을 할 수 있을지 몰랐죠. 나는 더 이상의 불상사가 일어나는 걸 막고 싶었어요. 그러기 위해선 당부와 위협으로 당신에게 충격을 주는 수밖에 없다고 생각했죠. 그동안 나는 일 전체를 보다 차분하게 생각하는 법을 배웠어요. 당신이 원하는 대로 해요. 당신의 행위로 마당의 눈 위에다 깊은 발자국은 남길 수 있을지 몰라도 그 이상은 아닐 거예요.」「나로서는 모순이 완전히 해소된 것 같지는 않지만……」K가 말했다. 「그것을 지적한 것에 만족하기로 하지요. 하지만 이제 비서님에게 부탁드리는데, 아주머니의 말이 맞는지 좀 말씀해 주시지요. 그러니까 당신이 나를 상대로 작성하려는 조서를 통해 그 결과에 따라 내가 클람을 대면할 수도 있다는 말이 맞는지 말입니다. 만일 그럴 수 있다면 나는 당장 모든 질문에 대답할 용의가 있습니다. 그에 관한 것이라면 무엇에라도 응하겠습니다.」「아닙니다.」모무스가 말했다. 「서로 아무 관계도 없어요. 나로서는 오늘 오후의 일을 정확히 기술해서 클람의 마을 문서 보관소에 보관하는 것만이 중요한 관심사입니다. 기술은 이미 다 끝났고 다만 두세 군데 빈 곳만 당신이 마저 보충해 주면 됩니다. 정리를 위한 것이지, 다른 목적은 없어요. 있다 해도 달성될 리 없고요.」 K는 여주인을 말없이 바라보았다. 「왜 날 보는 거죠?」 여주인이 말했다. 「내가 혹시 뭔가 다른 말을 했나요? 비서님, 이 양반은 늘 이렇다니까요. 늘 이래요. 뭘 알려 주면 그걸 왜곡해서 그릇된 정보를 받았다고 주장하고. 내가 이 양반한테 전부터, 오늘도, 그리고 내내 하는 말인데, 이 양반이 클람한테 받아들여질 가망은 터럭만큼도 없다고요. 이제 아무 가망도 없다면, 이 조서를 통한다 한들 없는 가망이 생기지는 않을 거예요. 무엇이 이보다 더 명백할 수 있죠? 더 나아가 이 조서야말로 이 양반이 가질 수 있는 클람과의 유일하고도 현실적인 공적 연결 통로라고 할 수 있는데, 그것 또한 충분히 명백한 사실이자 의심할 나위 없는 사실이지요. 이 양반이 내 말을 믿지 않고 계속해서 — 왜 그러는지, 무엇 때문인지 모르겠는데 — 클람에게 기어이 나아갈 수 있기를 바라고 그 생각을 그대로 밀고 나간다면, 이 양반에게 도움이 될 만한 건 역시 클람과의 유일하고도 현실적인 연결 수단인 이 조서밖에 없지요. 나는 단지 이렇게 말했을 뿐인데 다른 얘기라고 주장하는 건 내 말을 악의적으로 왜곡하는 거라고요.」 「아주머니, 그렇다면……」 K가 말했다. 「용서해 주세요. 내가 오해했어요. 그러니까 지금 밝혀졌듯이, 나는 당신이 전에 했던 말로부터 극히 미미하긴 하지만 그래도 내게 희망이 있다고 잘못 생각했던 거군요.」「맞아요.」 여주인이 말했다. 「내 생각은 물론 그래요. 그런데 당신은 내 말을 다시 곡해하고 있어요. 다만 이번에는 반대쪽으로 말이에요. 내 생각에는 당신에게 그런 희망이 있기는 한데 다만 이 조서에 근거해서 그렇다는 거예요. 하지만 그렇다고 조금 전에 그런 것처럼 무턱대고 〈내가 질문에 대답하면 클람에게 갈 수 있게 될까요〉라는 식의 질문을 던져 비서님을 당혹스럽게 하는 건 사정이 다르죠. 어린아이가 그렇게 물으면 웃고 넘어가겠지만 어른이 그러는 건 관청을 모독하는 짓이에요. 비서님이 점잖은 대답으로 그걸 인자하게 덮어 주신 거라고요. 내가 말하는 희망이란 당신이 조서를 통해 일종의 접속을, 클람과 어떤 식으로든 접속을 한다는 뜻이에요. 그 정도면 충분히 희망이라고 할 수 있지 않나요? 그런 희망을 받을 만한 무슨 공이라도 세웠느냐고 묻는다면 아무리 사소한 거라도 당신이 내세울 수 있는 게 있나요? 물론, 이 희망에 대해 더 자세히는 말할 수 없고, 특히 비서님은 직무의 특성상 그에 관해 아무리 사소한 암시라도 결코 하실 수 없을 거예요. 그분에게 중요한 것은 말씀하셨듯이 정리를 위해 오늘 오후의 일을 기록하는 일뿐이니, 당신이 지금 당장 내 말과 관련해 그에 대해 뭘 묻는다 해도 더 이상 말씀을 안 하실 거예요.」「비서님, 그럼…….」 K가 물었다. 「클람이 이 조서를 읽을까요?」「아니요.」 모무스가 대답했다. 「왜냐고요? 클람은 모든 조서를 다 읽을 수도 없을뿐더러 아예 하나도 읽지 않

습니다. 〈조서를 들고 와서 귀찮게 좀 하지 마!〉라고 말하는
게 보통이지요.」「측량사 양반.」여주인이 답답하다는 듯이
말했다.「당신은 그런 질문으로 내 진을 다 빼놓지요. 클람
이 이 조서를 읽고 당신의 삶에 대해 시시콜콜한 부분까지
글자 그대로 알아야 할 필요가 있을까요? 아니면 그러는 게
바람직하기라도 한 건가요? 차라리 클람에게 조서를 보이
지 말아 달라고 사정해 보는 게 어때요? 하긴 그런다고 어리
석기는 마찬가지겠지만. 누구도 클람 앞에서는 뭘 감출 수
없을 테니까요. 그래도 사정을 하면 보다 호감을 줄지도 모
르잖아요. 그리고 이러는 게 당신이 희망이라고 부르는 것
에 과연 필요한 일인가요? 클람 앞에서 말할 기회만 얻는다
면, 그가 당신을 보지 않고 당신 말에 귀를 기울이지 않더라
도 만족할 거라고 당신 스스로 밝히지 않았나요? 그러면 당
신은 이 조서를 통해 적어도 그 정도는, 어쩌면 훨씬 더 많은
걸 이루지 않겠어요?」「훨씬 더 많은 거요?」K가 말했다.「어
떤 식으로요?」「당신이 늘 그러듯이…….」여주인이 소리 높
여 말했다.「어린아이처럼 모든 걸 곧장 먹을 수 있는 형태로
차려서 내놓기를 바라지만 않는다면요. 대체 누가 그런 질
문에 대답을 해줄 수 있겠어요? 조서가 클람의 마을 문서 보
관소로 넘겨진다는 건 당신도 들었고, 그에 대해 더 이상은
확실하게 말해 줄 수 있는 게 없어요. 그렇다면 조서라든가
비서님이라든가 마을 문서 보관소가 갖는 의미를 전부 아시
겠죠? 비서님이 당신을 심문하는 게 뭘 의미하는 건지 아시
겠어요? 어쩌면 비서님 자신은 모르실지도 몰라요. 아니 십

상은 모르실 거예요. 여기 가만히 앉아서 자신이 해야 할 일을 하시는 것뿐이니까요, 말씀하신 대로 정리를 위해서. 하지만 클람이 이분을 임명했다는 것, 이분이 클람을 대신해서 일을 하신다는 것, 이분이 하시는 일이 결코 클람에게까지 도달하지는 않는다 해도 처음부터 클람의 동의를 얻어서 하시는 일이라는 것을 잊지 마세요. 그리고 클람의 정신으로 이행되지 않는 일이 어떻게 그의 동의를 얻을 수 있겠어요? 이렇게 해서 내가 서투르게나마 비서님의 비위를 맞추려 한다는 건 생각할 수도 없는 일이에요. 이분 자신도 그런 건 사절하실 거예요. 하지만 나는 이분만의 독자적인 개성에 대해 말하는 게 아니라, 바로 지금처럼 클람의 동의를 받아 일하고 있는 이분의 존재 자체에 대해 말하는 거예요. 그러니까, 이분은 클람의 손 아래 놓여 있는 도구이고, 그러므로 이분을 따르지 않는 자는 누구든 화를 당하고 말 거예요.」

여주인의 위협이 K는 두렵지 않았고, 그녀가 그를 붙잡아 놓으려는 수단인 희망이라는 것에도 싫증이 났다. 클람은 멀리 있었다. 전에 한번 여주인이 클람을 독수리에 비유했을 때 K는 그것을 우습게 생각했는데 지금은 더 이상 아니었다. 멀리 떨어져 닿을 수 없는 그의 존재, 난공불락의 요새와 같은 그의 거처, 아마도 K가 아직 한 번도 들어 보지 못한 외침이나 중단될 것 같은 그의 침묵, 결코 입증할 수도 반박할 수도 없는 내리꽂는 듯한 그의 시선, 그가 저 위에서 불가해한 법칙에 따라 그리고 있는, 그래서 K가 있는 낮은 곳에서는 결코 파괴할 수 없고 단지 순간적으로만 볼 수 있는 그의 권역을 떠올려 보았다 — 그 모든 것이 클람과 독수리에게 공통된 점이었다. 그러나 분명 이 조서는 그것과 상관이 없었다. 마침 모무스가 맥주에 곁들여 먹으려고 브레첼 빵을 쪼개는 바람에 서류에는 온통 소금 알갱이과 캐러웨이 씨가 흩뿌려졌다.

「안녕히 주무세요.」K가 말했다. 「심문이라면 질색입니다.」 그러고는 이제 정말로 문을 향해 걸어갔다. 「그가 나가잖아요.」 모무스가 자못 불안한 기색으로 여주인에게 말했다. 「감히 그러지는 못할 거예요.」 그녀가 말했다. 그 이상의 말을 듣지 못한 채 K는 어느새 현관에 와 있었다. 날이 추웠고 바람도 세차게 불었다. 맞은편 문에서 주인이 나왔는데, 그는 거기 구멍창 뒤에서 현관을 지켜보고 있던 모양이었다. 바람이 여기 현관에까지 들어와 옷자락을 잡아채는 통에 그는 웃옷 자락을 몸에 눌러 붙여야 했다. 「측량사님, 벌써 가십니까?」 그가 말했다. 「뭐 잘못됐나요?」 K가 물었다. 「네.」 주인이 말했다. 「심문을 받지 않으셨나요?」 「네.」 K가 말했다. 「심문하지 못하게 했어요.」 「왜요?」 주인이 물었다. 「모르겠어요.」 K가 대답했다. 「내가 왜 심문을 받아야 하는지, 왜 누군가의 장난이나 관청의 기분에 따라야 하는지 말입니다. 다음번에는 나도 마찬가지로 장난삼아, 또는 기분이 내키면 응할지 모르지만 오늘은 아닙니다.」 「그럼 그러셔야죠.」 주인이 말했지만 그것은 그저 예의상 하는 동의일 뿐 확신에서 나온 것은 아니었다. 「이제 하인들을 주점에 들여보내야 합니다.」 그가 말했다. 「들여보낼 시간이 진작에 지났어요. 단지 심문을 방해하고 싶지 않았을 뿐입니다.」「그걸 그렇게 중요하게 생각하셨나요?」K가 물었다. 「아, 그럼요.」주인이 말했다. 「그럼 거부하지 말걸 그랬나요?」K가 물었다. 「네.」주인이 말했다. 「그러지 마셨어야 했어요.」K가 아무 말도 없자 그는 K를 위로하려는 것인지, 얼른 자리를 뜨려고 그러는 것인지 이렇게 덧붙였다. 「자, 자, 하지만 그렇다고 당장에 하늘에서 유황불이 쏟아지기라도 하겠어요?」「그래요.」K가 말했다. 「그럴 것 같지는 않은 날씨군요.」그러고서 그들은 웃으며 헤어졌다.

10
거리에서

K는 바람이 사납게 휘몰아치는 바깥 계단으로 나와 칠흑같은 어둠 속을 바라보았다. 고약하기 이를 데 없는 날씨였다. 어쩐 일인지 이 날씨와 관련해, 여주인이 자기를 조서 작성에 고분고분 응하도록 만들려고 무진 애를 쓴 일, 하지만 거기에 넘어가지 않고 자신이 끝까지 버텨 낸 일이 떠올랐다. 물론 그녀는 솔직한 마음에서 우러나와 애를 쓴 것이 아니었고, 동시에 자기를 조서에서 떼어 놓으려는 은밀한 저의가 있었던 것이다. 그러니 결국엔 그가 버텨 낸 것인지 아니면 넘어간 것인지 알 수 없게 되어 버렸다. 겉보기엔 마치 바람처럼 무의미하게 일하는 듯 보이지만 사실은 어디 먼 곳에서 내리는, 결코 그 속뜻을 알 수 없는 남의 지시를 따르는 음흉한 여자였다.

큰길로 몇 걸음 걸어가자 저 멀리 등불 두 개가 흔들거리는 것이 보였다. 이 생명의 징표를 보고 반가운 마음에 그쪽으로 서둘러 걸음을 옮기고 있었는데, 그쪽에서도 그를 향해 너울거리며 다가오고 있었다. 그것이 조수들임을 알았을 때 왜 그렇게도 실망스럽던지 K는 이유를 알 수가 없었다. 그들은 필경 프리다가 보내서 그를 마중 온 것 같았고, 사방에서 으르렁대며 달려들던 어둠에서 그를 벗어나게 해준 등불은 아마도 그의 물건인 듯싶었다. 그럼에도 그는 실망스러웠다. 그가 기대했던 건 낯선 자들이지 너무도 잘 아는 이 짐스러운 자들이 아니었던 것이다. 그러나 조수들만이 아니라, 그들 사이로 어둠 속에서 바르나바스가 나타났다. 「바르나바스!」 K는 외치면서 그를 향해 손을 쭉 뻗었다. 「나를 만나러 온 건가?」 뜻밖의 재회로 그는 일전에 바르나바스가 불러일으켰던 분노를 전부 잊었다. 「네, 제가⋯⋯.」 바르나바스가 전과 다름없이 다정하게 말했다. 「클람의 편지를 가져왔어요.」 「클람의 편지라고!」 K가 고개를 뒤로 젖히며 외치고는 바르나바스의 손에서 급히 편지를 낚아챘다. 「불 좀 비춰 봐!」 그가 조수들에게 명령했다. 그들은 그의 좌우로 다가와 몸을 밀착시키며 등불을 들어 올렸다. 편지가 바람에 날리지 않게 하려고 K는 큰 편지지를 아주 작게 접어야 했다. 그러고 나서 그는 읽기 시작했다. 「브뤼켄호프의 토지 측량사께. 당신이 지금까지 수행한 토지 측량 작업에 대해서는 인정하는 바입니다. 조수들이 행한 업무도 칭찬할 만합니다. 그들이 일을 하도록 당신이 잘 독려해 준 덕분입니다. 해이해지지 말고 계속 힘써 주십시오! 작업이 좋은 결실을 맺도록 이끌어 가십시오! 만일 작업을 중단하는 일이 생기면 불호령이 떨어질 것입니다. 덧붙여 말하자면, 급료 지급에 관한 문제는 곧 결정이 날 것이니 염려하지 마십시오.

당신을 계속 지켜볼 것입니다.」 K는 자기보다 훨씬 느리게 읽고 있던 조수들이 반가운 소식을 축하하려고 큰 소리로 만세를 세 번 외치며 등불을 흔들어 대자 비로소 편지에서 눈을 뗐다. 「진정들 해!」 그러고서 그는 바르나바스에게 말했다. 「이건 오해네.」 바르나바스는 그의 말을 알아듣지 못했다. 「이건 오해야.」 K가 되풀이했다. 오후의 피로가 다시 몰려왔고, 학교로 가는 길이 아주 멀게 느껴졌다. 바르나바스의 등 뒤로 그 집안사람들 모습이 떠오르는데, 조수들은 여전히 그에게 달라붙어서 K는 그들을 팔꿈치로 밀쳐내야 했다. 프리다는 어떻게 그들을 자기에게 보낼 수 있단 말인가. 그들에게 그녀 곁을 떠나지 말라고 명령해 두었는데 말이다. 집으로 돌아가는 길은 혼자서도 찾을 수 있고 이렇게 여럿이 가는 것보다 그편이 더 쉬웠을 텐데. 게다가 지금 조수 하나는 목에 목도리를 휘감고 있었는데, 그 양쪽 끝이 바람에 휘날리며 K의 얼굴을 몇 차례씩 때렸다. 다른 조수가 그때마다 끊임없이 꼼지락거리는 길고 뾰족한 손가락으로 K의 얼굴에서 목도리를 떼어 내기는 했지만 그것으로 사정이 더 나아지는 것은 아니었다. 둘 다 바람과 밤의 불안에 흥분이 되었는지 이렇게 주거니 받거니 하는 것에 심지어 재미까지 느끼는 모양이었다. 「꺼져!」 K가 소리쳤다. 「나를 마중 나왔다면서 내 지팡이는 왜 가져오지 않았지? 대체 무얼 가지고 너희들을 집으로 쫓아 보내야 한단 말이냐?」 그들은 바르나바스 뒤로 몸을 숨겼지만 그리 겁을 먹은 것은 아닌지 방패막이가 된 바르나바스의 좌우 어깨 위에 등불을 올려 놓았다. 물론 그는 곧바로 몸을 흔들어 그것을 떨쳐 버렸다. 「바르나바스.」 K가 말했다. 바르나바스가 자기 말을 알아듣지 못한 것 같아서 마음이 무거웠고, 평소에는 아름답게 빛나던 그의 웃옷이 심각한 상황에 처하자 아무 소용도 없었고 무언의 저항만 느껴져 마음이 울적해졌다. 그런 저항에 맞서 싸울 수도 없는 노릇이었다. 그는 무방비 상태였고, 미소만이 빛나고 있었지만 그것은 저 위의 별들이 이 아래의 폭풍을 어찌할 수 없듯이 아무 소용도 없는 것이었다. 「나리께서 나한테 뭐라고 썼는지 보게나.」 K는 그의 얼굴 앞에 편지를 들이댔다. 「나리가 잘못 알고 있는 거야. 나는 측량 일을 하지도 않고 있고, 조수들이 얼마나 쓸모 있는 자들인지는 자네도 직접 봐서 알잖나. 게다가 하지도 않는 일을 물론 중단할 수도 없으니 아예 나리의 노여움을 살 리도 없겠지. 도대체가 어떻게 그분의 인정을 받을 만하다는 거지! 이러니 내가 염려하지 않을 수 있겠냐는 말이네.」 「그렇게 전해 드리겠습니다.」 그동안 내내 편지를 눈으로만 대충 살펴보던 바르나바스가 말했다. 편지가 얼굴에 바짝 다가와 있었기 때문에 전혀 읽을 수도 없었을 것이다. 「아.」 K가 말했다. 「그렇게 전하겠다고 약속하지만, 과연 자네 말을 정말로 믿어도 될까? 나는 믿을 만한 전달자가 꼭 필요하네, 그 어느 때보다도 지금 더욱더!」 K는 초조한 나머지 입술을 깨물었다. 「선생님.」 바르나바스가 고개를 갸웃거리며 말했다 ─ K는 다시 그 동작에 넘어가 자칫 바르나바스를 믿을 뻔했다. 「틀림없이 그렇게 전하겠습니다. 지난번에 저한테 당부하신 말씀도 꼭 전해 드릴게요.」「뭐라고!」K가 외쳤다. 「그걸 대체 아직도 전하지 않았단 말인가? 그다음 날 성에 가지 않았나?」「못 갔습니다.」바르나바스가 말했다. 「선생님도 보셨지요. 우리 아버지는 연로하신데, 마침 일거리가 많이 들어와서 제가 도와 드려야 했습니다. 하지만 이제 곧 다시 성에 갈 거예요.」「이 알다가도 모를 사람 같으니, 자넨 대체 뭐 하는 사람인가?」K는 외치면서 자신의 이마를 쳤다. 「클람의 일이 다른 어떤 일보다도 우선이지 않나? 자넨 심부름꾼이라는 중요한 직책을 맡고 있으면서 그 일을 그렇게 파렴치하게 돌봐도 되는 건가? 자네 아버지 일 같은 게 누구랑 무슨 상관인데? 클람이 보고를 기다리고 있는데, 자넨 달리다가 넘어져 구르지는 못할망정 마구간에서 똥 치우는 일을 먼저 하고 있으니 말이야.」「우리 아버지는 제화공입니다.」바르나바스가 아무렇지도 않다는 듯 태연하게 말했다. 「아버지는 브룬스비크에게서 일감을 얻으시지요. 저는 아버지의 직공이고요.」「제화공 ― 일감 ― 브룬스비크.」K는 마치 단어 하나하나를 영원히 못쓰게 만들겠다는 듯 심술궂게 외쳤다. 「언제 봐도 개미 새끼 한 마리 지나다니지 않는 이 길에서 대체 누가 장화 같은 걸 신는다고 그러나. 또 그 잘난 제화공 일이 나와 무슨 상관인가. 내가 자네한테 전달 일을 믿고 맡긴 건 자네더러 그걸 구둣방에 앉아 잊어버린 채 엉망으로 만들어 달라는 게 아니라 곧바로 나리께 전해 드리라는 거였지.」그때 클람이 그동안 내내 성이 아니라 헤렌호프에 있었다는 생각이 들어 K는 마음이 다소 진정되었다.

그러나 바르나바스가 K의 첫 번째 전갈을 잊지 않고 있다는 것을 보이려고 외우기 시작하자 다시 기분이 상했다. 「됐어, 관심 없네.」 K가 말했다. 「화내지 마세요, 선생님.」 바르나바스는 말하면서 무심결에 K를 꾸짖는 양 그에게서 시선을 거두어 눈을 내리깔았지만, K가 소리치는 바람에 당황하는 기색이 역력했다. 「자네한테 화난 게 아니야.」 K가 말했다. 그의 불안은 이제 그 자신에게로 향했다. 「자네한테가 아니라고. 하지만 이 중요한 일에 자네 같은 심부름꾼밖에 없는 내가 한심할 뿐이군.」 「제 얘기 좀 들어 보세요.」 바르나바스가 말했다. 이제 그는 심부름꾼으로서의 명예를 지키기 위해 자기에게 허용된 것 이상의 말을 하려는 것 같았다. 「클람은 보고를 기다리지 않거든요. 그는 제가 가면 심지어 짜증을 내기도 하는데, 한번은 〈또 새로운 보고야?〉라고 한 적도 있어요. 대개는 멀찌감치 제가 다가오는 게 보이면 일어나서 옆방으로 가 저를 만나 주지도 않아요. 또 보고할 일이 있을 때마다 그것을 바로 알려야 한다는 규정도 없어요. 그런 게 정해져 있다면야 물론 바로 가겠지요. 하지만 그에 관한 규정이 정해져 있지 않기 때문에 아예 가지 않더라도 제가 그 일로 문책을 받지는 않을 거예요. 제가 보고를 하러 가는 건 자진해서 하는 일이에요.」 「알았네.」 K는 일부러 조수들을 외면한 채 바르나바스를 바라보면서 대답했다. 그들은 번갈아 가며 마치 승강 무대 장치를 타고 떠오르는 것처럼 바르나바스의 어깨 뒤에서 천천히 나타났다가 K를 보고는 깜짝 놀란 듯 바람 소리를 닮은 가벼운 휘파람 소리를 내면서 재빨리 사라지고는 했는데, 그런 장난을 하며 무척 즐거워하고 있었다. 「클람의 사정이 어떤지 모르지만, 자네가 그곳의 모든 걸 정확히 알 수 있다고는 믿지 않아. 설령 자네가 알 수 있다 해도 우리가 거기 사정을 개선시킬 수는 없겠지. 그러나 내 말을 전하는 일은 자네가 할 수 있으니 그걸 부탁하는 거네. 아주 짧은 내용이야. 그걸 내일 바로 전하고 곧장 나한테 회답을 말해 줄 수 있겠나? 아니면 최소한 클람이 자네를 어떻게 맞이했는지만이라도 알려 줄 수 있겠나? 자넨 그럴 수 있고, 또 그럴 마음이 있겠지? 그렇게 해준다면 나에겐 매우 소중한 일이 될 걸세. 그리고 아마 자네에게 그에 대한 응분의 보답을 할 기회가 생기게 되겠지. 아니, 혹시 지금 내가 들어줄 수 있는 무슨 소원이 있지 않을까?」「당부하신 말씀을 반드시 전하겠습니다.」 바르나바스가 말했다. 「그럼 내 부탁을 가능한 한 잘 이행하도록 애써 보겠다는 거지? 클람에게 직접 내 말을 전달하고 클람에게서 직접 대답을 받아 오겠다는 거지? 바로 모든 걸, 바로 내일, 그것도 오전 중으로 말이네. 그렇게 해주는 거지?」「최선을 다하겠습니다.」 바르나바스가 말했다. 「그런데 저는 늘 그렇게 하고 있는데요.」「이제 더 이상 그런 얘기로 입씨름하는 건 그만두기로 하지.」 K가 말했다. 「자네가 전할 말은 이렇게 되네. 토지 측량사 K는 처장님을 직접 찾아뵐 수 있도록 처장님께서 허락해 주시기를 청하고 있으며, 그런 허락에 수반될 수 있는 조건은 무엇이든 처음부터 받아들인다. 그가 부득이 그런 청을 드리지 않을 수 없게 된 것은 지금까지 모든 중개인들이 한 번도 일을 제대로 한 적이 없었기 때문이다. 그가 이제까지 측량 작업을 조금도 수행하지 못한 것이 그 증거이며, 면장의 말에 의하면 앞으로도 그 일을 결코 수행하지 못할 것이라고 한다. 그 때문에 그는 처장님의 최근 편지를 절망적인 모욕감을 느끼며 읽었는데, 처장님과의 개인적인 면담만이 그에게 도움이 될 것이다. 측량사는 이 청원이 얼마나 지나친 일인지 알고 있지만 처장님께 가급적 폐가 되지 않도록 노력할 것이며, 어떠한 시간적 제한이 있더라도 거기에 따를 것이고, 면담할 때 가령 사용해도 되는 단어의 수를 정하는 게 필요하다고 여겨진다면 그것 역시 감수하겠는데, 단 열 마디의 말이면 충분할 것으로 생각한다. 그는 깊은 경외심과 심히 조급한 마음으로 결정을 기다리고 있다.」 K는 마치 클람의 문 앞에 서서 문지기와 이야기를 나누고 있는 것인 양 자신의 말에 몰입해 있었다. 「생각했던 것보다 훨씬 더 길어졌군.」 그는 말을 이었다. 「하지만 꼭 구두로 전해야 하네. 편지는 쓰고 싶지 않아. 편지를 쓰면 다시 끝없는 서류처리 절차만 밟게 될 테니까 말이야.」 그래서 K는 오직 바르나바스만 읽고 외우도록 조수 한 명의 등짝 위에 종이 한 장을 올려놓고 다른 조수가 등불을 비추는 동안 거기에다 자신이 했던 말을 끄적거렸다. 그런데 어느 사이엔가 K는 바르나바스가 불러 주는 대로 받아 적고 있었다. 모든 말을 기억하고 있는 바르나바스는 조수가 몰래 소곤거리며 틀린 말을 일러 주어도 아랑곳하지 않고 학생처럼 정확하게 암송했던 것이다. 「자네 기억력이 대단하군.」 K는 그에게 종이를 건네주며 말했다. 「하지만 이제 다른 면에서도 자네의 대단함을 보여 주게나. 그런데 소원은? 아무 소원도 없나? 솔직히, 자네가 무슨 소원이든 말해 주어야 이번 심부름 일의 운명과 관련해 내가 다소 안심할 텐데 말이야.」 처음엔 말없이 있다가 바르나바스가 입을 열었다. 「누이들이 안부를 전해 달라고 합니다.」 「자네 누이들이라.」 K가 말했다. 「그 크고 억센 아가씨들 말이로군.」 「둘 다 선생님께 안부를 전하랬어요. 특히 아말리아가.」 바르나바스가 말했다. 「아말리아는 오늘도 선생님께 드린 이 편지를 성에서 가져와 저한테 주었습니다.」 K는 무엇보다도 이 말을 꼭 붙잡고서 물었다. 「그렇다면 그녀는 내 보고도 성으로 가져갈 수 있지 않을까? 아니면 자네와 그녀가 같이 가서 각자의 운을 시험해 볼 수는 없을까?」 「아말리아는 사무처에 들어갈 수 없어요.」 바르나바스가 말했다. 「그렇지 않으면 틀림없이 그 일을 아주 기꺼이 할 텐데 말이에요.」 「내일쯤 내가 자네 집에 가도록 하겠네.」 K가 말했다. 「일단 자네만이라도 먼저 회답을 받아 가지고 오게. 학교에서 기다리고 있을 테니. 누이들에게 내 인사도 전해 주게.」 K의 약속이 바르나바스를 매우 기쁘게 한 것 같았다. 작별의 악수를 하고 나서 그는 K의 어깨를 슬쩍 만지기까지 했다. 이제 모든 일이 다시 바르나바스가 처음 여관 식당의 농부들 사이에 빛나는 모습으로 나타났던 그때처럼 된 것 같았다. K는 이 접촉을 — 물론 미소를 지으며 — 특별한 호의의 표시로 느꼈고 마음이 한결 누그러져 돌아가는 길에는 조수들이 자기들 하고 싶은 대로 하도록 내버려 두었다.

11
학교에서

　그가 온몸이 꽁꽁 얼어 학교에 도착했을 땐 사방이 칠흑
같이 어두웠다. 등불의 초가 다 타버려서, 이미 그곳을 잘 알
고 있는 조수들의 안내로 그는 더듬거리며 교실로 들어갔다.
「너희들이 처음으로 칭찬받을 일을 하는구나.」 그는 클람의
편지를 떠올리며 말했다. 그때 한쪽 구석에서 반쯤 잠든 상
태로 있던 프리다가 외쳤다. 「K를 자게 놔둬! 방해하지들 말
고!」 비록 졸음을 이기지 못해 그가 오는 것을 기다릴 수는
없었지만 그만큼 그녀의 머릿속은 K 생각으로 가득했던 것
이다. 이제 램프의 불이 켜졌는데 석유가 아주 조금밖에 없
었기 때문에 불꽃을 크게 키울 수가 없었다. 갓 차린 살림이
라 아직 여러 가지로 부족한 것이 많았다. 불을 때기는 했지
만 체육실로도 사용되는 그 큰 방은 — 체조 기구들이 여기
저기 놓여 있고 천장에 매달려 있기도 했다 — 쌓아 두었던
장작을 이미 다 써버려서, K가 들은 바로는 아까는 아주 기
분 좋을 정도로 따뜻했으나 유감스럽게도 다시 완전히 식어
버렸다는 것이다. 창고에는 장작이 많이 비축되어 있지만 자

물쇠가 채워져 있었고 열쇠는 교사가 갖고 있어서 수업 시간 동안의 난방용으로만 장작을 꺼내는 것이 허락되었다. 기어 들어갈 침대라도 있었다면 견딜 만했을 것이다. 그러나 침구라고는 짚 매트 하나뿐이었고, 프리다의 양털 숄을 깔아 꽤 깨끗하긴 해도 깃털 이불 하나 없이 별로 따뜻할 것 같지 않은 거칠고 뻣뻣한 막이불 둘뿐이었다. 이 형편없는 짚 매트조차 조수들은 탐을 내며 바라보았지만, 물론 그런다 해도 그들이 위에 누울 수 있는 희망은 없었다. 프리다는 걱정스러운 얼굴로 K를 쳐다보았다. 브뤼켄호프에서는 아무리 형편없는 방이라도 사람이 살 만한 곳으로 꾸밀 수 있다는 것을 보여 준 바 있었지만, 아무 도구도 없는 이곳에서는 어떻게 해볼 도리가 없었던 것이다. 「이 방의 유일한 장식물이라고는 체조 기구뿐이에요.」 그녀는 눈물을 글썽인 채 간신히 웃음을 지어 보이며 말했다. 하지만 가장 시급한 문제인 형편없는 잠자리와 난방에 대해서는 내일 중으로 어떻게든 해결책을 찾아보겠다고 확고한 어조로 약속하면서 K에게 그때까지만 참아 달라고 부탁했다. K 자신도 인정할 수밖에 없듯이 그는 그녀를 헤렌호프에서만이 아니라 이번에는 브뤼켄호프에서까지 빼낸 장본인이었지만, 그녀의 말이든 암시든 표정이든 그 어디에서도 K에게 고까운 마음을 품은 듯한 기색은 티끌만큼도 보이지 않았다. 그래서 K는 모든 것을 견딜 만하다고 생각하려고 노력했는데, 그것은 그리 어려운 일도 아니었다. 왜냐하면 그는 머릿속으로 바르나바스와 함께 거닐며 클람에게 전할 말을 한 마디 한 마디 되풀이하고 있었기 때문이다. 하지만 그 말을 바르나바스에게 일러 준 대로가 아니라 바르나바스가 클람 앞에서는 이렇게 말할 거라고 생각되는 대로 되풀이해 보았다. 그러면서도 물론 프리다가 알코올램프 위에다 자신에게 줄 커피를 끓이고 있는 것을 바라보며 진심으로 기뻐했다. 그는 싸늘하게 식어 가는 난로에 기댄 채 그녀가 재빠르고 능숙한 동작으로 교탁 위에 — 이럴 때 상투적으로 등장하는 — 하얀 식탁보를 편 다음 꽃무늬 커피 잔을 올려놓고 그 옆에 빵과 베이컨, 그리고 청어리 통조림까지 차려 놓는 모습을 눈으로 따라가며 지켜보았다. 이제 모든 것이 준비되었다. 프리다도 아직 식사를 하지 않은 채 K가 오기를 기다렸던 것이다. 의자가 두 개 있어서 K와 프리다는 거기에 앉아 식사를 했고, 조수들은 그들 발치의 교단 위에 앉았는데, 이들은 잠시도 가만히 있지 않고 식사 중에도 계속 거슬리게 했다. 모든 걸 넉넉히 받아 놓고 다 먹으려면 아직 멀었는데도 가끔씩 일어나서는 식탁 위에 음식이 아직 많이 남아 있는지, 좀 더 얻어먹을 수 있는지 확인하곤 하는 것이었다. K는 아예 신경을 쓰지 않다가 프리다가 웃는 바람에 비로소 그들에게 눈길을 주었다. 그는 식탁 위에 놓인 그녀의 손을 자기 손으로 다정하게 덮으며 나지막한 소리로 왜 그들이 그렇게 숱하게 말썽을 피워도 관대히 봐주고 버릇없이 구는 짓까지도 친절하게 받아 주느냐고 물었다. 그런 식으로 해서는 그들에게서 결코 벗어날 수 없고, 그들의 행실에 걸맞은 다소 강경한 태도로 대해야 그들을 휘어잡을 수 있으며, 아니면 이쪽이 더 유망하고도 바람직한 일일 텐데, 그래야 그들이 자신들의 직무에 염증을 느껴 결국 몰래 도망치게 만들 수 있을 거라고 했다. 이 학교 건물에서 지내는 게 그리 마음에 들 것 같지는 않고 그래서 오래 머물지도 않겠지만, 만일 조수들이 떠나고 이 조용한 건물에서 단둘이 살게 된다면 아무리 부족한 게 많더라도 잘 느끼지 못할 거라고, 대체 조수들이 날이 갈수록 점점 뻔뻔스러워지는 것도 모르겠냐고, 프리다 앞에서는 K가 다른 때와 달리 함부로 나오지 못할 거라고 기대하는지 그들은 유독 그녀만 있으면 기가 살아나는 것 같다고, 말이 나왔으니 말이지만 어쩌면 별로 애먹이지 않고 그들을 당장 떼어버릴 수 있는 아주 간단한 방법이 있을 것도 같은데, 여기 사정을 잘 아는 프리다가 혹시 그것을 알고 있지 않느냐고, 그리고 어떻게든 조수들을 쫓아내는 것만이 필시 그들에게도 호의를 베푸는 길일 것이라고, 왜냐하면 여기서 지내는 것이 그리 편안한 생활도 아니며 여기서는 일을 해야 살 수 있는데 여태 빈둥거리며 살던 그들로서는 그런 호사를 적어도 일부는 누리지 못하게 될 것이기 때문이라고 했다. 그런가 하면 프리다는 지난 며칠 동안 계속 흥분해 있었으니 이제 무리하지 말고 몸을 아껴야 하며, K 자신은 그들이 처한 이 곤경에서 빠져나갈 길을 찾는 일에 전념하겠다고 했다. 그러나 만일 조수들이 떠나 준다면 마음이 가벼워질 것이기에 학교 관리인 일과 더불어 다른 온갖 일도 쉽게 해낼 수 있을 거라고도 했다.

유심히 듣고 있던 프리다는 그의 팔을 천천히 쓰다듬으며 그 모든 말에 자기도 같은 생각이지만 조수들의 버릇없는 행동에 대해서는 K가 너무 지나친 판단을 하고 있는 것 같다고 말했다. 그들은 명랑하고 다소 단순한 젊은이들로, 성의 엄격한 규율에서 벗어나 처음으로 다른 사람을 위해 일하느라 내내 약간 들뜨고 어리둥절해 있으며, 그런 상태에서 가끔씩 멍청한 짓을 하다 보니 그에 대해 화를 내는 것도 당연하긴 하지만 그저 웃어넘기는 편이 더 현명한 일이라는 것이다. 너무 우스워서 도저히 웃지 않을 수 없을 때도 있다고 했다. 그렇지만 그들을 쫓아내고 단둘이 있는 것이 최선이라는 말에는 그녀도 전적으로 K와 동감이라고 했다. 그녀는 K에게 가까이 다가앉으며 얼굴을 그의 어깨에 묻었다. 그런 자세로 말을 하는 바람에 알아들을 수가 없어서 K는 그녀 쪽으로 고개를 기울여야 했다. 그녀는 하지만 조수들을 내쫓을 방법이라곤 알고 있는 게 없으며, K가 제안한 일이 전부 허사가 될까 봐 걱정이라고 말했다. 그녀가 알고 있는 바로는 K 자신이 그들을 요구했었고, 그래서 지금 데리고 있는 것이며 앞으로도 계속 그럴 것이라고 했다. 가장 좋기로는 그들을 있는 그대로의 모습인 가벼운 족속으로 받아들이는 것이고, 그렇게 해야 그들을 가장 속 편하게 참고 봐줄 수 있다는 것이다.

대답이 영 신통치 않아 K는 농담 반 진담 반으로 그녀가 그들과 한통속이거나 적어도 그들에게 대단한 애착을 갖고 있는 것 같다고 말했다. 귀여운 녀석들이긴 하지만 약간의 선의 때문에 떼어 버리지 못할 자는 아무도 없으니 자기가 조수들을 통해 그것을 그녀에게 증명해 보일 것이라고도 했다.

프리다는 만일 그가 성공한다면 그에게 매우 감사할 것이라고 말했다. 이제부터는 그들에게 웃어 주지 않을 것이며 그들과 쓸데없는 말을 나누지도 않을 거라고 했다. 이젠 더 이상 그들로 인해 웃을 일도 없고, 사실 그들 두 사람이 줄곧 자신들을 지켜보고 있다는 것도 대수롭지 않은 일이 아니며, 그녀 또한 그의 눈으로 그 둘을 볼 줄 알게 되었다는 것이다. 그때 조수들이 한편으론 먹을 것이 얼마나 남아 있나 살펴보려고, 또 한편으론 대체 무슨 이야기들을 그렇게 속삭이고 있는지 알아내려고 다시 일어서는 바람에 그녀는 정말로 몸을 움찔했다.

K는 이 기회를 놓치지 않고 프리다가 조수들에게 더 이상 관심을 갖지 못하도록 그녀를 자기 쪽으로 끌어당겼고, 그들은 서로 바싹 붙어 앉아 식사를 마쳤다. 잠자리에 들 때가 되자 다들 매우 피곤해했다. 심지어 조수 한 명은 식사하다가 그만 잠이 들어 버렸는데, 다른 녀석이 이것을 보고 몹시 재미있어하면서 주인들에게 잠자는 친구의 멍청한 얼굴을 구경하게 하려고 애를 썼지만 뜻대로 되지 않았다. K와 프리다는 이를 못 본 척하고 그냥 위에 앉아 있었던 것이다. 견딜 수 없이 추워져서 그들은 선뜻 잠자리에 들 엄두도 내지 못한 채 망설였다. 그러다가 마침내 K는 이제라도 불을 때야지, 그러지 않고는 잠을 잘 수가 없겠다고 결연히 말했다. 그가 어디 도끼 같은 것 없을까 하고 찾으니 조수들이 알고 있는 데가 있다며 하나를 찾아 가지고 오기에 그것을 들고

장작을 쌓아 둔 창고로 갔다. 잠시 후 가벼운 창고 문이 우지끈하고 부서지며 열리자, 조수들은 이렇게 멋진 일은 난생처음이라는 듯 감격해서 서로 밀치고 쫓고 하면서 장작을 교실로 나르기 시작했다. 금세 장작이 높이 쌓여 불을 때고 모두 난로 주위에 자리를 잡았다. 조수들도 덮을 수 있도록 이불을 한 채 받았는데, 반드시 한 명은 자지 않고 불이 꺼지지 않도록 지키기로 정해 두었기 때문에 이불은 하나만으로도 충분했다. 난롯가는 곧 따뜻해져서 이불이 전혀 필요 없을 정도였다. 등을 끄고 K와 프리다는 따뜻함과 고요함에 행복해하며 잠자리에 누웠다.

밤중에 무슨 소리에 잠에서 깬 K는 잠결에 먼저 프리다 쪽을 더듬거리다가 프리다가 아닌 조수 하나가 자기 옆에 누워 있는 것을 알았다. 갑자기 잠에서 깨어나 신경이 곤두선 탓인지 마을에 들어와 이렇게 놀란 것은 처음이었다. 외마디 소리와 함께 몸을 반쯤 일으켜 세우고는 대뜸 조수를 주먹으로 한 대 갈기자 그는 울기 시작했다. 그런데 사건의 전말이 곧 밝혀졌다. 앞서 분명 고양이인 듯한 커다란 동물이 — 적어도 그녀에게는 그렇게 여겨졌다 — 프리다의 가슴 위로 뛰어올랐다가 곧바로 달아나 버리는 바람에 잠에서 깼던 것이다. 그녀는 일어나 촛불을 켜 들고 그 동물을 찾기 위해 온 방을 뒤지고 다녔다. 조수 하나가 그 틈을 타 잠시나마 짚 매트에 누워 편안함을 맛보려고 했던 것인데, 그 값을 지금 톡톡히 치른 셈이었다. 그러나 프리다는 결국 아무것도 찾을 수 없었다. 어쩌면 단지 착각이었을 뿐인지도 모른다. K에게로 돌아오던 그녀는 몸을 웅크린 채 흑흑대며 울고 있는 조수를 발견하고는 ── 아마 저녁때 나눈 얘기를 잊어버린 듯 ── 그를 위로하면서 머리를 쓰다듬어 주었다. 그에 대해서 K는 아무 말도 하지 않고, 조수들에게 불을 그만 때라고만 지시했다. 쌓아 둔 장작을 거의 다 써버려서 방이 너무 더워졌기 때문이다.

아침에 모두 눈을 떠보니 일찍 등교한 학생들이 이미 교실로 들어와 호기심 어린 눈으로 그들의 잠자리를 둘러싸고 있었다. 난감한 일이었다. 물론 지금은 아침을 맞아 선뜩한 냉기에 밀려 다시 식어 버리긴 했지만 간밤의 과도한 열기 때문에 다들 셔츠까지 벗고 있었던 것이다. 게다가 옷을 막 주워 입기 시작하려는데 여교사인 기자가 문에 나타났다. 금발에 키가 큰 미인이지만 다소 뻣뻣한 느낌을 주는 처녀였다. 그녀는 분명 새로 일할 학교 관리인에 대해 미리 들어 알고 있는 눈치였고, 어떻게 행동해야 하는지도 아마 그 교사로부터 지침을 받은 것 같았다. 벌써 문턱에서부터 이렇게 말했기 때문이다. 「이건 봐드릴 수 없어요. 참으로 멋진 꼴이군요. 당신은 교실에서 자도 된다는 허락을 받았을 뿐이지, 내가 당신네 침실에서 수업을 해야 할 의무는 없어요. 아침 늦게까지 잠자리에서 기지개나 켜고 있는 관리인 가족이라니, 쳇!」 글쎄, 저 말에 대해 뭐라고 좀 해주어야 할 텐데, 특히 가족과 잠자리에 관해서는 말이야. K는 속으로 그렇게 생각하면서 프리다와 함께 ── 바닥에 드러누운 채 놀라서 여교사와 아이들을 바라보고 있던 조수들은 이 일에 아무

도움이 안 되었다 ― 허둥지둥 평행봉과 안마를 밀어다 놓고는 그 위에 이불을 덮어씌워 아이들의 눈길을 피해 옷이나마 입을 수 있는 작은 공간을 마련했다. 그러나 잠시 숨 돌릴 틈도 없었다. 먼저 여교사는 세숫대야에 깨끗한 물이 없다고 야단쳤다 ― 그러지 않아도 자신과 프리다가 쓸 세숫대야를 가져올까 하고 있던 K는 여교사를 너무 자극하지 않으려고 일단 포기했지만 그래도 소용이 없었다. 바로 이어서 요란한 소리가 났기 때문이다. 불행히도 어제저녁 먹다 남은 것을 교탁에서 치우지 않고 잠들었는데, 여교사가 자로 쓸어내는 바람에 전부 와르르 바닥으로 떨어져 나뒹구는 소리였다. 정어리 기름과 커피 찌꺼기가 쏟아지고 커피포트가 박살났지만 여교사는 신경 쓸 필요가 없었다. 학교 관리인이 곧바로 치울 테니까. 아직 옷을 다 입지 못한 채 K와 프리다는 평행봉에 기대어 얼마 안 되는 자신들의 세간이 망가지는 것을 지켜보았고, 아예 옷 입을 생각조차 없어 보이는 조수들은 아이들의 좋은 구경거리가 되어 밑에서 이불 틈으로 상황을 엿보고 있었다. 커피포트를 잃어 가장 속상한 사람은 물론 프리다였다. K가 그녀를 위로하기 위해 곧장 면장에게 가서 배상을 요구해 받아 내겠다고 자신 있게 말했다. 비로소 그녀는 마음이 진정되어 식탁보만이라도 더 이상 더럽혀지지 않도록 가져오려고 셔츠와 속치마 바람으로 울타리에서 달려 나왔다. 여교사가 그녀를 겁주어 가까이 못 오게 하려고 자로 계속 정신 사납게 교탁을 두들겨 댔지만 그녀는 식탁보를 벗겨 오는 데 성공했다. 옷을 다 입은 K와 프리다는 연속되는 사건에 넋이 나가 버린 듯한 조수들에게 명령도 하고 쥐어박기도 하면서 옷을 입도록 몰아붙여야 했을 뿐만 아니라 일부는 직접 입혀 주기까지 해야 했다. 그렇게 다들 옷 입기가 끝나자 K는 그다음 할 일들을 나누어 맡겼다. 조수들에게는 장작을 가져와 불을 때라고 시켰는데, 그들은 분명히 남자 교사가 와 있어서 더 큰 위험이 도사리고 있을 다른 교실부터 먼저 불을 때야 했다. 프리다에게는 바닥 청소를 맡겼으며, K 자신은 물을 길어 오는 일과 그 밖에 정리하는 일을 맡기로 해서, 아침 식사는 당분간 생각할 수 없었다. 여교사의 기분을 대충 알아보기 위해 K가 먼저 나가고 다른 사람들은 그가 부르면 따라 나오기로 했는데, 그가 이런 조치를 취한 것은 한편으로는 조수들의 멍청한 행동으로 상황을 처음부터 악화시키고 싶지 않아서였고, 다른 한편으로는 프리다를 최대한 지켜 주기 위한 것이었다. 왜냐하면 그녀는 야심을 가지고 있는데 그는 갖고 있지 않았고, 그녀는 예민한데 그는 그렇지 않았으며, 그녀는 현재의 자질구레하고 지겨운 일들만 생각하지만 그는 바르나바스의 일과 미래에 대한 일을 생각했기 때문이다. 프리다는 그가 시키는 일을 모두 정확히 따랐고, 그에게서 거의 눈을 떼지 않았다. 그가 앞으로 걸어 나오는 순간 여교사가 〈어머, 다 주무셨어요?〉 하고 소리치자 아이들은 깔깔거리며 웃기 시작하더니 그칠 줄 몰랐다. 그 말이 실제로 뭘 묻는 질문이 아니었으므로 K는 반응을 보이지 않고 세면대 쪽으로 걸어가는데 여교사가 물었다. 「우리 야옹이한테 대체 무슨 짓을 한 거죠?」 늙고 투실투실한 커다란 고양이 한 마리가 교탁 위에 사지를 쭉 뻗은 채 축 늘어져 있었고 여교사는 약간 상처를 입은 게 분명한 고양이의 앞발을 살펴보고 있었다. 프리다의 말이 맞았다. 이 고양이가 그녀에게 뛰어오른 것은 아니고 — 늙어서 이젠 뛸 만한 기력이 없었을 테니 — 그녀의 몸 위를 기어서 넘어간 것인데, 평소 아무도 없던 건물에 사람들이 있는 것을 알고 깜짝 놀라 급히 숨으면서 어설프게 허둥대는 바람에 그만 다치고 만 것이다. K가 이 일을 여교사에게 차분하게 설명하려 했지만, 그녀는 결과만을 보고 말했다. 「아, 그러니까 당신들은 야옹이를 다치게 함으로써 여기에 온 신고식을 치른 거군요. 이것 좀 봐요.」 그러고서 K를 교단 위로 불러 그에게 고양이 발을 보여 주는가 싶더니 그가 미처 예상할 겨를도 없이 그의 손등을 고양이 발톱으로 긁어 버렸다. 이미 무뎌져서 발톱이 날카롭진 않았지만, 여교사가 이번에는 고양이의 사정은 아랑곳 않고 꽉 눌러 긁는 바람에 K의 손등에는 길쭉하니 빨갛게 부어오른 피멍이 생겼다. 「그럼 이제 가서 일이나 하세요.」 그녀는 조급하게 말하면서 다시 고양이 쪽으로 몸을 숙였다. 조수들과 함께 평행봉 뒤에서 지켜보고 있던 프리다가 피를 보고 소리를 질렀다. K는 그 손을 아이들에게 보이면서 말했다. 「이것 봐라, 사악하고 교활한 고양이가 이렇게 만들었단다.」 물론 아이들 들으라고 한 말은 아니었다. 아이들의 고함과 웃음소리는 이미 독자적인 세력을 이루어 더 이상의 계기나 자극이 필요 없었으며, 어떤 말도 그 소리를 뚫고 들어간다거나 거기에 영향을 미칠 수 없었다. 그러나 여교사도 이 모욕적인 말에 곁눈질로 슬쩍 응수할 뿐 계속 고양이에게만 열중하고 있는 것으로 보아 처음의 분노가 K에 대한 피의 처벌로 진정된 것 같았기 때문에, 그는 프리다와 조수들을 불러 일을 시작했다.

K가 구정물이 든 양동이를 들고 나갔다가 깨끗한 물을 길어 와 교실을 청소하려는 그때, 열두 살쯤 된 소년이 긴 의자에서 일어나 다가오더니 K의 손을 만지면서 뭐라고 말했는데 와글와글 떠들어 대는 소음에 묻혀 전혀 알아들을 수가 없었다. 그때 갑자기 모든 소음이 뚝 그쳤다. K는 뒤를 돌아보았다. 아침 내내 두려워하던 일이 일어난 것이다. 문에 그 남자 교사가 그 작은 체구에 양손으로 한 명씩 조수들의 멱살을 잡고 서 있었다. 아마도 그들이 장작을 가져올 때 붙잡은 모양이었다. 왜냐하면 그가 쩌렁쩌렁한 목소리로 단어 사이사이에 틈을 두며 이렇게 외쳐 댔기 때문이다. 「누가 감히 장작 창고 문을 부수고 들어갔어? 그놈 어디 있어? 내 짓뭉개 버릴 테니.」 그때 여교사의 발치에서 열심히 바닥을 닦고 있던 프리다가 일어나서는 마치 힘을 얻으려는 듯 K 쪽을 바라보더니 말을 하는데, 그 눈빛과 태도에 예의 당당함 같은 것이 나타났다. 「내가 했어요, 선생님. 다른 방도가 없었어요. 아침 일찍 교실에 불을 때려면 창고를 열어야 하는데, 밤중에 감히 선생님을 깨워 열쇠를 달라고 할 수 없었어요. 내 약혼자는 헤렌호프에 가 있었고 밤새 거기서 안 올지도 몰라 나 혼자 결정을 내려야 했어요. 내가 잘못을 저질렀다면 경험이 없어 그런 것이니 용서해 주세요. 약혼자가 돌

아와 무슨 일이 있었는지 보고는 나를 얼마나 야단쳤다고
요. 게다가 그이는 나한테 아침에 불을 때는 일조차 하지 말
라고도 했어요. 창고 문을 잠가 놓은 것으로 보아 선생님이
직접 오시기 전에는 불을 피우지 말라는 뜻인 것 같다고 말
이에요. 그러니까 불을 피워 놓지 않은 건 그의 잘못이지만,
창고 문을 부순 건 내 잘못이에요.」「누가 문을 부쉈지?」교
사가 조수들에게 물었다. 그들은 여전히 멱살을 붙잡힌 채
버둥거리며 그의 손아귀에서 벗어나려고 애썼지만 소용없었
다.「주인요.」두 사람은 의심의 여지가 없다는 듯 손가락으
로 K를 가리켰다. 그러자 프리다는 웃음을 터뜨렸는데, 이
웃음이 그녀의 말보다 더 설득력이 있어 보였다. 그러고서
그녀는 바닥을 닦았던 걸레를 양동이에 넣어 물을 짜기 시
작했다. 마치 그녀의 설명으로 이 돌발 사건은 종료되었으
며 조수들의 진술은 추후에 던지는 농담일 뿐이라는 듯한
행동이었다. 다시 일을 할 태세로 무릎을 꿇고 앉은 다음에
야 비로소 그녀는 이렇게 말했다.「우리 조수들이 나이는 들
었어도 아직 학생 의자에나 앉아 있어야 할 아이들이에요.
말씀드리자면 저녁 무렵에 내가 혼자서 도끼로 그 문을 열었
어요. 조수들이 필요 없을 정도로 아주 간단한 일이더군요.
그들은 괜히 방해만 됐을 거예요. 밤에 약혼자가 와서 부서
진 곳을 살펴보고 가능하면 고쳐 보려고 나가자 조수들도
따라 나갔어요. 필시 둘이서만 여기에 남아 있는 게 무서웠
기 때문일 거예요. 거기서 그이가 부서진 문을 붙잡고 일하
는 것을 보았을 테고, 그래서 지금 그렇게 말하는 거예요 —

글쎄, 애들이라니까요.」프리다가 설명하는 동안 조수들은 계속 머리를 가로저으며 연방 K를 가리켰고 벙어리처럼 얼굴로 여러 표정을 지어 보이며 프리다의 생각을 바꾸려고 애를 썼다. 하지만 뜻대로 되지 않자 결국엔 순응하여 프리다의 말을 명령으로 여기고, 교사가 새로이 묻는 말에 더 이상 대답하지 않았다.「그래.」교사가 말했다.「그럼 너희들이 거짓말을 한 거냐? 아니면 적어도 경솔하게 학교 관리인에게 죄를 뒤집어씌운 거냐?」그들은 여전히 말이 없었지만, 떨리는 몸과 겁먹은 눈빛이 죄의식을 드러내는 것 같았다.「그러면 당장 두들겨 패줘야겠군.」교사는 아이 하나를 다른 교실로 보내 회초리를 가져오게 했다. 잠시 후 그가 회초리를 쳐들자 프리다가 외쳤다.「조수들은 사실을 말한 거예요.」그러면서 내팽개치듯 걸레를 양동이 속에 던져 넣자 물이 높이 튀었고 그녀는 평행봉 뒤로 달려가 숨어 버렸다.「거짓말쟁이들 같으니라고.」여교사가 말했다. 그녀는 방금 고양이의 앞발을 붕대로 감아 주고는 녀석을 품에 안았는데, 그러기에는 고양이가 너무 커 보였다.

「그럼 학교 관리인 양반이로군.」교사는 조수들을 밀쳐 내고는 그동안 내내 빗자루에 몸을 기댄 채 유심히 듣고 있던 K 쪽을 쳐다보았다.「저 관리인 양반께서는 못된 짓을 해놓고는 남들이 억울하게 그 죄를 뒤집어쓰고 있는데도 비겁하게 조용히 인정하시는구먼.」「그런데 말이죠.」K가 말했다. 그는 애초에는 기세등등하던 교사의 격분이 프리다가 끼어드는 바람에 그나마 누그러지게 된 것을 알아챈 모양이었다. 「조수들이 조금 두들겨 맞았다 해도 나는 아무렇지 않았을 겁니다. 마땅히 매를 맞아야 하는데도 열 번이나 무사히 넘어갔으면 한 번쯤은 억울하게 매를 맞아 그 값을 치를 수도 있는 거니까요. 그게 아니더라도 선생님과 내가 직접 부딪치는 일이 없어서 좋았을 거고요. 그러는 편이 아마 당신한테도 괜찮았을 겁니다. 그런데 이제 프리다가 조수들을 구하려고 나를 제물로 삼았으니 —」 여기서 K가 잠시 말을 멈추자 정적이 감도는 가운데 프리다가 이불 뒤에서 흐느껴 우는 소리가 들려왔다. 「당연히 이 일을 해명하지 않을 수 없군요.」 「뻔뻔스러워요.」 여교사가 말했다. 「나도 전적으로 동감입니다, 기자 양!」 교사가 말했다. 「관리인 양반, 당신은 물론 이 불미스러운 직무 위반을 범했으니 당장 해고입니다. 그에 따른 처벌은 보류해 두기로 하지요. 그러나 지금 즉시 짐을 모두 싸가지고 학교에서 나가 주세요. 그래야 우리가 정말로 한숨 돌리고서 마침내 수업을 시작할 수 있을 겁니다. 자, 어서!」 「나는 여기서 꼼짝도 하지 않겠어요.」 K가 말했다. 「당신이 나의 상관이긴 해도 내게 이 자리를 마련해 준 사람은 아니지요. 이 자리를 마련해 주신 분은 바로 면장님이니까 나는 그분의 해고 통보만 받아들이겠습니다. 하지만 그분은 내가 여기서 내 식구들과 함께 얼어 죽으라고 이 자리를 주신 게 아니라 — 당신 스스로 말했듯이 — 내가 절망에 빠져 무분별한 행동을 하지 못하게 하려고 주신 겁니다. 그러니 나를 지금 느닷없이 해고한다는 건 그분의 뜻을 정면으로 거스르는 일일 겁니다. 그분의 입으로 직접 해고한다는 말을 듣지 않는 한 나는 그 말을 믿지 않겠습니다. 게다가 내가 당신의 경솔한 해고 명령에 따르지 않는 편이 당신에게도 틀림없이 득이 될 겁니다.」「그럼 따르지 않겠다는 겁니까?」교사가 물었다. K는 고개를 좌우로 흔들었다. 「잘 생각해 봐요.」교사가 말했다. 「당신의 결정이 반드시 최선은 아니니까. 이를테면 당신이 심문받기를 거부하던 어제 오후의 일을 생각해 봐요.」「왜 지금 그 얘기를 꺼내는 겁니까?」K가 물었다. 「내 맘이니까.」교사가 말했다. 「자, 이제 마지막으로 다시 말하죠, 나가십시오!」하지만 그래도 아무런 효과가 없자 교사는 교단 쪽으로 가서 나지막한 소리로 여교사와 상의를 했다. 그녀가 경찰을 거론했지만 교사는 반대했다. 그러다가 결국 서로 합의를 보아, 교사는 아이들에게 자기 반으로 건너가라고 지시하면서 거기서 다른 아이들과 합반 수업을 받게 될 거라고 했다. 이 새로운 변화에 아이들 모두 반색하여 웃고 소리치면서 교실을 빠져나갔고, 맨 마지막으로 두 교사가 따라 나갔다. 여교사는 출석부 위에 투실투실한 몸집을 하고서 심드렁한 표정을 짓고 있는 고양이를 앉혀서 들고 갔다. 교사가 고양이를 그냥 여기에 두고 갔으면 하는 눈치를 슬쩍 비쳤지만 여교사는 K의 잔인한 성품을 언급하며 단호히 거절했다. 따라서 K는 교사에게 온갖 짜증스러운 일에다 고양이까지 떠맡긴 셈이 되었다. 교사가 문간에서 K를 향해 던진 마지막 말에도 아마 그 영향이 미친 듯했다. 「여선생님이 아이들을 데리고 부득이 이 교실을 떠나는 건 당신 때문입니다. 당신이 고집을 부리며 나의 해고 명령에 따르지 않는데, 차마 그 젊은 처녀에게 당신의 지저분한 살림살이 속에서 수업을 하라고 요구할 수는 없으니까요. 그럼 이제 당신네만 여기 남아 점잖은 구경꾼들의 반감 어린 간섭 없이 어디 한번 마음대로 살림을 차려 보시지요. 하지만 내 장담하는데, 오래가지는 못할 겁니다.」이 말과 함께 그는 문을 쾅 닫았다.

12
조수들

다들 나가자마자 K가 조수들을 향해 말했다. 「너희들 나가!」 이 예기치 못한 명령에 그들은 아연실색하여 고분고분 나갔지만, 그러기 무섭게 K가 문을 잠가 버리자 다시 들어오게 해달라고 애걸하며 문을 두드렸다. 「너희들은 해고야!」 K가 외쳤다. 「다시는 너희들을 내 조수로 쓰지 않을 거야.」 물론 그들은 그 말을 순순히 받아들이려 하지 않고 손과 발로 문짝을 두들겨 댔다. 「나리, 나리께 돌아갈래요!」 마치 K는 마른 땅에 있고 자기들은 홍수에 휩쓸려 가라앉기 직전인 양 외쳐 댔다. 그러나 K는 동정할 마음이 없었고, 하도 시끄러워 교사가 더 이상 못 참고 개입하지 않을 수 없게 될 때까지 초조하게 기다렸다. 곧 그렇게 되었다. 「이 빌어먹을 조수 놈들 좀 들여보내요!」 교사가 소리쳤다. 「해고했습니다!」 K도 맞받아 소리쳤다. 그로 인해 본의 아니게 부수적인 효과가 나타나게 되었는데, 누군가 해고를 통고하고 이를 집행할 힘을 갖고 있으면 어떤 일이 벌어질 수 있는지를 교사에게 보여 준 셈이었다. 교사는 조수들에게 여기서 그저 조용히 기

215

다리라고, 그러면 결국 K도 너희를 들어오게 하지 않을 수 없을 거라고 말하며 호의적인 태도로 그들을 달래고자 했다. 그러고는 가버렸다. 만일 K가 다시 그들을 향해 너희는 이제 확정적으로 해고되었으며 다시 채용될 가망이라곤 눈곱만큼도 없다고 외치기 시작하지 않았다면, 아마도 그것으로 조용해졌을 것이다. 그 소리에 그들은 또 아까처럼 소란을 피우기 시작했다. 다시 교사가 왔지만 이번에는 더 이상 협상을 벌이지 않고 그들을 건물 밖으로 쫓아냈는데, 틀림없이 그 무서운 회초리를 휘둘러 댔을 것이다.

조수들은 곧 체육실 창문 앞에 나타나 유리창을 두들기며 소리를 질러 댔지만 무슨 말인지 알아들을 수 없었다. 그들은 불안한 마음을 달래기 위해 경중경중 뛰어다니고 싶었으나 그 깊은 눈 속에서는 그럴 수도 없었다. 그래서 그곳에 오래 머물지 않고 교정의 울타리를 향해 급히 걸어가 돌로 된 기단(基壇) 위로 뛰어 올라갔다. 그 위에 올라서면 멀리서나마 교실 안을 더 잘 들여다볼 수 있었던 것이다. 거기서 그들은 울타리를 꼭 붙잡고 이리저리 왔다 갔다 하다가 다시 가만히 선 채 두 손을 모아 K를 향해 쭉 뻗고는 애원하는 태도를 취했다. 아무리 애써 봐야 소용없을 거라는 생각은 추호도 없이 그들은 한참 동안이나 그러고 있었다. 그들은 마치 눈이 멀어 버린 사람들 같았고, 그런 꼬락서니가 보기 싫어 K가 커튼을 내려 버렸는데도 그렇게 하기를 멈추지 않았다.

이제 어둑어둑해진 방 안에서 K는 프리다를 보려고 평행봉 쪽으로 다가갔다. 그의 시선을 받자 그녀는 일어나서 머리를 매만지고 젖은 얼굴을 닦은 다음 말없이 커피를 만들기 시작했다. 그녀도 모든 일을 다 알고 있었지만, K는 조수들을 해고했다고 그녀에게 정식으로 알렸다. 그녀는 고개를 끄덕일 뿐이었다. K는 교실 의자에 앉아 지친 듯한 그녀의 동작을 지켜보았다. 생기 넘치는 단호한 태도가 그녀의 왜소한 몸을 늘 아름다워 보이게 했는데, 지금은 그 아름다움이 사라지고 없었다. K와 함께 지낸 불과 며칠이 그녀를 그렇게 만들기에 충분했던 것이다. 주점 일도 편한 것은 아니었지만, 그래도 분명 그녀에게는 그쪽 일이 더 맞았던 것 같았다. 아니면 혹시 클람과 떨어져 있는 것이 그녀가 이렇게 시들어 버린 진정한 원인일까? 클람과 가까이 있을 때 그녀는 너무도 매혹적으로 보였고, 거기에 매혹되어 K는 그녀를 낚아채 왔는데, 이제 그녀는 그의 품 안에서 시들어 가고 있었다.

「프리다.」 K가 부르자 그녀는 곧바로 원두 가는 일을 멈추고 의자에 앉아 있는 K에게 왔다. 「나한테 화났어요?」 그녀가 물었다. 「아니.」 K가 말했다. 「당신으로서도 달리 어쩔 수가 없었을 거야. 당신은 헤렌호프에서 만족스럽게 지냈지. 거기에 그대로 놔뒀어야 했던 건데 말이야.」 「그래요.」 프리다는 슬픈 눈빛으로 멍하니 앞을 바라보며 말했다. 「나를 거기에 그대로 놔둬야 했어요. 나는 당신과 같이 살 자격이 없는 여자예요. 나한테서 해방되면 당신은 뭐든 원하는 걸 다 이룰 수 있을 거예요. 나를 생각해서 횡포를 부리는 선생한테 복종하고, 이런 알량한 자리를 받아들이고, 클람과 면회 한번 하겠다고 그렇게 기를 쓰고 있잖아요. 모든 게 다 나 때문인데 보답은커녕 실망만 안겨 주고 있으니.」「아니야.」K는 위로하려는 듯 한쪽 팔로 그녀를 감싸 안았다. 「그런 건 다 사소한 일이고 난 아무렇지도 않아. 그리고 내가 클람을 만나려는 건 당신 때문만이 아니야. 당신도 나를 위해 무엇이든 해주었잖아! 당신을 알기 전에 난 여기서 완전히 헤매고 있었어. 아무도 나를 달갑게 받아들여 주지 않았고, 내가 조금만 가까이 다가가려 해도 얼른 내빼곤 했지. 설혹 누군가의 집에서 쉴 만한 자리를 찾았을 때도, 이번에는 내 쪽에서 도망치지 않으면 안 될 사람들이었어. 가령 바르나바스의 식구들 같은 —」「당신이 그 사람들한테서 도망친 거라고요? 정말이에요? 당신이!」프리다는 활기찬 목소리로 그의 말을 가로막으며 그렇게 소리쳤지만, K가 머뭇거리며 〈그래〉하고 말하자 다시 풀이 죽어 시들어 버렸다. 그런데 K도 이제는 프리다와의 결합으로 인해 어떤 점에서 모든 일이 그에게 유리하게 호전되었는지 설명할 자신이 없었다. 그는 천천히 그녀에게서 팔을 풀었고, 둘은 한참을 말없이 앉아 있었다. 그러다 프리다는 K의 품에 안겼을 때 느꼈던 온기가 더 이상 없어서는 안 되겠다는 듯 말했다. 「여기서 이렇게 사는 건 더 못 견디겠어요. 나와 같이 살고 싶다면 우리 어딘가로 이민 가요, 남프랑스나 스페인 같은 데로.」「이민이라니, 나는 그럴 수 없어.」K가 말했다. 「나는 여기에 살려고 온 거야. 난 여기에 그대로 있을 거야.」그의 말에는 어딘가 모순이 있지만 그는 해명하려는 노력도 없이 혼잣말처럼 덧붙였다. 「이곳에 쭉 머물고 싶은 마음이 없었다면 대체 무엇 때문에 내가 이 황량한 땅에 이끌려 왔겠어?」 그는 말을 이었다. 「하지만 당신도 여기서 그대로 살고 싶겠지, 여기가 당신 땅이니까. 다만 클람이 없어서, 그 때문에 당신은 절망적인 생각에 빠지는 거겠지.」 「클람이 없다고요?」 프리다가 말했다. 「클람은 이곳에 넘쳐흐를 지경이에요. 너무 많이 있다고요. 그에게서 벗어나기 위해 이곳을 떠나려는 거예요. 클람이 아니라 당신이 없어서 안타깝단 말이에요. 나는 당신 때문에 떠나려는 거예요. 다들 나를 잡아채려고 쫓아다니는 이곳에서는 당신과 충분히 누릴 수 없으니까요. 차라리 내게서 예쁜 가면이 벗겨지고 내 몸이 초라해져서 평화롭게 당신 곁에 살 수 있으면 좋겠어요.」 K는 그녀의 말에서 단한 가지밖에 듣지 못했다. 「클람은 아직도 당신과 연락을 하고 있는 거야?」 그는 곧바로 다시 물었다. 「당신을 부르고 있어?」 「클람에 대해서는 아무것도 몰라요.」 프리다가 말했다. 「나는 지금 다른 사람들 얘기를 하고 있는 거예요, 예컨대 조수들 말이에요.」 「아, 저 조수들!」 K가 깜짝 놀라며 말했다. 「저 녀석들이 당신 꽁무니를 쫓아다닌다고?」 「그걸 눈치 못 챘어요?」 프리다가 말했다. 「몰랐어.」 K는 세세한 점들을 기억해 내려고 했으나 짚이는 데가 없었다. 「집요하고 음탕한 녀석들이겠거니 했지만 감히 당신에게 접근하려 했을 줄은 몰랐지.」 「몰랐다고요?」 프리다가 말했다. 「브뤼켄호프에서 그들은 우리 방에서 나가지 않았고, 우리 관계를 질시의 눈으로 감시했으며, 어젯밤엔 한 명이 짚 매트의 내 자리에 누

219

였었고, 조금 전에는 당신을 내쫓고 신세를 망쳐서 나를 독차지하려고 당신에게 불리한 진술을 했었는데, 이 모든 걸 눈치채지 못했단 말이에요?」K는 대답하지 않고 프리다의 얼굴을 쳐다보았다. 조수들을 이렇게 비난하는 것이 잘못된 일은 아니었지만, 우스꽝스럽고 유치하고 얌전하지 못하고 제어가 안 되는 두 사람의 기질로 볼 때 그들의 행동은 그녀의 생각보다는 훨씬 악의가 없는 것으로 해석될 수 있었다. 그리고 그들이 어디든 항상 K를 따라다니고 프리다 곁에 남아 있으려 하지 않았던 점을 봐도 그러한 비난은 근거 없는 것이 아니겠는가. K는 그러한 내용을 언급했다. 「눈속임이에요.」프리다가 말했다. 「그걸 알아채지 못했다는 건가요? 좋아요, 그럼 그 때문이 아니라면 왜 그들을 내쫓아 버린 거죠?」그러고서 그녀는 창가로 가더니 커튼을 약간 옆으로 젖혀 밖을 내다보다가 K를 자기 쪽으로 불렀다. 조수들은 여전히 바깥 울타리에 매달려 있었는데, 그사이 피곤해진 기색이 역력했지만 그래도 이따금씩 온 힘을 모아 학교를 향해 양팔을 쭉 뻗고는 애원하는 시늉을 했다. 한 명은 울타리를 계속 붙잡고 있지 않아도 되게끔 웃옷을 아예 뒤쪽 울타리 봉에 꿰어 놓고 있었다.

「저런, 불쌍해라! 불쌍해!」프리다가 말했다. 「왜 내가 저 놈들을 내쫓았느냐고?」K가 물었다. 「그건 바로 당신 때문이었어.」「나 때문이라고요?」프리다는 시선을 계속 바깥쪽으로 향한 채 물었다. 「당신이 조수들에게 너무 친절하게 대한 탓이지.」K가 말했다. 「저들이 버릇없이 굴어도 용서해 주고, 저들을 보고 웃어 주고, 저들의 머리를 쓰다듬어 주고, 저들을 끊임없이 동정해서 〈불쌍해라, 불쌍해〉를 입버릇처럼 되뇌질 않나, 게다가 조금 전 사건에서는 조수들이 두들겨 맞지 않게 하려고 나를 형편없이 무시해 버렸지.」「바로 그거예요.」 프리다가 말했다. 「나도 그 말을 하는 거예요. 그 점이 나를 불행하게 하고, 당신에게서 멀어지게 하는 거예요. 난 언제까지나 끊임없이 당신 곁에 있는 게 가장 행복한 사람인데 말이에요. 하지만 마을이든 다른 어디든 이 지상에는 우리가 마음 편히 사랑을 나눌 곳이 없다는 생각이 들어요. 그래서 머릿속엔 무덤이 떠올라요. 좁고 깊은 무덤인데, 거기서 우리는 집게로 집어 놓은 듯 꼭 껴안고 서로에게 얼굴을 묻고 있는 거예요. 그러면 아무도 우리를 보지 못하겠죠. 하지만 여기서는 ── 저 조수들 좀 봐요! 저들이 두 손을 깍지 끼고 애원하고 있는 대상은 당신이 아니라 나라고요.」「그리고 저들을 열심히 보고 있는 대상은……」 K가 말했다. 「내가 아니라 당신이지.」「그래요, 나예요.」 프리다는 화가 난 듯 말했다. 「내가 줄곧 얘기하는 게 바로 그거라고요. 그게 아니라면 조수들이 내 뒤를 쫓는 게 대체 무슨 문제가 되겠어요? 저들이 비록 클람이 파견한 자들이라 해도 말이에요.」「클람의 파견자라고?」 K가 되물었다. 그 명칭이 귀에 쏙 들어올 정도로 아주 자연스럽게 여겨지긴 했지만 그는 몹시 놀랐다. 「그래요, 클람이 파견한 자들요.」 프리다가 말했다. 「아무리 그렇다 해도 역시 저들은 가르치는 데 아직 매가 필요한 철부지 아이들이에요. 얼마나 밉살스럽고 속이

시커먼지 몰라요. 얼굴은 어른, 거의 대학생쯤으로 보이는데, 하는 짓은 어쩌나 유치하고 바보스러운지 그 부조화란 차마 봐주기가 역겨울 정도예요. 내가 그런 것도 모르는 줄 알아요? 저들이 부끄러워요. 바로 그거라고요. 저들이 나를 역겹게 하는 게 아니라, 내가 저들을 부끄러워하는 거예요. 그래서 늘 저들을 지켜보지 않을 수 없어요. 저들에게 화를 내야 할 때면 웃지 않을 수 없어요. 저들을 때려 주어야 할 때면 머리를 쓰다듬어 줄 수밖에 없고요. 밤에 당신 옆에 누워도 잠을 이룰 수가 없고, 당신 너머로 두 사람을 지켜보지 않을 수가 없는데, 그러면 한 사람이 이불을 둘둘 말아 자는 동안 다른 사람은 열린 난로 문 앞에 쭈그리고 앉아 불을 때고 있는 거예요. 그걸 보느라 나는 몸을 앞으로 굽히다가 당신을 깨울 뻔하기도 해요. 그리고 고양이에 나는 놀라지 않아요 ─ 아, 나는 고양이들을 잘 알고, 주점에서 꾸벅꾸벅 졸다가 수시로 깨는 불안한 선잠에도 익숙해요 ─ 고양이 때문이 아니라 그냥 나 혼자 제풀에 놀라는 거예요. 그러니 고양이 같은 흉물스러운 것이 뭐가 필요하겠어요. 나는 아주 조그만 소리에도 움찔하고 놀라는데. 당신이 깨어나 모든 게 다 허사가 될까 봐 걱정하다가도, 다시 벌떡 일어나 당신이 얼른 깨어나서 나를 지켜 줄 수 있도록 촛불을 켜는 거예요.」「전혀 몰랐어.」K가 말했다. 「막연히 그럴 거라는 짐작만으로 놈들을 내쫓았는데, 이젠 그들이 가버렸으니 모든 게 잘된 셈이지.」「그래요, 마침내 가버렸어요.」프리다가 되풀이했다. 그러나 괴로운 기색뿐 그녀의 얼굴은 기쁜 표정이 아니었다. 「다만 우리는 저들이 누군지 몰라요. 클람이 파견한 자들이라고 한 건 내가 머릿속에서 장난으로 그렇게 불러 본 것인데, 어쩌면 정말 그럴지도 모르죠. 그들의 두 눈, 천진하면서도 반짝이는 그 눈은 어쩐지 클람의 눈을 떠올리게 해요. 맞아요, 이따금씩 내 몸을 훑어보는 그들의 눈빛은 바로 클람의 그것이에요. 그러니까 내가 그들을 부끄러워한다고 말하는 건 옳지 않아요. 그랬으면 하고 바랄 뿐이지요. 만일 다른 곳에서 다른 사람들이 같은 행동을 한다면 멍청하고 볼썽사납겠지만, 그들의 경우엔 그렇지가 않아요. 나는 그들의 멍청한 짓거리를 존경과 감탄의 마음으로 지켜보게 돼요. 그런데 그들을 보낸 게 클람이라면 누가 우리를 그들에게서 벗어나게 해주겠어요? 그리고 그들에게서 벗어난다는 게 과연 좋은 일일까요? 당신이 그들을 어서 불러들여서 그들이 다시 들어온다면 다행스러워해야 할 일 아닐까요?」「나더러 그들을 다시 받아들이라는 건가?」 K가 물었다. 「아니, 아니에요.」 프리다가 말했다. 「그런 일 전혀 원치 않아요. 질풍 같은 기세로 우당탕 달려 들어올 그들의 모습이라든가, 나를 다시 만난 기쁨에 어린아이들처럼 펄쩍펄쩍 뛰어다니고 사내들처럼 팔을 내뻗는 모습, 아마 그런 것들 모두 참을 수 없을 거예요. 하지만 당신이 그들에 대해 강경한 태도를 바꾸지 않아서 어쩌면 클람이 당신에게 접근할 수 있는 길조차 스스로 막아 버리게 될지도 모른다는 생각에 이르면, 무슨 수를 써서라도 그렇게 되지 않도록 막을 작정이에요. 그래서 나는 당신이 그들을 다시 받아들여 주기를 원해요. 자, 어서 빨리 그들을 들어오게 해요. 내 생각은 하지 마요, 내가 무슨 상관이에요. 할 수 있는 한 나 자신은 나 스스로 지킬 거예요. 만일 실패한다 해도 당신을 위해 그렇게 된 거라고 생각하고 받아들일 거예요.」「당신 말을 들으니 조수들에 대한 내 판단이 옳다는 확신만 드는군.」 K가 말했다. 「내 뜻이 달라지지 않는 한 그들은 절대 못 들어와. 내가 그들을 내쫓았다는 건 경우에 따라서 우리가 그들을 지배할 수 있고, 아울러 그들이 사실상 클람과 아무 관계도 없음을 증명해 주는 셈이니까 말이야. 나는 어제저녁에야 비로소 클람의 편지를 한 통 받았는데, 거기에 보면 클람이 조수들에 대해 전혀 잘못 알고 있음을 알 수 있어. 그리고 그것에 비추어 다시 헤아려 보면 그들은 그에게 아무래도 상관없는 존재라는 결론이 나오게 되지. 만일 그들이 그런 존재가 아니라면 클람은 틀림없이 그들에 대해 정확한 정보를 손에 넣을 수 있었을 테니까 말이야. 하지만 당신이 그들에게서 클람의 그림자를 본다는 것은 아무런 증거도 못 돼. 유감스럽게도 당신은 여전히 여주인의 영향을 받아 어디서나 클람을 보기 때문이지. 여전히 당신은 클람의 애인이지 아직 내 여자라고는 할 수 없어. 그 때문에 가끔 아주 울적해질 때면 모든 걸 다 잃은 기분이야. 그럴 때면 내가 처음 마을에 막 도착했을 때와 같은 느낌이 들지. 그때는 사실 희망에 가득 차 들떠 있었던 게 아니라, 나를 기다리는 건 실망들뿐이고 나는 그것들을 마지막 찌꺼기까지 차례로 모두 맛보지 않으면 안 될 거라는 생각이었거든. 하지만 그건 가끔씩만 그래.」K는 프리다가 자신의 말을 듣다가 푹 주저앉는 모습을 보고는 빙긋이 웃으며 덧붙였다. 「따지고 보면 그건 뭔가 좋은 걸 말해 주기도 해. 당신이 내게 어떤 의미인지를 말이야. 만일 당신이 지금 나에게 당신과 조수들 중 한쪽을 택하라고 요구한다면, 그 순간 조수들은 이미 패한 거나 진배없어. 당신과 조수들 중 택하라니 말도 안 되는 생각이지. 이제 나는 그들과 아예 상종하고 싶지도 않아. 그건 그렇고, 우리 둘 다 갑자기 무력감에 빠져버린 건 아직까지 아침 식사를 하지 못해서가 아닐까?」「그럴지도 모르죠.」 프리다가 지친 얼굴로 힘없이 웃으며 그렇게 말하고는 일을 시작했다. K도 다시 빗자루를 집어 들었다.

13
한스

얼마 후 살며시 문을 톡톡 두드리는 소리가 났다. 「바르나바스!」 K는 그렇게 외치더니 빗자루를 내던지고 두세 걸음만에 문 앞으로 다가갔다. 프리다는 다른 무엇보다 그 이름에 깜짝 놀라 그를 쳐다보았다. K는 손이 서툴러 낡은 자물쇠를 곧바로 열 수가 없었다. 「내 금방 열어 주지.」 문을 두드린 사람이 대체 누구인지는 묻지도 않고 그는 그 말만 계속 되풀이했다. 그러다가 문이 활짝 열려 누가 들어오는데 살펴보니 바르나바스가 아니라, 조금 전 K에게 말을 붙여 보려고 했던 조그만 소년이었다. 그러나 K는 소년에 대한 기억을 떠올릴 기분이 아니었다. 「여기에 무슨 일로 왔지?」 그가 말했다. 「수업은 옆 교실에서 하는데.」 「거기서 왔는데요.」 그러고서 소년은 커다란 갈색 눈으로 K를 가만히 올려보며 두 팔을 옆구리에 바짝 붙인 채 반듯하게 서 있었다. 「그럼 무슨 일로 왔어? 어서 말해 봐!」 K는 몸을 약간 아래로 구부렸다. 소년이 조그만 소리로 조용조용 말했기 때문이다. 「제가 도와 드릴 일 없나요?」 소년이 물었다. 「이 아이가 우리를 도와주겠다는데.」 K가 프리다에게 전하고는 소년에게 물었다. 「근데 이름이 뭐니?」 「한스 브룬스비크인데요.」 소년이 말했다. 「4학년이고, 마델라이네 거리에서 구둣방을 하는 오토 브룬스비크의 아들이에요.」 「뭐라고, 네 이름이 브룬스비크야?」 K는 그렇게 말하며, 이젠 아이에게 더 다정하게 대했다. 얘기를 들어 보니 한스는 여교사가 K의 손을 할퀴는 바람에 붉은 띠 모양의 피멍 자국이 난 것을 보고 흥분이 되어 그 순간 K의 편을 들기로 결심했다고 한다. 그래서 지금 그는 심한 벌을 받을지도 모르는 위험을 무릅쓰고 탈주병처럼 제멋대로 옆 교실에서 몰래 빠져나온 것이었다. 무엇보다 그런 소년다운 생각들이 그 아이의 마음을 지배하고 있는 것 같았고, 그의 행동거지에서 엿보이는 진지함도 그런 생각들과 잘 어울렸다. 처음에만 수줍어하며 머뭇거렸을 뿐 소년은 곧 K와 프리다에게 익숙해져서, 따뜻하고 맛 좋은 커피를 대접받을 때쯤에는 활달하고 스스럼없이 굴었다. 그리고 되도록 빨리 가장 중요한 요점을 알아내 K와 프리다를 위해 나름대로 무슨 결정을 내리려는 양 열심히 집요하게 질문을 해댔다. 그의 태도에는 무언가 지시를 하는 듯한 면이 있었지만, 어린아이다운 천진함도 섞여 있어서 그들은 반은 진심으로, 반은 장난으로 그의 말을 기꺼이 들어 주었다. 어쨌든 아이가 두 사람의 관심을 독차지하는 바람에 하던 일이 모두 중단되었고 아침 식사는 한없이 길어졌다. 아이는 학생 의자에 앉고 K는 위쪽 교탁에, 프리다는 그 옆의 의자에 앉아 있었는데도, 마치 한스가 선생이 되어 대답을 심사하고 평가하는 것 같았다. 아이의 부드러운 입언저리에 감도는 가벼운 미소는 지금 문제 되고 있는 일이 그저 장난에 불과하다는 것을 그도 잘 알고 있음을 암시하는 듯했지만, 그럴수록 문제를 대하는 그의 자세는 더욱더 진지했다. 어쩌면 입가에 감돌고 있는 것은 미소가 아니라 유년의 행복인지도 몰랐다. 한참 뒤에야 비로소 소년은 K가 라제만의 집에 들렀을 때부터 K를 알고 있었다는 사실을 밝혔다. 그 말을 듣고 K는 반가워했다. 「그때 너는 그 부인의 발치에서 놀고 있었지?」 K가 물었다. 「네.」 한스가 말했다. 「우리 엄마였어요.」 그럼 이제 그는 자기 어머니에 대한 이야기를 해야 하는데 자꾸 쭈뼛거리기만 하다가 몇 차례 재촉을 받고 나서야 이야기를 꺼냈다. 그는 조그만 소년이었음에도 특히 질문을 할 때면 간간이, 앞날에 대한 예감 때문인지 아니면 불안하고 긴장된 마음으로 듣다 보니 착각해서인지는 몰라도, 흡사 원기 왕성하고 현명하고 선견지명이 있는 어른이 말하는 것 같았다. 하지만 그러다가도 금세 영락없는 어린 학생으로 돌아가 어떤 질문은 아예 알아듣지도 못했고 어떤 건 잘못 이해하기 일쑤였다. 또 수차례 지적받고도 어린아이답게 상대에 대한 배려 없이 너무 작은 소리로 말했으며, 나중에 가서는 대답을 재촉하며 캐묻는 여러 질문들에 대한 반항의 표시인 듯 그만 입을 꼭 다물어 버렸다. 그러면서도 전혀 당황하는 기색이 없었는데, 어른이라면 결코 그렇게 할 수 없었을 것이다. 요컨대 질문하는 것은 자기에게만 허용되어 있고, 다른 사람이 자기에게 질문하는 것은 어떤 규정에 대한 위반이며 시간을 허비하는 일이라는 투였다. 그럴 때 아이는 상체를 똑바로 세우고 고개는 숙인 채 아랫입술을 내밀고서 오랫동안 가만히 앉아 있었다. 프리다는 그 모습이 마음에 들어 아이에게 자꾸 질문을 던졌는데, 그렇게 하면 그의 입을 계속 다물게 할 수 있을 거라고 기대했던 것이다. 그렇게 해서 몇 번은 그녀의 뜻대로 되었지만 K로서는 부아가 나는 일이었다. 전반적으로 아이에게서 알아낸 것은 별로 없었다. 어머니가 다소 건강이 안 좋다고는 하는데 무슨 병인지는 분명치 않았으며, 브룬스비크 부인이 품에 안고 있던 아이는 한스의 누이동생으로 이름이 프리다라고 했다. (한스는 자기에게 꼬치꼬치 캐묻는 여자와 누이동생의 이름이 같다는 것에 못마땅한 반응을 보였다.) 그들은 모두 마을에 살고 있는데, 라제만의 집에 사는 것은 아니었다. 라제만이 커다란 목욕통을 가지고 있어서 목욕을 하려고 그 집에 놀러간 것뿐이었다. 꼬마 아이들은 목욕통에서 물장난하며 이리저리 떠다니는 것을 특히 즐거워했지만 한스는 거기에 끼지 않았다. 한스는 자기 아버지에 대해 이야기할 때면 경외심을 보이거나 불안한 마음을 내비쳤는데, 그것은 어머니가 함께 화제에 오르지 않을 때만이었다. 어머니에 비해 아버지의 중요도가 떨어지는 게 분명했다. 그 밖의 가정생활에 대해서는 아무리 알아내려고 해도 일체의 질문에 끝내 대답이 없었다. 아버지의 사업에 대해서는, 그가 이 고장에서 가장 큰 구둣방을 운영하고 있으며 그와 견줄 수 있는 자는 아무도 없다고 했는데, 전혀 다른 질문에 대해서도 한스는 자주 이 말을 되풀이했다. 한스의 아버지는 심지어 다른 제화공들, 가령 바르나바스의 아버지에게도 일감을 주었다. 이 경우에는 브룬스비크가 특별히 호의를 베풀어 그렇게 한 모양이었는데, 적어도 한스가 자랑스럽게 고개를 돌리는 태도가 그 점을 암시해 주었다. 그 모습에 무슨 자극을 받았는지 프리다는 교단에서 뛰어 내려가 그에게 입을 맞추었다. 성(城)에 가본 적이 있느냐는 질문에, 한스는 수차례 질문이 거듭된 후에야 〈아니요〉라고 짧게 답했다. 그렇다면 어머니는 어떠냐고 같은 질문을 했지만 거기에는 아예 대답을 하지 않았다. 마침내 K도 지쳐서 그런 질문이 부질없이 느껴졌고 소년이 그런 태도를 보이는 것도 당연하다고 생각했다. 또한 순진한 아이를 통해 우회적으로 집안의 비밀을 캐내려는 것에는 어딘가 부끄러운 구석이 있었으며, 그러고도 아무것도 알아내지 못한 것은 두 배로 부끄러운 일이었다. 그래서 이제 대화를 끝내려고 소년에게 그런데 대체 무슨 일을 도와주려 나선 거냐고 물었을 때, 두 선생이 K에게 더는 야단을 치지 않도록 자신이 그저 여기 일을 도울 생각이라는 한스의 대답을 듣고도 K는 더 이상 아무렇지도 않았다. K는 한스에게 그런 도움은 필요 없으며, 야단치는 일은 어쩌면 선생의 본성에 속할 만한 것이어서 아무리 꼼꼼하게 일을 해도 야단을 모면하기란 거의 불가능할 거라고 설명했다. 일 자체는 어렵지 않은데 오늘은 단지 우연한 사정 때문에 일이 밀려 있는 것뿐이고, 말이 나와서 얘기지만 사실 그 야단맞는 일쯤은 학생들과는 달리 K에게 별 영향을 주지 못한다고, 그것을 훌

홀 털어 버린 지금은 거의 아무렇지도 않다고 말했다. 또한 그는 하루속히 그 선생에게서 완전히 벗어나기를 바라며 따라서 선생에 맞서기 위한 도움만이 관건이므로, 돕겠다고 나선 한스의 뜻은 더없이 고맙게 생각하지만 한스는 다시 돌아가는 게 좋겠고 그러길 바란다고, 아직은 벌을 받지 않을 거라고 했다. 다른 도움에 관해서는 보류해 둔 채, 선생에 맞서기 위한 것에 대해서만은 도움이 필요하지 않다는 점을 결코 강조하지 않았고 그저 본의 아니게 내비쳤을 뿐이었는데도, 한스는 그것을 분명하게 알아듣고 K에게 혹시 다른 도움이 필요한 것인지 물었다. 자기는 그를 기꺼이 도울 것이며 만일 자기 힘으로 안 되면 어머니에게 부탁해 보겠다고, 그러면 틀림없이 잘될 거라고 했다. 아버지도 걱정거리가 있으면 어머니에게 도움을 청한다는 것이다. 그리고 스스로 집 밖에 나가는 일이 거의 없고 그때만 예외적으로 라제만의 집에 갔었던 어머니도 언젠가 K에 대해 물어본 적이 있다고 했다. 한스는 라제만의 아이들과 놀려고 자주 그 집에 가는데, 어느 날 어머니가 그곳에 혹시 측량사가 다시 오지 않았는지 물었다는 것이다. 그런데 쇠약한 데다 금세 피곤해하는 어머니에게 쓸데없이 캐묻는다든가 하여 자극하는 일은 금물이라서 그는 그냥 간단히 측량사를 보지 못했다고만 대답했고 더 이상은 그에 관한 얘기가 나오지 않았다고 했다. 하지만 이제 여기 학교에서 K를 다시 본 이상 그는 어머니에게 알릴 수 있도록 K에게 말을 걸지 않을 수 없었다. 왜냐하면 어머니는 말로 분명히 지시하지 않아도 누가 자신이 원하는 바가 무언지를 알아서 그대로 이루어 주는 걸 가장 좋아하기 때문이라는 것이다. K는 잠시 생각한 다음 자기는 도움이 필요 없고 필요한 것은 다 가지고 있다고, 하지만 한스가 도와주겠다고 하는 것은 매우 가상한 일이며 그 갸륵한 뜻을 고맙게 생각한다고, 나중에 언젠가 도움이 필요하게 될지도 모르는데 주소를 알고 있으니 그때 그를 찾겠다고 대답했다. 또 반대로 어쩌면 이번에는 그가, 즉 K가 약간은 도움을 줄 수 있을 것 같다고 하면서, 한스의 어머니가 시름시름 병을 앓고 있는데도 이 마을에는 그 병을 이해하는 사람이 아무도 없는 것 같아 마음이 아프다고 했다. 본래 가벼운 병이라도 그렇게 방치하는 경우 심각하게 악화되는 일이 종종 있다는 것이다. 그런데 그는, 즉 K는 약간의 의학 지식이 있으며 심지어 환자 치료 경험도 있다고 했다. 의사들이 손쓰지 못한 병을 그가 치료해 고친 일이 많았으며, 고향에서는 치유 능력이 있다고 해서 그를 〈쓴 약초〉라고 부르곤 했다는 것이다. 아무튼 그는 한스의 어머니를 뵙고서 얘기를 나누고 싶다고 했다. 아마 유익한 조언을 해드릴 수 있을 거라고, 한스를 생각해서라도 꼭 그렇게 하고 싶다고 했다. 이 제안에 처음으로 한스의 두 눈이 반짝거렸고, 그에 이끌려 K는 더욱 적극적으로 나갔지만 결과는 만족스럽지 않았다. 한스는 여러 가지 질문에 별로 슬픈 기색조차 없이 말했는데, 요컨대 어머니는 조금도 무리를 해서는 안 되기 때문에 낯선 사람이 그녀를 찾아올 수는 없다는 것이다. 요전에도 K와 거의 이야기를 나누지 않았음에도 그 후 그녀는 며칠간 침대에 누워 있었고, 그런 일은 물론 심심찮게 일어난다고 했다. 아버지는 그때 K에 대해 크게 화를 내셨으니 K가 오는 것을 결코 허락하시지 않을 거라고 했다. 심지어 아버지는 당시 K의 행동을 벌하기 위해 그를 찾아가려고 했는데 어머니가 제발 그러지 말라고 말렸다는 것이다. 하지만 무엇보다도 어머니 자신이 대체로 누구와도 이야기를 나누고 싶어 하지 않으며, 그녀가 K에 대해 물은 것도 그런 평소의 태도에서 벗어난 예외를 의미하는 것이 아니라 오히려 그 반대로, K를 언급하며 그 김에 그녀는 그를 만나고 싶다는 소망을 말로 표현할 수 있었을 텐데 그러지 않았으니 그것으로 자신의 의사를 뚜렷이 밝힌 셈이라고 했다. 그녀는 단지 K에 대한 소식을 듣고 싶어 하는 것일 뿐이지, 그와 이야기하기를 원하는 게 아니라는 것이다. 한스는 덧붙이기를, 그녀는 사실 병을 앓고 있는 게 아니고, 그녀가 그런 상태에 이르게 된 원인을 그녀 자신이 매우 잘 알고 있어서 그것을 가끔 넌지시 내비칠 때도 있는데, 그것은 필경 그녀가 못 견뎌 하는 이곳 공기일 거라고, 하지만 분명 전보다 상태가 더 좋아지기도 했고, 무엇보다 아버지와 자식들 때문에 그녀는 다시 이곳을 떠나고 싶어 하지 않는다고 했다. 이것이 대략 K가 알아낸 것이었다. 한스는 K를 돕겠다고 해놓고도 K로부터 어머니를 지켜야 하는 경우에는 사고력이 눈에 띄게 향상되었다. 나아가 K를 어머니 가까이 접근하지 못하게 하려는 선한 목적을 위해 그는 많은 점에서, 이를테면 병에 관한 것처럼 자신이 앞서 했던 것과 맞지 않는 말을 하기도 했다. 그럼에도 불구하고 K는 한스가 여전히 자기에게 호의를 갖고 있다는 것을 느꼈다. 다만 한스는 어머니 일에 집중하느라 다른 것은 모두 잊어버린 것이었다. 누구든 어머니와 맞서는 자는 곧바로 부당한 평가를 받았는데, 지금은 K가 그렇지만 가령 아버지라 해도 그렇게 될 수 있었다. K는 이를 한번 시험해 보고 싶은 마음에, 어머니가 어떤 방해도 받지 않도록 아버지가 그토록 신경을 쓰는 것은 틀림없이 매우 현명한 처사라고 하면서 그가, 즉 K가 당시에 그런 사정을 어렴풋이라도 알았더라면 어머니에게 감히 말을 걸지 않았을 것이고 지금이라도 뒤늦게나마 용서를 빈다고 집에 전해 달라고 말했다. 반면에 한스의 말대로 병의 원인이 그렇게 분명하다면 왜 아버지는 어머니가 다른 곳으로 가서 신선한 공기를 마시며 요양하는 것을 말리는지 도저히 이해할 수 없다고 했다. 그녀가 오직 아이들과 남편 때문에 못 떠나는 것이라면 결국 그가 그녀를 못 가게 말리는 것이라고밖에 말할 수 없는 것이, 아이들은 그녀가 데려갈 수도 있고, 굳이 오랫동안 떠나 있을 필요도 없으며, 그리 멀리까지 갈 필요도 없으니 말이다. 저기 성이 있는 산 위만 해도 공기가 전혀 다를 거라고, 그런 소풍 비용쯤은 아버지가 염려하지 않아도 될 텐데 그는 이 고장에서 제일 큰 구둣방 주인이기도 하고 성에는 틀림없이 아버지나 어머니의 친척과 지인들이 있어서 그들을 반갑게 맞아 줄 것이기 때문이라고 했다. 그런데 왜 그는 그녀를 보내 주지 않을까? 그가 그런 병환을 대수롭지 않게 보아서는 안 되며, K는 어머니를 얼핏 보았을 뿐이지만 유난히도 해쓱하고 허약한 그녀의 모습에 마음이 움직여 말을 걸어 보고 싶은 생각이 들었다고 했다. 그때 이미 K는 아버지가 공동 목욕실과 세탁 방의 나쁜 공기 속에 병든 부인을 놔두고서 자신은 별 거리낌도 없이 큰 소리로 떠드는 것을 보고 의아스러웠다는 것이다. 아버지는 아마 뭐가 중요하고 뭐가 문제인지 잘 모르는 것 같은데, 최근 들어 병세가 혹시 호전되었다 해도 그런 병은 워낙 변덕스러운 터라 온 힘을 다해 싸우지 않으면 급기야는 걷잡을 수 없이 악화되어 백약이 무용할 수 있다는 얘기였다. K가 어머니와 이야기할 수 없다면 아버지와 이야기를 하면서 그에게 이 모든 것을 일러 드리는 것도 좋겠다고도 했다.

한스는 주의 깊게 귀를 기울여 들었고 대부분은 알아들었는데 알아듣지 못한 나머지 부분에서는 강한 위협을 느꼈다. 그럼에도 그는 K가 아버지와는 이야기를 나눌 수 없다면서, 아버지는 K를 싫어하니까 그렇다고, 만일 이야기를 해도 그는 틀림없이 교사가 하듯이 K를 다룰 거라고 말했다. 한스는 K 얘기를 하면서는 미소를 지으며 수줍어했고, 아버지를 언급할 때는 경직되고 슬픈 표정을 지었다. 하지만 아이는 K가 어쩌면 어머니와는 이야기를 나눌 수 있을지도 모르는데, 단 아버지 모르게 해야 한다고 덧붙여 말했다. 그러고서 마치 뭔가 금지된 일을 벌받지 않고 할 수 있는 가능성을 모색하는 여자처럼 멍한 눈길로 한동안 골똘히 생각에 잠겼다. 곧 한스는 입을 열어 말하기를, 어쩌면 모레는 가능할지 모르겠다고, 아버지는 의논할 일이 있어 저녁때 헤렌호프로 갈

예정이니 그날 그가, 그러니까 한스가 저녁때 와서 K를 어머니에게 데리고 가겠다고, 물론 어머니가 이 일에 동의한다는 전제로 한 얘기인데 그럴 가능성은 아직 매우 희박해 보인다고 했다. 무엇보다도 그녀는 아버지의 뜻을 거스르는 일은 하지 않으며 모든 일에서, 한스 자신이 보아도 명백히 이치에 맞지 않는 일에서조차 아버지의 말에 따른다는 것이다. 한스는 자신이 K를 도우려 한다고 스스로 착각하고 있는 것 같았는데 사실 이제는 아버지에게 맞서기 위해 K의 도움을 구하고 있었다. 오래도록 알고 지내던 주변 사람들 중에는 아무도 자기를 도와줄 사람이 없었던 터라, 갑자기 나타나 어머니의 입에까지 오른 이 낯선 남자가 혹시 자기를 도울 수 있지 않을까 탐지해 내고 있었던 것이다. 이 소년은 무의식적으로 자기 본심을 감추고 있었기에 음험하다고까지 할 수 있었다. 그러한 점을 지금까지의 태도와 말로부터는 거의 알아낼 수 없었고, 우연히 튀어나왔거나 의도적으로 이끌어 낸 이른바 추후의 고백을 통해 비로소 깨달을 수 있었다. 아이는 K와 긴 대화를 나누면서 이제 극복해야 할 어려움이 어떤 것인지 속으로 헤아려 보았는데, 그것은 아무리 최선을 다한다고 해도 거의 극복할 수 없는 어려움이었다. 그는 생각 속에 완전히 빠져 있으면서도 한편으로는 도움을 청하듯 줄곧 불안하게 두 눈을 깜빡거리며 K를 쳐다보았다. 아버지가 집을 나서기 전에는 어머니에게 아무 말도 해서는 안 된다. 그러지 않으면 아버지가 알게 되어 모든 게 허사가 되고 만다. 그러니까 그 후에야 운을 떼볼 수 있는데, 그때도 어머니의 건강을 생각해서 갑작스럽고 급하게 해서는 안 되고, 적당한 기회를 봐서 천천히 해야 한다. 그런 다음 어머니에게 동의를 구해야 하고, 그러고 나서야 겨우 K를 데려올 수 있다. 하지만 그러면 너무 늦는 게 아닐까, 그새 아버지가 돌아오실 때가 되는 게 아닐까? 그래, 그건 불가능한 일이다. K는 반대로 그것이 불가능하지 않다는 것을 입증했다. 시간이 부족하다고 걱정할 필요는 없고, 잠깐 만나서 이야기하는 것으로 충분하며, 한스가 굳이 K를 데리러 올 것도 없다는 것이다. K가 집 근처 어딘가에 숨어서 기다리고 있다가 한스가 신호를 보내면 곧바로 가겠다고 했다. 안 된다고 한스가 말했다. 집 근처에서 기다리는 건 안 된다고 — 다시 한스는 어머니 때문에 신경과민에 사로잡혔다 — 어머니 모르게 K가 일에 착수하는 것도, 어머니에게 비밀로 한 채 자신이 K와 그런 은밀한 협정을 맺는 것도 안 된다고 했다. 자신이 K를 학교에서 데려와야 하는데, 그것 역시 어머니가 알고 허락하기 전에는 안 된다는 것이었다. K는 좋다고 대답하고, 그러면 정말 위험하며 자기가 집에 와 있는 현장을 아버지에게 들킬 수도 있다고 덧붙였다. 비록 그런 일이 일어나지 않더라도 어머니는 그렇게 될까 두려워 K를 아예 오지 못하게 할 것이고, 그러면 아버지 때문에 모든 일이 수포로 돌아가는 게 아니냐는 얘기였다. 이에 대해 한스가 다시 반박했고, 그런 식으로 옥신각신하며 말씨름이 계속되었다. 이미 한참 전에 K는 학생 의자에 앉아 있던 한스를 교단으로 불러 올라오게 한 다음, 무릎 사이로 끌어당겨 가끔씩 마음을 달래면서 머리를 쓰다듬어 주고 있었다. 한스가 간혹 반발심을 드러내기도 했지만 두 사람의 이런 가까운 접촉은 의견의 일치를 보는 데 과연 도움이 되었다. 마침내 다음과 같이 합의가 이루어졌다. 한스가 먼저 어머니에게 사실 전부를 그대로 말하되, 어머니의 동의를 수월하게 받아 내기 위해 K는 브룬스비크와도 직접 이야기를 나누려 한다고, 물론 그것은 어머니 문제 때문이 아니라 사업상의 용무 때문이라는 말을 덧붙이기로 했다. 그 말은 맞는 말이기도 했다. 대화를 하는 동안 K는 브룬스비크가 평소 위험하고 성질 고약한 사람이라 해도 따져 보면 결코 자신의 적일 리가 없다는 생각을 하게 되었는데, 적어도 면장이 일러 준 바에 의하면 그는 정치적인 이유이긴 해도 측량사 초빙을 요구한 사람들의 지도자였기 때문이다. 따라서 K가 마을에 도착한 것이 브룬스비크에게는 반가운 일임이 분명했다. 그렇다면 물론 첫날 그를 맞이할 때의 언짢은 태도와 한스가 말한 그에 대한 반감은 어찌 된 것인지 납득하기 힘들긴 하지만 말이다. 혹시 브룬스비크는 K가 맨 먼저 자기에게 도움을 청하지 않아서 마음이 상한 것이거나, 또는 몇 마디 말이면 풀릴 다른 오해가 있었는지도 모른다. 만일 그러저러한 오해가 풀린다면 브룬스비크는 K가 교사나 심지어는 면장과 맞서더라도 그야말로 든든한 버팀목이 되어 줄 수 있을 것이고, 면장과 교사를 시켜 K가 성의 관청들과 접촉하지 못하게 하고 억지로 학교 관리인 일을 떠맡도록 만든 당국의 기만적 술책을 ── 그것이 대체 기만이 아니면 무엇이겠는가? ── 전부 밝혀낼 수도 있을 것이다. K를 둘러싸고 브룬스비크와 면장 간에 다시 싸움이 벌어지게 되면 브룬스비크는 K를 자기편으로 끌어들이지 않을 수 없을 것이고, K는 브룬스비크 집의 손님이 될 것이며, 면장과 맞설 수 있도록 브룬스비크는 K에게 자신의 권력 수단을 마음대로 쓸 수 있게 해줄 것이다. 그렇게 가다 보면 그가 어디까지 이르게 될지 누가 알겠는가. 그래도 어쨌든 그는 그 부인 가까이에 자주 머물게 될 것이다 — 이런 식으로 K가 몽상을 즐기고 몽상이 K를 가지고 노는 동안, 한스는 오직 어머니만 생각하며 K의 침묵을 걱정스럽게 지켜보았다. 그것은 마치 심각한 환자에 대한 치료법을 찾기 위해 깊은 생각에 잠겨 있는 의사를 대면하고 있는 듯한 모습이었다. 측량사 자리 문제로 브룬스비크와 이야기를 나누겠다는 K의 제안에 한스는 동의를 했는데, 물론 그 이유는 그럼으로써 어머니를 아버지로부터 지킬 수 있고, 그럴 리 없겠지만 혹여 일어날지 모르는 어떤 위급 상황에도 대비할 수 있기 때문이다. 한스는 K가 늦은 시간에 방문하는 것을 아버지에게 어떻게 설명할 거냐고만 물었고, 견딜 수 없는 학교 관리인 자리와 교사의 모멸적인 대우 때문에 갑자기 절망감에 사로잡혀 체면이고 뭐고 다 잊어버리게 되었다고 말할 것이라는 K의 답변에 약간 어두운 표정을 짓기는 했지만 결국 그 정도로 만족했다.

이렇게 예견할 수 있는 모든 것이 미리 검토되어 이제는 적어도 성공 가능성이 아예 없다고 할 수 없게 되자, 한스는 심사숙고의 무거운 짐에서 벗어나 한결 즐거운 마음이 되어 처음에는 K를 상대로, 그다음에는 프리다를 상대로 어린아이답게 한동안 재잘거리며 수다를 떨었다. 프리다는 오랫동안 전혀 다른 생각을 하는 사람처럼 앉아 있다가 이제야 다시 대화에 참여하기 시작했다. 무엇보다 그녀가 한스에게 무엇이 되고 싶은지 묻자, 그는 별로 생각해 보지도 않고 대뜸 K와 같은 남자가 되고 싶다고 말했다. 그 이유에 대해 물어보니 그는 물론 대답하지 못했는데, 혹시 학교 관리인이 되고 싶은 거냐는 질문에는 아니라고 분명하게 잘라 말했다. 계속 질문을 해대고서야 비로소 소년이 어떤 경로를 거쳐 그런 소망을 품게 되었는지 알 수 있었다. 현재 K가 부러워할 만하기는커녕 슬프고 경멸스러운 처지에 있다는 것은 한스도 잘 알고 있었기 때문에 그것을 깨닫기 위해 굳이 다른 사람들을 관찰할 필요는 전혀 없었다. 한스 자신은 어머니를 최대한 K의 눈길과 말로부터 지키고 싶은 마음이 간절했을 것이다. 하지만 그럼에도 불구하고 그는 K에게 찾아와 도움을 청했고 K가 그러겠다고 하자 기뻐했다. 다른 사람들을 찾아갔어도 비슷한 반응을 보일 거라고 생각했지만, 무엇보다도 어머니 자신이 K를 언급했기 때문이다. 이런 모순으로부터 아이의 마음속에는 지금은 아직 K가 비천하고 꺼림칙해 보이지만 먼 미래, 물론 거의 상상할 수도 없이 아득히 먼 미래에는 모든 사람들을 능가할 것이라는 믿음이 생겨난 것이다. 그리고 바로 이 말도 안 되게 먼 훗날의 아득함과 거기에 이르게 될 자랑스러운 발전이 한스의 마음을 유혹하여, 한스는 그 대가로 현재의 K조차도 감수하기로 했다. 이러한 소망에 깃든 유난히 천진하면서도 조숙한 본질은, 한스가 K를 자기보다 어린아이 대하듯 내려다본다는 사실에 있었다. 그는 K를 조그만 소년인 자기보다 더 미래가 창창한 아이처럼 대했던 것이다. 프리다의 여러 질문으로 거듭 압박을 받으면서 그런 것들에 대해 이야기할 때 그는 우울함에 가까운 진지한 표정을 짓기도 했다. K가 왜 한스가 자신을 부러워하는지 알고 있다며, 그것은 바로 군데군데 옹이가 박힌 자신의 멋진 지팡이 때문이라고 말했을 때야 비로소 그의 얼굴이 다시 환하게 밝아졌다. 한스는 대화 중에 산만하게 교탁 위에 놓여 있는 K의 옹이 지팡이를 만지작거리며 놀았던 것이다. K는 자기가 그런 지팡이를 만들 줄 아는데, 그들의 계획이 성공하면 한스에게 더 멋진 지팡이를 하나 만들어 주겠다고 말했다. 한스가 정말로 지팡이에만 마음을 두고 있었는지는 분명치 않지만, 그는 K의 약속에 매우 기뻐하며 흐뭇한 마음으로 헤어지면서 K의 손을 꼭 쥐고 〈그럼 모레예요〉라고 말했다.

14
프리다의 비난

  한스는 그야말로 절호의 순간에 교실을 떠난 셈이었다. 왜
냐하면 바로 직후에 교사가 문을 홱 열어젖히더니 K와 프리
다가 조용히 식사하며 앉아 있는 걸 보고는 이렇게 소리쳤던
것이다. 「방해해서 미안하군요! 그런데 여기는 대체 언제 치
워 줄 겁니까? 저쪽에서 우리는 콩나물시루처럼 빽빽이 앉
아 수업하기가 괴로운데, 당신들은 이 넓은 체육실에서 활개
를 펴고 늘어져 있으면서 더 많은 자리를 차지하려고 조수들
마저도 내쫓았지. 자, 이제 어서 좀 일어나 움직이기라도 하
시지!」 그러더니 이번에는 K를 향해서만 말했다. 「어이, 그
쪽은 지금 브뤼켄호프에 가서 내 새참을 가져와요.」 교사는
격분해서 그 모두를 소리쳐 말했지만 말투는 비교적 부드러
운 편이었고, 그 자체로 무례한 말인 〈어이, 그쪽〉조차 그러
했다. K는 즉시 교사의 말을 따를 생각이었지만 그의 속마
음을 떠보고자 이렇게 말했다. 「나는 해고되었는데요.」 「해
고되었든 말든 새참이나 가져와요.」 「해고된 건지 아닌지, 바
로 그걸 알고 싶군요.」 K가 말했다. 「뭐라고 지껄이는 겁니

까?」선생이 말했다. 「당신은 해고를 받아들이지 않았잖아.」
「그것만으로도 해고가 무효화되기에 충분한가요?」K가 물
었다. 「나로서는 충분하지 않죠.」교사가 말했다. 「그건 내가
확실히 말할 수 있어요. 하지만 면장에게는 충분할지도 모르
지요. 도무지 알 수가 없단 말이야. 하지만 자, 어서 달려가
요, 그러지 않으면 정말 쫓겨날 겁니다.」K는 만족스러웠다.
그렇다면 교사는 그사이에 면장과 이야기를 나누었거나 혹
은 이야기도 안 하고서 단지 예상되는 면장의 의견을 짐작
한 것인지 모른다. 그것은 K에게 유리하게 들렸다. 그래서
곧장 새참을 가지러 서둘러 가려는데, 교사가 복도로 나간
그를 다시 불러들였다. 이런 특별 명령을 내려서 K의 근무
태도를 시험해 보고 앞으로 그것을 기준으로 삼으려는 것인
지, 아니면 다시 새로 명령을 내리고 싶은 마음이 들어 불렀
는데 K를 급히 달려가게 했다가 자신의 명령에 웨이터처럼
재빨리 방향을 바꾸어 돌아오게 하는 것에 재미를 느껴 즐
기려는 것인지는 알 수 없는 노릇이었다. K로서는 너무 많
이 양보하다 보면 교사의 노예나 야단받이가 되리라는 것을
알고 있었지만 어느 한도까지는 그의 변덕을 참고 받아 줄
생각이었다. 드러난 바와 같이 교사가 그를 정당하게 해고
할 권한을 가지지 못한 것은 사실이나 분명 K의 일자리를
견딜 수 없을 정도로 고통스럽게 만들 수는 있었기 때문이
다. 그리고 이제 K에게는 바로 이 일자리가 전보다 더 중요
해졌다. 한스와의 대화를 통해 그는 스스로도 인정하지 않
을 수 없듯이 실현 가능성이 없고 근거도 전혀 없지만 이젠

더 이상 잊어버릴 수 없는 새로운 희망을 갖게 된 것이다. 그 희망은 심지어 바르나바스까지 덮어 버려 그의 존재마저 거의 잊게 만들었다. 새로운 희망을 추구한다면 그로서는 달리 어찌할 도리 없이 자신의 모든 힘을 거기에 집중시켜야 했고, 식사라든가 거처, 마을 관청 그리고 프리다까지도 포함해 다른 일에는 일절 신경을 쓰지 말아야 했다. 그런데 사실 따지고 보면 오직 프리다만이 문제였다. 다른 것들은 모두 프리다와 연관될 때만 그가 관심을 가졌기 때문이다. 그래서 그는 프리다에게 다소의 안정을 가져다주는 이 일자리를 지키고자 애쓰지 않으면 안 되었고, 이런 목적이 있으므로 다른 때 같으면 교사에 대해 참을 수 없었을 일을 더 많이 참고 견디는 것도 후회해서는 안 되었다. 그 모든 일이 지나치게 고통스러운 것은 아니었다. 그런 일은 인생살이에서 끊임없이 이어지는 사소한 고통에 속하는 것으로, K가 추구하는 것에 비하면 아무것도 아니었다. 그리고 그가 여기에 온 것은 명예롭고 평화로운 삶을 영위하기 위해서가 아니었다.

그리하여 그는 여관으로 곧장 달려가려 했듯이, 명령이 바뀌자 역시 곧장 지시받은 일에 다시 착수하고자 했다. 그 일이란 여교사가 자기 반 아이들을 데리고 다시 건너올 수 있도록 먼저 교실을 정리하는 일이었다. 그러나 아주 빨리 해야 했다. 왜냐하면 그다음으로 K는 교사의 새참을 가져오기로 되어 있는데, 그는 벌써 몹시 배고프고 목이 마르다고 했기 때문이다. K는 모든 일이 원하는 대로 다 될 거라고 자신 있게 말했다. 교사는 프리다가 교단을 닦고 문지르고 하는 동안 K가 후닥닥 서둘러 잠자리를 치우고 체조 기구들을 제자리로 옮겨 놓고 순식간에 청소를 마치는 모습을 얼마간 지켜보았다. 이 열성적인 태도에 만족스러운 모양이었다. 그는 문 앞에 난방용으로 장작 한 더미가 준비되어 있다고 일러 주고는 — 그는 다시는 K를 창고에 들여보내고 싶지 않은 것 같았다 — 곧 다시 돌아와 살펴보겠다며 엄포를 놓고서 아이들 있는 데로 건너갔다.

프리다는 한동안 묵묵히 일만 하다가 K에게 도대체 왜 그렇게 교사의 말을 고분고분 잘 듣는 거냐고 물었다. 동정과 염려가 뒤섞인 질문이었지만, K는 자기를 교사의 명령과 횡포로부터 지켜 주겠다고 한 프리다의 약속이 제대로 지키지지 않은 점을 떠올려, 일단 학교 관리인이 된 이상 이제 그 직무를 제대로 수행하지 않을 수 없다고 짧게만 대답했다. 그러고서 다시 침묵이 흘렀는데, 이 짧은 대화로 K는 프리다가 아주 오랫동안, 특히 한스와 대화를 하는 동안 내내 수심에 잠겨 있었던 것 같은 기억을 떠올리고는, 장작을 안으로 나르며 그녀에게 대체 무슨 생각에 몰두해 있냐고 솔직히 물어보았다. 그녀는 그를 천천히 올려다보면서, 별것 아니고 그저 여주인에 대해, 그리고 여주인이 했던 말 중 많은 것이 사실이라는 것에 대해 생각하고 있을 뿐이라고 했다. K가 다그쳐 묻자 그녀는 몇 번 거부하다가 그제야 비로소 보다 자세하게 대답했다. 하지만 그러면서도 하던 일을 멈추지 않았는데, 일이 전혀 진척되지 않는 것으로 보아 그러는 것은 그녀가 부지런해서가 아니라 그래야 K를 쳐다보지 않아도 되기 때문이었다. 이제 그녀는 이야기하기를, K가 한스와 이야기를 나눌 때 처음에는 가만히 듣고 있었는데 그러다가 K의 몇 마디 말에 깜짝 놀랐고, 점차 그 말뜻을 보다 명확하게 파악하기 시작했으며, 그때부터는 K의 말 속에서 여주인이 자신에게 해준 경고의 말을 계속 확인하지 않을 수 없었다고 했다. 하지만 그때는 그 경고의 타당성을 결코 믿으려 하지 않았다는 것이다. K는 흔히 듣는 관용적 표현들에 짜증이 났고 눈물을 글썽이며 하소연하는 목소리에도 마음이 흔들리기보다는 신경이 거슬려 ― 무엇보다도 여주인이 다시 그의 삶에 개입해 들어왔기 때문인데, 지금까지 그녀가 직접 나서서는 별로 성공을 거두지 못했으니 이제는 기억을 통해서나마 끼어든 것이다 ― 양팔에 안고 있던 장작을 바닥에 내던지고는 그 위에 걸터앉아 전부 다 털어놓으라고 진지하게 요구했다. 「벌써 몇 차례나……」 프리다가 이야기를 시작했다. 「아예 처음부터 아주머니는 내가 당신을 의심하게 만들려고 애를 썼어요. 그렇다고 당신이 거짓말을 한다고 주장한 건 아니고, 반대로 당신이 어린아이처럼 솔직하다고 했죠. 하지만 당신은 우리와 바탕이 다른 사람이라서 당신이 솔직하게 말한다 해도 우리는 그 말을 믿기가 좀처럼 어렵다면서, 만일 어떤 좋은 친구가 있어서 일찌감치 우리를 구해 준다면 몰라도, 우리는 결국 쓰라린 경험을 하고 나서야 당신 말을 믿는 데 익숙해질 거라고 했어요. 사람 보는 눈이 날카로운 그녀 자신조차 별로 다르지 않았다는 거예요. 그러나 브뤼켄호프에서 당신과 마지막으로 이야기를 나눈 뒤 그녀는 — 나는 그녀의 악의적인 표현을 그대로 전달하는 것뿐이에요 — 당신의 술수를 알게 되었다고 하면서, 이젠 당신이 아무리 기를 쓰고 속셈을 감추려 해도 더 이상 당신한테 속아 넘어가는 일은 없을 거라고 했어요. 〈하지만 그는 숨기는 게 하나도 없어.〉 이 말을 그녀는 몇 번이나 했어요. 그러고는 또 이렇게 말하는 거예요. 〈어느 때든 기회가 되면 그가 하는 말을 정말로 귀 기울여 들어 봐. 건성으로 대충 듣지 말고 정말로 귀를 기울여서 말이야.〉 그녀 자신도 그렇게밖에 하지 않았는데 나와 관련해서 이를테면 다음과 같은 것을 알아냈다는 거예요. 당신이 나에게 접근한 것은 — 그녀는 이런 수치스러운 말을 썼어요 — 단지 내가 우연히 눈에 띄었는데 마음에 그리 싫지 않았던 것뿐이고, 술집 아가씨란 손님이 손을 내밀기만 하면 누구에게나 몸을 맡기는 존재일 거라고 당신이 크게 잘못 생각하고 있기 때문이라고 말이에요. 그뿐 아니라 아주머니가 헤렌호프 주인에게서 들은 바에 의하면 당신은 그때 무슨 이유에선지 헤렌호프에 묵으려고 했고, 그러자면 당연히 바로 나를 통하는 수밖에 없었다는 거예요. 이 모든 게 그날 밤 당신이 내 애인이 되기에 충분한 계기가 되었을 거라는 얘기죠. 하지만 우리 사이가 그 이상으로 발전하려면 역시 그 이상의 뭔가가 필요했는데, 그게 바로 클람이었다는 거고요. 아주머니는 당신이 클람에게서 무얼 원하고 있는지 안다고 주장하는 게 아니에요. 단지 당신이 나를 알기 전부터도 클람에게 접근하려고 무진 애를 썼다고만 주장하는 거죠. 다만 차이가 있다면 전에는 당신에게 희망이 없었지만, 이제는 나를 통해 믿을 만한 수단을 갖게 되었다고 생각한다는 거예요. 실제로, 그리고 머지않아, 심지어는 당당하게 클람 앞에 나갈 수 있는 확실한 수단을 말이에요. 오늘 얘기 중에 당신이 나를 알기 전에는 갈피를 못 잡고 이곳을 헤매고 다녔다고 말했을 때 — 당신으로서는 별로 깊은 뜻 없이 그저 지나가듯 슬쩍 언급한 것뿐이었겠지만 — 나는 얼마나 놀랐는지 몰라요. 아주머니가 표현한 말도 아마 그와 똑같은 말이었던 것 같아요. 아주머니는 또 당신이 나를 알게 된 이후 비로소 목적의식을 갖게 되었다더군요. 그것은 나를 갖게 된 것이 곧 클람의 애인을 정복한 것이며, 그로써 최고의 값을 제시해 올 때 내줄 수 있는 담보물을 손에 넣은 셈이라고 생각하면서부터 생겨난 것이래요. 그 값을 놓고 클람과 흥정하는 것이 당신이 유일하게 애쓰는 일이라고요. 당신에게 나는 아무것도 아니고 그 값이야말로 모든 것이기 때문에, 나에 관해서는 뭐든 기꺼이 받아들일 용의가 있지만 값에 관해서는 한치의 양보도 하지 않는다는 거예요. 그래서 당신은 내가 헤렌호프의 일자리를 잃어도 상관없고, 내가 브뤼켄호프를 떠날 수밖에 없게 되어도 상관없고, 내가 고된 학교 관리인 일을 하지 않으면 안 될 처지가 되어도 상관없는 거라고요. 당신에겐 나를 아껴 줄 애정도 없고, 이젠 나에게 시간조차 내줄 수 없어요. 나를 조수들에게 내맡겨 두고는 질투도 느낄 줄 모르지요. 당신에게 나의 유일한 가치는 내가 클람의 애인이었다는 사실뿐이에요. 당신은 자신도 모르는 가운데 나로 하여금 클람을 잊지 않게 하려고 애쓰고 있어요. 그건 막판에 결정적인 순간이 왔을 때 내가 지나치게 저항하지 못하도록 하기 위한 것이죠. 그러면서도 당신은 아주머니가 나를 빼앗아 갈지도 모른다고 혼자 생각하고 그녀와 잘도 싸우더군요. 그래서 나를 데리고 브뤼켄호프를 떠나지 않을 수 없는 상황이 되도록 싸움을 극단으로 몰고 갔지요. 나에 관한 한 당신은 무슨 일이 있어도 내가 당신의 소유라는 걸 의심치 않아요. 클람과의 협상은 서로 현찰을 주고받는 거래로 생각하고 있고요. 당신은 모든 가능성을 계산에 넣고 있어요. 원하는 값을 얻을 수 있다면 무슨 일이라도 할 태세예요. 클람이 나를 원하면 나를 그에게 내줄 거고, 그가 당신더러 계속 내 곁에 있으라고 하면 내 곁에 있을 거고, 나를 쫓아내라고 하면 나를 쫓아낼 거예요. 그러나 당신은 익살극을 벌일 마음도 있어서, 뭔가 득이 될 것 같으면 나를 사랑하는 척도 하겠지요. 그가 심드렁하게 나오면 당신은 스스로 하찮은 존재임을 내세워 당신 같은 사람이 그의 계승자라는 사실을 드러냄으로써 그를 수치스럽게 하거나, 아니면 그라는 사람이 좋아서 내가 실제로 했던 그에 대한 나의 사랑 고백을 그에게 전하고 나를, 물론 값을 치르고서, 다시 받아들이라고 권유함으로써 그의 태도를 돌려놓으려 애쓰겠지요. 그리고 무슨 수를 써도 소용이 없으면 K 부부의 이름으로 다짜고짜 떼를 쓰며 애걸하겠지요. 하지만 그러고서 당신은, 아주머니는 끝을 맺으며 이렇게 말했는데, 결국 모든 점에서 자신이 잘못 생각했다는 것을 깨닫게 될 거라고요. 이제까지 당신이 품었던 가정과 희망, 클람에 대한 관념과 그와 나의 관계에 대한 상상, 그런 게 모두 틀렸다는 걸 말이에요. 그러면 나의 지옥이 시작되겠지요. 그렇게 되면 나는 이제 정말 당신이 의지할 유일한 소유물이 될 테니까요. 하지만 동시에 쓸모없는 것으로 드러나 당신이 그에 상응하는 취급을 하게 될 소유물이지요. 당신은 나에 대해 단지 소유주로서의 감정 말고는 없으니까요.」

K는 긴장해서 입을 꼭 오므린 채 열심히 듣고 있었다. 밑의 장작이 굴러 내리는 바람에 거의 바닥에 주저앉은 모습이었지만 개의치 않다가 이제야 일어나 교단 위에 앉아서는 프리다의 손을 잡고 ─ 그녀는 슬며시 손을 빼내려고 했다 ─ 말했다. 「이야기에서 당신 의견과 아주머니 의견이 잘 구분되지 않을 때가 있었어.」 「전부 아주머니의 의견일 뿐이에요.」 프리다가 말했다. 「나는 아주머니를 존경하기 때문에 무슨 말이든 다 주의 깊게 듣죠. 하지만 내가 그녀의 의견을 전적으로 물리친 건 살면서 처음이었어요. 그녀가 하는 말이 다 한심해 보였고, 우리 둘의 처지를 너무도 이해하지 못하는 것 같았어요. 오히려 그녀가 말한 것의 정반대가 옳다고 생각했죠. 나는 우리가 첫날밤을 보낸 다음 날의 그 우울한 아침을 생각했어요. 그때 당신은 이제 모든 게 끝난 듯한 눈빛을 하고 내 옆에 꿇어앉아 있었지요. 실제로도 비슷하게 되어 나는 나름대로 무진 애를 썼지만 당신에게 도움은커녕 되레 방해만 되었는데, 과연 어쩌다 그렇게 되었는지 곰곰 생각해 보았어요. 나로 말미암아 아주머니는 당신의 적이 되

있 요. 당신은 여전히 낮추어 보지만 강력한 적이에요. 나를 들 아야 했기 때문에 당신은 일자리를 얻고자 싸워야 했고, 면 을 상대로 불리한 입장에 서게 되었고, 교사의 말에 복종해야 했고, 조수들에게 붙잡혀 있었지요. 그런데 가장 나쁜 점은 때문에 당신이 어쩌면 클람을 욕보이는 일을 범했을지도 른다는 거예요. 당신은 지금까지 줄곧 클람을 만나려고 애를 썼지만, 그것은 비위가 틀어진 그를 어떻게든 달래 보려는 부 없는 노력에 불과했어요. 그래서 나는 이 모든 사정을 나 다 훨씬 더 잘 알고 있는 아주머니가 그저 내가 너무 심한 책에 빠지지 않도록 슬쩍 귀띔해 주는 것일 뿐이라고 혼자 각했어요. 호의였겠지만 굳이 그럴 필요가 없는 수고였지 당신에 대한 사랑의 힘으로 나는 모든 것을 설 수 있 을 테고, 결국 당신도 앞으로 나아가도록 말 주었을 테 까요. 여기 이 마을이 아니라면 어딘가 다른 에서라도 말 에요. 사랑은 자신의 힘을 이미 입증해 보았 아요. 당신 바르나바스의 가족에게서 구해 준 게 바 그 힘이었으 요.」「그러니까 그것이 그때 당신의 반대 견이었군.」K 말했다. 「그런데 그 후로 변한 게 뭐 「모르겠어요. 리다는 자신의 손을 잡고 있는 K의 손 바라보며 말했 「어쩌면 아무것도 변하지 않았을지 몰 요. 당신이 이렇 내 곁에 가까이 있으면서 가만히 물으 변한 건 아무것 없다는 생각이 들거든요. 그러나 실제 는…….」 그녀 K에게서 손을 빼내더니 그를 마주 보고 반듯이 얼굴을 가리지도 않고 울음을 터뜨렸다. 눈물로 흥건하게 젖은 얼굴을 아무 거리낌 없이 그를 향해 들이대고 있었는데, 그것은 마치 그녀 자신 때문에 우는 것이 아니니 아무것도 감출 필요가 없고, K의 배신 때문에 우는 것이므로 그가 그녀의 참담한 모습을 보는 것도 당연하다는 듯한 태도였다. 「그러나 실제로는 당신이 그 아이와 이야기하는 것을 들은 이후로 모든 게 변했어요. 당신이 이야기를 시작하는 모습이 어찌나 천연덕스럽던지. 집안 사정과 이것저것을 물었는데, 내게는 당신이 주점에 막 들어와 다정스럽고 스스럼없이 말을 붙이며 어린아이처럼 열심히 내 눈길을 찾는 듯한 모습으로 보였어요. 정말 그때와 다른 게 없었어요. 나는 그저 아주머니가 이 자리에 있어서 당신 말을 들어 보았으면 좋겠다고만 생각했었어요. 그러고 나서도 자신의 의견을 어떻게 계속 고수하려는지 보려고 말이에요. 그런데 문득, 어떻게 해서 그렇게 되었는지 모르겠지만, 당신이 어떤 의도로 그 아이와 이야기하고 있는지 깨닫게 되었어요. 당신은 관심 어린 말로 쉽사리 얻기 어려운 아이의 신뢰를 얻고 나서는 거침없이 목표를 향해 나아갔는데, 나에게는 그 목표가 점점 더 뚜렷하게 들어왔어요. 목표는 바로 그 부인이었지요. 겉으로는 그녀를 걱정하는 듯 말했지만 속은 오직 자신의 일에 대한 생각으로 가득하다는 게 노골적으로 드러나더군요. 당신은 그 부인을 얻기도 전에 이미 그녀를 속인 셈이에요. 당신이 하는 말을 듣고 있으니 내 과거뿐만 아니라 미래도 들려오더군요. 마치 아주머니가 옆에 앉아 모든 걸 설명해 주는 것 같았어요. 온 힘을 다해 그녀를 몰아

내려고 애쓰지만, 결국 그런 노력이 다 부질없다는 걸 깨닫고 말지요. 그런데 이제 속는 사람은 더 이상 내가 아니었어요. 그래요, 나는 결코 속지 않았으며, 속은 건 그 낯선 부인이었어요. 그러고서 내가 다시 정신을 차려 한스에게 뭐가 되고 싶으냐고 물어보았더니 그는 당신 같은 사람이 되고 싶다고 했지요. 어느새 그렇게 완전히 당신 수중에 들어온 거죠. 이번에 나쁘게 이용당한 착한 소년 한스와 주점에서 일하던 당시의 나 사이에 대체 어떤 큰 차이가 있을까요?」

「모두…….」 비난에 익숙해지면서 다시 마음의 평정을 찾은 K가 말했다. 「당신이 하는 말은 모두 어떤 의미에서는 맞아. 옳지 않은 건 아닌데, 다만 적의가 들어 있어. 당신은 그게 당신 자신의 생각이라고 믿지만 어디까지나 나의 적인 여주인의 생각이야. 그래서 그나마 위안이 돼. 하지만 그건 교훈적이고, 여주인에게도 배울 점이 많이 있어. 다른 때 같으면 나를 생각해서 말을 아낄 사람이 아닌데도 그녀는 나에게 직접 그런 생각을 말하지 않았어. 그녀가 당신에게 이런 무기를 맡긴 건 분명 내가 특별히 곤란한 순간이나 결정적인 순간에 그것을 사용하길 바라는 마음에서였을 거야. 내가 당신을 나쁘게 이용하는 거라면 그녀도 마찬가지로 당신을 이용하는 셈이지. 그런데 이제 생각해 봐, 프리다. 설령 모든 게 완전히 여주인이 말한 그대로라 하더라도, 오직 한 가지 경우를 제외하면 그렇게까지 나쁘다고는 할 수 없을 거야. 즉, 당신이 나를 좋아하지 않는 경우 말이야. 그렇다면, 그래, 그럴 경우엔 정말로 내가 당신을 소유해서 그걸 이용해

한몫 단단히 챙기려고 계산과 술수를 쓴 게 되겠지. 그렇다면 내가 당시에 당신의 동정심을 유발하기 위해 올가와 팔짱을 끼고 당신 앞에 나타난 것마저 아마 계획에 들어 있었을 텐데, 여주인이 그것을 내 죄목으로 추가해 언급하는 걸 잊어버린 것뿐이로군. 하지만 그게 그런 간악한 경우가 아니라면, 어느 교활한 맹수가 당신을 낚아챈 게 아니라 내가 당신에게 다가갔듯이 당신도 내게 다가와 둘 다 자신을 잊은 채 서로를 발견한 거라면, 프리다, 그러면 대체 어떻게 될까? 그러면 나는 내 일을 당신 일처럼 해나갈 거고, 거기엔 아무런 구분도 없는데, 적의를 품고 있는 어떤 여자만 구분할 수 있겠지. 이건 어느 경우에나 해당되는 얘기라, 한스에 관해서도 마찬가지야. 내가 한스와 나눈 대화를 당신은 여리고 섬세한 감정으로 너무 과장되게 평가하고 있어. 왜냐하면 한스와 나의 의도가 전적으로 일치하는 건 아니지만 그렇다고 양쪽이, 가령 서로 대립적인 관계 같은 것이 생길 만큼 어긋나는 건 아니기 때문이야. 게다가 우리의 의견이 일치하지 않는다는 건 한스도 눈치챘을 거야. 당신이 그렇게 생각하지 않는다면 어른처럼 조심성 많은 이 아이를 너무 얕잡아 보는 셈이지. 설령 그 아이가 아무것도 눈치채지 못했다 해도 그 때문에 해를 입을 사람은 아무도 없을 거야. 나는 그러길 바라.」

「어느 쪽 말이 옳은지 정말 갈피를 못 잡겠어요.」 프리다는 한숨을 쉬었다. 「확실히 말하는데 나는 당신에게 불신의 마음을 품지 않았어요. 만일 그런 비슷한 게 아주머니로부터 나에게 옮아왔다면 그것을 훌훌 털어 버리고 당신에게 무릎 꿇고 용서를 빌겠어요. 내가 입으로 아무리 못된 말을 하더라도 사실 속으로는 내내 용서를 빌고 있는 거예요. 하지만 당신이 나에게 많은 걸 비밀로 하고 있다는 건 사실이에요. 당신은 왔다가 또 가곤 하는데, 어디서 와서 어디로 가는지 나는 몰라요. 아까 한스가 문을 두드렸을 때 당신은 심지어 바르나바스의 이름을 불렀죠. 나로서는 이유를 알 수 없지만 그때 당신은 그 밉살스러운 이름을 다정스럽게 불렀는데, 내 이름도 한 번 그렇게 다정스럽게 불러 주었으면 한이 없겠어요. 당신이 나를 신뢰하지 않으면 나한테 어떻게 불신이 생기지 않겠어요. 그러면 나는 완전히 아주머니에게 맡겨지는 셈인데, 당신은 당신 스스로의 태도로 아주머니가 옳다는 것을 입증하고 있는 것 같아요. 모든 점에서 그런 건 아니에요. 당신이 모든 점에서 그녀의 말이 옳다는 것을 입증하고 있다는 주장을 하고 싶은 건 아니라고요. 어쨌든 당신이 조수들을 쫓아낸 것은 나 때문 아니었나요? 아, 내가 당신의 모든 행동이나 말에서, 그게 비록 내 마음을 아프게 하더라도, 나에게 좋은 핵심을 찾아내려고 얼마나 애쓰고 있는지 좀 알아주었으면 좋겠어요.」「무엇보다도, 프리다.」K가 말했다.「나는 당신에게 조금도 숨기는 게 없어. 여주인은 나를 얼마나 미워하는지, 나에게서 당신을 빼앗으려고 얼마나 애를 쓰고 있는지, 그러면서 얼마나 비열한 수단을 쓰고 있는지 몰라. 그런데 프리다, 당신은 어째서 그녀에게 고분고분하게 구는 거야? 말해 봐, 내가 당신에게 무얼 숨기고 있다는 거야? 당신은 내가 어떻게든 클람을 만나려 한다는 것을 알고 있고, 그렇게 되도록 당신이 도와줄 수 없으니 나 혼자의 힘으로 그 일을 해야 한다는 것도 알고 있고, 내가 지금까지도 성공하지 못한 것 역시 잘 알고 있잖아. 몇 차례 쓸데없이 헛수고한 것만으로도 충분히 굴욕적인데, 내가 그걸 또 일일이 이야기해서 거듭 굴욕감을 느껴야 하겠어? 가령 클람의 썰매 문 옆에서 덜덜 떨며 오후가 다 가도록 기다리다가 허탕 친 이야기를 자랑이라도 하란 말이야? 그런 일들을 더 이상 생각하지 않아도 되는 걸 기뻐하며 당신한테 달려와 보니, 이제 다시 그 모든 게 당신에게서 나와 위협적으로 나를 맞이하는군. 그리고 바르나바스라고? 맞아, 나는 그를 기다리고 있어. 그는 클람이 보내는 심부름꾼이고, 내가 그를 그렇게 만든 게 아니야.」「또 바르나바스로군요.」 프리다가 외쳤다. 「나는 그가 좋은 심부름꾼이라고 생각하지 않아요.」 「당신 말이 맞을지도 몰라.」 K가 말했다. 「하지만 그는 나에게 오는 유일한 심부름꾼이야.」 「그럴수록 더 안 좋아요.」 프리다가 말했다. 「그럴수록 더 그를 조심해야 한다고요.」 「유감스럽게도 그는 여태까지 나에게 그럴 만한 빌미를 준 일이 없어.」 K는 빙긋이 웃으며 말했다. 「그는 간혹가다 오고, 가져오는 것도 신통치가 못해. 다만 그게 클람에게서 직접 나온다는 사실만은 가치가 있지.」 「하지만 그러고 보니…….」 프리다가 말했다. 「이제는 클람도 더 이상 당신의 목표가 아니지요. 어쩌면 그것이 나를 가장 불안하게 만드는 건지도 몰라요. 당신이 언제나 나를 제쳐 놓고 클람에게 나아가려

했던 것은 좋지 못한 일이었어요. 그런데 이제 클람에게서 멀어지고 있는 것 같은데, 그것은 훨씬 더 좋지 않아요. 아주머니조차 예상치 못한 일이지요. 아주머니 말에 따르면 나의 행복은, 미심쩍긴 해도 실제로 누리고 있는 행복은 당신이 클람에게 거는 희망이 헛된 것이었음을 결정적으로 깨닫게 되는 날로 끝이라는 거예요. 그런데 당신은 이제 그런 날이 오는 것조차 기다리지 않아요. 그리고 난데없이 웬 조그만 소년이 들어오자 그의 어머니를 차지하려고 그 애와 다투기 시작하는 거예요. 마치 생명에 필요한 공기를 얻으려는 것처럼요.」 「당신은 내가 한스와 나눈 이야기를 제대로 알아들었군.」 K가 말했다. 「정말 그랬어. 그런데 당신은 과거의 삶 전체가 푹 가라앉는 바람에(물론 여주인은 빼놔야겠지, 그 여자는 함께 끌려 내려갈 사람이 아니니까), 출세하기 위해서는, 특히 저 아래 밑바닥 출신인 경우에는 어떻게 싸워야 하는지 잊어버린 거야? 조금이라도 희망을 주는 거라면 뭐든지 다 이용해 봐야 하지 않을까? 내가 이곳에 도착한 첫날 길을 잃고 헤매다가 라제만의 집에 들어가게 되었을 때, 그 부인은 자기가 성에서 왔다고 나에게 직접 말했어. 그런 여자에게 조언이나 도움을 청하는 것보다 더 당연한 일이 뭐가 있겠어? 여주인이 클람에게 못 가도록 가로막는 온갖 장애물들을 아주 잘 알고 있다면, 그 부인은 아마도 틀림없이 그 길을 알고 있을 거야. 자신이 직접 그 길을 내려왔으니까.」 「클람에게 가는 길 말이에요?」 프리다가 물었다. 「맞아, 클람에게지. 거기 말고 대체 어디겠어?」 K가 말하고는 벌떡 일

어났다. 「자, 이제 새참을 가지러 가야 할 시간이야.」 그러자
프리다는 그야말로 뜬금없이 그에게 여기에 있어 달라고 간
절히 부탁했다. 마치 그가 여기에 계속 있어야 그가 그녀에
게 말했던 모든 위로의 말이 입증될 거라는 듯한 태도였다.
그러나 K는 교사를 상기시키며 언제라도 우레같이 요란한
소리를 내며 획 열릴지 모르는 문을 가리키고는 금방 돌아오
겠다고 약속하면서, 불을 지피는 일도 하지 말라고, 자기가
직접 하겠다고 말했다. 결국 프리다는 잠자코 그의 말에 따
랐다. K는 밖으로 나와 눈길을 저벅저벅 걸어가다가 — 눈
은 일찌감치 다 치워졌어야 했는데, 일이 이상하게도 더디게
진행되고 있었다 — 조수 한 명이 울타리를 붙잡고서 축 늘
어져 있는 것을 보았다. 한 명뿐인데, 다른 한 명은 어디로
간 걸까? 그렇다면 K가 적어도 한 놈의 끈기는 꺾었단 말인
가? 하지만 여기 남은 놈은 아직도 끈질기게 버티며 집중력
을 잃지 않고 있었다. K를 보자 금세 생기를 찾더니 즉시 다
시 양팔을 쭉 뻗고 애타게 눈알을 굴리기 시작하는 모습에
서 그 점을 확인할 수 있었다. 「저 녀석 끈질긴 건 알아줘야
겠군.」 K는 그렇게 중얼거리고는 이렇게 덧붙이지 않을 수
없었다. 「저러다가 울타리에서 얼어 죽겠는걸.」 그러나 내색
은 않고 조수에게 주먹을 내보이며 가까이 오면 가만 안 두
겠다고 위협하는 시늉만 했을 뿐인데, 조수는 지레 겁을 먹
고 성큼 뒤로 물러났다. 그때 마침 프리다가 K와 이야기한
대로 불을 피우기에 앞서 환기를 하기 위해 창문을 열었다.
그러자 조수는 얼른 K를 단념하고 저항할 수 없는 마음에

이끌려 창 쪽으로 살금살금 다가갔다. 프리다는 조수에 대해서는 다정한 마음에, K를 향해서는 어찌할 바를 몰라 애원하는 마음에 얼굴을 찡그리며 창밖으로 손을 올려 살짝 흔들었는데, 그것이 거부의 표시인지 아니면 인사인지조차 구분이 가지 않았다. 조수는 개의치 않고 좀 더 가까이 다가갔다. 그러자 프리다는 급히 바깥 창문을 닫았지만 여전히 문고리에 손을 올려놓은 채 고개를 옆으로 기울이고서 크게 뜬 두 눈에 어색한 미소를 지으며 창문 뒤에 그대로 머물렀다. 그렇게 하는 것이 조수를 겁먹게 해 물러나게 하기보다는 오히려 유혹하는 것임을 그녀는 알고 있을까? 그러나 K는 더이상 뒤를 돌아보지 않았고, 차라리 가능한 한 빨리 갔다가 빨리 돌아오기로 했다.

15
아말리아 집에서

마침내 — 벌써 날이 어두워진 늦은 오후였다 — K는 눈을 치워 교정에 길을 낸 다음 치운 눈을 다시 길 양쪽에 높이 쌓아 올려 단단하게 다지고는 하루 일과를 끝마쳤다. 그는 교정 입구에 서 있었는데 넓은 주위에 사람이라곤 오직 그 혼자뿐이었다. 조수는 이미 몇 시간 전에 몰아내어 멀리까지 쫓아가 달아나게 했다. 그때 조수는 교정과 오두막집들 사이의 어딘가에 숨어 버려 더 이상 찾아낼 수 없었고 그 후로도 다시는 나타나지 않았다. 프리다는 집에서 이미 빨래를 하고 있거나 아니면 여전히 기자의 고양이를 씻겨 주고 있을 것이다. 기자가 프리다에게 이 일을 맡긴 것은 그녀 쪽에서야 깊은 신뢰의 표시였지만, 아무래도 마음에 거슬리고 꺼림칙했다. 여러 가지로 직무를 소홀히 한 뒤라 기자에게 생색낼 기회만 있으면 다 이용하는 것이 바람직하다고 생각하지만 않았다면, K는 틀림없이 프리다가 그 일을 맡도록 그냥 놔두지는 않았을 것이다. 기자는 K가 다락방에서 조그마한 유아용 목욕통을 가져다 놓고 물이 데워져 마침내 고양이를 조심스럽게 목욕통 안에 넣는 모습을 흐뭇하게 지켜보았다. 그러고 나서 기자는 이제 심지어 고양이를 완전히 프리다의 손에 맡겨 버린 것이다. 왜냐하면 K가 마을에 도착한 첫날 저녁에 알게 된 그 슈바르처가 나타나서 그날 저녁의 일로 생긴 껄끄러운 감정과 학교 관리인에게 표시할 만한 지나친 멸시의 감정이 뒤섞인 표정으로 K에게 인사를 하고는 기자와 함께 다른 교실로 건너갔기 때문이다. 두 사람은 여전히 그곳에 있었다. K가 브뤼켄호프에서 들은 이야기에 따르면, 슈바르처는 성채 집사의 아들인데도 기자에 대한 사랑 때문에 이미 오랫동안 마을에 살고 있었고, 연줄을 통해 면(面)으로부터 보조 교사로 임명되었지만, 이 직책을 수행하면서 주로 하는 일이라곤 기자의 수업 시간에 거의 빠짐없이 참석하여 아이들과 섞여 학생 의자에 앉아 있거나 아예 기자의 발치 가까운 교단에 걸터앉아 있는 것이었다. 아이들도 이미 일찌감치 그 모습에 익숙해져서 그가 그러는 것이 이젠 수업에 전혀 방해가 되지 않았다. 슈바르처는 아이들에 대한 애정이나 이해가 없었고, 그들과 이야기를 나누는 법도 거의 없었으며, 기자로부터는 체육 수업만 떠맡았고, 거기에다 기자 가까이에서 그녀의 숨결과 온기를 느끼며 사는 것으로 만족했기에 아마도 더 쉽게 그렇게 되었을 것이다. 그의 가장 큰 즐거움은 기자 옆에 앉아 그녀와 함께 아이들의 공책에서 틀린 곳을 고쳐 주는 일이었다. 오늘도 그들은 그 일을 하고 있었다. 슈바르처는 한 무더기의 공책을 가져다 놓았는데, 남자 선생은 자기 일도 늘 그들에게 맡겼다. 날이 밝은 동안에는 두 사람이 창가의 조그만 책상에 앉아 머리를 맞 댄 채 꼼짝 않고 일을 하는 모습이 보였지만, 지금은 촛불 두 개만 아롱거릴 뿐이었다. 두 사람을 맺어 주고 있는 것은 진지하고 말없는 사랑이었고, 둘의 관계를 주도하는 쪽은 바로 기자였다. 가끔 그녀의 굼뜬 성격이 사납게 변하여 모든 한계를 깨뜨릴 때가 있었지만 그런데도 다른 사람이 다른 때 비슷한 짓을 했다면 결코 용납하지 않았을 것이다. 그래서 활달한 성격의 슈바르처도 그에 맞추어 천천히 걷고 천천히 말하며 아예 입을 다물고 있어야 할 때가 많았지만, 보다시피 그에게는 기자가 그냥 가만히 눈앞에 있다는 것만으로도 그 모든 것에 대해 충분한 보상이 되었다. 그런데 기자는 그를 조금도 사랑하지 않는지도 모른다. 아무튼 결코 깜빡거리는 일 없이 오히려 동공이 돌고 있는 듯 보이는 그녀의 둥그런 회색 눈은 그러한 의문에 대해 아무런 답변도 주지 않았고, 단지 그녀가 슈바르처를 거부하는 일 없이 참아 내고 있다는 것만은 알 수 있었다. 하지만 그녀는 성채 집사의 아들로부터 사랑을 받는다는 것이 얼마나 영예로운 일인지 잘 모르는 것이 분명했으며, 슈바르처의 눈길이 그녀의 뒤를 쫓든 말든 터질 듯 풍만한 몸을 이끌고 늘 변함없이 유유히 돌아다녔다. 반면에 슈바르처는 그녀를 위해 한결같은 마음으로 마을에 계속 머물러 있는 희생을 감수했다. 아버지가 보낸 전령들이 그를 데리러 수차례 찾아왔지만 그는 격분해서 그들을 쫓아 보냈다. 마치 그들로 인해 성과 자식으로서의 도리를 잠시나마 떠올리게 된 것만으로도 자신의 행복이

돌이킬 수 없을 정도로 지독하게 방해받았다는 듯한 태도였다. 그러나 사실 그에게는 자유로운 시간이 얼마든지 있었다. 기자가 그에게 모습을 나타내는 것은 대개 수업 시간이나 공책 검사를 할 때뿐이었으니 말이다. 그것은 물론 무슨 속셈이 있어서가 아니라, 그녀가 안락한 것을, 따라서 혼자 있는 것을 무엇보다 좋아했으며 집에서 완전히 자유롭게 소파 위에 몸을 쭉 뻗고 누울 수 있을 때가 그녀로서는 아마도 가장 행복했기 때문이다. 곁에 고양이가 있었지만 고양이는 이제 몸을 거의 움직일 수 없었기 때문에 방해가 되지 않았다. 그래서 슈바르처는 별로 하는 일 없이 빈둥거리며 하루의 대부분을 보냈는데, 그러는 것도 나쁘지는 않았다. 그 시간을 기자가 살고 있는 뢰벤 거리에 찾아갈 수 있는 기회로 활용할 수 있기 때문이었다. 그는 그녀의 조그만 다락방으로 올라가 늘 잠겨 있는 문에 귀를 대고 엿듣다가 방 안에는 예외 없이 죽음과도 같은 괴괴한 정적만 감돌고 있다는 것을 확인하고는 다시 돌아가곤 했다. 그렇지만 이런 생활 방식으로 말미암아 그에게도 이따금, 기자 앞에서는 결코 그러는 일이 없었지만, 관료적인 거만함이 순간적으로 되살아나 우스꽝스럽게 분출될 때가 있었는데, 물론 현재 그의 지위와는 전혀 어울리지 않는 모습이었다. K도 직접 겪어 보았듯이, 그럴 경우 대부분 끝이 그리 좋지 않았다.

그런데 놀라운 일은 적어도 브뤼켄호프에서는 사람들이 존경스럽다기보다는 우스꽝스러운 일인 경우에도 슈바르처에 대해서는 왠지 모르게 존경심을 갖고 이야기를 한다는 것이었는데, 기자도 더불어 그런 존경심의 수혜를 받고 있었다. 그렇더라도 만일 보조 교사인 슈바르처가 자신이 K보다 월등히 뛰어나다고 생각한다면 큰 오산이며, 그런 우월함은 가당치 않은 것이었다. 학교 관리인이란 모든 교사에게, 더구나 슈바르처와 같은 부류의 교사에게는 매우 중요한 존재여서 그를 경멸한다든가 하면 큰코다치기 십상이며, 신분 관계상 그럴 수밖에 없을 때는 응분의 보상을 해서라도 마음을 달래 줘야 한다. K는 가끔 이런 식으로 생각해 보려고 했다. 즉, 슈바르처는 첫날 저녁부터 자기한테 빚을 졌고, 그날 이후 돌아가는 상황을 보니 그의 응대 방식은 사실 옳았다고 할 수밖에 없었지만, 그렇다고 해서 그 빚이 줄어드는 것은 아니라는 생각이었다. 왜냐하면 이때 잊어서는 안 될 것이, 그러한 응대로 인하여 그다음 이어지는 모든 일의 방향이 정해졌을지 모른다는 점이기 때문이다. 슈바르처 때문에 어처구니없게도 도착한 바로 첫 순간부터 관청의 시선이 온통 K에게 쏠리게 되었다. 그때 그는 아직 마을 사정을 전혀 모르고 아는 사람도, 몸을 맡길 곳도 없이 먼 길을 걸어와 녹초가 된 몸으로 어찌할 바를 모르는 채 그곳 짚 매트 위에 누워 있다가 관청의 손에 무방비로 내맡겨져 버린 것이다. 하룻밤만 늦게 왔어도 모든 일이 다르게, 조용히, 사람들에게 거의 알려지지 않은 채 진행될 수 있었을 텐데. 어쨌든 아무도 그에 관해 몰랐을 것이고 의심도 품지 않았을 테니, 적어도 그를 뜨내기 일꾼쯤으로 여겨 하루 정도 묵게 하는 데 주저할 사람은 없었을 것이다. 그러다 보면 그가 쓸모 있고 신뢰할 만한 사람이란 것을 알아보았을 테고, 주변에 소문이 돌아 십중팔구 그는 곧 어느 집의 하인이 되어 거처를 얻었을 것이다. 물론 관청의 손아귀를 벗어나지는 못했을 테지만 말이다. 그래도 한밤중에 그의 일 때문에 중앙 사무처나 다른 부서의 전화기 근처에 있던 누군가를 마구 흔들어 깨워 당장 어떤 결정을 내려 달라고 요구하는 것, 겉으로는 겸손한 말투로 들리지만 귀찮고 완강하게 요구하는 것, 그것도 위의 미움을 받고 있는 것이 분명해 보이는 슈바르처가 그렇게 요구하는 것과, 이 모든 것 대신 K가 다음 날 집무 시간에 맞춰 면장 집을 찾아가 예의를 갖추어 이곳에 처음 온 뜨내기 직공임을 알리고 마을 어느 누구네 집에 이미 거처를 마련했으며, 전혀 뜻밖의 일이 벌어져 만일 이곳에서 일자리를 얻는다면 몰라도 그게 아니라면 틀림없이 내일 다시 길을 떠날 거라고, 혹여 일자리를 얻는다 해도 물론 며칠 정도만 머물 거라고, 그 이상은 절대로 머물고 싶지 않다고 말하는 것 사이에는 근본적인 차이가 있다. 슈바르처만 없었다면 일은 그렇게 되거나 그와 비슷하게 되었을 것이다. 관청도 이 사안을 계속 다루었겠지만 조용히, 공무 절차에 따라, 그들이 특히 싫어할 게 분명한 당사자의 조바심에 구애받지 않고 처리해 나갔을 것이다. 그렇다면 이제 이 모든 일의 책임은 K가 아니라 슈바르처에게 있다. 그러나 슈바르처는 성채 집사의 아들이고 겉으로 보기엔 올바르게 처신했으므로 K만 억울하게 죄를 뒤집어쓰게 생긴 것이다. 이 모든 일이 일어나게 된 어처구니없는 계기는 무엇이었을까? 어쩌면 그날 기자의 심기가 불편했기 때문인지도 모른다. 그 때문에 슈바르처는 밤에 잠을 못 이루고 이리저리 쏘다니다가 K에게 분풀이를 한 것이리라. 물론 다른 관점에서 보면 K는 슈바르처의 그런 행동으로 크게 덕을 보고 있다고도 할 수 있다. 오직 그 덕분에 K 혼자서는 결코 이루지 못했을 일, 아니 감히 그럴 엄두도 못 냈을 일이자 관청 쪽에서도 받아 주지 않았을 일이 가능해진 것이다. 즉, 그가 아예 처음부터 술책을 부리지 않고 당당하게, 관청의 허용 범위 안에서 그 권위에 정면으로 맞설 수 있게 되었던 것이다. 그러나 형편없는 보상이었다. 그 덕에 K는 거짓말이나 꿍꿍이 수를 많이 쓰지 않아도 되었지만, 역시 그 덕에 그는 거의 무방비 상태가 되어 어쨌든 싸움에서 불리한 처지에 놓이고 말았다. 그 점에 있어서, 관청과 자기의 힘 차이는 너무나 엄청나서 할 수 있는 온갖 거짓말과 술수를 다 동원한다 해도 근본적으로 자신에게 유리할 만큼 그 차이를 줄일 수는 없고 동원한 거짓말과 술수를 계속 눈치채이지나 않게 하는 수밖에 없다고 되뇌이지 않았다면 그는 절망적인 상태에 빠졌을지도 모른다. 이나마도 K가 스스로를 위로하는 생각에 불과했지만 말이다. 그럼에도 슈바르처는 여전히 빚을 지고 있었다. 그때는 그가 K에게 해를 입혔으므로 다음에는 K를 도와줄 수도 있을 것이다. K는 앞으로 극히 사소한 일에서조차, 무슨 일을 하기에 앞서 가장 먼저 갖추어야 할 조건을 마련하는 일에서조차 도움을 필요로 할 것이다. 그럴 때 가령 바르나바스 정도로는 역시 도움이 될 것 같지 않았다. K는 바르나바스의 집에 가서 일이 어찌 되었는지 알아보고 싶었지만 프리다 때문에 하루 종일 주저하고 있었다. 프리다 앞에서 그를 맞지 않으려고 K는 여태 이 바깥에서 일을 했고, 일이 다 끝나고도 바르나바스가 오지 않을까 기대하면서 여기에 그대로 있었는데, 바르나바스는 오지 않았다. 이제는 그의 누이들에게 가보는 수밖에 없었다. 집에는 들어가지 않고 그냥 잠깐 문턱에 선 채 물어만 보고서 곧 돌아올 생각이었다. 그래서 그는 삽을 눈 속에 푹 꽂아 놓고는 달려갔다. 숨을 헐떡이며 바르나바스의 집에 도착하여 똑똑 짧게 두드린 후 문을 열어젖히고는 집 안 모습이 어떤지 살피지도 않고 물었다. 「바르나바스는 아직 돌아오지 않았나요?」 그제야 그는 올가가 집에 없다는 것을 알아차렸다. 두 노인네는 전처럼 문에서 멀리 떨어진 탁자 옆에 몽롱한 모습으로 앉아 있었는데, 문간에서 무슨 일이 일어났는지 아직 분명히 깨닫지 못하고 천천히 얼굴을 돌렸다. 마침내 난롯가의 긴 의자에 이불을 덮고 누워 있다가 K의 출현에 깜짝 놀라 벌떡 일어나서는 흥분을 가라앉히기 위해 이마에 손을 대고 있는 아말리아의 모습이 보였다. 올가가 있었다면 곧장 대답을 해주어 K는 다시 돌아갈 수 있었을 텐데, 지금은 하는 수 없이 아말리아라도 상대하지 않을 수 없었다. 몇 걸음 다가가 그녀에게 손을 내밀자 그녀는 말없이 악수했고, 겁을 먹고 동요하는 부모가 뭔가 서성거리는 듯한 동작으로 움직이는 것을 그만두게 해달라고 부탁하자 몇 마디 말로 그렇게 해주었다. K는 올가가 뒷마당에서 장작을 패고 있고, 아말리아는 기진맥진하여 ─

그 이유는 말하지 않았다 ─ 조금 전부터 누워 있어야 했으며, 바르나바스는 아직 오지 않았지만 성에서 밤을 새우는 일은 결코 없으므로 틀림없이 곧 돌아올 거라는 말을 들었다. K는 알려 줘서 고맙다고 했고, 이젠 다시 돌아갈 수 있게 되었는데 아말리아가 그래도 올가를 기다리지 않겠느냐고 물었다. 유감스럽게도 그는 더 이상 시간이 없었다. 그러자 아말리아는 그에게 오늘 이미 올가와 이야기를 했느냐고 물었다. 그는 놀라서 아니라고, 올가가 자기에게 특별히 전하려는 말이 있는지 물었다. 아말리아는 살짝 기분이 상한 듯 입을 비죽이며, 분명한 작별 인사로 K에게 말없이 고개를 끄덕이더니 다시 드러누웠다. 누운 자세로 그녀는 마치 그가 아직 거기 있는 게 의아하다는 듯 그를 자세히 훑어보았다. 그녀의 시선은 차고 맑았으며, 늘 그렇듯 움직임 없이 고정되어 있었다. 그런데 그 시선은 대상을 똑바로 향해 있는 것이 아니라, 살짝, 거의 알아볼 수 없게, 하지만 틀림없이 대상을 스쳐 지나갔는데 ─ 그 때문에 마음이 불편했다 ─ 시선이 그렇게 되는 것은 마음이 약해서거나 당황스러워서나 정직하지 못해서가 아니라, 다른 어떤 감정보다도 우위에 있는 고독을 향한 지속적인 갈망 때문인 것 같았다. 그리고 그 갈망이 그녀 자신에게는 아마 그런 식으로만 의식되는 모양이었다. K는 이미 첫날 저녁에 이 시선에 마음을 빼앗겼다는 기억이, 더 나아가 이 가족을 처음 대하자마자 그가 받았던 전체적인 불쾌한 인상이 바로 이 시선에서 비롯되었던 것 같다는 생각이 떠올랐다. 시선 자체로만 보면 불쾌하지는 않앗고 당당했으며 그 폐쇄성으로 인해 오히려 솔직한 느낌을 주었다. 「늘 그렇게 슬픈 얼굴이군, 아말리아.」 K가 말했다. 「무슨 고민이라도 있어? 그걸 말해 줄 수 없을까? 나는 아직 너 같은 시골 처녀는 본 적이 없어. 사실 오늘에야, 아니 지금에야 그런 생각이 들었어. 이 마을 출신이니? 여기서 태어났어?」 아말리아는 K가 마지막 질문만 한 것처럼 그렇다고 대답하고는 이렇게 말했다. 「그러니까 당신은 올가를 기다리는 거죠?」 「왜 계속 같은 질문을 하는지 모르겠군.」 K가 말했다. 「여기에 더 오래 있을 수는 없어. 집에서 약혼녀가 기다리고 있거든.」 아말리아는 팔꿈치를 괴어 거기에 몸을 지탱하고는, 약혼녀에 대해서는 모른다고 했다. K가 이름을 말했으나 아말리아는 프리다를 모르고 있었다. 그녀는 올가가 그 약혼에 대해 아느냐고 물었고, K는 아마 그럴 거라고 하면서 자신이 프리다와 함께 있는 것을 올가가 보았으며 게다가 그런 소문은 마을에 금방 퍼진다고 대답했다. 하지만 아말리아는 올가가 그 사실을 모르고 있고, 그녀는 K를 사랑하는 것 같으니 그걸 알게 되면 몹시 슬퍼할 거라고 자신 있게 말했다. 올가는 굉장히 수줍어하는 성격이라 내놓고 그런 얘기를 하지는 않았지만, 사랑이란 자기도 모르는 사이에 드러나는 법이라는 것이었다. K는 아말리아가 뭔가 잘못 생각하고 있다고 확신했다. 아말리아는 미소를 지었는데, 이 미소는 슬픈 빛을 띠고 있었지만 침울하게 찌푸린 얼굴을 환하게 했고, 말이 없던 입에 말문을 열어 주었으며, 서먹서먹한 분위기를 친근하게 바꾸어 놓았다. 그것은 이를테면 내

내 감추고 있던 비밀을 흘리는 것이자 여태껏 지켜 왔던 소유물을 내놓는 것이었다. 내놓은 것을 다시 회수할 수는 있겠지만 전부 다 회수하는 것은 이제 불가능했다. 아말리아는 말하기를, 자신은 분명 잘못 생각하고 있는 게 아닐뿐더러 실은 더 많은 것을 알고 있는데, K도 올가에게 호감을 품고 있으며 그가 자기 집에 찾아오는 것도 바르나바스가 가져오는 뭔지 모를 소식을 구실로 삼고 있을 뿐 사실은 올가 때문이라는 것이었다. 하지만 이제는 아말리아가 모든 것을 알고 있으니 K는 더 이상 그렇게 까다롭게 굴 것 없이 수시로 찾아와도 된다고 하면서, 그녀가 하고 싶었던 말은 이것뿐이라고 했다. K는 고개를 가로저으며 자신의 약혼 사실을 상기시켰다. 아말리아는 이 약혼에 대해 대수롭지 않게 생각하는 듯했다. 지금 눈앞에 홀로 서 있는 K의 직접적인 인상만이 그녀에게는 결정적으로 중요했다. 그녀는 단지 K가 마을에 온 지 겨우 며칠밖에 안 됐는데 그 아가씨를 대체 언제알게 되었는지만 물었다. K가 그날 저녁 헤렌호프에서의 이야기를 들려주자, 아말리아는 K를 헤렌호프로 데려가는 것에 몹시 반대했었다고 짧게 말했다. 그녀는 그 증인으로 마침 한쪽 팔에 장작을 잔뜩 안고 들어오는 올가를 불렀다. 찬바람을 쐬어 싱싱하면서 까칠해진 얼굴에, 발랄하고 기운 넘치는 모습이었다. 일을 해서 그런지 지난번에 힘겹게 방 안에 서 있던 모습과는 사뭇 달라진 듯 보였다. 그녀는 장작을 던져 놓고 스스럼없이 K에게 인사를 하더니 곧바로 프리다에 대해 물었다. K는 아말리아와 눈짓을 주고받았지만 그녀는 자신의 말이 반증되었다고 여기지 않는 눈치였다. 그 때문에 약간 약이 올라 K는 다른 때보다 더 자세하게 프리다에 대해 이야기하면서 그녀가 학교에서 얼마나 어려운 상황에 처하여 그래도 살림이라는 걸 꾸려 나가고 있는지 묘사하였고, 이야기를 서두르느라 — 그는 어서 빨리 집에 가고 싶었다 — 그만 자제력을 잃고서는 형식상 하는 작별 인사의 말로 자신을 한번 찾아오라며 두 자매를 초대하고 말았다. 물론 그러자마자 깜짝 놀라 말문이 막혀 버렸지만, 아말리아는 그에게 한 마디 더 덧붙일 여유도 주지 않고 대번에 초대를 받아들이겠다고 분명히 말했고, 그러자 올가도 동조하지 않을 수 없어 자신도 그러겠다고 했다. 하지만 K는 줄곧 서둘러 작별을 해야 한다는 압박감과 함께 아말리아의 시선에 불안감을 느끼면서 더 이상 꾸며 말하지 않고 주저없이 속마음을 털어놓고 말았는데, 방금 초대를 한 것은 잘 생각해 보지도 않고 완전히 경솔하게 개인적인 감정에 휩싸여 무심결에 말한 것이며, 바르나바스의 집안과 프리다 사이에는 자신으로서는 물론 도저히 알 수 없는 커다란 적대 관계가 있기 때문에 유감스럽게도 초대의 약속을 지킬 수 없다는 얘기였다. 「적대 관계 같은 거 없어요.」 아말리아가 대꾸하고는 의자에서 일어나면서 이불을 뒤로 던졌다. 「별로 큰일도 아니고, 사람들이 하는 말을 그저 주워섬긴 것에 지나지 않아요. 자, 이제 가요, 당신의 약혼녀가 있는 곳으로요. 서두르고 있는 게 보여요. 우리가 찾아가는 건 걱정할 것도 없어요. 애당초 그냥 농담으로, 짓궂은 마음에 그렇게 말해 본 것뿐이니까요. 하지만 우리 집엔 수시로 놀러 와도 돼요. 오는 데 방해되는 건 없을 거예요. 매번 바르나바스의 소식을 가지러 간다고 둘러대면 되잖아요. 거기다 또 내가 이렇게 말하면 마음의 부담이 한결 덜할 텐데, 오빠가 성에서 당신에게 전할 소식을 가져온다 해도 그걸 다시 당신에게 알리기 위해 학교까지 갈 수는 없잖아요. 오빠는 그렇게 많이 돌아다니면 안 돼요. 불쌍한 우리 오빠, 일하느라 몸이 수척해졌어요. 그러니 소식을 전달받으려면 당신이 직접 와야 할 거예요.」 K는 아말리아가 이렇게 많은 말을 앞뒤가 맞게 하는 것을 처음 보았다. 말투도 여느 때와는 다르게 들렸다. 거기엔 일종의 기품 같은 것이 있었는데, K뿐 아니라 그녀를 잘 아는 올가도 분명히 그것을 느낀 모양이었다. 올가는 약간 떨어져서 두 손을 배 아래쪽에 모으고 다시 평소처럼 두 발을 넓게 벌린 채 살짝 구부정한 자세로 서 있었다. 그녀의 시선은 아말리아를 향하고 있었지만, 아말리아는 K만 쳐다보았다.「그건 착각이야.」 K가 말했다.「내가 바르나바스를 기다리는 게 진심이 아니고 딴마음이 있어서라고 생각한다면 큰 착각이지. 관청과의 문제를 해결하는 것이 내가 가장 바라는 일이자 사실 나의 유일한 소원이거든. 그렇게 되려면 바르나바스가 나를 도와줘야만 하고, 나는 그에게 큰 희망을 걸고 있어. 그가 나를 한 번 크게 실망시킨 적이 있기는 하지만, 그건 그의 잘못이라기보다는 나 자신의 잘못이 컸어. 처음이라 뭐가 뭔지 당최 갈피를 잡을 수 없는 상태에서 일어난 일이었지. 당시에 나는 저녁때 잠시 산책하듯이 다녀오

272

면 모든 게 다 해결될 거라고 생각했다가 안 되는 일은 결국 어떻게 해도 안 된다는 게 드러난 걸 가지고 그의 탓이라 여겨 원망을 한 거야. 그 일은 너희 가족과 너희 둘에 대한 판단에까지 영향을 미쳤지. 하지만 다 지나간 일이고, 이제는 너희를 더 잘 이해하게 되었다고 생각해. 너희는 심지어……」 K는 마땅한 말을 찾았지만 얼른 떠오르지 않아 이렇게 임시변통의 말로 때우고 말았다. 「너희는 내가 지금까지 만난 마을 사람들 중 누구보다도 마음씨가 착한 것 같아. 그런데 아말리아, 너는 오빠의 일에 대해서는 아니라 해도 그 일이 나한테 갖는 의미를 하찮게 여기는 바람에 다시 날 혼란스럽게 만들고 있어. 아마 바르나바스가 하는 일을 잘 몰라서 그러는 거라면 좋아, 그 얘기는 이제 그만두기로 하지. 하지만 네가 잘 알고 있는 것 같긴 한데 — 그런 인상이 더 강하게 들어 — 그렇다면 좋지 않군. 그건 네 오빠가 나를 기만하고 있다는 뜻이 될 수도 있으니까 말이야.」 「진정해요.」 아말리아가 말했다. 「나는 잘 알지 못해요. 아무것도 나에게 그런 일을 잘 알고 싶은 마음이 들게 할 수는 없을 거예요. 당신을 배려하려는 내 마음조차도 그렇게는 못 해요. 당신을 위해 많은 일을 해주고 싶긴 하지만 말이에요. 당신 말대로 우리는 마음씨가 착하니까요. 하지만 오빠의 일은 어디까지나 오빠의 것이에요. 그것에 대해 내가 아는 거라곤, 본의 아니게 어쩌다가 여기저기서 주워듣는 것 말고는 아무것도 없어요. 반면에 올가는 당신에게 뭐든지 충실하게 알려 줄 수 있겠죠. 오빠와 친한 사이니까요.」 그러고서 아말리아는 먼저 부모에게 다가가 뭐라고 속삭이더니 부엌으로 들어가 버렸다. K에게 간다는 인사도 없이 그녀는 그렇게 가버렸다. 마치 그가 여기에 더 오래 있을 거라는 걸 알고 있으니 굳이 그런 인사 같은 것은 필요 없다는 듯한 태도였다.

16

　K는 약간 놀란 표정으로 그 자리에 남아 있었는데, 올가가 그 모습을 보고 웃더니 난롯가의 긴 의자로 그를 끌고 갔다. 그녀는 이제 그와 단둘이 앉을 수 있게 되어 정말로 행복한 것 같았다. 그것은 분명 질투심으로 흐릿해지지 않은 평온한 행복이었다. 바로 이렇게 질투심과 거리가 멀다는 것, 따라서 매몰차고 냉랭한 기운이 전혀 감돌지 않는다는 것에 K는 기분이 좋아져, 유혹적이지도 위압적이지도 않고 수줍어하면서도 차분하게 인내하는 듯한 그녀의 푸른 눈을 흐뭇하게 들여다보았다. 프리다와 여주인의 경고 덕분에 그는 이 모든 것에 쉽게 마음이 휩쓸리는 대신 더 조심스럽고 기민해진 것 같았다. 올가는 말하기를, 그가 왜 하필이면 아말리아에게 마음씨가 착하다고 했는지 모르겠다고, 아말리아는 여러 가지 성격을 가지고 있긴 하지만 결코 마음씨가 착하다고는 할 수 없다면서 의아해했고, 그들은 함께 웃었다. 그녀의 말에 K는 착하다는 칭찬은 물론 그녀, 즉 올가를 향해 한 말이었지만, 아말리아는 기가 어찌나 센지 자기 앞에서 이야

기되는 모든 것을 자기에게 동화시켜 버릴 뿐만 아니라 다들 자발적으로 뭐든 그녀에게 나누어 주게 된다고 설명했다. 「정말 그래요.」 올가가 보다 진지한 태도로 말했다. 「당신이 생각하는 것보다 더 그래요. 아말리아는 나보다 어리고, 바르나바스보다도 어리지만, 집안일을 결정하는 건 바로 그 아이거든요. 좋은 일이든 나쁜 일이든 말이에요. 물론 좋은 것이든 나쁜 것이든 그 아이는 다른 식구들 모두보다 더 많은 짐을 짊어지고 있지만요.」 K는 이것이 과장된 말이라고 생각했다. 예컨대 조금 전 아말리아가 자기는 오빠의 일에 신경을 쓰지 않는다면서, 그와 반대로 올가는 그의 일에 대해 뭐든지 다 알고 있다고 말하지 않았던가. 「이걸 어떻게 설명해야 할까요.」 올가가 말했다. 「아말리아는 바르나바스나 나에게는 신경을 쓰지 않아요. 사실 부모님 외에는 누구에게도 신경을 안 써요. 그 애는 밤낮으로 두 분을 돌봐 드리고 있어요. 지금도 두 분이 무얼 드시고 싶은지 물어보고는 음식을 만들러 부엌으로 갔지요. 그 애는 낮부터 몸이 안 좋아서 여기 이 긴 의자에 누워 있었는데, 두 분 때문에 억지로 일어난 거예요. 그런데 그 애가 우리에게 신경을 쓰지 않는데도 우리는 그 애가 맏이라도 되는 양 그 애에게 의지하고 있어요. 만일 그 애가 우리 일에 관해 무슨 조언이라도 한다면 우리는 틀림없이 그 애 말을 따르겠지만 그 애는 그런 말을 하지 않아요. 우리는 그 애에게 남이나 마찬가지니까요. 당신은 사람에 대해 경험이 많으시죠, 타지에서 오셨고요. 그 애가 유달리 똑똑해 보이지 않던가요?」 「유달리 불행해 보이던걸.」 K가 말했다. 「그런데 아말리아는 바르나바스가 심부름꾼 일을 하는 것에 동의하지 않고 심지어 경멸하기까지 하는 눈치던데, 이렇게 그녀가 원치 않는 일을 하는 것은 그녀에게 존경심을 표하는 것과 서로 모순되는 것 아니야?」 「달리 할 수 있는 일을 안다면 바르나바스는 심부름꾼 일을 당장에 집어치울 거예요. 그 일에 조금도 만족을 느끼지 못하니까요.」 「그는 수습을 마친 제화공 아닌가?」 K가 물었다. 「맞아요.」 올가가 말했다. 「그 애는 틈틈이 브룬스비크의 일도 해주고 있어요. 원하기만 하면 밤낮으로 일을 해서 상당한 수입을 올릴 수도 있을 거예요.」 「그렇다면…….」 K가 말했다. 「심부름꾼 일을 대신할 일이 있는 거잖아.」 「심부름꾼 일을 대신한다고요?」 올가가 놀라서 물었다. 「그 애가 그 일을 돈벌이 때문에 맡은 줄 아세요?」 「그럴 수 있지.」 K가 말했다. 「그가 그 일에 만족을 느끼지 않는다고 했잖아.」 「그 애가 그 일에 만족을 느끼지 못하는 것에는 여러 가지 이유가 있어요.」 올가가 말했다. 「그래도 그건 성을 위한 일이에요. 어쨌든 성을 위한 봉사 같은 거죠. 적어도 그렇게 믿어야 해요.」 「뭐라고?」 K가 물었다. 「그런 것까지 못 믿는단 말이야?」 「글쎄 뭐…….」 올가가 말했다. 「그런 건 아니에요. 바르나바스는 사무처에 가서 하인들이나 그런 부류와 어울리다가 멀찌감치서 드문드문 관리들을 보기도 하고, 제법 중요한 서신이나 심지어는 구두로 전해야 하는 통지를 맡기도 하는데, 정말 대단한 일이죠. 어린 나이에 벌써 그만큼이나 출세한 것을 우리는 대견하게 생각해요.」 K가 고개를 끄덕였다. 이제 집으로 돌아갈 생각은 떠오르지도 않았다. 「그는 자기 제복도 가지고 있지?」K가 물었다. 「그 옷옷 말인가요?」올가가 말했다. 「아니에요. 그건 그 애가 아직 심부름꾼이 되기 전에 아말리아가 만들어 준 거예요. 하지만 아픈 곳을 건드리시는군요. 그 애는 이미 진작에 제복이 아니라 — 성에는 제복이 없거든요 — 관의 정식 정장 한 벌을 받아야 했어요. 확약도 받았지만 성에서는 그런 일을 매우 더디게 처리해요. 그런데 문제는 이 더디다는 게 무얼 의미하는지 전혀 모르겠다는 점이에요. 그건 일이 관의 사무적인 절차대로 진행된다는 것을 의미할 수도 있지만, 어쩌면 그 절차는 아직 시작되지도 않았고 따라서 이를테면 바르나바스를 여전히 시험해 보겠다는 뜻일 수도 있어요. 아니면 절차가 이미 끝났으며 무슨 이유에선지 확약이 취소되어 바르나바스가 옷을 결코 받을 수 없게 되었다는 걸 뜻할 수도 있고요. 그에 대한 자세한 내용은 아예 들을 수 없거나 한참 뒤에나 듣게 되는 거지요. 우리 마을에서 상투적으로 쓰는 말이 있는데, 아마 아실지도 모르겠어요. 〈관청의 결정은 어린 소녀처럼 수줍어한다〉라는 말이에요.」「기막힌 통찰이군.」K가 말했다. 그는 이말을 올가보다 더 진지하게 받아들였다. 「기막힌 통찰이야. 그리고 관청의 결정과 소녀는 또 다른 특성을 공통점으로 지니고 있을지도 몰라.」「아마 그렇겠죠.」올가가 말했다. 「그 말을 무슨 뜻으로 하시는지는 모르겠지만요. 혹시 칭찬의 뜻으로 하신 건가요? 어쨌든 관복 얘기를 하자면 그건 바로 바르나바스의 걱정거리 중 하나이고, 우리는 걱정을 함께 나누고 있으니 나의 걱정거리이기도 해요. 왜 그 애는 관복을 못 받을까, 우리가 아무리 궁금해해도 소용없는 일이지요. 그런데 전체적으로 보면 이 문제는 그리 간단하지가 않아요. 가령 관리들은 아예 관복이 없는 것 같거든요. 우리가 아는 한, 또 바르나바스가 이야기하는 바로는, 관리들은 물론 멋지긴 하지만 평범한 옷을 입고 돌아다녀요. 게다가 당신은 클람을 보셨잖아요. 물론 바르나바스는 관리는커녕 최하급 관리조차 아니며, 분에 넘치게 그렇게 되려는 생각도 없어요. 그런데 바르나바스의 말로는 직급이 높은 하인들도 관복이 없다는 거예요. 여기 마을에서는 물론 그들의 모습을 전혀 볼 수가 없지요. 그러면 왠지 좀 위로가 되지 않겠느냐고 처음부터 생각할지 모르지만, 그런 위로는 기만이에요. 아니, 바르나바스가 대체 직급 높은 하인이라도 되나요? 아니요, 아무리 그 애를 아끼는 사람이라도 그렇게 말할 수는 없겠죠. 그 애는 직급 높은 하인이 아니에요. 그 애가 마을로 내려오고 심지어 여기서 산다는 것 자체가 이미 그에 대한 반증이에요. 직급 높은 하인은 관리들보다도 더 몸을 사리는데, 어쩌면 당연한 일인지도 몰라요. 그들은 심지어 상당수의 관리들보다 더 높을지도 모르거든요. 몇 가지 사실이 그 점을 뒷받침해 주는데, 그들은 일을 적게 하는 편이고, 바르나바스의 말로는 그토록 훤칠하고 건장한 사내들이 천천히 복도를 지나가는 모습은 정말이지 장관이래요. 그때마다 바르나바스는 그들 옆을 살그머니 지나다니죠. 요컨대 바르나바스가 직급 높은 하인이라는 것은 말도 안 되는 얘기예요. 그러니까 그 애는 직급이 낮은 하인들 무리에 속한다고 할 수 있는데, 바로 이자들이 관복을 입는 거예요. 적어도 그들이 마을로 내려올 때는 그래요. 사실 그것을 제복이라고 할 수는 없어요. 그렇게 다양할 수가 없거든요. 하지만 어쨌든 그 옷을 입으면 바로 성에서 온 하인이라는 걸 알아볼 수 있지요. 맞아요, 헤렌호프에서 그런 사람들을 보셨잖아요. 그들 옷의 가장 두드러진 점은 대개 몸에 꼭 낀다는 거예요. 농부라든가 직공이라면 그런 옷이 필요 없겠지요. 자, 그런데 바르나바스에게는 그런 옷이 없어요. 그건 단순히 가령 창피하다거나 체면이 깎이는 일만이 아니에요. 그런 거라면 참을 수 있겠지만, 특히 우울할 때에는 — 가끔 우리에겐 그럴 때가 드물지 않게 있어요, 바르나바스와 나 말이에요 — 그것 때문에 모든 걸 의심하게 돼요. 그럴 때면 바르나바스가 하는 일이 과연 성을 위한 일인지 묻게 되죠. 그 애가 사무처로 가는 건 분명한데, 사무처가 정말 성일까요? 그리고 사무처가 성에 속해 있다 해도, 바르나바스가 출입해도 되는 곳이 진짜 사무처일까요? 그 애는 사무처에 들어가지만, 그것은 전체 사무처의 일부일 뿐이에요. 거기엔 목책이 있고, 또 그 뒤에는 다른 사무처가 있어요. 그 애가 계속 나아가는 것이 금지되어 있다고 할 수는 없지만, 그 애가 자기 상관들을 발견하고 그들이 그 애에게 심부름을 시켜 내보내면 더 이상 나아갈 수가 없지요. 더구나 그곳에선 누구든 내내 감시당하고 있다고, 적어도 그렇게들 믿고 있어요. 만일 그 애가 계속 나아간다 해도, 그곳에 아무 공적인 용무도 없이 불쑥 나타난 사람에 지나지 않는다면 그렇게 하는 게 그 애에게 과연 무슨 소용이 있을까요? 그 목책을 어떤 특정한 경계선이라고 생각해서도 안 돼요. 그 점을 바르나바스도 나에게 몇 번이고 일깨워 주었죠. 목책은 그 애가 들어가는 사무처들 안에도 있어요. 그러니 그 애가 통과하는 목책들도 있다는 건데, 그것은 그 애가 아직 넘어 본 일이 없는 것과 모양이 다르지 않아요. 따라서 바르나바스가 아직 못 넘어 본 목책들 뒤에는 그 애가 들어가 본 적이 있는 사무처들과 본질적으로 다른 사무처들이 있을 거라고 처음부터 그렇게 생각할 필요는 없는 거죠. 다만 예의 그 우울한 때에는 그런 생각이 들기도 하거든요. 그러면 의심은 자꾸 커져 가고 도저히 막을 수 없게 되지요. 바르나바스는 관리들과 이야기를 하고, 심부름할 전갈을 받아요. 하지만 그건 어떤 관리들이고, 어떤 전갈들일까요? 그 애의 말로는 지금 자기는 클람에게 배속되어 있고 그에게서 직접 심부름 지시를 받는대요. 그렇다면 그건 정말 대단한 일이죠. 직급 높은 하인들조차 그렇게까지는 못 하니까요. 거의 과분하다고 할 정도라 걱정스럽기까지 해요. 클람에게 직속되어 그와 마주 보고 이야기한다고 한번 생각해 보세요. 그런데 그게 사실일까요? 글쎄, 사실 그대로예요. 하지만 그렇다면 왜 바르나바스는 그곳에서 클람으로 불리는 관리가 진짜로 클람인지를 의심하는 걸까요?」 「올가…….」 K가 말했다. 「설마 농담하려는 건 아니겠지. 어떻게 클람의 외모에 대해 의심할 수 있겠어? 그가 어떻게 생겼는지는 잘 알려져 있는데 말이야. 나도 직접 그를 본 적이 있고.」「물론 그렇지 않아요, K.」올가가 말했다. 「농담이 아니라, 그건 나의 가장 심각한 걱정거리예요. 하지만 내가 이런 이야기를 하는 것은 내 마음을 홀가분하게 하고 당신의 마음을 무겁게 하려는 게 아니라, 당신이 바르나바스에 대해 물었고 아말리아가 이야기해 드리라고 나에게 부탁했으니까, 그리고 좀 더 자세한 내용을 아는 게 당신한테도 도움이 될 거라고 생각해서예요. 거기에다 또 바르나바스 때문이기도 하죠. 당신이 그 애한테 너무 큰 기대를 걸지 않도록, 그 애가 당신을 실망시키고 당신의 실망에 그 애 자신이 괴로워하는 일이 없도록 하기 위해 그러는 거예요. 그 애는 매우 예민한 애예요. 예를 들어, 당신이 어제저녁 불만스러워한 일 때문에 그 애는 지난밤에 잠을 못 잤어요. 당신이 바르나바스 같은 〈그런 심부름꾼밖에〉 없어서 아주 곤란하다고 했다면서요. 그 말이 그에게서 잠을 앗아 간 거예요. 당신 자신은 아마 그 애가 흥분하는 것을 잘 알아채지 못했을 거예요. 성의 심부름꾼은 자기 마음을 잘 다스려야 하거든요. 하지만 그 애에게도 그게 쉽지 않아요. 당신을 상대로도 마찬가지예요. 당신 자신은 그 애한테 그리 많은 걸 요구한다고 생각하지 않겠지요. 당신은 심부름꾼의 임무에 대해 특정한 관념을 가지고 그 기준에 따라 요구 사항들을 정하겠죠. 그러나 성에서는 심부름꾼의 임무에 대해 다른 생각을 가지고 있어요. 바르나바스가 그 임무에 전적으로 헌신한다 하더라도 — 안타깝게도 그 애는 가끔 그럴 마음이 있는 것처럼 보일 때가 있거든요 — 성의 생각이 당신의 생각과 일치할 수는 없어요. 거기에 그대로 따라야 하고, 반대를 해서는 안 되겠지요. 자기가 하고 있는 일이 정말 심부름꾼의 임무에 맞는 건지 의문을 가지지만 않는다면 말이에요. 물론 그 애는 당신 앞에서 그에 대해 의심하는 말을 해서는 안 될 거예요. 만일 그 애가 그렇게 한다면 자신의 생존 근거를 스스로 허물어뜨리고, 아직 자신을 지배한다고 믿는 법칙을 심하게 위반하는 셈이니까요. 그 애는 나한테도 솔직하게 털어놓지 않아서 나는 비위를 맞추고 입맞춤까지 해가며 그 애가 무얼 의심하는지 알아내야 해요. 그래도 그 애는 그 의심이 의심이라는 것을 인정하지 않고 버티는 거예요. 그 애의 핏속에는 무언가 아말리아와 통하는 게 있어요. 유일하게 가까운 사람인 나에게도 모든 걸 다 말하지 않지요. 하지만 우리는 클람에 대해서는 가끔 이야기를 해요. 나는 아직 클람을 본 적이 없지만요. 아시겠지만 프리다는 나를 별로 좋아하지 않아서 내가 그의 모습을 볼 기회를 한 번도 주지 않았지요. 그렇지만 그의 외모는 마을에 잘 알려져 있어요. 그를 본 사람이 몇몇 있고 그에 대해 모두들 들었으니까요. 그래서 눈으로 직접 본 인상과 소문으로 알려진 것, 거기에다 여러 가지 왜곡된 저의가 더해져 클람의 상이 만들어졌는데, 아마 대강의 특징은 일치하겠죠. 하지만 대강의 특징만 그럴 뿐 그 밖의 다른 점은 수시로 변하는데, 클람의 실제 외모만큼은 아닐 거예요. 그는 마을에 들어올 때와 마을을 떠날 때의 모습이 전혀 다르다고 해요. 맥주를 마시기 전과 마시고 난 뒤의 모습이 다르고, 깨어 있는 모습과 잠자는 모습이 다르며, 혼자 있을 때와 대화를 할 때가 다르다는 거예요. 이런 사실로 미루어 보면 그가 저 위 성에 있을 때는 거의 완전히 다른 모습이라는 말도 이해가 돼요. 그리고 마을 안에서 나도는 이야기들 간에도 큰 차이가 있어요. 키, 태도, 몸집, 수염이 이야기들마다 서로 달라요. 하지만 옷에 대해서만은 다행히도 일치하는데 그는 늘 똑같은, 옷자락이 긴 검정 양복을 입고 다닌대요. 그런데 이 모든 차이는 물론 무슨 마술 같은 것에서 비롯되는 것이 아니라 — 쉽게 이해할 수 있는 일이지만 — 목격자가 처해 있는 순간의 기분, 흥분의 정도, 무수히 다양한 등급의 희망 또는 절망에 따라 생기는 거예요. 게다가 목격자는 대개 순간적으로만 클람을 볼 수 있거든요. 나는 바르나바스가 종종 나에게 설명해 준 그대로 이 모든 것을 다시 당신에게 들려주는 거예요. 따라서 개인적으로 직접 이 일과 관련이 없는 사람이라면 그것으로 대개는 안심할 수 있다고 생각해요. 하지만 우리는 그럴 수 없어요. 실제로 클람과 이야기를 하고 있는가 아닌가 하는 것은 바르나바스에게 중대한 문제거든요.」「나한테도 마찬가지야.」K가 말했다. 그리고 두 사람은 난로 옆 긴 의자 위에서 서로 더 가깝게 다가앉았다. 올가가 들려준 이 모든 불리한 정보에 K는 사실 당혹감을 느꼈지만, 적어도 여기서 겉으로나마 자신과 처지가 매우 비슷한 사람들을 발견한 것으로 그 대부분이 상쇄되었다. 그는 이들과 어울려 한패가 될 수 있고, 프리다처럼 몇 가지만이 아니라 많은 점에서 서로 공감할 수 있다고 생각했다. 바르나바스가 뭔가 신통한 소식을 가져다줄 거라는 희망은 점차 사라져 갔지만, 저 위에서 바르나바스의 사정이 나빠질수록 여기 아래에서 그는 K에게 더욱 가깝게 느껴졌다. K는 바르나바스와 그의 누이들이 보여 주는 것과 같은 그런 불행한 노력이 이 마을 자체에서 생겨날 수 있으리라고는 여태껏 상상도 못 했던 것이다. 물론 올가의 설명이 아직 충분하다고는 할 수 없으므로 나중에 가서는 상황이 전혀 다르게 반전될 수도 있었다. 올가의 천진난만한 성격에 넘어가 곧바로 바르나바스의 정직함까지 믿어서는 안 될 일이었다. 「클람의 외모에 대한 여러 가지 이야기는……」 올가가 말을 계속했다. 「바르나바스가 아주 잘 알고 있죠. 많이 모으고 서로 비교도 해보고 했으니까요. 어쩌면 너무 많이 모았는지도 몰라요. 한번은 마을에서 마차 창 너머로 클람을 직접 본 적도 있다는 거예요. 아니면 봤다고 생각했거나요. 그러니까 그를 알아보고도 남을 정도로 충분한 준비가 갖추어져 있는 셈이죠. 그런데 ─ 이걸 어떻게 이해하실까요? ─ 바르나바스가 성의 어느 사무처에 들어갔는데 누군가 여러 관리들 중 하나를 가리키며 그 사람이 클람이라고 말했을 때, 그 애는 그를 알아보지 못했고 그 후로도 오랫동안 그 사람이 클람이라는 것에 익숙해지지 않더래요. 그러니 이제 당신이 바르나바스에게 사람들이 일반적으로 생각하고 있는 클람의 모습과 실제 그 사람이 어떤 점에서 다르냐고 묻는다면, 그 애는 대답을 못 할 거예요. 아니, 대답을 해도 성에서 본 그 관리의 모습을 묘사하겠죠. 그런데 그 애가 묘사하는 클람의 모습은 우리가 들어서 알고 있는 클람의 모습과 정확히 일치하는 거예요. 그럼 나는 이렇게 말하죠. 〈자, 그렇다면 바르나바스, 왜 너는 의심하는 거니? 왜 괴로워하는 거야?〉라고 말이에요. 그러면 그 애는 난처한 기색이 완연하여 성에서 본 그 관리의 특징들을 죽 늘어놓기 시작하는데, 본 대로 전한다기보다는 지어낸다는 느낌이 들어요. 게다가 그 특징들이라는 게 하도 사소해서 — 가령 특이하게 고개를 끄덕이는 모습이라든가 단추를 풀어 놓은 조끼 같은 거 말이에요 — 도무지 진지하게 여겨지지 않는 것들이에요. 내 생각에는 클람이 바르나바스를 대하는 방식이 더 중요한 것 같아요. 바르나바스는 종종 나에게 그걸 설명해 주는데, 그림까지 그려 가며 보여 주기도 했어요. 보통 바르나바스는 사무처의 커다란 방으로 안내를 받는데, 그것이 클람의 사무실은 아니래요. 개인 전용 사무실 같은 건 아예 없다니까요. 길쭉한 그 방은 한쪽 벽에서 다른 쪽 벽까지 닿는 하나의 특별한 높은 책상[5]에 의해 두 부분으로 나뉘어 있어요. 좁은 부분은 두 사람이 겨우 비켜 갈 수 있을 정도로 비좁은데, 거기가 관리들이 쓰는 곳이고 넓은 부분은 민원인, 방청객, 하인, 심부름꾼들이 머무는 곳이에요. 책상 위에는 커다란 책들이 펼쳐진 채로 나란히 놓여 있고 대개 관리들이 그 앞에 선 채 각각의 책들을 읽고 있어요. 하지만 늘 같은 책 앞에 서 있는 것은 아닌데, 그럴 때면 책을 바꾸는 게 아니라 자리를 바꾼대요. 바르나바스가 가장 놀란 것은 그렇게 자리를

5 서서 작업할 수 있도록 상판이 높고 대개 경사지게 만든 책상.

바꿀 때 장소가 비좁아 서로를 밀치면서 지나가야 하는 장면이래요. 높은 책상 바로 앞에는 서기들이 쓰는 낮고 조그만 책상들이 있는데, 그들은 거기에 앉아서 관리들이 명령하면 불러 주는 대로 받아 적어요. 바르나바스는 그들이 어떻게 받아 적는지 늘 신기하게 생각해요. 관리들이 분명하게 명령하는 것도 아니고 큰 소리를 내는 것도 아니라서 구술하고 있는지조차 거의 알아채지 못할 정도거든요. 관리는 여전히 책을 읽고 있는 것으로 보이는데, 다만 그러면서 속삭이듯이 말을 하고 서기는 그것을 듣는 거예요. 구술하는 소리가 너무 낮아서 서기는 앉은 채로는 도대체 무슨 소린지 알아들을 수 없을 때가 많아요. 그럴 때마다 그는 벌떡 일어나 구술하고 있는 내용을 대충 파악하고는 다시 얼른 자리에 앉아 적어 놓은 다음 다시 벌떡 일어나기를 계속 반복해야 한다는 거예요. 이 얼마나 기이한 광경이에요! 좀처럼 이해할 수 없는 일이죠. 바르나바스에게는 물론 이 모든 걸 관찰할 시간이 충분해요. 그곳 방청석에서 그 애가 몇 시간이고, 때로는 며칠이고 서 있어야 클람은 겨우 그 애에게 눈길을 주기 때문이죠. 그 애가 클람의 눈에 띄어 차렷 자세를 취하고 있다 해도 결정된 건 아직 아무것도 없어요. 클람이 눈길을 다시 그 애에게서 책으로 옮긴 다음 그 애를 잊어버릴 수 있거든요. 그리고 그건 흔히 일어나는 일이죠. 세상에 이렇게 보잘것없는 심부름꾼 일이 어디 있겠어요? 바르나바스가 아침 일찍 성에 간다고 하면 애처로운 마음이 들어요. 아무리 봐도 도무지 쓸데없는 이 길, 아무리 봐도 공칠 게 뻔

한 하루, 아무리 봐도 헛된 희망. 이 모든 게 다 무슨 짓일까
요? 게다가 집에는 제화공 일이 쌓여 있고, 일할 사람은 아무
도 없고, 브룬스비크는 계속 재촉해 대는 상황인데 말이에
요.」「그래, 좋아.」K가 말했다. 「무슨 지시를 받을 때까지 바
르나바스는 하염없이 기다려야 한다는 거군. 이해할 만한 일
이야. 이곳에는 직원들이 넘치도록 많은 모양이니까, 누구나
다 매일같이 지시를 받을 수는 없는 노릇이지. 그에 대해 너
희가 한탄할 필요는 없어. 그건 누구나 마찬가지일 테니까
말이야. 하지만 결국엔 바르나바스도 지시를 받지 않겠어?
나한테도 이미 편지를 두 통이나 전해 주었잖아.」「우리가 한
탄하는 것이…….」올가가 말했다. 「잘못인지도 몰라요. 특히
내가 그러는 건 잘못이죠. 나는 모든 걸 소문으로만 들어서
알고 있을 뿐이고, 여자라서 바르나바스만큼 잘 이해하지도
못하니까요. 또 말하지 않은 채 속에 묻어 두는 얘기도 그 애
에게는 많이 있거든요. 하지만 이제 편지가 어떻게 전해지는
지, 예컨대 당신에게 보내는 편지가 어떻게 해서 당신 손에 들
어가게 되는지 들어 보세요. 그 편지를 그 애는 클람한테서
직접 받지 않고 서기한테서 받는대요. 어느 날 어느 시간이고
아무 때나 — 그러니까 성에서의 근무는 아무리 쉬워 보여도
매우 피곤한 일이에요. 바르나바스는 끊임없이 주의를 기울
이고 있어야 하니까요 — 서기가 그 애를 기억해 내고 그 애
한테 손짓을 보낸다는 거예요. 클람이 그렇게 하도록 시키는
것 같지는 않아요. 클람은 조용히 책을 읽고 있다가 이따금
씩 코안경을 닦아요. 평소에도 그는 곧잘 그러는데, 바르나

바스가 올 때 마침 코안경을 닦고 있는 거예요. 그러면서 그는 어쩌면 그 애를 바라보는 건지도 몰라요, 코안경 없이도 볼 수 있다면 말이죠. 바르나바스는 그것을 의심하고 있어요. 클람은 그럴 때 두 눈을 거의 감거든요. 그러면 마치 잠을 자며 다만 꿈속에서 코안경을 닦고 있는 것처럼 보인대요. 그러는 동안 서기는 책상 밑에 있는 수많은 서류와 우편물 속에서 당신에게 보낼 편지를 한 통 찾아내는데, 그것은 그가 방금 쓴 편지가 아니라, 봉투의 모양새로 보아 이미 오랫동안 그곳에 놓여 있던 아주 오래된 편지라는 거예요. 하지만 그게 오래된 편지라면 왜 바르나바스를 그렇게 오랫동안 기다리게 했을까요? 그리고 아마 당신도겠죠? 그리고 결국 그 편지도요. 편지는 이제 이미 옛날 것이 되어 버렸으니까요. 그 때문에 바르나바스는 형편없이 느린 심부름꾼이란 소리를 듣게 되는 거고요. 서기가 하는 일은 물론 간단해요. 바르나바스에게 편지를 건네주면서 〈클람에게서 K에게〉라고 말하고 바르나바스를 보내면 그만이니까요. 그러면 이제 바르나바스는 드디어 손에 넣게 된 편지를 셔츠 안쪽 맨몸에 지니고서 숨을 헐떡이며 집으로 달려오는 거예요. 그러고서 지금처럼 여기 긴 의자에 앉아 그가 이야기를 하면 우리는 모든 걸 하나하나 검토하고 그 애가 이루어 낸 일을 평가하는데, 결국엔 이루어 낸 것이 별게 아니고 그마저도 의심스럽다는 것을 깨닫게 되죠. 그러면 바르나바스는 편지를 옆으로 치워 놓는데, 그것을 전하고 싶은 마음이 통 들지 않는 거예요. 그렇다고 자고 싶은 마음이 드는 것도 아니라서,

제화공 일에 착수해 저기 등받이 없는 의자에 앉아 밤을 꼬박 새우는 거지요. 사정이 이렇다고요, K. 이게 나의 비밀이에요. 그런데 당신은 아말리아가 그걸 무시하는 게 더 이상 이상하지 않은가 봐요?」「그러면 편지는?」K가 물었다. 「편지요?」올가가 말했다. 「그리고 얼마 후 내가 바르나바스를 수도 없이 다그치면 ─ 그러는 동안 몇 날이 가고 몇 주가 지날 수도 있는데 ─ 그 애는 편지를 집어 들고 전달하러 나가죠. 이런 별것 아닌 일에는 나에게 크게 의존하고 있거든요. 즉, 그 애가 한 이야기에서 받은 첫 느낌을 극복하고 나면 나는 다시 마음의 평정을 되찾을 수 있지만, 그 애는 아는 게 더 많아서인지 그럴 수가 없는 거예요. 그러면 나는 그 애한테 몇 번이고 이런 식으로 말해 주곤 하죠. 〈바르나바스, 네가 원하는 게 대체 뭐니? 너는 어떤 삶의 길과 목표를 꿈꾸고 있는 거니? 혹시 우리를, 아니 나를 완전히 떠나야겠다는 거니? 그게 설마 너의 목표야? 내가 그렇게 생각할 수밖에 없지 않겠니? 그게 아니라면 네가 이미 성취한 일에 왜 그토록 불만스러워하는지 이해가 되지 않으니까 말이야. 우리 주변에 누구라도 그만큼이나마 성취한 사람이 있는지 둘러보렴. 물론 그들은 우리와 처지가 다르고 더 나은 살림을 위해 애쓸 이유가 없겠지. 하지만 비교해 보지 않더라도 너는 만사가 아주 잘 풀리고 있다는 걸 알 수밖에 없다니까. 장애물도 있고 의심스럽거나 실망스러운 일도 있지만 그런 건, 우리가 전부터 이미 알고 있는 대로 너에게 거저 주어지는 것은 아무것도 없으며 오히려 아무리 사소한 일이라도 하나

하나 너 자신이 직접 쟁취해 나가야 한다는 걸 뜻할 뿐이야. 그것이 자부심을 가질 이유는 될망정 의기소침해할 이유는 아니지. 그리고 또 너는 우리를 위해서도 싸우는 거잖아? 그게 너한테는 아무 의미도 없는 일이니? 너는 거기서 새로운 힘을 얻지 않니? 나는 너 같은 동생을 두었다는 게 행복하고 우쭐한 마음까지 들 정도인데, 그래도 너는 자신감이 생기지 않니? 사실 나는 네가 성에서 이룬 것이 아니라 내가 너한테서 얻게 된 것에 실망스러워. 너는 성에 들어갈 수 있고, 사무처에 상시로 드나들고, 클람과 같은 공간에서 종일 지내고, 공인된 심부름꾼이고, 관복을 요구할 수 있고, 중요한 서신을 전달하는 임무를 맡고 있지. 이 모든 게 바로 너고, 너는 이 모든 일을 할 자격이 있는 사람인데, 이 아래로 내려오면 우리 둘이서 행복한 나머지 울면서 서로 얼싸안기는커녕 너는 내 모습을 보는 순간 기운이 다 빠져 버리는 모양이야. 너는 모든 걸 의심하면서 구두 골에만 정신이 팔려 우리의 미래를 보증해 주는 편지는 내버려 두겠다는 거니?〉 이런 식으로 나는 그 애를 타이르죠. 그리고 이런 말을 며칠 동안 되풀이한 다음에야 그 애는 한숨을 푹 쉬면서 편지를 집어 들고 나가는 거예요. 그러나 그건 아마 내 말의 효과 때문이 아니라, 다시 성에 가고 싶은 충동이 계속 들기 때문일 거예요. 임무를 수행하지 않고는 감히 성에 가지 못할 테니까요.」
「하지만 네가 그에게 해주는 말은 모두 옳은 소리야.」 K가 말했다. 「모든 걸 올바르게 간추려 말하는 솜씨가 대단하군. 생각하는 게 그렇게 명쾌하다니 놀라워!」 「아니에요.」 올가가 말했다. 「착각하시는 거예요. 어쩌면 그 애도 내가 착각하게 만드는 건지 몰라요. 대체 그 애가 성취한 게 뭘까요? 사무처에 들어갈 수 있다지만, 그건 사무처라기보다는 사무처의 대기실쯤 되는 것 같은데, 아니 어쩌면 그조차도 아니고 사무처에 들어가서는 안 되는 자들을 모두 잡아 두는 방인지도 모르죠. 클람과 이야기를 한다지만, 그게 과연 클람일까요? 그저 클람과 닮은 다른 사람이 아닐까요? 어쩌면 비서일지도 몰라요. 기껏해야 클람과 약간 닮았고 더 닮으려고 애쓰면서 클람처럼 졸린 듯 몽롱한 태도로 거드름을 피우는 비서일 거예요. 그의 이런 특징은 흉내 내기가 아주 쉬워서 이를 시험해 보는 사람도 많이 있는데 현명하게도 다른 특징은 아예 손을 대지 않지요. 그리고 클람처럼 그렇게 많은 사람들이 동경하면서도 거의 범접할 수 없는 사람은 그들의 상상 속에 다양한 모습으로 나타나기 마련이에요. 예를 들어 클람은 이곳에 모무스라는 마을 비서를 두고 있어요. 그렇죠? 그를 알죠? 그 사람도 남들 앞에 나타나는 걸 무척 꺼리지만, 나는 그를 이미 몇 번 본 적이 있어요. 젊고 건장한 양반 아닌가요? 그러니까 아무리 봐도 클람과는 전혀 닮지를 않았어요. 그런데도 당신은 마을에서 모무스가 바로 클람이라고 강변하는 사람들을 만날 수 있을 거예요. 사람들은 이렇게 스스로 혼란을 만들어 내지요. 그런데 성 안이라고 다르겠어요? 누군가 바르나바스에게 저 관리가 클람이라고 말했대요. 두 사람은 실제로 비슷한 점이 있지만 바르나바스는 그 비슷한 점을 끊임없이 의심하고 있어요. 그리고 모든 게 그 애의 의심을 뒷받침해 주지요. 천하의 클람이 그런 공공연한 장소에서 귀 뒤에 연필을 꽂은 채 다른 관리들 틈에 섞여 비비적거려야 할까요? 도저히 있을 수 없는 일이지요. 가끔 바르나바스는 약간 순진하게 ─ 이럴 때는 분명 낙관적인 기분인 경우일 거예요 ─ 이렇게 말하곤 해요. 〈그 관리는 클람과 꼭 닮았어. 그가 자기 사무실의 자기 책상에 앉아 있고 문에 클람의 이름이 붙어 있다면 ─ 나는 더 이상 의심하지 않을 거야.〉 이건 순진한 말이지만 합당한 말이기도 해요. 물론 바르나바스가 저 위에 있을 때 곧바로 여러 사람들한테 실제로는 사정이 어떻게 되는 거냐고 물어보는 편이 더 합당할 거예요. 그 애 말로는 방 안에 그냥 멀거니 서 있는 사람들이 얼마든지 있다니까요. 누가 클람인지 묻지도 않았는데 그 애에게 클람을 알려 준 사람의 말보다 그들의 말이 훨씬 더 믿을 만한 것은 아니더라도, 적어도 그들의 다양한 대답에서 틀림없이 어떤 논거나 유사점 같은 게 도출되지 않겠어요? 이건 내 생각이 아니라 바르나바스의 생각이지만, 그 애는 그것을 감히 실행하려 하지 않아요. 자신이 모르는 규정을 본의 아니게 위반하는 바람에 혹시라도 일자리를 잃게 되지나 않을까 겁이 나서 감히 누구에게라도 말을 걸어 볼 엄두조차 내지 못하는 거예요. 그 애는 그만큼 불안해해요. 그 어떤 설명도 정말이지 보기에도 안쓰러운 이 불안만큼 그 애의 처지를 극명하게 보여 주지는 못해요. 그 애가 이런 순진한 질문을 하려는데 감히 입도 벌리지 못하는 걸 보면 그곳의 모든 것이 그 애의 눈에는 너무나 의심스럽고 위협적으로 보이는 게 틀림없어요. 그 점을 되새겨 생각하면, 나는 그 미지의 장소에다 그 애를 혼자 내버려 두고 있다는 자책감이 들어요. 그곳이 돌아가는 사정을 보면, 겁쟁이라기보다는 모험가에 가까운 편인 그 애조차도 틀림없이 두려운 나머지 벌벌 떨고 있을 정도예요.」

「이제야 결정적인 말을 하는군.」 K가 말했다. 「바로 그거야. 네가 얘기한 걸 다 듣고 나니 이제 분명하게 보이는 것 같아. 그 임무를 맡기에 바르나바스는 너무 어려. 그가 이야기하는 그대로 진지하게 받아들일 만한 건 아무것도 없어. 그는 저 위에서 겁에 질려 죽을 지경이라 무얼 제대로 관찰할 수가 없는데도 여기 아래에서는 보고를 하라고 다그치니까 종잡을 수 없는 허무맹랑한 이야기만 하게 되는 거지. 그러는 게 당연하다고 생각해. 여기 사는 너희들은 나면서부터 관청에 대한 경외심을 지니고 있고, 그 후로도 평생에 걸쳐 계속, 온갖 방면에서 오만 가지 방식으로 주입되는데, 거기에는 너희 자신이 나름대로 일조하는 면도 있어. 하지만 근본적으로 내가 그것에 대해 뭐라고 하는 건 아니야. 어떤 관청이 훌륭하다면 그에 대해 경외심을 갖는다고 해서 안 될 이유가 뭐가 있겠어. 다만 그렇다고는 해도 바르나바스처럼 마을 밖으로 나가 본 적도 없는 철부지 아이를 갑자기 성으로 보내서 그에게 진실한 보고를 요구하고, 그의 말 한 마디한 마디를 마치 계시의 말씀처럼 곱씹어 분석하고, 그 말의 해석에 자기 삶의 행복이 좌우되게 해서는 안 되지. 이보다 더 잘못된 일은 있을 수 없어. 물론 나도 너와 마찬가지로 그 아이에게 현혹되어 기대를 걸기도 하고 실망을 하기도 했는데, 두 가지 다 그의 말에서 비롯된 것이었으니 전혀 근거가 없었던 셈이지.」올가는 잠자코 있었다.「동생에 대한 너의 믿음…….」K가 말했다.「그걸 흔들어 놓아서 내 마음이 편치는 않아. 네가 동생을 얼마나 사랑하는지, 동생에게서 무엇을 기대하는지 알겠으니까 말이야. 하지만 나는 그럴 수밖에 없는 일이고, 적어도 너의 사랑이나 기대와는 무관한 일이야. 그런데 생각해 봐. 번번이 무언가가 너를 방해하고 있어서 ― 그게 무엇인지는 모르겠지만 ― 너는 바르나바스가 이루어 낸 게 아니라 그에게 거저 주어진 것을 완전히 깨닫지 못하고 있어. 그는 사무처, 아니 원한다면 네 말대로 대기실에 들어갈 수가 있지. 그럼 이제 대기실이라고 해두자고. 그런데 거기에는 다른 데로 계속 나아갈 수 있는 문이 있고, 재주가 있다면 통과할 수 있는 목책도 있어. 예컨대 나 같은 사람에게 그 대기실은 적어도 지금으로서는 들어갈 수 없는 곳이야. 그곳에서 바르나바스가 누구와 이야기를 하는지 나는 모르는데, 어쩌면 그 서기는 하인들 중 가장 낮은 지위일 수도 있겠지. 하지만 그렇다 해도 그는 바르나바스를 바로 위의 하인에게 데려갈 수 있고, 만일 데려갈 수 없다면 적어도 그 이름은 말해 줄 수 있고, 만일 이름을 말해 줄 수 없다면 그 이름을 말해 줄 수 있을 다른 사람을 알려 줄 수 있겠지. 소위 클람이라는 자는 실제의 클람과 전혀 공통점이 없을지도 모르고, 서로 비슷하다 해도 너무 흥분한 나머지 눈이 먼 바르나바스에게만 그렇게 보였을지 몰라. 또 그자는 관리들 중 최말단일지도 모르며, 어쩌면 아예 관리가 아 닐지도 몰라. 하지만 그는 무언가 임무를 맡고 있어서 예의 그 높은 책상 앞에 붙어 서 있고, 커다란 책 속에서 무언가를 읽고 있고, 서기에게 무슨 말인가를 속삭이기도 하고, 오랜 시간이 흘러 한 번쯤 그의 시선이 바르나바스에게 가 닿게 되면 무언가를 생각하기도 하지. 그리고 비록 이 모든 게 사 실이 아니고 그와 그의 행동에 아무런 의미가 없다 할지라 도, 누군가 그를 그 자리에 앉힌 건 사실이니 거기에는 무슨 의도가 있었을 거야. 이 모든 얘기를 통해 내가 말하려는 것 은 무언가 있다는 것, 바르나바스에게 무언가, 적어도 무언 가는 제공되고 있다는 것이고, 그런데 그가 그것으로 성취할 수 있는 것이 의심과 불안과 절망밖에 없다면 그건 바르나 바스의 잘못일 뿐이라는 거야. 이때 나는 가장 불리한 경우, 더구나 도저히 있을 수 없는 경우를 전제로 했어. 왜냐하면 우리는 편지를 손에 쥐고 있기 때문이지. 나는 그 편지들을 그다지 신뢰하지 않지만 바르나바스의 말보다는 훨씬 신뢰 하고 있어. 그것이 비록 무가치한 편지 더미에서 아무렇게나 끄집어낸 오래되고 역시 무가치한 편지들이라 해도, 마치 대 목장의 카나리아가 어느 한 남자의 점괘를 위해 무더기 속 에서 부리로 제비를 뽑는 데 필요한 정도의 분별력으로 아무 렇게나 끄집어낸 것이라 해도 말이야. 그렇다 해도 적어도 그 편지들은 어떻게든 나의 일과 관계가 있고, 아마 나한테 이익이 되는 내용 같지는 않지만 나에게 온 것이라는 건 분 명해. 그리고 그것은 면장과 그의 부인이 증언해 주었듯이 클람이 손수 작성한 편지들이고, 다시 면장 말에 의하면, 사적이고 불분명하기는 하지만 큰 의미를 갖는 편지들이라는 거야.」「면장이 그렇게 말했나요?」 올가가 물었다. 「응, 그렇게 말했어.」 K가 대답했다. 「바르나바스에게 그 얘기를 해줘야겠어요.」 올가가 재빨리 말했다. 「그러면 그 애는 무척 힘이 날 거예요.」 「하지만 힘을 북돋워 주는 일은 그에게 필요 없어.」 K가 말했다. 「힘을 북돋워 주려면 그의 말이 옳다고, 그러니 지금까지 하던 방식대로만 계속 해나가라고 말해 주면 되는데, 그런 방식으로 그는 결코 아무것도 성취할 수 없을 거야. 두 눈이 붕대로 감겨 있는 사람더러 붕대를 통해 앞을 보라고 아무리 힘을 북돋워 주어도 그는 결코 아무것도 볼 수 없을 테니까 말이야. 붕대를 풀어 주어야 비로소 볼 수가 있지. 바르나바스가 필요로 하는 건 도움이지 힘을 북돋워 주는 격려가 아니야. 자, 생각 좀 해봐. 저 위의 관청은 얼마나 큰지 그 전체를 가늠할 수 없을 정도인데 ── 이곳에 오기 전에 나는 관청에 대해 대충 그림을 그릴 수 있을 거라고 생각했는데, 도대체 얼마나 순진한 생각이었는지 ── 어쨌든 저기 관청이 있고 바르나바스가 그것에 맞서고 있는데, 그 말고는 아무도 없고, 오직 그뿐이고, 가련하게도 혼자서 그러고 있는 거야. 그런 그로서는 평생 아무 존재감 없이 사무처의 컴컴한 구석에 웅크린 채 지내지 않는 것만으로도 과분한 영광이라 할 수 있지.」 「아니에요, K.」 올가가 말했다. 「우리가 바르나바스가 맡은 임무의 중대성을 과소평가하고 있다고 생각하지 마세요. 당신 자신이 말했듯이 우리는 관청에 대해 경외심을 갖고 있어요.」「하지만 그릇된 경외심이지.」K가 말했다. 「비합리적인 경외심이고, 그런 경외심은 대상의 품격을 떨어뜨릴 뿐이야. 바르나바스가 그 방에 출입해도 되는 특전을 그곳에서 아무 하는 일 없이 하루하루 시간만 보내는 데 남용한다면, 이 아래로 내려와 자신이 저 위에서 벌벌 떨며 두려워했던 대상들을 헐뜯고 깎아내린다면, 혹은 절망하거나 피곤해서 편지를 바로 배달하지 않고 맡겨진 전갈을 바로 전하지 않는다면, 그것을 과연 경외심이라고 부를 수 있을까? 그런 건 더 이상 경외심이라 할 수 없겠지. 하지만 비난은 아직 끝난 게 아니야. 너도 마찬가지야, 올가. 너라고 봐줄 순 없어. 너는 관청에 대해 경외심을 갖고 있다고 하면서도 그토록 어리고 약하고 의지할 데 없는 바르나바스를 성으로 보냈지. 아니, 못 가게 붙잡기라도 해야 했는데 그러지도 않았잖아.」

「당신이 나에게 하는 비난……」올가가 말했다. 「나도 이미 오래전부터 나 자신에게 하고 있어요. 하지만 내가 바르나바스를 성에 보냈다는 비난은 옳지 않아요. 내가 그 애를 보낸 게 아니라 그 애 스스로 간 거예요. 하지만 나는 온갖 수단을 다해 설득도 하고, 꾀를 써보기도 하고, 안 되면 완력을 써서라도 그 애를 말려야 했어요. 그래요, 내가 그 애를 말려야 했어요. 그런데 오늘이 그날, 그 결정적인 날이고, 내가 바르나바스의 곤경, 우리 가족의 곤경을 그때와 다름없이 오늘도 느낀다면, 그리고 바르나바스가 모든 책임과 위험을 뚜렷하게 의식한 채 다시 미소 지으며 조용히 내 곁을

298

떠나간다 해도, 그동안의 온갖 경험에도 불구하고 나는 역시 오늘도 그 애를 붙잡지 않을 거예요. 당신도 내 입장이라면 달리 어쩔 수 없을 거라고 생각해요. 당신은 우리가 처해 있는 곤경을 알지 못해요. 그래서 우리를, 특히 바르나바스를 부당하게 보는 거예요. 당시 우리는 오늘보다는 더 큰 희망을 품고 있었지만 그때도 우리의 희망은 크지 않았고 우리의 곤경만 컸었는데, 그건 지금도 마찬가지죠. 그런데 프리다가 우리에 대해 아무 얘기도 하지 않던가요?」「슬쩍 암시만 했을 뿐이지……」 K가 말했다. 「이렇다 할 얘기는 없었어. 그녀는 너희들 이름만 들어도 흥분해.」「주인아주머니도 아무 얘기 안 했나요?」「응, 아무 얘기도.」「그러면 그 밖에 아무도요?」「아무도.」「당연해요. 누가 무슨 얘기를 어떻게 할 수 있겠어요! 누구나 우리에 대해 무언가를 알고는 있지요. 사람들이 진실에 접근할 수 있다면 그만큼의 진실을 알고 있을 테고, 아니면 적어도 어떻게든 전해 들은 소문이거나 대개는 스스로 지어낸 소문을 알고 있는 거예요. 그리고 누구나 필요 이상으로 우리를 생각하지만, 그걸 솔직하게 이야기하는 사람은 아무도 없을 거예요. 그들은 그런 걸 입에 담기를 꺼리거든요. 그리고 그 점에선 그들이 옳아요. 이 얘기를 끄집어내는 건 당신에게조차 쉽지 않아요, K. 그리고 당신과 별로 관계가 없어 보일지라도 이 얘기를 들으면 당신은 여길 떠나 다시는 우리에 대해 아무것도 알려고 하지 않을지도 몰라요. 그러면 우리는 당신을 잃게 되겠죠. 고백하자면 당신은 지금 나에게 바르나바스가 해온 이때까지의 성 근무보다 더 중요하거든요. 그래도 — 이 모순 때문에 나는 저녁 내내 괴로워하고 있어요 — 당신은 이 얘기를 알아야 해요. 그러지 않으면 우리의 처지를 전체적으로 이해하지 못할 것이고, 그래서 바르나바스를 계속 부당하게 대할 테니까요. 그러면 내 마음이 특히 아플 거예요. 그리고 우리 사이에 꼭 필요한 마음의 완전한 일치가 이루어지지 않으면 당신은 우리를 도울 수도, 우리의 도움을 받을 수도 없을 거예요. 공무 외의 사사로운 도움 말이에요. 그런데 아직 질문이 있어요. 당신은 그 얘기를 알고 싶은가요?」「왜 그런 걸 묻는 거지?」K가 말했다. 「필요한 거라면 알고 싶어. 그런데 왜 그렇게 묻는 거야?」「미신 때문이에요.」올가가 말했다. 「당신은 우리 일에 휘말려 들게 될 거예요. 아무런 죄도 없이, 바르나바스보다 죄가 더 많지도 않으면서 말이에요.」「어서 이야기해 봐.」K가 말했다. 「나는 두렵지 않아. 다른 여자들처럼 조바심을 내다간 일을 실제보다 더 고약하게 만들게 돼.」

17
아말리아의 비밀

　「스스로 판단해 보세요.」 올가가 말했다. 「그런데 이 얘기는 아주 단순하게 들려서, 그것이 어떻게 큰 의미를 가진다는 건지 언뜻 이해가 되지 않을 거예요. 성에는 소르티니라는 관리가 있어요.」 「나도 그 사람에 대해 들은 적이 있어.」 K가 말했다. 「나를 초빙하는 일에 관여했던 사람이지.」 「그렇지 않을 거예요.」 올가가 말했다. 「소르티니는 사람들 앞에 좀처럼 모습을 드러내지 않거든요. 〈d〉를 쓰는 소르디니와 혼동하시는 거 아녜요?」 「맞아.」 K가 말했다. 「소르디니였어.」 「그래요.」 올가가 말했다. 「소르디니에 대해서는 다들 아주 잘 알고 있지요. 일을 가장 열심히 하는 관리 중 한 사람으로 소문이 자자해요. 반면에 소르티니는 철저히 틀어박혀 지내기 때문에 대부분은 그를 잘 몰라요. 3년쯤 전에 나는 그를 처음이자 마지막으로 보았어요. 7월 3일 소방 협회의 축제 때였지요. 성에서도 참가해 새 소방펌프 한 대를 기증했어요. 소르티니는 부분적으로 소방대 관련 업무를 맡고 있다는데, 어쩌면 그도 그냥 대리로 참석한 것뿐인지 모르지만 — 관리들은 서로 대신 참석하는 일이 흔하기 때문에 어느 관리가 무얼 담당하는지 알기가 어려워요 — 어쨌든 그때는 소방펌프를 건네주는 행사에 참석했어요. 물론 성에서는 다른 관리들과 하인들도 왔는데, 소르티니는 자기 성격에 걸맞게 맨 뒷전에 물러나 있었어요. 조그맣고 약하게 생겼으며 사색에 잠긴 듯한 모습이었어요. 그를 본 사람이면 다들 그의 이마에 주름살이 잡히는 모양이 특이하다고 느꼈죠. 말하자면 모든 주름살이 — 그는 분명 마흔을 넘지 않았을 텐데 주름살이 엄청 많았어요 — 이마에 부채꼴처럼 펼쳐지며 곧장 양미간으로 내리뻗었어요. 그런 모양은 한 번도 본 적이 없었죠. 그런데 그 축제 말이에요. 우리, 즉 아말리아와 나는 이미 수주일 전부터 그것을 손꼽아 기다리고 있었어요. 나들이옷도 부분적으로 새로 손질을 해두었고요. 특히 아말리아의 옷은 정말 아름다웠어요. 하얀 블라우스는 레이스 층이 여러 겹으로 겹쳐서 앞쪽이 불룩하게 나왔는데, 그렇게 하라고 어머니가 자신의 레이스까지 모두 빌려주셨거든요. 나는 그때 샘이 나서 우느라고 축제 전날 밤을 반쯤 새우다시피 했어요. 아침에 브뤼켄호프의 여주인이 우리의 모습을 구경하러 왔을 때에야 비로소 —」「브뤼켄호프의 여주인이?」K가 물었다. 「네.」 올가가 말했다. 「그녀는 우리와 아주 친했어요. 어쨌든 그녀가 와서 보고는 아말리아가 낫다는 걸 인정하지 않을 수 없어서 나를 달래기 위해 자신의 보헤미아산 석류석 목걸이를 빌려주었어요. 그렇게 외출 준비가 끝나고 아말리아가 내 앞에 섰을 때 우리는 모두 그 애의 모습을 감탄하며 바라보았어요. 그러자 아버지가 이런 말씀을 하시는 거예요. 〈다들 내 말을 잘 기억해 둬라, 오늘 아말리아는 신랑을 얻는다〉라고요. 그때 나는 왜 그랬는지 모르겠는데, 내 자랑거리인 목걸이를 풀어 아말리아의 목에 걸어 주었어요. 더 이상 시샘 같은 건 느끼지도 못했어요. 나는 그 애의 승리 앞에 별수 없이 허리를 굽힐 수밖에 없고, 다들 그녀 앞에서 그렇게 해야 한다고 생각했지요. 그때 그 애의 모습이 보통 때와 다르게 보여서 우리 모두 깜짝 놀랐던 것 같아요. 그 애가 원래 그렇게 아름다운 건 아니었거든요. 하지만 그 후로 계속 지니게 된 그 애의 음울한 시선이 우리 머리 위를 스쳐 지나가면 사실상 우리는 그 애 앞에서 거의 자기도 모르게 허리를 굽히게 되었지요. 모두들 그것을 깨달았고, 우리를 데리러 온 라제만 부부도 그랬어요.」「라제만이라고?」K가 물었다. 「네, 라제만요.」올가가 말했다. 「우리는 꽤 명망이 높았거든요. 이를테면 우리 없이는 축제가 제대로 시작되지도 못했을 거예요. 아버지가 소방대의 제3훈련대장이었으니까요.」「그때는 아직 그렇게 정정하셨나?」K가 물었다. 「아버지요?」올가는 전혀 이해가 안 된다는 듯 되물었다. 「3년 전만 해도 아버지는 젊은이나 다름없었어요. 일례로 헤렌호프에 불이 났을 때 갈라터라는 뚱뚱한 관리를 등에 업고 달려 나올 정도였으니까요. 나도 그 현장에 있었는데, 사실 화재의 위험은 없었고 난로 옆 마른 장작에서 연기가 나기 시작할 뿐이었어요. 하지만 갈라터가 겁을 집어먹고 창밖을 향해 도와 달라고 소리치는 바람에 소방대가 달려왔고, 불은 이미 꺼졌지만 아버지는 그를 들쳐 업고 나오지 않으면 안 되었어요. 아무튼 갈라터는 몸집이 비대해 잘 움직이지도 못하는 사람이니 그런 경우에 조심하지 않을 수 없었죠. 내가 이 이야기를 하는 건 오직 아버지 때문이에요. 그 후로 고작 3년 조금 지났을 뿐인데, 저기 앉아 계신 모습 좀 보세요.」지금에야 K는 아말리아가 어느새 다시 방 안에 들어와 있는 것을 보았다. 그녀는 저 멀리 떨어져 있는 부모의 식탁에 앉아 류머티즘으로 양팔을 움직이지 못하는 어머니에게 음식을 떠먹여 주면서, 아버지에게는 조금만 더 참으면 자기가 곧 그리로 가서 그에게도 먹을 것을 주겠다고 말했다. 하지만 그렇게 일러 주어도 소용 없었다. 아버지는 먹고 싶은 마음이 너무 간절해 부실한 자기 몸에도 개의치 않고 수프를 숟가락으로 떠먹으려고 했다가 직접 접시에 입을 대고 마시려고도 했는데 어느 쪽도 제대로 되지 않자 화를 내며 투덜거렸다. 숟가락은 입에 닿기도 전에 수프가 흘러 비워졌고, 입 대신 아래로 축 늘어진 콧수염만 자꾸 접시에 들어가는 바람에 수프가 사방으로 뚝뚝 떨어지고 튀면서 정작 입에 들어가는 것은 하나도 없었다. 「3년 만에 저렇게 되신 건가?」K가 물었다. 그러나 그는 노인들과 식탁 모퉁이에서의 광경을 보고도 동정심은 커녕 여전히 역겨움만 느꼈다. 「네, 3년 만에…….」올가가 천천히 말했다. 「아니, 보다 정확히 말하면 축제가 열린 몇 시간 만에 그렇게 되셨어요. 축제는 마을 어귀 시냇가의 풀밭에서 열렸어요. 우리가 도착했을 때는 이미 엄청난 인파로 떠들썩했죠. 인근 여러 마을에서도 사람들이 많이 왔거든요. 시끌시끌한 소리에 정신이 쏙 빠질 지경이었어요. 물론 우리는 먼저 아버지에게 이끌려 소방펌프 쪽으로 갔어요. 아버지는 그것을 보자 기쁜 나머지 웃었어요. 새 펌프에 마음이 행복해진 거예요. 아버지는 손으로 그것을 만지며 우리에게 설명하기 시작했어요. 다른 사람들이 이견을 내놓거나 설명을 중단시키는 것을 아버지는 용납하지 않았어요. 펌프 밑에 볼 것이 있으면 우리는 모두 몸을 구부리고서 펌프 아래로 기어 들어가다시피 해야 했지요. 바르나바스는 그렇게 하기를 거부하다가 얻어맞기도 했어요. 아말리아만은 소방펌프를 거들떠보지도 않고 아름다운 드레스를 입은 채 꼿꼿이 서 있었는데, 누구도 감히 그 애한테는 뭐라고 하지 못했어요. 내가 몇 번인가 달려가 팔을 잡았지만 그 애는 아무 말도 없이 가만히 있었어요. 지금도 우리가 어떻게 해서 소방펌프 앞에 그렇게 오랫동안 서 있게 되었는지 모르겠어요. 그러다가 아버지가 그곳을 떠나려고 했을 때야 비로소 소르티니가 거기에 있는 것을 깨달았지 뭐예요. 그는 그동안 내내 펌프 뒤쪽의 손잡이에 몸을 기대고 있었던 모양이에요. 물론 주변은 엄청나게 요란한 소음으로 가득했는데, 단지 여느 축제 때와 같은 소음만은 아니었어요. 성에서는 소방대에 트럼펫 몇 대도 기증했거든요. 조금만 힘을 주어 불면, 어린아이라도 더없이 요란한 소리를 낼 수 있는 특별한 악기였어요. 소리만 들으면 터키 사람들이 쳐들어왔구나 하는 생각이 들 정도였죠. 그 소리에 잘 적응이 되지 않아 새로 불 때마다 사람들은 처음처럼 화들짝 놀라곤 했어요. 그리고 새 트럼펫이라 다들 불어 보려고 했는데 아무래도 마을 축제이다 보니 그런 것도 허용되었지요. 바로 우리 주변에서, 아마 아말리아 때문에 모여든 듯한 몇 사람이 그렇게 불어 대고 있었어요. 그런 상황에서 아버지가 시키는 대로 소방펌프에도 주의를 기울여야 했으니 정신을 차리기란 어려운 일이었지요. 그래서 우리는 이상하리만치 그렇게 오랫동안 소르티니를 알아차리지 못한 거예요. 게다가 그 전까지 우리가 전혀 모르는 사람이었으니까요. 〈저기에 소르티니가 있어요〉라고 마침내 라제만이 아버지에게 속삭였을 때 나는 그 자리에 있었어요. 아버지는 깊이 머리 숙여 인사하고는 흥분한 태도로 우리에게도 인사하라고 눈짓을 보냈어요. 그를 모르는 채로 아버지는 예전부터 소르티니를 소방 문제 전문가로 존경해 왔고 집에서도 곧잘 그에 대해 이야기하곤 했었기 때문에, 지금 소르티니를 실제로 본다는 것은 우리에게 매우 뜻밖의 일이자 의미심장한 일이었어요. 그러나 소르티니에게 우리는 안중에도 없는 눈치였는데, 이것은 소르티니만의 특성이 아니고, 관리들 대부분은 일반 대중에게 무관심한 것 같아요. 게다가 그는 피곤해 보였고, 오직 직무상의 의무만이 그를 여기 아래 붙들어 두고 있는 것 같았지요. 그리고 그런 공공 행사에 대표로 참석해야 하는 의무를 부담스러워한다고 해서 최악의 관리는 아니에요. 다른 관리와 하인들은 기왕 참석한 거니까 주민들과 뒤섞여 어울렸던 거예요. 하지만 소르티니는 소방펌프 옆을 떠나지 않은 채 무언가 부탁이나 아부를 하며 접근하려는 자들을 모두 침묵으로 쫓아내고 있었어요. 그래서 그는 우리가 그를 알아차린 것보다 더 늦게 우리를 알아차렸죠. 우리가 경외심에 가득 찬 태도로 허리 굽혀 정중히 인사를 하고 아버지가 우리에 대해 변명의 말을 하려고 할 때야 그는 비로소 우리 쪽으로 눈길을 돌려 피곤한 표정으로 한 사람씩 차례대로 쳐다보았어요. 마치 한 사람 옆에 다른 사람이 자꾸 이어지는 것에 지쳐 한숨을 쉬는 듯한 모습이었는데, 그러다가 마침내 시선이 아말리아한테 와서 멈추었어요. 그 애가 그보다 훨씬 더 키가 컸기 때문에 그는 올려다보지 않을 수 없었지요. 순간 그는 흠칫 놀라 주춤하더니 아말리아에게 다가가려고 끌채[6]를 훌쩍 뛰어넘었어요. 처음에 우리는 오해를 하고서 아버지를 따라 다 같이 그에게 가까이 가려는데, 그가 손을 쳐들어 우리를 못 오게 한 다음 물러가라고 손짓했어요. 그게 전부였어요. 그러고 나서 우리는 아말리아가 이제 정말 신랑감을 찾았다며 마구 놀려 댔고, 분별없게도 그날 오후 내내 무척 즐거운 기분이었어요. 그러나 아말리아는 전보다 더 말이 없어졌어요. 〈저 애는 소르티니에게 홀딱 반해 버렸군.〉 늘 좀 거칠고 아말리아 같은 기질의 사람을 이해할 줄 모르는 브룬스비크가 그렇게 말했어요. 하지만 이번에는 그의 말이 맞는 것 같았지요. 우리는 그날 정신 나간 사람들처럼 익살스럽게 놀았고, 자정이 넘어 집에 돌아왔을 때 아말리아를 제외하고는 모두 성에서 내준 달콤한 포도주에 온몸이 마비된 듯 취해 있었어요.」

6 수레 모양의 소방펌프를 말들과 연결시키는 긴 막대.

「그럼 소르티니는?」 K가 물었다. 「네, 소르티니 말이죠.」 올가가 말했다. 「축제가 벌어지는 동안에 나는 지나가면서 소르티니를 몇 차례나 더 보았는데, 그는 끌채 위에 앉아 팔짱을 낀 채 성에서 마차가 그를 데리러 올 때까지 내내 그대로 있었어요. 소방 훈련 참관 자리에도 오지 않았어요. 그때 아버지는 바로 소르티니가 지켜볼 거라는 기대감 속에 같은 연배의 남자들 누구보다도 뛰어난 활약을 보였는데 말이에요.」 「그러면 그에 대해 들은 건 그것밖에 없는 거야?」 K가 물었다. 「너는 소르티니에 대해 존경심이 큰 것 같은데.」 「네, 존경하지요.」 올가가 말했다. 「그래요, 그에 관한 얘기가 더 있어요. 다음 날 아침에 우리는 술에 취해 자고 있다가 아말리아의 비명 소리에 잠을 깼어요. 다른 사람들은 금방 다시 잠에 빠져들었지만, 나는 완전히 깨어나 아말리아에게 달려갔지요. 그 애는 손에 편지 한 통을 든 채 창가에 서 있었어요. 방금 전에 웬 남자가 창 너머로 그녀에게 건네준 편지였는데, 그는 아직 창밖에서 회답을 기다리고 있었지요. 아말리아는 그 편지를 — 편지는 짧았어요 — 이미 다 읽고서 그걸 쥔 손을 축 늘어뜨리고 있었어요. 그 애가 그렇게 지쳐 있을 때면 얼마나 사랑스러운지 몰라요. 나는 그 애 옆에 무릎을 꿇고 앉아 그 편지를 읽었어요. 다 읽기가 무섭게 아말리아는 나를 힐끗 본 뒤 그걸 다시 집어 들었지만 더는 읽을 수가 없어 갈기갈기 찢고는 그 조각들을 밖에 있는 남자의 얼굴에 뿌리더니 창문을 닫아 버렸어요. 이것이 바로 그 결정적인 날 아침에 벌어진 일이었어요. 나는 그날 아침을 결정적이라고 말하지만, 사실 그 전날 오후의 순간순간도 마찬가지로 결정적이었지요.」「편지에는 뭐라고 쓰여 있었는데?」 K가 물었다. 「아, 아직 그 이야기를 하지 않았군요.」 올가가 말했다. 「그 편지는 소르티니가 보낸 거였고, 수신자는 석류석 목걸이를 한 처녀로 되어 있었어요. 그 내용을 이제는 그대로 옮길 수가 없네요. 아말리아에게 그가 있는 헤렌호프로 올 것을 요구하는 내용이었는데, 그것도 반 시간 후면 소르티니가 떠나야 하니까 당장 오라는 거였어요. 편지는 내가 들어 본 적도 없는 상스럽기 짝이 없는 표현들로 쓰여 있어서 문맥으로만 그 뜻을 대충 짐작했을 뿐이에요. 아말리아를 모르는 사람이 이 편지만 읽어 봤다면 누군가 감히 이렇게 형편없는 편지를 써 보낸 것으로 보아 이 처녀는 틀림없이 이미 능욕을 당했다고 생각했을 거예요. 설령 그녀의 털끝 하나 건드려지지 않았다 해도 말이에요. 그러니까 그것은 연애편지가 아니었고, 그 안에 상대의 환심을 사려는 말 같은 것은 없었어요. 소르티니는 오히려 아말리아의 모습에 마음을 빼앗겨 자신의 일을 못 하게 된 것에 화가 난 것 같았어요. 우리가 나중에 잘 생각해 보니, 소르티니는 그날 저녁 성으로 돌아가려다가 오직 아말리아 때문에 마을에 머물게 되었는데, 밤에도 아말리아 때문에 잠을 이루지 못하자 화가 치밀어 아침에 그 편지를 쓰지 않았나 싶어요. 아무리 침착한 여자라도 그 편지를 대하면 처음에는 분통을 터뜨리지 않을 수 없을 거예요. 아말리아가 아닌 다른 여자였다면 그러다가 십중팔구 그 위협적이고 성난 말투에 겁을 먹고 불안감에 휩싸였을 텐데, 아말리아는 분을 좀처럼 삭이지 못했어요. 자신에 대해서나 다른 사람에 대해서나 그 애는 겁이라는 걸 모르거든요. 그러고서 내가 다시 침대 속으로 기어 들어가 〈너 그럼 곧 오는 거지, 안 그러면 — !〉 하고 뒤가 끊어진 마지막 문장을 되뇌는 동안, 아말리아는 창가 의자에 앉아 밖을 내다보고 있었는데 그 모습이 마치 또 다른 심부름꾼들이 오기를 기다리며 누가 오든 첫 번째 심부름꾼과 똑같이 대해 주겠다고 벼르고 있는 것 같았어요.」「그게 바로 관리들이야.」K가 머뭇거리며 말했다. 「그들 중에는 그런 자들이 더러 있지. 아버지는 어떻게 하셨어? 해당 부서에다 소르티니에 대해 강력하게 항의는 하셨겠지. 더 빠르고 확실한, 헤렌호프로 가는 길을 택하지 않았다면 말이야. 이 이야기에서 가장 불쾌한 점은 아말리아가 모욕당한 일이 아니야. 그건 쉽게 보상받을 수도 있는 일이지. 네가 왜 그 일을 그토록 지나치게 중시하는지 모르겠군. 소르티니는 왜 그런 편지를 가지고 아말리아를 영원히 웃음거리로 만들었을까, 네 이야기에 따르면 그렇게 생각할 수도 있겠지만 그건 있을 수 없는 일이야. 아말리아가 명예를 회복하는 건 그리 어렵지 않고, 며칠만 지나면 그런 사건은 금세 잊히는 법이니까. 소르티니는 아말리아가 아니라 자기 자신을 웃음거리로 만든 셈이지. 따라서 내가 소르티니에 대해 경악하는 것은, 권력을 그렇게 남용할 수 있다는 가능성 때문이야. 이 경우에는 표현이 너무 노골적이었고 속이 훤히 다 들여다보인 데다 아말리아가 만만찮은 상대라는 게 여실히 드러나서 실패로 돌아갔지만, 다른 경우라면 당하는 사람의 형편이 조금만 더 불리해도 백이면 백 영락없이 성공을 거둘 수 있고 어느 누구의 시선에서도 벗어나 감쪽같이 넘어갈 수 있을 거야. 당한 사람의 시선까지도 말이야.」「조용히 해요.」올가가 말했다. 「아말리아가 이쪽을 보고 있어요.」아말리아는 부모에게 음식 먹여 주는 일을 끝마치고 지금은 어머니의 옷을 벗겨 주려는 참이었다. 그녀는 방금 어머니의 치마끈을 풀고 두 팔을 자기 목에 감도록 한 다음 어머니를 약간 들어 치마를 벗기고는 다시 살며시 내려놓았다. 어머니의 몸이 더 불편해서 어머니를 먼저 시중드는 것뿐인데 늘 그게 불만인 아버지는 딸의 동작이 굼뜨다고 제멋대로 생각하고서 아마이를 응징하려는 듯 스스로 옷을 벗으려고 했다. 그런데 가장 불필요하고도 가장 쉬운 일, 너무 커서 헐렁거리는 슬리퍼를 벗는 일부터 시작했는데도 그것은 도무지 벗겨지지 않았다. 그러다가 숨이 가빠지고 목이 쉬어 그르렁거리는 소리가 나자 그는 그 일을 곧 포기하지 않을 수 없어 다시 뻣뻣한 자세로 의자에 기대어 앉았다. 「결정적인 것을 깨닫지 못하는군요.」올가가 말했다. 「당신 말이 모두 옳을지 모르지만, 결정적인 것은 아말리아가 헤렌호프에 가지 않았다는 거예요. 그 애가 심부름 온 사람을 어떻게 대했는가는 그 자체로 그래도 봐줄 만하고 그냥 덮어 두고 넘어갈 수 있는 일이었는지 몰라요. 그러나 그 애가 가지 않았다는 것, 그 일로 해서 우리 가족에게는 저주가 내려져 이제는 물론 심부름꾼을 그렇게 대한 것도 용서받을 수 없는 일이 되었고 세상에까지 불거져 나와 공공연히 주목을 받게 되었어요.」「뭐라고!」K는 그렇게 소리쳤다가 올가가 애원하듯 두 손을 들자 즉시 목소리를 죽여 말했다. 「설마 언니가 되어 가지고 동생인 아말리아가 소르티니의 명령을 받들어 헤렌호프로 달려갔어야 했다고 말하는 건 아니겠지?」「그럼요.」 올가가 말했다. 「제발 그런 의혹 좀 받지 않았으면 좋겠어요. 어떻게 그렇게 생각하실 수 있어요? 나는 자기가 하는 모든 일에서 아말리아처럼 그렇게 당당한 사람을 보지 못했어요. 만일 그 애가 헤렌호프로 갔다 해도 나는 물론 마찬가지로 그 애의 행동이 옳다고 했을 거예요. 하지만 그 애가 가지 않은 건 영웅적이었지요. 솔직히 말해, 내가 만일 그런 편지를 받았다면 나는 갔을 거예요. 나는 나중에 닥칠 일이 두려워 못 견뎠을 텐데, 아말리아만은 그럴 수 있었어요. 몇 가지 방책이 있었지요. 다른 여자 같았으면 예를 들어 예쁘게 몸치장을 하느라 시간을 좀 보낸 뒤 헤렌호프에 가보니 소르티니는 이미 떠났더라고 얘기했을지도 모르죠. 어쩌면 그는 심부름꾼을 보내고서 곧바로 떠났을지도 몰라요. 높은 분들의 기분은 수시로 변하기 때문에 그럴 가능성이 심지어는 매우 높거든요. 그러나 아말리아는 그렇게 하지 않았고, 그 비슷한 일도 하지 않았어요. 너무 심한 모욕을 받았기 때문에 그 애는 유보를 두지 않고 즉답을 한 거예요. 어떤 식으로든 겉으로나마 따르는 척만 했더라도, 제때 헤렌호프의 문턱을 한 발짝만이라도 넘었더라면 이런 화는 면할 수 있었을 텐데 말이에요. 이 마을에는 아주 수완이 뛰어난 변호사들이 있는데, 그들은 사람들이 원하기만 하면 무(無)에서도 뭐든지 다 만들어 낼 수 있을 정도거든요. 그런데 이 경우에는 그 이로운 〈무〉조차 없었고, 있는 것이라곤 오직 소르티니의 편지에 대한 모독과 심부름꾼에 대한 모욕뿐이었지요.」「그런데 대체 얼마나 큰 화를 당했단 말이야!」 K가 말했다. 「그리고 변호사들이라니! 소르티니의 악질적인 행위 때문에 아말리아를 고발하거나 처벌할 수는 없는 것 아니야?」「아니요.」 올가가 말했다. 「그럴 수 있었어요. 물론 정식 재판에 의한 건 아니고 직접적인 처벌도 아니지만, 다른 방식으로 그 애를 처벌했지요. 그 애와 우리 가족 전체를 말이에요. 그 벌이 얼마나 무거운 것인지 당신도 이제 깨닫기 시작할 거예요. 당신은 부당하고 터무니없다고 생각하겠지만, 마을에서 그런 생각을 하는 사람은 극히 드물어요. 그런 생각은 우리에게 매우 유익하고 위로가 되어 주겠죠. 그것이 명백하게 오류에서 비롯된 게 아니라면 말이에요. 그건 쉽게 증명해 보일 수 있어요. 그러면서 내가 프리다에 대한 얘기를 하더라도 용서해 주세요. 프리다와 클람 사이에서는, 그게 결국 어떻게 되었는지는 논외로 하고, 아말리아와 소르티니 사이에서 벌어진 것과 아주 비슷한 일이 일어났어요. 당신은 그 일에 대해 처음에는 깜짝 놀랐더라도 지금은 올바로 보시겠죠. 익숙해져서 그런 건 아닐 거예요. 단순한 판단이 문제일 때는 익숙해졌다고 해서 감각이 그렇게 무디어질 수 없으니까요. 그저 오류를 버리는 것일 뿐이에요.」「아니야, 올가.」 K가 말했다. 「이 일에 왜 프리다를 끌어들이는지 모르겠군. 경우가 전혀 다른데 말이야. 그렇게 근본적으로 다른 것을 서로 뒤섞지 말고 이야기를 계속해 봐.」「제발…….」 올가가 말했다. 「내가 계속 비교를 하겠다고 해도 나쁘게 생각하지 마세요. 당신이 프리다를 비교의 대상이 되지 않도록 지켜 주어야겠다고 생각하신다면, 그건 역시 그녀와 관련해서 아직 오류가 남아 있다는 거예요. 그녀를 지켜 줄 필요는 전혀 없고 그저 칭찬해 주기만 하면 돼요. 내가 두 경우를 비교한다고 해서 물론 그 둘이 같다고 말하는 건 아니에요. 둘의 관계는 흑과 백의 관계와 같은데, 백이 프리다예요. 최악의 경우라고 해 봐야, 내가 주점에서 못되게 군 것처럼 — 그러고서 나중에 몹시 후회했어요 — 프리다를 비웃을 수 있는 정도예요. 이때 비웃는 자는 분명 심술이나 시기심이 나서 그러는 거겠지만, 어쨌든 비웃을 수는 있지요. 그러나 아말리아의 경우에는, 그 애와 혈연 관계가 없는 사람이라면 오직 그 애를 경멸할 수 있을 뿐이에요. 그렇기 때문에 둘은 당신 말처럼 근본적으로 다른 경우이지만, 그래도 비슷한 면이 있어요.」「비슷하지도 않아.」 K는 못마땅한 듯 고개를 가로저었다. 「프리다 얘기는 그만해. 프리다는 아말리아가 소르티니에게서 받은 것 같은 그런 추잡한 편지를 받지도 않았고, 클람을 진정으로 사랑했어. 그걸 못 믿겠다면 그녀에게 물어봐도 돼. 그녀는 지금도 그를 사랑하고 있어.」「하지만 그게 큰 차이일까요?」 올가가 물었다. 「클람이라고 프리다에게 그런 편지를 쓰지 않았을 거라고 생각하세요? 높으신 분들은 책상에서 일어서기만 하면 다 마찬가지예요. 일단 세상 물정에

어둡고 사람들을 대하는 데 서툴러요. 그래서 방심하다가 상스럽기 짝이 없는 말을 하기 일쑤지요. 다 그런 건 아니지만, 그런 분들이 많이 있어요. 아말리아에게 보낸 편지도, 실제로 무슨 말을 쓰고 있는지 전혀 주의를 기울이지 않은 채 머릿속에 떠오른 생각을 그대로 종이 위에 쏟아 놓은 것뿐인지도 몰라요. 높으신 분들의 생각을 우리가 어찌 알겠어요! 클람이 프리다를 어떤 말투로 상대했는지 직접 듣거나 전해 들은 적이 있나요? 클람이 매우 거칠고 상스럽다는 건 잘 알려진 얘기예요. 몇 시간 동안 아무 말도 하지 않고 있다가 느닷없이 몸서리가 날 정도로 상스러운 말을 내뱉는다고 하더군요. 소르티니에 대해서는 그런 점이 알려지지 않았어요. 대체적으로 그에 대해서는 알려진 게 거의 없지만 말이에요. 사실 그에 대해 사람들이 알고 있는 거라곤 그의 이름이 소르디니와 비슷하다는 것뿐이지요. 이렇게 이름이라도 비슷하지 않았다면 필시 아무도 그를 몰랐을 거예요. 소방 전문가로서도 사람들은 아마 그를 소르디니와 혼동하고 있는 게 분명해요. 본래 소르디니가 진짜 전문가인데, 그는 이름이 비슷하다는 것을 이용해 대표자로서의 행사 참석 의무를 소르티니에게 떠넘긴 채 방해받지 않고 자기 일을 계속하려 했던 거예요. 그런데 소르티니처럼 세상 물정에 어두운 사내가 갑자기 마을 처녀에 대한 사랑에 사로잡힌다면, 당연히 옆집 사는 목공 수습생이 사랑에 빠질 때와는 모양이 다르겠죠. 또한 관리와 제화공의 딸 사이에는 어떻게든 해소되어야 할 커다란 격차가 있다는 점도 고려하지 않을 수 없고요. 소르티니는 이런 식으로 시도했던 거예요. 다른 사람은 다르게 할지 모르지만요. 사실 우리는 모두 성에 속해 있으니 격차 같은 것은 없고 해소되어야 할 것도 없다고 할 수도 있어요. 그 말도 대체로는 옳을지 모르지만, 유감스럽게도 문제가 바로 거기에 달려 있게 되면 그 말이 옳지 않다는 것을 볼 기회가 생기는 거예요. 어쨌든 이 모든 것으로 당신은 소르티니의 행동 방식을 더 잘 이해할 수 있게 되었을 테고 보다 덜 터무니없는 것으로 여기게 되었을 텐데, 그것은 사실 클람의 행동 방식과 비교해 보면 훨씬 더 이해할 만해지고, 아주 가까운 관계를 갖더라도 훨씬 더 참아 줄 만해지죠. 만일 클람이 다정한 편지를 쓴다면 그건 소르티니의 가장 상스러운 편지보다도 더 곤혹스러운 일일 거예요. 그렇다고 내 말을 오해하지는 마세요. 내가 감히 클람에 대해 무슨 판단을 하려는 건 아니니까요. 나는 단지 당신이 비교하는 걸 거부하니까 비교해 보는 것뿐이에요. 클람은 마치 여자들의 사령관 같아요. 어떤 때는 이 여자를 오라고 명령하고, 어떤 때는 저 여자를 오라고 명령하는데, 누구도 오래 데리고 있는 법이 없고, 오라고 명령할 때와 마찬가지로 가라고도 명령하지요. 아, 클람은 겨우 편지 한 통 쓰느라 애쓰는 일은 결코 하지 않을 거예요. 이에 비하면 여자관계도 알려진 바 없고 콕 틀어박혀 혼자 사는 소르티니가 자리를 잡고 앉아 혐오스러운 내용이긴 하지만 멋들어진 관료식 필체로 편지를 쓴다는 건 여전히 대단한 일이죠. 그래서 이렇게 비교해 본 결과 두 사람의 차이가 클람에게 유리한 게 아니라 오히려 그 반대라면, 그런 차이는 프리다의 사랑 때문에 빚어진 걸까요? 관리들과 여자들의 관계는 판단하기 매우 어렵거나 매우 쉽다고 나는 생각해요. 그 관계에 사랑이 없는 건 결코 아니에요. 하지만 관리들이 짝사랑을 하는 일도 없지요. 이와 관련해 어떤 처녀에 대해 말할 때 ── 프리다만을 놓고 얘기하는 건 아니에요 ── 그녀가 단지 사랑한다는 이유만으로 관리에게 자신을 바쳤다고 한다면 그건 칭찬의 말이 아니예요. 그녀는 그를 사랑해서 자신을 바쳤을 뿐 칭찬받을 일은 아무것도 없어요. 하지만 아말리아는 소르티니를 사랑하지 않았다고 이의를 달겠지요. 글쎄 뭐, 그 애가 그를 사랑하진 않았죠. 그렇지만 어쩌면 그를 사랑했을지도 몰라요. 그걸 누가 판단할 수 있겠어요? 그 애 자신도 못 할 거예요. 관리가 퇴짜맞는 일은 한 번도 없었을 텐데, 그를 그렇게 매섭게 물리쳤다면 그 애는 어떻게 자기가 그를 사랑한다고 생각할 수 있겠어요? 바르나바스가 그러는데, 아말리아는 자신이 3년 전 창문을 쾅 닫았을 때의 그 울림 때문에 지금도 가끔 몸을 떤다고 해요. 그것도 사실이고, 그래서 차마 그 애한테 물어볼 수가 없어요. 자기가 소르티니와의 관계를 끝내 버렸다는 것, 그 사실 말고 그 애가 알고 있는 건 아무것도 없으니까요. 자기가 그를 사랑하는지 아닌지 그 애는 모르거든요. 그러나 우리는 알아요. 관리들이 자기를 향해 일단 몸을 돌리면 여자들은 그들을 사랑할 수밖에 없다는 것을, 자신은 아무리 부인하려 해도 이미 관리들을 사랑하기 시작한다는 것을 말이에요. 그런데 소르티니는 아말리아를 향해 몸을 돌린 정도가 아니라 끌채를 뛰어넘어 그녀에게 왔어요. 늘 책상에 앉아 일하느라 뻣뻣해진 다리로 글쎄 끌채를 뛰어넘었다고요. 하지만 아말리아는 예외라고 말하시겠죠. 그래요, 그 애는 예외예요. 그것은 그 애가 소르티니에게 가기를 거부했을 때 스스로 증명했죠. 그건 예외가 되고도 남을 일이에요. 그런데 이제 그 애가 소르티니를 사랑하지도 않았다고 한다면 그것은 예외라 하기에도 너무 지나친 얘기일 거예요. 도저히 이해할 수 없는 일이라고요. 그날 오후 우리는 정말이지 눈이 멀어 버려 앞뒤 분간도 제대로 할 수 없었지만, 온통 안갯속 같은 상황 틈으로 희미하게나마 아말리아에게서 누군가에 대한 연정의 그림자 같은 것을 얼핏 보았다는 생각이 떠오른 걸 보면 그래도 약간은 제정신이 남아 있었나 봐요. 자, 이 모든 걸 다 모아 놓고 비교해 보면 프리다와 아말리아 사이에 과연 어떤 차이가 있을까요? 유일한 차이라면 아말리아가 거부한 걸 프리다는 받아들였다는 것뿐이죠.」「그럴지도 모르지.」 K가 말했다. 「하지만 내 입장에서 중요한 차이는 프리다는 내 약혼녀지만, 아말리아는 성의 심부름꾼인 바르나바스의 누이로서 그녀의 운명이 바르나바스의 임무와 어떻게든 얽혀 있을 거라는 점 말고는 근본적으로 나와 별 상관이 없는 여자라는 거야. 네 이야기를 듣고 처음에 떠오른 생각처럼, 만일 어떤 관리가 아말리아에게 비명을 빽 지를 정도로 심하게 부정한 짓을 저질렀다면 나는 그 일에 지대한 관심을 보였을지 몰라. 하지만 그런 경우에도 아말리아의 개인적인 아픔보다는 공적인 문제점이 훨씬 더 크게 다가왔겠지. 그런데 이제 네 이야기를 듣고 난 뒤 인상이 달라졌어. 어떻게 해서 달라지게 되었는지는 잘 이해가 안 되지만, 이야기하는 사람이 바로 너니까 충분히 신빙성이 있는 거라고 봐야겠지. 그러니까, 나는 이제 그 일을 아주 흔쾌히 싹 무시해 버리고 싶어. 나는 소방수도 아닌데 소르티니가 나와 무슨 상관이 있겠어? 하지만 프리다는 나와 상관이 많은 사람이기에, 내가 전적으로 믿었고 언제까지라도 믿고 싶은 네가 에둘러 아말리아를 통해 끊임없이 프리다를 공격해서 내가 그녀에 대한 의혹을 느끼게끔 만들려고 한다는 게 나로서는 얄궂게 느껴지네. 나는 네가 의도적으로, 아니면 심지어 악의를 갖고서 그런다고는 생각하지 않아. 그렇게 생각했다면 나는 진작 여기를 떠나야 했겠지. 너는 의도적으로 그러는 게 아니라 상황에 이끌려 어쩌다 보니 그렇게 된 걸 거야. 아말리아를 사랑하는 마음에서 그녀를 다른 여자들보다 높이 치켜세우려는데, 정작 아말리아에게서는 그 목적에 맞는 훌륭한 점을 찾을 수 없으니까 하는 수 없이 다른 여자들을 깎아내려서라도 그 뜻을 이루려는 게지. 아말리아의 행동은 유별나고 괴팍스럽지만, 네가 그에 대해 이야기하면 할수록 그것이 대단한 건지 시시한 건지, 현명한 건지 어리석은 건지, 대담한 건지 비겁한 건지 더욱더 분간할 수가 없어. 아말리아는 그 동기를 가슴속에 묻어 두고 있어서 아무도 그녀에게서 그걸 빼내지 못할 거야. 그에 반해 프리다는 무슨 유별난 행동을 한 일이 전혀 없고 단지 자신의 마음을 따라 행동한 것뿐이지. 호의를 가지고 들여다보면 누구에게나 명백한 일이고, 누구나 따져 보고 확인할 수 있는 일이니, 공연히 여러 말 할 여지도 없어. 하지만 나는 아말리아를 깎아내리거나 프리다를 두둔하려는 게 아니라, 단지 내가 프리다와 어떤 관계인지를, 그리고 프리다에 대한 공격은 어느 것이든 동시에 내 존재에 대한 공격이라는 점을 너에게 분명히 해두려는 것뿐이야. 나는 내 뜻에 따라 이곳에 왔고 역시 내 뜻에 따라 이곳에 딱 붙들려 지내고 있지만, 그 후로 일어난 모든 일들과 특히 내 장래에 대한 전망들 — 아무리 불투명하더라도 어쨌든 나한테도 전망은 있지 — 이 모든 건 다 프리다 덕분인데, 그건 토론한다고 해결될 문제가 아니야. 나는 이곳에 물론 토지 측량사로 채용되었지만 겉으로만 그랬을 뿐 사람들은 나를 가지고 놀았고 어느 집에서나 나를 쫓아냈어. 지금도 나를 가지고 노는 건 마찬가지지만 훨씬 더 번거로워졌지. 말하자면 나는 몸집이 커진 셈인데 그것만으로도 상당히 중요한 일이야. 다 보잘것없지만 그래도 어느새 나에겐 가정이 있고, 일자리와 실제로 하는 일거리가 있고, 내가 다른 일로 바쁠 때면 내 직무를 덜어 줄 약혼녀도 있어. 나는 그녀와 결혼해서 마을 주민이 될 거야. 또 클람과는 공적인 관계 외에, 지금까지는 물론 써먹지 못했지만 사적인 관계도 맺고 있어. 그래도 이 정도면 대단한 거 아니야? 그리고 내가 너희 집에 오면 너희가 맞이하는 사람이 누구지? 너는 또 누구에게 너희 가족 이야기를 털어놓고 있지? 비록 아주 빈약하고 희박한 가능성이기는 하지만 네가 그래도 뭔가 도움을 기대할 수 있는 사람은 누구지? 설마 예컨대 일주일 전만 해도 라제만과 브룬스비크에 의해 완력으로 그들 집에서 쫓겨난 측량사로서의 나는 아니겠고, 뭔가 이미 어떤 권력 수단을 갖고 있는 남자에게서 기대하겠지. 그런데 내가 그런 권력 수단을 갖게 된 것은 바로 프리다 덕분이야. 프리다는 아주 겸손한 여자라서 네가 그런 걸 물어봐도 틀림없이 그에 대해 조금도 모른다고 할 거야. 하지만 어느 모로 보나, 순진한 프리다가 거만하기 짝이 없는 아말리아보다 이룬 게 더 많은 것 같단 말이야. 그리고 참, 나는 네가 아말리아를 위해 도움을 구하고 있다는 인상을 받았어. 그렇다면 누구한테서지? 사실 프리다 말고는 없지 않겠어?」「내가 프리다에 대해 그렇게 나쁘게 말했나요?」 올가가 말했다. 「나는 절대 그럴 마음이 없었고, 또 그렇게 한 것 같지도 않지만, 어쩌면 그랬을지도 모르겠네요. 우리는 세상 모든 사람들과 사이가 틀어져 버린 처지라, 불평을 하기 시작하면 거기에 정신이 사로잡혀 말이 어디로 가는지 모르니까요. 당신 말도 맞아요. 지금 우리와 프리다 사이에는 큰 차이가 있어요. 그러니 그것을 일단 강조해야겠어요. 3년 전에 우리는 시민 계층의 딸이었고 프리다는 고아로 브뤼켄호프의 하녀였어요. 우리는 옆을 지나치며 그녀를 거들떠보지도 않았죠. 사실 너무 거만했지만 그렇게 교육을 받았어요. 하지만 지금의 상황은, 그날 저녁 헤렌호프에서 당신도 알아차렸을 거예요. 프리다는 손에 채찍을 들고 있었고, 나는 하인들 무리 속에 있었으니까요. 그러나 실상은 더욱더 좋지 않죠. 프리다는 우리를 업신여기고 있는지도 모르겠는데,

그녀의 지위에서 보면 그럴 만도 해요. 실제의 사정 때문에 그럴 수밖에 없지요. 하지만 우리를 업신여기지 않는 사람이 어디 있겠어요! 우리를 업신여기겠다고 마음먹으면 곧바로 가장 큰 무리에 속하게 되는데요. 프리다의 후임자를 아세요? 페피라는 여자예요. 나는 그저께 저녁에야 그녀를 처음 알게 되었는데, 그 전까지 그녀는 객실 하녀였어요. 나를 업신여긴다는 면에서 그녀는 확실히 프리다를 능가해요. 창밖을 내다보다가 내가 맥주를 가지러 오는 모습을 보자 득달같이 달려와 문을 닫아걸더군요. 그래서 나는 오랫동안 애원하지 않을 수 없었고, 애원 끝에 머리에 달고 있던 리본을 주겠다고 약속하자 그녀는 문을 열어 주었어요. 하지만 리본을 주었더니 글쎄 그걸 구석에 던져 버리지 뭐예요. 뭐, 나를 무시할 테면 하라지, 상관없어요. 부분적으로나마 나는 그녀의 호의가 필요하거든요. 그녀가 헤렌호프의 주점을 맡고 있으니까요. 물론 그녀는 임시로만 그 일을 하고 있을 뿐 거기서 계속 일하는 데 필요한 자질이 없어요. 주인이 페피와 이야기하는 걸 잘 들어 보고 그 말투를 프리다와 이야기할 때의 말투와 비교해 보기만 해도 알 수 있지요. 하지만 그렇다고 페피가 아말리아까지 멸시하는 걸 막을 도리는 없어요. 아무리 땋은 머리를 하고 나비 리본을 맸어도 그 쬐끄만 페피쯤은 아말리아가 한 번 쳐다보기만 해도 단박에 방에서 꺼져 버리게 할 수 있을 거예요. 그녀의 짧고 굵은 다리만으로는 도저히 그럴 수 없을 만큼 잽싸게 말이에요. 어제도 나는 그녀가 아말리아에 대해 험담하는 소리를 들어 주어야 했는데 어찌나 부아가 치미는지 혼났어요. 당신도 이미 본 일이 있듯이, 마침내 손님들이 나를 상대해 줄 때까지 듣고 있어야 했죠.」「겁에 잔뜩 질려 있군.」 K가 말했다. 「나는 단지 프리다를 그녀가 마땅히 있어야 할 자리에 갖다 놓았을 뿐, 지금 네가 생각하는 것처럼 너희를 깔보려던 건 아니었어. 내가 보기에도 너희 가족은 뭔가 특별한 데가 있어. 이미 내색했듯이 굳이 감출 생각은 없어. 하지만 그런 특별함이 어떻게 업신여기는 계기가 될 수 있는지 이해가 안 가는군.」 「아, K⋯⋯.」 올가가 말했다. 「당신도 곧 이해하게 될까 봐 두려워요. 소르티니에 대한 아말리아의 태도가 이렇게 멸시를 받게 된 최초의 계기였다는 걸 전혀 모르겠단 말인가요?」 「그건 너무 이상하잖아.」 K가 말했다. 「그 일로 아말리아를 찬탄하거나 비난한다면 몰라도 멸시를 한다니 말이야. 그리고 나로서는 이해할 수 없는 감정 때문에 정말로 아말리아를 멸시한다면, 왜 그 멸시를 너희들에게, 애꿎은 가족에게까지 확대시키는 거지? 예를 들어 페피가 너를 업신여기는 건 너무하는 짓이지. 내가 다시 헤렌호프에 가게 되면 그녀에게 보복을 해줄게.」「K⋯⋯.」 올가가 말했다. 「만일 당신이 우리를 멸시하는 사람들의 생각을 모두 바꿔 놓을 작정이라면 그건 힘겨운 일일 거예요. 모든 게 성에서 비롯되는 일이니까요. 그날 아침에 이어 오전에 벌어진 일을 나는 아직 똑똑히 기억하고 있어요. 당시 우리 집 조수였던 브룬스비크가 여느 날처럼 그날도 왔고, 아버지는 그에게 일거리를 나눠 줘서 집으로 보냈죠. 그러고서 우리는 식탁에 앉아 아침을 먹었는데, 아말리아와 나를 빼고는 다들 매우 생기가 넘쳤어요. 아버지는 줄곧 축제 이야기를 하셨는데, 소방대에 관해 여러 가지 계획을 갖고 계셨어요. 즉, 성에는 자체 소방대가 있는데 축제에 파견단을 보내 와서 그들과 이런저런 상의를 했대요. 축제에 참석한 성의 나리들은 우리 소방대의 활동을 보더니 매우 호의적인 견해를 표했고, 성 소방대의 활동과 비교해 본 결과 우리 쪽이 더 우수하다는 평가를 내린 거예요. 그래서 성의 소방대 조직을 개편할 필요성이 있다는 얘기가 나왔고, 그러기 위해선 마을 출신의 교관이 필요했어요. 그 후보로 몇 사람이 물망에 올랐는데 아버지는 자신이 선택될 것으로 기대하셨죠. 아버지는 그에 대한 이야기를 하시며 식사 때 즐겨 하시듯 몸을 쭉 펴고 양팔로 식탁을 절반쯤 껴안은 자세로 앉아 계셨는데, 열린 창문 밖으로 하늘을 올려다보시는 그 얼굴은 참으로 젊고 희망에 차 있었어요. 그런데 이제 다시는 그런 모습의 아버지를 볼 수 없게 된 거예요. 그때 아말리아가 도도한 자세로 — 우리는 그 애한테 그런 면이 있을 줄 몰랐는데 — 이렇게 말했어요. 나리들의 그런 말은 별로 신뢰할 만한 게 못 되고, 그들은 그런 기회에 뭔가 솔깃한 말을 하곤 하지만 그건 별 의미가 없거나 전혀 무의미한 말이라고, 말이 나오자마자 이미 영원히 잊혀 버리는 셈인데, 물론 다음번에도 사람들은 그들의 말에 다시 속아 넘어간다고 말이에요. 어머니는 그런 말을 한다고 그 애를 나무라셨지만, 아버지는 딸의 조숙하고도 노련한 모습에 그저 웃기만 하시다가 흠칫 놀라며 그제야 무언

324

가 사라진 것을 깨닫고서 그걸 찾으시는 것 같았어요. 하지만 사라진 게 아무것도 없자, 브룬스비크가 어떤 심부름꾼과 찢어진 편지에 대한 이야기를 했다면서 우리에게 그 일에 대해 아는 게 있는지, 그것이 누구와 관련이 있고 어떤 일인지 물으셨어요. 우리는 잠자코 있었는데, 당시 새끼 양처럼 어렸던 바르나바스가 뭔가 멍청하거나 당돌한 말을 했던 것 같고, 누가 다른 얘기를 꺼내면서 그 일은 잊히고 말았죠.」

18
아말리아의 형벌

「그러나 그 후 곧 우리는 편지 이야기에 관해 사방으로부
터 질문 공세를 받았고, 친구와 적, 아는 사람 모르는 사람
할 것 없이 몰려왔지만 모두 오래 머물지는 않았어요. 가장
친한 친구들이 가장 서둘러 떠났지요. 평소 언제나 느리고
점잖던 라제만은 들어오더니 마치 방 크기를 살펴보려는 듯
방 안을 한 번 빙 둘러보고는 그걸로 그만이었어요. 라제만
이 달아나자 아버지는 다른 사람들을 놔두고 급히 그의 뒤
를 쫓아 대문 앞까지 갔다가 포기하고 말았는데, 마치 짜증
스러운 애들 장난을 보는 것 같더군요. 이번에는 브룬스비
크가 와서 아버지에게 일을 그만두고 독립하겠다고 아주 솔
직하게 말하는 거예요. 때를 이용할 줄 아는 약삭빠른 사람
이지요. 단골손님들은 찾아와 수선을 맡긴 자신의 장화를
찾으려고 아버지의 창고를 뒤져 댔어요. 처음에는 아버지도
그들의 마음을 돌려 보려고 했지만 ─ 우리도 모두 나서서
있는 힘껏 아버지를 거들어 드렸죠 ─ 얼마 후에는 포기해
버리고 말없이 그들이 장화 찾는 일을 도와주셨어요. 주문

장부에는 하나둘 줄이 그어지며 주문이 취소되었고, 집에 비축되어 있던 가죽 재고도 공급한 자들에게 반환되었고, 그동안 쌓인 빚도 청산되었어요. 모든 일이 아주 사소한 분쟁도 없이 처리되었지요. 사람들은 우리와 맺었던 관계를 신속하고 완전하게 해소할 수만 있다면 그것으로 만족했고, 그 과정에서 손해를 좀 보더라도 개의치 않았어요. 그리고 마침내, 이건 예상할 수 있었던 일이지만, 소방대장 제만이 나타났어요. 아직도 그 장면이 눈에 선해요. 제만은 키가 크고 건장하지만 약간 구부정하고 폐병을 앓는 사람으로, 늘 진지한 얼굴에 도무지 웃을 줄을 몰랐어요. 그는 아버지를 경탄하며 자랑스러워했고, 속을 터놓고 이야기할 때는 아버지에게 부대장 자리를 약속하기도 했지요. 그런 그가 이제 협회에서 아버지를 면직하고 면허장의 반납을 요청한다는 말을 전하러 온 거예요. 마침 우리 집에 와 있던 사람들은 하던 일을 내려놓고 몰려들어 두 남자를 둥그렇게 에워쌌어요. 제만은 아무 말도 못 하고 그저 계속해서 아버지의 어깨만 툭툭 두드렸어요. 마치 자기가 해야 할 말이 떠오르지 않아 아버지를 두드려 그 말이 튀어나오게 하려는 듯 말이에요. 그러면서 그는 계속 웃었는데, 웃음으로써 아마 자신과 모두를 다소 진정시키려는 모양이었어요. 하지만 그는 웃을 줄 모르는 사람이고, 아직 아무도 그가 웃는 소리를 들어 본 적이 없었기 때문에 그것이 웃는 거라고 생각하는 사람은 없었지요. 그러나 아버지는 이미 그날 일로 너무 지치고 절망스러워 제만을 거들어 줄 형편이 아니었어요. 아니, 너무 지쳐

서 도대체 뭐가 문제인지 곰곰이 생각해 볼 힘도 없어 보였
어요. 우리도 모두 절망스럽기는 마찬가지였지만, 아직 젊
었기 때문에 그렇게 완전히 무너진다는 건 생각할 수도 없었
지요. 우리는 줄지어 오는 수많은 방문객 속에서 결국 모든
걸 중단시키고 다시 되돌릴 사람이 나타나리라고 내내 생각
했어요. 분별력이 없는 우리 눈에는 제만이 그 일에 특히 적
격인 것 같았죠. 우리는 그 계속되는 웃음 속에서 마침내 명
쾌한 해결의 말이 튀어나오기를 마음 졸이며 기다렸어요. 우
리에게 일어난 이 어처구니없는 부당함이 아니라면 대체 그
가 무슨 일로 웃었겠어요. 〈대장님, 대장님, 이제 사람들에게
그 말을 해주세요〉라고 우리는 속으로 애원하며 그에게 다
가갔지만 그는 절묘하게 몸을 돌려 우리를 외면할 뿐이었어
요. 그런데 그가 드디어 말을 시작하는 거예요. 그건 우리의
은밀한 소원을 들어주기 위해서가 아니라, 힘내라고 격려하
거나 뭐 하는 거냐고 짜증을 내는 사람들의 외침에 응하기
위해서였지요. 우리는 여전히 희망을 버리지 않았어요. 그는
아버지를 거창하게 칭찬하는 말부터 시작했어요. 아버지를
일컬어 협회의 자랑거리라느니, 범접할 수 없는 후진들의 귀
감이라느니, 없어서는 안 될 회원이라느니 하면서 아버지가
물러난다면 협회가 와해될지도 모른다고까지 하더군요. 그
쯤에서 끝냈다면 모든 게 아주 좋았을 거예요. 그런데 그는
말을 이어 갔어요. 그럼에도 불구하고 이제 협회가 아버지
에게, 물론 당분간이기는 하지만 물러나 줄 것을 요청하기
로 결정했다면, 협회가 그렇게 하지 않을 수 없는 이유의 심

각성을 사람들이 깨닫게 될 거라고요. 어제의 축제만 해도 아버지의 눈부신 활약이 없었더라면 결코 그만큼 잘되지는 못했을 텐데, 바로 그 활약 때문에 관청에서도 특히 관심을 보였을 거라고, 협회는 이제 세상의 주목을 잔뜩 받는 처지가 되었으므로 전보다 더 자신의 순결함에 유의해야만 한다고 했어요. 그런데 때마침 심부름꾼 모욕 사건이 발생했고, 이에 협회로서는 다른 방도가 없었기에 그가, 즉 제만이 그것을 전달하는 어려운 임무를 맡게 되었다는 거예요. 그러니 아버지가 자기를 더 힘들게 하지 않았으면 좋겠다고 말이에요. 할 말을 다 하고 나서 제만은 얼마나 기뻐했는지 몰라요. 만족스러운 나머지 이젠 더 이상 지나치게 조심스러워하던 태도도 보이지 않고, 벽에 걸려 있는 면허장을 가리키며 떼어 오라는 손짓을 하는 거예요. 아버지는 고개를 끄덕이고는 그것을 가지러 갔지만 손이 부들부들 떨려 못걸이에서 떼어 낼 수가 없었어요. 그래서 내가 의자 위에 올라가 도와드렸지요. 그리고 그 순간부터 모든 게 끝나 버렸어요. 아버지는 면허장을 액자에서 빼내지도 않고 제만에게 그대로 다 넘겨주었어요. 그러고는 구석에 앉아 꼼짝도 하지 않고 더 이상 누구와도 이야기를 하지 않았어요. 그래서 우리들만이라도 사람들과 되는대로 적당히 협상을 벌이지 않을 수 없었죠.」「그런데 그 이야기의 어디에 성의 영향이 있다는 거지?」 K가 물었다. 「당장은 아직 성에서 개입한 것 같지 않은데 말이야. 네가 지금까지 이야기한 것은 사람들을 쉽사리 사로잡는 불안감이라든가, 이웃의 불행을 보고 기뻐하는 마

329

음이라든가, 신뢰할 수 없는 우정이라든가 하는 것에 관한 내용일 뿐이고, 그런 건 어디서나 흔히 접할 수 있는 것들이야. 그리고 물론 네 아버지 쪽에서 봐도 — 적어도 내가 보기엔 그렇게 생각되는데 — 별거 없는 시시한 얘기야. 그 면허장이라는 거, 그게 대체 뭔데 그러는 거야? 그의 능력을 입증해 주는 건데, 그 능력이야 그가 몸에 지니고 있는 거잖아. 그 능력 때문에 그가 없어서는 안 될 인물이 되었다면 더 말할 것도 없고. 그래서 말인데, 대장이 다시 말을 꺼내지 않을 수 없었을 때 아버지는 곧바로 면허장을 그자의 발밑에 던져 버렸어야 그자를 정말 난처하게 만들 수 있었을 텐데 말이야. 그런데 네가 아말리아에 대해 한 마디도 언급하지 않는 게 특히 유별나게 느껴지는군. 이 모든 게 다 아말리아 때문인데, 그녀는 조용히 뒷전에 물러서서 재난을 지켜보기만 한 모양이야.」「아니, 아니에요.」올가가 말했다. 「아무도 비난할 수 없어요. 누구라도 그렇게 행동할 수밖에 없었을 거예요. 이 모든 건 분명 성의 영향 때문이었어요.」「성의 영향 때문이라.」마당에 있다가 어느 사이엔가 슬며시 들어온 아말리아가 따라 말했다. 부모는 일찌감치 침대에 누워 있었다. 「성에 대한 이야기를 하고 있는 거예요? 여전히들 함께 앉아 있네요? 당신은 얼른 떠나려고 하시지 않았나요, K? 벌써 10시가 되어 가는데요. 도대체 그런 이야기가 당신과 무슨 상관이 있나요? 이곳에는 그런 이야기로 먹고사는 사람들이 있는데, 여기 두 사람처럼 함께 앉아 왈가왈부 서로 시비를 벌이죠. 그런데 내가 보기에 당신은 그런 부류의 사람이 아닌 것 같은데요.」「웬걸.」K가 말했다. 「나도 바로 그런 부류에 속해. 반대로 그런 이야기에 관심이 없고 다른 이야기에만 관심을 보이는 사람들은 나한테 별로 큰 인상을 주지 못하지.」「글쎄요.」아말리아가 말했다. 「하지만 사람들의 관심은 그야말로 각양각색이죠. 나는 다른 일들은 죄다 내팽개쳐 두고 자나 깨나 성에 대한 생각에만 골몰해 있던 어느 젊은 남자의 이야기를 들은 적이 있어요. 그의 정신은 온통 저기 성 위에 가 있었기 때문에 사람들은 그의 머리가 좀 이상해지지 않을까 염려했대요. 하지만 그는 사실 성에 관심이 있는 게 아니라 오직 거기 사무처에서 일하는 접시닦이 하녀의 딸만을 마음에 두고 있었다는 게 결국 밝혀졌어요. 그는 물론 그녀를 얻게 되었고, 그 뒤로는 만사가 다시 순조롭게 되었다는 거예요.」「어쩐지 호감이 가는 친구 같은데.」K가 말했다. 「그 남자에게 호감이 간다는 말은 못 믿겠지만⋯⋯.」아말리아가 말했다. 「어쩌면 그의 부인은 마음에 들어 할지 모르겠군요. 그나저나 이제 나는 두 사람 얘기에 그만 참견하고 자러 가야겠어요. 부모님 때문에 불을 꺼야 할 것 같아요. 두 분 다 금방 깊이 잠드시긴 하지만, 진짜 깊은 잠은 한 시간만 지나면 끝나 버리거든요. 그 뒤로는 불빛이 조금만 비쳐도 잘 못 주무시죠. 그럼 안녕.」그러고서 정말로 금세 깜깜해졌다. 아말리아는 부모의 침대 옆 바닥쯤에 잠자리를 펴는 모양이었다. 「아말리아가 말한 그 젊은 남자란 대체 누구지?」K가 물었다. 「모르겠어요.」올가가 말했다. 「아마 브룬스비크인 것 같아요. 얘기가 딱 들어맞는 건 아니지만 말이에요. 다른 사람일지도 모르고요. 아말리아가 비꼬는 건지 진지하게 말하는 건지 알 수 없을 때가 많아서 그 애가 하는 얘기를 정확히 이해하기란 쉽지 않아요. 대개는 진지하지만 비꼬는 투로 들리거든요.」「구구한 설명은 그만둬!」K가 말했다. 「너는 대체 어떻게 해서 그녀에게 그토록 심하게 얽매이게 되었지? 그 큰 불행이 있기 전에도 그랬어? 아니면 그 후의 일인가? 그리고 그녀에게서 벗어나게 되기를 한 번도 원한 적이 없었나? 도대체 이렇게 얽매이게 된 데 그럴 만한 어떤 근거라도 있는 거야? 그녀는 가장 어리니까 막내로서 마땅히 순종해야지. 잘못이야 있든 없든 그녀는 어쨌든 집안에 불행을 가져온 장본인이고 말이야. 그 죗값으로 날마다 새롭게 너희들 각자에게 용서를 빌어도 시원찮은데 누구보다도 머리를 높이 쳐들고, 겨우 선심 쓰듯 부모를 돌보는 일 말고는 아무 일에도 신경 쓰지 않고, 스스로도 말하듯이 아무것도 알려고 들지 않지. 그러다가 간혹 너희들과 이야기를 할 때면 〈대개는 진지하지만 비꼬는 투로〉 들리게 말하지. 아니면 그녀는 혹시 네가 간간이 언급하는 그 아름다운 자태를 무기로 집안을 지배하고 있는 건가? 그래, 너희 세 남매는 서로 무척 닮았지만, 그녀가 너희 둘과 구별되는 점은 그녀에게 결코 유리하지 않은 것이지. 나는 처음 그녀를 보았을 때부터 흐릿하고 매몰찬 그 눈빛에 질려 버렸거든. 그리고 또 그녀가 막내라고는 하는데, 외모로는 그런 점을 전혀 알아차릴 수가 없어. 그녀는 마치 거의 늙지도 않지만 진정으로 젊었던 적도 없었던 여자처럼 나이와 무관한 겉모습을 하고 있으니까 말이야. 매일 그녀를 보는 너는 그녀의 얼굴에 비치는 냉혹함을 전혀 깨닫지 못하겠지. 그러니까 곰곰이 잘 생각해 보면 나는 소르티니의 연정도 그리 진지한 것으로 받아들일 수가 없어. 어쩌면 그는 편지로 그녀를 부르려고 한 게 아니라 단지 그녀에게 벌을 주려고 한 것뿐이었을지도 몰라.」「소르티니에 대해서는 말하고 싶지 않아요.」올가가 말했다. 「가장 예쁜 여자든 가장 못생긴 여자든 상관없이 성의 나리들은 무슨 짓이라도 할 수 있으니까요. 그리고 그 밖의 것들에 대해 당신은 아말리아에 관해 완전히 잘못 생각하고 있어요. 저기요, 당신을 아말리아의 편으로 만들기 위해 내가 당신의 환심을 사야 할 이유는 딱히 없어요. 그런데도 이러는 것은 순전히 당신 때문이에요. 아말리아는 어쨌든 우리 집안이 불행에 빠지게 된 원인이었어요. 그건 틀림없죠. 하지만 그 불행으로 가장 심한 타격을 받은 아버지조차, 말할 때 자제를 잘 못하고 집 안에서는 전혀 자제가 안 되어 막말을 서슴없이 퍼부어 대면서도, 아무리 어려운 때라도 아말리아에게 비난의 말 한 마디 하지 않았어요. 아버지가 아말리아의 행동에 동의했기 때문에 그러신 건 결코 아니에요. 소르티니의 숭배자인 아버지가 어떻게 그 일에 동의할 수 있었겠어요. 어림도 없는 일이죠. 소르티니를 위해서라면 아버지는 자신과 자신이 가진 모든 것을 기꺼이 희생했을 거예요. 아마도 소르티니의 노여움을 사는 바람에 이제 실제로 벌어지게 된 이런 정도의 희생은 물론 아니었겠지만요. 〈아마도〉라고 말한 건, 우리가 그 후로는 더 이상 소르티니에 대해 아무 얘기도 듣지 못했기 때문이에요. 그때까지 그가 틀어박혀 지냈다면 그 이후로는 아예 없는 것이나 마찬가지였지요. 그나저나 당시의 아말리아를 당신이 보셨어야 하는 건데요. 우리는 모두 이렇다 할 뚜렷한 처벌이 내려지지는 않을 거라고 알고 있었어요. 다만 사람들이 우리에게서 떠나갔을 뿐이지요. 여기 사람들만이 아니라 성도 말이에요. 그런데 여기 사람들이 떠나가는 건 알아차렸지만 성에 대해서는 전혀 아무것도 알 수가 없었어요. 전에도 우리는 성의 보살핌을 알아차리지 못했는데, 그곳에 어떤 근본적인 변화가 생겼다는 것을 이제 와서 어떻게 알 수 있었겠어요. 이런 고요함이 가장 안 좋은 것이었어요. 그에 비하면 사람들이 떠나가는 것쯤은 아무 일도 아니었죠. 사실 그들은 무슨 확신이 있어서 그렇게 한 게 아니었고, 아마도 우리에 대해 진정한 반감 같은 것도 없었을 거예요. 지금처럼 우리를 멸시하는 일도 당시에는 아직 전혀 없었죠. 그들은 단지 불안해서 그렇게 했던 것뿐이고, 앞으로 일이 어떻게 되어 가는지 기다리며 주시하고 있었어요. 궁핍한 생활에 대해서도 우리는 아직 걱정할 필요가 없었어요. 빚을 진 사람들이 모두 빚을 갚아 줘서, 결산을 내보니 남는 장사였더군요. 식량이 떨어지면 친척들이 몰래 도와주었는데, 마침 추수철이어서 어려운 일이 아니었어요. 물론 우리는 밭이 없었고 우리에게 일거리를 주는 곳도 없었어요. 말하자면 우리는 생전 처음으로 무위도식하는 팔자가 된 셈이었죠. 그렇게 우리는 7~8월의 삼복더위에도 창문을 닫아건 채 다 같이 앉아 있었어요. 아무 일도 일어나지 않았어요. 소환하는 일도 없었고, 아무 소식도 전달되지 않았고, 누가 찾아오지도 않았고, 아무 일도 없었어요.」「그렇다면 말이야……」K가 말했다.「아무 일도 일어나지 않았고 이렇다 할 처벌도 받을 것 같지 않았는데, 너희는 뭐가 그렇게 두려웠던 거지? 무슨 사람들이 그래!」「이걸 어떻게 설명해야 할까요?」올가가 말했다.「우리는 닥쳐올 일을 두려워한 게 아니고, 이미 눈앞에 닥친 일로 괴로워하며 처벌을 받는 중이었어요. 마을 사람들은 우리가 자기들에게 다가오기만을 기다렸어요. 아버지가 다시 작업장을 열기를 기다렸고, 아주 멋진 옷을 지을 줄 아는 아말리아가 — 물론 더없이 지체 높은 분들만을 위한 옷이었지만 — 다시 주문을 받으러 오기를 기다렸어요. 사람들은 자신들이 저지른 일로 가슴앓이를 하고 있는 셈이었어요. 마을에서 명망 있는 집안이 갑자기 완전히 따돌림을 당하면 그 때문에 누구나 얼마간의 손해를 보게 되기 마련이지요. 우리와 절교하면서 그들은 마땅히 해야 할 일을 하는 거라고만 생각했고, 우리가 그들 처지였더라도 역시 똑같이 했을 거예요. 그들은 또 뭐가 문제인지 제대로 알지도 못했어요. 알고 있는 거라곤 단지 심부름꾼이 손에 종잇조각을 잔뜩 움켜쥔 채 헤렌호프로 돌아왔다는 것뿐이었어요. 그가 밖으로 나갔다가 다시 돌아오는 걸 프리다가 보았고 그와 몇 마디 얘기를 나눴죠. 그러고서 그녀는 알게 된 얘기를 곧장 퍼뜨린 거예요. 하지만 우리에 대한 적대감 때문이라기보다는 그냥 의무감 때문에 그랬을 거예요. 다른 사람들도 똑같은 경우에 처하면 누구나 그렇게 하는 것을 의무로 여겼을 테니까요. 어쨌든 이미 말했듯이, 사람들에게는 사건 전체가 원만하게 해결되는 것이 가장 반가운 일이었을 거예요. 만일 우리가 사람들 앞에 불쑥 나타나 모든 게 잘 해결되었다든가, 예를 들어 그건 단지 오해였을 뿐이며 이제 그 오해가 완전히 해명되었다든가, 또는 사실 죄과가 있기는 했지만 이미 행동으로 보상되었다든가, 아니면 — 이것만으로도 다들 만족했겠지만 — 우리가 성과의 연출을 통해 사건을 기각시킬 수 있었다든가 하는 소식을 전했더라면, 틀림없이 다들 양팔을 벌려 우리를 다시 받아 주었을 거고, 키스와 포옹의 세례에 이어 잔치를 베풀어 주었을 거예요. 그런 일을 다른 사람들의 경우에서 몇 번 본 적이 있거든요. 어쩌면 그런 소식조차 알릴 필요가 없었을 거예요. 우리가 스스럼없이 다가가 먼저 손을 내밀고서 편지 사건에 대해서는 한 마디도 입을 열지 않은 채 예전의 관계를 다시 이어 나갔더라면 그것으로 충분했겠죠. 그 사건에 대해 왈가왈부하는 것을 모두 기꺼이 그만두었을 거예요. 사실 불안한 탓도 있었지만, 무엇보다 사건 자체가 워낙 곤혹스러웠기 때문에 그들은 우리와 관계를 끊고서 그 사건에 대해 아무 소리도 듣지 않고, 아무 얘기도 하지 않고, 아무 생각도 하지 않고, 어떻게 해서든 그 사건과 접촉하지 않으려 했던 거예요. 프리다가 그 사건을 발설한 것도 그것에 재미를 느껴 즐기기 위해서가 아니라, 자신과 모두를 그것으로부터 지키기 위해서, 여기 극도의 신중을 기하여 멀리해야 할 일이 일어났다는 것을 마을 사람들에게 일러 주기 위해서였어요. 그때 문제가 되었던 것은 가족으로서의 우리가 아니라 오직 사건뿐이었고, 우리가 문제 되었다면 그건 단지 그 사건 속에 우리가 얽혀 들어 있기 때문이었어요. 그러니까 우리가 다시 세상에 나타나 지나간 일은 언급하지 않은 채 그대로 놔두고, 어떤 방법이었는지는 상관없이 그 사건을 극복했다는 것을 행동으로 보여주기만 했더라면, 그래서 세상 사람들이, 그게 어떤 성질의 사건이었든지 간에 다시는 그 사건이 거론되지 않을 거라는 확신을 갖게 되었더라면 그것으로도 만사가 잘 해결됐을 거예요. 어디서나 우리는 예전처럼 불행한 자를 도우려는 훈훈한 정을 발견했을 거고, 우리가 비록 그 일을 완전히 잊지 못했더라도, 다들 그 사정을 이해하여 완전히 잊어버릴 수 있도록 도와주었을 거예요. 하지만 그렇게 하는 대신 우리는 그냥 집에 앉아 있었어요. 우리가 무얼 기다리고 있었는지 모르겠어요. 아마 아말리아의 결정을 기다렸던 것 같아요. 그 애는 그날 아침 집안의 지배권을 장악하고 꽉 틀어잡았거든요. 특별한 일을 꾸민다거나 명령이나 부탁을 하는 일도 없이 거의 침묵으로만 그렇게 했어요. 물론 나머지 사람들, 즉 우리는 의논할 일이 많아서 아침부터 저녁까지 끊임없이 속닥거렸죠. 그러다가 가끔씩 아버지가 갑자기 불안감에 휩싸여 나를 가까이 오라고 부르면 나는 침대 언저리에서 밤을 절반쯤 지새우곤 했어요. 아니면 때때로 우리는, 즉 나와 바르나바스는 함께 쭈그리고 앉아 있었어요. 이제 겨우 사건 전체를 어렴풋하게나마 이해하게 된 바르나바스는 몸이 확 달아 설명을 해달라고 끊임없이 요구했어요. 똑같은 얘기를 계속 해달라는 거예요. 그 애는 아마 자기 또래의 다른 아이들이 기대할 수 있는 걱정 없는 세월이 자기에는 더이상 존재하지 않는다는 것을 알고 있었던 거죠. 그렇게 우리는 닮은꼴로 함께 앉아 — 지금 우리 두 사람처럼 말이에요, K — 해가 지고 날이 새는 것도 잊고 있었어요. 우리 모두 중에서 어머니가 가장 약했어요. 어머니는 가족 공통의 고통뿐만 아니라 가족 개개인의 고통까지도 함께 괴로워했기 때문일 거예요. 그래서 우리는 어머니에게서 일어나는 여러 변화를 깨닫고 깜짝 놀랐는데, 그것은 우리도 예감했듯이 가족 전체에게 닥쳐올 변화였어요. 어머니가 좋아하는 자리는 소파의 한쪽 구석이었는데, 소파는 우리 집에서 없어진 지 벌써 오래됐고 지금은 브룬스비크의 커다란 방 안에 놓여 있지요. 어머니는 거기에 앉아 — 어떤 상태인지 정확히 분간할 수 없었지만 — 꾸벅꾸벅 졸기도 하고, 아니면 입술이 달싹거리는 것으로 봐서 오랫동안 혼잣말을 중얼거리는 것 같기도 했지요. 우리가 끊임없이 편지 사건에 대해 이야기하면서 확실한 세부 사항과 불확실한 가능성까지 모두 낱낱이 검토한 것은 당연한 일이었어요. 그리고 계속해서 좋은 해결책을 짜내려고 서로 앞다투어 노력한 것 또한 당연하면서도 부득이한 일이었고요. 하지만 좋은 일은 아니었어요. 그 때문에 우리는 헤어나려고 했던 것 속으로 점점 더 깊이 빠져들어 갔으니까요. 그리고 그렇게 떠올린 착상이 아무리 뛰어나다 한들 대체 무슨 소용이 있었겠어요. 아말리아 없이는 어느 것도 실행에 옮길 수 없었으니 말이에요. 모든 게 사전 논의에 불과할 뿐, 그 결론은 아직 아말리아의 귀에까지 들어가지 않았으니 의미가 없는 일이었지요. 설사 그 애의 귀에 들어갔다 하더라도 침묵 외에는 아무런 반응도 얻지 못했을 테고요. 그런데 다행히도 요즘 나는 아말리아를 그 당시보다 더 잘 이해하게 되었어요. 그 애는 우리들 모두보다 더 많은 짐을 지고 있었던 거예요. 어떻게 그걸 견뎌 내고서 지금까지 우리와 함께 살고 있는지 불가사의한 일이에요. 아마도 어머니는 우리 모두의 고통을 다 떠안고 있었는지 몰라요. 그 고통이 어머니를 덮치니 그걸 떠안아 버린 거죠. 그래서 어머니는 그것을 오래 떠안고 있지는 못했어요. 어머니가 지금도 어떻게든 그것을 떠안고 있다고는 말할 수 없어요. 이미 그때 어머니의 정신은 온전치 못했거든요. 그러나 아말리아는 고통을 떠안고 있었을 뿐만 아니라 그것을 꿰뚫어 보는 이성도 갖고 있었어요. 우리는 결과만 보았지만 그 애는 원인을 보았고, 우리가 모종의 사소한 수단에 희망을 걸고 있을 때 그 애는 모든 게 이미 결정되어 버렸음을 알고 있었어요. 우리는 속닥거려야 했던 반면, 그 애는 침묵하기만 하면 되었어요. 그 애는 진실을 정면으로 마주 보고 살았고 그런 생활을 그때도 지금처럼 견뎌 냈어요. 우리의 고난이 아무리 크다고 해도 그 애가 겪는 것에 비하면 정말이지 아무것도 아니었어요. 우리는 물론 집을 비워 주어야 했고, 브룬스비크가 우리 집으로 들어왔어요. 그리고 이 오두막집을 배정받아 우리는 손수레 하나로 몇 차례에 걸쳐 살림을 이곳으로 옮겨 왔어요. 바르나바스와 내가 앞에서 끌고 아버지와 아말리아가 뒤에서 밀었지요. 맨 먼저 이리 모셔다 놓은 어머니는 궤짝 위에 걸터앉아 줄곧 나지막한 신음을 내면서 우리를 맞이했지요. 하지만 지금도 기억나는데, 우리는 손수레로 힘겹게 짐을 나르는 동안에도 — 그건 무척 창피스러운 일이기도 했어요. 추수한 곡식을 실은 수레와 여러 번 마주쳤는데, 그 일행이 우리를 보면 입을 다물고 눈길을 돌려 버리곤 했으니까요 — 우리, 즉 바르나바스와 나는 그렇게 손수레를 끌고 가는 동안에도 이런저런 걱정거리와 계획에 대해 쉴 새 없이 이야기를 나누었어요. 이야기를 하다가 가끔 멈추어 서기도 했는데, 그때마다 아버지가 〈애들아!〉라고 외쳐 우리가 해야 할 일을 일깨워 주곤 했지요. 이사한 뒤에도 온갖 논의가 무성했지만 우리의 생활은 달라지지 않았고, 다만 이제는 가난까지도 점차 피부로 느끼게 되었다는 것뿐이죠. 친척들의 보조도 끊기고 우리 재산도 거의 바닥난 거예요. 바로 그때부터 당신도 아는 것처럼 우리에 대한 멸시가 생겨나기 시작했어요. 사람들은 우리가 그 편지 사건에서 헤어 나올 힘이 없다는 것을 알아차렸고, 우리의 그런 무력함을 몹시 안 좋게 생각했어요. 우리가 처한 운명을 정확히 알지는 못했지만 우리 운명의 심각성을 과소평가하지는 않았어요. 그것을 극복했더라면 우리를 그만큼 존경했겠지만, 우리가 그러질 못했기 때문에 그들은 그때까지 일시적으로만 했던 행동을 이제는 결정적으로 하게 되었죠. 우리는 모든 모임에서 따돌림을 당했어요.

그들 자신도 그런 시련을 당했다면 우리보다 더 잘 극복하지 못했으리라는 것을 알고 있었지만, 그럴수록 우리와의 완전한 결별이 더욱 절실했던 거예요. 그리하여 사람들은 얘기할 때 우리를 더 이상 사람 취급하지도 않았고, 우리의 성씨를 부르지도 않았어요. 부득이 우리를 입에 올려야 할 때면 우리 중에 가장 순진무구한 바르나바스의 이름으로 대신 불렀지요. 우리의 오두막까지도 평판이 나빠졌어요. 자신을 잘 들여다보면 당신도 이 집에 처음 발을 들여놓았을 때 우리가 그러한 멸시를 받는 것도 그리 부당한 일만은 아니겠다는 느낌이 들었다고 고백하게 될 거예요. 나중에 사람들이 다시 이따금씩 우리 집에 찾아왔을 때는 아주 사소한 것들에 대해서도 코를 찡그리는 거예요. 가령 조그만 석유등이 저기 식탁 위에 걸려 있는 것에 대해서까지 말이에요. 식탁 위가 아니면 대체 어디에 걸려 있어야 한단 말인가요? 하지만 그들에게는 그게 그렇게 거슬렸던 모양이에요. 우리가 그 등을 어딘가 다른 곳에 걸었다 해도 그들의 혐오감은 전혀 달라지지 않았을 거예요. 우리 자신과 우리가 가진 것은 모두 똑같은 멸시를 받았어요.」

19

탄원

「그런데 우리는 그동안 무얼 했을까요? 우리가 할 수 있었던 일 중 최악의 일, 우리가 실제로 당한 것보다 더 심하게 멸시를 당해도 마땅할 그런 일을 했어요 — 즉, 아말리아를 배반하고 그 애가 침묵으로 지시하는 명령을 저버린 거예요. 우리는 더 이상 그렇게는 살 수 없었어요. 희망이라고는 눈곱만치도 없는 그런 삶을 살 수는 없었어요. 그래서 우리는 저마다 나름대로 우리를 용서해 달라고 성에 애원하거나 졸라 대기 시작했어요. 사실 우리가 잘못된 무언가를 바로잡을 수 없다는 것을 알았고, 우리가 성과 연결될 수 있었던 유일한 희망적인 연줄, 즉 아버지에게 호감을 가졌던 관리인 소르티니와의 관계가 그 사건으로 인해 끊어져 버렸다는 것도 알았지만, 그런데도 우리는 그 일을 시작했어요. 아버지가 나서서 면장과 비서들, 변호사와 서기들에게 부질없는 탄원을 하기 시작한 거예요. 대개는 아버지를 만나 주지도 않았고, 아버지가 꾀를 내서 혹은 어쩌다 우연히 면회가 허락되는 일이 있더라도 — 그런 소식을 들었을 때 우리는 어찌나 기쁘던지 환호성을 지르며 서로 손을 비벼 댔지요 — 금방 퇴짜를 맞고 다시는 받아들여지지 않았어요. 아버지에게 답을 해주는 것도 너무나 쉬운 일이었는데, 성에서는 늘 그렇게 모든 일이 쉽게 처리되니까요. 그가 원하는 게 대체 뭐지? 그에게 무슨 일이 일어난 거야? 무슨 일로 용서를 해달라는 건데? 성에서 언제, 그리고 누가 그의 손가락 하나라도 건드린 일이 있단 말이야? 물론 그가 재산을 날렸고 고객을 잃었고 하는 등등의 일은 사실이지만, 그런 건 수공업과 장사를 하다 보면 다반사로 겪는 일인데, 성에서 대체 그런 일까지 일일이 신경을 써야 한단 말이야? 성이 실제로 모든 일에 신경을 쓰고 있기야 하지만, 단지 어느 한 개인에게 일이 유리하게 돌아가도록 하려는 목적만으로 그 진행 과정에 함부로 개입할 수야 없는 일이지. 성에서 가령 관리라도 파견해 그의 손님들 뒤를 쫓아다니게 해서 억지로 그에게 되돌아가게 해야 한단 말이야? 하지만 아버지는 그에 대해 이의를 제기했어요 — 우리는 이런 일들을 모두 사전에 그리고 사후에도 집에서 자세하게 의논했어요. 아말리아를 피해 숨기라도 하듯 몰래 한쪽 구석에 몰려 앉아서 말이에요. 그 애는 모든 걸 알면서도 내버려 두었죠. 어쨌든 아버지는 이의를 제기했죠. 재산을 날리고 몰락한 일로 한탄하는 게 아니고, 여기서 잃은 것은 모두 다시 신속히 만회할 것이며, 용서만 받는다면 그 모든 건 그리 대수로운 일이 아니라고 말이에요. 하지만 대체 무얼 용서받겠다는 건가? 하는 반문이 제기되었죠. 지금까지 아무런 고소도 접수되지 않았다, 아직 조서에도 올라와 있는 것이 없다, 변호사라면 누구나 열람할 수 있는 조서에조차 올라온 게 없다, 따라서 확인할 수 있는 한에서는 아버지를 공격하기 위한 어떤 일도 착수되지 않았고 진행 중인 것도 없다는 거예요. 혹시 그에게 내려진 관청의 공식 명령이 무언지 말할 수 있는가? 아버지는 말할 수 없었어요. 아니면 어떤 공적 기관이 개입한 일이 있었는가? 그에 대해 아버지는 아는 바가 없었어요. 자 그럼, 그가 아무 것도 아는 게 없고 아무 일도 일어나지 않았다면, 대체 그는 무얼 원하는 건가? 무얼 용서하고 무얼 용서받을 수 있단 말인가? 기껏해야 그는 지금 뚜렷한 목적도 없이 관청을 성가시게 하고 있는 것인데, 이것이야말로 용서할 수 없는 일이라는 거예요. 아버지는 물러서지 않았어요. 당시만 해도 아버지는 아직 매우 정정했고, 억지로 놀고먹는 신세라 시간도 남아돌았거든요. 〈내가 아말리아의 명예를 되찾아 줄 거야, 그리 오래 걸리지는 않을 거야〉라고 아버지는 하루에도 몇 번이나 바르나바스와 나에게 말했어요. 다만 아말리아가 듣지 못하도록 아주 나지막한 소리로 말이에요. 그러긴 했어도 그렇게 말한 것은 오직 아말리아 때문이었어요. 사실 아버지는 명예를 되찾는 일 같은 건 전혀 생각지도 않았고 오직 용서받는 것만 생각했으니까요. 그러나 용서를 받으려면 먼저 죄를 확인해야 하는데, 관청에서는 아버지에게 죄가 있다는 걸 결코 인정해 주지 않았어요. 그래서 아버지는 자신이 돈을 충분히 내지 않아 사람들이 자기에게 죄를 알려 주지 않는다는 생각에 — 이런 점으로 보아 아버지는 이미 정신적으로 약해져 있었다는 걸 알 수 있었죠 — 빠지게 되었어요. 이제까지는 늘 정해진 수수료만을 냈고, 우리 형편에는 그것도 상당히 부담스러웠어요. 하지만 아버지는 이제 더 많이 내야 한다고 생각했는데, 그건 분명 올바른 생각이 아니었죠. 우리 관청에서는 사실 불필요한 대화를 피하기 위해 편의상 뇌물을 받기는 하지만 그것으로는 아무것도 얻어 낼 수 없기 때문이에요. 그러나 그게 아버지의 희망이라면 우리는 그걸 가로막고 싶지 않았어요. 아버지에게 조사 비용을 마련해 드리기 위해 우리는 그나마 아직 가지고 있던 것을 — 거의가 없어서는 안 될 것들뿐이었지만 — 팔았어요. 그래서 아버지가 아침에 길을 나설 때 주머니에서 늘 동전 몇 푼이라도 짤랑거리게 해드린 것에 한동안 아침마다 만족감을 느꼈지요. 우리는 물론 하루 종일 굶주리며 지냈고, 돈을 마련해 드려서 거둔 유일한 성과는 아버지가 다소나마 희망에 들떠 지낸다는 것뿐이었어요. 그런데 그것도 별로 좋은 일이 아니었어요. 아버지는 계속해서 돌아다니느라 이만저만 고생을 한 게 아니었는데, 그 돈이 없었더라면 마땅히 금세 끝났을 일이 길게 늘어져 버렸거든요. 돈을 더 많이 낸다 해도 실제로는 별다른 일을 해줄 수 없었으므로 가끔 서기는 겉으로나마 무언가를 해주는 척하면서 조사해 보겠다고 약속했어요. 이미 어떤 흔적들이 발견되었는데 의무감 때문이 아니라 오직 아버지만을 위해 그걸 추적할 거라는 뜻을 넌지시 비치기도 했고요 — 그러면 의심을 품기는커녕 아버지의 믿음은 점점 더 깊어졌어요. 마치 집안에 다시 축

345

복을 가득 안겨 주기라도 할 것처럼 그렇게 명백히 터무니없는 약속을 받아 가지고 돌아왔지요. 그러고는 늘 아말리아의 등 뒤에서 일그러진 미소와 함께 두 눈을 크게 뜨고 아말리아를 가리키면서, 누구보다도 아말리아 자신이 가장 놀랄 일이지만 자신이 애를 쓴 덕분에 그 애는 이제 곧 구제를 받을 거라고, 하지만 아직은 모든 게 비밀이니 그것을 꼭 지켜야 한다고 우리에게 그 뜻을 암시하려 했는데, 그 모습을 바라보기란 고통스러웠어요. 우리가 결국 아버지에게 도저히 돈을 드릴 수 없게 되지 않았다면 그런 일은 틀림없이 아주 오래도록 계속되었을 거예요. 그사이에 바르나바스는 계속 사정하며 매달린 끝에 브룬스비크의 조수로 채용되었는데, 어두운 저녁에 일감을 받아 가서 다시 어두울 때 일한 것을 가져다준다는 조건이었어요 — 그때 브룬스비크가 우리 때문에 사업상 얼마간의 위험을 감수했다는 것은 인정할 만하지만, 그 대신 그가 바르나바스에게 주는 급료는 아주 형편없었고, 바르나바스의 일솜씨는 나무랄 데가 없었지요 — 그렇지만 그 애가 받는 쥐꼬리만 한 돈으로는 우리 식구가 간신히 굶주림이나 면할 정도밖에 안 되었어요. 우리는 충분한 협의를 거친 뒤에, 마음 상하시지 않도록 대단히 조심스럽게 아버지에게 이제 더 이상 금전을 지원해 드릴 수 없다고 알렸어요. 하지만 아버지는 그 말을 아주 담담하게 받아들였어요. 아버지의 분별력으로는 자신이 개입하고 있는 일에 전혀 가망이 없음을 더 이상 통찰할 수가 없었는데, 거듭되는 실망으로 그만 지쳐 버린 거죠. 아버지는 — 이젠 말하는 것도 전처럼 그렇게 또렷하지 않았어요. 전에는 지나치게 또랑또랑하다 싶을 정도였거든요 ─ 돈이 조금만 더 있었더라면 내일, 아니 오늘이라도 모든 걸 알아냈을 텐데 이젠 모든 게 허사가 되었다며 단지 돈 때문에 일이 어그러져 버렸다는 말을 하기는 했지만, 말투로 보아 스스로도 그 모든 걸 다 믿지는 못하는 눈치였어요. 그런가 하면 아버지는 또 금방, 느닷없이 새로운 계획을 밝히기도 했어요. 죄를 입증하는 데 실패했고, 따라서 공적인 길을 통해서는 더 이상 아무것도 이룰 수 없기 때문에, 오로지 탄원에 전념하여 직접 관리들에게 매달리는 수밖에 없다는 거예요. 그들 중에는 틀림없이 마음씨 착하고 동정심이 있는 사람들도 있겠죠. 그들이 관청 안에서는 인정에 기울어지면 안 되겠지만, 혹시 관청 밖에서 적당한 시간에 그들을 불쑥 찾아가면 어떨지 모르겠다는 거예요.」

그때 줄곧 올가의 말에 푹 빠져 열심히 듣고 있던 K가 이야기를 가로막고 이렇게 물었다. 「그럼 너는 그 방법이 옳지 않다고 여기는 거야?」 이야기가 계속되면 틀림없이 답이 나올 테지만 그는 그걸 당장 알고 싶었다.

「네.」 올가가 말했다. 「인정이니 뭐니 하는 건 전혀 말도 안 돼요. 우리가 아무리 어리고 경험이 없다 해도 그런 것쯤은 알고 있었고, 아버지도 물론 알고 있었지요. 하지만 아버지는 다른 모든 일도 대개 그랬듯이 그것마저 잊어버린 거예요. 아버지는 관리들의 마차가 지나다니는 성 근처의 큰길을 지키고 서 있다가 어떻게든 기회를 봐서 용서해 달라고 탄원하려는 계획을 세워 두었어요. 솔직히 말해 가당치도 않은 계획이죠. 설령 그런 불가능한 일이 이루어져 탄원이 실제로 관리의 귀에까지 들어간다 해도 말이에요. 대체 어느 관리 한 사람이 누구의 죄를 용서할 수 있을까요? 잘해 봐야 관청 전체 차원의 문제일 수는 있겠지만, 관청 전체가 나선 다 해도 필시 용서를 할 수는 없는 노릇이죠. 그들은 판결을 내릴 수 있을 뿐이에요. 만에 하나 어느 관리가 마차에서 내려 그 문제에 귀를 기울이려 한다 해도 아버지가, 즉 가난하고 지친 늙은이가 웅얼거리며 하는 소리를 듣고 과연 무슨 일인지 대강이나마 파악할 수 있을까요? 관리들은 많이 배워 교양이 아주 풍부하긴 해도 한쪽으로만 치우쳐 있어서, 자기 분야의 일이라면 한 마디만 들어도 전체 맥락을 금방 꿰뚫어 보지만 다른 부서의 일은 몇 시간 동안 설명을 해주어도 점잖게 고개만 끄덕일 뿐 하나도 알아듣지 못할 거예요. 이런 게 모두 지극히 당연한 일이에요. 당신과 관련 있는 사소한 관청 일들을 직접 한번 해보세요. 너무 하찮은 것이어서 관리가 어깨를 한 번 으쓱하기만 해도 바로 처리되는 그런 일 말이에요. 그런데 그것을 바닥까지 철저히 이해하려고 하자면 평생이 걸려도 끝내 다 이해하지 못할 거예요. 게다가 아버지가 어쩌다 담당 관리를 만나게 되었다 해도 그 관리는 기본 서류 없이는 아무 일도 처리할 수가 없지요. 더군다나 큰길에 서서 무얼 할 수 있겠어요. 그는 누굴 용서해 줄 수 없고 단지 행정적으로만 일을 처리할 수 있을 뿐인데, 그러기 위해서는 다시 공적인 절차를 일러 줄 수밖에 없는 노릇이고요. 그러나 아버지는 이미 그런 절차를 통해 무언가를 이루고자 하다가 완전히 실패한 터였지요. 대체 어느 지경까지 이르렀기에 아버지는 이 새로운 계획을 어떻게든 관철시키려는 생각을 갖게 된 걸까요. 가능성이 눈곱만큼이라도 있었다면 그 큰길은 탄원자들로 바글거리겠지요. 하지만 그게 불가능하다는 것은 초등 교육만 받아도 명백히 알 수밖에 없기 때문에 그곳이 텅 비어 있는 거예요. 어쩌면 그 점이 오히려 아버지의 희망을 더욱 키웠는지도 몰라요. 아버지는 어디서건 희미한 싹만 보여도 희망을 키우려 했으니까요. 그 상황에서는 그렇게 하는 것이 꼭 필요한 일이기도 했어요. 올바른 분별력을 가졌다면 결코 그렇게 대담한 생각을 품지도 못했을 거고, 얼핏 보기만 해도 불가능한 일이라는 걸 분명히 알 수 있었을 텐데 말이에요. 관리들이 마을로 내려오거나 성으로 돌아가는 건 놀러 다니는 게 아니고, 마을과 성에 일거리가 기다리고 있다는 거예요. 그래서 그들은 엄청나게 빠른 속도로 달리는 거고요. 차창 밖을 내다보거나 밖에 청원자들이 있는지 살펴볼 생각은 아예 하지도 못해요. 마차 안은 그들이 검토해야 할 서류들로 가득 차 있거든요.」

「그런데 내가 말이야……」 K가 말했다. 「관리들이 타는 썰매 내부를 본 적이 있는데, 거기에 서류 같은 건 없었어.」 올가의 이야기 속에서 그는 아주 거대하고 거의 믿을 수 없는 세계가 열리는 것을 보았기 때문에, 자신의 알량한 체험을 가지고 그 세계를 건드려 보고 그 세계와 더불어 스스로의 존재까지도 보다 뚜렷하게 확인하고 싶은 마음을 억누를 수 없었다.

「그럴 수도 있겠죠.」올가가 말했다. 「하지만 그러면 심각한 경우예요. 그건 서류가 너무 소중하거나 그 부피가 너무 커서 마차에 싣고 다닐 수 없을 정도로 관리에게 중요한 용무가 있다는 뜻이니까요. 그런 관리들은 마차를 전속력으로 몰게 하지요. 어쨌든 아버지에게 시간을 내줄 수 있는 관리는 아무도 없어요. 더군다나 성으로 가는 길은 여러 갈래예요. 그중 어느 길로 가는 게 유행이면 대부분 그리로 가고, 다른 길이 유행이면 다들 그곳으로 몰리지요. 어떤 규칙에 따라 그렇게 유행이 바뀌는지는 아직 밝혀지지 않았어요. 어떤 경우에는 아침 8시에 모두 어느 길로 가다가, 30분 뒤엔 다시 모두가 다른 길로, 10분 후엔 다시 제3의 길로, 30분 뒤에는 어쩌면 다시 첫 번째 길로 돌아와 그 후로는 온종일 변하지 않을지도 몰라요. 그러나 변할 가능성은 언제라도 있지요. 마을 근처에서는 모든 통행로가 하나로 합쳐지는데, 거기서는 모든 마차들이 미친 듯이 달려요. 반면에 성 근처에서는 속도를 약간 늦추고요. 그런데 도로별로 발차 규정이 불규칙해서 파악할 수 없는 것처럼 마차의 수도 마찬가지예요. 마차가 한 대도 보이지 않는 날이 종종 있는가 하면, 마차들이 떼 지어 가는 때도 있지요. 그럼 이 모든 것을 염두에 두고서 우리 아버지를 생각해 보세요. 매일 아침 아버지는 제일 좋은 옷을 입고 ─ 얼마 뒤엔 그게 유일한 옷이 되지만 ─ 축복을 비는 우리의 인사를 받으며 집을 나서요. 아버지는 원래 갖고 있어서는 안 되는 조그만 소방대 배지를 가지고 나가요. 마을 밖으로 나가면 달려고요. 마을 안에서는 그것을 남들에게 보이지 않으려고 조심해요. 두 걸음만 떨어져도 잘 보이지 않을 정도로 작은데도요. 하지만 아버지 생각으로는 심지어 그것이 마차를 타고 지나가는 관리의 주목을 끄는 데 딱 어울리는 물건이라는 거예요. 성으로 올라가는 통로에서 멀지 않은 곳에 채소 농장이 하나 있어요. 베르투흐라는 사람이 거기 주인인데 그는 성에 채소를 공급하고 있지요. 아버지는 그 농장 울타리의 좁은 받침돌 위에 자리를 잡았어요. 그렇게 하는 걸 베르투흐가 묵인해 주었죠. 그는 전에 아버지와 친구 사이였고 아버지의 단골 중에도 단골이었으니까요. 그는 한쪽 발이 약간 기형이었는데, 거기에 딱 맞는 장화를 만들어 줄 수 있는 사람은 아버지밖에 없다고 믿었거든요. 그리하여 아버지는 날이면 날마다 그곳에 앉아 있었어요. 음산하고 비가 잦은 가을이었지만 아버지에게 날씨 같은 건 전혀 상관이 없었어요. 아침마다 일정한 시간이 되면 문손잡이에 손을 올려놓고는 우리에게 잘 있으라고 손짓을 해요. 저녁때면 온몸이 흠뻑 젖은 채 돌아와서 — 허리가 나날이 굽는 것 같았어요 — 한쪽 구석에 몸을 던지죠. 처음에 아버지는 우리에게 자신이 겪은 소소한 일들을 이야기해 주었어요. 가령 베르투흐가 동정심과 옛 우정에 사로잡혀 울타리 너머로 담요를 던져 주었다든가, 지나가는 마차에 타고 있던 관리가 누구누구라는 걸 알아본 것 같다든가, 어떤 마부가 가끔 자기를 알아보고 장난삼아 채찍으로 살짝 건드리고 지나갔다든가 하는 얘기를 들려주었지요. 그러다가 얼마 후에는 그런 이야기를 그만두었는데, 그곳에서 무언가라도 얻어 낼 것이 있으리라는 희망을 이제 포기한 모양이었어요. 거기에 가서 하루를 보내고 오는 것이 그저 자신의 의무이자 따분한 직업일 뿐이라고 여기는 것 같았어요. 아버지의 류머티즘 통증은 그때부터 시작된 거예요. 겨울이 가까워지더니 예년보다 일찍 눈이 내렸어요. 우리 고장에서는 겨울이 금방 시작돼요. 그래서 그때까지 비에 젖은 돌 위에 앉아 있던 아버지는 이제 눈 속에 앉게 되었어요. 밤에는 고통스러운 나머지 끙끙 앓는 소리를 냈고, 아침이면 가끔씩 갈까 말까 망설이다가도 결국 자신을 이겨내고 나갔어요. 어머니가 아버지에게 매달리며 가지 못하게 하자, 아버지는 사지가 더 이상 말을 듣지 않아 덜컥 겁이 난 탓인지 어머니가 같이 가는 것을 허락했지요. 그래서 어머니까지 함께 병고에 시달리게 된 거예요. 우리는 종종 두 분이 있는 곳에 가봤어요. 음식을 가져다 드리기도 하고, 그냥 들러 보기도 하고, 두 분을 설득해 집으로 돌아오시게 하려고도 했어요. 두 분이 거기 그 비좁은 자리에 주저앉아 서로 몸을 기댄 채 얇은 담요 한 장을 뒤집어쓰고서 웅크리고 있는 모습을 우리는 몇 번이나 보았는지 몰라요. 담요는 두 분을 다 감싸지 못할 만큼 작았지요. 주위는 눈과 안개로 뒤덮여 온통 회색 천지였고 며칠을 두고 사방 어디를 둘러보아도 사람이나 마차 그림자 하나 보이지 않으니 K, 이런 기막힌 광경이 또 어디 있겠어요! 그러다가 결국 어느 날 아침 아버지는 뻣뻣하게 굳은 다리를 더 이상 침대 밖으로 내밀 수 없게

되었어요. 절망적이었죠. 고열로 인한 가벼운 환각 상태에서
아버지는, 바로 지금 저 위 베르투흐네 농장 앞에 마차 한 대
가 멈추어 서고 관리가 한 사람 내리더니 울타리를 살피며
아버지를 찾느라 두리번거리다가 고개를 가로저으면서 언
짢은 기분으로 다시 마차 속으로 들어가 버리는 장면을 보
고 있는 것 같았어요. 그러자 아버지는 고래고래 악을 쓰며
소리를 질러 대는 거예요. 그렇게 해서 마치 이곳에서 저 위
에 있는 관리에게 자신의 존재를 알리고 자기가 지금 그곳에
없는 게 자기 잘못이 아니라는 걸 설명하려는 듯이 말이에
요. 그러고는 아버지가 그곳에 없는 상태가 오래 계속되었어
요. 아니, 아버지는 영영 그곳으로 돌아가지 못했어요. 몇 주
동안을 내내 침대에 누워 있어야 했지요. 아말리아가 시중들
고 간호하고 치료하는 모든 일을 맡았어요. 물론 중간중간
쉴 때도 있었지만 사실 지금까지 그런 생활을 계속해 왔어
요. 그 애는 통증을 가라앉히는 여러 약초를 알고 있고, 잠을
거의 자지 않고도 살 수 있고, 결코 놀라는 일이 없으며, 무
서워하는 게 없고, 절대 조바심을 내지도 않아요. 그러면서
두 분을 위해 무슨 일이든 다 해드렸어요. 우리가 아무 일도
돕지 못하고 안절부절 허둥거리는 동안 그 애는 무슨 일에
도 냉정하고 차분한 태도를 잃지 않았어요. 그러다가 최악
의 고비가 지나가고 아버지가 좌우에서 부축을 받아 겨우겨
우 조심스럽게 다시 침대에서 나올 수 있게 되자, 아말리아
는 이내 뒤로 물러나 아버지를 우리에게 맡겼어요.」

20
올가의 계획

「이제 뭐든 아버지가 아직 할 수 있는 일을 다시 찾아 드리는 게 필요했어요. 적어도 가족의 죄를 떨쳐 버리는 데 도움이 된다고 여겨질 만한 일을 말이에요. 그런 일을 찾기란 어렵지 않았죠. 따지고 보면 뭐가 됐든 베르투흐의 농장 앞에 앉아 있는 것보다 쓸모없는 일은 없을 테니까요. 그런데 나는 심지어 나 자신에게까지 얼마간의 희망을 주는 일을 찾아냈어요. 관청의 여러 부서나 서기들이 있는 곳에서 또는 그 밖의 다른 곳에서 우리의 죄가 화제에 오를 때면 언제나 소르티니의 심부름꾼이 모욕을 당했다는 것만 언급되었을 뿐, 더 이상은 아무도 깊이 파고들려 하지 않았어요. 그래서 비록 겉보기에만 그렇더라도 세상 여론이 심부름꾼을 모욕한 일밖에 모른다면, 그 심부름꾼을 잘 달래서 합의를 볼 경우, 이 역시 겉보기에만 그렇겠지만 모든 게 다시 본래대로 돌아갈 수 있지 않을까 하고 나는 생각했어요. 사람들 얘기를 들어 보니, 고발은 들어오지 않았고 따라서 그 일은 아직 관청으로 넘어가지 않았다, 그러니 용서를 하고 안 하고는 심부름꾼 개인의 자유이며, 그 이상은 문제 될 게 없다는 거예요. 물론 그 모든 게 결정적인 의미를 갖는 건 아니었을 거예요. 단지 겉으로만 그렇게 보일 뿐 아무 결과도 낼 수 없을 테지만, 그게 아버지에게는 그래도 기쁜 일이 되겠죠. 또 그렇게 되면 갖가지 소식과 정보를 가져와서 아버지를 그토록 괴롭히던 사람들도 다소 궁색한 처지에 몰리게 되어 아마 아버지도 흡족해했을지 몰라요. 물론 먼저 심부름꾼을 찾아야 했어요. 내 계획을 아버지에게 말씀드렸더니 처음엔 몹시 화를 냈어. 아버지는 그동안 고집불통이 되었거든요. 한편으로 아버지는, 병중에 그렇게 된 건데, 성공을 앞둔 마지막 순간 매번 우리가 자신을 방해했다고 생각했어요. 처음엔 자금 지원을 중단함으로써, 이번에는 침대에 붙잡아 둠으로써 그랬다는 거예요. 다른 한편으로 아버지는 남의 생각을 온전히 받아들일 수 없게 되었어요. 이야기를 아직 다 끝내지도 않았는데 내 계획은 이미 거부되고 말았지요. 아버지 생각으로는 베르투흐네 농장 앞에서 계속 기다려야 하는데 이젠 자신이 매일같이 거기에 올라갈 수 없으니까 우리가 자신을 손수레로 실어 날라야 한다는 거예요. 하지만 내가 물러서지 않자 아버지도 차츰 내 생각을 수용하게 되었어요. 다만 이 일에서 자신이 나에게 전적으로 의존해야 한다는 것이 마음에 걸리는 문제였죠. 그 당시 심부름꾼을 본 건 나뿐이었고, 아버지는 그를 몰랐으니까요. 물론 하인들은 생김새가 서로 비슷하기 때문에, 내가 그자를 다시 알아볼 수 있을지 나도 자신이 없었어요. 그 후 우리는 헤렌호프에 가서 그곳 하인들 속에서 그를 찾기 시작했어요. 그는 소르티니의 하인이었고 소르티니는 마을에 두 번 다시 오지 않았지만, 성의 나리들은 하인들을 자주 바꾸니까 그가 다른 주인의 무리 속에 섞여 있을지도 몰랐어요. 그리고 비록 그를 찾을 수 없다 해도 아마 다른 하인들로부터 그에 대한 소식을 들을 수 있었겠죠. 그러기 위해서는 물론 저녁마다 헤렌호프에 가야 하는데, 어디서도 우리를 반겨 주는 곳은 없었고 그곳에서도 처음엔 마찬가지였어요. 우리는 돈을 쓰는 손님으로 들어갈 수 있는 처지도 아니었으니까요. 하지만 우리가 필요한 존재일 수도 있다는 것을 알게 되었어요. 하인들 무리가 프리다에게 얼마나 큰 골칫거리였는지는 당신도 잘 아시죠. 그 바탕을 보면 대개는 온순한 사람들인데, 하는 일이 수월한 탓에 버릇이 잘못 들어 해이해지고 둔해진 거예요. 관리들이 쓰는 덕담으로 〈하인 같은 팔자로 살기를 바랄게〉라는 말도 있듯이, 사실 호강스러운 생활로 치자면 성의 진짜 주인은 하인들이라고 해요. 그들도 그것이 얼마나 소중한지를 잘 알고 있어서 법도와 규율에 따라 움직이는 성에서는 조용하고 품위 있게 행동한다는 것을 나도 여러 번 확인했는데, 여기 하인들 중에서도 그 흔적이 아직 남아 있는 것을 엿볼 수 있어요. 하지만 그건 어디까지나 흔적일 뿐이고 그 외에는, 성의 법도와 규율이 마을에서는 더 이상 온전하게 통용되지 않기 때문인지 그들은 마치 딴사람처럼 변해 버려요. 법도와 규율 대신에 끊임없이 부글거리는 충동의 지배를 받는 사납고 반항적인 무리가 되는 거죠. 그들의 파렴치는 한이 없어요. 그래도 마을로서 다행스러운 일은 그들이 명령을 받지 않고는 헤렌호프를 떠날 수 없다는 거예요. 그래도 헤렌호프 안에 있을 때만큼은 그들과 잘 지내려고 노력해야 하죠. 프리다에게는 그것이 몹시 힘든 일이었는데, 나를 이용해 하인들을 달랠 수 있게 되었으니 그녀로서는 여간 반가운 일이 아니었을 거예요. 그 후로 2년도 넘게 일주일에 적어도 두 번씩 나는 마구간에서 하인들과 함께 밤을 보내고 있어요. 전에 아버지가 아직 헤렌호프에 같이 갈 수 있었을 때, 아버지는 주점의 어느 방에선가 잠을 자며 내가 아침 일찍 가져올 소식을 기다렸어요. 새로운 소식을 가져오는 일은 거의 없었죠. 우리는 오늘까지도 아직 그 심부름꾼을 찾아내지 못했거든요. 그는 자기를 아주 높이 평가해주는 소르티니를 여전히 섬기고 있고, 소르티니가 멀리 떨어진 외진 사무처로 물러나자 그를 따라갔다는 거예요. 하인들 대부분도 우리와 마찬가지로 그를 보지 못한 지 오래되었는데, 누군가 그동안에 그를 보았다고 주장하더라도 아마 착각일 거예요. 이로써 내 계획은 사실상 실패한 셈이었지만 완전히 그런 건 아니에요. 우리가 그 심부름꾼을 찾아내지 못한 건 사실이에요. 그리고 아버지는 헤렌호프를 오가고, 거기서 숱한 밤을 보내고, 그러고도 기력이 남아 있는 한, 내 신세까지 측은히 여기며 가슴 아파한 일이 유감스럽게도 치명타가 되어 이미 거의 2년 전부터 당신이 본 그런 상태에 있는 거예요. 그래도 어머니보다는 훨씬 괜찮게 지내는 편이에요. 어머니는 매일같이 오늘이 마지막이 아닐까 싶은 정도의 상태로, 아말리아의 초인적인 노력 덕분에 연명하고 있을 따름이니까요. 그렇기는 해도 나는 헤렌호프에서 성과 통하는 모종의 연줄을 얻어 냈어요. 내가 한 일에 대해 후회하지 않는다고 말해도 날 업신여기지는 마세요. 뭐 그리 대단한 연줄이겠냐고 생각하실 테지요. 그 생각이 맞아요. 대단한 연줄은 아니에요. 나는 많은 하인들을 알고 있고, 지난 여러 해 동안 마을로 내려온 모든 나리들의 하인을 거의 다 알고 있죠. 그러니 앞으로 만일 성에 가야 할 일이 있더라도 그곳이 낯설지는 않을 거예요. 물론 그들은 마을에서나 하인일 뿐, 성에서는 전혀 다른 사람이 되어 틀림없이 거의 아무도, 특히나 마을에서 사귄 사람은 아예 알아보지 못할 거예요. 성에서 다시 만나면 무척 기쁠 거라며 꼭 그렇게 하자고 마구간에서 골백번 맹세했다 하더라도 말이에요. 그런 약속들이 모두 얼마나 의미 없는 것인지 나도 충분히 경험했지요. 하지만 그건 중요한 요점이 아니에요. 나는 하인들을 통해서 성과 연줄을 맺고 있을 뿐만 아니라, 바라건대 아마도 누군가 위에서 나와 내가 하는 일을 지켜보는 사람이 있어서 — 물론 거대한 하인 조직을 관리하는 일은 관청 업무 가운데 지극히 중요하고도 신경이 많이 쓰이는 부분이지요 — 나를 지켜보는 그 사람이 어쩌면 다른 사람들보다 나에 대해 더 후한 평가를 내릴지도 모르고, 참담한 방식이긴 해도 내가 우리 가족을 위해 분투하며 아버지의 노력을 이어 가고 있다는 것을 알아차릴지도 몰라요. 만일 그러하다면 내가 하인들로부터 돈을 받아 우리 가족을 위해 쓰고 있는 것도 아마 용서해 줄 거예요. 그리고 또 나는 다른 것도 얻어 냈는데, 물론 당신은 그것도 내 죄라고 하시겠죠. 나는 하인들로부터 몇 년이나 걸리는 까다로운 공개 채용 절차를 거치지 않고 성에서 근무할 수 있는 우회적인 방법 몇 가지를 알아냈어요. 그런 경우에는 물론 정식 직원이 아니고 비밀리에 채용된 약식 직원에 불과하여 아무 권리도 의무도 없죠. 의무가 없다는 게 더 안 좋은 일이지만, 어떤 일과도 가까이 있기 때문에 한 가지 이점이 생겨요. 즉, 유리한 기회를 알아차려 그것을 이용할 수 있다는 거예요. 직원이 아니라도 어쩌다가 무슨 일인가를 얻을 수가 있어요. 직원이 마침 그 자리에 없는데 부르는 소리가 나면 얼른 달려가는 거예요. 그러면 방금 전까지만 해도 그렇지 않았던 존재가 그런 존재로, 즉 직원이 되어 버리는 거죠. 그런데 언제 그런 기회를 얻느냐고요? 어떤 때는 금방, 거기에 들어가자마자, 주위를 둘러볼 사이도 없이 어느새 기회가 와 있는 거예요. 누구라도 새로 들어온 사람으로서 그 기회를 얼른 붙잡을 수 있을 만큼 침착하기란 생각하기조차 어려운 일이지요. 그러나 다음번에는 공개 채용 절차를 거치는 것보다 더 오랜 세월이 걸릴 수 있어요. 그런데 그런 약식 직원이 정식으로 채용되는 일은 아예 불가능해요. 그러니 이에 관해 얼마든지 의구심이 생길 만하죠. 하지만 공개적으로 채용할 때는 아주 엄정하게 선발되고 어딘가 평판이 안 좋은 집안 출신은 애초부터 배제된다는 것에 대해 그들은 입을 다물어요. 그런 집안 출신이 예컨대 이런 절차를 밟는다면 그 결과가 어떨지 마음에 걸려 몇 년 동안이나 전전긍긍하게 되지요. 온 사방에서 놀란 나머지 첫날부터 그에게 어떻게 그런 가망 없는 일을 감행할 수 있었느냐고 질문을 해댈 거예요. 그는 그러지 않으면 어떻게 살아갈 수 있겠느냐며 그래도 희망을 품겠지요. 그러나 여러 해가 지나, 어쩌면 백발노인이 되어서야 그는 거부당한 사실을 알게 되고, 모든 게 다 상실되었고 자신의 인생이 헛된 것이었음을 알게 될 거예요. 여기에도 물론 예외는 있는데, 그 때문에 바로 그렇게 쉽게 유혹을 당하는 거지요. 하필 평판이 안 좋은 사람들이 기어이 채용되는 일도 있으니까요. 관리들 중에는 그야말로 자신의 의지와는 상관없이 그런 야생의 냄새를 좋아하는 사람들이 있어서, 채용 시험 때 코를 허공에 대고 벌름거리며 냄새를 맡기도 하고, 입을 씰그러뜨린 채 두 눈을 부릅뜨고 쳐다보기도 해요. 그들은 그런 자에게, 말하자면 엄청나게 구미가 당기는 모양이어서 그에게 넘어가지 않기 위해 법전을 꽉 붙잡고 있어야 해요. 물론 때로는 그런 것도 그자가 채용되는 데 도움이 되지 않고 그 절차만 한없이 연장시킬 뿐이에요. 그렇게 되면 그 절차는 결코 끝나는 일이 없다가 그자가 죽은 후에야 겨우 중단되는 거죠. 그러니까 적법한 채용이든 그렇지 않은 채용이든 어느 경우나 다 밖으로 드러난 난관과 감추어진 난관들이 수두룩하게 널려 있어서, 그런 일을 시작하기 전에는 모든 걸 면밀히 검토하는 것이 바람직해요. 그래서 우리는, 즉 바르나바스와 나는 그런 점을 소홀히 하지 않았어요. 내가 헤렌호프에서 돌아올 때마다 우리는 늘 서로 붙어 앉앗고, 나는 그 애에게 내가 알게 된 최신 소식을 얘기해 주었어요. 우리는 그걸 놓고 며칠이고 숙의를 하곤 했고, 그 바람에 바르나바스는 일감을 제때 넘기지 못하고 오래 붙잡고 있을 때가 많았어요. 그리고 이 점에서 나는 당신이 얘기한 대로 죄가 있는지도 몰라요. 하인들이 하는 이야기는 별로 믿을 게 못 된다는 건 나도 알고 있었으니까요. 그들은 나에게 성에 대해 이야기하고 싶은 마음이 전혀 없으며, 화제를 늘 다른 데로 돌린다는 것도 알고 있었어요. 그래서 그들에게 한 마디라도 얻어들으려면 그때마다 애걸하며 매달려야 했어요. 하지만 그러다가 발동이 걸리면 그들은 말을 격렬하게 쏟아 내면서 헛소리를 지껄이기도 하고 허풍을 떨기도 하다가 서로 경쟁적으로 부풀려 말하고 꾸며 내는 일에 몰두했어요. 그러니까 그 어두운 마구간에서 서로 번갈아 가며 끝도 없이 질러 대는 고함 속에는 고작해야 진실을 암시하는 몇 마디 빈약한 말 정도나 들어 있었을 게 분명해요. 하지만 나는 기억하고 있는 그대로 바르나바스에게 모든 걸 다시 이야기해 주었는데, 아직 진실과 거짓을 분간할 능력은 전혀 없으면서 우리 집안이 처한 현실 때문에 그런 것들을 알고 싶은 갈망에 목말라하던 그 애는 뭐든 닥치는 대로 들이마셨고 그다음 것을 듣고 싶은 간절한 마음에 몸이 달았어요. 그리고 사실 나의 새로운 계획은 바르나바스를 근거로 해서 세워진 것이었어요. 하인들에게서는 더 이상 아무것도 얻어 낼 수가 없었으니까요. 소르티니의 심부름꾼을 찾아내지 못했고, 앞으로도 영영 찾아낼 수 없을 것 같았어요.

소르티니와 함께 그 심부름꾼도 점점 더 멀리 사라져 가는 듯, 그들의 외모와 이름마저 이미 잊어버려 기억하지 못하는 경우도 종종 있었죠. 그때마다 나는 그들에 대해 한참 동안 설명해야 했는데, 그 결과로 간신히 그들을 기억해 내는 것 말고는 아무것도 얻어 낼 게 없었어요. 단지 그들을 기억한 다는 것일 뿐 그 이상 그들에 대해 말할 수 있는 게 아무것도 없었으니까요. 그리고 하인들과 지내는 내 생활로 말하자 면, 사람들이 그것을 어떻게 생각하는지 그들의 판단에 대해 나는 물론 아무런 영향력도 미칠 수 없었고, 단지 그것을 벌 어진 현실 그대로 받아들여 주기를, 그로써 우리 가족의 죄 가 조금이라도 덜어지기만을 바랄 수 있을 뿐이었지만, 그 바람이 이루어질 것 같은 외적인 기미는 발견할 수 없었지 요. 그렇지만 나는 그런 생활을 계속했어요. 나로서는 우리 가족을 위해 성에 무슨 변화라도 일으킬 수 있는 다른 가능 성이 보이지 않았으니까요. 그런데 바르나바스에게서 그런 가능성을 본 거예요. 하인들이 하는 이야기에서 나는 성에 채용되어 일을 하는 사람은 자기 가족을 위해 아주 많은 걸 얻어 낼 수 있다는 것을 알아냈어요. 나도 그러고 싶었고, 그 마음이야 굴뚝같았죠. 물론 그들의 이야기에서 믿을 만한 게 뭐가 있었겠어요? 그걸 확인한다는 건 불가능했고, 다만 분명한 건 믿을 만한 게 거의 없다는 사실뿐이었죠. 예컨대 내가 다시 볼 일도 결코 없고 설령 다시 보게 되더라도 좀처 럼 알아보지 못할 어떤 하인이 나에게 남동생이 성에 취직할 수 있도록 도와주겠다거나, 바르나바스가 무슨 연줄로든 성

에 들어오게 된다면 적어도 그 애의 뒤를 봐주겠다고, 즉 그
애의 기를 세워 주겠다고 — 하인들 얘기에 따르면 취업 후
보자들은 기다리는 시간이 워낙 길다 보니 돌봐 주는 친구
없이는 그동안에 실신하거나 착란 상태가 되어 탈락하는 일
이 생긴대요 — 엄숙한 얼굴로 굳게 약속한 일이 있었는데,
그런 이야기나 다른 많은 이야기를 들어 보면, 경각심을 주
는 말로는 다분히 일리가 있긴 해도 거기에 딸린 약속의 말
들은 완전히 빈말에 불과하다는 걸 알 수 있었죠. 그런데 바
르나바스에게는 그렇지가 않았어요. 그런 말들을 믿지 말라
고 주의를 주긴 했지만, 내가 이러저러한 약속이 있었다는
얘기를 들려준 것만으로 벌써 그 애는 마음이 혹하여 내 계
획에 얼마든지 따르고자 했지요. 나 자신이 계획을 뒷받침하
기 위해 언급한 것은 귀에 잘 들어가지 않았고, 주로 하인들
의 이야기가 그 애한테 깊은 인상을 남겼어요. 그러다 보니
내가 의지할 데라곤 사실 나 자신밖에 없었어요. 부모님과
의사소통을 할 수 있는 사람은 아말리아밖에 없었는데, 내
가 아버지의 오랜 계획을 내 방식대로 계속 추진하면 할수
록 아말리아는 내게서 점차 멀어져 갔거든요. 당신이나 다
른 사람들 앞에서는 그 애도 나하고 이야기를 하지만, 단둘
이 있을 때는 절대 그러지 않아요. 헤렌호프의 하인들에게
나는 장난감에 지나지 않았어요. 미쳐 날뛰며 기를 쓰고 깨
부수려는 장난감이었죠. 그 두 해 동안 나는 그들 중 어느
누구와도 허물없는 얘기를 단 한 마디도 나눠 본 적이 없으
니까요. 오직 능청스러운 이야기나 사실처럼 꾸며 낸 이야

기, 아니면 정신 나간 이야기뿐이었어요. 남은 건 바르나바스뿐인데, 바르나바스는 아직 너무 어렸어요. 내가 이야기를 들려주는 동안 그 애의 두 눈이 반짝거리는 것을 보고 — 그 후로 그 애는 늘 그랬어요 — 나는 깜짝 놀랐지만 이야기를 그만두지는 않았어요. 너무 큰 것이 거기에 걸려 있다는 느낌이 들었거든요. 물론 아버지처럼 공허하긴 해도 거창한 계획이 있었던 건 아니에요. 나에겐 남자들과 같은 결단력이 없었어요. 여전히 심부름꾼의 훼손된 명예를 보상해 주면 된다고 생각했고, 게다가 사람들이 그런 소박한 태도를 나의 덕성으로 인정해 주기를 바랐어요. 그러나 나 혼자서 이루지 못했던 일을 이제는 바르나바스의 힘을 빌려 다른 방법으로 확실하게 이룰 생각이었어요. 우리가 한 심부름꾼에게 모욕을 주어 그를 뒤쪽의 후미진 사무처로 물러나게 한 셈이니, 바르나바스라는 새 심부름꾼을 제공해 그 모욕당한 심부름꾼의 일을 수행하도록 하고, 모욕당한 사람은 모욕을 잊는 데 필요한 기간 동안 원하는 만큼 멀리서 조용히 지낼 수 있게 해주는 것보다 더 합당한 일이 어디 있겠어요. 이 계획이 아무리 소박하다 해도 거기에 역시 주제넘은 면이 있다는 것은 물론 잘 알고 있었어요. 관청에서 인사 문제를 어떻게 처리해야 옳은지를 마치 우리가 지시하려는 것 같기도 하고, 또는 관청이 과연 자진해서 최선의 조치를 취할 수 있는지, 나아가 이런 경우 어떻게 하면 좋겠다는 생각이 우리에게 떠오르기도 전에 관청이 알아서 진작 그런 조치를 취했는지를 의심하는 듯한 인상을 불러일으킬 수 있다는 것도 잘 알고 있었지요. 그러나 이어서 나는 다시 생각했어요. 관청이 나를 그렇게 오해할 리가 없다고, 혹은 오해한다 해도 고의로 그럴 리는 없다고, 다시 말해 내가 하는 모든 일을 자세히 조사해 보지도 않고 처음부터 함부로 배제할 리는 없다고 말이에요. 그래서 나는 계획을 그만두지 않았고, 바르나바스의 야심이 제구실을 했어요. 취직을 앞둔 이 준비 기간 동안에 바르나바스는 어찌나 교만해졌는지 구두 수선 일은 앞으로 관청에 근무할 자기에게 너무 누추한 일이라고 생각했어요. 그뿐만 아니라, 극히 드물긴 하지만 아말리아가 그 애한테 뭐라고 한마디 말을 건네기라도 하면 감히 대놓고 반박하기까지 하는 거예요. 그것도 원칙을 따지면서 말이에요. 나는 그 애가 잠시나마 그런 기쁨을 누리도록 놔두었어요. 쉽게 예상할 수 있는 일이었지만 성에 들어가는 첫날로 기쁨과 교만함은 금세 사라져 버릴 테니까요. 그래서 이제 내가 당신에게 이미 얘기한 저 허울뿐인 근무가 시작되었어요. 바르나바스가 어떻게 아무런 어려움도 없이 처음으로 성에, 아니 더 정확히 말해 그 사무처에 들어갈 수 있었는지는 놀라운 일이었죠. 그 사무처가 말하자면 그 애의 근무지가 되어 버린 거예요. 당시 이 성공으로 나는 너무 좋아 거의 실성할 지경이었어요. 저녁에 바르나바스가 집으로 돌아와 귓속말로 그 얘기를 들려줬을 때 나는 아말리아에게 달려가서 그 애를 움켜잡아 구석으로 밀고 가서는 입술과 이빨로 마구 키스를 해댔고, 그 바람에 그 애는 아프고 놀란 나머지 그만 울어 버렸죠. 너무 흥분한 탓에 더는 아무 말도 할 수 없었고, 사실 아말리아와 대화를 나눈 지도 이미 오래된 터라 나는 다음으로 이야기하는 것을 미루었어요. 하지만 다음 며칠도 물론 할 말은 전혀 없었어요. 계획한 일도 처음엔 그렇게 빠르게 이루어지는가 싶더니만, 그 후로는 내내 처음 그 상태 그대로 머물렀죠. 바르나바스는 단조롭고도 가슴 졸이는 그 생활을 2년 동안 계속해 왔어요. 하인들은 전혀 도움이 되지 못했고요. 그래서 나는 하인들에게 바르나바스를 잘 봐달라는 부탁을 하는 동시에 그들의 약속을 상기시키는 짤막한 편지를 써서 바르나바스에게 들려 보냈지요. 바르나바스는 하인을 보기만 하면 편지를 꺼내 내밀었는데, 가끔 나를 모르는 하인들을 만날 때도 있었고, 나를 아는 자들도 아무 말 없이 편지를 내미는 그 애의 태도에 — 저 위에서 그 애는 감히 말을 하지 못했거든요 — 짜증이 났나 봐요. 그래도 그렇지, 바르나바스를 도와주는 사람이 아무도 없었다는 건 정말이지 너무한 일이에요. 그래서 아마도 벌써 몇 번이나 편지를 읽어 달라고 강요를 받았을 성싶은 어떤 하인이 그것을 짓구겨 휴지통 속에 던져 버렸을 때는 차라리 구원을 받은 기분이었어요. 그런 구원이라면 물론 우리가 자발적으로도 이미 오래전에 마련할 수 있었겠지만 말이에요. 그러면서 그 하인이 이렇게 말했을지도 모르겠다는 생각이 들었어요. 〈너희들도 편지를 이런 식으로 잘 다루잖아.〉 이 2년이라는 세월이 다른 면에서는 소득이 전혀 없었다 하더라도, 일찍 늙고 일찍 어른이 된 것을 유익하다고 말할 수 있다면 바르나바스에게는 유익한 시간이었어요. 사실 그 애는 여러 가지 면에서 보통의 어른 이상으로 진지하고 현명해졌거든요. 그 애를 바라보고 두 해 전 아직 소년이었을 때의 모습과 비교해 보면 뭐라 말할 수 없이 슬픈 마음이 들 때가 자주 있어요. 그런데 남자가 되었다면 나에게 위안과 든든한 배경이 되어 줄 수도 있을 텐데 나는 그 애한테서 그런 걸 전혀 얻지 못해요. 내가 아니었다면 성에도 들어가지 못했을 텐데, 거기에 들어간 이후로 그 애는 나에게 의존하지 않고 독자적으로 지내고 있어요. 그 애가 속마음을 털어놓을 수 있는 유일한 사람은 나뿐인데도, 그 애는 분명 마음에 품고 있는 것을 조금밖에 이야기하지 않아요. 성에 대한 이야기를 많이 들려주기는 하지만 그 애가 하는 이야기들, 그 애가 전해 주는 소소한 사실들만 가지고는 성이 어떻게 그 애를 그처럼 변하게 만들었는지 도무지 이해할 수가 없어요. 특히나 이해할 수 없는 일은, 그 애가 소년이었을 때는 우리 모두를 좌절시킬 정도로 대단한 용기를 지녔었는데 저 위에 올라가 사내 어른이 된 지금은 왜 그런 용기를 완전히 상실해 버렸느냐 하는 거예요. 물론 그런 식으로 날마다 우두커니 서서 하릴없이 기다리기만 하고, 늘 처음부터 다시 시작해야 하고, 변화에 대한 아무런 전망도 없이 지내다 보면 진이 다 빠져 버리고 만사를 회의적으로 바라보게 되어, 결국에 가서는 그렇게 절망적으로 우두커니 서 있는 것밖에는 할 줄 아는 게 아무것도 없게 되겠죠. 그런데 왜 그 애는 그 전에라도 아무런 저항을 하지 않았을까요? 특히 내 말이 옳았다는 것을, 그곳에서 혹시라도 우리 가족의 상황을 호전시킬 만한 것은 얻어 낼 수 있을지 몰라도 야심을 채워 줄 만한 것은 전혀 찾을 수 없다는 것을 금세 깨달았을 텐데 말이에요. 거기서는 모든 일이 ─ 하인들의 변덕을 제외하고는 ─ 매우 조심스럽게 진행되고, 야심은 일을 통해 충족되니까요. 그러다 보니 일 자체가 우선시되므로 결국 야심 같은 건 완전히 사라지고, 순진한 소망 같은 것은 들어갈 여지도 없어지게 되는 거죠. 하지만 바르나바스가 들려준 이야기에 따르면, 그 애는 자신이 들어가도 되는 방에 있는 그 수상하기 짝이 없는 관리들조차 얼마나 대단한 권력과 지식을 가졌는지 똑똑히 보았다고 생각하는 눈치였어요. 그들은 두 눈을 반쯤 감은 채 손을 살짝 움직이며 재빨리 구술하고, 툴툴거리는 하인들을 아무 말 없이 집게손가락만으로 다루는데, 그런 순간에 하인들은 숨을 할딱거리며 흐뭇한 미소를 짓는다고 해요. 혹시 책에서 중요한 부분을 찾아내기라도 하면 관리들은 보란 듯이 그 위를 탁탁 두드리고, 그러면 다른 사람들은 그 좁은 공간이 허락하는 한 빼곡히 몰려들어 목을 쭉 빼고 들여다본다는 거예요. 그런저런 장면을 보고 바르나바스는 관리들을 대단하다고 생각하게 되었고, 그래서 만일 자기가 그들 눈에 띄어 그들과 몇 마디 얘기를 나눌 수 있는 정도까지 간다면, 물론 지위가 낮은 동료로서이긴 해도 남이 아닌 관청 동료로서 우리 가족을 위해 예기치 못한 성과를 얻어 낼지도 모른다는 인상을 받았대요. 그러나 사실 아직은 그렇게까지 가지도 못했고, 그 정도에 접근할 수 있을 만한 일을 바르나바스는 감히 하지 않아요. 자기가 나이는 어려도 가족이 불행한 처지에 놓이는 바람에 무거운 책임을 진 가장의 자리에 오르게 되었다는 것을 이미 잘 알고 있으면서도 말이에요. 그럼 이제 마지막으로 한마디만 더 하겠어요. 당신은 일주일 전에 오셨지요. 나는 헤렌호프에서 누가 그런 얘기를 하는 걸 들었지만 관심을 두지 않았어요. 토지 측량사 한 명이 왔다는데, 그게 뭐 하는 직업인지도 몰랐어요. 그런데 그다음 날 저녁에 바르나바스가 여느 때보다 일찍 집에 돌아와 — 나는 평소 일정한 시간에 제법 멀리까지 그 애를 마중 나가곤 했어요 — 방 안에 아말리아가 있는 걸 보더니 그 때문인지 나를 거리로 데리고 나가서는 내 어깨에 얼굴을 대고 몇 분 동안이나 우는 거예요. 그 애는 다시 예전의 어린 소년으로 돌아가 있었어요. 뭔가 감당할 수 없는 일이 그 애한테 일어난 거예요. 갑자기 그 애의 눈앞에 전혀 새로운 세계가 열린 듯했고, 그 모든 새로움이 가져다주는 행복과 걱정을 견딜 수 없었던 거지요. 그런데 그 애한테 일어난 일이란 게 무엇이었냐면, 바로 당신에게 전달하라는 편지를 한 통 받은 거였어요. 그것은 물론 그때까지 그 애가 받은 첫 번째 편지이자 첫 번째 임무였지요.」

올가가 이야기를 멈추었다. 가끔씩 그르렁거리는 부모의 가쁜 숨소리 외에 주위는 조용했다. K는 올가의 이야기를 보충하려는 듯 별생각 없이 그냥 입에서 나오는 대로 말했다. 「너희가 나를 상대로 연극을 한 셈이군. 바르나바스는 무척 바쁘고 경력이 오래 쌓인 심부름꾼처럼 편지를 전달해주었고, 너도 아말리아도 심부름 일과 편지 같은 건 그저 부수적인 것에 불과한 것처럼 행동했으니까 말이야. 그러니까 아말리아도 이번에는 너희와 뜻이 맞은 거였네.」「우릴 구별 해서 봐야 해요.」 올가가 말했다. 「바르나바스는 그 두 통의 편지로 다시 행복한 아이가 되었어요. 자신이 하는 일에 대 해 온갖 의심을 품고 있기는 하지만 말이에요. 그 애 자신과 나에 관련해서만 품는 의심이죠. 하지만 당신을 대할 때 그 애는 진짜 심부름꾼이라면 어떻게 할 것인지 생각한 대로 진 짜 심부름꾼으로서 행동하는 것을 명예롭게 여기고 있어요. 그래서 그때 나는 예컨대 — 지금 그 애의 마음에는 언젠가 관복을 입을 것이라는 희망이 커가고 있기는 하지만요 — 두 시간 안에 그 애의 바지를 몸에 딱 붙는 관복 바지와 비슷 하게라도 고쳐 주어서 그 애가 그것을 입고 당신 앞에서 인 정받을 수 있도록 해주어야 했어요. 물론 그렇게 하면 아직 은 당신의 눈을 쉽사리 속일 수 있을 거라고 생각한 거지요. 바르나바스는 그런 아이예요. 하지만 아말리아는 실제로 심 부름꾼의 일을 하찮게 보고 있어요. 그리고 바르나바스가 어느 정도 성과를 얻어 자리를 잡은 듯 보이는 지금 — 그건 바르나바스와 내가 붙어 앉아 은밀히 속닥거리는 모습을 보 면 그 애도 쉽게 알 수 있을 거예요 — 그 애는 전보다 더욱 더 그 일을 하찮게 여겨요. 그러니까 그 애는 진실을 말하고 있는 셈이니 그 점을 의심해서 착각하는 일은 결코 없어야 해요. 그런데 K, 내가 가끔 심부름꾼의 일을 낮추어 보았다 면 그건 당신을 속이려는 의도에서가 아니라 불안해서 그런 거예요. 지금까지 바르나바스의 손을 거쳐서 전해진 그 두 통의 편지는, 물론 아직 미심쩍기는 하지만 우리 가족이 3년 만에 처음으로 받은 은총의 표시예요. 그것은 하나의 전환점을 이루는 일이고, 착각이 아니라면 — 전환보다 착각이 더 빈번하게 일어나기는 하지만요 — 그런 전환은 당신이 이곳에 온 것과 연관되어 있으니 우리의 운명은 어느 정도 당신의 손에 달려 있는 거예요. 어쩌면 그 두 통의 편지는 시작에 불과할지 모르고, 바르나바스의 활동이 당신과 관련한 심부름만 하는 것이 아니라 그 이상으로 범위가 더 넓어질 수도 있겠지만 — 그렇게 되기를 기대하고 싶어요, 우리에게 허용된 한에서는요 — 지금으로서는 모든 게 오직 당신에게 집중되어 있어요. 저 위에서는 주어지는 일만으로 만족해야 하지만, 이 아래에서는 우리 스스로 무슨 일이라도 할 수 있을지 몰라요. 즉, 우리에 대한 당신의 호의를 확실히 해두거나, 적어도 당신이 우리를 싫어하지 않도록 조심하는 일, 아니면 이것이 가장 중요한 일이겠지만 당신이 성과의 연줄을 — 우리가 살아갈 수 있는 건 어쩌면 그것 때문인지도 몰라요 — 잃지 않도록 우리의 힘과 경험을 다해 당신을 보호하는 일 같은 것 말이에요. 그런데 이 모든 일을 어떻게 해야 가장 잘 시작할 수 있을까요? 우리가 당신에게 가까이 다가가도 당신의 의혹을 사지 않으려면 말이에요. 당신은 이곳에 처음 왔으니 틀림없이 온 사방이 의혹투성이일 테고, 또 그러는 게 당연한 일이니까요. 더군다나 우리는 멸시를 받고 있고, 당신은 특히 약혼녀를 통해 세상 여론에 영향을 받고 있지요. 그러니 가령 우린 그럴 마음이 전혀 없지만 어쩌다 당신의 약혼녀와 대립하게 된다든가 해서 당신의 마음을 상하게 하는 일 없이, 어떻게 하면 당신에게 다가갈 수 있을까요? 그리고 그 편지는 당신이 받기 전에 내가 자세히 읽어 보았는데 — 바르나바스는 읽지 않았어요, 심부름꾼이라 감히 그럴 수 없었죠 — 한눈에 봐도 별로 중요해 보이지 않았어요. 오래된 거였고요. 그나마 당신더러 면장한테 가서 알아보라고 지시를 하고 있다는 점에서 중요성이 생긴 거예요. 그렇다면 이와 관련해 우리는 당신에게 어떤 태도를 취하는 게 좋았을까요? 만일 편지의 중요성을 강조했다면 우리는 그리 중요하지도 않은 것을 너무 높이 평가했다든가, 우리 자신이 그런 전갈을 전하는 자라는 점을 당신에게 지나치게 내세우려고 했다든가, 우리의 목적을 추구하느라 당신의 목적은 거들떠보지도 않았다든가 하는 의혹을 샀을 거예요. 그뿐만 아니라 그렇게 함으로써 우리는 당신이 보기에도 그 전갈 자체를 하찮게 만들어, 전혀 본의 아니게 당신을 속이게 되었을지도 몰라요. 그러나 만일 편지에 그리 큰 가치를 부여하지 않았다 해도 마찬가지로 우리는 의혹을 샀을 거예요. 중요하지도 않은 그 편지를 전달하는 일에 왜 우리가 그토록 매달렸는지, 왜 우리의 말과 행동이 서로 맞지 않았는지, 왜 우리는 편지를 받는 당신뿐만 아니라 우리에게 편지를 맡긴 사람까지 속이려 했는지가 문제 되었겠죠. 우리 편에 편지를 보낸 사람은 우리가 수취인에게 쓸데없는 설명을 해 편지의 가치를 떨어뜨리라고 맡긴 것이 아니었을 테니까요. 그러므로 치우친 생각들 사이에서 중도를 지키는 것,

즉 편지를 올바르게 판단한다는 것은 불가능한 일이에요. 편지들은 스스로 끊임없이 스스로의 가치를 변화시키고, 편지들이 불러일으키는 생각은 끝이 없어요. 그러다가 생각이 어디에서 멈추는지는 우연에 의해 정해질 뿐이므로, 어떤 의견을 갖는 것 역시 우연한 것이지요. 게다가 당신에 대한 불안함이 끼어들면 모든 게 혼란에 빠져들고 말아요. 내 말을 너무 엄격하게 판단하지 말았으면 좋겠어요. 예컨대 저번에 그랬던 것처럼 당신이 바르나바스의 심부름 일을 불만스러워하고, 그 사실을 알게 된 그 애가 놀란 마음에 유감스럽게도 심부름꾼의 과민 반응까지 더해져 그 일을 그만두기로 자청했다는 소식을 가지고 온다면, 나는 물론 그 애의 실수를 만회하기 위해 속이기도 하고, 거짓말도 하고, 기만하기도 하고, 도움만 된다면 아무리 나쁜 짓이라도 다 할 수 있어요. 하지만 적어도 내 생각에, 나는 우리뿐 아니라 당신을 위해서 그렇게 하는 거예요.」

똑똑 두드리는 소리가 났다. 올가가 달려가 문을 활짝 열어젖혔다. 차안등(遮眼燈)[7]의 빛줄기가 어둠 속을 가르며 쏟아져 들어왔다. 밤늦게 찾아온 방문객이 속삭이는 소리로 문자 이쪽에서도 속삭이는 소리로 답을 했다. 그러나 방문객은 그것으로 만족하지 않고 방으로 들어오려고 했다. 올가는 더 이상 그를 막아 낼 수 없었는지 아말리아를 불렀다. 부모의 잠을 깨우지 않기 위해서라면 아말리아가 온갖 수단을

7 가리개 장치가 달린 휴대용 등. 플래시의 옛날 형태로 우리의 초롱이나 등롱과 비슷하다.

다해 방문객을 물리쳐 주리라고 기대한 것이 틀림없었다. 아니나 다를까 아말리아는 어느새 급히 다가오더니 올가를 옆으로 밀치고는 거리로 나가더니 문을 닫아 버렸다. 눈 깜빡할 순간이나 지났을까, 금세 그녀는 돌아왔다. 올가로서는 도저히 할 수 없었던 일을 그녀는 순식간에 해치운 것이다.

그러고서 K는 그 방문객이 바로 자기를 찾아왔다는 것을 올가에게 들어서 알게 되었다. 조수 한 명이 프리다의 부탁을 받고 찾아왔는데, 올가는 K를 그 조수에게서 숨기고 싶었던 것이다. 여기에 찾아왔던 일을 K 자신이 이야기해서 나중에 프리다가 알게 되는 건 어쩔 수 없지만, 그 사실이 조수에 의해 발견되어서는 안 된다는 것이었다. K는 그 말에 수긍했다. 그러나 여기서 밤을 새우며 바르나바스를 기다리는 게 어떻겠냐는 올가의 제안은 거절했다. 그 자체만으로 보면 제안을 받아들였을지도 모른다. 왜냐하면 이미 밤이 깊었고, 원하든 원치 않든 그는 지금 이 가족과 긴밀히 연결되어 있었기 때문이다. 다른 이유에서 본다면 여기서 잠자리를 갖는 게 곤혹스러운 일일지 모르지만 이 긴밀한 관계를 생각해 보면 마을 전체에서 그나마 여기가 가장 자연스러운 잠자리로 여겨졌다. 그럼에도 불구하고 K는 거절했다. 조수가 찾아온 것에 깜짝 놀랐던 것이다. 그의 뜻을 잘 알고 있는 프리다와 그를 두려워하는 조수들이 어떻게 다시 만나게 되었는지, 프리다가 어떻게 그렇게 아무 일 없었다는 듯 조수를 시켜 K를 찾으러 보낼 수 있었는지, 그것도 한 명만 온 것으로 보아 다른 한 명은 아마 그녀 곁에 있는 모양인데 어떻게 그럴 수가 있는지 그로서는 납득이 되지 않았다. 그는 올 가에게 채찍을 갖고 있는지 물었다. 채찍은 없었지만 쓸 만한 버드나무 회초리가 있어서 그는 그것을 얻었다. 그러고는 이 집에서 나가는 다른 출구가 있는지도 물어보았다. 안마당을 지나는 길이 있기는 한데, 거리로 나가려면 이웃집 정원의 울타리를 타고 넘어가 그 정원을 통과해야 했다. K는 그렇게 할 작정이었다. 올가가 안마당을 지나 울타리 쪽으로 그를 데리고 가는 동안 K는 걱정하는 그녀를 얼른 안심시키려고, 자기는 그녀가 이야기 중에 사소한 술책을 썼다는 것에 전혀 화나지 않았으며 오히려 그녀의 심정이 너무 잘 이해된다고 설명했다. 그녀가 그런 이야기를 해준 것은 자기를 신뢰한다는 증거라고 생각하며 그 신뢰에 감사한다고 말한 다음, 한밤중이라도 괜찮으니 바르나바스가 돌아오는 대로 그를 학교로 보내 달라고 부탁했다. 바르나바스가 가져다주는 통지가 그의 유일한 희망은 아니며, 만일 그렇다면 그는 정말 한심한 처지일 테지만, 그는 결코 그 통지를 포기할 마음이 없고 그것에 매달릴 생각이라고 했다. 그러면서 올가를 잊지 않겠다고, 왜냐하면 그에게는 통지보다 올가가 더 중요하며, 그녀의 대담한 마음, 그녀의 신중한 태도, 그녀의 총명한 머리, 가족을 위한 그녀의 헌신적인 자세가 더 소중하기 때문이라고 했다. 만약에 그가 올가와 아말리아 중한 사람을 골라야 한다면 깊이 생각할 필요도 없다는 것이었다. 그런 다음 그는 다정하게 그녀의 손을 잡아 주고는 어느새 이웃집 정원의 울타리 위로 뛰어올랐다.

거리로 나가니 어두컴컴한 밤이었지만 저기 멀찌감치 바르나바스의 집 앞에서 조수가 여전히 왔다 갔다 하는 모습이 보였다. 그는 이따금씩 걸음을 멈추고 등불을 들어 커튼이 쳐진 창문을 통해 방 안을 비춰 보려고 했다. K가 그를 불렀다. 그러자 그는 별로 놀라는 기색도 없이 집 안을 염탐하는 일을 그만두고 K 쪽으로 왔다. 「누굴 찾고 있는 거야?」 K는 이렇게 물으며 자신의 넓적다리에 대고 버드나무 회초리의 탄력성을 시험해 보았다. 「선생님요.」 조수가 가까이 다가오면서 말했다. 「근데 너는 누구지?」 K가 불쑥 물었다. 조수가 아닌 것처럼 보였기 때문이다. 그는 더 나이 먹고, 더 지치고, 주름도 더 많아 보였지만, 얼굴은 더 통통한 것 같았다. 걸음걸이도 관절에 전기가 흐르는 듯한 예전의 날쌘 걸음걸이와는 전혀 딴판으로, 느린 데다 약간 절뚝거렸으며 병약하면서도 어딘지 기품이 있어 보였다. 「저를 모르시겠어요?」 그 사내가 물었다. 「선생님의 옛 조수 예레미아스예요.」 「그래?」 K는 대꾸하며 그사이 등 뒤로 감추었던 버드나무 회초리를 다시 살짝 내보였다. 「하지만 전혀 달라 보이는데.」 「저 혼자라서 그래요.」 예레미아스가 말했다. 「혼자 있으면 즐거운 청춘도 시들어 버린답니다.」 「근데 아르투어는 어디에 있지?」 K가 물었다. 「아르투어요?」 예레미아스가 되물었다. 「그 조그맣고 귀여운 녀석 말인가요? 그는 일을 그만뒀어요. 하지만 선생님도 우리한테 너무 심하셨어요. 마음 여린 그 녀석은 그걸 견디지 못하고 성으로 돌아가서 선생님에 대해 불평을 하고 다녀요.」 「그럼 너는?」 K가 물었다.「저는 남을 수 있었어요.」예레미아스가 말했다.「아르투어가 제 몫까지 불평을 해주거든요.」「대체 너희는 뭐가 불만인데?」K가 물었다.「그건……」예레미아스가 말했다.「선생님이 장난을 이해해 주시지 못한다는 겁니다. 우리가 대체 무슨 짓을 했다는 건가요? 장난 좀 치고, 웃기도 좀 하고, 선생님의 약혼녀를 조금 놀렸을 뿐인데 말이에요. 게다가 전부 다 지시에 따른 거예요. 갈라터가 저희를 선생님에게로 보냈을 때 ——」「갈라터라고?」K가 물었다.「네, 갈라터입니다.」예레미아스가 말했다.「그때 그는 마침 클람의 일을 대신 맡아 하고 있었거든요. 그가 저희를 선생님한테 보내면서 이렇게 말했어요 —— 그 말을 잘 기억해 두었지요, 저희는 그 말을 근거로 내세워야 하니까요 ——〈너희는 측량사의 조수로서 가는 것이다〉라고요. 그래서 저희가 말했어요. 〈하지만 저희는 그 일에 대해 아무것도 모르는데요.〉그랬더니 그가 말하기를,〈그건 별로 중요한 게 아니다. 필요하다면 그가 너희에게 가르쳐 줄 것이다. 가장 중요한 일은 너희가 그의 기분을 좀 흥겹게 해주는 것이다. 내가 들은 보고에 의하면 그는 만사를 매우 심각하게 생각한다고 한다. 그가 지금 마을에 왔는데, 그것은 사실 아무 일도 아니지만 그에게는 큰 사건이나 마찬가지다. 그 점을 너희가 그에게 가르쳐 주어야 한다〉라고 했어요.」「그래서……」K가 말했다.「갈라터의 말이 옳아서 너희는 그 지시대로 이행했다는 거야?」「그건 모르겠어요.」예레미아스가 말했다.「그렇게 짧은 기간으로는 알기도 어렵죠. 제가 아는 건 선생님이 아주

우악스러웠다는 것뿐이고 저희가 불평하는 것도 바로 그 점입니다. 선생님도 한낱 고용인에 불과하고 더구나 성의 직원도 아니면서, 그런 근무가 가혹하다는 것을 어떻게 간파하지 못할 수 있는지, 그리고 또 선생님이 하셨듯이 일하는 사람을 그토록 짓궂고도 유치하게 괴롭히는 게 정말 고약한 짓이라는 것을 어떻게 깨닫지 못할 수 있는지 이해가 되지 않습니다. 선생님은 저희를 울타리에 매달린 채 얼어붙도록 그냥 놔두기도 했고, 모진 소리를 한 마디만 들어도 며칠 동안이나 괴로워하는 아르투어를 주먹으로 매트리스 위에 때려 눕혀 자칫 비명횡사하도록 만들 뻔도 했고, 오늘 오후에는 저를 사정없이 몰아대서 눈 속을 이리저리 헤매게 하는 바람에 제가 그 후유증에서 벗어나는 데 한 시간이나 걸리도록 했으니, 이런 무자비한 일이 또 어디 있겠어요. 저는 이제 더 이상 어린아이가 아니잖아요!」「예레미아스……」K가 말했다. 「네가 지금 한 말은 다 맞아. 다만 그 말은 갈라터한테나 하는 게 좋지 않을까. 그가 너희를 제 마음대로 보낸 거지, 내가 그에게 너희를 보내 달라고 부탁한 게 아니니까 말이야. 그리고 너희를 요구한 일이 없었으니 나는 너희를 다시 돌려보낼 수도 있었던 거지. 완력을 써서 강제로 하기보다는 평화롭게 조용히 처리하고 싶었지만 너희는 분명 그러기를 원치 않았어. 그건 그렇고 너희는 나에게 왔을 때 왜 바로 지금처럼 솔직하게 말하지 않았지?」「근무 중이었으니까요.」예레미아스가 말했다. 「그거야 물어보나 마나 한 일 아닌가요.」「그럼 지금은 근무 중이 아닌 거고?」K가 물었다. 「이제는 더 이상 아니에요.」예레미아스가 말했다.「아르투어가 성에 가서 근무를 그만두겠다고 말했어요. 아니면 적어도 우리를 그 근무에서 완전히 해방시켜 줄 절차가 진행 중이에요.」「하지만 너는 여전히 나를 찾고 있었잖아, 마치 근무 중인 것처럼 말이야.」K가 말했다.「아니에요.」예레미아스가 말했다.「단지 프리다를 안심시키려고 그러는 것뿐이에요. 당신이 바르나바스의 누이들 때문에 프리다를 버려 두고 떠났을 때 그녀는 몹시 슬퍼했는데, 그것은 당신을 잃어서라기보다는 당신에게 배신을 당했기 때문이에요. 물론 프리다는 그런 일이 닥치리라는 걸 이미 오래전부터 알고 있었고, 그 때문에 많이 괴로워했어요. 나는 당신이 혹시 이성을 되찾았는지 살펴보려고 교실 창문가로 다시 한 번 가보았어요. 그런데 당신은 없고 프리다만 학생 의자에 앉아 울고 있었어요. 나는 그녀에게 다가갔고, 우리는 마음이 통했지요. 그래서 이미 모든 일이 결행되었어요. 지금 나는 헤렌호프의 객실 담당 하인이에요. 적어도 성에서 내 안건이 처리될 때까지는 말이에요. 그리고 프리다는 다시 주점에서 일해요. 프리다에게는 그게 더 나아요. 프리다가 당신의 아내가 된다는 건 말이 안 되는 얘기였어요. 당신도 그녀가 당신을 위해 치르고자 했던 희생을 제대로 알아보고 소중하게 여길 줄 몰랐잖아요. 하지만 그 착한 여자는 지금도 가끔 당신이 부당한 일을 당하지나 않았는지, 혹시 바르나바스의 누이들에게 가 있는 건 아닌지 염려하고 있어요. 당신이 어디에 있는지는 물론 조금도 의심의 여지가 없었지만, 그래도 나는 그것을 최종적으로 확실하게 확인하기 위해 찾아왔어요. 프리다는 온갖 심란한 일을 겪은 후이니 이제 마음 편히 잠을 자야 할 필요가 있고, 나도 물론 마찬가지니까요. 그래서 왔더니 당신을 찾았을 뿐만 아니라 아울러 처녀들이 마치 끈에 매인 듯 당신을 졸졸 따르는 것도 볼 수 있었어요. 특히 살결이 검고 진짜 살쾡이 같은 처녀가 당신에게 정성을 다하던데요. 하긴 누구나 자기 취향대로 사는 거지요. 어쨌든 당신은 이웃집 정원을 거쳐 돌아나올 필요가 없었어요. 내가 그 길을 알고 있으니까요.」

21

그러니까 이제 예상은 했지만 막을 수 없었던 일이 일어난 것이다. 프리다가 그를 버렸다. 완전히 결판난 것은 분명 아니었고 사태가 그리 심각하지도 않았다. 프리다를 다시 찾아올 수 있을 것이다. 그녀는 남들에게 쉽게 영향을 받았고 심지어 이 조수들에게까지 그러했으니 말이다. 조수들은 프리다의 지위를 자신들이나 비슷하다고 생각해서, 자신들이 일을 그만두겠다고 한 것처럼 프리다에게도 그렇게 하도록 종용했던 것이다. 하지만 K가 그녀 앞에 나타나 자신에게 유리한 점들을 모두 상기시켜 주기만 하면 그녀는 깊이 후회하며 그에게 돌아와 다시 그의 여자가 될 것이다. 게다가 만일 그 여자애들 집에 찾아간 일을 혹시라도 그녀들 덕분에 얻게 된 어떤 성과를 가지고 정당화할 수만 있다면 더욱더 확실할 것이다. 그러나 이런 생각들을 하며 프리다 때문에 불안해진 자신을 달래 보려 했음에도 그는 마음이 진정되지 않았다. 조금 전까지만 해도 올가 앞에서 프리다를 칭찬하며 그녀가 자신의 유일한 버팀목이라고 했는데, 이제 보니 이 버팀목이란 것도 별로 확고부동한 것이 못 되었다. K에게서 프리다를 빼앗는 데는 굳이 어떤 힘센 자가 관여할 필요도 없이, 이 밥맛없는 조수만으로 충분했던 것이다. 가끔 별로 생기가 없는 듯한 느낌을 주는 이 살덩어리 인간만으로도 프리다는 쉽게 그의 품에서 벗어났다.

예레미아스가 벌써 떠나려고 하자 K는 그를 도로 불러 세웠다. 「예레미아스……」 그가 말했다. 「나도 너에게 아주 솔직하게 말할 테니, 너도 내 질문에 정직하게 대답해 줘. 우리는 더 이상 주인과 하인의 관계가 아니야. 그렇게 되니 너뿐만이 아니라 나도 기쁘고 홀가분하군. 그러니까 우리는 이제 서로를 속일 이유가 없어. 너한테 쓰려고 했던 이 회초리를 지금 네가 보는 앞에서 부러뜨리겠어. 내가 정원을 통과하는 길을 택한 것은 겁이 나서가 아니라 너를 불시에 덮쳐서 회초리를 몇 번 휘두르려고 그런 거였어. 그러니 이제 나를 나쁘게 생각하지 마. 다 지나간 일이니까. 만일 네가 관청에서 강제로 떠맡긴 하인이 아니라 그냥 나의 지인이었다면, 이따금 너의 외모가 약간 거슬리기는 했겠지만 우리는 틀림없이 아주 사이좋게 지냈을 텐데 말이야. 그리고 이와 관련해 우리가 그동안 하지 못했던 것을 이제 늦게나마 제대로 해볼 수 있을 거야.」 「그렇게 생각하세요?」 조수는 이렇게 말하고는 하품을 하면서 피곤한 두 눈을 꾹 눌렀다. 「이번 일에 대해 당신에게 더 자세히 설명해 줄 수도 있지만 시간이 없어요. 나는 프리다에게 가야 해요. 그 불쌍한 여자가 나를 기다리고 있거든요. 그녀는 아직 일을 시작하지 않았어요. 여관 주인이 내 권고를 받아들여 그녀에게 잠시 휴식할 시간을 주었는데 — 그녀는 다 잊어버리고 싶었는지 당장 일 속으로 뛰어들려고 했지만요 — 적어도 이 시간만큼은 우리가 함께 보낼 생각이에요. 당신의 제안과 관련해, 나는 당신을 속일 이유도 없지만 그렇다고 무언가를 털어놓을 이유도 없어요. 나는 당신과 처지가 다르니까요. 내가 당신을 위해 봉사해야 하는 관계에 있었을 동안에 당신은 물론 나에게 매우 중요한 인물이었어요. 당신의 성품이나 지위 때문이 아니라 나에게 맡겨진 직무 때문에요. 그래서 당신이 원하는 것이면 무슨 일이든 다 했을 테지만, 지금 나에게 당신은 아무래도 상관없는 사람입니다. 회초리를 부러뜨린다 해도 내 마음은 꿈쩍도 하지 않을 겁니다. 그런 것으로는 내가 얼마나 난폭한 주인 밑에 있었는가를 떠올리게 할 뿐이지, 내 마음을 사로잡기에는 어림도 없어요.」「네가 나한테 그런 식으로 말하다니.」K가 말했다. 「마치 이제는 나를 두려워할 일이 절대로 없을 것처럼 말이야. 그러나 결코 그렇지 않을 거야. 너는 분명 아직 나에게서 벗어나지 못했어. 여기서는 일처리가 그렇게 빨리 이루어지는 일이 없거든 —」「때로는 더 빨리 처리될 때도 있어요.」예레미아스가 반박했다. 「때로는 그럴지도 모르지.」K가 말했다. 「그러나 이번 일이 그렇게 되었다는 어떤 암시도 없고, 너나 나나 적어도 문서로 처리된 결과를 손에 쥐고 있는 게 아무것도 없잖아. 그러니까 이제야 겨우 절차가 진행 중이란 얘기고, 나는 아직 연줄을 통해 손을 써보지 않았지만 곧 그렇게 할 거야. 그 결과가 너한테 불리하게 나온다면 네가 윗사람에게 호감을 얻는 일을 소홀히 한 셈이니 어쩌면 이 버드나무 회초리를 부러뜨릴 필요도 없겠지. 그리고 너는 프리다를 빼앗아 갔다고 기고만장인가 본데, 너라는 사람을 아무리 존중하려 해도 — 너는 나를 더 이상 존중할 마음이 없지만 나는 달라 — 내가 프리다에게 몇 마디 건네기만 하면 네가 프리다를 후리려고 사용한 거짓말을 충분히 까발리고도 남을 거야. 하기야 거짓말을 해야만 프리다를 내게서 돌아서게 할 수 있었겠지.」「그런 위협에 내가 놀랄 줄 알아요?」 예레미아스가 말했다. 「당신은 나를 조수로 삼을 마음이 전혀 없어요. 당신은 조수로서의 나를 두려워하고, 조수라면 다 두려운 거예요. 당신이 그 착한 아르투어를 때린 것도 단지 두려워서 그랬겠죠.」「어쩌면……」 K가 말했다. 「그래서 덜 아프지 않았을까? 어쩌면 나는 너에 대한 두려움을 종종 그런 식으로 드러낼 수도 있을지 모르지. 네가 조수 노릇을 별로 달가워하지 않는 걸 보니, 모든 두려움을 무릅쓰고라도 너에게 다시 그 일을 강제로 시킨다면 보통 재미있는 일이 아니겠는걸. 이번에는 아르투어를 빼고 너 혼자만 일하도록 손을 써봐야겠군. 그러면 너를 더 주의해서 지켜볼 수 있을 거야.」「그런다고……」 예레미아스가 말했다. 「내가 조금이라도 겁을 낼 거라고 생각하나요?」「아마 그럴 것 같은데.」 K가 말했다. 「조금은 겁을 내고 있는 게 분명해. 만일 네가 현명하다면 많이 겁을 낼 거고. 그게 아니라면 왜 진작 프리다에게 가지 않았겠어? 말해봐, 그녀를 좋아하나?」「좋아하느냐고요?」 예레미아스가 말했다. 「그녀는 착하고 영리한 여자고, 클람의 옛 애인이니 어쨌든 존경받을 만하지요. 그리고 그녀가 당신에게서 벗어나게 해달라고 계속 부탁하는데, 내가 어떻게 외면할 수 있겠어요? 더군다나 내가 그런다고 해서 당신에게 해를 끼치는 것도 아니잖아요. 당신은 그 빌어먹을 바르나바스의 누이들에게서 위안을 얻고 있으니 말이에요.」「이제 네가 불안해하는 걸 알겠어.」K가 말했다. 「그야말로 보기 안쓰러울 정도로 불안해하고 있군. 너는 거짓말로 나를 후리려 하고 있거든. 프리다가 부탁한 건 오직 한 가지였는데, 난폭한 데다가 개같이 음탕하기까지 한 조수들로부터 자기를 벗어나게 해달라는 것뿐이었어. 안타깝게도 나는 그녀의 부탁을 제대로 들어줄 시간이 없었지. 그래서 지금 내가 소홀히 한 결과가 나타난 거야.」

  「측량사님! 측량사님!」누군가 외치는 소리가 골목을 따라 들려왔다. 바르나바스였다. 숨을 헐떡거리며 달려왔지만 그는 K에게 허리 굽혀 인사하는 것을 잊지 않았다. 「성공했어요.」그가 말했다. 「무얼 성공했다는 건가?」K가 물었다. 「내 부탁을 클람에게 전달했나?」「그건 못 했어요. 무척 애를 썼지만 불가능했어요. 저는 무작정 밀고 들어가서 온종일 책상 가까이에 서 있었어요. 책상에 바짝 붙어 서 있는 바람에 한번은 빛을 가린다고 서기가 저를 밀쳐 내기도 했어요. 클람이 고개를 들고 쳐다보면, 금지된 일이지만 손을 쳐들어 저의 존재를 알렸어요. 사무처에 가장 늦게까지 머물러 있다보니 나중에는 하인들과 저 혼자만 남아 있게 되었어요. 클람이 되돌아오는 것을 보고 저는 한 번 더 기뻤는데, 그가 저 때문에 돌아온 건 아니었어요. 단지 책에서 무언가를 얼른 찾아보려 했던 것뿐이라 금방 다시 가버렸죠. 제가 여전히 꼼짝도 않고 있으니까 결국은 하인이 저를 비로 쓸어 내다 시피 해서 문밖으로 쫓아냈어요. 제가 이 모든 걸 솔직하게 말씀드리는 건, 나리께서 제가 한 일에 대해 다시 불만을 갖지 않도록 하기 위해서예요.」「바르나바스, 자네가 아무리 열심히 해도……」 K가 말했다. 「아무런 성과가 없다면 그게 다 나한테 무슨 소용이 있겠나.」「하지만 성과가 있었어요.」 바르나바스가 말했다. 「제가 저의 사무처를 나오면서 보니까 ― 저는 그곳을 〈저의 사무처〉라고 부르거든요 ― 복도 저쪽에서 어떤 분이 천천히 이리로 걸어오는 거예요. 다른 사람은 아무도 없고 복도는 텅 비어 있었어요. 이미 매우 늦은 시간이었으니까요. 저는 그를 기다리기로 마음먹었어요. 그곳에 머물러 있기에 좋은 기회였지요. 나리한테 나쁜 소식을 갖다 드리지 않기 위해서는 아예 계속 머물러 있는 편이 가장 좋겠다는 생각이 들었거든요. 하지만 그렇게는 아니어도 그분을 기다린 보람이 있었어요. 그는 에어랑어였어요. 그를 모르세요? 클람의 수석 비서 중 한 사람이에요. 몸이 허약하고 자그마한 분인데, 다리를 약간 절어요. 그는 나를 즉시 알아보았어요. 뛰어난 기억력과 사람 보는 눈으로 유명한 분이거든요. 눈썹을 모으기만 하면 누구든 다 알아볼 수 있다고 해요. 한 번도 본 적 없이 어디서 들었거나 읽기만 해서 아는 사람도 알아볼 때가 많다는 거예요. 가령 저도 거의 본 적이 없을 거예요. 그런데 그는 어떤 사람이든 금방 알아보면서도 처음에는 자신 없다는 듯이 물어봐요. 저를 보고도 〈자네 바르나바스 아닌가?〉 하고는 〈자네 그 측량사를 알고 있지, 안 그런가?〉 하고 물었어요. 그러더니 〈마침 잘됐군. 지금 나는 헤렌호프로 가는 길이야. 측량사더러 그리로 나를 찾아오라고 하게. 나는 15호실에 묵고 있네. 하지만 지금 당장 와야 한다고 전하게. 나는 거기서 몇 차례 면담만 하고는 새벽 5시에 다시 돌아와야 하거든. 그와 면담하는 일이 나한테 무척 중요하다고 전해 주게〉라는 거예요.」

갑자기 예레미아스가 달리기 시작했다. 흥분한 나머지 그때까지 그에게 주의를 기울이지 못했던 바르나바스가 물었다. 「예레미아스가 대체 왜 저러는 거예요?」「나보다 먼저 에어랑어에게 가려는 거지.」 K가 말했다. 그러더니 어느새 예레미아스를 뒤쫓아 달려가 그를 붙잡고는 팔짱을 끼며 말했다. 「갑자기 프리다를 보고 싶은 마음에 사로잡힌 건가? 나도 같은 마음이니 우리 같이 나란히 걸어가도록 하지.」

컴컴한 헤렌호프 앞에는 남자들이 작은 무리를 이루어 서 있었는데, 두세 명이 손등을 들고 있어서 몇 사람은 얼굴을 알아볼 수 있었다. K가 아는 사람은 마부인 게어슈테커 한 명뿐이었다. 게어슈테커는 질문으로 인사를 대신했다. 「아직도 마을에 있군요?」「네.」 K가 말했다. 「나는 오래 있으려고 왔습니다.」「내 알 바는 아니지.」 게어슈테커는 이렇게 말하고는 심하게 기침을 하며 다른 사람들 쪽으로 몸을 돌렸다.

알고 보니 다들 에어랑어를 기다리고 있었다. 에어랑어는 이미 도착해 있었지만, 민원인들을 맞이하기 전에 모무스와 상담을 하는 중이었다. 사람들이 나누는 대체적인 이야기는 민원인들이 건물 안에서 기다려서는 안 되고 여기 바깥의 눈 속에 서 있어야 하는 것에 관한 내용이었다. 날이 그리 춥지는 않았지만 그래도 민원인들을 밤중에 몇 시간씩 건물 앞에 서 있게 한다는 것은 가혹한 처사였다. 그것이 물론 에어랑어의 탓은 아니었다. 오히려 그는 사람들에게 매우 호의적인 인물이었는데, 그런 사정에 대해서는 거의 모르고 있었다. 만일 그 얘기를 들었더라면 그는 틀림없이 격분했을 것이다. 그것은 헤렌호프의 여주인 때문이었다. 그녀는 병적으로 고상함을 추구하는 성격이라 많은 민원인들이 한꺼번에 헤렌호프로 밀려드는 것을 싫어했던 것이다. 「어쩔 수 없이 와야 한다면…….」 그녀는 입버릇처럼 이렇게 말하곤 했다. 「제발 좀 한 사람씩 차례대로.」 그러면서 자신의 뜻을 조금씩 관철시켜 나갔는데, 그에 따라 민원인들은 처음에는 그냥 복도에서, 나중에는 계단에서, 그다음은 현관에서, 마지막엔 주점에서 기다렸다가 결국에는 거리로 밀려나고 말았다. 그러고도 그녀는 아직 성에 차지 않았다. 그녀의 표현에 의하면 자기 건물 안에 계속 〈포위되어〉 지내는 것을 참을 수 없었던 것이다. 도대체 무엇 때문에 민원인들이 드나들어야 하는지 그녀로서는 이해할 수가 없었다. 「건물 앞 계단을 더럽히기 위해서지요.」 한번은 어떤 관리가 그녀의 질문에 아마도 분명 짜증이 나서 그렇게 말한 적이 있었는데, 그 말이 명쾌하게 와 닿았는지 그녀는 그 기발하고도 엉뚱한 말을 즐겨

인용하곤 했다. 그녀는 헤렌호프 맞은편에 민원인들이 대기할 수 있는 건물을 짓도록 하는 일에 힘을 썼는데, 그것은 민원인들의 소망과도 일치했다. 그녀에게 가장 좋기로는 민원 상담과 심문도 헤렌호프 밖에서 이루어지는 것이었지만, 관리들이 그것에 반대했다. 부수적인 문제들에 있어서 여주인은 그 집요하고도 섬세한 여성 특유의 열정 덕분에 일종의 소군주적 전횡을 휘두르기도 했지만, 관리들이 단호하게 반대하고 나서면 그녀로서도 물론 억지로 밀고 나갈 수는 없었다. 아마도 여주인은 상담과 심문이 앞으로도 계속 헤렌호프에서 벌어지는 것을 용납할 수밖에 없으리라. 성에서 온 양반들은 마을에서 공무를 처리할 땐 헤렌호프를 떠나려 하지 않았기 때문이다. 그들은 늘 바빴고, 그야말로 마지못해 마을에 머무는 것이었으며, 필요 이상으로 체류를 연장하고 싶은 마음은 추호도 없었다. 따라서 단지 헤렌호프의 평화만을 위해 그들에게 잠시나마 그 모든 서류를 들고 길 건너 다른 건물로 옮겨 가 시간을 허비하도록 요구할 수는 없었다. 관리들은 사실 주점이나 자기 방에서 공무를 처리하는 것을 가장 좋아했다. 가능하다면 식사를 하는 동안에, 혹은 잠들기 전이나 아침에 너무 피곤해서 일어나기도 힘들고 좀 더 누워 있고 싶을 때면 침대에서 공무를 보고 싶어 했다. 한편 대기실 건물을 짓는 문제는 유리하게 해결되는 것 같았지만, 바로 그 대기실 건물 신축 건으로 인해 수많은 협의와 상담이 필요했고 그래서 여관 복도가 거의 비어 있을 틈이 없게 되었으니 ― 이에 대해 사람들은 실소를 금치 못했다 ―

여주인에게는 물론 가혹한 벌이었다.

　사람들은 기다리는 동안 이 모든 일에 대해 두런두런 이야기를 나누었다. 에어랑어가 민원인들을 한밤중에 부르는 바람에 불만이 이만저만이 아니었는데도 이에 대해 이의를 제기하는 사람이 아무도 없는 것이 K에게는 이상하게 생각되었다. 그래서 그에 대해 물었더니 오히려 에어랑어에게 대단히 감사해야 한다는 대답이 돌아왔다. 그가 마을로 행차할 마음을 갖는 것은 오로지 그의 선의와 직무에 대한 고귀한 마음 때문이며, 사실 그가 원하면 — 그리고 이것이 어쩌면 규정에 더 잘 맞는지도 모르는데 — 하급 비서를 한 명 보내 대신 조서를 작성하게 할 수도 있다는 것이다. 그러나 그는 대개 그렇게 하지 않고 모든 것을 직접 보고 듣기를 원하는데, 그럴 때면 이 목적을 위해 며칠간 밤 시간을 희생해야 한다고 했다. 그의 업무 일정표에는 마을 출장을 위한 시간이 잡혀 있지 않기 때문이라는 것이다. K는 하지만 클람도 낮에 마을로 내려와 심지어 며칠이고 여기 머무르지 않느냐며 반론을 폈다. 그렇다면 대체 비서에 불과한 에어랑어가 저 위에서 더 없어서는 안 될 존재라는 거냐? 몇몇은 사람 좋게 웃었지만 다른 사람들은 당황하여 입을 다물었다. 입을 다문 사람들이 다수였기 때문에 K는 거의 답을 듣지 못했다. 겨우 한 사람만 머뭇거리며, 물론 클람은 성에서나 마을에서나 없어서는 안 될 인물이라고 말했을 뿐이었다.

　그때 현관문이 열리더니 등불을 든 두 하인 사이로 모무스가 나타났다. 「에어랑어 비서님을 뵙게 될 첫 번째 사람은⋯⋯」

그가 말했다. 「게어슈테커와 K입니다. 두 사람 여기 있나요?」 두 사람은 그렇다고 하며 나섰다. 그런데 그들보다 먼저 예레미아스가 〈저는 여기 객실 담당 하인입니다〉라는 말과 함께 잽싸게 앞으로 나서면서, 그리고 빙긋이 웃으며 어깨를 한 번 툭 치는 모무스의 인사를 받으면서, 건물 안으로 스르륵 미끄러지듯이 들어갔다. 「예레미아스를 더 조심해야겠군.」 K가 혼잣말로 중얼거렸다. 그렇지만 성에 올라가 자기에 대한 반대 공작을 펴고 있는 아르투어보다는 예레미아스가 분명히 훨씬 덜 위험할 거라는 느낌은 변함이 없었다. 어쩌면 그들을 저렇게 마구 쏘다니도록 놔두어 마음대로 음모를 꾸미게 하느니 차라리 조수로 데리고 있으면서 그들에게 시달림을 받는 편이 더 현명한 처사일 것 같다는 생각까지 들었다. 그들은 음모를 꾸미는 데 특별한 재주가 있는 것 같았다.

K가 옆을 지나갈 때야 모무스는 그가 측량사임을 알아본 듯한 태도를 보였다. 「아, 측량사님!」 모무스가 말했다. 「심문받기를 그토록 싫어하던 분이 심문을 받으려고 애쓰시는군요. 그때 나한테 받았더라면 더 간단했을 텐데 말입니다. 하긴 글쎄, 꼭 맞는 심문을 고르는 게 쉬운 일은 아니지요.」 슬쩍 건넨 이 말을 듣고 K가 멈춰 서려고 하자 모무스가 말했다. 「가요, 가! 그때는 당신의 답변이 필요했지만 지금은 아닙니다.」 그럼에도 K는 모무스의 태도에 화가 치밀어 올라 말했다. 「당신들은 당신들 생각만 하는군요. 단지 공무 때문이라면 그때나 지금이나 나는 대답하지 않겠습니다.」

그러자 모무스가 말했다. 「우리가 대체 누구를 생각해야 한단 말이죠? 여기에 우리 말고 대체 누가 또 있다는 겁니까? 어서 가요!」

현관에서 하인 하나가 그들을 맞이하여 K도 이미 알고 있는, 안뜰을 지나는 길로 안내했다. 그러고는 큰 문을 통과해 천장이 낮고 약간 내리막인 복도로 데리고 갔다. 위쪽 여러 층에는 고위 관리들만 묵는 반면에 비서들은 이 복도의 방들에 기거하는 모양이었다. 에어랑어는 비서들 가운데 지위가 가장 높은 축에 들었지만 그 역시 여기에 묵고 있었다. 전등이 밝게 빛나고 있었기 때문에 하인은 자신의 등불을 껐다. 모든 게 작지만 오밀조밀하게 지어져 있는 곳이었다. 공간이 최대한 효율적으로 활용되고 있었다. 복도는 겨우 똑바로 서서 걸어가야 할 정도였다. 양옆으로는 문들이 거의 다닥다닥 붙어 있었다. 양쪽 벽은 천장까지 닿아 있지 않았는데, 아마 환기를 고려해서 그렇게 만든 것이 분명했다. 이곳 지하실 같은 깊은 복도에 놓인 조그만 방들에는 창문이 달려 있지 않았기 때문이다. 이렇게 위가 완전히 막혀 있지 않은 벽의 단점은 복도가 소란스럽고 필연적으로 방도 시끄럽다는 것이었다. 많은 방들에 사람들이 들어 있는 것 같았고, 대부분이 아직 깨어 있어서인지 말하는 소리, 망치 두드리는 소리, 유리잔 부딪치는 소리가 들렸다. 그러나 특별히 흥겹다거나 유쾌하다는 인상은 들지 않았다. 다들 목소리를 낮추어 말하고 있었기 때문에 어디에서도 거의 한 마디도 알아들을 수 없었다. 담소를 나누는 것 같지는 않았고, 필시 무언가를 구술하거나 낭독하고 있는 모양이었다. 유리잔과 접시 소리가 나는 방들에서는 말하는 소리가 아예 하나도 들리지 않았다. 그리고 망치 소리에 K는 어디선가 들었던 이야기가 생각났는데, 많은 관리들이 끊임없이 계속되는 정신적 긴장을 풀기 위해 잠시 목공 일이나 정밀 기계 작업 같은 것에 몰두한다는 이야기였다. 정작 복도는 텅 비어 있었다. 어느 문 앞에 창백하고 호리호리하고 키 큰 관리 하나가 모피 옷을 걸치고 앉아 있을 뿐이었는데, 그 아래로 삐져나온 잠옷이 보였다. 방 안에 있는 게 너무 답답했는지 밖으로 나와 신문을 읽는 중이었다. 하지만 주의 깊게 읽는 것은 아니었고, 간간이 하품을 하면서 읽기를 그만두고는 몸을 앞으로 굽혀 복도를 쭉 훑어보았다. 오라고 한 민원인이 꾸물대고 오지 않아 기다리는 모양이었다. 그 앞을 지나친 후에 하인이 그 관리에 대해 게어슈테커에게 말했다. 「바로 그 핀츠가우어예요!」 게어슈테커가 고개를 끄덕였다. 「저분은 정말 오랫동안 마을에 내려오지 않았는데.」 그가 말했다. 「무척 오랜만이지요.」 하인이 확인해 주었다.

마침내 그들은 어느 문 앞에 당도했다. 나머지 문들과 다르지 않았는데 이 문 뒤에 에어랑어가 묵고 있다고 하인이 일러 주었다. 하인은 K의 어깨에 올라타서는 위쪽에 뚫린 틈새로 방 안을 들여다보았다. 「누워 있어요.」 하인이 어깨에서 내려오면서 말했다. 「침대에요. 물론 옷은 입은 채고요. 하지만 졸고 있는 것 같은데요. 여기 마을로 내려오면 생활 방식이 달라져서 저렇게 가끔 피로가 엄습할 때가 있어요.

우리는 기다려야 되겠는데요. 깨어나면 종을 울릴 겁니다. 하지만 그는 마을에 머무는 동안 내내 잠만 자다가 깨어나 자마자 다시 성으로 돌아가야 했던 적도 있었어요. 어쨌든 자원해서 여기서 일을 보고 있는 거니까요.」「지금은 차라리 끝까지 주무셨으면 좋겠구먼.」 게어슈태거가 말했다. 「깨어나서 일할 시간이 아직 조금 남아 있으면 자기가 잠들었던 것을 언짢게 생각하고는 모든 일을 급히 처리하려 할 거고, 그러면 할 말도 거의 못 하게 될 테니까 말이지요.」「당신은 건축 일에 짐수레를 내주는 문제로 온 거죠?」 하인이 물었다. 게어슈태거는 고개를 끄덕이더니 하인을 옆으로 데리고 가 그에게 나지막한 소리로 이야기를 건넸다. 그런데 하인은 듣는 둥 마는 둥 하면서 자기보다 머리통 하나만큼이나 작은 게어슈테커 너머 먼 곳을 바라보며 진지한 얼굴로 천천히 자신의 머리를 쓰다듬었다.

22

그때 K는 별생각 없이 이리저리 두리번거리다가 저 멀리 복도가 꺾이는 곳에 프리다가 서 있는 것을 보았다. 그녀는 그가 누군지 알아보지 못하는 듯 그를 뚫어지게 응시할 뿐이었다. 한쪽 손으로는 빈 그릇들이 놓인 쟁반을 들고 있었다. 그는 자기에게 신경도 쓰지 않는 하인에게 — 하인은 말을 걸면 걸수록 더욱더 멍해지는 것 같았다 — 금방 돌아오겠다고 말하고는 프리다에게 달려갔다. 그러고서 그는 마치 그녀를 다시 자기 소유로 삼으려는 듯 그녀의 양어깨를 붙잡고는 몇 가지 사소한 질문을 던지면서 찬찬히 두 눈을 들여다보았다. 그러나 얼어붙은 듯한 그녀의 태도는 좀체 누그러지지 않았고, 그녀는 쟁반 위의 그릇들을 몇 차례 이리저리 산만하게 옮겨 가며 말했다. 「대체 나한테 뭘 바라는 거죠? 그들에게나 가요 — 그들 이름이 뭔지는 알겠죠. 바로 그들한테 있다가 오는 거잖아요. 얼굴에 다 쓰여 있어요.」 K는 재빨리 화제를 돌렸다. 이야기가 그렇게 갑자기 최악의 상태로, 그에게 가장 불리한 내용으로 시작되어서는 곤란했던 것이다.「주점에 있을 거라고 생각했는데.」그가 말했다. 프리다는 놀란 듯 그를 바라보더니 비어 있는 쪽 손으로 그의 이마와 뺨을 부드럽게 쓰다듬었다. 마치 그의 모습을 잊어버려 다시 기억을 되살리려는 것 같았다. 그녀의 두 눈에도 기억해 내느라 애쓰는 표정이 희미하게 떠올라 있었다.「나는 주점에 다시 채용되었어요.」그녀는 자기가 하는 말은 중요하지 않고 이런 말로써 K와 대화를 이어 나가는 것이 더 중요하다는 듯이 천천히 말했다.「이 일은 나에게 맞지 않아요. 이건 다른 누구라도 할 수 있는 일이에요. 잠자리를 정리할 수 있고, 친절한 표정을 지을 줄 알고, 손님들이 치근덕거려도 싫어하기는커녕 오히려 그렇게 하도록 부추기는 여자라면 누구나 객실 하녀가 될 수 있어요. 하지만 주점 일은, 거기는 좀 달라요. 그때 별로 명예롭지 않게 떠났는데도 나는 금세 다시 주점에 채용된 거예요. 물론 이번에는 후원자가 있었어요. 하지만 주인은 나에게 후원자가 있어서 나를 다시 채용하기가 쉬웠다고 좋아했어요. 심지어는 나보고 그 자리를 받아들이라고 사람들이 재촉까지 해야 할 정도였지요. 주점이 나에게 어떤 기억을 떠오르게 하는지 잘 생각해 보면 당신도 무슨 말인지 알 거예요. 결국 나는 그 자리를 받아들였어요. 여기에는 그냥 임시로 있는 것뿐이에요. 페피가 당장에 주점을 떠나야 하는 수치만은 면하게 해달라고 사정하더군요. 그녀가 그래도 부지런했고 무슨 일이든 능력이 허락하는 한 최선을 다해 돌보았기 때문에 우리는 그녀에게 24시간의 기한을 주었어요.」「모든 일이 아주 잘 풀렸네.」K가 말했다. 「다만 전에 나 때문에 주점을 그만두었는데, 이제 우리가 결혼식을 코앞에 둔 마당에 다시 그리로 돌아가겠다고?」 「결혼식 같은 건 없을 거예요.」 프리다가 말했다. 「내가 부정한 짓을 해서?」 K가 물었다. 프리다가 고개를 끄덕였다. 「이것 봐, 프리다.」 K가 말했다. 「소위 그 부정이라는 것에 대해 우리는 이미 여러 번 이야기를 나누었고, 그때마다 당신은 결국 그것이 가당치 않은 의심이었다는 걸 깨닫지 않을 수 없었잖아. 그 후로도 내 쪽에서 변한 건 아무것도 없어. 모든 게 변함없이 결백했어, 전에도 그랬고 앞으로도 달라질 수 없듯이 말이야. 그러니까 당신 쪽에서 무언가 변한 것이 분명해. 다른 사람의 꾐에 넘어갔다든가 아니면 다른 일로 인해서 마음이 변한 거야. 어쨌든 당신은 나에게 잘못하고 있는 거야. 자, 보란 말이야, 그 두 여자애들이 대체 어쨌다는 건데? 한 애는, 거무스름한 애 말이야 — 내가 이렇게 일일이 변명하는 것도 수치스러운 노릇이지만, 당신이 그러기를 요구하고 있으니 말하는데 — 그 거무스름한 애는 아마 당신만이 아니라 나에게도 분명 당혹스럽고 꺼림칙한 존재야. 어떻게든 그녀를 멀리할 수만 있다면 나는 그렇게 할 거고, 그러는 게 그녀한테도 홀가분할 거야. 그녀처럼 수줍어하는 사람은 처음 봤거든.」 「그래요.」 프리다가 외치듯 말했다. 엉겁결에 그런 말이 튀어나온 것이다. 그녀의 마음이 전환된 것을 보고 K는 기뻤다. 그녀는 본래 자신이 의도했던 것과는 다른 상태가 되어 있었다. 「당신은 그 여자가 수줍어한다고 생각할 수 있겠죠. 누구보다도 뻔뻔스러운 여자를 수줍어한다고 말하고 있고, 믿기지 않지만 당신은 진심으로 그렇게 생각하고 있어요. 당신이 거짓으로 그러는 게 아니라는 걸 나는 알아요. 브뤼켄호프의 여주인은 당신에 대해 이렇게 말해요. 〈나는 그를 좋아하지 않지만, 그렇다고 버릴 수도 없어. 아직 잘 걷지도 못하면서 무작정 멀리 나가려는 어린 아이를 볼 때도 그냥 있지 못하고 붙잡으러 나서지 않을 수 없잖아. 마치 그럴 때 같아.〉」「이번에는 그녀의 가르침을 받아들이지그래.」K가 빙긋이 웃으며 말했다. 「하지만 그녀가 수줍음 많은 여자든 뻔뻔스러운 여자든 우리 그 여자 얘기는 이제 그만두기로 하지. 나는 그녀한테 전혀 관심 없으니까.」「그런데 당신은 왜 그녀가 수줍어한다고 말하는 거죠?」프리다가 집요하게 물었다. 이런 관심을 K는 자기에게 유리한 징조로 보았다. 「그걸 시험해 봤나요, 아니면 그렇게 해서 다른 여자들을 깎아내리려는 건가요?」「양쪽 다 아니야.」K가 말했다. 「내가 그렇게 말하는 건 그녀에게 고마워서야. 왜냐하면 그녀는 내가 못 보고 지나치기 쉽도록 뒤에서 조용히 지내기 때문이지. 그리고 설령 그녀가 때때로 나에게 말을 건다 해도 내가 다시 거기에 갈 마음을 먹을 수는 없을 거야. 그건 나로서는 커다란 손실일 테지만 말이야. 당신도 알다시피 우리 둘의 장래를 위해서는 내가 거기에 가야 하니까. 그래서 나는 다른 여자와도 이야기를 해야만 하는 거야. 나는 그녀의 유능하고, 사려 깊고, 사심 없는 면을 높이 평가하지만, 그녀가 유혹적이라고 주장할 수 있는 사람은 아무도 없을 거야.」「하인들은 생각이 다르던데요.」프리다가 말했다.

「그 점뿐만이 아니라 다른 많은 점에서도 그렇겠지.」 K가 말했다. 「하인들의 음탕한 속을 보고서 나도 부정한 짓을 했으리라 넘겨짚으려는 거야?」 프리다는 입을 다물었고, K가 그녀의 손에서 쟁반을 빼앗아 바닥에 내려놓고는 그녀와 팔짱을 낀 채 함께 그 좁은 공간을 천천히 왔다 갔다 거닐기 시작해도 잠자코 있었다. 「당신은 신의가 뭔지 몰라요.」 이렇게 말하며 그녀는 그가 가까이 붙어 있는 것에 다소 저항감을 드러냈다. 「당신이 그 여자애들한테 어떻게 행동하든 그런 건 크게 중요하지 않아요. 당신이 그들 집에 갔다가 옷에 그들의 방 냄새를 묻혀서 돌아오는 것, 그 자체가 이미 나로서는 참을 수 없는 치욕이에요. 그리고 당신은 아무 말도 없이 학교에서 빠져나갔어요. 그러고는 그 애들 집에서 밤늦도록 있다가 왔죠. 그런가 하면 사람을 보내 당신이 있는지 물었더니 여자애들더러 없다 하라고 시켰죠. 특히 그 세상에 둘도 없이 수줍음이 많다는 애를 시켜 딱 잡아떼게 했잖아요. 그러고서 당신은 은밀한 통로로 몰래 그 집에서 빠져나왔어요. 아마 그 계집애들의 평판을 염려해서 그랬던 모양이죠. 세상에, 그 계집애들의 평판이라니! 아니, 이 얘긴 이제 그만두죠!」 「이 얘긴 그만두고…….」 K가 말했다. 「다른 얘기를 하지, 프리다. 거기에 대해서는 할 말도 없으니까. 내가 왜 그 집에 가야 하는지는 당신도 알고 있잖아. 나도 갈수록 부담스럽지만 참고서 가는 거야. 가뜩이나 힘든데 당신까지 나를 더 힘들게 하지 않았으면 좋겠어. 오늘 나는 잠깐만 그 집에 들러 물어보고 곧 돌아올 생각이었어. 바르나바스가 중

요한 전갈을 진작 가져왔어야 하는데 그가 마침내 왔느냐고
말이야. 그는 와 있지 않았지. 하지만 다들 나에게 장담했고
나도 정말이지 그가 곧 올 거라고 믿었어. 그가 나중에 다시
학교로 나를 찾아오게 하고 싶지 않았지. 그가 나타나면 당
신이 성가실까 봐 염려가 되었거든. 시간은 흘러갔고 안타
깝게도 그는 오지 않았어. 대신 누가 오긴 왔는데, 내가 보기
싫어하는 다른 놈이었어. 그에게 염탐당하고 싶은 마음은
추호도 없어서 옆집 정원을 거쳐 나왔지만, 그에게 몸을 감
추고 싶지도 않아서 나는 거리로 나와 그를 향해 거리낌 없
이 다가갔어. 고백하건대, 아주 잘 휘는 버드나무 회초리를
들고서 말이야. 이게 전부고, 그 일에 대해서는 더 이상 말할
게 없어. 혹시 다른 일에 대해서라면 또 모르지만. 그런데 조
수들하고는 어떻게 된 거야? 당신에게 그 가족 얘기가 그렇
듯이 나에게는 그자들 얘기가 입에 올리기조차 역겨울 지경
이지만 말이야. 당신과 그들의 관계를 내가 그 가족과 맺고
있는 관계와 비교해 봐. 나는 당신이 그 가족에 대해 느끼는
혐오감을 이해하고 또 그런 감정에 공감할 수 있어. 나는 단
지 일 때문에 그들에게 가는 거라서, 가끔은 내가 그들에게
못할 짓을 하면서 순전히 이용만 하고 있다는 느낌이 들 정
도야. 하지만 당신과 조수들은 그 반대야. 당신은 그들이 당
신을 노리고 쫓아다니는 것을 부정하지 않았고, 오히려 그
들에게 왠지 마음이 간다고 고백했지. 그렇다고 해서 내가
당신에게 화를 내지는 않았는데, 거기에는 당신이 감당할 수
없는 힘들이 작용하고 있다는 것을 깨달았기 때문이야. 그

래서 당신이 적어도 그것에 저항하고 있다는 사실만으로도 나는 기뻤고, 당신이 스스로를 지킬 수 있도록 도왔지. 그런데 내가 당신의 변치 않는 마음을 철석같이 믿고서, 물론 건물은 철벽처럼 단단히 잠겨 있고 조수들은 완전히 격퇴당하여 도망쳐 버렸을 거라는 희망에도 젖어서 — 내가 여전히 그들을 과소평가하고 있는 건 아닌지 염려돼 — 그렇게 단지 몇 시간 정도 방심했다는 이유로, 그리고 자세히 보면 썩 건강하지도 못하고 늙어 보이는 저 예레미아스란 녀석이 당돌하게도 창가에 다가갔다는 이유로, 단지 그 때문에 내가, 프리다, 당신을 잃어야 하고 인사말로 〈결혼식 같은 건 없을 거예요〉라는 말이나 들어야겠어? 정작 비난을 해야 할 사람은 나인데도 나는 그렇게 하지 않고 있어. 아직도 말이야.」

그리고서 K는 다시 프리다의 마음을 조금 다른 데로 돌려놓는 것이 좋을 듯하여, 점심때부터 자기는 아무것도 먹지 못했으니 먹을 것을 좀 가져다 달라고 부탁했다. 그 부탁에 프리다는 마음이 가벼워진 듯 고개를 끄덕이더니 무언가를 가지러 갔는데, K가 부엌이 있을 것으로 추측한 복도 저쪽으로 가지 않고 옆쪽으로 서너 계단을 내려가는 것이었다. 그녀는 곧 얇게 저민 고기, 소시지, 치즈를 담은 접시와 포도주 한 병을 가져왔다. 하지만 그것은 아마 누가 먹다 남긴 것에 표시를 안 내려고 슬쩍 몇 장 새로 얹어 놓은 것 같았다. 심지어 치우는 것을 잊은 소시지 껍질까지 그대로 놓여 있었고, 포도주 병은 4분의 3가량 비어 있었다. 그러나 K는 그에 대해 아무 말도 하지 않고 입맛을 다시며 음식에 손을 댔다.

「부엌에 갔다 온 거야?」 그가 물었다. 「아니, 내 방에요.」 그녀가 말했다. 「요 아래 내 방이 있어요.」 「날 데려가지 그랬어.」 K가 말했다. 「거기에 내려가 좀 앉아서 먹어야겠어.」 「의자를 가져올게요.」 프리다는 말하면서 벌써 가려고 했다. 「됐어.」 K가 그녀를 가지 못하게 붙잡으며 말했다. 「나는 내려가지도 않을 거고 의자도 필요 없어.」 프리다는 그가 붙잡는 것을 억지로 참으면서 고개를 푹 숙이고는 입술을 깨물었다. 「글쎄 뭐, 그래요, 그가 아래 있어요.」 그녀가 말했다. 「뭘 기대했어요? 그가 내 침대에 누워 있어요. 밖에 있다가 감기에 걸려 오들오들 떨고 있고 거의 먹지도 못했어요. 따지고 보면 모든 게 당신 탓이에요. 당신이 조수들을 내쫓지 않고 그런 사람들 뒤를 쫓아다니지 않았다면, 지금쯤 우리는 평온하게 학교에 앉아 있을 텐데 말이에요. 우리의 행복을 깨뜨린 건 바로 당신이에요. 당신은 예레미아스가 감히 조수 일을 하는 동안에 나를 유혹했을 거라고 생각하나요? 그렇다면 이곳의 질서를 완전히 잘못 알고 있는 거예요. 그는 나에게 접근하려 했고, 괴로워했고, 숨어서 나를 기다렸어요. 하지만 그것은 장난이었을 뿐이에요. 굶주린 개가 주위를 맴돌면서도 감히 식탁 위로 뛰어오르지 못하는 것과 같은, 일종의 장난 같은 거였어요. 그리고 나도 마찬가지였어요. 나는 그에게 끌렸어요. 그는 어릴 적 내 소꿉친구거든요 — 우리는 성이 있는 산언덕에서 함께 놀았어요. 아름다운 시절이었죠. 그런데 당신은 한 번도 내 과거에 대해 물어본 적이 없군요 — 하지만 예레미아스가 조수 일로 묶여 있는 한 이 모든 것은 결정적인 게 아니었어요. 나는 장차 당신의 아내가 될 여자로서 지켜야 할 의무를 알고 있었으니까요. 그렇지만 당신은 조수들을 쫓아내고는 마치 나를 위해 대단한 일을 한 것처럼 자랑스러워하더군요. 사실 어떤 의미에서는 맞아요. 아르투어의 경우에는 당신의 의도대로 성공했지요. 물론 일시적일 뿐이지만요. 그는 여린 데다, 어떤 어려움도 두려워하지 않는 예레미아스 같은 열정도 없거든요. 게다가 당신은 밤중에 그를 주먹으로 때려서 ― 그 주먹질은 동시에 우리의 행복까지도 겨냥한 셈이었죠 ― 거의 망가뜨릴 뻔했어요. 그래서 그는 고소하러 성으로 도망쳤고, 곧 다시 돌아올지도 모르지만 어쨌든 지금은 가버리고 없어요. 그러나 예레미아스는 남았어요. 근무 중일 때 그는 주인이 눈만 한번 씰룩거려도 겁에 질리지만, 근무를 벗어나면 아무것도 두려워하지 않아요. 그는 와서 나를 차지했어요. 당신에게 버림받고 옛날 친구인 그에게 휘어잡힌 마당에 나는 버틸 수가 없었어요. 나는 학교 문을 열어 주지 않았는데, 그가 창문을 때려 부수고 나를 끌어냈어요. 우리가 이곳으로 내빼 뛰어 들어오자, 주인은 그를 알아보고 존중해 주더군요. 손님들로서도 그런 객실 웨이터에게 시중을 받는 일보다 더 반가운 일이 어디 있겠어요. 그래서 우리는 채용되었어요. 그가 내 방에서 지내는 게 아니라, 우리는 같은 방을 쓰고 있는 거예요.」「아무리 그렇다 해도…….」K가 말했다.「나는 조수들을 해고한 걸 후회하지 않아. 당신이 지금 이야기한 대로 사정이 그러했고, 따라서 당신의 정조 관념이 단지 조수들의 직무상 속박 여부에 따라 달라지는 것이었다면, 모든 게 잘 끝났어. 채찍을 들어야만 납작 엎드리는 두 마리 맹수에게 둘러싸인 채 결혼 생활을 한다고 해봐야 그게 과연 얼마나 행복하겠어. 그러고 보니 우리를 헤어지게 하는 데 본의 아니게 한몫 기여한 그 집 사람들에게 고마운 마음이 들기도 하는군.」 그들은 입을 다물었고 누가 먼저랄 것도 없이 다시 나란히 왔다 갔다 걸어다녔다. K 옆에 가까이 붙어 서서 걷고 있던 프리다는 그가 다시 팔짱을 끼지 않는 것에 기분이 상한 것 같았다. 「그렇다면 모든 게 잘된 셈이니…….」 K가 말을 계속했다. 「우리는 헤어지고 당신은 당신의 주인인 예레미아스에게 가는 게 좋겠어. 아마 틀림없이 교정에서 감기에 걸린 모양인데, 그런 사람을 너무 오래 혼자 놔두었군. 그리고 나는 혼자 학교로 가든지, 당신이 없으면 거기서 아무것도 할 일이 없을 테니 어디라도 나를 받아 주는 곳으로 가든지 해야겠지. 그런데도 내가 망설이고 있는 건 당신이 나에게 들려준 이야기가 아무래도 좀 의심스럽기 때문이야. 그럴 만한 충분한 이유가 있어. 나는 예레미아스에게서 상반되는 인상을 받았거든. 그는 조수로 일하는 동안 당신 뒤를 졸졸 따라다녔지. 나는 그가 그동안 당신을 한번 진하게 덮치고 싶은 마음을 일 때문에 꾹 참았을 거라고는 생각하지 않아. 그래도 이제 일자리가 없어졌다고 여기면서부터는 사정이 다르지. 내가 그것을 나름대로 다음과 같이 설명해 볼 테니 양해해 줘. 더 이상 자기 주인의 약혼녀가 아니게 된 이후로 당신은 그에게 전과 같이 그렇게 매력적인 존재가 아닌 거지. 당신이 어린 시절 그의 여자 친구였는지는 몰라도, 내가 보기에 그는 — 사실 나는 오늘 밤에 나눈 잠깐의 대화를 통해서만 그를 알고 있을 뿐이지만 — 그런 감정적인 것에 그리 큰 가치를 두는 것 같지 않아. 당신이 왜 그를 열정적인 성격으로 여기는지 모르겠어. 내가 볼 때 그의 사고방식은 오히려 굉장히 냉정한 편인 것 같은데 말이야. 나에 관해 그는 갈라터로부터 뭔가 내게 별로 유리하지 않은 듯한 지시를 받아 그것을 수행하려고 애쓰고 있는데, 뭔지 모를 열정을 가지고 일을 수행하려고 한다는 점은 나도 인정해 주고 싶어 — 그런 열정이야 이곳에서 아주 드문 일은 아니지만 말이야. 그 일에는 우리 관계를 망가뜨리는 것도 포함되어 있지. 그는 아마 여러 가지 방법으로 그것을 시도해 본 모양이야. 그중 한 가지는 욕정에 시달리며 갈망하는 모습으로 당신을 유혹하려 한 것이었고, 또 한 가지 경우는 여주인이 그를 지원해 준 것으로 보이는데, 내가 부정한 짓을 했다고 이야기를 꾸며 대는 것이었지. 그의 계산대로 음모는 성공했어. 어딘지 모르게 클람을 연상시키는 그의 분위기가 성공에 도움이 되었을지도 모르지. 그는 일자리를 잃기는 했지만, 아마 그 일자리가 더 이상 필요 없게 된 바로 그 순간에 잃어 버렸을 거야. 지금 그는 자기 일의 결실을 거두어들이고 당신을 학교 창문에서 끌어냈으니까. 하지만 그로써 그의 일은 끝이 났고, 일에 대한 열정도 식어 버려 지치게 된 거지. 그래서 아무런 불평도 하지 않고 칭찬을 받으며 새로운 일거리를 얻어 오는 아르투어의 처지를 오히려 부러워하고 있을지 몰라. 그렇지만 앞으로 일이 어떻게 진행되는가를 추적할 사람도 남아 있어야겠지. 당신을 돌보는 일이 그에게는 좀 부담스러운 의무로 여겨질 거야. 당신에 대한 사랑 같은 건 티끌만큼도 없으니까. 클람의 애인으로서 당신은 물론 존경할 만한 여자라고 그가 나에게 솔직히 고백했거든. 그래서 당신 방에 눌러앉아 〈작은 클람〉으로 한번 행세해 본다면 그로서는 틀림없이 무척 기분 좋은 일이겠지. 하지만 그게 전부야. 당신 자체는 이제 그에게 아무런 의미도 없어. 그가 당신을 이곳에 데려다 놓은 것은 그저 그의 주된 임무에 추가된 일일 뿐이야. 당신이 불안해하지 않도록 그 자신도 여기에 남아 있지만, 이는 일시적인 것으로 그가 성에서 새로운 통지를 받고 당신의 간호로 감기도 완전히 나을 때까지만이지.」「사람을 어떻게 그토록 비방할 수가 있어요!」프리다는 그렇게 말하면서 자신의 조그만 두 주먹을 서로 맞부딪쳤다. 「비방한다고?」K가 말했다. 「아니, 나는 그를 비방하려는 게 아니야. 하지만 어쩌면 그에게 부당한 일을 저지르는 것인지도 몰라. 물론 그럴 수도 있어. 내가 그에 대해 말한 것이 겉으로 아주 분명하게 드러나는 것은 아니니 다르게 해석될 수도 있겠지. 하지만 비방이라니? 비방한다는 것에는 그것을 가지고 그에 대한 당신의 사랑에 맞서 싸운다는 목적만 있겠지. 그럴 필요가 있고 비방이 적합한 수단이라면 나는 주저 없이 그를 비방하겠어. 그 때문에 나를 비난할 사람은 아무도 없을 거야. 지시를 내리는 상관들을 배후에 둔 그는 나에 비해 유리한 처지니까, 오로지 나 자신

406

밖에 의지할 데가 없는 내가 비방을 좀 해도 괜찮겠지. 그것은 비교적 악의 없고 결국은 무기력한 방어 수단 아니겠어? 그러니 주먹 좀 내려놓지.」 그러고서 K는 프리다의 손을 꼭 잡았다. 그녀는 그에게서 손을 빼내려고는 했지만, 빙긋이 웃고 있었고 별로 용을 쓰지도 않았다. 「하지만 나는 비방할 필요가 없어.」 K가 말했다. 「당신은 그를 사랑하는 게 아니라, 단지 그렇게 생각하고 있을 뿐이기 때문이야. 그래서 내가 당신을 그 착각에서 벗어나게 해준다면 당신은 나에게 고마워할 거야. 자, 봐, 누가 나한테서 당신을 떼어 놓을 계획이라면, 강제로가 아니라 되도록 치밀하게 계산을 해서 그럴 거라면, 그는 바로 그 두 조수의 힘을 빌려야 할 거야. 겉보기에 선하고, 천진스럽고, 쾌활하고, 책임감을 모르는 젊은이들인 데다 저 높은 곳, 즉 성에서 내려보낸 자들이고, 거기에다 약간의 어릴 적 추억까지 있으니, 그것만으로도 모든 게 다 너무 사랑스러울 거야. 특히나 내가 가령 그 모든 것에 반대되는 사람이라면 더욱더 그렇겠지. 당신이 보기에 나는 도무지 이해할 수 없고 짜증스러운 일이나 끊임없이 쫓아다니는 사람일 테니까. 그러다가 당신이 혐오할 만한 사람들이나 사귀고, 내가 아무리 결백하다 해도 약간은 그들에게 물들기도 하고 말이야. 이 모든 것은 우리 두 사람 관계의 약점을 악의적으로, 물론 아주 교묘하게 이용한 것일 뿐이야. 어떤 관계에나 약점은 있기 마련이니, 우리의 관계라고 다를 바는 없지. 우리는 각자 전혀 다른 세계에서 살다가 만났고, 서로를 알게 된 이후로 우리 각자의 인생이 전혀 새로운 길

407

로 들어선 거야. 우리는 아직 불안정한 느낌이지. 너무나 새로운 생활이니까. 내 얘기를 하는 게 아니야. 그건 그리 중요하지 않아. 당신의 눈길이 처음으로 나에게 향한 이후로 사실 나는 줄곧 받기만 했으니까. 그리고 받는 데 익숙해지는 건 별로 어렵지 않아. 그러나 당신은, 다른 건 다 차치하고, 클람에게서 떨어져 나왔지. 그것이 어떤 의미인지 헤아릴 수는 없지만, 나도 모르게 점차 어렴풋한 느낌 같은 게 생기게 되었어. 비틀거리며 어디로 가야 할지 모르는 상황이랄까. 그리고 내가 당신을 언제나 받아들일 태세가 되어 있었다 해도 늘 당신 곁에 있었던 것은 아니고, 내가 당신 곁에 있을 때는 당신이 가끔 몽상에 잠겨 있거나 보다 구체적인 것, 가령 여주인에게 사로잡혀 있었지 — 요컨대 당신은 내게서 시선을 돌려 어딘가 반쯤 막연한 곳을 동경할 때가 있었어, 가엾게도. 그런데 그때 당신의 눈길이 향하는 방향에 적당한 사람들이 배치되기만 하면 당신은 그들에게 빠지는 거야. 그래서 순간에 불과했던 것, 헛것, 옛 추억, 실제로는 이미 지나가 버렸고 점점 사라져 가고 있는 예전의 삶, 이런 것이 아직도 실제적인 현재의 삶이라는 착각에 빠졌지. 프리다, 그건 오류일 뿐이고 우리의 최종적인 결합을 가로막는 마지막 어려움, 잘 살펴보면 무시해도 될 만한 어려움에 불과해. 정신 차리고 마음을 다잡아. 당신은 조수들을 클람이 보낸 거라고 생각했을지 몰라도 — 그건 전혀 사실이 아니야, 그들은 갈라터가 보냈거든 — 그리고 그들이 그런 착각을 이용해 당신을 홀리는 바람에 당신은 그들의 더럽고 음란한 행위에서조차 클람의 흔적을 발견할 수 있다고 생각했을지 몰라도, 그건 마치 어떤 사람이 거름 더미를 보면서 그 안에 언젠가 잃어버린 보석이 보이는 것 같다고 생각하듯이 — 보석이 정말 거기에 있다고 해도 실제로는 결코 그것을 찾을 수 없을 텐데도 말이야 — 결국 그들은 마구간 속의 하인들과 같은 부류의 녀석들일 뿐이야. 다만 그들은 하인들처럼 건강하지 못해 서늘한 공기를 조금만 쐬도 병이 나서 자리에 드러눕는데, 물론 하인들처럼 교활해서 누울 자리를 찾아내는 데는 귀신같지.」 그사이 프리다는 K의 어깨에 머리를 기댔고, 그들은 서로 팔짱을 낀 채 말없이 왔다 갔다 했다. 「만일 우리가……」 프리다가 천천히, 차분하게, 거의 느긋한 어조로 말했다. 마치 K의 어깨에 기대어 쉴 수 있는 시간이 아주 잠깐밖에 남지 않았음을 알고 그것을 마지막까지 즐기려는 것 같았다. 「만일 우리가 당장 그날 밤 이민을 떠났더라면 어디선가 안전하게 있을 테고, 늘 붙어 지내면서 당신 손을 언제든지 잡을 수 있을 만큼 가까이 둘 텐데. 당신을 알고 나서부터 당신과 가까이 있는 게 얼마나 소중한지, 당신이 가까이 없으면 얼마나 쓸쓸한지 몰라요. 내가 꿈꾸는 단 한 가지 꿈은, 내 말을 믿어요, 오직 당신이 가까이에 있는 것일 뿐, 다른 건 없어요.」

그때 옆 복도에서 부르는 소리가 나서 보니 예레미아스였다. 그는 계단 맨 아래 서 있었는데, 속옷 바람에 프리다의 숄을 몸에 두른 채였다. 그가 거기 서 있는 꼴을 보자니, 머리카락은 온통 헝클어져 있었고, 듬성듬성한 수염은 비에 젖은 듯한 모습이었고, 두 눈은 애원과 비난을 담은 채 힘겹게 부릅뜨고 있었고, 거무스름한 두 뺨은 붉은빛을 띠었지만 살이 너무 처져 보였고, 맨살을 드러낸 두 다리는 추위에 덜덜 떨리는 바람에 숄의 긴 술도 함께 떨렸다. 마치 병원에서 도망쳐 나온, 그래서 다시 침대로 돌려보내는 수밖에 다른 도리가 없어 보이는 환자 같았다. 프리다도 그렇게 생각했는지 K에게서 벗어나 금세 아래 있는 그의 곁으로 갔다. 그녀가 가까이에 있고, 그녀가 세심하게 숄을 더 단단히 여며 주고, 그녀가 서두르며 자기를 얼른 다시 방으로 들여보내려고 하자, 그는 조금 힘이 나는 것 같았다. 「아, 측량사님!」 그는 어떤 대화도 못 나누게 하려는 프리다를 제지하려고 그녀의 뺨을 쓰다듬으며 말했다. 「방해해서 죄송합니다. 하지만 제가 몸 상태가 아주 안 좋아서요. 양해해 주시겠죠. 열이 나는 것 같아서 차 한 잔 마시고 땀을 내야겠어요. 그 빌어먹을 학교 울타리는 두고두고 잊지 못할 겁니다. 그리고 이미 감기에 걸린 몸으로, 게다가 지금 밤인데도 여기저기 헤매고 다녔지요. 정말이지 아무 가치도 없는 일을 하느라 건강을 해치면서도 그걸 금방 알아채지 못한다니까요. 하지만 측량사님, 저는 개의치 마시고 우리 방으로 들어와 문병도 겸하면서 프리다에게 할 말이 더 있으면 마저 하세요. 서로에게 익숙해진 두 사람이 헤어지는 마지막 순간이니 당연히 서로에게 할 말이 많겠지요. 침대에 누운 채 가져오기로 한 차를 기다리는 제삼자로서는 도저히 이해할 수 없을 정도로 많을 거예요. 어쨌든 들어오세요. 저는 입을 꼭 다물고 있을 테니까요.」「됐어, 그만둬.」프리다는 그의 팔을 잡아당겼다. 「이 사람은 열이 나서 자기가 무슨 말을 하는지도 몰라요. 그러니 K, 제발 부탁인데 따라오지 말아요. 거기는 내 방이자 예레미아스의 방이에요. 아니, 더 정확히 말하면 내 방일 뿐이에요. 그러니 따라 들어오는 걸 금하겠어요. 당신은 나를 쫓아다니는데, 아, K, 왜 나를 쫓아다니는 거예요? 절대로, 나는 절대로 당신에게 돌아가지 않을 거예요. 그럴 가능성만 생각해도 몸서리가 쳐져요. 당신은 그 계집애들에게나 가요. 내가 들은 얘기로는, 그들은 난롯가 의자에 속옷 바람으로 당신 양옆에 앉아 있고, 누가 당신을 데리러 오면 딱딱거리면서 야단을 친다던데요. 그렇게도 마음이 그리로 끌리니 거기가 당신 집인 모양이죠. 나는 내내 당신이 거기 가지 못하도록 막았고, 별로 효과가 없었지만 그래도 계속 막았어요. 그러나 그것도 다 지나간 일이고, 당신은 이제 자유의 몸이에요. 당신 앞에 멋진 삶이 기다리고 있어요. 그중 한 여자애 때문에 하인들과 다투어야 할 일이 좀 있을지 모르지만 다른 여자애에 대해 말하자면, 그 애가 당신 차지가 되었다고 해서 시샘할 사람은 이 세상 천지에 아무도 없을 거예요. 애초부터 축복받은 연분이지요. 그에 대해서는 아무 말 마요. 물론 당신은 뭐든지 다 반박할 수 있겠지만, 결국에 가서는 아무것도 반박되지 않을 거예요. 예레미아스, 생각 좀 해봐. 이분은 모든 걸 반박한다니까!」그들은 고개를 끄덕이고 빙긋이 웃으면서 서로 뜻을 주고받았다. 「하지만……」프리다가 말을 이었다. 「그가 모든 걸 반박했다 치더라도 그래서 이룬 게 뭐지? 그게 나와 무슨 상관이 있겠어? 거기 그네들 집에서 무슨 일이 어떻게 되어 가든 그건 전적으로 그들과 그의 문제일 뿐, 내 문제는 아니지. 내 문제는 당신을 돌보는 거야. 나 때문에 K에게 괴롭힘을 당하기 전처럼 당신이 다시 건강해질 때까지 말이야.」「그럼 정말 같이 들어가지 않겠어요, 측량사님?」 예레미아스가 물었다. 하지만 프리다는 이제 K 쪽은 아예 돌아보지도 않고 그를 기어이 끌고 가버렸다. 아래쪽에 작은 문 하나가 보였다. 여기 복도에 있는 문들보다도 낮아서 예레미아스는 물론이고 프리다까지도 들어가며 허리를 굽혀야 했다. 안은 밝고 따뜻해 보였다. 예레미아스를 침대에 눕히기 위해 간곡하게 구슬리는 듯 잠시 속삭이는 소리가 들리더니 이내 문이 닫혔다.

23

그제야 K는 복도가 조용해진 것을 깨달았다. 그가 프리다와 함께 있었던, 아마도 관리자 공간에 속한 것으로 보이는 복도 이쪽만이 아니라 조금 전만 해도 방들에서 그렇게나 부산스러운 소리가 들리던 긴 복도 쪽도 조용해졌다. 그러니까 성에서 온 나리들이 마침내 잠든 것이었다. K도 몹시 피곤했다. 아마도 그렇게 피곤했기에 예레미아스에게 한번 변변히 맞서 보지도 못했는지 모른다. 어쩌면 감기 걸린 것으로 과장되게 야단을 떠는 예레미아스를 따라 하는 편이 ― 그의 궁상은 감기 때문이 아니라 본래 타고난 것으로 건강 차를 마신다고 벗겨질 만한 게 아니었다 ― 더 현명했을지도 모른다. 예레미아스를 그대로 본받아 실제로도 심한 피곤함을 더 심하게 드러내 보이며 여기 복도 위에 푹 쓰러져서 ― 그 자체만으로도 틀림없이 건강에 도움이 되었을 텐데 ― 잠깐 졸기도 하고 간호도 좀 받고 하는 편이 더 현명한 일이었을 것이다. 다만 일이 예레미아스의 경우처럼 유리하게 끝나리라는 보장이 없을 뿐이다. 이렇게 동정심을 얻

어 내는 경쟁뿐만 아니라 다른 어떤 싸움에서도 예레미아스
는 분명히 그리고 당연하게 이겼을 테니까. K는 너무나 피곤
해서 이 방들 중 어느 방에든 들어가 — 그중에는 틀림없이
비어 있는 방도 여러 개 있을 테니까 — 멋진 침대에서 실컷
잠을 자볼 수 있지 않을까 하고 생각했다. 그럴 수만 있다면
그간 겪었던 많은 것에 대한 보상이 될 것 같았다. 잠자리에
서 마실 술도 마련되어 있었다. 프리다가 바닥에 놔두고 간
쟁반 위에 작은 럼주 한 병이 있었던 것이다. K는 돌아갈 때
힘겨워질 것을 걱정하지 않고 그 조그만 술병을 남김없이 비
웠다.

　그는 이제 적어도 에어랑어 앞에 얼마든지 나설 수 있을
만큼 힘이 솟는 느낌이었다. 그는 에어랑어의 방문을 찾으
려고 했지만, 하인과 게어슈테커가 더 이상 보이지 않고 문
들이 모두 똑같아서 찾을 수가 없었다. 그러나 대충 복도의
어디쯤이었는지는 기억이 나는 것 같아서, 거의 틀림없다고
짐작되는 문을 하나 열어 보기로 결심했다. 그런다고 해서
그리 큰일 날 것도 없었다. 만약 에어랑어의 방이라면 그가
K를 맞아 줄 것이고, 다른 사람의 방이라면 사과하고 다시
나오면 그만이다. 그리고 만일 손님이 자고 있다면, 아무래
도 그럴 가능성이 가장 큰데, K가 찾아온 걸 전혀 알아채지
못할 것이다. 다만 곤란한 경우는 방이 비어 있을 때뿐으로,
그럴 경우 K는 침대에 누워 한없이 자고 싶은 유혹을 좀처럼
이겨 낼 수 없을 것 같았다. 그는 복도를 따라 다시 한 번 좌
우를 쭉 둘러보았다. 혹시 자기를 안내해 줄 사람이 나타나

이런 무모한 짓을 하지 않아도 되도록 할 수 있지 않을까 싶어서였다. 하지만 긴 복도는 조용했고 텅 비어 있었다. K는 문에 귀를 대고 엿들어 보았지만 거기서도 아무런 소리가 나지 않았다. 이번에는 잠자는 사람이 깨지 않을 정도로 가만히 문을 두드려 보았다. 아무런 반응이 없어 그는 최대한 조심스럽게 문을 열었다. 하지만 이번에는 나지막한 비명 소리가 그를 맞아 주었다. 조그만 방이었는데, 넓은 침대가 방의 절반 이상을 차지하고 있었다. 침대 협탁 위에는 전등이 켜져 있고 그 옆에 여행 가방이 놓여 있었다. 침대에서, 하지만 이불 속에 몸을 꼭 숨긴 채, 누군가 불안하게 움직이며 이불과 시트 사이의 틈새로 속삭이듯 말했다. 「누구요?」 그러자 K는 그냥 떠날 수가 없어서, 널따랗지만 유감스럽게도 비어 있지 않은 침대를 불만스럽게 바라보다가, 질문받은 것이 생각나 자기 이름을 댔다. 그것이 효과가 있었는지 침대 속의 남자는 얼굴에서 이불을 조금 걷어 냈는데, 겁을 먹은 채, 밖에서 뭔가 이상한 낌새라도 있으면 금세 다시 이불을 푹 뒤집어쓸 태세였다. 하지만 그러다가 그는 거리낌 없이 이불을 걷어치우고 똑바로 앉았다. 틀림없이 에어랑어는 아니었다. 작고 건강해 보이는 신사로 얼굴 자체에서 어딘지 모순적인 인상이 풍겼다. 두 뺨은 어린아이처럼 포동포동하고 두 눈은 어린아이처럼 명랑했지만 높은 이마, 뾰족한 코, 입술이 잘 벌어지는 가느다란 입, 거의 사라져 버릴 것 같은 턱은 전혀 아이 같지 않은 우월한 사고력을 드러내 보였다. 그에게 어린아이 같은 건강한 모습이 강하게 남아 있는 것은 아마도 그에 대한 만족감, 스스로에 대한 만족감 때문이었을 것이다. 「프리드리히를 아십니까?」 그가 물었다. K는 모른 다고 했다. 「하지만 그는 당신을 알고 있습니다.」 신사는 빙 긋이 웃으며 말했다. K는 고개를 끄덕였다. 그를 아는 사람 은 한둘이 아니었고, 게다가 그것은 그의 행로에서 주된 장 애 요인 중 하나이기도 했다. 「나는 그의 비서입니다.」 신사 가 말했다. 「이름은 뷔르겔이고요.」 「죄송합니다.」 K는 문손 잡이를 잡으려고 손을 뻗으며 말했다. 「유감스럽게도 제가 다른 문과 혼동했어요. 비서관 에어랑어 씨의 부름을 받았거 든요.」 「정말 유감이군요!」 뷔르겔이 말했다. 「당신이 다른 방으로 가야 하기 때문이 아니라, 문을 혼동하셨다니 말입니 다. 나는 잠을 자는 중이었거든요. 한번 깨어나면 다시는 결 코 잠들지 못하는 사람이라. 뭐, 그렇다고 그렇게까지 상심 할 건 없어요. 나의 개인적인 불행이니까요. 왜 여기 문들은 잠글 수도 없는 건지 모르겠어요, 안 그래요? 물론 나름의 이유가 있지요. 옛말에도 있듯이 비서들의 문은 항시 열려 있어야 한다는 겁니다. 하지만 그 말을 그렇게 문자 그대로 받아들이지는 않았어도 되는 건데 말입니다.」 뷔르겔이 묻 는 듯한 눈빛과 즐거운 표정으로 K를 바라보았다. 푸념과는 달리 그는 아주 푹 쉬고 난 듯한 모습이었으며, 지금의 K처 럼 그렇게 피곤했던 적이 단 한 번도 없었던 것 같았다. 「근 데 이제 어디로 가려는 겁니까?」 뷔르겔이 물었다. 「4시예 요. 누구한테 가든 잠을 깨워야만 할 겁니다. 누구나 다 나처 럼 방해를 받는 데 익숙하지는 않을 거고, 누구나 다 참을성 있게 받아 주지도 않을 거예요. 비서들이란 신경이 예민한 사람들이니까요. 잠시 여기에 있어요. 여기서는 다들 5시쯤이면 일어나기 시작하니, 그때 소환에 응하는 게 가장 좋을 겁니다. 그러니까 이제 그만 손잡이를 놓고 어디 좀 앉아요. 보다시피 자리가 협소하니 침대 모퉁이에 앉는 게 가장 좋을 듯합니다. 이 방에 의자도 없고 책상도 없는 게 이상한가 보군요. 글쎄 말이죠, 나는 좁은 호텔 침대에 실내 가구 일체를 갖춘 방으로 할 건지, 아니면 이 커다란 침대에다 세면대만 있는 방으로 할 건지, 둘 중 한쪽을 선택해야 했습니다. 그래서 커다란 침대 쪽을 선택한 거지요. 침실에서는 그래도 침대가 제일 중요하지 않겠어요? 아, 사지를 쭉 뻗고 곤히 잠을 잘 수 있다면 얼마나 좋을까. 잠을 잘 자는 사람에게 이 침대는 정말 훌륭하지요. 하지만 나같이 잠을 제대로 잘 수가 없고 언제나 피곤한 사람에게도 역시 도움이 돼요. 나는 이 침대에서 하루의 대부분을 보내는데, 여기서 모든 서신들을 처리하고 민원인 심문도 하거든요. 썩 잘 진행됩니다. 민원인들은 물론 앉을 자리가 없지만 체념하고 잘 참아내지요. 자기들이 서 있고 조서 작성자가 편안한 것이 편히 앉아서 질책을 당하는 것보다는 그들에게도 더 좋으니까요. 그렇다면 내가 내줄 수 있는 자리는 침대 모퉁이뿐인데, 거긴 업무를 보는 자리가 아니라 밤에 담소를 나누는 자리로만 쓰이고 있지요. 그런데 원래 그렇게 조용한가요, 측량사 양반?」「너무 피곤해서요.」K가 말했다. 이미 그는 상대방이 권하는 말에 즉시 털썩하고 무례하게 앉아서 침대 기둥에 몸을 기대고 있었다. 「물론 그렇겠지요.」 뷔르겔이 웃으면서 말했다. 「여기서는 누구나 피곤합니다. 예컨대 내가 어제와 오늘 한 일도 사소한 일이 아니죠. 지금 잠든다는 건 도저히 있을 수 없는 일이지만, 혹시라도 그런 불가능해 보이는 일이 일어나서 당신이 여기에 있는데도 내가 잠들게 된다면, 부탁드리는데 제발 조용히 해주시고 문도 열지 말아 주세요. 그러나 걱정 말아요. 나는 분명히 잠들지 않을 거고, 잠든다 해도 기껏해야 불과 몇 분 정도일 테니까요. 다름이 아니라 내 사정이 이렇습니다. 민원인을 상대하는 데 너무 익숙해진 탓인지 나는 말상대가 있을 때 그래도 가장 쉽게 잠이 드는 편이거든요.」「그럼 어서 주무세요, 비서님!」 뷔르겔의 말에 기뻐하며 K는 말했다. 「허락하신다면 나도 잠시 눈을 붙일까 하는데요.」「아니요, 아닙니다.」 뷔르겔이 다시 웃었다. 「유감스럽게도 그냥 자라고 권한다고 해서 잠이 오는 건 아닙니다. 대화를 나누는 동안에만 그런 기회가 생기거든요. 그나마 나를 가장 빨리 잠들게 해주는 건 바로 대화예요. 그래요, 우리 일을 하다 보면 신경이 닳아 버려요. 이를테면 나는 연락 비서입니다. 그게 뭔지 모르지요? 하여튼, 나는 가장 중요한 연락 업무를 수행하고 있지요.」 그러면서 그는 저도 모르게 흥이 나서 두 손을 급히 비벼 댔다. 「프리드리히와 마을 사이에서 말입니다. 그의 성 비서들과 마을 비서들을 연결시키는 일을 하고 있지요. 나는 대체로 마을에 있는데, 상주하는 건 아니고 언제라도 성으로 올라갈 준비가 되어 있어야 합니다. 여행 가방이 보이죠? 불안정한 생활이라 누구에게나 맞는 건 아니에요. 사실 한편으로 나는 이런 종류의 일이 없으면 더 이상 살 수가 없을 것 같아요. 다른 일들은 모두 재미없어 보이거든요. 측량 일은 어떤가요?」 「나는 그런 일을 하지 않아요. 토지 측량 일에 종사하고 있지 않습니다.」 K는 말했지만, 정신은 다른 곳에 가 있었다. 사실 그는 뷔르겔이 잠들기만을 고대했다. 하지만 그것도 스스로에 대한 일종의 의무감에서였을 뿐, 마음속 깊은 곳에서는 뷔르겔이 잠들려면 아직도 한참 멀었다는 것을 알 수 있었다. 「그거 이상한 일이군요.」 뷔르겔이 세차게 고개를 저으며 무언가를 적기 위해 이불 밑에서 메모장을 꺼냈다. 「측량사인데 측량 일은 하지 않는단 말이죠.」 K가 기계적으로 고개를 끄덕였다. 그는 왼팔을 침대 기둥 위로 뻗은 채 거기에 머리를 얹어 놓고 있었다. 이미 여러 가지로 편한 자세를 취해 보았지만 이 자세가 가장 편안했고, 이제는 뷔르겔이 하는 말에도 좀 더 잘 집중할 수 있게 되었다. 「내가…….」 뷔르겔이 말을 이었다. 「이 문제에 대해 더 알아봐야겠습니다. 여기 우리 마을에서 전문 인력을 이용하지 않고 내버려두는 일은 절대로 있을 수 없거든요. 그리고 그건 당신한테도 분명 마음 상하는 일일 텐데, 그 일로 괴롭지 않습니까?」 「괴롭습니다.」 K는 천천히 대답하며 혼자 빙긋이 웃었다. 지금 그는 그 일로 조금도 괴롭지 않았기 때문이다. 뷔르겔의 제의도 그에게 별로 깊은 인상을 주지 못했다. 제대로 알지도 못하고 내놓는 제의였으니 말이다. K를 초빙하게 된 사정이라든가, 마을과 성에서 부딪친 어려움이라든가, K가 여기에 머무는 동안에 이미 일어났거나 일어날 조짐을 보인 복잡한 일들에 대해 — 그 모든 것에 대해 아무것도 모르는 채, 심지어는 비서라면 마땅히 즉각 짐작했어야 할 일이지만 그에 대해 막연하게나마 알고 있다는 태도조차 보여 주지 못한 채, 그는 자신의 조그만 메모장을 이용해 문제를 손쉽게 해결하겠다고 나선 것이었다. 「이미 몇 번 실망스러운 일이 있었나 보군요.」 뷔르겔은 그렇게 말함으로써 다시 얼마간 사람 보는 능력이 있음을 증명했다. 이 방에 들어설 때부터 K는 뷔르겔을 얕잡아 보지 말자고 간간이 다짐했지만, 지금 상태로는 자신이 피곤하다는 것 외에 다른 일을 제대로 판단하기가 어려웠다. 「아니죠.」 뷔르겔은 마치 K의 생각에 답하면서 사려 깊게도 그에게서 말하는 수고를 덜어 주려는 듯 말했다. 「실망스럽다고 해서 기죽을 필요는 없어요. 여기서는 사람을 기죽게 만드는 일이 많이 있는 것 같습니다. 그리고 처음 온 사람에게는 그 난관들이 도저히 뚫고 나갈 수 없는 것처럼 보이지요. 나로서는 그게 대체 어떻게 된 사정인지 조사해 볼 생각은 없어요. 어쩌면 겉모습이 현실과 실제로 일치할지도 모르는데, 그것을 확인하기 위해 적당한 거리를 확보할 수가 없습니다. 하지만 주의 깊게 살펴봐요. 그러면 가끔 전체 상황과 거의 일치하지 않는 기회가 생길 때도 있습니다. 평생 진이 빠져라 노력한 것보다 한마디의 말, 한 순간의 눈빛, 한 번의 신뢰 표시로 더 많은 것을 이룰 수 있는 기회 말입니다. 확실히 그건 사실이에요. 하지만 물론 잘 이용되지 않는다는 점에서 그런 기회도 다시 전체 상황과 일치하게 되긴 합니다. 그런데 대체 왜 그런 기회를 철저히 이용하지 않을까, 나는 번번이 자문하곤 하지요.」 K는 그 이유를 몰랐다. 뷔르겔의 얘기가 십중팔구 자신에 관한 것임을 깨닫기는 했지만 그는 지금 자신에 관한 모든 것들에 심한 반감을 느꼈다. 그는 마치 뷔르겔의 질문에 길을 열어 내주고 더 이상 그 질문에 접촉하지 않겠다는 듯 머리를 약간 옆으로 비켰다. 「비서들은⋯⋯.」 뷔르겔은 말을 계속하며 양팔을 쭉 뻗고 하품을 했는데, 그의 진지한 말과 모순되는 동작이라 K는 혼란스러웠다. 「대부분의 마을 심문을 밤에 해야 한다는 것에 늘 불평합니다. 왜 그것에 대해 불평을 할까요? 너무 힘들어서 그럴까요? 잠을 밤에 자고 싶어서일까요? 아닙니다. 그런 이유로 불평하는 건 분명 아니에요. 물론 어디서나 그렇듯이 비서들 중에도 부지런한 자와 덜 부지런한 자들이 있지만, 그들 중 너무 힘들다는 이유로 불평하는 자는 아무도 없어요. 더구나 공공연히 그러는 건 생각할 수도 없지요. 그건 결코 우리 식이 아니에요. 그와 관련해서 우리는 평상시나 일할 때나 차이가 없어요. 그런 구분은 우리에게 생소한 겁니다. 그렇다면 무엇 때문에 비서들은 야간 심문을 싫어하는 걸까요? 혹시 민원인들을 생각해서 그러는 걸까요? 아닙니다, 아니에요. 그런 것도 아닙니다. 비서들은 민원인들에게 가차 없어요. 물론 자기 자신에게보다 조금이라도 더 그런 것은 아니고, 자신에게나 그들에게나 똑같이 가차 없이 대할 뿐이에요. 사실 이 가차 없는 태도, 즉 직무를 엄격히 준수하고 수행하는 것이야말로 민원인들이 그저 바라

마지않는 최대의 배려인 셈이지요. 이것은 실제로도 — 물론 피상적으로만 보는 사람은 알아차리지 못하겠지만 — 완전히 인정받고 있는 사실입니다. 가령 이 야간 심문의 경우도 민원인들에게 환영을 받고 있어요. 야간 심문의 원칙에 대해 민원이 들어오는 일은 없거든요. 그렇다면 왜 비서관들은 반감을 보이는 걸까요?」 이것 역시 K는 알지 못했다. 그는 아는 게 거의 없었으며, 뷔르겔이 진정으로 대답을 요구하는 것인지 아니면 그냥 건성으로만 그러는 것인지조차 분간할 수 없었다. 〈나를 당신 침대에 눕게 해준다면…….〉 그는 생각했다. 〈내일 낮이나 더 좋게는 저녁에 모든 질문에 대답해 줄 텐데.〉 그러나 뷔르겔은 그에게 신경 쓰지 않고 스스로에게 제기한 질문에만 지나치게 열중하고 있었다. 「내가 인식하고 있고 나 자신도 경험한 바에 의하면, 비서들은 야간 심문에 대해 대략 다음과 같은 생각을 하고 있습니다. 밤에는 심문의 공적인 성격을 온전히 유지하기가 어렵거나 아예 불가능하기 때문에, 밤은 민원인들을 심문하기에 적합하지 않은 편이다. 그것이 외적인 요인들 때문은 아니다. 이런저런 형식들은 밤에도 당연히 낮과 마찬가지로 마음먹기에 따라 엄격하게 지켜질 수 있는 것이다. 따라서 그런 이유는 아니고, 대신 밤에는 공적인 판단을 하기가 어렵기 때문이다. 밤에는 자기도 모르게 사물을 보다 사적인 관점에서 판단하는 경향이 있고, 민원인들의 주장과 생각이 그에 합당한 정도 이상으로 비중을 갖게 되며, 전혀 부적절하게도 민원인들의 다른 사정, 그들의 고통과 걱정거리 등을 헤아리게 되어 그 영향이 판단에 섞여 들기도 한다. 민원인과 관리들 사이에 필요한 경계선이 겉으로는 멀쩡하고 엄연하게 존재한다 하더라도 허술해지게 되고, 마땅히 그래야 하듯이 보통 때는 질문과 답변만이 오가지만 가끔 이상하고 전혀 부적합한 개인적 교류가 이루어지는 것처럼 보인다. 적어도 비서들은 그렇게 말합니다. 그러니까 그들은 물론 직업상 그런 일들에 아주 특출하게 섬세한 감수성을 지닌 사람들이긴 하지요. 그러나 그들조차 — 이것은 우리들 사이에서 이미 여러 번 나왔던 얘기입니다만 — 야간 심문을 하는 동안에는 그런 여러 가지 불리한 영향을 잘 깨닫지 못합니다. 대신 그들은 아예 처음부터 그런 영향을 차단하고자 무진 애를 쓰다가 결국에는 아주 대단한 일을 해냈다고 생각하지요. 하지만 나중에 조서를 다시 읽어 보면 명백히 드러나는 결점들을 보고 놀랄 때가 많은 겁니다. 사실 그런 것들은 실수이며, 민원인들 쪽에서는 그때마다 번번이 반쯤은 부당한 이득을 취하게 되는데, 그것은 적어도 우리의 규정에 따르면 통상적인 간단한 방법으로는 더 이상 만회할 수가 없습니다. 틀림없이 언젠가는 감독 관청에 의해 개선되겠지만, 그래 봤자 법에만 도움이 될 뿐이고 민원인들에게는 더 이상 해를 끼치지 못할 거예요. 사정이 이러하니 비서들이 불평하는 것도 지극히 당연한 일 아닐까요?」 K는 그사이 아주 잠깐 설핏 잠이 들었다가 깜짝 놀라며 다시 깨어났다. 〈이게 다 어찌 된 일이지? 이게 다 무슨 일이야?〉 그는 그렇게 자문하면서 스르르 감기는 눈꺼풀 밑으로 뷔르겔을 바라보았다. 뷔르겔이 어려운 문제를 놓고 자기와 이야기를 나누는 관리가 아니라, 단지 잠을 방해하는 존재일 뿐 그 밖에 다른 의미는 찾아낼 수 없는 그 무엇처럼 보였다. 뷔르겔은 계속 이어지는 자기 생각 속에 푹 빠진 채 K를 슬쩍 속여 그릇된 길로 이끄는 데 방금 성공했다는 듯이 빙긋이 웃고 있었다. 하지만 그는 K를 곧 다시 올바른 길로 돌아오게 할 태세였다. 「뭐 그렇다고 해서……」 그가 말했다. 「그런 불평을 덮어 놓고 아주 정당하다고 말할 수도 없습니다. 야간 심문은 사실 어디에도 규정되어 있지 않으니까 그것을 회피하려 한다 해서 규정을 어기는 것은 아니지요. 그러나 이런저런 사정, 과다한 업무, 성 관리들의 근무 방식, 일손을 놓고 빠져나가기 어려운 그들의 고충, 민원인 심문은 그 밖의 다른 조사를 완전히 끝낸 후에, 하지만 즉시 이루어져야 한다는 규정, 이 모든 것과 기타 등등으로 말미암아 야간 심문은 어쩔 수 없이 꼭 필요한 것이 되었지요. 그런데 그것이 필수적인 것이 되었다면 — 나는 그렇게 말하는데 — 그건 적어도 간접적으로는 규정의 한 결과이기도 하며, 따라서 야간 심문 제도에 대해 트집을 잡는 것은 곧 — 나는 물론 과장을 좀 하는 편인데, 그러니 과장해서 표현해도 되겠지요 — 규정에 대해서도 트집을 잡는 것이나 진배없을 거예요. 반면에 비서들이 근무 규정 내에서 야간 심문과 어쩌면 단지 외견상일 뿐인 그 단점들에 맞서 될 수 있는 한 스스로를 지키려고 하는 것은 변함없이 그들의 권한에 속한다고 할 수 있을 겁니다. 아닌 게 아니라 그들은 역시 그렇게 하고 있지요, 그것도 최

424

대한으로요. 그런 의미에서 그들은 가능한 한 별로 두려워할 필요 없는 심문 대상만을 받아들이고, 심문에 들어가기 전에 스스로를 자세히 점검해 보고는 그 결과 필요하다면 마지막 순간에라도 모든 심문을 취소해 버립니다. 민원인을 실제로 심문하기 전에 열 번씩이나 소환하는 일도 자주 있는데 그러면서 그들은 자신의 힘을 강화시킵니다. 그리고 해당 사건의 담당이 아니어서 사건을 훨씬 더 가볍게 다룰 수 있는 동료들에게 대신 맡기기도 하지요. 또한 심문 시간은 적어도 밤이 시작되거나 끝날 때로 정하고 중간 시간은 피하는데 — 그런 조치들은 얼마든지 더 있지요. 비서들은 상대하기가 쉽지 않아요. 그들은 쉽게 상처를 받기도 하지만 저항력도 강한 편이거든요.」 K는 자고 있었다. 정말로 자는 건 아니어서, 어쩌면 조금 전 녹초 상태로 깨어 있을 때보다 뷔르겔의 말을 더 잘 듣고 있었는지도 모른다. 말 한 마디 한 마디가 그의 귓전을 두들겼지만, 거추장스러운 의식은 사라지고 자유의 몸이 된 느낌이었다. 뷔르겔은 더 이상 그를 붙잡지 않았고, 그만이 이따금씩 뷔르겔 쪽을 더듬거릴 뿐이었다. 그는 아직 깊은 잠에 빠지지는 않았지만 잠 속으로 들어가 그 기운에 젖어 있었다. 이젠 누구도 그에게서 잠을 빼앗을 수 없었다. 그리고 그것으로 그는 마치 대단한 승리라도 거둔 느낌이었고, 벌써 그것을 축하하러 손님들도 와 있었으며, 그인지 아니면 다른 누구인지가 승리의 영광을 위하여 샴페인 잔을 높이 들었다. 그리고 무엇이 문제인지 다들 알 수 있도록 싸움과 승리가 다시 한 번 되풀이되었다. 아니, 어쩌면 되풀이되는 게 아니라 이제야 비로소 벌어지는 것 같았는데, 그 전부터 이미 축하연은 열리고 있었고, 다행히도 결말이 확실했기 때문에 싸우는 중에도 축하는 중단 없이 계속되었다. 그리스 신의 조각상과 아주 흡사하게 생긴 비서 하나가 벌거벗은 채 K와 싸우다가 궁지에 몰리고 있었다. 그 모습이 아주 가관이라 K는 잠결에 살며시 웃었다. 비서는 우쭐한 자세로 있다가 K가 달려들 때마다 번번이 소스라치게 놀랐으며, 때때로 높이 뻗은 팔과 불끈 쥔 주먹을 재빨리 알몸을 가리는 데 사용해야 했는데 그마저 매번 너무 느렸다. 싸움은 오래 이어지지 않았고, K는 아주 큰 보폭으로 한 걸음 한 걸음씩 앞으로 나아갔다. 도대체 무슨 싸움이 이렇단 말인가? 심각한 난관 같은 것은 없고 가끔씩 비서의 꺅꺅거리는 소리만 들릴 뿐이었다. 이 그리스 신은 마치 간지럼 타는 소녀처럼 꺅꺅 새된 소리를 냈다. 그러다 마침내 그는 가버렸고, 커다란 공간 속에는 K 혼자뿐이었다. 그는 전투태세를 취하고서 주위를 둘러보며 적을 찾았지만 아무도 없었다. 손님들도 어느새 다 흩어져 버렸고, 깨진 샴페인 잔만 땅 위에 뒹굴고 있어 K는 그것을 완전히 짓밟아 버렸다. 하지만 깨진 유리 조각에 찔리는 바람에 몸을 움찔하며 그는 다시 정신을 차렸는데, 갑자기 잠에서 깬 어린아이처럼 기분이 영 좋지 않았다. 동시에 뷔르겔의 맨가슴을 보자 꿈결에 이런 생각이 스쳐 지나갔다. 〈여기 네 앞에 너의 그리스 신이 있다! 그를 침대에서 끌어내!〉 「하지만 말이죠……」 뷔르겔이 골똘히 생각에 잠긴 채 천장을 향해 고개를 젖히며 말했다. 마치 기억 속에서 좋은 예들을 찾으려 했지만 찾지 못하겠다는 듯한 모습이었다. 「하지만 아무리 철저한 예방책이 세워져 있다 하더라도 민원인들에게는 비서들의 이러한 밤 시간의 약점을 ─ 항상 그것이 약점이라는 걸 전제로 하고요 ─ 자기에게 유리한 쪽으로 이용할 수 있는 가능성이 존재합니다. 물론 극히 드문, 아니 더 정확히 말해 거의 도저히 있을 수 없는 가능성이긴 하지만 말입니다. 그건 바로 민원인이 한밤중에 예고 없이 불쑥 찾아오는 경우를 말하는 겁니다. 그런 일이야 비근하게 일어날 수도 있을 것 같지만 실제로는 좀처럼 일어나지 않는다고 한다면 당신은 의아해할지도 모르겠군요. 하긴, 당신은 우리 사정을 잘 모를 테니까요. 하지만 당신도 이미 여기 관청 조직이 빈틈없이 짜여 있다는 것을 여실히 느꼈을 겁니다. 그런 빈틈없는 특성 때문에 무언가 청원할 일이 있거나 그 밖의 다른 이유로 심문을 받아야 할 일이 있는 사람은 누구나 지체 없이 곧바로 소환장을 받게 되지요. 대개는 그 사람 자신이 아직 그 일에 대해 미리 좀 생각을 해둘 여유를 갖기도 전에, 더 나아가서는 그 사람 자신이 아직 그 일에 대해 미처 알기도 전에 말입니다. 그럴 경우 아직 심문은 받지 않아요. 대체로 그렇다는 얘기입니다. 통상적으로 아직은 그 사안을 다룰 때가 되지 않은 거지요. 그런데 그가 소환장을 받았다고 예고 없이, 즉 아무 때나 불쑥 찾아올 수는 없는 일입니다. 아무리 잘 봐줘야 좋지 않은 때에 오는 거죠. 뭐, 그럴 경우 그는 소환 날짜와 시간을 지키라는 주의를 받을 뿐입니다. 그러고서 다시 제때 찾아오면 대개 그를 쫓아내지요. 그렇게 해도 이젠 아무 문제도 되지 않거든요. 민원인의 손에 들려 있는 소환장과 서류에 적어 둔 메모, 이런 것들이 비서들에게 늘 충분한 것은 아니지만 그래도 강력한 방어 무기가 됩니다. 물론 그것은 그 일을 마침 담당하고 있는 비서에게만 해당될 뿐이고, 다른 비서들을 밤중에 불쑥 찾아가는 건 그래도 누구나 해볼 수 있는 일일 겁니다. 하지만 그렇게 할 사람은 거의 없을 거예요. 무의미한 일이나 다름없으니까요. 만일 그렇게 한다면 우선 담당 비서가 격분할 겁니다. 우리 비서들은 사실 일 문제로 서로 질투하는 일이 절대 없습니다. 누구에게나 너무 과도하게 책정되어 정말이지 다들 산더미처럼 부과된 업무의 부담을 안고 있으니까요. 하지만 민원인들을 놓고 서로의 관할권을 침해하는 일에 대해서는 결코 용납하지 않습니다. 관할 부서에서는 성과를 올리기 어렵다고 생각해서 다른 부서에서 슬금슬금 실적을 쌓으려다가 판을 그르친 사람도 이미 여럿 있어요. 게다가 그런 시도는, 밤에 기습을 받은 담당이 아닌 비서가 어떻게든 도와주고 싶어도 자기 관할이 아니라서 임의의 어떤 변호사라도 할 수 있는 정도밖에 개입할 수 없거나, 아니, 실제로는 그보다 훨씬 더 조금밖에 개입할 수 없기 때문에라도 실패하지 않을 수 없어요. 그 비서는 그 어떤 변호사 양반보다도 법의 은밀한 통로를 잘 알고 있으니 무언가 다른 수를 쓸 수도 있을 텐데도, 그에게는 그야말로 자기 관할이 아닌 일에 신경 쓸 시간이 아예 없거든요. 한순간도 그런 일에 들일 시간이 없지요. 전망이 이러한데 누가 담당도 아닌 비서를 찾아다니느라 밤 시간을 허비하겠어요? 민원인들도 평소 자기 직업이 있는 데다 담당 부서의 소환과 지시에 응하려면 눈코 뜰 새 없이 바쁠 테니까요. 물론 민원인들이 쓰는 〈눈코 뜰 새 없이 바쁘다〉라는 말이 비서관들이 쓰는 〈눈코 뜰 새 없이 바쁘다〉라는 말과 그 뜻이 결코 같다고 할 수는 없지만 말입니다.」 K는 빙긋이 웃으며 고개를 끄덕였다. 그는 지금 모든 것을 정확히 알아들은 것 같았는데, 자기와 상관이 있는 얘기라서가 아니라, 이제 다음 순간이면, 이번에는 꿈도 꾸지 않고 방해도 받지 않고 완전히 잠이 들어 버릴 거라는 확신이 들어서였다. 한쪽의 담당 비서들과 다른 쪽의 담당이 아닌 비서들 사이에서, 그리고 눈코 뜰 새 없이 바쁜 민원인들의 무리 앞에서 그는 깊은 잠 속으로 빠져들 것이고, 그렇게 모두에게서 벗어나게 될 것이다. 이제 그는 그 자신이 잠들기 위해서는 분명 헛수고를 하고 있는 뷔르겔의 나지막하면서 자기만족에 빠진 목소리에 익숙해졌고, 따라서 그의 목소리는 잠을 방해하기보다는 오히려 어서 잠들도록 도와주고 있는 듯했다. 〈돌아라, 물레방아여, 덜커덩덜커덩……〉 그는 생각했다. 〈당신은 덜커덩거리며 돌아가는 물레방아처럼 잘도 지껄이고 있지만 그건 오직 나를 위한 것일 뿐이야.〉「그렇다면 이제……」 뷔르겔은 두 손가락으로 아랫입술을 만지작거리면서 두 눈을 크게 뜬 채 목을 쭉 빼고 말했다. 마치 고달픈 도보 여행 끝에 전망이 기막히게 좋은 곳으로 다가가는 듯한 태도였다. 「그렇다면 이제 앞서 말한, 거의 도저히 있을 수 없는 그 희박한 가능성은 어디에 있을까요? 그 비밀은 관할권에 관한 규정에 숨어 있습니다. 즉, 사건마다 특정 비서 한 명만 그에 대한 관할권을 갖는 게 아니라는 점입니다. 살아 움직이는 거대한 조직의 경우 그럴 수가 없는 일이지요. 한 명이 주(主) 관할권을 가지며 다른 많은 비서들도 비록 작긴 하지만 부분적으로 어느 정도의 권한을 갖고 있습니다. 아무리 작은 사건이라 해도 누가 혼자서 그 사건을 둘러싼 모든 관계를 자기 책상 위에 다 끌어모을 수 있겠어요? 아무리 대단한 일꾼이더라도 말이지요. 내가 주 관할권이란 말을 한 것 자체가 지나친 겁니다. 아무리 작은 권한이라 해도 그 안에는 이미 전체적인 권한이 들어 있는 게 아닐까요? 여기서 결정적인 것은 사건을 다루는 열정 아닐까요? 그리고 그 열정이란 언제나 동일하고 언제나 온 마음과 온 힘을 다 기울이는 강렬함으로 존재하는 게 아닐까요? 모든 점에서 비서들 간에 차이가 있을 수 있고 그런 차이는 수도 없이 많지만, 열정에 있어서는 그렇지가 않아요. 그들 중 누구라도 자기가 조금이라도 관여할 수 있는 권한을 가진 사건에 관해 어떤 요청이 들어온다면 가만히 있을 수 있는 사람은 없을 겁니다. 물론 외적으로는 체계화된 심문 과정이 마련되어야 하고, 그래서 민원인들을 위해 그들이 공적으로 일을 의뢰할 특정 비서가 한 명씩 전면에 나서는 거지요. 그렇다고 그 비서가 해당 사건에 대해 가장 큰 관할권을 갖고 있는 자일 필요는 없고, 조직이 그때그때의 특별한 필요에 따라 결정합니다. 이런 실정이에요. 그러니 이제 측량사님,

이런 가능성을 한번 헤아려 보세요. 당신에게 이미 이야기한, 대체로 허다하게 존재하는 장애에도 불구하고 민원인이 이런저런 사정으로 한밤중에 해당 사건에 대해 어느 정도의 권한을 지닌 비서를 불쑥 찾아갈 가능성을 말입니다. 그런 가능성에 대해서는 아직 생각해 보지 않았겠죠? 그럴 거라고 믿고 싶습니다. 그런 생각은 할 필요도 없어요. 그런 일은 거의 도저히 있을 수 없으니까요. 그런 민원인이 그 더없이 고운 체를 빠져나가려면 얼마나 이상하고 특이하게 생긴 작고 교묘한 알갱이여야만 할까요. 그런 일은 결코 일어날 수 없다고 생각하죠? 당신 생각이 맞습니다. 그런 일은 결코 일어날 수 없어요. 그러나 어느 날 밤 — 누가 모든 걸 보증할 수 있겠습니까? — 그런 일이 일어나기도 합니다. 물론 내가 아는 사람들 중에는 그런 일이 일어난 사람이 아무도 없었지만, 그게 이렇다 할 증거가 되지는 못하지요. 내가 아는 사람들이라고 해봐야 여기서 고려되고 있는 대상의 수에 비하면 아주 적다고 할 수 있고, 더구나 그와 같은 일을 당한 비서가 과연 그 일을 고백할 것인지도 전혀 알 수 없는 일이죠. 어쨌든 그것은 매우 개인적인 일이면서 어느 정도는 관청의 치욕과 밀접하게 연관된 일이니까요. 그래도 내 경험으로 볼 때 그것은 사실 소문으로만 존재할 뿐 다른 그 무엇으로도 전혀 확인되지 않은 아주 드문 일이어서 그걸 지레 두려워한다는 건 너무 지나친 것 같습니다. 설령 그런 일이 실제로 일어난다 하더라도 이 세상에는 그런 일이 끼어들 자리가 없다는 것을 입증해 보임으로써, 그건 아주 쉬운 일이지요, 그 일을 정말이지 — 이걸 믿어야 하는데 — 해롭지 않은 것으로 만들 수 있어요. 어떻든 간에 그 일에 겁을 먹고 이불 밑에 숨는다든가 하여 바깥을 내다볼 엄두도 내지 않는다면 그건 병적인 겁니다. 그리고 도저히 일어날 것 같지 않은 일이 갑자기 형태를 띠고 나타난다고 해서 과연 모든 걸 잃게 되는 걸까요? 그렇지 않아요. 모든 걸 잃게 된다는 것은 가장 일어날 것 같지 않은 일보다 더 일어날 것 같지 않은 일이니까요. 물론 그 민원인이 방에 들어와 있다면 그 자체로 이미 매우 곤란한 일이지요. 가슴이 조여드는 느낌이 듭니다. 〈네가 얼마 동안이나 저항할 수 있을 것 같아?〉 하고 자신에게 묻게 되지요. 하지만 그게 결코 저항하는 게 아닐 수도 있음을 알고 있어요. 당신은 그 상황을 올바로 상상해 볼 필요가 있습니다. 한 번도 본 적이 없는, 늘 기다려 왔고 참으로 목마르게 기다렸던, 이성적으로는 만날 수 없을 것으로 여겨졌던 민원인이 눈앞에 앉아 있는 겁니다. 그는 그렇게 말없이 앉아 있는 것만으로도 상대로 하여금 그의 불쌍한 삶 속으로 파고들어 가 그 삶을 마치 자신의 것인 양 자세히 알고자 노력하면서 그의 부질없는 요구들을 듣고 공감하도록 유혹하는 거예요. 고요한 밤에 밀려오는 이런 유혹은 매혹적입니다. 거기에 따른다는 건 이제 사실상 공직자이기를 그만둔 것이나 다름없어요. 그때는 이미 청을 거절하기가 불가능해진 상황입니다. 엄밀히 말하자면 절망적이지만, 더 엄밀히 말하자면 매우 행복한 상황이지요. 절망적인 이유는, 우리가 여기에 앉아서 민원인의 소청을 기다리고 있는 이 무방비 상태 때문이지요. 그러다가 소청이 일단 입 밖에 나오게 되면 그걸 들어주지 않을 수 없다는 것을 알고 있거든요. 적어도 우리가 스스로 파악할 수 있는 바로는 그 때문에 관청 조직이 심한 타격을 입을 수도 있는데, 비록 그런 일이 생기더라도 말입니다 — 그것은 아마 우리가 실제 업무에서 마주칠 수 있는 가장 고약한 경우일 겁니다. 무엇보다도 — 다른 건 다 차치하고라도 — 그 순간 우리는 상상을 뛰어넘는 지위 상승 욕구에 마구 사로잡히기도 하기 때문입니다. 우리의 지위로 볼 때 우리는 여기서 얘기되고 있는 그런 소청을 들어줄 권한이 전혀 없지만, 밤에 온 그 민원인과 가까워짐에 따라 이를테면 우리의 근무 권한도 커진다고 할 수 있거든요. 그래서 우리는 관할권 밖의 일을 떠맡아 그걸 수행하기도 합니다. 민원인은 밤중에 마치 숲 속의 강도처럼 우리에게 희생을 강요하는 거예요. 다른 때 같으면 결코 할 수 없을 법한 그런 희생을 말이지요 — 뭐 좋아요, 지금처럼 민원인이 아직 남아서 우리의 힘을 북돋고 강요하고 고무하여 모든 일이 그래도 반쯤 정신없이 돌아간다면 좋습니다. 하지만 나중에 일이 다 끝나 민원인은 흡족해하며 편안한 얼굴로 우리를 떠나고 우리만 홀로 남아 우리의 직권 남용을 눈앞에 뻔히 보면서도 무방비 상태로 우두커니 서 있게 된다면 어떻겠습니까 — 도저히 상상이 안 가는 일이지요. 그런데도 우리는 행복합니다. 행복이란 얼마나 자기 파괴적일 수 있는지요. 우리는 민원인에게 애써 그 상황의 진실을 감추고 비밀로 할 수도 있을 겁니다. 민원인 자신

의 힘으로는 거의 아무것도 알아채지 못하거든요. 그 자신
이 생각하기에 그는 필시 어떤 대수롭지 않은 우연한 이유로
너무도 지치고 상심하게 되었는데, 너무 지치고 상심한 나머
지 아무 생각 없이 될 대로 되라는 심정으로 본래 들어가려
던 방과는 다른 방으로 밀고 들어간 거였어요. 그는 아무것
도 모르는 채 거기에 앉아 생각에 빠져드는데, 대체로 빠져
드는 생각이란 자신의 오류나 피로에 관한 것이지요. 그를
그대로 내버려 둘 수는 없을까요? 그럴 수는 없습니다. 우리
는 행복한 자의 수다스러움으로 그에게 모든 걸 설명해 주
어야 합니다. 조금도 수고를 아끼지 않고, 무슨 일이 일어났
고 어떤 이유로 그런 일이 일어났는지, 이것이 얼마나 대단
히 드물고 다시없는 절호의 기회인지를 그에게 상세히 알려
주어야 합니다. 오직 민원인 외에는 다른 어떤 존재도 겪을
수 없는 그야말로 속수무책의 상태에서 암중모색 끝에 어찌
다가 그런 기회를 만났지만, 측량사님, 이제 그는 마음만 먹
으면 모든 걸 뜻대로 할 수 있고, 그러기 위해서는 자신의 청
을 어떻게든 말하기만 하면 된다는 것을 알려 주어야 합니
다. 그가 그토록 이루고 싶어하던 그 청을 이미 들어줄 태세
가 되어 있다고 말입니다 — 이 모든 것을 알려 주어야 하니
관리로서는 힘든 시간이지요. 하지만 그렇게 돼버렸다고 해
도, 측량사님, 꼭 해야 하는 가장 필수적인 일이 이루어진 셈
입니다. 그러니 각자 분수를 알고 기다려야 하지요.」

K는 더 이상 듣고 있지 않았다. 일어나는 모든 일에 귀를
닫고 잠들어 있었다. 처음에 그는 침대 기둥에 왼팔을 얹고

그 위에 다시 머리를 올려놓고 있었지만, 잠결에 머리가 미끄러졌다가 천천히 더 깊숙이 내려오면서 이제는 공중에 걸려 있었다. 팔로는 더 이상 지탱이 어려워 K는 자기도 모르게 오른손으로 이불을 짚으면서 새로운 받침대를 얻게 되었는데, 그때 마침 이불 밑으로 삐져나온 뷔르겔의 발을 움켜잡고 말았다. 뷔르겔은 그쪽을 바라보고는 거슬리기는 했지만 발을 그에게 내맡겼다.

이때 벽을 몇 번 세게 두드리는 소리가 났다. K는 화들짝 놀라며 벽을 쳐다보았다. 「거기에 측량사 없나요?」 벽 뒤의 목소리가 물었다. 「네, 있어요.」 뷔르겔이 말했다. 그러면서 K에게서 발을 빼내더니 갑자기 어린 소년처럼 거칠게 제멋대로 몸을 쭉 뻗었다. 「그럼 어서 이쪽으로 오라고 해요.」 그 목소리가 다시 말했다. 뷔르겔에 대해서나 그가 K를 더 필요로 할지도 모른다는 것에 대해 전혀 배려하지 않는 말투였다. 「에어랑어입니다.」 뷔르겔이 속삭이듯 말했다. 에어랑어가 옆방에 있다는 것에 조금도 놀라는 눈치가 아니었다. 「얼른 그에게로 가요. 벌써 화가 났나 봅니다. 가서 그를 달래도록 해봐요. 단잠을 자고 있는데 우리가 너무 큰 소리로 이야기를 나누었어요. 어떤 일에 대해 얘기하다 보면 자신과 자신의 목소리를 절제하기 어려운 법이니까요. 자, 어서 가봐요. 도저히 잠에서 헤어나질 못하는 것 같군요. 가요, 여기서 대체 뭘 더 할 게 있습니까? 아닙니다, 졸았다고 미안해할 건 없어요. 무엇 때문에요? 체력에는 어느 정도 한계가 있기 마련이고, 바로 이 한계라는 것은 다른 경우에도 의미심장한 것이지요. 그걸 누가 어떻게 하겠습니까? 그래요, 아무도 어쩔 수가 없죠. 그렇게 세상은 돌아가면서 스스로 수정을 해나가고 균형을 유지하는 겁니다. 그야말로 탁월한 장치예요. 언제 봐도 새삼 상상할 수 없을 만큼 탁월한 장치지요. 다른 면에서 보면 삭막하기 이를 데 없긴 하지만 말입니다. 자, 가봐요. 나를 왜 그렇게 바라보는지 모르겠군요. 당신이 더 머뭇거리다간 에어랑어가 이리로 건너올 텐데, 정말이지 그것만은 피하고 싶습니다. 어서 가십시오. 저 건너에 어떤 일이 기다리고 있는지 누가 알겠습니까? 여기서는 모든 것이 기회들로 충만해 있거든요. 물론 이용하기에는 너무 크다고 할 수 있는 기회도 있고, 다름 아닌 바로 자기 자신 때문에 실패하는 일들도 있습니다. 그래요, 그건 놀랄 만한 일이지요. 그건 그렇고 나는 지금 눈 좀 붙일 수 있으면 좋겠습니다. 물론 벌써 5시가 됐으니, 곧 요란한 소동이 시작되겠지요. 당신이라도 어서 나가 주었으면 합니다!」

갑자기 깊은 잠에서 깨어나 멍하고 아직 한없이 졸린 상태인 데다가 불편한 자세 때문에 온몸이 쑤시는 통에 K는 한참 동안 일어날 결심을 하지 못하고 이마를 짚은 채 자신의 허벅다리 쪽을 내려다보았다. 어서 가라고 뷔르겔이 아무리 재촉해도 그의 마음을 움직여 떠나게 할 수 없었겠지만, 여기 더 머물러 봤자 아무 소용이 없겠다는 느낌이 서서히 그에게 떠나고 싶은 마음을 갖게 했다. 이 방이 이루 말할 수 없이 황량하게 보였다. 그렇게 변한 것인지 아니면 본래부터 그랬는지 알 수 없었다. 여기서는 두 번 다시 잠들 수 없을 것 같았다. 이 확신은 결정적인 것이기도 해서, 살짝 미소를 지으며 그는 몸을 일으켰다. 그러고는 어디고 기댈 데만 있으면 침대고, 벽이고, 문이고 할 것 없이 몸을 의지해 가면서 인사도 하지 않은 채 그대로 걸어 나갔다. 벌써 오래전에 뷔르겔에게 작별을 고했다는 듯이.

24

만약 에어랑어가 문을 열어 놓은 채 서서 그에게 손짓하지 않았더라면, 그는 십중팔구 그의 방을 아무렇지도 않게 지나쳐 버렸을 것이다. 집게손가락을 짧게 한 번 까딱하는 손짓이었다. 에어랑어는 이미 떠나갈 채비를 완벽하게 갖추고 있었으며, 단추가 목까지 채워져 옷깃이 목을 꽉 조이는 검정색 모피 외투를 입고 있었다. 하인 하나가 그에게 막 장갑을 건네주었는데 털모자는 아직 손에 들고 있었다. 「진작 왔어야지요.」 에어랑어가 말했다. K가 변명하려 했지만, 에어랑어는 피곤한 듯 두 눈을 지그시 감음으로써 그럴 것 없다는 뜻을 나타냈다. 「문제 되고 있는 것은 다음과 같은 일입니다.」 그가 말했다. 「주점에 전에는 프리다라는 여자가 일하고 있었습니다. 나는 이름만 알지, 그녀를 직접 아는 건 아닙니다. 그녀는 나와 아무 상관도 없는 사람이니까요. 그 프리다가 가끔 클람에게 맥주를 가져와 시중을 들곤 했습니다. 지금은 그곳에 다른 아가씨가 있는 모양이더군요. 뭐 그런 변화야 물론 대수롭지 않은 일이지요. 아마 누구에게나,

그리고 클람에게도 틀림없이 그럴 겁니다. 그러나 직무가 크면 클수록 ― 클람의 직무가 물론 가장 크지요 ― 외부 세계에 맞설 힘이 그만큼 줄어들게 됩니다. 그 결과 아무리 사소한 일의 대수롭지 않은 변화라도 심하게 거슬릴 수 있습니다. 책상 위에 아주 작은 변화가 있다든가, 예전부터 거기에 있던 얼룩 하나가 제거된다든가 하는 그런 모든 일이 말입니다. 새로 온 주점 아가씨 역시 마찬가지죠. 그런데 그런 모든 일이 다른 누구에게든, 그리고 임의의 어떤 일을 할 때든 거슬린다 해도, 클람에게는 그렇지 않습니다. 그런 건 아예 문제도 안 됩니다. 그럼에도 우리는 클람의 기분이 상하지 않도록 주의해야 할 의무가 있으므로, 그에게는 전혀 거슬리지 않는 것이더라도 ― 분명 그에게 거슬리는 것이라곤 아무것도 없겠지만 ― 우리가 보기에 거슬릴 수 있는 것으로 여겨지면 그것을 제거해 버리는 겁니다. 우리가 이런 거슬리는 방해 요인을 제거하는 건 그를 위해서나 그의 일을 위해서가 아니라, 우리를 위해, 우리의 양심과 우리의 안정을 위해서입니다. 그래서 그 프리다는 즉시 다시 주점으로 돌아와야 합니다. 어쩌면 그녀가 돌아오는 것으로 인해 그녀는 거슬리는 존재가 될지도 모르는데, 그러면 우리는 그녀를 다시 돌려보내겠지만, 우선 당장은 그녀가 돌아와야 합니다. 내가 들은 바로는 당신이 그녀와 같이 산다던데, 그녀가 즉시 복귀하도록 해주십시오. 이러한 경우 사사로운 감정은 고려될 수 없습니다. 그건 말할 것도 없이 당연한 것이므로, 그에 대해 더 이상은 자세히 설명하지 않기로 하겠습니다. 이런 사소한 일에서 잘 보여야 경우에 따라서는 당신이 출세하는 데 도움이 될 수도 있다고 말한다면 필요 이상의 잔소리가 되겠지요. 내가 당신에게 하려는 말은 이게 전부입니다.」그는 K에게 작별 인사로 고개를 끄덕이더니 하인이 건네주는 털모자를 쓰고는 그를 뒤따르게 한 채 약간 다리를 절면서 복도를 빠르게 걸어 내려갔다.

여기서는 가끔 수행하기가 아주 쉬운 명령이 내려질 때가 있었는데, 이 쉽다는 것이 K에게는 달갑지 않았다. 그 명령이 프리다와 관련된 것이었고, 명령으로 한 말이긴 하지만 K에게는 마치 비웃음처럼 들렸을 뿐만 아니라, 무엇보다도 그 명령을 통해 그가 아무리 노력해 봤자 소용없으리라는 속뜻을 내비친 것 같았기 때문이다. 불리한 것이든 유리한 것이든 명령은 그를 넘어 지나갔으며, 유리한 것도 궁극적으로는 불리한 핵심을 지니고 있는 것 같았다. 어쨌든 모든 명령은 그를 넘어 지나가 버렸다. 명령에 개입한다거나 하물며 그것을 침묵시키고 자기 목소리를 듣게 하기에는 그가 너무 낮은 위치에 있었다. 에어랑어가 너에게 거부의 손짓을 한다면 너는 어떻게 할 것이며, 그가 거부의 손짓을 하지 않더라도 너는 그에게 무슨 말을 할 수 있겠는가? K는 상황의 온갖 불리함보다도 자신의 피곤함 때문에 오늘 더 큰 손해를 보았다는 것을 계속 의식하고 있었다. 자신의 체력은 믿을 만하다고 생각했고 그런 확신이 없었다면 아예 길을 떠나지도 않았을 그가 왜 불편하고 고생스러운 몇 번의 밤과 잠을 못 잔 한 번의 밤을 견뎌 낼 수 없었을까? 아무도 피곤한 사람이 없는데, 아니 누구나 피곤하고 끊임없이 피곤하지만 그것이 일에 지장을 주기는커녕 오히려 촉진시키는 것으로 보이는 이곳에서, 그는 왜 그토록 주체할 수 없을 정도로 피곤함을 느끼게 되었을까? 그러고 보니 그들의 피곤함은 K가 느끼는 피곤함과는 전혀 종류가 다르다는 것을 알 수 있었다. 여기서는 행복한 일을 하는 중에도 피곤해 보였는데, 겉으로는 피곤한 것처럼 보여도 실제로는 확고부동한 안정이자 확고부동한 평화 같은 것이었다. 낮에 좀 피곤한 것은 행복하고 자연스러운 하루 일과에 속한다. 여기 나리들은 항상 대낮이라고 K는 혼잣말을 했다.

겨우 새벽 5시인데도 벌써 복도 양쪽 어디서나 활기가 도는 것으로 보아 그 말이 맞는 것 같았다. 방들 여기저기서 뒤엉켜 나는 이 술렁대는 소리는 지극히 명랑한 기운을 지니고 있었다. 어떤 때는 소풍 갈 준비를 하는 아이들의 환호성처럼 들리기도 하고, 또 어떤 때는 닭장 속의 닭들이 하루를 시작하는 소리, 깨어나는 하루와 완전히 하나가 되는 기쁨의 소리처럼 들렸다. 어디선가는 심지어 어느 나리가 닭 울음소리를 흉내 내기도 했다. 복도는 아직 텅 비어 있었지만, 문들은 이미 움직이기 시작하여 몇 번이고 살짝 열렸다가 재빨리 다시 닫히곤 했다. 복도는 이렇게 문을 여닫는 소리로 시끌시끌했다. K는 또한 천장까지 닿지 않는 벽 위의 틈새로 아침에 막 일어나 부스스한 머리가 여기저기 나타났다가 금세 사라지는 모습도 보았다. 멀리서 하인 한 명이 서류를 실은 작은 수레를 끌고 천천히 다가왔다. 그 옆에 또 다른 하인이 나란히 걸어오는데 손에 목록을 하나 들고 있는 것으로 보아 방문 번호와 서류 번호를 대조하고 있는 것 같았다. 수레는 대부분의 문 앞에서 멈추어 섰고, 그러면 대개 문이 열리고 관련 서류가 — 때로는 그냥 종이 한 장뿐일 때도 있었으며, 그런 경우에는 방에서 복도를 향해 짧게 뭐라고 하는데 필시 하인을 야단치는 소리 같았다 — 방 안으로 건네졌다. 문이 계속 닫혀 있으면 서류를 조심스럽게 문지방에 쌓아놓았다. K가 보니, 그런 경우 이미 서류가 배분되었는데도 그 주변에 있는 문들의 움직임은 줄어드는 대신 오히려 더 심해지는 것 같았다. 이해할 수 없게도 집어 가지 않아 그대로 문지방에 놓여 있는 서류들을 아마도 그들은 탐욕스럽게 엿보고 있는 모양이었다. 서류를 손에 넣기 위해서는 문을 열기만 하면 되는데 그렇게 하지 않는 것을 납득할 수 없는 듯했다. 어쩌면 끝내 집어 가지 않는 서류는 나중에 그 서류가 여전히 문지방에 있는지, 따라서 자신들에게 여전히 희망이 있는지 지금 벌써 몇 번이나 확인하여 확신을 얻으려는 다른 나리들에게 분배될지도 모를 일이다. 그러고 보니 이렇게 그대로 놓여 있는 서류들은 대개가 특히 큰 묶음이어서, K는 그것들을 일종의 과시나 악의에서, 또는 동료들을 고무시키는 정당한 자부심에서 당분간 그렇게 놓아두는 것이라고 추측했다. 가끔 그 서류 뭉치가 충분히 오랫동안 전시된 후에 그가 하필 그쪽을 보지 않을 때 갑자기 아주 급히 방 안으로 끌어당겨지고 문이 다시 전처럼 움직이지 않았기 때문에 이 추측은 더욱 확고해졌다. 그러면 주변의 문들도 이 끊임없는 유혹의 대상이 마침내 사라진 것에 실망해서인지 아니면 만족해서인지 잠잠해졌지만, 얼마 후 조금씩 다시 움직이기 시작했다.

K는 단지 호기심만이 아니라 적극적인 관심을 갖고 이 모든 것을 바라보았다. 그는 이런 번잡스러운 움직임의 한복판에서 편안해지는 기분까지 느끼면서 여기저기를 두리번거렸고, 두 하인의 거동을 — 적절한 거리를 두긴 했지만 — 낱낱이 추적하며 그들이 서류를 분배하는 일을 지켜보았다. 그들 쪽에서도 이미 수차례 엄격한 눈길로 고개를 숙인 채 입술을 삐죽 내밀고서 K 쪽을 돌아본 터였다. 분배 일은 진행될수록 점점 순조롭지 않게 되어 갔다. 목록이 잘 들어맞지 않거나, 하인으로서는 서류를 구분하는 것이 항상 그렇게 잘되는 일이 아니어서, 아니면 나리들이 다른 이유로 이의를 제기했다든가 해서, 어쨌든 분배한 것을 다시 회수해야 하는 일이 몇 차례 생겼는데, 그러면 수레가 되돌아가 서류 반환 문제를 가지고 문틈으로 협상을 벌였다. 이 협상은 그 자체만으로도 커다란 어려움을 초래했다. 아까는 더없이 활발하게 움직이던 문들이라도 반환 문제가 생기면 마치 그 문제에 대해서는 더 이상 알고 싶지 않다는 듯 이젠 야멸차게 닫혀버리는 일이 다반사였다. 그러고 나면 비로소 본격적인 어려움이 시작되었다. 문제의 그 서류를 가질 권리가 있다고 생각하는 자는 극도로 조급해져서 자기 방 안에서 온통 난리굿을 벌였다. 손뼉을 쳐대는가 하면, 발을 쿵쿵 구르기도 하고, 문틈을 통해 복도에 대고 특정 서류 번호를 몇 번이고 외

443

쳐 댔다. 그러면 수레는 덩그러니 홀로 남겨지기 일쑤였다. 하인 하나는 조급한 어르신네를 달래느라 여념이 없었고, 다른 하인은 닫힌 문 앞에서 서류를 돌려받기 위해 실랑이를 벌였던 것이다. 둘 다 고생이 이만저만이 아니었다. 조급한 자는 달래려고 애쓸수록 더 조급해지기 마련이니, 하인의 공허한 말에 더 이상 귀를 기울일 리 만무했다. 그가 원하는 것은 위로가 아니라 오직 서류였던 것이다. 그런 나리 가운데 어떤 사람은 문 위쪽 틈으로 세숫대야의 물을 몽땅 하인에게 쏟아붓기도 했다. 보아하니 지위가 더 높은 듯한 다른 하인은 훨씬 더 큰 어려움을 겪었다. 해당 나리가 아무튼 협상에 응해 온다면 구체적인 논의가 시작되었는데, 그때 하인은 자신의 목록을 근거로 삼았고 나리는 자신의 메모와 바로 그 서류를 근거로 내세웠다. 돌려주어야 할 서류지만 당장은 나리가 손에 꽉 쥐고 있는 바람에 그것을 받아 내려는 하인의 눈에는 한쪽 귀퉁이조차 제대로 보이지 않았다. 그러면 또 하인은 새로운 증거를 가지러 수레 쪽으로 몸을 돌리고 얼른 달려가 수레를 붙잡아야 했다. 그동안 수레가 살짝 경사진 복도 위에서 저절로 조금씩 굴러 내려갔기 때문이다. 그런가 하면 서류에 대한 권리를 주장하는 나리에게 가서 지금까지 서류를 쥐고 있던 자의 이의와 거기에 대응하는 새로운 이의를 주고받아야 했다. 그런 협상은 시간이 매우 오래 걸렸는데, 때로는 합의가 이루어져 나리가 가령 서류의 일부를 내놓기도 하고, 혹은 단지 혼동이 있었던 것으로만 밝혀질 경우 그 보상으로 다른 서류를 받기도 했다. 하지만 누군가는 하인이 제시한 증거로 궁지에 몰리거나 끈질기게 계속되는 교섭에 그만 지쳐 버려 요구받은 모든 서류를 두말없이 포기해야 하는 일도 있었다. 그러면 그는 서류를 하인에게 건네주지 않고 갑작스럽게 결연한 의지를 보이며 그것을 멀리 복도로 내던져 버리는 통에 동여맨 끈이 풀어지고 서류 종이들이 흩날려서 하인들은 모두를 다시 수습하느라 진땀을 흘렸다. 그러나 이 모든 것은 하인이 아무리 반환을 요청해도 도대체 아무 대답도 얻지 못하는 경우에 비하면 비교적 단순한 편이었다. 그럴 경우 하인은 닫힌 문 앞에 서서 부탁하고, 애원하고, 목록의 어구를 읽어 주고, 규정을 끌어대고 해보지만 전부 다 허사였다. 방에서는 아무 소리도 흘러나오지 않았고, 하인으로서 허락 없이 방 안에 들어갈 권리는 명백히 없었던 것이다. 그렇게 되면 이렇게 뛰어난 하인도 가끔 자제력을 잃고 수레로 가서는 서류 더미 위에 앉아 이마의 땀을 닦으며 하릴없이 두 발만 흔들거릴 뿐 한동안 아무 일도 하지 않았다. 이 사건에 대한 주변의 관심은 지대하여 사방에서 수군거리는 소리가 들렸고 조용한 문은 거의 하나도 없었다. 벽 위쪽의 난간에서는 기이하게도 천으로 거의 전체를 가린 얼굴들이 한시도 제자리에 가만히 있지를 못하고 일이 진행되는 모든 과정을 지켜보고 있었다. K는 이런 소란 속에서도 뷔르겔의 문이 내내 닫혀 있으며, 두 하인이 복도의 그 부분을 이미 지나갔는데도 그에게 아무런 서류도 분배되지 않았다는 것을 깨달았다. 아마 그는 아직 자고 있는 모양이었다. 이렇게 소란스러운 와중에도 자고 있는 거라면 그것은 물론 아주 건강한 잠을 뜻하는 것일 테지만, 그는 왜 아무런 서류도 받지 못하는 것일까? 매우 적은 수의 방들과 필시 비어 있는 게 분명한 방들만 이처럼 서류를 받지 못하고 제외되었다. 반면에 에어랑어의 방에는 이미 굉장히 소란스러운 손님이 새로 들어왔는데, 틀림없이 에어랑어는 지난밤 그에게 그야말로 쫓겨나다시피 한 모양이었다. 에어랑어의 냉정하고 노련한 모습에는 잘 어울리지 않는 일이었지만, 그가 문지방에 서서 K를 기다려야 했던 점이 그러한 사실을 넌지시 암시했다.

이 모든 주변적인 것들을 지켜보다가도 K는 금세 다시 하인 쪽을 돌아보곤 했다. 다른 때 K가 하인들에 대해 들었던 일반적인 이야기, 즉 그들은 하는 일 없이 빈둥거리며 안락한 삶을 누리고 있으며 오만하기 이를 데 없다는 이야기도 정말이지 이 하인에게는 해당되지 않았다. 아마 하인들 중에도 예외가 있거나, 아니면 — 이것이 더 있을 법한 일 같았는데 — 그들 사이에도 여러 부류가 있는 것 같았다. K가 느낀 바에 의하면, 여기에는 그가 지금껏 어디서 희미하게나마 듣거나 보지도 못한 수많은 구분이 있었기 때문이다. 이 하인의 굽힐 줄 모르는 고집스러운 모습이 그는 특히 마음에 들었다. 그 작고 완고한 방들과의 싸움에서 — 방 안에 있는 사람들을 거의 볼 수 없는 K에게는 그것이 방들과의 싸움으로 보일 때가 많았다 — 하인은 물러서지 않았다. 사실 그도 지칠 대로 지쳐 녹초가 되긴 했지만 — 누군들 녹초가 되지 않겠는가? — 곧 다시 기운을 차리고는 수레에서 미끄러져 내려와 이를 악물고서 다시 정복해야 할 문을 향해 똑바로 걸어갔다. 그리고 그는 두 번 세 번, 물론 아주 간단한 방법으로, 단지 그 사악한 침묵에 의해 격퇴당하고 말았지만, 그래도 결코 지지는 않았다. 드러내 놓고 공격해서는 아무것도 얻을 수 없다는 것을 알고서 그는 다른 방법으로, K가 제대로 이해한 바로는 계략을 써서 시도해 보았다. 그는 짐짓 그 문을 포기한 척 다른 문들 쪽으로 가서 그 문으로 하여금 말하자면 침묵의 힘을 다 써버리게 해놓고는, 얼마 후 다시 돌아와 모두의 이목을 끌 만큼 큰 소리로 다른 하인을 불러 굳게 닫힌 문의 문지방 위에 서류를 쌓아 올리기 시작했다. 마치 자신의 생각이 바뀌었으며, 나리에게서 빼앗을 건 당연히 아무것도 없고 오히려 전해 줄 것뿐이라는 듯한 태도로 그렇게 했다. 그러고서 그는 계속 나아갔지만 그 문에서 한시도 눈을 떼지 않았다. 그러다가 대개 그러하듯이 나리가 서류를 안으로 들이기 위해 곧 살그머니 문을 열 것 같으면, 하인은 몇 번 껑충 뛰어 거기에 가서는 문과 문설주 사이에 발을 밀어 넣은 뒤 나리에게 적어도 자기와 얼굴을 맞대고 협상할 것을 강요했다. 그러면 대개는 웬만큼 만족스러운 결과를 얻을 수 있었다. 그렇게 해서 잘 안 되거나, 어떤 문에서는 그런 방식이 통하지 않을 것 같으면 그는 다른 식으로 접근했다. 그럴 때는 예컨대 서류에 대한 권리를 주장하는 나리에게 전념하여, 늘 기계적으로만 일하는 정말이지 쓸모없는 보조원인 다른 하인을 옆으로 밀치고는 직접 그 나리를 설득하기 시작했다. 머리를 방 안으로 깊숙이 밀어 넣고는 소곤소곤 은밀하게 얘기했다. 필시 몇 가지 약속을 하는 것 같았고, 다음번 분배 때에는 다른 나리에게 상응하는 벌을 주겠다고 장담을 하기도 하는 것 같았다. 하인은 몇 번이나 적수인 나리의 문을 가리켰으며 정말 피곤한 경우가 아니면 웃기까지 했다. 그러다가 물론 모든 시도를 포기해 버리는 일도 한두 차례 있었지만, 그런 때에도 K는 그가 겉으로만 포기하는 척하거나 적어도 무슨 합당한 이유가 있어 포기하는 것이려니 생각했다. 왜냐하면 하인은 차분히 일을 계속했으며, 불이익을 당한 나리가 소란을 피워도 돌아보지 않고 가만히 있었기 때문이다. 다만 이따금씩 한참 동안 두 눈을 감고 있는 것으로 보아 그가 소란 때문에 괴로워한다는 것을 알 수 있었다. 하지만 그러는 사이 나리의 마음도 서서히 진정되었는데, 그칠 줄 모르는 아이들 울음소리가 점차 간헐적으로 훌쩍거리는 소리로 변해 가듯이 그의 고함치는 소리 역시 그러했다. 완전히 조용해졌다가도 다시 산발적인 고함 소리가 터져 나오기도 하고 순간적으로 문을 열었다 닫는 소리가 들리기도 했다. 어쨌든 이 경우에도 다분히 하인의 대응 방식이 전적으로 옳았음이 드러났다. 마침내 아직도 진정되지 않는 나리 한 사람만 남게 되었다. 그는 오랫동안 침묵을 지켰지만 그것은 단지 기운을 차리기 위한 것일 뿐이었고 다시 격분하기 시작했는데, 그 강도는 전보다 결코 약하지 않았다. 그가 왜 그렇게 소리를 지르고 불만을 터뜨리는지는 분명치 않았지만, 아마 서류 분배 때문은 아닌 것 같았다. 그사이에 하인은 자신의 일을 다 끝냈으니 말이다.

단 한 건의 서류만, 사실 조그만 종이쪽에 불과한 메모장의 낱장 하나만 보조 하인의 실수로 수레에 남아 있었는데, 이제 그것을 누구에게 전해 줘야 할지 몰랐다. 〈저게 혹시 내 서류일 수도 있겠군.〉 그런 생각이 K의 머리를 스쳐 갔다. 면장도 내내 이렇게 사소하기 짝이 없는 경우에 대해 이야기하지 않았던가. 그래서 K는 자신의 추측이 사실 제멋대로이고 우스꽝스럽다고 생각하면서도, 그 쪽지를 골똘히 들여다보고 있는 하인에게 가까이 다가가려고 했다. 그러나 그것은 그리 쉬운 일이 아니었다. 하인이 K의 호의에 반감을 보였기 때문이다. 아무리 고된 일을 하는 중에도 그는 줄곧 틈을 타서, 화가 나서인지 조급해서인지 신경질적으로 고개를 움찔하며 K 쪽을 쳐다보곤 했던 것이다. 분배를 다 끝낸 지금에야 그는 K를 다소 잊어버린 것처럼 보였다. 다른 일에 무관심해진 것도, 기진맥진한 그의 모습을 보면 이해할 만했다. 그는 쪽지에 대해서도 그다지 신경을 쓰지 않았다. 어쩌면 그것을 전혀 훑어보지도 않고 그런 척만 하는지도 몰랐다. 여기 복도에서 그 쪽지를 전해 주면 어느 방 주인이든 누구나 기뻐할 테지만 그는 그렇게 하지 않기로 마음먹었다. 분명 분배하는 일에 신물이 난 것이다. 그는 집게손가락을 입술에 대고 동행자에게 말하지 말라는 신호를 보내더니 — K가 그의 근처까지 이르려면 아직 멀었다 — 그 쪽지를 갈기갈기 찢어서 주머니에 쑤셔 넣었다. 그것은 아마도 K가, 물론 그가 그것을 잘못 이해했을 수도 있지만, 이곳의 업무 조직에서 목격한 최초의 규정 위반이었을 것이다. 비록 규정

위반이었다 해도 용서해 줄 만한 일이었다. 이곳을 지배하는 상황으로 보아 하인이 완전무결하게 일할 수는 없었다. 그동안 쌓인 불만과 불안이 언젠가는 터지지 않을 수 없었는데, 그것이 작은 종이쪽지 한 장을 갈기갈기 찢는 일로 표출되었다면 그래도 순진하기 이를 데 없는 것이었다. 무엇으로도 진정시킬 수 없는 그 나리의 목소리는 여전히 날카롭게 복도에 울려 퍼졌는데, 다른 문제에서는 서로 그리 우호적이지 않던 동료들도 이 소란에 관해서는 완전히 같은 의견인 것 같았다. 상황은 점차 그 나리가 마치 그들 모두를 대신해 소란을 피우는 임무를 맡은 것처럼 돌아가, 그들은 단지 환호를 보내고 고개를 끄덕여 계속하라고 그를 격려할 뿐이었다. 그러나 이제 하인은 더 이상 그 일에 전혀 개의치 않고 자신의 업무를 끝마쳤다. 그는 수레의 손잡이를 가리켜 다른 하인더러 그것을 잡게 하고는 그렇게 왔을 때처럼 다시 돌아갔는데, 마음이 보다 흡족해져 빠르게 나아가는 바람에 그들 앞에서 수레가 껑충 튀어 올랐다. 다만 한 번 더 그들은 깜짝 놀라 몸을 움츠리며 뒤를 돌아보았는데, 그 이유는 계속 소리를 지르던 나리가 — 지금 K는 그 나리가 원하는 게 도대체 무엇인지 알고 싶어 그의 문 앞을 서성대고 있었다 — 소리 지르는 것만으로는 분명 더 이상 성에 차지 않던 차에 초인종의 단추를 발견하고는, 아마 그렇게 해서 부담을 덜게 된 것에 신이 난 듯 이제는 소리를 지르는 대신 끊임없이 종을 울려 대기 시작했기 때문이다. 그러자 다른 방들에서도 웅성거리는 소리가 커다랗게 들리기 시작하는 것이, 아마도 동의한다는 의미 같았다. 그 나리는 모두가 진작부터 하고 싶었지만 무슨 이유에서인지 단념해야 했던 어떤 일을 실행에 옮기고 있는 듯했다. 나리가 벨을 울려 부르려는 게 혹시 종업원일까, 아니면 혹시 프리다일까? 그렇다면 오래도록 울려 보라지. 프리다는 예레미아스를 물수건으로 감싸 주느라 바쁠 테고, 설사 그가 병이 벌써 다 나았다 해도 이번엔 그의 팔에 안겨 있느라 시간이 없을 테니까 말이야. 그러나 벨을 누른 효과는 즉시 나타났다. 벌써 저 멀리서 헤렌호프의 주인이 직접 서둘러 오고 있었다. 검은색 옷차림이었고 여느 때처럼 단추를 꼭 채운 모습이었다. 그런데 허둥지둥 달려오는 모양새로 보아 그는 자신의 체통을 잊은 듯했다. 양팔을 반쯤 벌리고 있었는데, 마치 커다란 불행 때문에 불려 왔고 이제 그것을 붙잡아 가슴으로 꽉 눌러 바로 질식시켜 죽이려는 듯한 기세였다. 그리고 벨 소리가 조금씩 불규칙하게 울릴 때마다 그는 짧게 뛰어오르며 더욱더 서두르는 것 같았다. 이제 그의 뒤쪽 멀찌감치에는 그의 부인까지 나타났다. 그녀 역시 양팔을 벌린 채 달려왔는데, 걸음걸이가 짧고 부자연스러워 K는 그녀가 한참 뒤에야, 그사이에 주인이 이미 필요한 일을 다 해치운 뒤에나 도착하겠다고 생각했다. 그리고 K는 주인이 달려갈 수 있게 자리를 비켜 주려고 벽에 바짝 붙어 섰다. 그런데 주인은 K가 목표였던 양 바로 K 앞에 멈춰 섰고, 곧이어 여주인도 도착해 둘이서 그에게 비난을 퍼붓기 시작했다. K는 놀라 허둥거리는 바람에 뭐라고 비난하는지 알아듣지 못했다. 특히 그 나리의 벨 소리도 뒤섞여 울려 대고 다른 벨 소리들까지, 이제는 다급한 필요에서가 아니라 그저 장난으로 흥에 겨운 나머지 덩달아 울리기 시작했기 때문에 더욱 그러했다. K로서는 자신의 잘못을 정확히 이해하는 것이 중요했기 때문에 주인이 자기를 겨드랑이에 낀 채 점점 더 심해져 가는 이 소란 속을 함께 빠져나가는 것에 흔쾌히 동의했다. 그들 뒤에서는 — 주인뿐 아니라 다른 쪽에서는 여주인이 더 집요하게 계속 뭐라고 말을 해대는 통에 K는 아예 돌아보지도 못했는데 — 이제 문들이 활짝 열리고 복도에 아연 생기가 돌며 마치 붐비는 좁은 골목처럼 사람들의 왕래가 활발해지기 시작했다. 그들 앞에 있는 문들은 나리들을 복도로 내보낼 수 있도록 K가 어서 지나가기만을 초조하게 기다리는 기색이 역력했다. 그 북새통 속으로 마치 승리라도 축하하려는 듯 벨 소리가 계속해서 울려 퍼졌다. 이제야 마침내 — 그들은 어느새 조용하고 온통 하얀 안뜰에 다시 와 있었는데 몇 대의 썰매가 그곳에서 대기하고 있었다 — K는 대체 무엇이 문제인지를 서서히 알게 되었다. 주인도 여주인도, K가 어떻게 감히 그런 일을 했는지 이해할 수가 없었다. 그런데 그가 대체 무슨 일을 했다는 것인가? K는 몇 번이나 묻고 또 물었지만 대답은 좀처럼 나오지 않았다. 두 사람에게는 K의 잘못이 너무나 명백했기에 그가 정말로 몰라서 묻는 거라고는 전혀 생각지 못했던 것이다. K는 아주 더디게 모든 것을 깨닫게 되었다. 그가 복도에 있었다는 것이 잘못된 일이었다. 그는 잘해야 주점에나 드나들 수 있을 뿐이었고, 그나마도 반대의 소리를 무마하고 특별히 잘 봐줘서 그럴 수 있었던 것이다. 그가 어느 나리의 소환을 받았다면 물론 소환 장소에 나타나야 했지만, 본래는 그가 있어서는 안 될 곳에 있는 것이고 — 그가 그래도 최소한 보통 사람의 상식쯤은 갖고 있지 않았을까? — 나리가 비록 내키지는 않지만 단지 공무상 어쩔 수 없이 용인되는 일이었기 때문에 그를 그곳으로 부른 것일 뿐이라는 점을 늘 명심해야 했다. 따라서 그는 재빨리 나타나 심문을 받고 가급적이면 더욱 재빨리 사라져야 했던 것이다. 도대체 그는 거기 복도에 있으면서 몹시 무례한 일을 저지르고 있다는 느낌이 들지 않았단 말인가? 만일 그런 느낌이 들었다면 어떻게 거기서 마치 목초지 위의 짐승처럼 어슬렁거리며 돌아다닐 수 있었을까? 그는 야간 심문에 소환되었는데 야간 심문이 왜 도입되었는지를 모른단 말인가? 야간 심문은 — 여기서 K는 그 의미에 대해 새로운 설명을 듣게 되었는데 — 오직 나리들이 민원인들을 낮에 보는 것을 견딜 수 없어 하므로 밤에 얼른 인공조명 아래에서 심문하는 데 그 목적이 있을 뿐이며, 심문이 끝나면 곧바로 보기 싫은 것을 모두 잠 속에서 잊을 수 있는 가능성도 있었다. 그러나 K의 행동은 만일의 경우를 위한 온갖 예방책을 비웃어 버렸다는 것이었다. 새벽녘이면 유령들도 사라지는데, K는 마치 자기는 떠나가지 않을 것이니 모든 방과 나리들과 함께 복도 전체가 떠나가기를 기다리기라도 하는 것처럼 두 손을 주머니에 찔러 넣은 채 거기에 그대로 있었다는 것이다. 그리고 정말로 그런 일도 — 그도 확실히 말할 수 있겠지만 — 어떻게든 할 수

453

만 있다면 틀림없이 일어났을 것인데, 왜냐하면 나리들이 상대를 대하는 마음은 한없이 여리고 세심하기 때문이었다. 누구도 K를 쫓아낸다거나 할 사람은 없을 것이고, 이제 어서 떠나야 한다는 너무나 당연한 말을 꺼낼 사람도 없을 것이다. K가 떠나지 않고 거기에 있는 동안은 흥분한 나머지 몸을 부들부들 떨고 자신들에게 더없이 소중한 시간인 아침 시간이 망쳐지게 된다 해도 그렇게 할 사람은 아무도 없을 것이다. K에게 단호한 조치를 취하는 대신 그들은 그냥 참고 견디는 쪽을 택했는데, 물론 거기에는 누가 봐도 한눈에 알 수 있는 이 명백한 사태를 K도 결국에는 서서히 깨닫게 될 것이고, 나리들이 고통을 겪고 있는 것만큼 그 자신도 새벽에 여기 복도에서 참담할 정도로 어색하게 모두의 시선을 받고 서 있는 것에 대해 더 이상 버틸 수 없을 지경으로 고통스러워할 것임이 틀림없을 거라는 희망도 함께 작용하고 있었다. 그러나 헛된 희망이었다. 그들은 어떤 외경심에도 누그러지지 않는 둔하고 억센 마음도 있다는 것을 모르거나, 아니면 그들의 친절하고도 겸손한 마음 때문에 그것을 알리고도 하지 않는다. 가련한 동물인 밤나방조차 날이 새면 조용한 구석을 찾아가 납작 엎드린 채 사라져 버리고 싶은 마음이 굴뚝같지만 그럴 수 없어 슬퍼하지 않는가. 반면에 K는 가장 눈에 잘 띄는 곳에 떡하니 서서는, 그렇게 해서 날이 새는 것을 막을 수 있다면 정말로 그럴 태세였다. 그가 그것을 막을 수는 없지만 유감스럽게도 지체시키고 어렵게 만들 수는 있었다. 그는 서류 배분하는 일을 함께 지켜보지 않았던

가. 가장 가까운 관계자 외에는 아무도 지켜봐서는 안 되는 일을. 자기 집인데도 주인이나 여주인조차 봐서는 안 되는 일을. 그에 관해서는 그들도 가령 오늘 그 하인을 통해서나 암시적으로만 전해 듣고 짐작할 뿐인 그런 일을. 그는 대체 서류 분배가 얼마나 큰 어려움 속에 진행되었는지를 보지 못 했단 말인가? 그 자체로는 이해하기 어려운 일인지도 모른 다. 나리들 누구나 오직 일에만 전념하고 자신의 사사로운 이익 따위는 결코 생각하지 않는 사람들이며, 따라서 서류 분배라는 이 중요하고도 기본적인 일이 신속하고 수월하고 완벽하게 이루어지도록 서로 온 힘을 모아 일해야 할 텐데 실제로는 그렇지 못하니 말이다. 물론 나리들끼리 직접 교류 를 한다면 의사소통이 순식간에 이루어질 수 있을 텐데 그러 지 못하고 문이 거의 닫힌 채로 분배가 이루어져야 한다는 점이 모든 어려움 가운데 가장 커다란 문제라는 것을 K는 멀 리서나마 정말 짐작조차 못 했단 말인가? 반면에 하인들이 가운데서 중개를 하면 거의 몇 시간씩 걸리고 불평이 생기지 않을 수 없으며 나리들과 하인들 모두 지속적으로 고통을 받게 되어 필시 나중의 일에도 해로운 결과를 초래하고 말 것이다. 그런데 나리들은 왜 서로 직접 교류할 수 없었을까? 아니, K는 아직도 그것을 이해하지 못한다는 말인가? 여주 인은 이와 비슷한 일은 겪어 본 적이 없다고 하면서 ― 그리 고 주인도 자기 역시 그렇다고 확인해 주었다 ― 그동안 그 들도 다루기 힘든 각양각색의 사람들을 상대해 보지 않았겠 느냐고 했다. 다른 때 같으면 입 밖에 낼 생각도 하지 않을

것들을 그에게는 터놓고 말하지 않을 수 없는데, 그러지 않으면 그는 반드시 알고 있어야 할 가장 기본적인 것조차 알아듣지 못하기 때문이었다. 자 그럼, 이 말을 하지 않을 수 없어서 하는데, 바로 K 때문에, 단지 그리고 전적으로 K 때문에 나리들이 방 밖으로 나올 수 없었다는 것이다. 그들은 아침에 잠자리에서 일어난 직후에 낯선 사람에게 자신을 드러내는 것을 너무나 부끄러워하고 너무나 민감하게 느끼기 때문이다. 옷을 아무리 완벽하게 갖춰 입었더라도 정말이지 홀딱 벗은 것처럼 생각하기에 자신의 모습을 내보이지 않는다는 것이다. 그들이 왜 부끄러워하는지는 설명하기 어려운데, 어쩌면 그들은 영원한 일꾼인 자신들이 잠을 잤다는 단지 그 사실 때문에 부끄러워하는 것인지도 모른다. 하지만 어쩌면 자신의 모습을 보이는 것보다 낯선 사람들을 보는 것에 더 큰 부끄러움을 느끼는 건지도 모른다. 다행히 야간 심문의 도움으로 극복해 낸 것, 즉 그들이 그렇게도 견디기 어려워하는 민원인들의 모습이 지금 아침에 갑자기 불쑥, 완전히 자연적인 진실 그대로, 다시 새로이 자신에게 달려들게 하고 싶지 않은 것이다. 정말이지 그들은 그것을 감당할 수가 없다. 그런 것을 아예 무시해 버리다니, 무슨 그런 사람이 다 있는가! 그런데 자, K와 같은 사람이 분명 있는 것이다. 법이든 지극히 평범하고 인간적인 배려든, 모든 것을 무신경하게도 이렇게 심드렁하고 졸린 듯한 태도로 싹 무시해 버리는 그런 자가, 서류 분배를 거의 불가능하게 만들고 이 집의 명예를 손상시키고도 아무렇지 않게 여기며, 아직 한 번도 일어난 적이 없는 일을 아무 스스럼없이 일으키는 그런 자가 있는 것이다. 그러는 바람에 절망에 빠진 나리들이 직접 자기방어에 나서기 시작하여, 보통 사람들로서는 생각지도 못할 극기의 과정 끝에 다른 방법으로는 꿈쩍도 않는 K를 몰아내기 위해 벨에 손을 뻗어 도움을 청한 것이다. 그들이, 천하의 나리들이 도움을 청하다니! 그런 줄 알았다면 주인 내외와 전 종업원이 일찌감치 달려왔을 텐데. 그러나 그들은 부르지도 않았는데 감히 아침에 나리들 앞에 나타날 엄두를 내지 못했다. 비록 도와만 주고 금방 사라지기로 한다 해도 그럴 수가 없었던 것이다. 그들은 K에 대해 격분한 나머지 몸을 부르르 떨고 자신들의 무력함에 절망하면서 여기 복도 입구에서 기다리고 있었는데, 사실 생각지도 못한 벨 소리가 울려 그들로서는 일종의 구원이 되었다고 했다. 이제 고약하기 이를 데 없는 상황은 지나간 것이다! 마침내 K에게서 해방된 나리들이 기뻐서 우왕좌왕하는 모습을 한번 좀 볼 수 있다면 좋았을 텐데! 물론 K로서는 일이 다 끝난 게 아니며, 그는 자신이 여기서 저지른 소행에 대해 확실하게 책임을 져야 할 것이라고 했다.

그러는 동안에 그들은 주점에까지 오게 되었다. 격분하여 그토록 치를 떨면서도 주인이 왜 K를 이곳으로 데리고 왔는지는 분명치 않았는데, 아마도 K가 너무 피곤해한 탓에 당장 집을 떠날 수가 없는 상태라고 생각한 모양이었다. 앉으라는 말도 기다리지 않고 K는 곧바로 술통 하나를 골라 그 위에 무너지듯 주저앉았다. 그곳 어둠 속에 잠겨 있으니 기분이 좋았다. 그 넓은 공간에는 지금 맥주 꼭지들이 있는 곳 위쪽에 한 개의 희미한 전등만이 켜져 있을 뿐이었다. 밖에 도 아직 어둠이 깊었고 눈보라가 치고 있는 것 같았다. 여기 이렇게 따뜻한 곳에 있는 것을 고맙게 여기고 쫓겨나지 않도 록 조심해야 할 일이었다. 주인 내외는 그래도 그가 아직 무 언가 위험스러운 존재라는 듯, 전적으로 신뢰할 수 없는 자 이므로 갑자기 벌떡 일어나 다시 복도로 침입하려 할 가능 성도 전혀 배제할 수 없다는 듯 여전히 그의 앞에 서 있었다. 그들 자신도 밤중에 충격적인 일을 겪은 데다 너무 일찍 일 어나는 바람에 피곤했다. 특히 여주인은 비단처럼 워석거리 는 소리가 나고, 치맛자락이 넓게 퍼져 있고, 단추와 끈 매무 새가 다소 단정치 못한 갈색 드레스를 입고 있었는데 ― 경 황 중에 어디서 그런 옷을 꺼내 입었을까? ― 마치 목이라도 부러진 듯 남편의 어깨에 머리를 기댄 채 고운 손수건으로 두 눈을 톡톡 두드리며 간간이 어린아이처럼 적의에 찬 눈길 로 K를 쏘아보았다. K는 이 부부를 달래기 위해, 그들이 지 금 자기에게 들려준 이야기는 모두 처음 듣는 것인데 그것을 모르고 있긴 했지만 자신은 복도에 그리 오래 머물지 않았 다고 하면서, 사실 거기서 딱히 무슨 할 일이 있었던 것도 아 니고 누구를 괴롭힐 생각은 추호도 없었으며 단지 너무나 피곤한 탓에 모든 일이 벌어진 것이라고 말했다. 그들 덕분 에 그 곤혹스러운 상황이 끝나게 된 것에 감사한다고 했다. 그가 책임을 져야 한다면 그것은 대단히 반가운 일인데, 사 람들이 자신의 행동에 대해 오해하는 것을 막을 수 있는 길은 그것밖에 없기 때문이라고 했다. 일이 그렇게 된 것은 오직 피로 탓이지 다른 이유는 아무것도 없다고, 그런데 그 피로는 자기가 아직 고된 심문 일에 익숙하지 못한 데서 생기는 것이라고 했다. 자기는 여기에 온 지 얼마 되지 않았으니 말이다. 그 일에 어느 정도 경험이 쌓이면 이와 비슷한 일은 두 번 다시 일어나지 않을 것이라고 했다. 어쩌면 자기가 심문을 너무 진지하게 여기는 것인지 모르겠지만, 그 자체가 잘못된 점은 아닐 거라고 했다. 그는 심문을 연이어 두 차례, 한 번은 뷔르겔에게서, 두 번째는 에어랑어에게서 받아야 했는데, 특히 첫 번째 심문 때 그는 아주 녹초가 되었지만, 두 번째는 오래 걸리지 않았고, 에어랑어는 그에게 한 가지만 부탁했다. 그러나 심문을 두 차례나 한꺼번에 받는다는 것은 그가 견딜 수 있는 한도를 넘는 일이었으며, 그런 일은 아마 다른 사람에게도, 가령 주인 양반에게도 과도한 일이었을 거라고 했다. 두 번째 심문을 받고서는 사실 비틀거리며 나왔다는 것이다. 거의 취한 상태나 다름없었는데, 그는 두 나리의 모습을 처음으로 보았고 목소리를 처음으로 들었으며 그러면서도 그들에게 대답까지 해야 했기 때문이었다. 그가 알기로는 모든 게 다 제법 잘 마무리되었으나, 그다음에 그만 예의 그 불행한 일이 벌어지고 말았다. 하지만 먼저 일어난 일을 놓고 보면 그 일은 그의 잘못으로 돌리기 어렵다고 했다. 유감스럽게도 에어랑어와 뷔르겔만이 그의 상태를 알고 있었으니 그들이 있었다면 틀림없이 그를 돌봐주고 그 뒤의 모든 일을 막아 주었을 텐데, 에어랑어는 심문이 끝나

자 아마 성으로 가기 위해 곧바로 떠나야 했고, 뷔르겔은 필시 바로 그 심문 때문에 지쳤는지 — 그러니 하물며 K가 무슨 장사라고 그것을 견뎌 낼 수 있었겠는가? — 그만 잠들어 버려 서류 분배가 다 끝나도록 전혀 모르는 채 곯아떨어진 것 같았다. K도 만일 비슷한 상황에서 그럴 수 있었다면 흔쾌히 그 가능성을 이용했을 것이고, 금지된 모든 엿보기도 기꺼이 포기했을 것이다. 그러면 사실상 그는 아무것도 볼 수 없게 될 것이므로 일이 그만큼 더 쉬워졌을 테고, 따라서 아무리 민감한 나리들이라도 그 앞에서 거리낌 없이 모습을 드러낼 수 있었을 거라고 했다.

두 차례의 심문, 특히 에어랑어의 심문을 언급한 것과 K가 나리들에 대한 이야기를 하면서 존경심을 내비친 것이 주인의 마음을 그에게 유리한 쪽으로 돌려놓았다. 주인은 벌써 술통들 위에 널빤지를 깔고 거기서 동틀 때까지만이라도 잘 수 있게 해달라는 K의 부탁을 들어줄 마음이 생긴 눈치였지만, 여주인은 노골적으로 반대했다. 그제야 자신의 옷매무새가 단정치 못하다는 것을 깨달은 그녀는 드레스 여기저기를 공연히 잡아당겼다가 밀쳤다가 하면서 몇 번이고 고개를 가로저었다. 집 안의 청결과 관련한, 보아하니 해묵은 싸움이 바야흐로 다시 터지려는 참이었다. 피곤에 지친 K에게 부부의 대화는 대단히 중요한 것이었다. 여기서 다시 쫓겨나는 일은 지금까지 겪었던 모든 것을 뛰어넘는 불행으로 여겨졌다. 설사 주인 내외가 그에게 불리한 쪽으로 의견의 일치를 보더라도 그런 일이 일어나서는 안 되었다. 그는 술통 위에 웅크리고 앉은 채 조심스럽게 그 둘을 바라보고 있었다. 여주인이 보통 예민한 여자가 아니라는 것을 K는 일찌감치 알아차렸는데, 그런 그녀가 갑자기 옆으로 나오더니 — 그녀는 남편과 이미 다른 일에 대해 이야기를 나누던 모양이었다 — 이렇게 소리쳤다. 「저 사람 나를 쳐다보고 있는 모습 좀 봐요! 어서 좀 쫓아내요!」 그러나 K는 이 기회를 놓치지 않고, 이제는 자기가 여기 계속 있게 될 거라는 완전한 확신에 차서 별로 대수로울 것 없다는 듯한 태도로 말했다. 「당신을 보는 게 아니라 당신 옷을 보고 있는 것뿐인데요.」 「내 옷을 왜 봐요?」 여주인이 흥분해서 물었다. 그러자 K는 어깨를 으쓱해 보였다. 「이리 와요.」 여주인이 남편을 불렀다. 「술 취한 모양이에요, 형편없는 인간 같으니라고. 술이 깰 때까지 여기서 실컷 자게 내버려 둬요.」 그러더니 그녀는 페피를 불렀고, 페피가 헝클어진 머리에 피곤한 모습으로 손에 빗자루를 아무렇게나 들고서 어둠 속에서 나타나자, 뭐든 베개가 될 만한 것을 하나 K에게 던져 주라고 명령했다.

25

눈을 떴을 때 처음에 K는 잠을 거의 못 잤다고 생각했다. 방은 변함없이 그대로였다. 아무도 없고 따뜻했다. 사면의 벽은 모두 어둠에 묻혀 있었으며, 맥주 꼭지들 위에 걸린 백열등 하나가 유일하게 빛을 내고 있었는데, 창문 밖은 아직도 캄캄한 밤이었다. 그러나 그가 몸을 쭉 뻗는 바람에 베개가 밑으로 굴러떨어지고 널빤지와 술통들이 삐걱거리는 소리를 내자 페피가 금세 다가왔다. 그는 벌써 저녁이 되었고 자신이 열두 시간 넘게 잤다는 것을 알게 되었다. 여주인은 낮에 몇 번이나 그에 대해 물었고, 게어슈테커도 K를 보려고 그사이 한 번 다녀갔다고 했다. 게어슈테커는 K가 여주인과 이야기를 하던 새벽에 여기 어두운 데서 맥주를 마시며 기다렸지만 어느새 잠이 든 K를 더 이상 방해할 수 없었던 것이다. 그리고 프리다도 왔었는데 잠시 K 옆에 서 있었다고 했다. 하지만 K 때문이라기보다는 여기서 여러 가지 준비할 일이 있어 온 것이었다. 그녀는 저녁부터 전에 하던 일을 다시 시작하기로 되어 있었기 때문이다.「그녀는 더 이상 당신

을 좋아하지 않는가 봐요?」 페피가 커피와 케이크를 가져오
면서 물었다. 하지만 더 이상 전처럼 심술궂게 묻지 않았는
데, 마치 그동안 세상의 심술 사나운 면을 알게 되었고 그에
비하면 자신의 심술은 아무것도 아니며 다 시시하다는 듯
슬픈 어조였다. 그녀는 마치 동병상련의 동지를 대하듯 K에
게 말했고, 그가 커피를 맛보고는 자기를 바라보는데 별로
달지 않다고 여기는 것 같자 달려가서 설탕 그릇을 통째로
가져왔다. 물론 슬프다고 해서 그녀가 지난번보다 오늘 치
장을 덜 한 건 아니었고 오히려 더 많이 한 것 같았다. 머리
사이사이에는 리본과 띠가 잔뜩 달려 있었고, 이마 언저리와
양쪽 관자놀이께로는 머리카락을 정성스레 지져 곱슬곱슬
하게 만들어 놓았으며, 목에는 작은 목걸이가 걸려 블라우
스의 깊이 파인 자리로 드리워져 있었다. 마침내 한잠 푹 잔
데다 좋은 커피까지 마실 수 있게 되어 만족한 K가 몰래 손
을 뻗어 리본을 하나 풀려고 하자 페피는 지친 목소리로 〈날
좀 내버려 둬요!〉라고 말하고는 그의 옆 술통 위에 앉았다.
그러고서 그녀는 K가 전혀 물을 필요도 없이 곧바로 자기의
슬픔에 대해 이야기하기 시작했다. 이야기하는 동안에도 생
각을 딴 데로 돌릴 필요가 있는 듯, 그녀는 K의 커다란 커피
잔을 뚫어지게 쳐다보았다. 비록 슬픔에 휩싸여 있기는 해도
그것에만 전적으로 골몰할 수는 없다는 듯한 태도였다. 그
것은 자기 능력 밖의 일이었다. 먼저 K는 페피의 불행이 사
실 그의 탓이지만 그녀가 그를 원망하지 않는다는 것을 알
게 되었다. 그녀는 이야기를 하는 동안 K가 반대 의견을 제

기하지 못하도록 열심히 고개를 끄덕였다. 처음엔 그가 프리다를 주점에서 빼내 데리고 간 덕분에 페피의 신분 상승이 가능하게 되었다고 했다. 그런 일 말고는 그 자리를 포기하도록 프리다의 마음을 움직일 만한 다른 어떤 것도 생각해낼 수 없었다. 프리다는 마치 거미줄 위의 거미처럼 거기 주점에 앉아서 그녀만 아는 줄들을 도처에 쳐놓고 있었던 것이다. 그러니 그녀의 뜻에 반하여 그녀를 거기서 끌어낸다는 것은 도저히 있을 수 없는 일이었다. 신분이 낮은 자에 대한 사랑만이, 다시 말해 그녀의 지위에 어울리지 않는 그 무엇만이 그녀를 그녀의 자리에서 몰아낼 수 있었다. 그러면 페피는? 그녀가 그 자리를 차지할 거라는 생각을 해본 적이 있었을까? 그녀는 객실 하녀였고, 전망이 거의 없는 하찮은 자리에 있었지만, 여느 계집아이처럼 미래에 대한 찬란한 꿈을 지니고 있었다. 꿈꾸는 것까지 억누를 수는 없지 않겠는가. 그러나 앞으로 더 발전하리라고는 진지하게 생각하지 않았고, 여태껏 도달한 것에 그럭저럭 만족한 채 안주하고 있었다. 그런데 갑자기 프리다가 주점에서 사라져 버렸고, 너무 갑작스러운 일이라 당장 마땅히 대체할 사람이 없어서 사람을 구하려던 차에 주인의 눈에 페피가 들어왔던 것이다. 이는 물론 그녀가 먼저 스스로 나서서 그에게 잘 보인 덕이었다. 당시 그녀는 아직 한 번도 누군가를 사랑해 본 적이 없었기에 그만큼 열렬히 K를 사랑하게 되었다. 몇 달 동안 저 아래 어둡고 손바닥만 한 자기 방에 앉아 앞으로 몇 년을, 정말 재수가 없으면 평생을 주목받지 못한 채 거기서 썩어 지낼 각오를 다지고 있었는데, 갑자기 K라는 하녀 해방자가 영웅처럼 나타나 그녀에게 위로 올라가는 길을 터주었던 것이다. 물론 그는 그녀에 대해 아무것도 몰랐고 그녀 때문에 그렇게한 것도 아니었지만, 그렇다고 그녀의 감사하는 마음까지막을 수는 없었다. 채용되기 전날 밤 —— 채용이 아직 확실치는 않았지만 이미 확정된 것이나 다름없었다 —— 그녀는 몇시간 동안이나 그와 이야기를 나누며 그의 귀에 대고 감사의 말을 속삭였다. 그리고 그가 떠맡은 짐이 바로 프리다였다는 것이 그녀의 눈에 그의 행위를 더욱 우러러보이게끔 했다. 그가 프리다처럼 예쁘지도 않고 나이 들어 보이고 비쩍마른 데다 짧고 숱 적은 머리칼을 지닌 여자를 애인으로 삼아 페피를 부각시킨 데에는 무언가 이해하기 어려운 자기희생적인 면이 있었다. 게다가 프리다는 늘 뭔지 비밀을 간직하고 있는 속 모를 계집인데, 그것은 어쩐지 그녀의 생김새와도 연관이 있을 성싶다. 얼굴과 몸에 애처로운 빛이 역력한 걸 보면 그녀는 적어도, 가령 클람과 정을 통하는 사이라는 것 말고도, 아무도 확인할 수 없는 다른 비밀을 지니고 있는 것이 틀림없다. 그래서 페피는 그때 이런 생각까지 들었다. K가 정말 프리다를 사랑하는 게 가능할까? 그가 착각하고 있거나 아니면 혹시 프리다만을 속이고 있는 게 아닐까? 그리고 그 모든 것의 단 한 가지 결과는 오직 페피의 신분 상승뿐이다. 그렇게 되면 K는 착각을 깨닫거나 더 이상 숨기려 하지 않을 것이고, 이제 더는 프리다를 보지 않고 페피만을 보려고 할 것이다. 이것은 결코 페피의 정신 나간 공상이 아니었다. 프리다와 여자 대 여자로 겨룬다면, 그녀는 아주 멋진 승부를 벌일 수 있기 때문이다. 아무도 그것을 부인하지는 못할 것이다. 그러나 프리다는 무엇보다도 지위가 있었고 거기에다 광채를 부여할 줄 알았는데 K가 순간적으로 그것에 눈이 멀었다. 그래서 페피는 만일 자신이 그 지위에 오르게 된다면 K가 자기에게 부탁하러 올 것이고, 그러면 그녀는 K의 청을 들어주고 일자리를 잃든가 아니면 그의 청을 거절하고 계속 승진하는 길을 택하든가 하는 양자택일의 기로에 서게 되리라 꿈꾸었다. 그녀는 모든 걸 다 포기하고 그를 따라 낮은 데로 내려가서 그가 프리다에게서는 결코 경험하지 못할, 세상의 어떤 명예로운 지위에도 초연한 진정한 사랑을 그에게 가르쳐 주리라 생각해 두었다. 그러나 그 후 일이 생각대로 되지 않았다. 어디가 잘못된 것이었을까? 무엇보다도 K 때문이었고, 그다음으로는 물론 프리다의 교활함 때문이었다. 무엇보다도 K 때문인 것은 그의 정체를 도무지 알 수 없기 때문이다. 대체 그가 원하는 건 무엇이고, 그는 얼마나 이상한 사람인가? 그가 얻으려고 애쓰는 것, 그의 마음을 사로잡아 그에게 더없이 가깝고 좋고 아름다운 것마저 잊게 만드는 중요한 일은 과연 무엇인가? 이에 희생된 건 바로 페피였으니 모든 게 어리석었고 모든 게 날아가 버렸다. 이제 헤렌호프를 전부 불 질러 난로 속의 종잇장처럼 아무런 흔적도 남지 않게 깡그리 태워 버릴 담력이 있는 자만이 오늘 페피의 애인으로 선택받을 수 있을 것이다. 그렇다, 페피는 그러니까 오늘로부터 나흘 전, 점심시간이 되기 조금 전에 주점에 들어왔다. 여기 일은 쉽지 않고 거의 살인적이라 할 만하지만, 얻을 수 있는 것도 적지 않다. 페피는 전에도 되는대로 아무렇게나 산 것은 아니었으며, 주제넘게 이 자리를 차지하려고 욕심을 낸 적은 결코 없었다 해도 충분히 관찰해 왔고 이 자리가 자신에게 어떤 의미를 갖는 것인지 알고 있었으니 아무 준비 없이 그 일을 맡은 것은 아니었다. 준비 없이는 결코 맡을 수 없는 자리일뿐더러, 그랬다간 처음 몇 시간 만에 그 자리를 잃고 말 것이다. 특히나 여기서 객실 하녀식으로 처신하려 했다가는 더더욱 그렇다. 객실 하녀로 지내다 보면 시간이 갈수록 점점 자신이 완전히 버림받고 잊힌다는 생각이 들며, 적어도 비서들이 있는 복도에서는 마치 광산에서 일하는 것 같은 느낌이다. 거기서는 며칠이 지나도록 이리저리 휙휙 스쳐 지나가면서 감히 쳐다볼 엄두도 못 내는 소수의 주간 민원인들을 빼면 두세 명의 다른 객실 하녀밖에 볼 수 없는데, 이들은 하나같이 침울한 표정이다. 아침에는 비서들이 자기들끼리만 있으려고 하기 때문에 방에서 나와서는 안 된다. 식사는 남자 하인들이 부엌에서 가져다주므로 객실 하녀들은 보통 할 일이 없다. 식사 중에도 복도에 나타나서는 안 된다. 나리들이 일하는 동안에만 객실 하녀들은 청소를 할 수 있는데, 그것도 물론 사람이 있는 방은 안 되고 마침 비어 있는 방들만 할 수 있다. 그리고 이 일은 나리들의 일을 방해하지 않도록 아주 조용히 이루어져야 한다. 하지만 어떻게 조용히 청소할 수 있겠는가? 나리들이 여러 날을 묵은 데다 더럽고 천한 존재들인

하인들이 분주하게 들락거린 터라, 방이 마침내 하녀에게 맡겨질 때면 대홍수로도 깨끗이 씻어 낼 수 없을 지경인데 말이다. 정말이지, 지체 높은 분들이긴 하지만 그들이 나간 뒤청소를 하기 위해서는 구역질이 올라오는 것을 꾹 참고 이겨내야 한다. 객실 하녀들이 하는 일이 지나치게 많은 것은 아니지만 대개 거칠고 험한 편이다. 그리고 결코 좋은 소리를 듣지 못하고 늘 비난만 듣고 지내는데, 특히 가장 괴롭고 자주 듣는 비난은 청소하는 동안에 서류가 없어졌다는 것이다. 사실 없어지는 것은 아무것도 없다. 종이쪽이라면 뭐든지 죄다 주인에게 건네주니까. 그런데도 물론 서류가 없어지는 일은 생기는데, 그것은 결코 하녀들 때문이 아니다. 위원회에서 사람들이 나오면 하녀들은 자기 방을 떠나 있어야하고, 그사이 위원들이 침대를 뒤진다. 하녀들이 소유하고있는 거라곤 아무것도 없이, 몇 안 되는 옷가지만 등짐 바구니에 들어 있을 뿐이지만, 위원회는 몇 시간이고 뒤져 대며찾는다. 물론 그들은 아무것도 찾아내지 못한다. 어떻게 서류가 그런 데 들어가 있단 말인가? 하녀들이 서류를 가지고무얼 하겠는가? 하지만 결과는 번번이 실망한 위원회 측의욕설과 협박을 주인을 통해 전해 듣는 것뿐이다. 그리고 조용할 날이 없다 — 밤낮으로 소음이 끊이질 않는다. 밤늦게까지 소란스럽고 꼭두새벽부터 시끌시끌하다. 거기서 살지만 않아도 좋겠는데 그럴 수가 없다. 사이사이에 수시로, 특히 밤에, 주문에 따라 부엌에서 간식거리를 나르는 일도 객실 하녀들의 몫이니 말이다. 언제나 느닷없이 방문을 주먹으로 두드리는 소리를 듣고, 주문을 받아 적고, 부엌으로 달려 내려가고, 자고 있는 주방 아이들을 흔들어 깨우고, 주문받은 것들을 쟁반에 담아 방문 앞에 갖다 놓고, 거기서부터는 하인들이 나른다 — 이 모든 것이 얼마나 슬픈 일인가. 그러나 가장 고약한 일은 그런 것이 아니라 오히려 주문이 들어오지 않는 경우다. 즉, 모두가 이미 잠들어야 하고 실제로도 대부분이 마침내 잠을 자고 있는 깊은 밤에 이따금 누군가 객실 하녀들의 방문 앞을 몰래 서성거리기 시작할 때이다. 그러면 하녀들은 침대에서 내려와 — 침대는 층층이 포개져 있다. 하녀들 방은 어디나 몹시 비좁으니 방 전체가 사실상 서랍 세 개짜리 대형 장롱이나 다름없다 — 문에 귀를 대고 엿듣다가 꿇어앉아 불안에 떨며 서로 부둥켜안는다. 문 앞을 어슬렁거리는 소리는 계속 들려온다. 그 사람이 누구든 제발 들어와 준다면 차라리 다들 기뻐할 텐데, 아무 일도 일어나지 않고 아무도 들어오지 않는다. 그렇다면 그들에게 반드시 무슨 위험이 닥친 것은 아니라고, 어쩌면 누가 문 앞을 왔다 갔다 하며 주문을 해야 하나 그만둘까 고심하면서 결심을 못 내리는 것뿐일지도 모른다고 생각하는 수밖에 없다. 아마 그런 것뿐일 수도 있고, 혹시 전혀 다른 일 때문인지도 모른다. 사실 나리들을 전혀 모르고, 거의 본 적도 없으니까. 어쨌든 하녀들은 안에서 불안해 죽을 지경으로 있다가 밖이 드디어 조용해지면 다시 침대로 올라갈 기운조차 없어 벽에 기댄 채 움직이지 않는다. 이런 생활이 다시 폐피를 기다리고 있는 것이다. 오늘 저녁 안으로 그녀는 다시 하녀 방에 들어가야 할 신세가 되었다. 어쩌다가 그렇게 되었을까? K와 프리다 때문이다. 그녀가 간신히 빠져나온 그 생활로 다시 돌아가야 한다. K의 도움이 있기는 했지만 스스로도 혼신의 노력을 다해 빠져나왔는데 말이다. 거기서 그런 생활을 하며 일하다 보면 평소 아무리 찬찬한 하녀라도 자기 관리에 소홀해지기 마련이다. 누구한테 잘 보이려고 자신을 꾸민단 말인가? 기껏해야 주방 종업원들 말고는 아무도 그들을 봐주지 않는데. 그것으로도 좋은 여자라면 치장을 할 일이다. 하지만 그게 아니라면, 줄곧 자기네 골방에나 처박혀 있거나 나리들 방에 드나드는 게 전부인데 거기에는 깔끔한 옷차림을 하고 들어가는 것조차 분별없고 사치스러운 일이라 할 수 있지 않겠는가. 그리고 늘 인공조명과 후텁지근한 공기 속에서 — 계속해서 불을 때는 바람에 그렇다 — 지내다 보니 사실 늘 피곤한 상태이다. 일주일에 한 번 쉬는 오후 시간에는 주방 한쪽 칸막이 안에서 조용히 마음 편안하게 잠이나 실컷 자는 게 최고다. 그러니 치장은 해서 뭘 하겠는가? 웬걸, 옷도 제대로 입지 않는다. 그런데 페피가 갑자기 주점으로 자리를 옮기게 되었던 것이다. 거기는 살아남기 위해 정반대로 해야 하는 곳이었다. 언제나 사람들이 지켜보고 있고, 그중에는 무척 까다롭고 주의 깊은 나리들도 있어서, 될 수 있는 한 늘 우아하고 기분 좋게 보여야 했다. 그러니 그것은 하나의 큰 전환점인 셈이었다. 그리고 페피는 어떤 것에도 전혀 소홀하지 않았다고 스스로 말할 만했다. 나중 일이 어떻게 될 것인지는 걱정하지 않았다. 그녀는 자신에게 그 자리에 필요한 능력이 있음을 알았고, 그 점을 확신했다. 그러한 확신은 지금도 여전하며 누구도 그녀에게서 그것을 빼앗을 수는 없다. 그녀가 패배한 날인 오늘도 마찬가지다. 다만 어려운 일은, 그녀가 자신의 진가를 맨 처음에 어떻게 보여 주느냐 하는 것이었다. 그녀는 드레스도 장신구도 없는 가난한 객실 하녀인데 나리들은 그녀가 어떻게 발전해 가는지 참을성 있게 지켜보며 기다릴 줄 모르고, 적응 과정 없이 곧바로 제 역할을 마땅히 해내는 주점 아가씨를 원하기 때문이다. 그러지 않으면 그들은 외면해 버린다. 그들의 요구가 그리 대단한 것은 아니라고 생각할 수도 있을 것이다. 프리다가 충족시킬 수 있는 정도니까. 하지만 그것은 옳은 생각이 아니다. 페피는 그에 대해 종종 생각해 보았으며, 프리다와 자주 만나기도 하고 한동안은 그녀와 같이 자기도 했다. 프리다의 속마음을 알아내기란 쉽지가 않고, 아주 조심하지 않는 사람은 — 그런데 어떤 나리가 대체 아주 조심하겠는가? — 그녀에게 금방 넘어가고 만다. 프리다가 얼마나 볼품없이 생겼는지는 누구보다 그녀 자신이 가장 잘 알고 있다. 가령 그녀가 머리를 풀어 헤친 모습을 처음 보는 사람은 측은한 나머지 그만 말문이 막혀 버려, 저런 여자애는 아무리 잘된다 해도 객실 하녀조차 될 수 없을 거라고 생각할 정도다. 그녀도 그걸 잘 알고 있다. 그 때문에 페피에게 몸을 기댄 채 페피의 머리채로 자기 머리를 감싸며 여러 날 밤을 울었다. 그러나 근무할 때는 모든 의심이 사라져, 그녀는 자신을 누구보다 아름다운 여자로 여기고 교묘하게 다들 그런 느낌을 갖게 만드는 재주가 있다. 그녀는 사람들의 마음을 잘 아는데, 그것이 그녀의 특별한 기술이다. 그리고 사람들이 그녀를 자세히 볼 시간을 갖지 못하도록 재빨리 거짓말하여 눈을 속인다. 물론 그것이 오래가지는 못한다. 사람들도 눈이 있고 눈이 결국은 올바로 볼 테니까. 하지만 그러한 위험을 깨닫는 순간 그녀는 이미 다른 수단을 준비해두고 있다. 최근에는 예컨대 클람과의 관계가 그것이다. 클람과 그녀의 관계라니! 믿지 못하겠다면 확인해 볼 수 있다. 클람에게 가서 물어보시라. 이 얼마나 교활한 말인가. 정말 얼마나 교활한 말인지 모른다. 가령 그런 걸 문의하러 클람에게 갈 엄두가 나지 않는다 해도, 또 그보다 훨씬 더 중요한 문의 사항이 있어도 면회가 허용되지 않을뿐더러 클람과의 접촉 자체가 완전히 봉쇄되어 있다 해도 — 당신이나 당신 같은 사람에게만 그렇지, 프리다 같으면 언제든 원할 때마다 깡충 뛰어 들어가 그를 만날 수 있다 — 그 일을 확인할 수 있다. 그냥 기다리기만 하면 된다. 클람은 그런 엉터리 같은 소문을 오래 놔둘 리 없을 거고, 틀림없이 주점과 객실에서 자신에 대해 뭐라고들 얘기하는지 알아내려고 혈안이 되어 있을 테니까. 그 모든 게 그에게는 더없이 중요한 일이고, 잘못되어 있으면 그는 바로잡을 것이다. 하지만 그가 바로잡지 않는다면 바로잡을 게 없는 것이고 그대로 다 사실인 것이다. 사람들 눈에 보이는 것은 프리다가 맥주를 클람의 방으로 나르고 돈을 받아 다시 나오는 것뿐이니, 보이지 않는 것을 프리다가 이야기하면 그것을 믿을 수밖에 없다. 그런데 그녀는 결코 그런 이야기를 하지 않으며, 그런 비밀을 함부로 발설하지는 않을 것이다. 그저 그녀 주위에서 비밀이 저절로 새어 나올 뿐이다. 그리고 일단 비밀이 새어 나온 이상은 그녀도 그것에 대해 스스럼없이 이야기한다. 하지만 무언가를 주장하는 일은 없고 겸손하게, 어차피 세상에 알려진 것만을 언급할 뿐이다. 뭐든지 다 이야기하지는 않는다. 예컨대 그녀가 주점에 들어오고부터는 클람이 전보다 맥주를 적게 마시는데, 훨씬 적게는 아니지만 분명히 적게 마신다는 그런 이야기는 하지 않는다. 여러 가지 이유가 있을 수 있는데, 그냥 클람에게 언젠가부터 맥주 맛이 덜하게 되었다든가, 그가 프리다에게 정신이 팔려 맥주 마시는 걸 잊어버리기 일쑤라든가 하는 것들이다. 어쨌거나 무척 놀라운 일이긴 해도 프리다는 클람의 애인이다. 클람을 만족시키는 것을 보고 어찌 다른 사람들이 감탄하지 않을 수 있겠는가. 그래서 프리다는 졸지에 대단한 미인이 되었고, 주점이 꼭 필요로 하는 아가씨가 되었다. 너무 아름답고 너무 기세등등하여 그녀에겐 주점 자체가 어느새 비좁아 보일 정도이다. 아닌 게 아니라 그녀가 여전히 주점에 있는 것이 사람들 눈에도 이상하게 보인다. 주점 아가씨라는 자리는 물론 대단한 것이다. 그 점에서 클람과 밀접한 관계를 맺고 있다는 것도 매우 신빙성 있게 보인다. 하지만 주점 아가씨가 클람의 애인이라면, 그는 왜 그녀를 주점에, 그것도 그렇게 오래 놔두는 것일까? 왜 그녀를 더 높은 자리로 끌어올리지 않을까? 거기에는 아무런 모순이 없다거나, 클람이 그렇게 하는

데에는 분명한 이유가 있다거나, 아니면 언젠가 갑작스럽게, 어쩌면 바로 다음 순간에라도 프리다의 승격이 이루어질 거라고 사람들에게 천 번이라도 말할 수는 있지만, 그 모든 말은 별로 소용이 없다. 사람들이 특정한 관념을 갖게 되면 무슨 수로도 그것을 오랫동안 다른 데로 돌려놓을 수가 없는 것이다. 이젠 더 이상 프리다가 클람의 애인이라는 사실을 아무도 의심하지 않았으며, 사정을 더 잘 알고 있을 법한 사람들조차 의심하기에는 이미 너무 지쳐 있었다. 그들은 생각했다. 〈젠장, 클람의 애인이라고 하라지. 하지만 그게 맞는다면 네 지위가 올라가는 모습도 보고 싶군. 우리가 확실히 깨달을 수 있게끔 말이야.〉 그러나 아무 징조도 나타나지 않았고, 프리다는 지금까지와 다름없이 계속 주점에 있었으며 그렇게 그대로 있는 것을 은밀히 무척 기뻐하고 있었다. 하지만 그녀는 사람들에게서 명망을 잃었고, 그녀도 물론 그것을 눈치 못 챌 리 없었다. 그녀는 대개 무슨 일이 있기 전에 그걸 알아채는 편이니까. 정말로 아름답고 사랑스러운 여자라면 일단 주점에 적응한 이상 굳이 무슨 재간을 부릴 필요가 없다. 아름다움을 잃지 않는 한 특별한 불상사만 일어나지 않으면 계속 주점 아가씨로 일하게 될 것이므로. 그러나 프리다 같은 여자는 끊임없이 자기 자리를 염려해야 하는 성격인데, 물론 영리하게도 그녀는 이를 내색하지 않고 오히려 불평하면서 그 자리를 저주하곤 한다. 하지만 그녀는 은밀하고도 끊임없이 분위기를 살핀다. 그래서 사람들이 얼마나 무관심해졌는지 알게 되었다. 프리다가 나타나도 이젠 거들떠볼 만한 일이 아니었고, 하인들도 더 이상 그녀에게 신경 쓰지 않았다. 그들은 약삭빠르게 올가나 그 비슷한 부류의 여자애들을 따라다녔으며, 주인의 태도에서도 그녀는 자신이 점점 있으나 마나 한 존재가 되고 있다는 것을 깨닫게 되었다. 클람에 대한 이야기를 늘 새롭게 꾸며 낼 수도 없는 노릇이었으니, 모든 일에는 한계가 있는 법이다 — 그래서 그 잘난 프리다는 뭔가 새로운 일을 꾸미기로 결심했던 것이다. 누가 곧바로 간파할 수 있었겠는가! 페피도 어렴풋이 예감하기는 했지만 유감스럽게도 간파하지는 못했다. 프리다는 스캔들을 일으키기로 마음먹었다. 클람의 애인인 그녀가 아무 남자에게나, 가급적이면 비천하기 이를 데 없는 자에게 몸을 던지겠다는 것이다. 그러면 주목을 끌고 오랫동안 화제에 오르게 될 것이다. 그리고 마침내 사람들은 클람의 애인이라는 것이 무슨 의미이며, 새로운 사랑에 도취해 이 명예를 내던진다는 것이 무슨 뜻인지를 다시 생각하게 될 것이다. 다만 이 교활한 연극에 함께할 적임자를 찾는 일이 어려울 뿐이었다. 프리다가 아는 남자는 안 되고, 하인들 중 어느 하나도 안 된다. 그랬다간 그자는 십중팔구 눈을 크게 뜨며 그녀를 쳐다보고는 그냥 가버릴 것이고, 무엇보다도 이 일에 대해 진지한 태도를 충분히 유지할 수가 없을 것이다. 그리고 제아무리 말주변이 좋아도, 상대가 불시에 덮치는 바람에 프리다는 제대로 저항할 수 없었고 그 와중에 그만 의식을 잃어 당하고 말았다는 소문을 퍼뜨리는 것은 불가능했을 것이다. 또 아무리 비천한 자라 해도, 비록 태도는 우둔하고 투박하다 해도, 그는 오직 프리다만을 연모하고 프리다와 결혼하는 것을 — 아이고 맙소사! — 최고의 소망으로 간직하고 있다는 믿음을 줄 수 있는 사람이어야 했다. 그리고 미천하고 보잘것없는 자라 해도, 아니 가능하면 하인보다 지위가 더, 훨씬 더 낮은 자라 해도, 그 사람 때문에 모든 여자들이 그녀를 비웃지는 못할 그런 남자, 오히려 사람 볼 줄 아는 여자라면 그에게서 한 번쯤 뭔지 모를 매력 같은 것을 느낄 수도 있는 그런 남자여야 했다. 그런데 그런 남자를 대체 어디서 찾지? 다른 여자라면 평생을 찾아도 허사였을 텐데, 프리다의 경우 행운의 여신이 토지 측량사를 그녀가 있는 주점으로 데리고 온 것이다. 그것도 아마 그런 계획이 그녀의 머릿속에 처음으로 떠오른 바로 그날 저녁에 말이다. 하필 토지 측량사를! 글쎄, K는 대체 무슨 생각을 했던 것일까? 머릿속에 무슨 특별한 생각이 있었을까? 뭔가 특별한 것을 얻으려고 했던 것일까? 좋은 일자리, 특별한 대우? 그런 것들을 원했던 것일까? 그렇다면 그는 애초부터 다르게 시도해야 했다. 그는 정말 아무것도 아닌 존재였고, 그의 처지는 바라보기 애처로울 정도였으니까. 그가 측량사라는 건 대단한 사실일지 모르며, 그러니까 그가 뭔가를 좀 배웠다는 말일 것이다. 하지만 그걸로 아무 일도 할 수 없다면, 그건 다시 아무것도 아닌 것이다. 그러면서도 그는 조금의 거리낌도 없이 이런저런 요구를 한다. 그렇다고 직설적으로 요구하는 것은 아니지만, 그가 뭔가를 요구한다는 게 느껴지고 그 때문에 부아가 치민다. 객실 하녀라도 그와 한참 이야기하다

보면 체면이 구겨진다는 것을 그는 정말 모르는 것일까? 그런 온갖 특별한 요구를 품고서 그는 바로 첫날 저녁에 험하기 이를 데 없는 함정 속으로 그만 쿵 하고 떨어진 것이다. 도대체 그는 부끄럽지도 않은가? 대체 프리다의 어디가 그를 그렇게 매료시켰단 말인가? 이제는 털어놓을 수 있을 텐데. 그 누르스름한 말라깽이가 과연 정말로 그의 마음에 들었을까? 아니, 아니야. 그는 그녀를 쳐다보지 않았고, 그녀는 그에게 자기가 클람의 애인이라고 한마디 했을 뿐인데, 그 말이 그에게 신선한 것으로 받아들여졌고, 그것으로 그는 끝장이었다. 그런데 그녀는 이사를 해야 했다. 이제 당연히 헤렌호프에는 더 이상 그녀가 있을 자리가 없었으니까. 그녀가 이사 나가는 날 아침에 페피는 그녀를 보았다. 종업원들이 전부 모여들어서는 다들 그 광경을 보려고 안달이었다. 그런데 아직 그녀의 영향력이 큰 탓인지 모두 그녀를 안타까워했고 그녀의 적들마저 그녀를 측은하게 여겼다. 이렇게 그녀의 계산은 처음부터 잘 들어맞았다. 그런 남자에게 자신을 내던졌다는 것이 모두에게 납득할 수 없는 일로 여겨졌고 운명의 장난인 듯 보였으며, 주점 아가씨만 보면 당연히 경탄해 마지않는 어린 주방 하녀들은 말할 수 없이 슬퍼했다. 페피마저도 그 일로 마음이 흔들렸다. 그녀의 관심은 본래 다른 쪽에 있었지만 흔들리는 마음을 어떻게 주체할 수가 없었다. 정작 프리다 자신은 별로 슬픈 기색을 보이지 않는 것이 그녀의 눈에 이상하게 여겨졌다. 사실 프리다로서는 엄청난 불행이 닥친 셈이었고 그녀 또한 몹시 불행한 것처럼 행동했지만 어딘지 어색했으며, 그런 연극으로 페피를 속일 수는 없었다. 그렇다면 무엇 때문에 그녀는 그렇게 의연할 수 있었을까? 혹시 새로운 사랑의 행복 때문일까? 글쎄, 이제 그런 건 고려의 대상이 아니었다. 그렇다면 그런 것 말고 무엇이 있을까? 그때 이미 그녀의 후임자로 여겨지던 페피에게 평소처럼 쌀쌀하면서도 다정하게 대할 수 있는 힘은 어디서 나온 것이었을까? 페피는 당시 그에 대해 깊이 생각해 볼 시간이 별로 없었고, 새로운 자리와 관련한 준비로 해야 할 일이 너무 많았다. 그녀는 틀림없이 몇 시간 후면 그 자리를 떠맡아야 할 텐데 아직 머리 모양도 예쁘게 만들지 못했고 우아한 드레스도, 세련된 속옷도, 쓸 만한 구두도 없었다. 그 모든 것이 몇 시간 만에 마련되어야 했고, 제대로 갖출 수 없으면 그 자리를 아예 포기하는 편이 더 나았다. 그 랬다가는 반 시간도 안 되어 자리를 잃을 게 뻔했기 때문이다. 어쨌거나, 일부는 갖출 수 있었다. 그녀는 머리를 손질하는 일에 특별한 소질이 있어서, 한번은 여주인이 그녀를 불러 자신의 머리를 손질하게 한 적도 있었다. 그것은 그녀가 남다르게 경쾌한 손놀림을 타고난 덕이었고, 물론 여주인의 풍성한 머리도 원하는 대로 말을 들어 주었다. 드레스를 마련하는 데도 도움의 손길이 있었다. 그녀의 두 동료가 의리를 지켰는데, 자기네들 가운데 누구든 주점 아가씨가 된다면 그들로서도 뭔가 명예로운 일이기 때문이며, 만일 나중에 페피가 힘 있는 위치에 오르게 된다면 그들에게 여러 가지로 득이 될지도 모를 일이었다. 둘 중 하나는 오래전부터 값비

싼 천을 간직하고 있었는데, 그것은 그녀의 보물이었다. 그녀는 종종 그것을 다른 하녀들에게 보여 주면서 감탄을 자아냈으며, 언젠가 자신을 위해 그것을 멋지게 사용할 꿈을 꾸고 있는 것 같았다. 그런데 — 정말 멋지게도 — 이제 페피가 그것을 필요로 하자 기꺼이 내주었다. 그리고 둘은 그녀의 바느질 일을 흔쾌히 도와주었는데, 자신의 옷을 짓기위해 바느질을 한다 해도 그보다 더 열심일 수는 없었을 것이다. 그것은 매우 즐겁고 행복한 일이기도 했다. 그들은 위아래로 층층이 각자 자기 침대에 앉아 바느질하고 노래 부르며 완성된 부분과 부분품들을 서로 주고받았다. 그때 일을 떠올리고 이제 모든 게 허사가 되어 다시 친구들에게 돌아갈 생각을 하니 페피는 마음이 더욱 무거웠다. 이 얼마나 불행한 일이며, 얼마나 경솔하게 벌어진 일인가. 무엇보다도 K의 잘못이 컸다. 당시 다 지어진 드레스를 보고 다들 얼마나 기뻐했던가. 그것은 마치 성공의 보증 수표처럼 보였으며, 추가로 리본을 달아야 할 자리가 발견되었을 땐 마지막 의구심마저 사라져 버렸다. 게다가 참으로 아름다운 드레스가 아닌가. 지금은 이미 구겨지고 얼룩도 조금 졌지만 페피는 다른 드레스가 없어서 밤낮으로 이것만 입어야 했다. 하지만 이 드레스는 여전히 아름답게 보이며, 그 빌어먹을 바르나바스의 누이도 더 나은 드레스를 만들지는 못할 것이다. 그리고 사실 한 벌이지만 임의로 위아래를 조이고 다시 풀고 할 수 있어서 변화를 줄 수 있다는 것이 이 옷의 특별한 장점인데, 그건 바로 그녀가 고안한 것이었다. 물론 그녀에게 꼭 맞게 바느질하는 것도 어려운 일은 아니지만, 페피는 그런 걸 자랑스러워하지 않는다. 젊고 건강한 처녀에겐 뭐든지 다 잘 맞는 법이니까. 속옷과 부츠를 마련하는 일이 훨씬 더 어려웠으며, 사실 실패는 여기서부터 시작되었다. 이 일에서도 친구들은 할 수 있는 데까지 도와주었지만, 큰 도움은 되지 못했다. 아무리 애써도 여기저기서 가져와 대충 짜맞춘 조잡한 속옷뿐이었고, 굽 높은 예쁜 부츠 대신에 내보이기보다 차라리 감추고 싶은 실내화에 그쳐야 했다. 페피는 주변에서 위로의 말을 들었다. 프리다도 썩 잘 차려입지는 않았고, 때로는 너절한 차림으로 돌아다니는 바람에 손님들이 그녀 대신 차라리 급사에게 서빙 받기를 원할 정도였다는 것이다. 그건 사실이었지만 프리다는 그래도 괜찮았다. 그녀는 이미 총애와 명망을 누리고 있었으니까. 지체 높은 부인이 어쩌다 지저분하고 아무렇게나 옷을 입고 나타나면 그만큼 더 매혹적일 수 있지만 만일 페피와 같은 신참이 그런다면? 더군다나 프리다는 정말로 옷을 잘 입을 줄 몰랐고, 그런 일에 감각이라고는 눈을 씻고 봐도 없었다. 본래 피부가 누르스름하다면 별수 없이 그대로 살아야지, 프리다처럼 거기에다 깊이 파인 크림색 블라우스까지 입어 눈앞이 온통 누런색으로 덮게 만들 필요는 없을 것이다. 그게 아니라 해도, 그녀는 너무 인색해서 잘 차려입지 않았다. 버는 돈은 모두 모아 두었는데 어디에 쓰려는 것인지는 아무도 몰랐다. 일을 할 때에는 돈이 필요 없었고, 거짓말과 요령을 부려 가며 별 아쉬움 없이 살아 나갔다. 페피는 그런 선례를 본받고 싶지도 않았고 그럴 수도 없었기에, 자신을 돋보이게 하기 위해 아예 처음부터 그렇게 치장하는 것은 당연했다. 더욱 강력한 수단으로 그렇게 할 수만 있었다면 그녀는 프리다가 아무리 교활하고 K가 아무리 바보스러워도 계속 승리자로 남았을 것이다. 시작도 매우 좋지 않았던가. 일을 하는 데 필요한 몇 가지 요령과 지식은 사전에 이미 알아 두었다. 그녀는 주점에 오자마자 벌써 그곳에 적응한 상태였다. 일을 하는 중에 프리다가 없다고 찾는 사람은 아무도 없었다. 둘째 날이 되어서야 몇몇 손님이 프리다는 대체 어디 있느냐고 물었을 뿐이다. 실수는 없었고 주인도 만족스러워했다. 첫날 그는 걱정이 되어 줄곧 주점에 있었지만 나중에는 가끔씩만 들여다보다가 계산에 이상이 없자 ― 평균 수입은 심지어 프리다가 있을 때를 조금 웃도는 수준이었다 ― 마침내는 페피에게 모든 걸 맡겼다. 그녀는 개혁을 도입했다. 프리다는 부지런해서가 아니라 탐욕과 지배욕에서, 그리고 자신의 권한이 누군가에게 조금이라도 넘어가지 않을까 하는 불안감 때문에, 특히 누가 지켜볼 때면 일부이긴 하지만 하인들까지 감시했었다. 그에 반해 페피는 이 일을 전적으로 급사들에게 맡겨 버렸다. 그런 일에는 그들이 역시 훨씬 더 적격이기 때문이다. 그 덕분에 그녀는 나리들 방에 더 많은 시간을 낼 수 있었고, 손님들은 신속하게 서빙을 받았다. 그러면서도 그녀는 누구하고도 몇 마디씩 얘기를 나눌 수 있는 여유가 있었다. 오로지 클람만을 모시는 몸이라는 명분으로 다른 사람의 말이나 접근을 모두 클람에 대한 모욕으로 간주했던 프리다와는 달랐다. 물론 그렇게 하는 것이 영리한 처신이기는 했다. 한 번쯤 누가 자신에게 접근하는 것을 허용해 준다면 이는 전례가 없는 엄청난 선심이 될 것이기 때문이다. 하지만 페피는 그런 술수를 싫어했고, 처음에는 그런 게 잘 통하지도 않았다. 페피는 누구에게나 친절했고, 누구나 그녀에게 친절로 보답했다. 이런 변화에 모두들 기뻐하는 기색이 역력했다. 일하다가 지친 나리들이 가까스로 짬을 내 맥주를 마시러 올 때면 그녀는 한 마디의 말과 한 번의 눈길, 한 번의 어깻짓만으로 그들을 확 바꿔 놓을 수 있었다. 다들 손으로 페피의 곱슬머리를 하도 많이 쓰다듬는 바람에 그녀는 하루에 열 번도 더 머리를 새로 매만져야 했다. 아무도 이 곱슬머리와 나비 리본의 유혹을 물리칠 수 없었으며, 보통 넋을 놓고 있을 때가 많은 K조차 마찬가지였다. 그렇게 어수선하고 일이 많아 분주했지만 성공적인 날들이 흘러갔다. 날짜가 그렇게 빠르게 흘러가지 않았다면, 며칠만 더 있었더라면 좋으련만! 기진맥진하도록 애를 쓴다 해도 나흘은 너무 짧은 시간이다. 닷새만 되었어도 좋았을 텐데, 나흘은 너무 짧았다. 페피는 사실 나흘 만에 벌써 후원자와 친구들을 얻었는데, 그녀를 바라보는 모두의 눈빛을 그대로 믿어도 좋다면, 맥주잔을 들고 저쪽에서 올 때마다 그녀는 그야말로 우정의 바다를 헤엄치는 듯했다. 브라트마이어라고 하는 서기는 그녀에게 홀딱 반해 이 목걸이와 펜던트를 선물로 바쳤는데, 펜던트 안에는 그의 사진이 들어 있었다. 그것은 물론 깜찍한 행위였다. 이런저런 일들이 있었지만 불과 나흘 동안의 일이었다. 그 나흘 동안에 페피가 온 힘을 다해 노력했다면 프리다는, 완전히는 아니어도 거의 잊힐 수 있었을 것이다. 그리고 만일 프리다가 용의주도하게 그 커다란 스캔들을 일으켜 사람들 입에 오르내리지 않았다면 이미 훨씬 전에 잊혔을 것이다. 그 일로 그녀는 사람들에게 새로운 존재가 되었고, 다들 단지 호기심에서 그녀를 다시 보고 싶어 했다. 신물이 날 정도로 지겨워진 것이, 그 일만 아니라면 아예 거들떠보지도 않았을 K의 공헌으로 다시 매력을 얻게 된 것이다. 물론 페피가 버티고 서서 자신의 존재를 알리고 있는 한 사람들은 그것과 바꾸어 페피를 내주지 않았을 것이다. 하지만 그들은 대개 나이가 지긋하고 타성에 젖어 답답하기 짝이 없는 양반들이라, 아가씨가 교체된 것이 아무리 잘됐다 하더라도 새로운 아가씨에게 익숙해질 때까지는 시간이 좀 걸리기 마련이다. 그들의 본심과는 달리 며칠은 걸리기에, 아마 닷새만 되어도 괜찮을지 모르겠는데 나흘로는 충분치가 않았다. 어디까지나 페피는 여전히 임시적인 존재로만 여겨졌던 것이다. 그리고 아마 가장 큰 불행이라 할 수 있는 것은, 그 나흘 가운데 처음 이틀 동안은 클람이 마을에 있었는데도 객실로 내려오지 않았다는 사실이다. 그가 왔더라면 페피에게는 결정적인 시험의 자리가 되었을 텐데. 더구나 그 시험은 그녀가 두려워하기보다는 오히려 손꼽아 기다리던 것이었는데. 그녀가 — 이런 일에 대해서는 물론 아예 아무 말도 꺼내지 않는 편이 제일 좋기는 하지만 — 클람의 애인이 되지는 않았을 테고, 속이고 꾸며 대고 해서 그런 자리에 오르는 일도 없었을 것이다. 하지만 그녀는 적어도 프리다만큼은 상냥하게 맥주잔을 테이블 위에 올려놓을 줄 알았을 것이고, 프리다처럼 추근대는 일은 없이 예쁘게 인사하고 예쁘게 물러났을 것이다. 만일 클람이 여자의 눈에서 무언가를 찾는다면 그는 그것을 페피의 눈에서 완전히 물릴 정도로 실컷 볼 수 있었을 것이다. 그런데 그는 왜 오지 않았을까? 우연이었을까? 페피도 그때는 그렇게 생각했다. 그녀는 꼬박 이틀 동안 그가 오기를 기다렸고 밤에도 기다렸다. 〈이제 클람이 오겠지.〉 그녀는 줄곧 그렇게 생각하면서, 다른 이유 없이 오직 그가 올 거라는 막연한 기대에 따른 불안감과 그가 들어올 때 제일 먼저 그를 맞이하고 싶은 열망 때문에 이리저리 뛰어다녔다. 이렇게 실망이 계속되는 바람에 그녀는 몹시 지쳐 버렸고, 아마도 그 때문에 그녀가 할 수 있는 만큼 일을 많이 하지 못한 것 같았다. 조금이라도 시간이 나면 그녀는 종업원의 출입이 엄격히 금지되어 있는 복도로 몰래 올라가서 벽의 우묵한 자리에 몸을 숨기고 기다렸다. 〈지금 어서 클람이 와준다면……..〉 그녀는 생각했다. 〈나리를 방에서 끌어내서 내 팔에 안고 객실로 내려갈 수 있다면 좋겠는데. 아무리 무거워도 그 무게에 짓눌려 주저앉지는 않을 거야.〉 그러나 그는 오지 않았다. 저 위의 복도는 어찌나 조용한지 거기에 가본 적이 없으면 상상할 수도 없을 것이다. 너무나 조용해서 도저히 오랫동안 서 있을 수가 없다. 그 고요함이 사람을 몰아낸다고 할 수 있다. 그러나 페피는 몇 번이고 다시, 열 번 쫓겨나면 열 번이고 다시 거기로 올라갔다. 그래 봐야 부질없는 일이었다. 클람은 오고 싶으면 올 것이다. 그러나 그에게 올 마음이 없다면 페피는 그를 오도록 꾀어내지 못한다. 벽의 우묵한 곳에서 심장이 방망이질하듯 뛰는 통에 숨이 막혀 거의 죽을 것 같더라도 별수가 없었다. 그것은 부질없는 일이었지만, 그가 오지 않는다면 모든 게 부질없다. 그리고 그는 오지 않았다. 이제 페피는 클람이 왜 오지 않았는지를 안다. 만일 프리다가 저 위 복도의 우묵한 벽 안에서 두 손을 가슴에 대고 서 있는 페피의 모습을 봤다면, 그녀로서는 기막히게 재미있는 구경거리였을 것이다. 클람이 내려오지 않은 것은 프리다가 못 가게 했기 때문이다. 그녀가 직접 그에게 부탁한 것은 아니었다. 그녀의 부탁은 클람에게 도달하지 못한다. 하지만 그녀, 이 거미 같은 여자는 아무도 모르는 연줄을 거미줄처럼 갖고 있다. 페피는 손님에게 무슨 말을 할 때 옆 테이블에서도 다 들을 수 있을 정도로 툭 터놓고 말한다. 반면에 프리다는 무슨 말을 하는 일 없이 맥주를 테이블 위에 내려놓고는 그냥 가버린다. 그녀가 유일하게 돈을 들이는 물건인 비단 속치마만이 워석거리는 소리를 낼 뿐이다. 하지만 그녀가 일단 무슨 말인가를 할 때면 터놓고 하는 대신 손님에게 허리를 굽혀 귓속말로 하는데, 그러면 옆 테이블 사람들은 귀를 쫑긋 세우게 된다. 그녀가 하는 말이란 십중팔구 대수롭지 않은 것일 테지만 언제나 그런 것은 아니다. 그녀는 연줄이 많은데 그것들이 서로서로를 지탱하고 있어서 대다수가 어그러져도 — 누가 계속 프리다를 돌봐 주겠는가? — 가끔 하나쯤은 버티어 낸다.

이제 그녀는 이런 연줄들을 이용하기 시작했고, K가 그럴 수 있는 기회를 주었다. 그는 그녀 곁에 앉아 그녀를 감시하는 대신 집에는 거의 붙어 있지 않고 이리저리 돌아다니며 여러 사람들과 상담을 했고, 온갖 일에 깊은 주의를 기울이면서도 프리다에게만은 주의를 하지 않았고, 결국에는 브뤼켄호프에서 텅 빈 학교로 이사를 함으로써 그녀에게 더 많은 자유를 주었다. 이 모든 것과 함께 두 사람의 신혼 생활은 그야말로 멋지게 시작되었다. 그건 그렇고, 페피는 결코 K가 프리다 곁에서 참고 견디지 않았다고 비난할 여자가 아니다. 그녀 곁에서는 누구도 견뎌 낼 수 없을 테니까. 하지만 그렇다면 왜 그는 그녀를 완전히 떠나지 않았을까. 왜 번번이 그녀에게 돌아갔으며, 왜 이리저리 돌아다니면서 그녀를 위해 싸우고 있다는 인상을 주었을까. 그는 프리다와 만남으로써 비로소 자신이 사실은 아무것도 아니라는 것을 깨닫고 프리다에게 어울리는 사람이 되고자 어떻게든 위로 올라가려고 애쓰는 것처럼 보였고, 이를 위해 따로 지내는 고통에 대해서는 나중에 차분히 만회하기로 하고 우선은 같이 지내는 것을 포기하는 것 같았다. 그러는 동안 프리다는 시간을 허비하지 않고 학교에 앉아 — 보나마나 그녀가 K를 그리로 끌고 갔을 텐데 — 헤렌호프와 K를 주시하고 있었다. 그녀 가까이에는 늘 탁월한 심부름꾼들이 있었으니, 바로 K가 그녀에게 완전히 맡긴 — 이해가 안 되는 일이다, K를 잘 안다 해도 이해가 가지 않는 일이다 — 그의 조수들이다. 그녀는 그들을 자신의 옛 남자 친구들에게 보내 자신을 상기시키고,

K 같은 남자에게 붙잡혀 지내는 자신의 신세를 한탄하는가
하면, 페피에 대한 험담을 하기도 하고, 자신이 곧 갈 것임을
알리며 도움을 청하고, 클람에게 아무것도 알리지 말라고
신신당부하며 클람은 소중히 모셔야 하므로 무슨 일이 있어
도 주점에 내려오게 해서는 안 되는 것처럼 꾸며 댄다. 그녀
는 사람들 앞에서는 클람을 소중히 모시는 것처럼 내세우
고, 주인 앞에서는 자신이 성공을 거둔 것처럼 이야기하면서
클람은 이제 오지 않는다고 일러 준다. 여기 아래에 페피 같
은 여자애만 시중들고 있는데 어떻게 그가 올 수 있겠느냐는
것이다. 그렇다고 주인에게 잘못이 있는 것은 아니며, 그래
도 페피가 대타로 쓸 수 있는 최선의 선택이었는데, 다만 만
족스럽지 못하여 불과 며칠만 쓰기에도 마땅치 않다는 것이
다. 프리다의 이 모든 활동에 대해 K는 아무것도 모르고 있
다. 그는 나돌아다니지 않을 때면 아무런 짐작도 못 한 채 그
녀의 발치에 누워 있는 반면, 프리다는 주점에서 나와 보내
온 시간을 헤아리고 있다. 그런데 조수들은 그런 심부름꾼
일만이 아니라 K에게 질투심을 불러일으켜 몸이 달게 만드
는 역할도 한다. 프리다와 조수들은 어렸을 때부터 알고 있
고 서로 더 이상 비밀이라고는 없는 사이지만, K 때문에 서
로를 열망하기 시작하고 K에게는 이것이 자칫 열렬한 사랑
으로 발전해 갈 위험으로 다가온다. 그래서 K는 프리다의
마음에 들기 위해서라면 뭐든지 다 하고 전혀 앞뒤가 맞지
않는 일까지도 불사한다. 조수들 때문에 질투심에 사로잡히
면서도 셋이 계속 붙어 지내는 것을 꾹 참고 그냥 놔둔 채 혼

자서만 나가 돌아다니는 것이다. 마치 프리다의 세 번째 조수나 마찬가지인 셈이다. 그러자 마침내 프리다는 자신이 쭉 지켜본 것을 바탕으로, 중대한 일격을 가해 국면을 전환하기로 작심하고 돌아갈 것을 결정한다. 그리고 그것은 정말 맞춤한 때였는데, 그 여우 같은 프리다가 그것을 알아차리고 이용하는 것을 보면 감탄이 절로 나오게 된다. 이러한 관찰과 결단의 힘이야말로 누구도 따라 할 수 없는 프리다만의 재능이다. 만일 페피에게 이런 재능이 있다면 그녀의 삶은 얼마나 다르게 흘러가게 될까. 프리다가 하루 이틀만 더 학교에 머물렀더라도 페피는 쫓겨나는 일 없이 마침내 어엿한 주점 아가씨가 되어 모두의 사랑과 지지를 받을 것이며, 돈도 충분히 벌어 꼭 필요한 품목을 눈부시게 갖추게 될 텐데. 하루 이틀만 더 있다면 더 이상 어떤 간계로도 클람을 객실에 오지 못하게 막을 수가 없어, 그가 와서 술을 마시며 안락한 느낌을 갖고, 프리다가 없다는 것을 알아차리고는 그 변화에 크게 만족하게 될 텐데. 그저 하루 이틀만 더 있다면 프리다는 자신의 스캔들, 자신의 연줄, 조수들, 이 모든 것들과 함께 완전히 잊혀서 다시는 나타나지 못할 텐데. 그렇게 되면 그녀는 아마 K에게 그만큼 더 집요하게 매달리고, 혹시 그녀에게 그런 능력이 있다면, 그를 정말로 사랑하게 될 수 있지 않을까? 아니, 그것도 아니다. 왜냐하면 아무리 K라 해도 그녀에게 싫증이 나고 그녀가 온갖 것을 동원해, 이른바 자신의 아름다움과 정절, 그리고 무엇보다도 클람의 사랑이라는 것을 내세워 그를 얼마나 파렴치하게 속이고 있는가를 알아차리는 데에는 채 하루도 더 걸리지 않을 것이기 때문이다. 더도 말고 딱 하루만 더 있어도, 그는 그녀와 그 더러운 조수들 일당을 집에서 몰아낼 수 있을 것이다. 그렇다, K라 해도 더 이상은 필요 없을 것이다. 그런데 이 두 가지 위험 사이에서 그야말로 무덤이 이미 그녀 위로 덮이기 시작하려는 순간, K가 순진하게도 마지막 좁은 길을 터주는 바람에 그녀는 몰래 달아나고 만다. 그러고서 갑자기 — 이건 누구도 거의 예상하지 못한 일이자 도리에 어긋나는 일인데 — 그야말로 갑자기 그녀는 여전히 자신을 사랑하고 늘 자신을 쫓아다니는 남자인 K를 쫓아내고, 친구들과 조수들의 후원을 받아 구원자로 주인 앞에 나타난다. 스캔들로 말미암아 전보다 훨씬 더 매혹적이고, 입증된 바와 같이 신분이 더없이 높은 자로부터 신분이 더없이 낮은 자에 이르기까지 다들 탐을 내는 존재가 되어 등장하는 것이다. 그러나 그녀는 단지 한순간만 신분이 낮은 자의 소유가 되었다가 당연하게도 곧 그를 밀쳐 내고는 전처럼 그를 비롯해 모든 사람이 다시 손에 넣을 수 없는 존재가 된다. 다만 전에는 사람들이 그 모든 것에 대해 으레 의심을 품었는데, 이제는 확신하게 된 것이다. 이렇게 그녀가 다시 돌아오자 주인은 페피를 곁눈질로 홀끔홀끔 쳐다보며 망설이지만 — 보다시피 진가가 입증된 그녀를 희생해야 한단 말인가? — 이내 마음이 기울고 만다. 프리다의 경우 장점이 너무 많은데, 무엇보다도 그녀 덕분에 클람을 다시 객실 손님으로 맞아들이게 될 것이다. 이제 우리는 저녁을 보내고 있다. 페피는 프리다가

와서 그 자리를 접수하며 승리를 구가할 때까지 기다리지 않을 것이다. 카운터는 이미 여주인에게 넘겼으니 그녀는 가도 된다. 아래층 하녀 방에 그녀가 쓸 침대칸이 마련되어 있어 그리로 가면 친구들이 울면서 맞이할 것이다. 그녀는 자기 몸에서 드레스를 확 벗겨 내고 머리에서 리본들을 잡아채 전부 한쪽 구석에 처박아 둘 것이다. 그래서 그것들이 거기에 그대로 잘 감추어진 채, 잊어버리고 싶은 시간을 쓸데없이 떠올리는 일이 없도록 할 것이다. 그런 다음 그녀는 커다란 양동이와 빗자루를 집어 들고는 이를 악물고 일을 시작할 것이다. 그러나 우선 K에게 모든 것을 이야기해야만 했다. 알려 주지 않으면 이러한 사정을 아직도 깨닫지 못했을 그가 페피에게 얼마나 못되게 굴었고 그녀를 얼마나 슬프게 만들었는지를 똑똑히 볼 수 있도록 하기 위해서였다. 물론 그 역시 이 일에서 이용만 당했을 뿐이다.

페피가 이야기를 끝냈다. 그녀는 휴 하고 숨을 내쉬고 눈과 뺨에서 몇 방울의 눈물을 훔쳐 내더니 고개를 끄덕이며 K를 바라보았다. 근본적으로 자신의 불행은 전혀 문제 되지 않고 자기는 이 불행을 끌어안고 살아갈 것인데 이에 어느 누구의 도움이나 위안도 필요치 않으며 K의 도움이나 위안은 더더욱 사절한다고, 자기는 아직 젊지만 인생을 알고 있으며 자기의 불행은 알고 있던 것의 확인일 뿐이라고, 하지만 정작 문제인 사람은 바로 K인데 자기는 그에게 그의 이미지가 어떠한가를 알려 주고 싶었고 자기의 모든 희망이 무너져 버린 뒤에도 그렇게 하는 게 꼭 필요하다는 생각이 들었다고 말해 주려는 듯한 태도였다.

「페피, 무슨 그런 터무니없는 망상이 다 있어.」K가 말했다. 「네가 지금에야 알게 되었다는 그 모든 건 전혀 사실이 아니야. 저 아래 어둡고 비좁은 너희 하녀들 방에서나 꾸는 꿈일 뿐이지. 거기에서는 그런 꿈이 제격일지 모르지만 여기 툭 트인 주점에서는 이상하게 보인다고. 그런 생각을 갖고 있었으니 네가 여기서 살아남을 수 없었던 거야. 그건 너무나 당연한 일이지. 네가 그렇게도 자랑하는 너의 드레스와 너의 머리 모양도 이미 너희들 방 안의 그 어둠과 그 침대들에서 비롯된 산물일 뿐이야. 거기서는 그것들이 물론 아주 멋지겠지만 여기서는 누구나 속으로 웃거나 아니면 그냥 대놓고 웃는다고. 그리고 또 무슨 얘기를 했더라? 그러니까 내가 이용당하고 속았다는 거지? 아니야, 페피, 너나 나나 이용당하고 속은 건 별로 없어. 프리다가 지금 나를 떠났다거나 네 말대로 조수 한 명과 몰래 내뺐다는 건 맞는 말이야. 너도 한 가닥의 희미한 진실은 보고 있구나. 그리고 그녀가 내 아내가 될 거라는 것도 이젠 거의 있을 수 없는 얘기지. 하지만 내가 그녀에게 진저리가 났을 거라든가, 심지어 그다음 날 그녀를 쫓아냈을 거라든가, 아니면 흔히 여자가 남자를 속이듯이 그녀가 나를 속였을 거라는 말은 전혀 사실이 아니야. 너희 객실 하녀들은 열쇠 구멍으로 훔쳐보는 버릇이 있다 보니, 실제로 보는 사소한 어떤 것으로부터 거창하면서도 그런 만큼 엉터리로 전체를 추론하는 사고방식을 지니고 있어. 그 결과, 예컨대 이 경우에 나는 너보다 아는 게 훨씬 적다고 할 수 있지. 프리다가 왜 나를 떠났는지 나는 너처럼 그렇게 자세하게 설명할 수 없어. 내가 보기에 가장 그럴듯한 설명은, 너도 슬쩍 언급은 했지만 충분히 파고들지 않은 것으로, 내가 그녀를 소홀히 해서 그렇게 되었다는 거야. 유감스럽게도 그건 사실이야. 나는 그녀에게 소홀했어. 하지만 여기서는 말하기 뭣한 특별한 이유들이 있었지. 그녀가 나에게 돌아온다면 행복하겠지만 나는 금방 다시 그녀를 소홀히 대하기 시작할 거야. 그렇고말고. 그녀가 내 곁에 있었기 때문에 나는, 넌 비웃었지만, 줄곧 돌아다녔는데, 그녀가 떠나고 없는 지금은 거의 할 일이 없어. 그런데도 피곤해서 할 일이 점점 더 완전히 없어지기를 바라고 있지. 나한테 충고해줄 말 없니, 페피?」「있어요.」페피는 갑자기 생기가 돌더니 K의 양어깨를 잡으며 말했다. 「우리는 둘 다 기만당한 사람들이에요. 우리 계속 함께 있어요. 같이 여자애들 있는 곳으로 내려가요.」「네가 기만당했다고 불평하는 한……」K가 말했다. 「나는 너하고 대화를 할 수 없어. 네가 줄곧 기만당했다고 주장하는 건 그래야 기분도 좋아지고 스스로 애처로운 마음이 들기 때문이지. 그러나 진실을 말하자면, 너는 이 자리에 맞지 않는다는 거야. 맞지 않는다는 게 오죽 분명하면 네 말마따나 아무것도 모르는 나까지도 그걸 알아보겠어? 페피, 너는 착한 여자야. 하지만 그걸 알아보기가 쉽지는 않지. 이를테면 나도 처음엔 너를 매정하고 오만하다고 생각했는데 너는 그렇지 않아. 다만 이 자리가 너를 혼란스럽게 만드는 거야. 너에게 적합하지 않기 때문이지. 이 자리가 너에게 너무 과분하다는 말은 아니야. 그렇게 특별한 자리도 아니고, 자세히 살펴보면 이전의 자리보다는 좀 더 명예로울지 모르지만, 전체적으로 보면 그 차이는 크지 않고 오히려 서로 혼동이 될 정도로 그 두 자리는 비슷해. 어쩌면 주점에 있느니 객실 하녀로 있는 게 더 낫다고까지 말할 수 있을지도 몰라. 왜냐하면 거기서는 늘 비서들 사이에서 일하지만 여기서는, 물론 객실에서야 비서들의 상관들을 모실 수도 있지만, 신분이 아주 낮은 사람들, 가령 나 같은 사람도 상대해야 하기 때문이지. 규정상 나는 바로 여기 주점 말고 다른 곳에 머물러서는 안 되는데, 나와 교제할 수 있다는 게 뭐 그렇게 대단히 명예로운 일이겠어? 보아하니 너한테는 그런 것 같고, 아마 그럴 만한 이유가 있을지도 모르지. 하지만 바로 그래서 너는 부적합한 거야. 이 자리는 다른 자리와 다를 게 없는데 그럼에도 너한테는 천국이지. 그 때문에 너는 무슨 일이든 지나친 열성으로 대하고, 네 생각에는 천사들이 할 것 같은 모습으로 자신을 치장하고 — 하지만 사실 천사들은 다른데 말이야 — 자리 때문에 벌벌 떨고, 내내 쫓기는 느낌이 들고, 네가 생각하기에 너를 지원해 줄 것 같은 사람이라면 누구에게나 과도한 친절로 환심을 사려고 하지만 그럼으로써 오히려 그들을 성가시게 하고 반발만 사지. 왜냐하면 그들은 주점에 편안히 있으려고 온 것이지 자신들 걱정에다 주점 아가씨 걱정까지 더하려고 온 게 아니니까. 사실 프리다가 떠나간 후 지체 높은 손님들 중 그 일을 알아차린 사람은 아무도 없었을지 모르지만, 이제 그들은 그 일을 알고서 정말로 프리다를 보고 싶어 해. 프리다는 모든 일을 전혀 다르게 운영했던 모양이야. 그녀가 평소에 어떠했고 자신의 일자리를 어떻게 여기고 있었든지 간에, 그녀는 일할 때 능숙하고 냉정하고 중심을 잃지 않고 차분했어. 너 자신도 그녀의 그런 점을 강조했지만 그 가르침을 배워 익히려고는 하지 않았지. 그녀의 눈빛을 한번 눈여겨본 적이 있니? 그건 더 이상 주점 아가씨의 눈빛이 아니라 이미 여주인의 눈빛이나 다름없었지. 모든 걸 보면서도 한 사람 한 사람을 세세히 살펴보는데 그 각각의 사람에게 머물다 남은 눈빛이 그들을 굴복시키고도 남을 만큼 강렬했으니까. 그녀가 다소 마른 편에 다소 나이 들어 보일지 모르고, 좀 더 풍성한 머리카락을 지니지 못해 아쉬울지 몰라도, 그런 게 뭐 어쨌다는 거야. 그런 건 그녀가 실제로 갖고 있는 것에 비하면 사소한 것들이지. 그런 결점들이 마음에 거슬리는 자는 그로써 자신에게 더 커다란 것을 보는 안목이 없다는 사실을 스스로 증명할 뿐이야. 클람은 분명 그런 비난을 받을 만한 사람이 아니지. 그건 어리고 미숙한 여자애의 그릇된 관점일 뿐이고, 그 때문에 너는 프리다에 대한 클람의 사랑을 믿지 않는 거라고. 너한테 클람은 — 이건 당연한 일이지만 — 도달할 수 없는 존재로 보이고, 그래서 너는 프리다도 클람에게 가까이 다가가지 못했을 거라고 생각하는 거지. 잘못된 생각이야. 나는 그 점에선 프리다의 말만 믿을 거야. 비록 그에 대한 확실한 증거가 없더라도 말이지. 그것이 너에게는 믿을 수 없어 보이고, 그것을 세상이나 관료 사회나 여성미의 우아함과 그 영향력에 대한 너의 생각과 조화시킬 수 없다 해도 그것은 사실이야. 우리가 여기에 나란히 앉아 내 두 손으로 네 손을 잡고 있듯이, 클람과 프리다도 아마 세상에서 가장 당연한 일인 듯 서로 나란히 앉아 있었을 거야. 그리고 그는 자발적으로 여기에 내려왔을 뿐 아니라 서둘러서 내려오기까지 했는데, 복도에 숨어서 그를 기다리느라 다른 일을 소홀히 한 사람은 아무도 없었어. 클람은 이 아래로 내려오려고 스스로 노력해야 했으며, 네가 보면 경악했을 프리다의 이상한 옷차림도 그에게는 전혀 거슬리지 않았지. 너는 그녀의 말을 믿고 싶지 않겠지! 그럼으로써 너 자신을 웃음거리로 만들고, 그럼으로써 너 자신의 미숙함을 드러내 보인다는 것을 너는 몰라. 클람과의 관계에 대해 전혀 모르는 사람이라도 그녀의 거동을 보면 너와 나 그리고 마을의 모든 사람들보다 뛰어난 어떤 사람이 그녀와 관계를 형성했으며, 그들이 나누는 대화는 손님과 여종업원 사이에서 흔히 주고받는 농담, 네 삶의 목적인 것처럼 보이는 농담의 수준을 훨씬 뛰어넘는 것임을 알아차릴 수밖에 없을 거야. 그런데 내가 너에게 부당한 평가를 내리고 있구나. 너 자신도 프리다의 장점을 아주 잘 알고 그녀의 관찰력과 결단력, 사람들에 대한 그녀의 영향력을 느끼고 있지. 다만 너는 전부 다 잘못 해석하고는 그녀가 모든 것을 이기적으로 자신의 이익만을 위해 악용한다거나 심지어 너를 공격하는 무기로까지 사용한다고까지 생각하고 있지. 아니야, 페피, 그녀가 그런 화살을 갖고 있다 해도 이렇게 가까운 거리에서는 쏠 수도 없을 거야.

그리고 이기적이라고? 오히려 그녀는 자신이 갖고 있고 앞으로 기대해도 될 만한 것을 희생하면서까지 우리 둘에게 보다 높은 자리에 앉아 진가를 발휘할 기회를 주었는데, 우리가 그녀를 실망시켰고 그녀가 어쩔 수 없이 다시 이리로 돌아오지 않을 수 없도록 만들었다고 말할 수 있을 거야. 정말 그런지는 모르겠어. 내가 무슨 잘못을 했는지도 전혀 분명치가 않아. 다만 나 자신과 너를 비교해 보면 문득 이런 생각이 들어. 우리는 둘 다 무언가를 얻으려고, 가령 프리다처럼 침착하고 객관적인 태도로 나간다면 쉽고도 눈에 띄지 않게 얻을 수 있는 것을 울고불고 할퀴고 잡아당기고 해서 얻으려고 너무 심하고 너무 요란스럽게, 너무 유치하고 너무 미숙하게 애를 쓴 것 같다는 느낌이야. 마치 어린아이가 테이블보를 잡아당기지만 아무것도 얻지 못하고 멋지고 귀한 것들만 전부 떨어뜨려 영영 손에 넣을 수 없게 되는 것처럼 말이야 — 정말 그런지는 모르겠는데, 네가 이야기한 것보다는 오히려 그런 쪽에 가까울 거라고 확신해.」「글쎄요.」페피가 말했다. 「당신은 지금 프리다가 달아났기 때문에 그녀에게 빠져 있는 거예요. 떠난 여자에게 반하는 것은 어려운 일이 아니니까요. 하지만 그것이 바로 당신이 바라는 것일지도 모르고, 모든 점에서 당신 말이 다 옳을지도 몰라요. 당신이 나를 우스꽝스럽게 만드는 것까지도 전부 다요 — 그런데 이제 뭘 할 거죠? 프리다는 당신을 버리고 떠났고, 내 설명이나 당신 설명으로도 그녀가 당신에게 돌아올 희망은 없어요. 설령 그녀가 돌아온다 해도 당신은 그동안 어디에서든 지내야 하잖아요. 날은 춥고 일거리도 없고 잠자리도 없으니 우리한테 오세요. 내 친구들이 마음에 들 거예요. 우리가 편안하게 해드릴게요. 우리 일도 좀 도와주시고요. 여자들만으로는 정말 일이 너무 힘들거든요. 우리 여자들은 우리 자신만을 의지하지 않아도 되고, 밤에 더 이상 무서움에 시달리지도 않을 거예요. 우리한테 와요! 내 친구들도 프리다를 알아요. 당신이 싫증 날 때까지 우리가 그녀 이야기를 해줄게요. 어서 와요! 우리에겐 프리다의 사진도 있으니 그것도 보여 줄게요. 그때는 프리다도 지금보다 훨씬 더 수줍어했어요. 잘 못 알아볼 거예요. 이미 그때부터 몰래 노려보던 그녀의 두 눈을 봐야 겨우 알아보려나. 자, 그럼 오는 거죠?」
「그래도 괜찮을까? 어제만 해도 내가 너희들 복도에 있다가 들키는 바람에 큰 소동이 벌어졌는데 말이야.」 「들켰으니까 그랬죠. 하지만 우리랑 같이 있으면 들키지 않을 거예요. 우리 셋만 빼고는 아무도 당신에 대해 모를 거예요. 아, 이거 재미있겠는걸. 벌써 거기서 사는 게 얼마 전보다 훨씬 견딜 만하게 느껴져요. 이제는 이 자리를 떠난다고 해서 잃을 것도 별로 없을 것 같아요. 저기요, 우리는 셋이서도 지루하지 않게 지냈어요. 쓰디쓴 삶을 즐겁게 만들어야 하니까요. 혀가 간사해지지 않도록 우리는 이미 어렸을 때부터 쓰디쓴 맛을 보았어요. 그래서 우리 셋은 뭉쳐 지내요. 거기서 그런 대로 즐겁게 살고 있죠. 특히 헨리에테가 당신 마음에 들 거예요. 하지만 에밀리에도 괜찮을 거예요. 나는 그 애들한테 이미 당신 이야기를 했어요. 그런 이야기를 해도 그 애들은

497

곧이듣지 않아요. 마치 방 바깥에서는 원체 아무 일도 일어
날 수 없다는 듯이 말이에요. 거기는 좁지만 따뜻해요. 그런
데다 우린 서로 꼭 붙어 지내고요. 우린 서로 의지하고 있지
만 싫증 낸 적이 없어요. 그 반대죠. 친구들을 생각하면 다시
돌아가는 게 잘된 것 같아요. 내가 왜 그 애들보다 출세해야
하나요? 우리 셋 모두의 미래가 똑같이 막혀 있다는 사실이
우리를 하나로 뭉치게 한 것이었는데, 내가 그걸 깨고 나와
그 애들에게서 떨어져 버린 거예요. 물론 나는 그 애들을 잊
지 않았고, 어떻게 하면 그 애들을 위해 무언가를 할 수 있을
까 하는 걱정이 내 머리에서 떠난 적도 없었어요. 나 자신의
지위가 아직 불확실했는데도 ― 얼마나 불확실한지는 전혀
몰랐지만요 ― 나는 주인에게 벌써 헨리에테와 에밀리에 이
야기를 했어요. 헨리에테에 대해서는 주인이 전적으로 안 된
다고 하지는 않았지만, 우리보다 훨씬 나이가 많은 에밀리에
에 관해서는 ― 그녀는 프리다의 나이쯤 되었어요 ― 물론
아무런 희망도 주지 않았어요. 하지만 생각해 봐요. 그들은
결코 떠날 마음이 없어요. 거기서 지내는 삶이 비참하다는
건 알지만 그들은 이미 순응했어요. 착한 영혼들 같으니라
고. 헤어질 때 그들이 흘린 눈물의 대부분은 내가 함께 지냈
던 방을 떠나 추운 곳으로 나가야 하고 ― 거기서 우리가 볼
때 방 바깥은 모두 춥게 느껴지거든요 ― 단지 생계를 이어
갈 목적으로 크고 낯선 공간에서 크고 낯선 사람들과 부대
끼며 살아야 하는 신세가 된 것에 대한 슬픔 때문이었어요.
생계를 이어 가는 일은 이제까지 함께 살림을 꾸려 오면서도

할 수 있었던 건데 말이에요. 내가 지금 돌아가도 그들은 전혀 놀라지 않을 거예요. 다만 기분을 맞춰 주려고 조금 울면서 내 팔자를 한탄하겠지요. 하지만 그러다가 당신을 보고는 내가 떠났던 게 그래도 잘한 일이었음을 깨닫게 될 거예요. 우리가 이제 한 남자를 조력자 겸 보호자로 갖게 된 것에 그들은 기뻐할 것이고, 모든 걸 비밀로 해야 하며 이 비밀로 말미암아 우리가 지금까지보다 더 단단히 뭉쳐서 살게 되리라는 것에 대해서는 정말이지 황홀할 정도로 감동할 거예요. 오세요, 어서 제발, 우리한테 오세요! 당신에게 부과될 의무 같은 건 없을 거고, 당신은 우리처럼 방에 영원히 묶여 있지도 않을 거예요. 그러다가 봄이 되어 어딘가 다른 곳에 숙소를 찾거나 우리와 같이 사는 게 더 이상 마음에 들지 않으면 가도 돼요. 다만 그렇더라도 물론 비밀은 지켜 줘야 해요. 가령 우리를 일러바친다든가 하면 안 되겠죠. 그러면 우리는 헤렌호프에서 끝장일 테니까요. 그 밖에도 당신이 우리와 같이 산다면 우리가 위험하다고 여기는 곳에는 절대 모습을 드러내지 않도록 조심해야 하며, 웬만큼은 우리의 충고를 따라 줘야 해요. 이것이 당신을 제약하는 유일한 것인데, 그건 우리에게만이 아니라 틀림없이 당신에게도 중요한 일이에요. 하지만 그걸 빼놓고는 완전히 자유예요. 우리가 당신에게 맡길 일은 그리 어렵지 않을 테니 그 점은 걱정하지 말아요. 그럼 오시는 거죠?」「봄이 되려면 얼마나 더 있어야 하지?」 K가 물었다. 「봄이 되려면요?」 페피가 되풀이했다. 「여기는 겨울이 길어요. 아주 길고 단조롭죠. 그러나 저 아래 사

499

는 우리는 불평하지 않아요. 겨울에 대해 우리는 대비가 되어 있으니까요. 글쎄, 언젠가는 봄이 오고 여름도 올 테니 그 모든 게 나름의 때가 있는 법이겠죠. 그러나 지금, 내 기억 속에서는 봄과 여름이 어찌나 짧은지 이틀 정도밖에 안 되는 것 같아요. 그리고 그 이틀조차 아무리 화창한 날이더라도 간간이 눈이 내리곤 해요.」

그때 문이 열려 페피는 깜짝 놀라 몸을 움찔했다. 그녀는 마음속으로 이미 주점에서 너무나 멀리 떠나 있었던 것이다. 들어온 사람은 프리다가 아니라 여주인이었다. 그녀는 K가 아직도 여기에 있는 것을 보고 놀라는 척했다. 그러자 K는 여주인을 기다리고 있었다는 말로 변명하면서 동시에 여기서 하룻밤 묵게 해준 것에 감사했다. 여주인은 K가 왜 자기를 기다리고 있었는지 이해하지 못했다. K는 그녀가 자기와 얘기를 더 하고 싶어 한다는 인상을 받았는데 그게 착각이었다면 용서를 바란다고 하면서, 그건 그렇고 자신이 관리인으로 있는 학교를 너무 오래 방치해 두었으니 이제는 가봐야겠다고 말했다. 모든 게 어제의 소환 탓인데, 자신은 이런 일에 아직 경험이 너무 부족하며, 어제처럼 주인아주머니에게 그런 폐를 끼치는 일은 결코 다시는 일어나지 않을 거라고 했다. 그러고서 그는 떠나가려고 허리를 굽혀 인사했다. 여주인은 꿈꾸는 듯한 눈길로 그를 바라보았다. 그 눈길에 사로잡혀 K는 뜻하지 않게 한동안 자리를 뜰 수가 없었다. 그러자 그녀는 슬며시 미소를 짓고 있다가 K의 놀란 얼굴을 보고야 정신을 차린 모양이었다. 마치 자신의 미소에 대한

500

응답을 기대하고 있었는데 아무 반응이 없자 그제야 비로소 꿈에서 깨어나는 듯한 표정이었다. 「당신은 어제 내 드레스에 대해 뭐라고 불손한 말을 했던 것 같은데요.」 K는 기억이 나지 않았다. 「기억나지 않는다고요? 그렇게 불손하더니만 이제는 비겁하게 나오는군요.」 K는 극도로 피곤했던 어제의 몸 상태를 내세우며, 자기가 어제 뭐라고 지껄였을 가능성은 충분히 있지만 어쨌든 이제는 기억이 나지 않는다고 변명했다. 그러고는 자기가 주인아주머니의 옷에 대해 과연 뭐라고 말할 수 있었겠느냐고 했다. 아직 한 번도 본 적이 없을 만큼 옷이 아름답다고, 적어도 그런 옷을 입고 일하는 여주인은 본 적이 없다고 했을 거라고 덧붙였다. 「그만둬요.」 여주인이 재빨리 말했다. 「옷에 대한 말은 더 이상 듣고 싶지 않아요. 내 옷에 신경 쓸 필요 없어요. 다시는 절대 그런 말 하지 말아요.」 K는 다시 한 번 허리 굽혀 인사하고 문 쪽으로 걸어갔다. 「대체 그건 무슨 뜻이죠?」 여주인이 그의 뒤에 대고 외쳤다. 「그런 옷을 입고 일하는 여주인은 본 적이 없다니, 그런 어처구니없는 말을 해서 어쩌자는 거죠? 정말 어처구니없는 말이잖아요. 대체 무슨 말을 하고 싶은 거예요?」 K는 돌아서면서 여주인에게 흥분하지 말라고 당부했다. 물론 그 말은 어처구니없는 것이긴 하지만, 자기가 과연 옷에 대해 무얼 알겠느냐고 했다. 자기 처지에서는 무슨 옷이든 기운데 없이 깨끗하기만 해도 다 훌륭해 보인다고, 자기는 여주인 마님께서 밤에 거기 복도에서 거의 아무것도 걸치지 않은 뭇 남자들 사이에 섞여 그렇게나 아름다운 야회복을 입고 나타난 것을 보고 그저 놀랐을 뿐이며 그 이상은 아무것도 아니라고도 했다. 「그러니까 이제……」여주인이 말했다. 「드디어 당신이 어제 했던 말이 생각나는 모양이군요. 거기에다 새로 또 다른 어처구니없는 말을 추가해 보충까지 하고 말이에요. 당신이 옷에 대해 아무것도 모른다는 말은 맞아요. 하지만 그렇다면, 내 진심으로 부탁하고 싶은 말인데 훌륭한 옷이 어떻다는 둥, 어울리지 않는 야회복이라는 둥 하면서 판정하는 일도 삼가 줘요. 아예 ─ 이때 마치 한기가 그녀를 엄습하는 듯했다 ─ 내 옷을 가지고 이러쿵저러쿵 시비 걸지 말라고요, 알겠어요?」그래서 K가 말없이 다시 몸을 돌리려 하자 그녀가 물었다. 「대체 옷에 관한 지식은 어디서 얻은 건가요?」K는 아무 지식도 없다는 뜻으로 양어깨를 으쓱했다. 「아무 지식도 없다고요.」여주인이 말했다. 「없으면서 있는 척하지도 말아요. 저 건너 사무실로 따라와요. 당신에게 보여 줄 게 있는데, 그걸 보고 바라건대 앞으로 불손한 말 따위는 영원히 하지 않았으면 해요.」그녀는 앞서서 문을 열고 나갔다. 그러자 페피가 K에게 뛰어왔다. K에게 돈을 받는다는 구실로 그들은 재빨리 말을 주고받았다. K가 안뜰의 구조를 알고 있어서 일은 아주 쉬웠다. 안뜰에는 옆 골목으로 통하는 대문이 있고 대문 옆에는 작은 쪽문이 있는데, 페피가 한 시간쯤 후에 그 쪽문 뒤에 서 있다가 세 번 두드리면 문을 열어 주기로 했다.

개인 사무실은 주점 맞은편에 있어서 현관을 가로질러 가기만 하면 되었다. 여주인은 이미 불 켜진 사무실에 서서 K

쪽을 바라보며 초조하게 기다리고 있었다. 그런데 방해되는 일이 생겼다. 게어슈테커가 현관에서 기다리고 있다가 K와 이야기를 하려고 했던 것이다. 그를 뿌리치기가 쉽지 않았다. 여주인까지 가세해 게어슈테커의 집요한 태도를 나무랐다. 「대체 어디 가는 거죠? 어디로 가느냐고요!」 이미 문이 닫혔는데도 게어슈테커의 외치는 소리가 들렸고, 그 말 속에는 한숨 소리와 기침 소리가 흉하게 뒤섞였다.

조그만 방은 불을 너무 때서 후끈후끈했다. 좁은 벽 쪽에는 높은 사면(斜面) 책상과 철제 금고가, 긴 벽 쪽에는 커다란 장롱과 터키식 소파가 놓여 있었다. 장롱이 공간의 대부분을 차지했는데, 긴 벽 전체를 가득 메우고 있을 뿐만 아니라 깊숙하기도 해서 방을 몹시 비좁게 만들었다. 그것을 완전히 열고 닫기 위해서는 미닫이문이 세 개나 있어야 했다. 여주인은 터키식 소파를 가리키며 K에게 앉으라고 하고, 자신은 사면 책상 옆의 회전의자에 앉았다. 「옷 만드는 일은 배운 적 없나요?」 여주인이 물었다. 「네, 전혀.」 K가 말했다. 「근데 직업이 대체 뭔가요?」 「토지 측량사요.」 「그게 대체 뭐 하는 거죠?」 K가 설명해 주었지만 그녀는 하품을 했다. 「당신은 진실을 말하고 있지 않아요. 대체 왜 진실을 말하지 않는 거죠?」 「당신도 마찬가지입니다.」 「내가요? 또다시 불손하게 나오는 건가요? 설령 내가 진실을 말하지 않았다 해도 — 내가 당신에게 그걸 해명해야 하나요? 그리고 대체 어떤 점에서 내가 진실을 말하지 않는다는 거죠?」 「당신은 스스로 내세우는 것과 같은 그런 단순한 여주인만은 아닙니다.」 「그것

503

참, 눈썰미도 좋으시군. 그럼 내가 또 뭐란 말인가요? 당신
의 그 불손함은 이제 벌써 도를 넘어 정말이지 하늘을 찌를
기세군요.」「당신이 그 밖에 또 뭐 하는 사람인지는 모르겠
습니다. 다만 당신이 여주인이긴 하지만 여주인에게 어울리
지 않는 옷들을 입고 다니는 것을 볼 뿐이지요. 내가 알기로
이 마을에서 그런 옷을 입고 다니는 사람은 아무도 없는데
말입니다.」「자, 그럼 이제 우리는 원래 하고 싶던 말을 하게
되는군요. 당신은 그걸 감춰 둘 수 없겠지요. 어쩌면 당신은
불손한 게 아니라, 뭔가 흐리멍덩한 것을 하나 알게 되면 그
걸 도저히 속에 감춰 둘 수가 없는 어린아이 같다고나 할까
요. 그러니 말해 봐요. 이 옷의 뭐가 이상하단 말인가요?」
「그걸 얘기하면 당신은 화를 낼 겁니다.」「아니요, 난 웃어넘
길 거예요. 보나마나 어린아이 같은 객쩍은 소리일 테니까
요. 그래, 내 옷이 어떻다는 거죠?」「그게 알고 싶단 말이죠.
그러니까 그건 좋은 천으로 만든 정말 값지고 귀한 옷이지
만 구식이고 장식이 너무 많은 데다 여러 군데 고쳤고 낡고
오래돼서 당신 나이나 몸매, 당신 지위에도 어울리지 않습니
다. 당신을 처음 봤을 때 금방 눈에 띄었죠. 일주일 전쯤 여
기 현관에서였습니다.」「그것 보라니까. 구식이고 장식이 너
무 많고, 또 뭐라고 했죠? 그런데 그런 걸 다 어떻게 알았
죠?」「내 눈에 그렇게 보이는 겁니다. 그런 건 배우지 않아도
알 수 있지요.」「그냥 그렇게 보인다니. 어딘가에 물어보지
않아도 유행이 뭔지 금방 안단 말이군요. 그렇다면 당신은
나에게 꼭 있어야 할 사람이겠는데요. 나는 멋진 드레스라

면 사족을 못 쓰는 여자거든요. 그럼 이 장롱이 드레스로 꽉 차 있는 걸 보고 뭐라고 하려나?」 그녀가 미닫이문들을 옆으로 밀자 옷장의 폭과 깊이만큼 옷들이 다닥다닥 붙어 빽빽하게 들어차 있는 모습이 보였다. 거의가 진회색, 갈색, 검정색 드레스였고, 모두 정성스럽게 펼쳐져 가지런히 걸려 있었다. 「이것들이 다 내 드레스예요. 당신 말대로 모두 구식이라 장식이 잔뜩 달려 있지요. 그런데 이 옷들은 위층 내 방에 둘 자리가 없어서 이리로 가져온 것들일 뿐이에요. 거기에는 옷장이 두 개나 더 있는데 역시 드레스로 가득 차 있어요. 둘 다 거의 이만한 크기죠. 놀라운가요?」 「아뇨, 그러리라 짐작했습니다. 내가 뭐랬나요. 당신은 그냥 단순한 여주인이 아닐 거라고 했지요. 뭔가 다른 걸 추구하고 있는 거죠.」 「내가 추구하는 건 아름답게 옷을 입는 것뿐이에요. 당신은 바보스러운 사람이든가 어린아이 같은 사람이든가, 아니면 아주 고약하고 위험한 인물이에요. 나가요, 자, 어서 나가!」 K가 현관으로 나오자 게어슈테커가 다시 그의 소매를 꽉 붙잡았다. 그때 여주인이 K의 뒤에 대고 외쳤다. 「내일 새 드레스가 들어오는데, 어쩌면 당신을 부를지도 몰라요.」

게어슈테커는 멀리서나마 귀찮은 여주인의 입을 다물게 하려는 듯 화를 내고 허공에 손을 휘둘러 대며, K에게 같이 가자고 재촉했다. 무슨 일 때문인지 자세히 설명해 달라고 해도 처음에는 아무런 대꾸도 하지 않았다. 지금 학교에 가야 한다고 거부해도 그는 못 들은 체했다. K가 끌려가지 않으려고 버티며 저항하자 게어슈테커는 그제야 비로소 걱정하지 말라고, 자기 집에 가면 필요한 건 뭐든지 다 갖게 될 것이며 학교 관리인 자리는 그만둬도 되니 어서 그냥 오기만 하면 된다고 말했다. 그가 이미 하루 온종일 K를 기다리는 바람에 자기 어머니도 자기가 어디 있는지 전혀 모르고 있다는 것이었다. K는 마지못해 천천히 그의 뜻에 따르면서, 무엇 때문에 자기에게 음식과 거처를 주려고 하느냐고 물었다. 게어슈테커는 임시로 말을 돌볼 일꾼으로 K가 필요하다고 대충 둘러댔다. 그 자신은 이제 다른 일을 해야 하는데, 그러니 이제 제발 그렇게 억지로 끌려가듯이 해서 공연히 힘을 빼지 말았으면 좋겠다는 얘기였다. 보수를 원하면 보수도 주겠다고 했다. 그러나 그가 아무리 잡아당겨도 이제 K는 자리에서 꿈쩍하지 않은 채 그대로 서 있었다. 그는 말에 대해 아는 게 전혀 없다고 했다. 아무것도 알 필요 없다고 게어슈테커는 조급하게 말하며, 짜증이 나는지 K를 데리고 가려고 두 손을 모아 깍지를 끼었다. 「당신이 왜 나를 데려가려는지 알아요.」 마침내 K가 말했다. K가 무얼 아는지에 대해 게어슈테커는 관심이 없었다. 「내가 에어랑어한테서 당신을 위한 무언가를 대신 이루어 줄 수 있을 거라고 생각하는 거군요.」 「바로 그거지.」 게어슈테커가 말했다. 「그러지 않는다면 당신이 나에게 무슨 소용이 있겠어요?」 K는 하하하 웃고는 게어슈테커의 팔에 매달려 그가 이끄는 대로 몸을 맡긴 채 어둠 속으로 끌려갔다.

게어슈테커가 사는 오두막집의 방은 화덕의 불빛과 타다 남은 촛불만으로 불을 밝히고 있어 어두침침했다. 촛불 옆,

비스듬히 튀어나온 지붕 들보 아래 우묵한 벽 안쪽에서 누군가 책을 읽고 있었다. 게어슈테커의 어머니였다. 그녀는 K에게 떨리는 손을 내밀며 자기 옆에 앉으라 하고는 떠듬떠듬 힘겹게 말을 이어 나갔는데, 알아듣기는 힘들었지만 그녀가 한 말은…….

공허한 중심, 풀 수 없는 수수께끼, 성과 K

『성 *Das Schloss*』은 프란츠 카프카 Franz Kafka의 생애 중 말년에 해당하는 시기에 쓰인 장편소설로 작가의 전체 창작 목록 가운데 규모가 가장 큰 작품이다. 말년이라고 해야 그의 나이 겨우 39세 때였고, 그로부터 2년 후쯤인 1924년 6월 그는 후두 결핵으로 사망한다. 1917년 8월에 첫 번째 각혈이 있었고 이어 폐결핵 진단을 받은 이후로 카프카는 병 치료를 위해 체코 북부, 이탈리아 북부, 슬로바키아 산지 등에서 수차례 여러 달씩 요양 생활을 했으나 병세는 호전되지 않았다. 『성』을 쓰기까지 약 5년간 이어진 이 기간은 작가의 20년 문학 인생에서 작품 활동이 가장 저조했던 시기이기도 하다. 「아버지께 드리는 편지 Brief an den Vater」(1919)라는 편지 형태의 자전적인 글과 몇 편의 짤막한 산문이 전부였고, 그 외에는 편지와 일기 등이 쓰였을 뿐이다. 따라서 『성』의 집필은 오랜 침묵과 모색의 시간을 뒤로하고 작가가 모처럼 다시 창작의 의지를 되살린 시도라고 할 수 있다.

카프카는 1922년 1월 극도의 신경 쇠약 증세까지 보이며 불면과 절망에 시달리다가 다시 체코 북부로 요양 여행을 떠난다. 폴란드와 접경을 이루는 리젠 산맥 속의 소도시 슈핀델뮐레가 요양 장소였다. 가까이에 엘베 강이 흐르고 1,400미터가 넘는 고지에 위치한 지역이다. 『성』의 집필은 그가 그곳에서 약 4주간 머무르는 동안 눈 덮인 산악 풍경의 강한 인상 속에서 시작되었다. 소설도 주인공 K가 늦은 저녁때 깊은 눈 속에 묻힌 어떤 마을에 도착하는 것으로 시작한다. 마을 뒤쪽으로는 산이 있고 그 위에 바로 〈성〉이 서 있는 지형이다. 집필 작업은 작가가 프라하로 돌아온 후 본격적으로 진행되다가 같은 해 8월 말경 마무리 부분을 남겨 둔 채 갑자기 중단되고 만다. 작가의 이전 장편소설인 『실종자 Der Verschollene』나 『소송 Der Process』과 마찬가지로 이번에도 소설은 결국 미완성 상태로 끝나고, 이로써 공교롭게도 카프카의 3대 장편소설은 모두 미완성으로 남는다.

소설 『성』의 도입 부분은 18세기 중반부터 19세기 전체에 걸쳐 유럽을 풍미했던 낭만적 공포 소설 또는 괴기 소설(일명 〈고딕 소설〉)의 모티브를 차용한 듯 보인다. 안개와 적막감에 휩싸인 겨울밤, 어둠에 묻힌 기이한 성, 마을 어귀의 나무다리, 잠잘 곳을 찾아 헤매는 지친 나그네와 같은 요소들은 고딕 소설의 효시로 불리는 호레이스 월폴 Horace Walpole 의 『오트란토 성 The Castle of Otranto』(1765)을 비롯해 앤 래드클리프 Ann Radcliffe의 『우돌포 성의 비밀 The Mysteries of Udolpho』(1794), 매슈 루이스 Matthew Lewis의 『수도사 The Monk』(1796), E. T. A. 호프만 Hoffmann의 『악마의 묘

510

약 *Die Elixiere des Teufels*』(1815), 브램 스토커Bram Stoker 의 『드라큘라*Dracula*』(1897) 등에 나오는 지형적 구도를 연상시키기에 충분하다. 월폴 이후 이런 소설들에서 첨탑이 우뚝 솟은 중세 고딕풍의 고성은 공포와 호기심과 신비감을 자아내는 어두운 마력을 지니고서 소설 전체의 낭만적 분위기를 결정짓는 중심적 장소로 자리매김한다. 사실 예전부터 다수의 유럽 동화에서 낡고 오래된 성은 이야기의 중심점이 되어 그곳에 사는 마녀, 마법사, 요괴, 유령 등과 대결을 벌이는 주인공의 영웅적 모습이 그려져 왔다.

이러한 유럽 문학의 오랜 전통 속에서 〈성〉의 이미지는 외부인의 접근을 허용치 않는 비밀스러운 장소로, 수수께끼 같은 일들이 벌어지는 베일 속의 공간으로, 주변 세계에 섬뜩한 매력을 발산하며 상상력을 자극하는 곳으로 정착되었다. 카프카의 성 역시 그러한 전통적 이미지에서 크게 벗어나지 않으며 소설의 중심 내지는 구심점 역할을 한다. 그러나 카프카 소설 속의 성은 기존의 고딕 소설들에서와 달리 공허한 중심이다. 주인공 K는 외지인으로서 어떻게든 성에 도달하기 위해 여러 경로로 접촉을 시도해 보지만 끝내 성은 굳게 닫힌 채 그에게 입장을 허락하지 않음으로써 결국 우리 앞에 그 모습을 드러내지 않기 때문이다. 주인공은 먼발치에서 어렴풋이 성의 겉모습만 바라볼 수 있을 뿐 그 입구 근처의 땅조차 밟아 보지 못한다. 이 소설의 본래 제목인 독일어 명사 〈성 *Das Schloss*〉이 동사인 〈닫다*schließen*〉와 〈닫힌*geschlossen*〉에서 나온 말이라는 점을 떠올려 본다면 제목 자체에 함축된 뜻이 자못 의미심장하다. 말하자면 〈나는 굳게 닫혀 있다〉, 다시 말해 〈암호화되어 있다*Ich bin verschlüsselt*〉, 〈그러니까 어디 열 테면 열어 보라〉, 〈나를 열 수 있는 열쇠*Schlüssel*〉, 즉 〈암호*Verschlüsselung*를 찾아 보라〉고 말하고 있는 것 같기 때문이다.

독자는 행정 조직이나 내부 구조 등 성에 관한 정보를 몇몇 인물들의 말을 통해서만 간접적으로 들을 수 있고, 성의 주인이라는 베스트베스트 백작도 소설 첫 부분에서 슈바르처라는 인물의 입을 통해 이름으로만 잠깐 등장할 뿐 다시는 언급조차 되지 않는다. 이렇게 소문만 무성한 가운데 도무지 그 실체를 내보이지 않는 성은 커다란 공허로 느껴지며 그 존재 자체가 의심스러울 정도이다. 그럼에도 성은 마치 블랙홀처럼, 속은 텅 비어 있지만 높은 밀도의 에너지로 주변 세계의 기운을 흡인하여 해체해 버리는 어두운 중심으로 작용한다. 그래서인지 성 아래 마을 주민들은 알맹이를 빼앗기고 껍데기만 남은 영혼 없는 존재들 같다. 대부분 개성과 생기를 상실한 채 기이한 불안감을 내비치며 움츠러드는 군상으로, 무언가에 지속적으로 짓눌린 듯 기형적인 몰골로 희화화되어 묘사된다. 뚜렷한 말로 표현되어 있지는 않지만 그것이 성의 영향 때문이라는 것은 어느 정도 짐작할 수 있다. 이야기 도처에서 드러나듯이 마을은 성에 종속된 공간이자 성의 일부인 셈이며 마을 주민들은 성의 관리들을 섬기며 노예처럼 살아간다.

「이 마을은 성에 속한 곳입니다. 이곳에 거주하거나 숙박하는 자는 성에 거주하거나 숙박하는 셈입니다.」(8면)

이렇게 성과 마을 사이에는 수직적 권력관계가 뚜렷하게 형성되어 있다. 흡사 근대 이전 봉건 시대의 중세적 질서를 보는 듯하다. 이 수직적 위계질서와 상명하복의 관계를 거스르는 경우에는 응분의 처벌을 각오해야 한다. 소설 후반부에서 성의 관리인 소르티니의 파렴치한 요구를 누이인 아말리아가 거절하는 바람에 집안이 몰락하고 만 바르나바스네 가족 이야기(17~18장)는 이를 여실히 보여 준다. 이런 점에서 성은 자신의 수족인 관리들을 통해 소설 속 전체 세계를 지배하고 통제하는 강력한 권력 기관으로 등장한다.

『실종자』의 내용이 뉴욕을 비롯한 초현대적인 미국을 배경으로 전개되고 『소송』에서도 자동차, 은행 등 현대적인 대도시의 여러 모습이 묘사되는 반면, 『성』의 시대적·공간적 배경은 전화기나 전등과 같은 근대 문명의 흔적이 더러 눈에 띄기는 하지만 전반적으로 근대 이전으로 후퇴한 듯한 인상이 지배적이다. 지극히 소박하고 답답한 느낌의 폐쇄적인 시골 마을과 기이한 모습의 성채가 바깥세상의 문명과는 절연된 채 영원히 겨울만 계속될 것만 같은 원초적인 눈 풍경 속에 놓여 있다.

「여기는 겨울이 길어요. 아주 길고 단조롭죠. (……) 내 기억 속에서는 봄과 여름이 어찌나 짧은지 이틀 정도밖에 안 되는 것 같아요. 그리고 그 이틀조차 아무리 화창한 날이더라도 간간이 눈이 내리곤 해요.」(499~500면)

세 편의 장편소설만 놓고 보면 후기로 갈수록 이야기의 시공간적 설정이 점차 추상화되는 듯한 인상을 준다. 우연적인 일인지 모르지만 이러한 추상화 경향은 세 주인공들의 이름에도 반영되어 있다. 『실종자』에서는 주인공 이름이 카를 로스만, 『소송』에서는 요제프 K인 데 비해, 『성』에서는 그냥 K일 뿐이다.

◆

『성』의 이야기는 총 엿새에 걸쳐 전개된다. 첫째 날 늦은 저녁때 주인공 K가 마을에 도착해 마을 어귀의 여관에서 잠자리를 구하는 장면으로 시작해서 여섯째 날 밤 K가 마부인 게어슈테커의 집으로 끌려가 그의 어머니를 만나는 장면을 끝으로 이야기가 중단된다. 여섯 날 중 셋째 날은, 그 전날 우여곡절 끝에 주로 성의 관리와 비서들이 묵는 여관인 헤렌호프에 도착한 K가 그곳의 주점 아가씨인 프리다와 이야기를 나누던 중 눈이 맞아 밤새 정사를 벌이고는 아침에 그녀를 데리고 첫째 날 묵었던 여관 브뤼켄호프로 돌아온 후 곯아떨어져 다음 날 아침까지 잠만 자는 것으로 지나간다. 이 부분은 전체 25장 중 3장 마지막 부분에서 한 문장으로 묘사되고 다음은 벌써 넷째 날 아침이다. 그러니까 이 셋째 날을 제한다면, 첫째 날 늦은 저녁때부터 이야기가 시작되므로, 전체는 사실상 나흘 남짓의 이야기로 압축된다. 이 나흘 중 후반 사흘의 이야기가 넷째 날이 시작되는 4장부터 마지막인 25장까지 이어지며 소설 전체의 85퍼센트 정도를 차지하고, 한편 다섯째 날 저녁 무렵 K가 아말리아의 집을 찾아가는 15장부터 끝까지가 텍스트 전체의 절반가량을 차지하여 소설의 후반부를 이룬다. 후반부의 대부분은 K와 여러 인물들 간의 대화로 채워져 있는데, K는 주로 듣는 입장이고 올가, 뷔르겔, 페피 등이 그에게 마을과 성에 관한 세세한 이야기와 생각을 들려준다.

브뤼켄호프는 프리다가 헤렌호프로 옮기기 전에 하녀로 일했던 곳이고 이 여관의 여주인과는 그녀가 〈엄마〉라고 부르며 따르는 사이다. 프리다는 소설 전체에서 백작 대신 성을 대표하는 인물인 클람이라는 고위 관리의 애인이었으나 K와 충동적인 사랑의 밤을 보낸 후 그를 따라나서는 바람에 클람과도 결별하고 직장인 헤렌호프도 그만둔 채 예전의 일터인 브뤼켄호프에서 K와 신혼살림을 차린다. 프리다를 딸처럼 아끼는 브뤼켄호프의 여주인 가르데나는 물론 이 둘의 결합에 근본적으로 반대하는 입장이다.

한편 마을에 도착한 다음 날인 둘째 날 아침 곧장 성으로 올라가려다가 그만 길을 찾지 못하고 실패한 K는 그날 밤 프리다와의 우연한 인연을 통해 클람이 성에 도달하려는 자신의 목표를 이루는 데 결정적으로 중요한 인물임을 깨닫고, 이후로는 애초의 목표를 수정해 클람과 접촉하는 일에 초점을 맞춘다. 그 과정에서 K는 마을의 대표인 면장을 찾아가고, 그의 수하인 마을 학교의 교사를 만나고, 관리의 비서들인 모무스, 뷔르겔, 에어랑어 등과 접촉하는데, 그때 K와 성 (또는 클람) 사이에서 메신저 역할을 하는 바르나바스가 누구보다도 중요한 인물로 떠오른다. 올가의 남동생이자 아말리아의 오빠인 바르나바스는 K에게 클람의 서신을 두 차례 전하고 마지막에는 K를 헤렌호프로 부르는 클람의 비서 에어랑어의 전갈을 전한다.

그러나 성과 성의 관리들에게 접근하려는 K의 모든 시도는 결국 실패하고 만다. 그는 시종 집요하게 자신의 관심과 노력을 최대한 성을 향해 집중시키지만, 가까이 가려고 들면 들수록 성은 그에게서 점점 멀어져 간다. 이러한 결말은 사실 처음부터 이미 복선처럼 암시되어 있는 듯하다. 즉 그가 마을에 도착한 다음 날 직접 성에 들어가려고 산을 올라갔지만 성으로 통해 있는 것으로 보이는 길이 그를 성으로 인도하지 않고 거듭 다른 데로 비켜 가게 하는 대목이 그것이다.

산에 가까이 다가가긴 했지만 길은 마치 일부러 그러는 것처럼 옆으로 휘었으며, 성에서 멀어지지는 않았지만 그렇다고 더 가까워지지도 않았다. (21면)

이와 같이 K가 성에 들어가기 위한 〈열쇠〉를 찾고자 온갖 노력과 시도를 하는 내용이 소설의 중심 줄거리를 이룬다. 그 과정에서 그가 겪게 되는 프리다와의 사랑 이야기와 마을 주민이 되어 정착하려고 노력하는 이야기는 두 갈래의 부차적인 줄거리이지만, 이 두 이야기 역시 사실은 중심 줄거리와 긴밀하게 연결되어 있다. 프리다의 경우 그녀가 클람의 애인이라는 점으로 인해 K를 위해 성과의 연결 고리가 되어줄 가능성을 보여 주기 때문이며, 마을 정착의 경우 이곳의 주민이 되지 않고서는 K가 성 가까이에 계속 머물 수 없기 때문이다.

이처럼 크게 세 줄기의 이야기가 서로 뒤얽히고 엇갈리면서 소설적 긴장과 갈등을 만들어 낸다. 프리다는 K의 관심을 성으로부터 멀어지게 하려 애쓰며, 심지어는 이 마을을 떠나 다른 곳에 가서 살기를 원한다.

「여기서 이렇게 사는 건 더 못 견디겠어요. 나와 같이 살고 싶다면 우리 어딘가로 이민 가요, 남프랑스나 스페인 같은 데로.」(218면)

그러나 K는 그녀의 소망과 달리 한사코 마을에 남아 주민이 되기를 고집한다.

「나는 여기에 살려고 온 거야. 난 여기에 그대로 있을 거야.」(218면)

그리고 K와 프리다의 사랑 이야기는 그의 조수인 예레미아스와 아르투어의 지속적인 감시와 훼방 속에서 가까스로 이어지지만 성에 대한 K의 집착, 브뤼켄호프 여주인의 반대,

조수들에 대한 프리다의 연민과 그녀에 대한 조수들의 애정 공세 그리고 K와 올가의 관계에 대한 프리다의 의심과 질투 등을 계기로, 결국 그녀의 마음이 어릴 적 친구였던 예레미아스 쪽으로 기울면서 깨지고 만다. 또한 K는 프리다의 설득 끝에 면장의 제안을 받아들여 학교 관리인으로 취직함으로써 마을 주민으로 살아갈 수 있게 되지만, 이는 성의 토지 측량사가 되려는 애초의 계획과는 거리가 먼 것이다.

◆

주인공 K가 고향을 떠나 생판 모르는 타지에 들어오게 된 고독한 나그네로, 나중에는 사랑도 잃고 계획도 어그러지지만 겨우 사나흘이라는 짧은 시간 동안 구차한 수준이나마 가정을 이루고 직업도 얻고 거처도 마련하게 되었다는 것은 어쨌든 대단한 일이며 행운으로 볼 수도 있는 일이다. 거처, 직업, 가정은 시민적 삶을 위한 기초 조건이라는 점에서 그러하다. 그런데 K는 왜 그토록 기를 쓰고 성에 도달하려는 것일까? 그는 과연 누구이며 어떤 존재인가?

물론 그 자신이 주장하듯이 K는 백작 관청의 초빙, 즉 성의 부름을 받고 온 토지 측량사이다. 그러나 그가 정말 성의 부름을 받았는지, 과연 토지 측량사가 맞는지 그 사실 자체가 의심스럽다. 성의 부름을 받았다는 통지서 같은 것은 없으며, 소설 어디에도 측량 활동이나 장비 등에 관한 묘사가 나오지 않기 때문이다. 외모라든가 과거 등 그의 정체를 짐작할 수 있을 만한 정보도 거의 제공되지 않는다. 그가 30대의 남자라는 점, 떠돌이임을 드러내는 몹시 남루한 옷차림, 옹이 박힌 지팡이와 조그만 배낭 외에는 가진 게 없다는 점, 고향에 가족을 두고 떠나왔다는 점이 우리에게 제공된 그에 관한 정보의 전부인 셈이다(11~13면). 그의 과거에 대해서도, 그가 가끔 고향 소도시에 대해 회상한다든가(17~18면) 고향에서의 어릴 적 일화를 떠올리는 장면(50~51면) 정도가 고작이다. 이렇게 과거가 철저히 어둠 속에 묻혀 있는 주인공 K는 그 수수께끼 같은 이름만큼이나 자신의 정체를 감추고 있는 수상스럽기 짝이 없는 존재이며, 이른바 〈얼굴 없는 주인공〉이다. 그리스도를 조롱한 죄로 저주를 받아 죽지 않고 영원히 이 세상을 떠돌며 살아야 하는 중세 기독교 전설 속의 인물 〈방랑하는 유대인〉 또는 〈영원한 유대인〉의 현대적 변형으로 일컬어지기도 한다.

카프카 소설의 이전 주인공들과 달리 K는 적극적이고 열성적인 성격의 색다른 인물이기도 하다. 카프카의 주인공들 가운데 K처럼 그렇게 목표를 향해 집요한 추진력과 강한 의지력을 갖고서 열심히 찾아다니거나 부지런히 움직인 예는 없었다. 목표를 향한 과정에서 방해가 되는 상대와는 주저 없이 싸움을 벌이고 논쟁을 마다하지 않는다. 첫 장면에서 성채 보조 집사의 아들 슈바르처와의 갈등으로부터 시작해 마지막 대목에서 헤렌호프 여주인과의 대화에 이르기까지 이러한 〈싸움〉은 계속된다. 프리다를 처음 알게 된 자리에서도 그는 대뜸 그녀를 같은 편으로 끌어들여 〈싸움〉의 동지로 만들고자 이렇게 말하는 것이다.

「당신의 두 눈은 (……) 지나간 싸움보다는 다가올 싸움에 대해 말하고 있어요. 하지만 세상의 저항은 크고, 목표가 커질수록 저항도 더 커질 것이니, 비록 하찮고 영향력 없는 사람이긴 하지만 당신과 마찬가지로 싸움을 벌이고 있는 사람의 도움이라도 확보해 두는 건 결코 부끄러운 일이 아닙니다.」(65면)

어쩌면 주인공 K의 이러한 전투적인 면모는 낯선 땅에 들어온 낯선 자로서의 당연한 자세이자 어쩔 수 없는 운명적인 모습인지도 모른다. 다시 말해 그의 싸움은 자신의 결여된 정체성을 만회하고 고향 상실의 공백을 메우기 위한 몸부림과도 같은 것이다. 그 싸움은 곧 성과 마을로부터 인정받아 성 세계의 주민으로 정착하기 위한 일종의 〈인정 투쟁〉인 셈이다. 여기에는 카프카 자신의 작가적 의식과 문제 상황이 투영되어 있는 것으로 보인다. 고향 상실과 정체성 결여의 문제는 바로 카프카 문학의 키 워드이자 카프카 인생의 핵심 테마 중 하나이기 때문이다. 유대인의 피를 물려받아 체코 땅에서 태어나 자라고 독일어로 글을 쓴 작가는 그 어느 쪽에도 속할 수 없는 스스로의 정체성에 대해 깊이 고민하고 혼란스러워했으며 자신의 정신적 고향과 문화적 뿌리를 찾고자 부단히 노력했다. 또한 낯선 존재감과 거리감을 극복할 수 없어 세상 속으로 섞여 들지 못한 채 평생을 경계인의 의식 속에 살아온 작가로서 그는 자신을 늘 세상에 던져진 이방인이자 아웃사이더로 여겼으며, 그러한 실존적 위기의

식과 절망감을 글쓰기를 통해 풀어놓으며 넘어서고자 고통스러운 싸움을 벌였다. 결혼을 통해 시민적 삶 속에 뿌리를 내리려 했던 두 차례의 시도와 실패 역시 이러한 싸움의 맥락과 그 연장에 놓여 있다고 할 수 있다. 죽음에 이르는 병을 얻어 이제 자신의 종말을 뚜렷이 예감하며 써나간 이 작품에서 주인공 K가 벌이는 절망적인 싸움은 그만큼 더 처절하게 느껴지며 곧 작가 자신의 싸움으로도 읽힌다.

싸움의 과정에서 K는 수시로 녹초 상태가 된다. 마을에 도착할 때부터 그는 눈 속을 헤치며 걸어온 오랜 도보 여행 끝에 이미 체력이 바닥난 상태였으며, 성을 향해 올라가려다 길을 잃고 눈 덮인 골목길을 헤맬 때나 프리다와 함께 밤을 지새우고 브뤼켄호프로 돌아올 때도 지칠 대로 치친 모습이다. 때때로 피곤한 나머지 술에 취한 듯한 인상을 주기도 한다. 그리고 결정적으로 소설 뒷부분에서 야간 심문을 받기 위해 헤렌호프의 아래층에서 보낸 오랜 밤 시간은 그를 곧 무너져 내릴 듯한 극도의 피곤 상태에 빠지게 하여 파국적인 결과를 초래한다. 그 마지막 순간 성의 비서인 뷔르겔이 그에게 성의 허가를 받을 수 있도록 힘써 주겠다는 결정적인 발언을 하는데도 정작 K 자신은 죽음 같은 피곤 상태에서 그 말을 듣지 못한 채 잠이 들고 마는 것이다(23장). 이처럼 그의 싸움은 시종 열악한 조건과 적대적인 환경에 부딪치며 체력과 정신력의 한계 상황 속에서 전개되는 탓에 절망적이고 처참하다. 그럼에도 성에 도달하려는 그의 의지는 꺾이지 않고 마지막까지 살아 있다. 끝을 맺지 못하고 소설 스스로 자신을 멈출 때까지.

이와 같이 자신의 집념과 투지를 끝까지 밀고 나가 관철 시키려 한다는 점에서 K는 얼핏 영웅적으로 보이기까지 하지만, 그 과정을 들여다보면 전통적인 영웅적 주인공의 이미지와는 한참 거리가 멀다. 그는 목표 실현에 조금이라도 도움이 될 만한 단초만 있으면 그 상대가 누구이든 철저히 이용하려는 모습을 보인다. 프리다가 그에게 자신을 클람의 애인이라고 밝히자 그는 이렇게 말한다.

「그럼 당신은 (……) 내가 아주 존경해야 할 분이군요.」 (63면)

그는 그녀를 탐하고 사랑하게 되지만 그 사랑은 순수히 그녀 자신을 향한 것이 아니라 그녀를 통해 성에 들어갈 수 있는 연줄을 얻을 수 있지 않을까 하는 얄팍한 계산을 밑에 깔고 있는 것이다. 그래서 그녀가 클람과의 관계를 청산하고 전적으로 K에게만 열중하는 모습을 보이는 순간 그녀는 그에게 더 이상 의미와 가치를 지닌 신선한 존재가 아니라 시들어 가는 존재로 전락하게 된다.

클람과 떨어져 있는 것이 그녀가 이렇게 시들어 버리게 된 진정한 원인일까? 클람과 가까이 있을 때 그녀는 너무도 매혹적으로 보였고, 거기에 매혹되어 K는 그녀를 낚아채 왔는데, 이제 그녀는 그의 품 안에서 시들어 가고 있었다. (217면)

K가 소년 한스의 어머니인 브룬스비크 부인에게 깊은 관심을 보이는 것 역시 같은 동기에서 비롯된다. 병이 들어 그에게 별 도움이 될 것 같지 않았지만 그 부인은 어디까지나 〈성에서 온 여자〉(25면)였던 것이다. 소년 한스와의 대화에서 그는 소년의 환심을 사 부인을 만나기 위해 의사들도 못 고친 고향에서의 병 치료 경험을 이야기하며 돕겠다고 나서기도 한다(13장).

주인공의 이러한 성격과 관련해 우리는 토지 측량사라는 그의 주장이 정말인지 다시 그의 직업과 정체성을 따져 볼 필요가 있다. 이 문제에 대해서는 서로 엇갈린 해석들이 존재하지만, 텍스트 가운데 그가 자신의 정체를 위장했을 가능성이 있음을 암시하는 대목이 눈에 띈다. 다음은 그가 도착한 첫날의 일을 되새기며 곱씹어 보는 대목이다.

슈바르처 때문에 어처구니없게도 도착한 바로 첫 순간부터 관청의 시선이 온통 K에게 쏠리게 되었다. (……) 하룻밤만 늦게 왔어도 모든 일이 다르게, 조용히, 사람들에게 거의 알려지지 않은 채 진행될 수 있었을 텐데. (264면)

설핏 잠이 든 그에게 불쑥 나타나 마을에서 숙박을 하려면 성의 허가가 있어야 한다는 슈바르처의 요구에 대응해 그가 당장 허가서를 받으러 백작에게 가겠다고 하자 슈바르처는 한밤중에 〈이 무슨 떠돌이 작태〉냐며 화를 내는데, 그제서야 K는 자신이 백작의 부름을 받고 온 토지 측량사임을 밝힌다. 이에 대해 독일어 〈토지 측량사*Landmesser*〉가 〈떠돌이*Landstreicher*〉를 연상시킨다는 점을 들어, K가 자신을 토지 측량사라고 한 것은 슈바르처의 〈떠돌이〉 발언에 자극을 받아 위기를 모면하기 위해 즉석에서 둘러댄 거짓말이라는 해석이 있다. 자신의 말을 뒷받침하기 위해 K는 다음 날 조수들이 도구를 가지고 뒤따라올 것이라고 덧붙이는데, 다음 날 정작 그에게 나타난 자들은 성에서 보낸 두 명의 청년으로 측량 도구도 모르고 측량 일에 대해 아는 바도 없다. 이에 K는 자신이 해놓은 말도 있고 해서 얼렁뚱땅 얼버무리며 이 두 청년을 마지못해 자신의 조수로 받아들이는 시늉을 한다는 것이다.

　이러한 해석이 옳다면 이것은 대단히 놀라운 일이며 작품 전체에 대한 이해를 뒤집어 놓을 만한 중대한 지점이 아닐 수 없다. 주인공이 성과 마을 사람들을 상대로 엄청난 사기극을 벌이며 결국 독자를 감쪽같이 속이는 셈이기 때문이다. 그런데 어찌 된 영문인지 한편 성의 사무처에서는 그에게 심부름꾼인 바르나바스 편에 서신을 보내 실제로 그를 토지 측량사로 임명하는 듯한 제스처를 취한다. 이 서신을 놓고 인물들 간에도 왈가왈부 해석이 엇갈리는 가운데, 특히 K의 직속상관이 되는 마을의 면장은 서신의 의미를 무시해 버리고 그에게 토지 측량사 대신 학교 관리인 자리를 제안하고 나선다. K는 결국 이 제안을 받아들여 학교 관리인 일을 수행하면서도 처음에 스스로 내세운 토지 측량사라는 자신의 정체를 인정받아 성에 입성하기 위해 〈싸움〉을 계속해 나가지만,

성은 끝내 그에게 문을 닫아걸고 근처에도 오지 못하게 한다.

이처럼 K는 믿을 수 없는 주인공, 문제적 인물이다. 필요에 따라 역할을 바꾼다거나 술수와 책략에 손을 댈 줄도 안다. 그의 임기응변 능력과 변심 가능성을 간파한 프리다는 그를 희극 배우에 견주어 비난한다.

「당신은 모든 가능성을 계산에 넣고 있어요. (……) 당신은 익살극을 벌일 마음도 있어서, 뭔가 득이 될 것 같으면 나를 사랑하는 척도 하겠지요.」(249면)

위의 해석대로 그가 처음부터 자신의 정체를 속였다면 그는 참으로 간이 큰 자이며 당돌하고 맹랑하기 이를 데 없는 자라 하지 않을 수 없다. 그러면 애초에 의도한 것이 아니라 얼떨결에 꾸며 낸 듯 보이는 자신의 거짓 정체성을 성으로부터 인정받기 위해 끝까지 사투를 벌이는 그의 모습은 과연 무엇인가? 우리는 그가 보고 느끼는 모든 것에 거리를 두고 그의 행동과 생각을 세밀히 관찰하고 의심할 필요가 있다. 우리 자신은 어떠한가? 우리는 K의 이러한 모습과 무관하다고 할 수 있을까? 시시각각으로 변하고 쏠리고 흩어지곤 하는 우리 자신의 내면 풍경은 과연 얼마나 투명한가? 어쩌면 K는 우리 자신의 대변자가 아닐까? K라는 이니셜은 마치 수학에서의 미지수 X처럼, 누구라도 대입될 수 있는 보편적인 기호처럼 보이지 않는가?

이와 같이 K라는 불투명한 주인공과 더불어 소설 전체는 독자에게 하나의 거대한 수수께끼로 다가오며, 구석구석 그 내용을 세세히 따지고 들수록 점점 미궁 속으로 빠져드는 느낌을 지울 수 없다. 꼼짝없이 카프카 문학의 마력에 걸려들고 마는 것이다. 이러한 점에서 다가갈수록 오히려 뒤로 물러나는 〈성〉은 이 거대한 수수께끼의 상징처럼, 나아가 카프카 문학 전체의 아이콘처럼 여겨진다. 〈성〉의 문을 열 수 있는 〈열쇠〉를 찾기 위해 K는 그토록 애를 썼지만 헛수고였고, 이제 열쇠 찾기는 해석자의 몫으로 남는다. 그러나 우리는 그보다 먼저, 위에서 보았듯이 도무지 그 정체를 알 수 없는 K라는 또 다른 수수께끼를 풀어야 한다. 말하자면 그중의 수수께끼 앞에 서 있는 셈이다. 이러한 구조는 『소송』의 〈대성당〉 장에서 법정 소속 신부가 주인공인 요제프 K에게 들려주는 문지기와 시골 남자의 우화와 닮은꼴이다(이 우화는 별도로 1915년에 〈법 앞에서Vor dem Gesetz〉라는 제목으로 출간되기도 했다). 우화에서 시골 남자는 문지기가 지키고 서 있는 법의 문 안으로 들어가려고 평생을 그 앞에서 기다리지만 실패하고 만다. 문지기의 대답은 〈법 안으로 들어가는 것은 가능하지만 지금은 안 된다〉는 것이다. 이 우화의 의미를 놓고 수많은 해석이 시도되었으나 역시 정답으로 인정되는 해석은 있을 수 없다. 〈법〉 안으로 들어가려는 시골 남자는 곧 〈성〉 안으로 들어가려는 K에, 〈법〉의 문을 지키고 서 있는 문지기는 K의 접근을 허용하지 않는 〈성〉의 관리나 비서들에 해당되는 셈이다.

〈성〉으로 향하는 길은 하나가 아닌 여럿이고, 또한 그 길들은 결코 곧게 뻗어 있지 않으며 미로처럼 뒤얽혀 있다. 어떤 목표를 향해 똑바로 나아가려는 목적론적 의식에 반하여 길은 계속 휘고 구부러진다. 그 미로 구조 속에서 해석자는 필연적으로 헤매지 않을 수 없고 길 찾기에 실패할 수밖에 없는 비극적 운명에 처해 있다. 게다가 우리를 대신해 그 길을 찾아나서는 주인공 역시 그 속을 알 수 없는 또 다른 미로이다. 소설에서 다섯째 날 밤 올가가 K에게 성에 대해 들려주는 다음 설명은, 작가가 그녀의 입을 빌려 자신의 『성』텍스트 해석에 대해 한마디 던져 주는 것처럼 들린다.

「성으로 가는 길은 여러 갈래예요. 그중 어느 길로 가는 게 유행이면 대부분 그리로 가고, 다른 길이 유행이면 다들 그곳으로 몰리지요. 어떤 규칙에 따라 그렇게 유행이 바뀌는지는 아직 밝혀지지 않았어요.」(350면)

◆

본 번역의 독일어 원본으로는 피셔S. Fischer 출판사에서 말콤 패슬리Malcolm Pasley가 편찬한 프란츠 카프카의 *Das Schloss*를 사용하였다. 1982년부터 발행되기 시작한 이 〈패슬리판〉은 기존의 〈브로트판〉을 수정·보완한 것이어서 〈비평본〉이라고도 불린다. 『성』의 〈브로트판〉은 카프카의 절친한 친구인 막스 브로트Max Brod가 유고를 모두 불태워 없애 달라는 친구의 유언을 어기고 유고를 정리해 1926년에 출판한 것으로 그동안 독점적 지위를 누리던 판본이었다. 브로트는 편집 과정에서 미완성의 느낌을 줄 수 있는 요소들을 가능한 한 배제하고 가독성을 최대한 높이기 위해 원본 텍스트 전반에 걸쳐 〈손질〉을 가하였기 때문에 원본의 표현을 여러 면에서 심각할 정도로 훼손하는 결과를 낳았다. 이를 바로잡아 카프카 자신의 친필 원고에 최대한 가깝도록 새롭게 편집한 것이 바로 〈비평본〉 텍스트이다.

그동안 『성』의 국내 번역본은 수십 년에 걸쳐 꾸준히 발간되었으니 과연 몇 종이나 나왔는지 그 수를 모두 헤아리기 어려울 정도이다. 카프카의 작품들 중에서 대표작으로 꼽히며 아마도 『변신』 다음으로 많이 번역된 작품일 것이다. 이런 작품을 새롭게 번역하는 일은 오히려 무척 까다로운 작업이 아닐 수 없다. 기존의 번역보다 좋은 점이 있어야 한다는 강박 관념이 시종 의식을 압박하기 때문이다. 선별된 두 종의 번역본이 내내 훌륭한 길잡이가 되어 주었고 당연히 많은 도움이 되었으나 오히려 장애가 되기도 했다. 이렇게 해서 또 하나의 번역이 추가되었으니 오직 선배들의 번역에 누가 되지 않았기를 바랄 뿐이다. 최선을 다했음에도 불구하고 물론 오역으로부터 자유로울 수는 없다. 독자들의 지적은 아픔인 동시에 약이 될 것이다. 카프카 문장의 매력에 다시 빠져 볼 수 있는 기회를 준 열린책들과, 특히 중간에서 메신저 역할을 하고 교정 일을 봐주시느라 누구보다 애를 써주신 편집자께 감사의 마음을 전한다.

이재황

『성』줄거리

결말을 미리 알고 싶지 않은 독자들은 나중에 읽어 주시기 바랍니다.

1장 도착

첫째 날. 어느 겨울날 늦은 저녁때 주인공 K가 온통 눈으로 뒤덮인 국도 변의 어느 마을에 도착한다. 마을 뒤편에는 성이 있고 성은 베스트베스트 백작의 소유로 밝혀진다. K는 마을 어귀 다리 근처의 여관 〈브뤼켄호프〉(추어 브뤼케)에서 잠자리를 얻는데, 웬 청년이 나타나 잠을 깨우더니 그를 내쫓으려 한다. 백작의 허가 없이는 마을에 머물 수 없다는 것이다. 〈슈바르처〉라는 이름의 청년은 성채 보조 집사의 아들이다. 그 말에 K가 자신은 백작의 부름을 받고 온 토지 측량사라고 주장한다. 슈바르처는 확인을 위해 성의 사무처에 전화를 걸어 보는데, 첫 번째 회신에서는 그런 사실을 모른다는 답변을 듣고 격분하여 K에게 욕을 해대지만, 두 번째 회신에서 방금 전의 답변을 번복하는 말을 듣고 당황스러워한다.

둘째 날. 아침 식사 후 K는 곧바로 성으로 향한다. 멀리서 본 성의 모습은 낮은 건물들이 다닥다닥 붙어 있는 납작한 덩어리 형태의 볼품없는 구조물이다. 도중에 그는 아이들에게 둘러싸인 마을 학교 교사를 만나 인사를 나눈다. 그런데 성과 백작에 대해 물어도 교사는 대답을 회피한다. 성은 저 위에 빤히 보이지만 이상하게도 K는 아무리 애를 써도 성으로 올라가는 길을 찾지 못한다.

끝없이 계속되는 눈길에 지쳐 버린 K는 얼결에 한 골목으로 접어드는데, 그곳은 쌓인 눈이 더 깊어 발이 푹푹 빠진다. 부탁을 해서 우연히 들어가게 된 무두장이 라제만의 오두막 집에서는 한창 빨래와 목욕 중이다. 젖먹이를 안고 팔걸이의자에 앉아 있는 창백한 얼굴의 아름다운 여인에게 K가 말을 걸자 그녀는 자신이 성에서 왔다고 대답한다. 그녀는 나중에 라제만의 여동생이자 털보 브룬스비크의 부인으로 밝혀진다. K가 그 집에서 다시 밖으로 나오자 두 명의 젊은이가 성 쪽에서 내려와 여관 방향으로 재빠르게 지나가고 브룬스비크가 그들에게 인사를 건넨다. 근처 또 다른 오두막집의 창문이 열리며 한 남자가 나타나 K에게 말을 거는데, 그는 마부 게어슈테커이다. 그가 K를 썰매에 태워 여관으로 데려다 준다. 여관에 도착하니 날은 벌써 어두워져 있다. 아까 본 두 젊은이가 문 앞에서 K에게 인사하며 자신들이 그의 〈조수〉라고 소개한다. 그들의 이름은 아르투어와 예레미아스이다. 하지만 그들은 토지 측량에 대해 아무것도 모른다. 그리고 이상하게도 그들을 포함해 앞서 K가 만났던 마을 사람들은 모두 이미 그가 토지 측량사라는 것을 알고 있다.

2장 바르나바스

K가 처음으로 조수들과 대화를 나누면서 다음 날 성으로 타고 갈 썰매 한 대를 구해 놓으라고 시키지만 그들은 어떤 외지인도 허가 없이는 성에 들어갈 수 없다고 말한다. 허가 신청을 위해 그들은 전화를 해보지만 돌아오는 건 결국 안 된다는 대답뿐이다. 그때 한 젊은이가 다가와 자신을 성에서 온 심부름꾼이라고 소개하면서 편지 한 통을 건넨다. 그의 이름은 바르나바스이다. 편지에는 K가 성의 일을 위해 고용되었으며, 마을의 면장이 그의 직속상관이고, 바르나바스가 앞으로도 전령 역할을 할 것이라는 내용이 적혀 있다. 아래에 서명이 있지만 알아볼 수가 없고 그 옆에 〈제X사무처 처장〉이라고 나란히 적혀 있다. 그 처장의 이름이 클람임을 K는 나중에 바르나바스로부터 듣게 된다. K는 바르나바스가 기다리는 동안 주인이 마련해 둔 자기 방으로 올라가 편지를 다시 찬찬히 읽어 본다.

바르나바스에게 내려온 K는 자신을 채용해 준 것에 대해 클람에게 감사의 말을 전해 달라고 부탁한다. 사방은 이미 칠흑 같은 어둠이다. 그는 방금 떠나간 바르나바스를 다시 불러 앞으로의 연락 방법 등에 대해 이야기하며 잠시 걷자고 했다가 결국 그의 집까지 따라가게 된다. K는 바르나바스가 성으로 가는 줄 알고 따라온 것이다. 바르나바스의 가족으로는 노부모와 두 누이 올가와 아말리아가 있고, 그들은 몹시 가난하게 살고 있다. 올가가 K를 식탁에 초대하며 여관으로 맥주를 가지러 가려고 하자 K도 그녀를 따라나선다.

그녀가 향하는 여관은 성의 관리들만 이용할 수 있는 〈헤렌호프〉이다. K는 바르나바스의 집 대신 이 여관에서 하룻밤 묵고 싶어 하지만 주인은 거부하며 지금 클람이 숙박하고 있다고 말한다. 올가는 외부인도 드나들 수 있는 주점으로 K를 끌고 간다.

3장 프리다

K가 헤렌호프의 주점 아가씨 프리다와 만난다. 그녀에게 클람에 대해 묻자 그녀는 그를 카운터 옆의 문 앞으로 데려가 작은 구멍을 통해 방 안을 들여다보게 한다. 그 안에서 뚱뚱한 모습의 클람이 책상 앞에 앉아 있다. 프리다는 자신을 클람의 애인이라고 하며 헤렌호프에서의 주점 일에 대해 자부심을 드러낸다. K와의 대화 중 그에게 연정을 느낀 프리다는 그와 단둘이 있고 싶어 한다. 그녀가 윤무를 추는 올가와 주점 손님들을 — 이들은 클람의 하인 패거리이다 — 바깥의 마구간으로 몰아넣는 중 여관 주인이 나타나자 K는 카운터 탁자 밑에 숨는다. 주인이 물러가자 프리다는 K에게 사랑의 밀어를 속삭인다. 둘은 밤새도록 주점 바닥에서 정사를 나눈다.

셋째 날. 새벽녘에 클람이 프리다를 부르지만 그녀는 그에게 가지 않고 K 곁에 머문다. 그로써 클람과의 관계가 끝난 것이다. 이 결별에 대해 K는 마음이 좋지 않다. 프리다가 성의 관리와 관계를 유지하는 것이 그에게는 중요하기 때문이다. 놀랍게도 두 조수도 주인인 K를 찾아 헤매다 이 여관까지 따라와 밤새 함께 있었다. 클람의 하인들과 올가가 돌아오자 프리다는 짐을 꾸려 K와 그의 조수들과 함께 브뤼켄호프로 떠난다. 브뤼켄호프의 여주인이 프리다를 딸처럼 반갑게 맞이한다. K는 꼬박 하루 밤낮을 침대에 누워 지낸다.

4장 여주인과의 첫 번째 대화

넷째 날 아침. 성가신 조수들을 방에서 내보내고 K와 프리다가 단둘이서 시간을 보낸다. 다시 정사 장면. 어느새 조수들이 슬그머니 들어와 앉아 있고 여주인이 나타나 대화가 시작된다. K는 프리다의 엄마 역할을 자처하는 여주인에게 프리다와의 결혼 계획을 설명한다. 그러면서 클람과 면담을 하고 싶다는 소망도 이야기하는데, 면담 내용은 프리다에 대한 것이라고 말한다. 이에 여주인은 기겁하여, 클람은 그가 감히 만날 수 있는 인물이 아니라고 훈계하며 자신이 외지인임을 명심하고 자중할 것을 요구하지만, K가 자신의 말에 계속 저항하자 그를 여관에서 내보낼 수도 있다는 뜻을 내비친다. 이에 K는 의지할 만한 곳으로 바르나바스의 집을 거론하는데, 여주인은 바르나바스 가족을 협잡꾼 일당이라고 욕하며 프리다가 그들로부터 K를 구해 낸 것이라고 말한다.

5장 면장 집에서

K가 클람의 편지를 들고 면장을 찾아간다. 면장은 심한 통풍을 앓고 있어서 침대에 누운 채로 K에게 이야기를 들려준다. 여러 해 전 백작 관청으로부터 토지 측량사를 한 명 초

빙한다는 공문을 받은 일이 있었고, 면장은 그에 대해 토지 측량사가 필요 없다는 답신을 보냈다고 한다. 그런데 착오가 생겨 그 답신이 담당 부서에 도착하지 않는 바람에 측량사 초빙 문제는 오래도록 미결인 채로 남게 되었고, 소르디니라는 관리의 집요한 추적으로 말미암아 이 문제를 놓고 마을 주민들 사이에 싸움까지 벌어지게 되었다는 것이다. 브룬스비크라는 자가 측량사 초빙에 지지하는 무리의 대표자였는데, 그사이 관청에서는 초빙에 반대하는 면장의 답변을 확인하고 인정함으로써 갈등이 일단락되었다고 한다. 하지만 K가 나타나는 바람에 싸움이 재개될 우려가 있다는 것이다. 따라서 면장은 K를 측량사로 인정할 마음이 없고, 클람의 편지도 구속력이 없는 사적인 것으로 간주한다. 하지만 K는 오랜 여행 끝에 온갖 고생을 감내하며 그곳에 도착하였기에 자신의 측량사 자리를 포기할 생각이 없다. 한편 K가 그저께 만났던 학교 교사는 면장의 행정 일을 도와주는 보조원 역할을 하고 있다.

6장 여주인과의 두 번째 대화

넷째 날 점심 무렵. K가 다시 브뤼켄호프로 돌아와 보니 여주인 가르데나는 침대에 누워 한숨만 쉬고 있다. 다시 여주인과의 대화가 시작된다. 그녀가 자신의 인생 이야기를 들려준다. 20여 년 전 그녀는 짧은 동안 클람의 애인이었다. 그후 그녀는 지금의 남편과 결혼했고, 갖은 고생 끝에 둘은 여관을 소유하게 되었다. K는 그녀가 클람과의 지난 관계를 지금도 여전히 기뻐하고 자랑스럽게 여기는 것에 놀라는 한편, 프리다도 그런 태도를 보일까 걱정한다. 그는 다시 여주인에게 클람과의 면담을 주선해 줄 것을 부탁하지만 그녀는 대답을 회피한다. 또한 면장에 관한 이야기가 나오자 그녀는 면장을 업신여기며 그의 결정을 의미 없는 것으로 여긴다.

7장 학교 교사

K의 방에서는 프리다가 교사와 함께 그를 기다리고 있다. 그녀 덕분에 방은 산뜻한 모습으로 바뀌었다. K가 외출 준비를 서두르며 교사에게 찾아온 이유를 묻자, 교사는 면장이 K에게 관용을 베풀어 학교 관리인 자리를 제안했다고 전한다. 이에 대해 K는 자신이 주목을 받고 있다는 사실에 내심 기뻐하면서 다른 한편 모욕을 당한 기분이 들어 그 제안을 거절한다. 그사이 아래층에 내려갔다가 돌아온 프리다는 여주인이 조금 전에 나눈 K와의 대화 내용을 떠올리다가 격분하여 그를 당장 여관에서 쫓아내겠다는 말을 했다고 알린다. 교사와 나눈 이야기를 듣고 프리다는 면장의 제안을 받아들이라고 종용하고 K는 계속 버티다가 마지못해 수락한다. 교사는 그에게 청소, 불 때기, 눈 치우기 등 해야 할 일을 설명하고 그 대가로 프리다와 조수들과 함께 두 교실 중 한 곳에서 거주할 수 있다고 말한다. 봉급이 지불될지는 아직 결정되지 않았다. 프리다와 조수들이 이사를 시작하고, K는 성 쪽으로 출발한다.

8장 클람을 기다리다

넷째 날 저녁. K가 헤렌호프에 당도한다. 주점에서는 객실 하녀였던 페피가 프리다의 후임으로 일하고 있다. K는 그녀에게서 클람이 곧 헤렌호프를 떠날 것이라는 말을 듣는다. 그녀의 말대로 안뜰에는 말이 끄는 썰매가 마부와 함께 서 있다. K는 썰매에 가까이 다가가 거기서 클람을 기다리기로 한다. 한참 시간이 흐른 후 추위에 덜덜 떠는 K에게 마부가 썰매 마차를 열어 코냑을 마시라고 권한다. 한 병 꺼내 마시고 자기에게도 달라는 것이다. 코냑을 마시는 중에 한 젊은 신사가 건물에서 나오는 바람에 K는 놀란 나머지 병을 놓치고 코냑이 마차 안에 쏟아진다. 신사가 K에게 함께 썰매를 타고 가자고 하는데, K는 기다리는 사람이 있다면서 거부한다. 신사는 그를 만나지 못할 것이라는 말과 함께 마부에게 썰매에서 말을 풀라고 명한다. 신사와 마부가 건물 안으로 사라진 후 K만 혼자 안뜰에 남는다. 그의 기다림은 헛된 것이었다.

9장 심문에 맞서 싸우다

K가 다시 주점으로 돌아와 보니, 조금 전의 그 신사가 탁자에서 조서를 작성하고 있고, 브뤼켄호프의 여주인이 신사에게 K의 행실과 의도에 대해 알려 주기 위해 거기에 와 있다. 신사는 클람의 비서인 모무스이다. 밖에서 나는 소리에 여주인, 페피, 모무스가 번갈아 열쇠 구멍으로 안뜰을 내다보는데, K가 기다리기를 포기하자 클람이 몰래 여관을 빠져

나가는 소리이다. 모무스는 K를 심문하여 기록으로 남기고
자 하고 여주인도 클람에게 도달할 수 있는 유일한 길은 모
무스를 통하는 것임을 거듭 강조하지만, K는 심문을 거부하
고 헤렌호프를 떠난다.

10장 거리에서

K가 밖으로 나와 마을 쪽으로 가는데, 조수들과 바르나
바스가 그에게 다가온다. 바르나바스가 클람의 두 번째 편
지를 건넨다. K가 수행한 측량 작업에 대해 감사하다는 말
과 함께 지금처럼 계속 힘써 달라는 내용이다. 황당해하며
실망하는 K에게 바르나바스는 엊그제 클람에게 전해 달라
는 K의 말도(2장) 아직 전하지 못했다고 고백한다. 변명으
로 그는 아버지의 제화공 일을 대신 하느라 그랬노라고, 성
의 관리들은 대개 보고를 아예 들으려고도 하지 않는다고
말한다. K는 화가 났지만 아주 잠깐만이라도 클람과의 면
담을 원한다는 말을 전해 달라고 당부하고 내일쯤 클람의
회답을 받아 새 거처인 학교로 가져오라고 명한다.

11장 학교에서

넷째 날 밤. 학교에서 프리다가 졸린 모습으로 K와 조수
들을 맞이한다. 그들이 거주할 곳은 체조 기구들이 여기저기
놓여 있는 교실이지만 그럼에도 프리다는 교탁 위에 저녁 식
사를 차린다. 조수들은 계속 엉뚱한 짓을 해서 K를 화나게
하는데, 프리다가 여전히 그들을 감싸고돌아 K는 의아해한

다. 추운 나머지 도저히 잠을 잘 수 없어 K는 조수들과 함께 도끼로 창고 문을 열고 장작을 가져다 불을 땐다. 한밤중에 나는 소리에 K가 눈을 떠보니 옆에 프리다 대신 조수 하나가 누워 있다. 그녀가 자기 몸 위를 지나간 고양이 때문에 자다 일어나 고양이를 찾으려고 방 안을 뒤지고 다니는 사이에 조수 녀석이 그 자리를 차지한 것이다.

다섯째 날. 아침에 모두 눈을 떠보니 학생 여럿이 그들의 잠자리를 둘러싼 채 구경하고 있고 여교사인 기자가 수업을 하려고 문간에 나타난다. 그녀는 격분하여 교탁 위에서 먹다 남은 찌꺼기와 식사 도구를 쓸어 낸다. K와 프리다가 분주하게 교실을 청소한다. 기자는 밤사이 자기 고양이가 입은 작은 상처를 그들 탓으로 돌리고 자초지종을 설명하려는 K의 손등을 고양이의 앞발로 긁어 버려 피의 복수를 한다. 이어 K의 상관인 교사가 나타나 창고 문을 부순 범인이 누군지 따져 묻는다. 프리다가 이리저리 둘러대지만 교사는 K가 범인임을 알아내 그에게 해고 명령을 내리고, K는 해고를 받아들이는 대신 면장의 결정만 수락하겠다고 버틴다. 교사와 기자는 서로 상의를 하더니 합반 수업을 위해 다른 교실로 간다.

12장 조수들

K가 갑자기 조수들을 해고하면서 내쫓는다. 해고 사유는 프리다가 그들을 지나치게 감싸고도는 대신 자기는 형편없이 무시했기 때문이다. 프리다가 그의 해고 결정은 잘못이며 조수들은 클람이 보낸 자들일 거라고 말한다. K는 그녀에게

클람을 너무 많이 생각한다고 비난한다.

13장 한스

한스 브룬스비크라는 학생이 옆 교실에서 몰래 빠져나와 K를 찾아온다. 아까 여교사가 K를 대하는 고약한 행동을 보고 K의 편을 들기로 했다고 말하지만 사실은 한스의 어머니가 K에 대해 물었기 때문이다. 그의 어머니는 둘째 날 K가 라제만의 집에서 만났던 부인이다(1장). 그리고 그의 아버지인 브룬스비크는 그 고장에서 가장 큰 구둣방을 운영하는 제화공인데, 면장은 그를 토지 측량사 초빙의 적극적 지지자라고 언급한 적이 있다(5장). 한스가 자신의 병약한 어머니에 대해 설명하자 K는 예전에 자신이 병자들을 치료한 경험을 이야기하며 자신이 그녀에게 도움이 될 수 있을 거라고 말한다. 그래서 K와 한스는 브룬스비크 부인과의 만남을 계획하는 한편 브룬스비크가 반대할 것이기 때문에 그와의 만남도 모색한다.

14장 프리다의 비난

교사가 나타나 해고 결정을 철회하고 K에게 이런저런 일을 시킨다. 프리다는 브뤼켄호프 여주인의 말을 빌려 K를 비난한다. K가 클람에게서 프리다를 빼내 온 것은 그녀를 볼모로 잡고 클람과의 협상에서 이득을 취하기 위한 것이라고 한다. K는 자신이 클람에게 접근하려는 것은 그를 통해 성에 도달하기 위한 것임을 분명히 밝히며, 그런 목적을 위해 성 출신인 한스의 어머니를 비롯한 여자들의 도움을 포기할 수 없다고 말한다.

15장 아말리아 집에서

늦은 오후 K와 프리다가 눈 치우기, 고양이 씻기기 등의 일을 한다. 첫째 날 밤에 만났던 슈바르처가 나타난다. 그는 여교사 기자의 남자 친구이며 보조 교사로 일하고 있다. K는 바르나바스를 기다리지만 소용이 없다. 그래서 직접 바르나바스의 집을 찾아가는데 그는 없고 다른 가족들만 있다. 잠깐 들렀다 올 생각이었지만 K와 그들 간에 긴 대화가 시작된다. 아말리아는 K와 올가가 연인이 되기를 바랐다고 말한다. 이에 K는 자신이 프리다와 약혼한 사이임을 강조하고 프리다가 바르나바스의 가족에 대해 품고 있는 적대감에 대해서도 언급한다.

16장

올가가 K에게 바르나바스의 심부름꾼 일과 사무처의 일 처리 방식에 대해 이야기한다. 바르나바스는 기꺼이 성을 위해 봉사하고 싶어 하지만 아직 심부름꾼으로 공식적인 인정을 받지 못했다. 그는 자신이 상대하는 관리가 과연 클람인지도 확신을 못 한다. 클람의 모습은 수시로 변하기 때문에 보는 사람마다 각기 다르다. 그가 전달하는 편지도 오래도록 쌓여 있는 편지 더미에서 적당한 것을 골라 심부름꾼에게 건네진다는 것이다. 이제 K는 집으로 돌아갈 생각을 잊은

지 오래고 바르나바스와 그의 가족에게 친근함과 동병상련의 정을 느낀다. K는 올가의 이야기에 대해 몇 가지 충고를 하지만 올가는 받아들이지 않는다. K가 아직 진실을 모른다는 것이다.

17장 아말리아의 비밀

올가가 예전엔 명망을 누렸던 자기 집안의 기막힌 운명에 대해 이야기하기 시작한다. 3년 전 소방협회의 마을 축제가 열렸을 때 예쁘게 차려입은 아말리아가 소르티니라는 관리의 눈길을 사로잡았다. 그리고 그는 다음 날 아침 하인에게 상스러운 표현과 추잡한 내용의 연애편지를 들려 보내 그녀를 헤렌호프로 데려오도록 명령했다. 이에 아말리아는 그 편지를 갈기갈기 찢어 심부름꾼의 얼굴에 던져 버렸다. 아말리아로서는 영웅적인 행동을 한 것이지만, 관리들이란 거칠고 난폭한 자들이므로 겉으로라도 고분고분하게 처신해야 했는데 말이다. 올가는 클람과 프리다의 관계도 이와 비슷한 경우라고 말한다.

18장 아말리아의 형벌

올가가 계속 이야기한다. 아말리아의 행동은 가족에게 파멸적인 결과를 가져왔다. 친구와 친지들이 떠났고 고객들의 구두 주문이 취소되었으며 아버지는 소방협회에서 제명되었고 가족은 오두막으로 이사를 해야 했다.

19장 탄원

올가의 집안은 성에 수차례 탄원서를 제출했지만 성의 태도는 일관되게 미온적이었다. 차라리 비난을 퍼붓는다면 새로 시작할 수 있었을 것이다. 가족은 성으로부터 조금이라도 관대한 답변을 얻어 내려고 백방으로 노력했다. 아버지는 지나가는 관리의 마음을 움직여 보려고 성으로 올라가는 길목에서 하염없이 기다렸지만 소용없었다. 그로 인해 아버지는 극심한 류머티즘 통증에 시달렸고 곧이어 어머니도 병을 얻었다.

20장 올가의 계획

올가가 성의 환심을 사기 위한 가족들의 피나는 노력에 대해 계속 이야기한다. 올가 자신은 성에서 내려온 하인들에게 접근하는 데 성공하여 일주일에 두 번 이상 헤렌호프의 마구간에서 그들과 뒤섞여 밤을 보내고 있다. 올가의 이런 노력 덕분에 바르나바스는 성의 사무처에 출입할 수 있는 허가를 얻게 되었다. 올가는 관리들이란 거의 접근할 수 없는 자들이며 K에게 전달된 두 통의 편지가 그동안 바르나바스가 얻어 낸 유일한 심부름 일이었다고 고백한다. 이 편지들이 가족에게는 성이 3년 만에 처음으로 보여 준 은총의 표시라는 것이다. 올가의 긴 이야기가 끝나고 K는 거의 말이 없다가 그녀와 헤어지며 그 헌신적인 노력을 칭찬한다.

밖에서는 조수 중 하나인 예레미아스가 기다리고 있다. 그는 K에게 새로운 상황을 설명한다. 아르투어가 K를 갈라터라는 관리에게 고소했으며, 예레미아스 자신은 헤렌호프에서 웨이터로 일하고 있고, 프리다는 K를 떠나 다시 헤렌호프의 주점으로 복귀할 예정이라는 것이다. 그리고 자신과 아르투어는 단지 K를 즐겁게 해주기 위해 갈라터라는 관리가 보낸 자들임을 고백한다.

21장

다섯째 날 늦은 밤. K는 자신과 프리다를 이간질했다며 예레미아스를 비난한다. 그때 바르나바스가 나타나 클람의 비서인 에어랑어가 K를 보자고 했다고 전한다. K는 즉시 에어랑어를 만나러 헤렌호프로 간다. 그 앞에는 사람들이 기다리고 있는데, 그중에는 마부인 게어슈테커도 있다. 비서 모무스가 K와 게어슈테커를 부르고, 하인이 그들을 관리들이 묵고 있는 지하층으로 데리고 간다. 어느 방 안에서 에어랑어가 자고 있고, K는 그를 기다려야 한다.

22장

여섯째 날 이른 새벽. 프리다가 복도에 나타난다. 그녀는 K가 장시간 바르나바스의 누이들 곁에 있었던 일에 대해 힐난한다. 그는 단지 성과의 연줄을 얻고자 그 집에 갔었다고 변명한 뒤 그녀가 줄곧 조수들 편에 서왔던 것에 대해 비난하자 그녀는 예레미아스와 어릴 적 소꿉친구였다고 밝히고 K에게 이제 자유의 몸이니 바르나바스의 누이들한테나 가라고 외친다. 감기에 걸린 예레미아스가 프리다의 숄을 두르

고 속옷 바람으로 나타나 프리다는 예레미아스를 계속 간호
해 주려고 그들이 함께 쓰는 방으로 들어간다.

23장

K는 심한 피로감에 휩싸인 채 에어랑어의 방을 찾다가 실
수로 뷔르겔이라는 비서의 방으로 들어가게 된다. 뷔르겔은
침대에 누운 채 K의 측량 작업에 대해 물으며 관심을 보인
다. 그는 비서들의 야간 심문에 대해 설명하면서, 그들이 야
간에는 판단이 흐려져 민원인들에게 보다 우호적인 경향을
보인다고 한다. 뷔르겔이 이야기하는 동안 K는 그만 잠이
들어 꿈까지 꾸는데, 그 바람에 뷔르겔이 그의 청을 들어줄
수도 있다는 말을 못 들으며 절호의 기회를 놓치고 만다. 이
야기 소리에 잠에서 깨어났는지 옆방에서 에어랑어가 벽을
두드리며 K를 찾는 목소리가 들려온다. K가 비틀거리며 일
어나 뷔르겔의 방에서 나간다.

24장

여섯째 날 새벽 5시. K가 복도에서 에어랑어를 만난다. 그
는 K에게 프리다가 다시 주점에서 일할 수 있도록 그녀를
즉시 돌려보내라는 지시만을 내리고 가버린다. 클람이 지시
한 것은 아니지만 관리들에게는 사소한 변화라도 몹시 거슬
릴 수 있기 때문이라는 것이다. 복도 양옆의 방들에서 하루
를 시작하는 온갖 소리가 들려온다. 그때 하인 두 명이 수레
에 서류를 싣고 와서 그것을 방마다 나누어 주는데, 착오가

생겨 말다툼이 벌어지기도 하고 고함 소리가 들리기도 한다. K는 이 장면을 지켜보면서 즐긴다. 갑자기 요란한 초인종 소리가 울려 퍼지고 황급히 헤렌호프의 주인 내외가 달려와 K를 주점으로 데려간다. 그가 복도에 서 있는 것 자체가 관리들을 몹시 불편하게 하는 일이고 서류 분배를 방해하는 일이라는 것이다. 서류 분배의 일은 아무도 엿보아서는 안 된다고 한다. 이에 K는 무지하고 피곤한 탓이라고 변명한다. 여주인이 페피를 불러 K에게 베개를 갖다 주라고 명한다.

25장

여섯째 날 저녁. K는 피곤에 절어 주점에서 열두 시간도 넘게 잠을 자고 나서 눈을 뜬다. 페피는 프리다가 다시 주점 일을 맡게 될 것임을 알고 있다. 페피는 K에게 긴 이야기를 들려주면서 프리다의 거짓되고 교활한 성품을 지적한다. 프리다와 클람의 연애 관계는 프리다가 꾸며 낸 소문일 뿐이며, K와의 결합과 결별, 주점 복귀는 치밀하게 계산된 그녀의 책략이라는 것이다. 페피는 객실 하녀의 고달프고 굴욕적인 신세를 한탄한다. 이에 K는 프리다를 변호하며 제멋대로인 페피의 상상력을 비난하자 페피는 K에게 자기와 함께 몰래 객실 하녀들의 방에서 지내는 것이 어떠냐고 제안한다. 그때 여주인이 나타나 K는 거기서 잠을 자게 해준 것에 감사한다. 그녀는 K가 새벽에 자신의 옷에 대해 뭐라고 한마디 했던 것을 문제 삼아 따지다가 K를 자기 사무실로 따라오게 해 옷장 안의 옷들을 보여 준다. 한편 하루 종일 K를 기다리고 있던 마부 게어슈테커는 밖으로 나온 K를 붙잡아 다짜고짜 자기 집으로 끌고 간다. 임시로 말을 돌볼 일꾼으로 K가 필요하다는 것이다. 오두막집에서 게어슈테커의 노모가 K를 맞이한다.

카프카의 미완성 원고는 여기서 끝난다. 그의 친구인 막스 브로트의 말에 의하면, K는 일곱째 날 마을에 거주하는 조건으로 성에 들어와도 된다는 허가를 받지만 기력이 소진한 나머지 죽어 간다는 내용의 마지막 장이 빠져 있다고 한다.

프란츠 카프카 연보

1883년 출생 7월 3일 유대계 상인 헤르만 카프카와 율리에 뢰비의 맏아들로 체코 프라하에서 태어남. 남동생 둘은 태어나서 곧 죽고, 그 뒤로 여동생 셋이 태어남. 여동생 엘리는 1889년생, 발리는 1890년생, 오틀라는 1892년생. 나중에 셋은 모두 아우슈비츠 수용소에서 죽음.

1889~1893년 6~10세 프라하 구시가에 있는 독일계 초등학교에 다님.

1893~1901년 10~18세 프라하 구시가에 있는 독일계 김나지움에 다님.

1896년 13세 6월 바르미츠바BarMitzvah 행사(카톨릭의 견진 성사에 해당하는 유대교 풍습).

1900년 17세 여름 체코 동부 모라비아 지방 트리슈에서 〈시골 의사〉로 일하는 외삼촌 지크프리트 뢰비의 집에서 방학을 보냄.

1901년 18세 7월 김나지움 졸업 시험. 이어서 외삼촌 지크프리트와 함께 북부 독일 헬고란트 섬 여행. 가을 독일계 프라하 대학에 입학하여 화학, 법학, 예술사를 수강함.

1902년 19세 독문학 공부. 여름 독문학을 전공할 계획으로 뮌헨 여행. 가을 프라하에서 법학 공부를 계속하기로 함. 10월 23일 막스 브로트와의 첫 만남.

1904년 21세 「어느 투쟁의 기록Beschreibung eines Kampfes」 집필

(보존되어 있는 첫 작품).

1905년 22세 여름 체코 동북부 실레지엔 지방 추크만텔의 요양소에서 휴양. 〈추크만텔의 여인〉과 첫사랑. 겨울 세 명의 대학 친구 막스 브로트, 오스카 바움, 펠릭스 벨취와 정기적인 모임을 갖기 시작함.

1906년 23세 6월 18일 법학 박사 학위 취득. 추크만텔에서 두 번째 휴가 체류. 가을부터 1년간 프라하 지방 법원에서 법률 시보로 실습. 「시골에서의 혼례 준비Hochzeitsvorbereitungen auf dem Lande」 집필.

1907년 24세 여름 트리슈에서 휴가, 헤트비히 바일러와 사귐. 10월 첫 직장인 이탈리아계 보험 회사의 프라하 지점에 취직.

1908년 25세 첫 출판물로 문학 잡지 『휘페리온Hyperion』에 여덟 편의 산문 작품 발표(나중에 『관찰Betrachtung』에 수록됨). 7월 말 〈노동자 산재 보험 공사〉로 직장을 옮김. 오전 8시 출근, 오후 2시 퇴근. 테첸으로의 첫 출장 여행. 막스 브로트와 더욱 긴밀한 관계를 갖기 시작함.

1909년 26세 초여름 일기를 쓰기 시작함. 9월 브로트 형제와 함께 북부 이탈리아 리바 여행.

1910년 27세 사회주의 대중 집회에 참석. 동유럽 유대인 순회 극단의 연극 관람(1912년까지 프라하에서 공연함). 10월 브로트 형제와 함께 파리 여행.

1911년 28세 주로 북부 보헤미아 지방으로 잦은 출장 여행. 여름 막스 브로트와 함께 북부 이탈리아 및 파리 여행. 이어서 혼자 취리히 근교의 요양소에서 휴양. 10월부터 동유럽 유대인 순회 극단의 배우 이츠하크 뢰비와 가깝게 지냄. 동유럽 유대인의 종교·문학 세계에 대한 관심이 커짐과 함께 아버지와의 갈등이 불거지기 시작함. 첫 장편소설 『실종자Der Verschollene』(『아메리카Amerika』로도 알려짐) 집필 시작.

1912년 29세 여름 막스 브로트와 함께 라이프치히, 바이마르 여행. 이어서 혼자 하르츠 산맥의 요양소에서 3주간 휴양. 라이프치히에서는 브로트의 소개로 출판인 에른스트 로볼트와 쿠르트 볼프 등을 알게

됨. 8월 13일 막스 브로트의 집에서 〈베를린 여인〉 펠리체 바우어와의 첫 만남(펠리체는 브로트와 친척 관계). 9월 20일 펠리체와 서신 왕래가 시작됨. 9월 22~23일 하룻밤 사이에 「선고Das Urteil」 집필. 『실종자』 집필 계속(연말까지 1장인 「화부Der Heizer」와 그 뒤의 다섯 장 완성). 11월~12월 중편소설 「변신Die Verwandlung」 집필. 카프카의 첫 번째 책 『관찰』 출간(에른스트 로볼트 출판사). 12월 4일 프라하 문인 모임에서 「선고」를 낭독함(작가로서의 공식 데뷔).

1913년 30세 펠리체와의 빈번한 서신 왕래. 부활절 베를린 펠리체의 집 첫 방문(이듬해 약혼 후 파혼 때까지 여섯 차례의 방문이 이어짐). 「화부」 발표(쿠르트 볼프 출판사, 표현주의 문학 시리즈인 〈최후의 심판일〉에 수록됨). 막스 브로트가 발행하는 문학 연감 『아르카디아 Arkadia』에 「선고」가 실림. 9월 사장과 함께 국제회의 참석차 오스트리아 빈 여행. 이어서 혼자 북부 이탈리아 여행. 11월 펠리체의 친구 그레테 블로흐와의 만남. 이후 그레테와도 서신을 교환함.

1914년 31세 5월 말 약혼식을 위해 아버지와 함께 베를린 방문. 6월 1일 베를린에서 펠리체와의 약혼식. 7월 12일 베를린의 호텔 〈아스카니셔 호프〉에서 파혼. 이어서 친구 에른스트 바이스와 함께 덴마크로 발트 해 여행. 8월 장편소설 『소송Der Process』 집필 시작. 10월 「유형지에서In der Strafkolonie」 집필. 펠리체와의 서신 왕래가 다시 시작됨. 12월 「법 앞에서Vor dem Gesetz」 집필.

1915년 32세 1월 『소송』 집필 중단. 펠리체와의 재회. 3월 처음으로 자기 방을 얻어 독립. 4월 여동생 엘리와 함께 헝가리 여행. 10월 카프카의 세 번째 책 『변신』 출간(쿠르트 볼프 출판사, 〈최후의 심판일〉 시리즈).

1916년 33세 펠리체와의 관계가 다시 긴밀해짐. 4월 로베르트 무질의 카프카 방문. 7월 펠리체와 함께 마리엔바트로 휴가 여행. 10월 「선고」 발표(쿠르트 볼프 출판사, 〈최후의 심판일〉 시리즈). 11월 뮌헨에서 「유형지에서」 공개 낭독. 여동생 오틀라가 세든 프라하 흐라친 성의 집으로 이사. 그곳에서 나중에 산문집 『시골 의사Ein Landarzt』에 수록될 단

편들 집필.

1917년 34세　히브리어 공부 시작. 7월 펠리체와 함께 그녀의 여동생이 사는 부다페스트로 여행. 이어 프라하에서 펠리체와의 두 번째 약혼. 8월 9~10일 처음으로 각혈을 함. 다시 부모님 집으로 이사. 9월 4일 폐결핵 진단. 요양을 위해 오틀라가 작은 농장을 경영하는 북부 보헤미아의 취라우로 가서 7개월간 생활함. 그곳에서 다수의 잠언을 씀. 성탄절 프라하에서 펠리체와 만나 다시 파혼함.

1918년 35세　5월 프라하로 돌아와 직장 생활. 여름 프라하 근교의 여름 별장에서 정원 일을 돌봄. 10~11월 스페인 독감에 걸려 크게 고생함. 12월부터 4개월간 프라하 북쪽의 쉘레젠에서 요양 생활. 성탄절은 프라하에서 보냄.

1919년 36세　쉘레젠에서 율리에 보리체크와의 만남(체코 유대인 수공업자 집안 출신). 여름 아버지의 뜻을 어기고 율리에와 약혼. 「유형지에서」 발표(쿠르트 볼프 출판사). 11~12월 다시 쉘레젠 체류. 「아버지에게 드리는 편지Brief an den Vater」 집필. 민체 아이스너와의 만남, 그녀와 여러 해 동안 편지를 주고받음.

1920년 37세　3월 구스타프 야누흐가 자주 카프카를 찾아와 함께 산책함. 그는 나중에 『카프카와의 대화』(1951)를 저술함. 4월부터 북부 이탈리아의 메라노에서 3개월간 요양 생활. 밀레나 예젠스카와의 서신 왕래 시작(그녀는 유부녀로 여류 기자이자 카프카 작품의 체코어 번역자였음). 5월 단편 모음집『시골 의사』출간(쿠르트 볼프 출판사). 6월 오스트리아 빈으로 밀레나를 방문함. 7월 율리에 보리체크와 파혼. 12월부터 9개월간 슬로바키아의 타트라 산지에 있는 마틀리아리 요양소에서 지냄.

1921년 38세　2월 마틀리아리 요양소에서 동료 환자이자 의대생인 로베르트 클롭슈톡과의 친교. 가을 다시 프라하 생활. 밀레나와의 잦은 만남(그녀는 그동안 프라하로 이사함). 밀레나에게 10년간의 일기를 건네줌(열두 권의 사절판 노트). 일기를 새로 쓰기 시작함.

1922년 ^{39세} 1월 불면과 절망으로 신경 쇠약 증세를 보임. 체코 북부 리젠 산맥의 슈핀델뮐레에서 약 4주간 요양. 2월 말 장편소설『성 *Das Schloss*』집필 시작.「단식 광대 Ein Hungerkünstler」,「어느 개의 연구 Forschungen eines Hundes」등 집필. 8월 말 다시 신경 쇠약증. 7월 1일 회사 퇴직, 연금 생활 시작. 여름 프라하 서쪽의 플라나에서 요양 생활 (그곳에 있는 여동생 오틀라의 여름 별장에 거주). 10월『성』의 원고를 밀레나에게 넘겨줌.

1923년 ^{40세} 잦은 병상 생활. 강도 높은 히브리어 공부. 팔레스티나 로의 이주 계획. 6월 밀레나와의 마지막 만남. 7월 여동생 엘리의 가족 과 함께 발트 해 뮈리츠 여행, 도라 디아만트와의 만남(그녀는 폴란드 유대인 출신으로 베를린의 유아원 보모였음). 9월 베를린으로 이사, 도 라 디아만트와 동거.「작은 여인 Eine kleine Frau」,「굴 Der Bau」집필.

1924년 ^{41세} 2월 병세 악화. 3월 브로트가 카프카를 프라하로 데려 감. 마지막 작품「여가수 요제피네 Josefine, die Sängerin」집필. 4월 후 두 결핵 진단. 니더외스터라이히의 비너발트 요양소를 거쳐 빈 북쪽 키 얼링 시의 호프만 요양소에서 생활. 도라 디아만트와 로베르트 클롭슈 톡이 함께 그를 간호함. 마지막 책『단식 광대』교정. 6월 3일 그곳에서 카프카 사망. 6월 11일 프라하의 유대인 공동묘지에서 장례식. 여름 작 품집『단식 광대』출간(디 슈미데 출판사).

1925년 장편소설『소송』출간(베를린, 디 슈미데 출판사, 막스 브로 트 편집).

1926년 장편소설『성』출간(뮌헨, 쿠르트 볼프 출판사, 막스 브로트 편집).

1927년 미발표 작품집『만리장성의 축조』출간(포츠담, 키펜호이어 출판사, 막스 브로트 편집).

1935년~ 첫 번째 카프카 전집 발간(베를린, 쇼켄 출판사, 막스 브로 트와 하인츠 폴리츠 편집).

1950~1974년 두 번째 카프카 전집 발간(프랑크푸르트, 피셔 출판사, 막스 브로트 편집).

1982년~ 비평본 카프카 전집 발간(프랑크푸르트, 피셔 출판사, 위르겐 보른, 게르하르트 노이만, 말콤 파슬리, 요스트 슐레마이트 편집).

열린책들 세계문학 232 성

옮긴이 이재황 서울대 독문학과를 졸업하고, 동 대학원에서 「안나 제거스의 망명기 문학과 그 미학적 기초」에 관한 논문으로 박사 학위를 받았다. 성신여대 연구 교수 및 서울대 인문학 연구원, 한남대 인문과학 연구소 선임 연구원 등을 역임했으며, 현재 아주대 특임 교수로 재직 중이다. 옮긴 책으로 프란츠 카프카의 『변신』, 『소송』, 『아버지에게 드리는 편지』, 카를 야스퍼스의 『정신병리학 총론』(전4권, 공역), 안나 제거스의 『통과비자』 등이 있다.

지은이 프란츠 카프카 **옮긴이** 이재황 **발행인** 홍예빈·홍유진
발행처 주식회사 열린책들 **주소** 경기도 파주시 문발로 253 파주출판도시
전화 031-955-4000 **팩스** 031-955-4004 **홈페이지** www.openbooks.co.kr
Copyright (C) 주식회사 열린책들, 2015, *Printed in Korea.*
ISBN 978-89-329-1232-5 04850 **ISBN** 978-89-329-1499-2 (세트)
발행일 2015년 3월 15일 세계문학판 1쇄 2024년 7월 15일 세계문학판 9쇄

이 도서의 국립중앙도서관 출판예정도서목록(CIP)은 서지정보유통지원시스템 홈페이지(http://seoji.nl.go.kr)와 국가자료공동목록시스템(http://www.nl.go.kr/kolisnet)에서 이용하실 수 있습니다.(CIP제어번호:CIP2015006102)

열린책들 세계문학
Open Books World Literature